FRED VARGAS

Der Zorn der Einsiedlerin

Fred Vargas

Der Zorn der Einsiedlerin

Kriminalroman

Aus dem Französischen
von Waltraud Schwarze

blanvalet

Die Originalausgabe erschien 2017 unter dem Titel
»Quand sort la recluse« bei Flammarion, Paris.

Verlagsgruppe Random House FSC® N001967

1. Auflage
Copyright der Originalausgabe © 2017 by Fred Vargas und Flammarion
Copyright der deutschsprachigen Ausgabe © 2018
by Limes in der Verlagsgruppe Random House GmbH,
Neumarkter Str. 28, 81673 München
Copyright dieser Ausgabe © 2019
by Blanvalet in der Verlagsgruppe Random House GmbH,
Neumarkter Str. 28, 81673 München
Redaktion: Michaela Kolodziejcok
Umschlaggestaltung: www.buerosued.de
Umschlagmotiv: Mohamad Itani/Arcangel Images
AF · Herstellung: wag
Satz: Uhl + Massopust, Aalen
Druck und Bindung: GGP Media GmbH, Pößneck
Printed in Germany
ISBN 978-3-7341-0750-4

www.blanvalet.de

1

Adamsberg saß auf einem Felsblock der Hafenmole und sah den Fischern von Grímsey zu, wie sie von ihrem täglichen Fang zurückkehrten, anlegten, die Netze hochzogen. Hier auf der kleinen isländischen Insel nannte man ihn »Berg«. Seewind, 11 Grad, Sonne leicht verhangen, es stank nach Fischabfällen. Er hatte vergessen, dass er noch vor einiger Zeit Kommissar der Brigade criminelle im 13. Arrondissement von Paris gewesen war, an der Spitze von siebenundzwanzig Beamten. Sein Telefon war in ein Häufchen Schafköttel gefallen, und das Tier hatte es ohne böse Absicht mit einem akkuraten Huftritt noch hineingedrückt. Was eine beispiellose Art war, sein Handy zu verlieren, Adamsberg hatte es gebührend zu schätzen gewusst.

Er sah Gunnlaugur, den Besitzer des kleinen Gasthofs, zum Hafen herunterkommen, wohl um sich die besten Stücke für das Abendessen auszusuchen. Lächelnd gab er ihm ein Zeichen. Aber Gunnlaugur schien nicht seinen guten Tag zu haben. Er beachtete den Beginn der Fischauktion gar nicht, kam geradewegs auf ihn zu, die blonden Brauen gefurcht, und reichte ihm ein Papier.

»*Fyrir pig*«, sagte er und deutete mit dem Finger auf ihn. [Für dich.]

»*Ég?*« [Mich?]

Adamsberg, der unfähig war, sich auch nur die einfachsten Begriffe einer fremden Sprache zu merken, hatte sich auf der Insel unerklärlicherweise ein Arsenal von annähernd siebzig Wörtern zugelegt, und das alles in nur siebzehn Tagen. Man drückte sich im Gespräch mit ihm so einfach wie möglich aus und untermalte seine Worte mit Gesten.

Aus Paris natürlich, die Nachricht kam aus Paris, woher sonst. Man rief ihn zurück, was sonst. Traurige Wut stieg in ihm hoch, er schüttelte den Kopf zum Zeichen der Weigerung und wandte das Gesicht zum Meer. Aber Gunnlaugur ließ nicht locker, er faltete das Blatt auseinander und schob es ihm in die Hand.

Frau mit dem Auto überrollt. Ein Ehemann, ein Geliebter. Nicht so einfach. Anwesenheit erwünscht. Weitere Informationen folgen.

Adamsberg senkte den Kopf, er machte die Hand auf und ließ das Blatt mit dem Wind davontreiben. Paris? Wieso Paris? Wo lag das überhaupt, Paris?

»*Dauður maður?*«, fragte Gunnlaugur. [Ein Toter?]

»*Já.*«

»*Ertu að fara, Berg? Ertu að fara?*« [Reist du ab, Berg?]

»*Nei*«, erwiderte er.

»*Jú, Berg*«, seufzte Gunnlaugur. [Doch, Berg.]

»*Já*«, gestand Adamsberg.

Gunnlaugur rüttelte ihn an der Schulter und zog ihn mit sich fort.

»*Drekka, borða*«, sagte er. [Trinken, essen.]

»*Já.*«

Der Aufprall des Fahrwerks auf dem Rollfeld von Roissy-Charles de Gaulle löste bei ihm augenblicklich eine Migräne aus, wie er sie seit Jahren nicht mehr erlebt hatte, und gleichzeitig das Gefühl, er würde durchgeprügelt. Es war die Rückkehr, die Attacke von Paris, der großen steinernen

Stadt. Es sei denn, es waren die Gläser, die er am Abend zuvor gekippt hatte, als man im Gasthof seinen Abschied begossen hatte. Dabei waren sie sehr klein gewesen, die Gläschen. Aber zahlreich. Und es war der letzte Abend. Und es war Brennivín.

Ein flüchtiger Blick durchs Bullauge. Nur nicht aussteigen, nicht hingehen.

Er war schon da. *Anwesenheit erwünscht.*

2

Es war Dienstag, der 31. Mai, sechzehn Beamte der Brigade
saßen bereits Punkt neun im Sitzungssaal, bestens vorbereitet mit Laptops, Akten und Kaffee, um dem Kommissar den
Verlauf der Ereignisse zu schildern, mit denen sie es unter
Leitung der Commandants Mordent und Danglard in seiner
Abwesenheit zu tun gehabt hatten. Mit ihrer Ungezwungenheit und dem plötzlich einsetzenden Geplauder bekun-
dete die Mannschaft ihm ihre Zufriedenheit, dass sie ihn
wiederhatte, sein Gesicht und seine Eigenheiten, ohne dass
man sich fragte, ob sein Aufenthalt dort im Norden Islands,
auf jener kleinen Insel der Nebelbänke und wechselnden
Strömungen, seine Umlaufbahn verändert hatte oder nicht.
Und wenn es so war, auch egal, sagte sich Lieutenant Veyrenc, der wie der Kommissar zwischen dem Felsgestein der
Pyrenäen aufgewachsen war und ihn mühelos verstand. Er
wusste, dass die Brigade mit dem Kommissar an der Spitze
mehr einem breiten Schoner glich, der manchmal mit starkem Rückenwind auf sein Ziel zusegelte, manchmal aber
auch mit schlaffen Segeln auf der Stelle dümpelte, als einem
mächtigen Außenborder, der einen Schwall von Gischt hinter sich lässt.

Commandant Danglard dagegen befürchtete immer
irgendetwas. Er suchte den Horizont nach allen möglichen
Bedrohungen ab, schürfte sich sein Leben an der rauen
Schale seiner Ängste auf. Schon bei Adamsbergs Abreise

nach Island, am Ende einer aufreibenden Ermittlung, hatte ihn Sorge erfasst. Dass ein gewöhnlicher, allenfalls etwas erschöpfter Geist sich zur Entspannung in ein nebliges Land aufmachte, dünkte ihn eine kluge Entscheidung. Sinnvoller jedenfalls, als in die Sonne des Südens zu reisen, deren grausames Licht noch die kleinsten Unebenheiten, die geringste Höhlung eines Kiesels hervorhob, was ganz und gar nichts Entspannendes hatte. Doch dass ein nebulöser Geist in ein nebliges Land reiste, erschien ihm dagegen gewagt und voll möglicher Konsequenzen. Danglard befürchtete gravierende Spätfolgen, vielleicht sogar unumkehrbare. Er hatte ernsthaft in Erwägung gezogen, dass durch eine chemische Fusion der Nebel eines menschlichen Wesens mit denen eines Landes Adamsberg in Island versinken und nie mehr wiederkehren würde. Die Nachricht von der Rückkehr des Kommissars nach Paris hatte ihn ein wenig beruhigt. Als Adamsberg aber den Raum betrat, mit seinem stets etwas wogenden Gang, jeden mit einem Lächeln bedachte, Hände drückte, wurden Danglards Befürchtungen augenblicklich wieder wach. Windiger und wogender denn je, mit unstetem Blick und vagem Lächeln, schien der Kommissar alle genauen Bezugspunkte verloren zu haben, denen seine Ermittlungen ja doch immerhin folgten wie zwar spärlichen, aber beruhigenden Wegemarkierungen. Wirbellos, haltlos, schloss Danglard. Amüsant, noch immer etwas nebelfeucht fand ihn dagegen Veyrenc.

Der junge Brigadier Estalère, der zuständig war für das Kaffeeritual, das er zelebrierte, ohne sich jemals zu irren – sein einziger Exzellenzbereich, wie die meisten seiner Kollegen fanden –, brachte dem Kommissar sofort seinen Kaffee mit der adäquaten Zahl von Zuckerstückchen.

»Dann schießen Sie mal los«, sagte Adamsberg mit sanfter, wie von fern kommender Stimme, die viel zu entspannt klang für einen Menschen, der sich konfrontiert sah mit dem Tod einer siebenunddreißigjährigen Frau, die zweimal von den Rädern eines SUV überrollt worden war, die ihr das Genick und die Beine gebrochen hatten.

Das war vor drei Tagen passiert, vergangenen Samstagabend in der Rue du Château-des-Rentiers. Welches Château? Was für Rentiers?, fragte sich Danglard. Das wusste keiner mehr, aber der Name klang seltsam in diesem Viertel des 13. Arrondissements. Er nahm sich vor, den Ursprung herauszufinden, denn dem enzyklopädischen Geist des Commandants erschien kein Wissen überflüssig.

»Haben Sie die Akte gelesen, die wir Ihnen zu Ihrer Zwischenlandung nach Reykjavík geschickt haben?«, fragte Commandant Mordent.

»Natürlich«, sagte Adamsberg achselzuckend.

Sicher, er hatte sie gelesen während des Fluges von Reykjavík nach Paris. Aber in Wirklichkeit war er gar nicht in der Lage gewesen, sich darauf zu konzentrieren. Er wusste, dass die Frau, Laure Carvin – ausgesprochen hübsche Person, hatte er insgeheim notiert –, zwischen 22.10 Uhr und 22.15 Uhr von diesem SUV getötet worden war. Die präzise Mordzeit erklärte sich aus der sehr geregelten Lebensweise des Opfers. In der Zeit von 14 Uhr bis 19.30 Uhr verkaufte sie Kinderkleidung in einer Luxusboutique des 15. Arrondissements. Danach machte sie sich an die Buchhaltung, und um 21.40 Uhr schloss sie das Ladengitter. Sie überquerte die Rue du Château-des-Rentiers jeden Tag zur gleichen Zeit, an der gleichen Ampel, zwei Schritt von ihrem Haus entfernt. Sie war mit einem reichen Typen verheiratet, einem, der »es zu etwas gebracht hatte«, doch Adamsberg erinnerte sich weder an seinen Beruf noch an sein Bankkonto. Und es war der SUV des Ehemanns, dieses reichen Typen – wie war noch mal sein Vorname? –, der die Frau überfahren hatte, daran bestand nicht der geringste Zweifel. Es klebte noch Blut am Reifenprofil wie auch an den Kotflügeln. Noch am selben Abend waren Mordent und Justin mit einem Polizeihund die Fahrstrecke der mörderischen Räder abgegangen, er hatte sie geradewegs zu dem kleinen Parkplatz einer Videospielhalle geführt, dreihundert Meter vom Tatort entfernt. Der leicht hysterische Hund hatte eine Menge Streicheleinheiten als Belohnung für seine Leistung verlangt.

Der Chef des Etablissements kannte den Besitzer des blutverschmierten Wagens gut: ein treuer Kunde, der jeden Samstagabend von ungefähr 21 Uhr bis Mitternacht in seiner Halle zubrachte. Wenn er eine Pechsträhne hatte, konnte es vorkommen, dass er bis zur Schließung um 2 Uhr morgens verbissen vor seinem Gerät hockte. Er hatte ihnen den Mann auch gezeigt, Jackett, gelöste Krawatte, sehr auffällig unter all den Kapuzenpullis mit ihren Bierdosen. Der Typ schlug sich wütend mit einem Bildschirm herum, auf dem kadaverähnliche titanische Kreaturen auf ihn einstürzten, die er mit dem Maschinengewehr abknallen musste, um sich seinen Weg auf den Gewundenen Berg des Schwarzen Königs zu bahnen. Als die beiden Beamten der Brigade ihn unterbrachen, indem sie ihm die Hand auf die Schulter legten, schüttelte er heftig den Kopf, ohne seine Joysticks loszulassen, und schrie, dass er bei siebenundvierzigtausend sechshundertzweiundfünfzig Punkten, so dicht vorm Level des Bronzenen Pfads, auf keinen Fall aufhören würde, niemals. Commandant Mordent musste brüllen, um sich im Lärm der Automaten und dem Geschrei der Kunden verständlich zu machen und dem Mann zu eröffnen, dass seine Frau gerade ums Leben gekommen sei, kaum dreihundert Meter weit entfernt von einem Auto überfahren. Da war der Mann über dem Bedienpult zusammengesunken, und das Spiel war aus. Auf dem Bildschirm erschien mit musikalischer Untermalung der Satz: »Goodbye, Sie haben verloren.«

»Und nun behauptet der Ehemann«, sagte Adamsberg, »dass er das Spielcasino nicht verlassen hat?«

»Wenn Sie den Bericht gelesen haben …«, begann Mordent.

»Ich höre es lieber«, fiel Adamsberg ihm ins Wort.

»So ist es. Er habe die Halle nicht verlassen.«

»Und wie erklärt er, dass sein eigener Wagen Blutspuren trägt?«

»Mit der Existenz eines Liebhabers. Der Liebhaber würde seine Lebensgewohnheiten kennen, er hätte sich seinen Wagen ausgeliehen, hätte seine Mätresse überfahren, wäre danach umgekehrt und hätte das Fahrzeug wieder an derselben Stelle geparkt.«

»Um ihm den Mord anzuhängen?«

»Genau, da die Bullen stets den Ehemann beschuldigen.«

»Wie war er so?«

»Wie meinen Sie das?«

»Wie hat er reagiert?«

»Er war wie vor den Kopf geschlagen, aber mehr schockiert als traurig. Später dann, in der Brigade, hat er sich wieder ein wenig gefasst. Das Paar hatte vor, sich scheiden zu lassen.«

»Wegen des Liebhabers?«

»Nein«, sagte Noël mit verächtlicher Grimasse. »Weil ein Mann wie er, ein Anwalt, der so weit nach oben gelangt ist, sich durch eine Frau aus der Unterschicht behindert sieht. Wenn man zwischen den Zeilen seiner Rede zu lesen versteht.«

»Und seine Frau«, fügte der blonde Justin hinzu, »fühlte sich gedemütigt, weil sie von allen Cocktail-Empfängen und Abendessen, die er in seiner Kanzlei im 7. Arrondissement für seine Mandanten und seinen Bekanntenkreis gab, ausgeschlossen blieb. Sie wünschte sich, dass er sie dahin mitnahm, er lehnte ab. Es gab ständig Szenen deshalb. Sie hätte nicht ›in den Rahmen gepasst‹, meint er, sie hätte sich ›danebenbenommen‹. Also so einer ist er.«

»Ein Ekel«, sagte Noël.

»Je mehr er sich fasste«, ergänzte Voisenet, »desto angriffslustiger wurde er, er stritt sich herum, als sähe er sich in seinem Videospiel auf den Höllenpfad gedrängt. Und benutzte immer kompliziertere oder unverständlichere Ausdrücke.«

»Die Strategie ist einfach«, sagte Mordent und schob seinen langen, mageren Hals ruckweise aus seinem Rollkragen, nein, der Commandant hatte in diesen zwei Wochen nichts von seinem Gebaren eines alten, der Prüfungen des Daseins müden Stelzvogels verloren. »Er setzt auf den Kontrast zwischen sich selbst, dem Unternehmensanwalt, und dem Liebhaber.«

»Der wer ist?«

»Ein Araber, das hat er von vornherein ausdrücklich betont, Monteur von Getränkeautomaten. Er wohnt im Nebenhaus. Nassim Bouzid, Algerier, in Frankreich geboren, Frau und zwei Kinder.«

Adamsberg zögerte, aber dann schwieg er. Er konnte seine Mitarbeiter nun wahrlich nicht bitten, ihm die Befragung dieses Nassim Bouzid zu schildern, die im Bericht ebenfalls protokolliert sein musste. Aber er hatte keine blasse Erinnerung an den Mann.

»Was macht er für einen Eindruck?«, riskierte er und bedeutete Estalère, ihm einen zweiten Kaffee zu bringen.

»Ein hübscher Kerl«, antwortete Lieutenant Hélène Froissy und drehte ihren Bildschirm zu Adamsberg um, damit er das Foto eines traurigen Nassim Bouzid sah. Lange Wimpern, honigfarbene Augen, die wie geschminkt aussahen, blendend weiße Zähne und ein charmantes Lächeln. »›Alle mögen ihn gern in seinem Haus, wo er sozusagen Mädchen für alles ist. Nassim wechselt Glühbirnen aus, Nassim repariert eine undichte Wasserleitung, Nassim sagt nie Nein.«

»Woraus unser Ehemann schließt, dass er ein schwacher und serviler Charakter ist«, sagte Voisenet. »›Aus dem Nichts gekommen und es zu nichts gebracht‹, so hat er gesagt.«

»Ein Ekel«, wiederholte Noël.

»Ist der Gatte eifersüchtig?«, fragte Adamsberg, der lustlos begonnen hatte, sich ein paar Notizen zu machen.

»Er behauptet, nein«, sagte Froissy. »Er hat nur Verachtung für dieses Verhältnis, aber im Fall einer Scheidung kommt es ihm gelegen.«

»Also?«, sagte Adamsberg und wandte sich wieder an Mordent. »Sie sprachen von einer Strategie, Commandant?«

»Er setzt auf die Reflexe von Polizisten, die er generell für ungebildet, rassistisch und in Stereotypen denkend hält: Hat ein Bulle vor sich einen vermögenden Anwalt mit hochgestochener bis unverständlicher Ausdrucksweise und einen arabischen Kofferträger, wird er immer auf den Araber tippen.«

»Was wären solche hochgestochenen und damit unverständlichen Ausdrücke?«

»Schwer zu sagen«, meinte Voisenet, »da ich sie ja nicht verstanden habe. Wörter wie ›Apperzeption‹ oder auch, warten Sie, ›hetero… heteronom‹. ›Heteronom‹, hat das was mit abweichendem sexuellen Verhalten zu tun? Er hat den Begriff in Bezug auf den Liebhaber gebraucht.«

Alle Blicke richteten sich Hilfe suchend auf Danglard.

»Nein, es bedeutet vielmehr, dass einer nicht autonom ist. Vielleicht sollte man auf sein Spiel eingehen.«

»Da zähle ich auf Sie, Commandant«, erwiderte Adamsberg.

»Wird gemacht«, sagte Danglard, innerlich jubelnd bei dem Gedanken, und für einen Augenblick vergaß er die beunruhigenden Entrücktheiten von Adamsberg und seine gegenwärtige Stümperei. Denn von dem Bericht, den er mit solcher Sorgfalt geschrieben hatte, hatte der Kommissar eindeutig nicht viel mitbekommen.

»Er gebraucht auch viele Zitate«, ergänzte Mercadet, der gerade aus einer seiner schläfrigen Phasen auftauchte.

Mercadet, gleich nach Hélène Froissy der überaus brillante Informatiker der Brigade, litt an Hypersomnie, und ausnahmslos alle Mitarbeiter respektierten das schwere Handicap ihres Kollegen, ja stellten sich schützend vor ihn. Wenn der Divisionnaire davon erfahren hätte, wäre Mercadet auf der Stelle rausgeflogen. Was tun mit einem Polizisten, den alle drei Stunden ein unwiderstehliches Schlafbedürfnis übermannt?

»Und Maître Carvin erwartet, dass man auf seine verdammten Zitate reagiert«, fuhr Mercadet fort, »dass man zum Beispiel den Autor nennt. Er weidet sich an unserer Ignoranz, er ergötzt sich förmlich daran, einen zu zertreten, das ist nicht zu übersehen.«

»Zum Beispiel?«

»So einen Satz hier«, sagte Justin und schlug sein Notizbuch auf, »natürlich auf Nassim Bouzid gemünzt: *Die Menschen fliehen das Betrogenwerden nicht so sehr als das Beschädigtwerden durch Betrug.*«

Wieder warteten alle auf einen erhellenden Kommentar

von Danglard, der sie von den wiederholten Demütigungen des Anwalts entlasten würde, doch der Commandant hielt es für taktvoller, darauf zu verzichten und sich so auf eine Stufe zu stellen mit der gesamten Brigade in ihrer Unwissenheit. Dieses Zartgefühl verstand zwar keiner, aber man verzieh Danglard, denn man konnte von keinem Menschen verlangen, so unfassbar seine Bildung auch war, alle bedeutenden Sätze aus der Literatur zu kennen.

»Was im Klartext heißt«, nahm Mordent den Faden wieder auf, »dass Anwalt Carvin uns liebenswürdigerweise ein Mordmotiv für Bouzid in die Hände spielt: Bouzid tötet seine Mätresse, um dem Schaden zu entgehen, den sein Ehebruch und die Zerstörung seiner Familie anrichten würde.«

»Und von wem ist dieser Satz, Commandant Danglard?«, fragte Estalère und durchbrach die allgemeine Zurückhaltung in seinem unheilbaren Mangel an Geistesgegenwart – oder auch in seiner anhaltenden Dummheit, wie manche meinten.

»Von Nietzsche«, antwortete Danglard schließlich.

»Und, ist der Typ von Bedeutung?«

»Sehr.«

Adamsberg zeichnete vor sich hin und fragte sich wie so oft schon, welches unergründliche Geheimnis sich hinter Danglards phänomenalem Gedächtnis verbarg.

»Ach so«, meinte Estalère verblüfft und mit weit aufgerissenen grünen Augen.

Aber Estalères grüne Augen waren immer weit aufgerissen, als könnte er sich von seinem grenzenlosen Erstaunen über das Leben nicht erholen. Und vermutlich hatte er recht, dachte Adamsberg. Die Vorstellung dieser brutal zermalmten Frau, zum Beispiel, hatte etwas so Verstörendes, dass sich das Entsetzen darüber auch im Blick spiegeln musste.

»Weil«, fuhr Estalère sehr konzentriert fort, »man kein bedeutender Mensch sein muss, um zu wissen, dass wir die Auswirkungen unserer Lügen fürchten. Wenn diese Furcht nicht wäre, wäre es ja nicht so schlimm, oder?«

»Stimmt«, bestätigte Adamsberg, immer bereit, den jungen Mann zu verteidigen, was kein Mensch verstehen konnte.

Er hob den Stift vom Papier. Er hatte die Silhouette seines Freundes Gunnlaugur gezeichnet, wie er die Fischauktion im Hafen überwachte. Dazu Möwen, Schwärme von Möwen.

»Was spricht für und was gegen ihn?«, fuhr er fort, »bei dem einen wie dem anderen?«

»Der Anwalt«, sagte Mordent, »hat das Alibi der Spielhalle. Das allerdings nicht viel taugt, denn wer in dieser Menge lärmender, besessener Spieler, die nur auf ihren Bildschirm starren, würde mitkriegen, wenn einer für fünfzehn Minuten verschwindet? Außerdem hat er verdammt viel Geld auf der Bank. Im Fall einer Scheidung verlöre er die Hälfte seiner vier Millionen zweihunderttausend Euro, die er dort gebunkert hat.«

»Vier Millionen zweihunderttausend Euro?«, warf der schüchterne Brigadier Lamarre ein. »Wie viele Jahre müsste unsereiner dafür arbeiten?«

»Versuchen Sie's gar nicht erst herauszufinden, Lamarre«, Adamsberg hob besänftigend die Hand. »Sie tun sich damit nur sinnlos weh. Fahren Sie fort, Mordent.«

»Aber wir haben keinen zwingenden Beweis gegen ihn. Nassim Bouzid dagegen ist in einer heikleren Lage, da gibt es belastendes Material. Auf dem Teppichboden im Wagen haben wir vor dem Beifahrersitz drei weiße Hundehaare gefunden, und am Bremspedal klebte eine rote Faser. Nach den ersten Analysen stammen die Haare eindeutig von Bouzids Hund. Und die Faser ist identisch mit dem Kelim in seinem Esszimmer. Ein Doppel vom Autoschlüssel kann er sich bei seiner Mätresse besorgt haben. Alle Schlüssel hängen dort im Flur.«

»Und warum sollte er den Hund mitnehmen, wenn er seine Geliebte ermorden geht?«, fragte Froissy.

»Bouzid hat eine Frau. Was gibt es Besseres, als ihr zu sagen, er gehe mit dem Hund Gassi?«

»Und wenn der Hund nun schon pinkeln war?«, fragte Noël.

»War er nicht«, sagte Mordent, »es ist genau die Zeit, zu der er immer ausgeführt wird. Bouzid gibt bereitwillig zu, dass er draußen war, aber er schwört, dass er nie der Liebhaber von Laure Carvin gewesen ist. Ja, er versichert sogar, die Frau nicht mal zu kennen. Vom Sehen vielleicht, so auf der Straße. Wenn er die Wahrheit sagt, hätte Anwalt Carvin sich seinen Sündenbock mit Bedacht ausgesucht. Die paar Hundehaare und eine Teppichfaser hätte er aus Bouzids Wohnung mitnehmen können, das Schloss kriegt man mit dem Fingernagel auf. Finden Sie diese beiden Details nicht ein bisschen übertrieben?«

»Eins hätte in der Tat genügt.«

»Das haben Menschen so an sich, die allzu stolz auf ihre Intelligenz sind«, mischte Danglard sich ein. »Ihre Selbstgefälligkeit blendet sie, sie schätzen die anderen nicht richtig ein und tun darum entweder ein bisschen zu viel oder nicht genug. Ihr Eichmaß ist, entgegen ihrer Selbsteinschätzung, nicht verlässlich.«

»Außerdem«, Justin hob die Hand, »sagt Bouzid, dass er den Hund immer in eine Tasche setzt, wenn er ihn mit ins Auto nimmt. Und in der Tat haben wir in seinem eigenen

Wagen kein einziges Haar gefunden. Weder vom Hund noch vom Teppich.«

»Sind die beiden Männer gleich groß?«, fragte Adamsberg, während er das Porträt von Gunnlaugur mit dem Gesicht zur Tischplatte drehte.

»Bouzid ist kleiner.«

»Weshalb er den Sitz und die Rückspiegel für sich verändert haben müsste. In welcher Position waren sie?«

»Für große Leute. Also entweder hat Bouzid nach seiner Rückkehr daran gedacht, die Einstellung wieder zu korrigieren, oder der Anwalt hat sie gelassen, wie sie war. Auch hier kommen wir also nicht weiter.«

»Und die Fingerabdrücke im Auto? Lenkrad, Schalthebel, Türen?«

»Wohl geschlafen im Flieger?«, bemerkte Veyrenc grinsend.

»Kann sein, Veyrenc. Es stinkt.«

»Sicher stinkt's. Wir kommen nicht weiter, wir beißen immer wieder auf Granit.«

»Ich meine, es stinkt wirklich, hier im Raum stinkt's. Riecht ihr nichts?«

Die Mitarbeiter hoben sämtlich den Kopf, um den Geruch auszumachen. Seltsam, dachte Adamsberg, dass der Mensch instinktiv die Nase um zehn Zentimeter hebt, wenn es darum geht, einen Geruch wahrzunehmen. Als ob zehn Zentimeter auch nur das Geringste ändern würden. Von jenem tierischen Instinkt getrieben, der sich seit Urzeiten erhalten hat, erinnerte die Schar seiner Beamten durchaus an eine Gruppe Rennmäuse, die den Geruch des Feindes zu wittern versuchen.

»Stimmt«, sagte Mercadet, »es riecht etwas brackig.«

»Es riecht nach altem Hafen«, präzisierte Adamsberg.

»Finde ich nicht«, sagte Voisenet ziemlich entschieden. »Wir sehen später nach.«

»Wo waren wir stehengeblieben?«

»Bei den Fingerabdrücken«, sagte Mordent, der, am oberen Ende des langen Tisches neben Danglard sitzend, nichts Unangenehmes gerochen hatte.

»Genau. Fahren Sie fort, Commandant.«

»Die Fingerabdrücke«, und Mordents Reiherblick überflog seine Notizen mit schnellen, ruckartigen Kopfbewegungen, »passen zur einen wie zur anderen Version. Alles ist abgewischt. Entweder von Bouzid oder dem Anwalt, um Bouzid zu belasten. Es war nicht ein Haar auf der Kopfstütze.«

»Nicht einfach«, murmelte Mercadet, dem Estalère gerade zwei Tassen Kaffee auf einmal serviert hatte, beide randvoll.

»Weshalb wir uns entschieden haben, Sie schon etwas vor der Zeit zurückzurufen«, ergänzte Danglard.

Er war es also, schloss Adamsberg. Danglard, der ihn aus seinem sanften Schlingern gerissen und so dringlich zurückbeordert hatte. Der Kommissar beobachtete seinen ältesten Stellvertreter und kniff dabei die Augen leicht zu. Danglard hatte Angst um ihn gehabt, das stand fest.

»Kann ich Bilder von den beiden Männern sehen?«, fragte er.

»Sie haben die Fotos gesehen«, meinte Froissy, aber drehte ihren Bildschirm noch einmal in seine Richtung.

»Ich will sie in Bewegung sehen, während der Befragungen.«

»An welchem Punkt der Befragungen?«

»Egal. Sie können sogar den Ton wegnehmen. Ich will nur ihren Gesichtsausdruck sehen.«

Danglard spannte sich. Von jeher hatte Adamsberg diesen entsetzlichen Hang, Menschen nach ihren Gesichtern zu beurteilen, darin das Gute vom Bösen zu trennen, was Danglard ihm laut vorwarf. Adamsberg wusste es und spürte, wie sein Stellvertreter sich verkrampfte.

»Tut mir leid, Danglard«, und dabei lächelte er auf seine schräge Art, die widerstrebende Zeugen verführte, ja mitunter sogar Gegner entwaffnete. »Heute habe nun mal *ich* ein Zitat zu meiner Rechtfertigung. Ich fand das Buch in Reykjavík, jemand hatte es auf einem Stuhl liegen lassen.«

»Nämlich?«

»Augenblick, ich weiß so was ja nicht auswendig«, sagte er, während er in seinen Taschen wühlte. »Hier: ›*Das gewohnte Leben prägt die Seele, und die Seele prägt die Physiognomie.*‹«

»Balzac«, brummte Danglard.

»Genau. Und den lieben Sie, Commandant.«

Adamsbergs Lächeln wurde noch breiter, er faltete das Blatt zusammen.

»Und in welchem Buch steht das?«, fragte Estalère.

»Aber das ist doch völlig egal, Brigadier!«, sagte Danglard.

»Es war«, wandte Adamsberg zur Verteidigung Estalères ein, »die Geschichte eines braven, nicht sehr schlauen Pfarrers und einiger gehässiger Seelen, die den Pfarrer am Ende zur Strecke bringen. Sie spielte, glaube ich, in Tours.«

»Und der Titel?«

»Den weiß ich nicht mehr, Estalère.«

Enttäuscht warf Estalère seinen Stift hin. Er verehrte Adamsberg, ebenso wie die mächtige Retancourt, das genaue Gegenstück zu Adamsberg, und er versuchte den Kommissar in allem nachzuahmen, so zum Beispiel auch dieses Buch zu lesen. Den Wunsch, Retancourt nachzueifern, hatte er dagegen instinktiv fallen gelassen. Denn mit ihr konnte es kein Mann und keine Frau aufnehmen, selbst der überhebliche Noël hatte es am Ende begriffen. Danglard kam dem jungen Mann schließlich zu Hilfe.

»Die Novelle heißt *Der Pfarrer von Tours*.«

»Danke«, sagte Estalère herzlich und notierte es stockend, denn er war Dyslektiker und hatte Schwierigkeiten beim Schreiben. »Mit dem Titel allerdings hat Balzac sich kein Bein ausgerissen.«

»Von einem Balzac, Estalère, sagt man nicht, dass er sich ›kein Bein ausgerissen‹ hat.«

»Verstehe, Commandant. Ich werde es nicht noch mal sagen.«

Adamsberg drehte sich zu Froissy um.

»Also, Froissy, zeigen Sie mir nun mal die Visagen der beiden Burschen. Und während ich sie mir ansehe, können Sie alle Ihre Pause machen.«

Zehn Minuten später, er saß allein vor dem Bildschirm, wurde Adamsberg sich bewusst, dass er bis auf die allerersten Bilder von Maître Carvin nichts gesehen, nichts gehört hatte. Der Isländer Brestir hatte ihn unter dem beifälligen Blick der anderen Seeleute aufgefordert, mit zum Fischen zu kommen. Eine große Ehre für einen Fremden, so viel stand fest, eine Ehre, die man dem Besieger jenes teuflischen Inselchens erwies, dessen schwarzes Relief man wenige Kilometer vorm Hafen liegen sah. Adamsberg durfte, kaum waren die Netze eingeholt, beim Sortieren der Fische mithelfen, wobei sie die jungen Fische, die trächtigen Weibchen und alles Ungenießbare ins Meer zurückwarfen. Dort auf dem glitschigen Deck, die Hände im Netz, sich die Haut an den Schuppen aufschürfend, hatte er diese zehn Minuten verbracht. Brutaler Schnitt, er sah vor sich wieder das Gesicht von Maître Carvin, versetzte den Rechner in den Ruhemodus und ging hinaus zu seinen über den großen Büroraum verstreuten Mitarbeitern.

»Und?«, fragte Veyrenc.

»Noch zu früh, um etwas sagen zu können«, erwiderte Adamsberg ausweichend. »Ich muss mir das noch mal anschauen.«

»Natürlich«, sagte Veyrenc lächelnd. Feucht, glitschig, dachte er, man kriegte ihn einfach nicht zu fassen.

Adamsberg bedeutete Froissy, dass er an ihren Laptop zurückkehrte, unterbrach sich aber dann.

»Es stinkt wirklich«, sagte er. »Und es kommt aus diesem Raum.«

Mit um zehn Zentimeter erhobener Nase begann der Kommissar durch den Saal zu gehen, wie ein Polizeihund dem ekelerregenden Geruch hinterherschnüffelnd, und blieb schließlich vor Voisenets Schreibtisch stehen. Voisenet war Polizist, und sogar ein sehr guter, aber seit seiner Jugend auch leidenschaftlicher Ichthyologe, was zu seiner Laufbahn zu machen sein Vater ihm jedoch vehement untersagt hatte, so dass er seiner Passion nur heimlich frönen konnte. Den Begriff »Ichthyologie« hatte Adamsberg sich schließlich sogar gemerkt: Voisenet war Spezialist für Fische, insbesondere Süßwasserfische. Man hatte sich daran gewöhnt, dass auf seinem Schreibtisch immer alle möglichen Fachzeitschriften und Artikel herumlagen, und Adamsberg tolerierte es in gewissen Grenzen. Aber es war das erste Mal, dass echter, übler Fischgeruch von Voisenets Territorium ausging. Stutzig geworden, lief Adamsberg um den Schreibtisch herum und zog einen großen Gefrierbeutel unter dem Stuhl hervor. Voisenet, ein kurzbeiniger kleiner Mann mit schwarzem Haar, kugeligem Bauch und vollen roten Wangen, richtete sich mit aller Würde auf, die seine Statur ihm erlaubte. Ein verhöhnter, zu Unrecht beschuldigter Mann, wollte er mit seiner Haltung sagen.

»Das ist privat, Kommissar«, sagte er laut.

Adamsberg riss mit einem Ruck die Klammern auf, die den Beutel verschlossen, und öffnete ihn weit. Er schrak zurück und ließ das Ganze los, das mit schwerem, weichem Geräusch auf den Boden fiel. Es war Jahre her, dass der Kommissar vor etwas zurückgeschreckt war. Seine wenig nervöse, um nicht zu sagen infranervöse Natur konnte so leicht nichts erschüttern. Doch außer dem pestilenzialischen Gestank, der dem Beutel entstieg, hatte der grässliche Anblick seines Inhalts ihm diesen Schock versetzt. Der widerliche Kopf eines Tieres mit starrem Blick und aufgerissenem, riesigem Maul, das mit Furcht erregenden Zähnen geharnischt war.

»Was ist das für ein Dreckzeug?«, schrie er.

»Das ist mein Kescher«, erklärte Voisenet.

»Es ist nicht Ihr Kescher!«

»Es ist eine Muräne, eine gefleckte Muräne aus dem Atlantik«, erwiderte Voisenet selbstbewusst. »Genauer gesagt, ein Muränenkopf mit sechzehn Zentimetern Körper. Und das ist weiß Gott kein Dreckzeug, sondern ein wunderschönes Exemplar von einem männlichen Tier, das eine Länge von 1,55 Meter hatte.«

Wutausbrüche von Adamsberg waren so selten, dass die Mitarbeiter betroffen aufstanden und brabbelnd und mit zugehaltener Nase an dem Tier vorbeidefilierten, sich aber auch sofort wieder abwandten. Selbst der hartgesottene Lieutenant Noël murmelte: »Hier darf man ja wohl mal sagen, dass die Natur ihr Ding vermasselt hat.« Nur die stämmige, robuste Retancourt zeigte keinerlei Reaktion angesichts des abstoßenden Fischkopfes und kehrte unbeeindruckt an ihren Platz zurück. Danglard lächelte verstohlen, er war entzückt über den Vorfall, der, so meinte er, den Kommissar brutal in die Wirklichkeit zurückholte, in das Reich der echten Emotionen. Adamsberg aber war verärgert über sich. Er bedauerte, dass er die Insel Grímsey verlassen hatte, bedauerte, dass er zusammengezuckt und laut geworden war, bedauerte, dass er sich nur so halbherzig für den grauenvollen Tod der kleinen Frau unter den Rädern eines SUV interessierte.

»Aber eine Muräne, das ist schon was«, sagte Estalère, fassungsloser denn je.

Voisenet nahm seinen Gefrierbeutel mit Würde wieder an sich.

»Ich bringe den Fisch zu mir nach Hause«, sagte er und maß seine Kollegen mit verächtlichem Blick wie eine Horde bornierter, in ihren Vorurteilen befangener Gegner.

»Gute Idee«, sagte Adamsberg, der sich schon fast beruhigt hatte. »Ihre Frau wird sich über das Mitbringsel freuen.«

»Ich lasse ihn von meiner Mutter zubereiten.«

»Das zeugt von Verstand. Mütter verzeihen alles.«

»Ich habe nicht wenig dafür gezahlt«, wandte Voisenet ein, dem daran gelegen war, den Wert seines Fisches zu beweisen. »Mein Händler führt mitunter recht außergewöhnliche Stücke. Vor zwei Monaten hatte er einen ganzen Schwertfisch im Angebot, mit einem Schwert von einem Meter Länge. Ein Traum. Aber ich konnte ihn mir nicht leisten. Bei der Muräne hat er mir einen guten Preis gemacht, weil sie schon zu verderben begann. Da habe ich zugeschlagen.«

»Kann man verstehen«, sagte Adamsberg. »Schaffen Sie mir das Viech auf der Stelle hier raus, Voisenet. Sie hätten das Ding ja auch draußen in den Hof legen können. Wir werden drei Tage brauchen, die Räume zu lüften.«

»In den Hof? Damit man ihn mir klaut?«

»Immerhin«, wiederholte Estalère, »so eine Muräne, das ist schon was.«

Voisenet nickte dem Brigadier dankbar zu. Er glitt hinter seinen Schreibtisch, und mit raschem, beinahe verstohlenem Griff schaltete er seinen Bildschirm aus. Dann verließ er den Ort ohne alle Eleganz – die besaß er nicht –, aber doch mit einer gewissen Forschheit, seine schwere Trophäe am Arm schwenkend, voller Verachtung für die Banausen-Truppe seiner Kollegen. Aber konnte man von Bullen etwas anderes erwarten?

»Und ihr anderen, macht alle weit die Fenster auf!«, befahl Adamsberg. »Kommen Sie, Froissy, wir sehen uns den Mitschnitt noch mal von vorne an.«

»Ist Ihnen etwas aufgefallen?«

»Vielleicht«, log Adamsberg. »Einen kleinen Moment, bitte, warten Sie.«

Misstrauisch trat der Kommissar noch einmal hinter den Schreibtisch seines Ichthyologen-Kollegen. Warum hatte Voisenet seinen Bildschirm ausgeschaltet, bevor er ging? Er schaltete ihn wieder ein, es erschien die zuletzt von ihm konsultierte Website. Da waren weder eine Muräne zu sehen noch irgendwelche polizeilichen Vermerke. Dafür das Foto einer kleinen braunen, nicht sonderlich interessanten Spinne. Unbefriedigt ging er nacheinander alle Seiten durch, die der Lieutenant zuletzt im Internet aufgerufen hatte. Spinne, Spinne, immer die gleichen zoologischen Artikel, Verbreitung in Frankreich, Lebensweise und Ernährungsgewohnheiten, Gefährlichkeit, Paarungszeiten, dazu Zeitungsausschnitte jüngeren Datums mit reißerischen Überschriften: *Kehrt die Einsiedlerspinne zurück? Ein Mann in Carcassonne durch Spinnenbiss ums Leben gekommen. – Müssen wir uns fürchten vor der Braunen Einsiedlerspinne? Ein zweites Opfer in Orange.*

Adamsberg unterbrach seine Lektüre. Froissy wartete, elegant, sehr gerade, sehr schlank. Gemessen an der Menge der Nahrungsmittel, die sie vertilgte – in aller Heimlichkeit, wie sie meinte –, getrieben von der panischen Angst, es könnte ihr mal an irgendetwas fehlen, blieb die Vollkommenheit ihrer Figur ein Rätsel.

»Lieutenant«, sagte Adamsberg zu ihr, »erfassen Sie mir mal sämtliche Dateien, die Voisenet sich in den letzten drei Wochen angesehen hat. Und die was mit einer Spinne zu tun haben.«

»Was für einer Spinne?«

»Der Einsiedlerspinne. Oder auch Violinen-Spinne. Kennen Sie sie?«

»Mitnichten.«

»Spinnen sind nicht sein Forschungsgebiet. Er hat uns schon zur Genüge mit Nebelkrähen, Siebenschläferkot und Fischen unterhalten, dafür ist er bekannt, aber mit Spinnen noch nie. Ich würde gern wissen, wo unser Lieutenant sich so herumtreibt.«

»Es ist nicht sehr korrekt, im Rechner eines Kollegen herumzuschnüffeln.«

»Sehr nicht. Aber ich möchte es sehen. Können Sie mir das Ganze auf meinen Rechner schicken?«

»Selbstverständlich.«

»Perfekt, Froissy. Und hinterlassen Sie keine Spuren.«

»Ich hinterlasse nie Spuren. Und was soll ich den Kollegen sagen, die mich fragen werden, was ich an Voisenets Computer mache?«

»Sagen Sie, er habe Sie auf einen Programmierfehler aufmerksam gemacht. Und Sie nutzten seine Abwesenheit, um das in Ordnung zu bringen.«

»Er stinkt mächtig, sein Schreibtisch.«

»Ich weiß, Froissy, ich weiß.«

3

Diesmal konnte Adamsberg sich auf die Befragungen des Proletariers Nassim Bouzid und des hochmütigen Maître Carvin konzentrieren. Mehrmals ließ er einige Passagen durchlaufen, in denen der Anwalt ohne die geringste Scheu sein Überlegenheitsbewusstsein und seinen Zynismus ausspielte. Seine »Strategie«, wie Mordent gesagt hatte, aber vor allem sein Temperament. Adamsberg meinte, dass der Commandant sich über die wahre Natur dieser Strategie täuschte.

Mordent: *Ihr Bankkonto weist ein Guthaben von vier Millionen zweihundertsechsundsiebzigtausend Euro auf. Davon waren Sie vor nicht mal sieben Jahren weit entfernt.*
Carvin: *Sie haben doch von der massenhaften Rückkehr der Steuerflüchtlinge gehört? Die sich bemühen, ihre Steuerbereinigung gegenüber dem Staat zu den bestmöglichen Bedingungen zu verhandeln? Nun, das ist das reinste Manna für einen Anwalt, glauben Sie mir. Vorausgesetzt, er hat die entsprechende Fachkompetenz. In puncto Recht, natürlich, aber vor allem was die Schliche des Rechts angeht. Geist und Buchstabe des Gesetzes, Sie verstehen? Ich favorisiere den Geist in seiner unendlichen Geschmeidigkeit.*
Voisenet: ...

Carvin: *Aber ich sehe nicht, was das mit dem Tod meiner Frau zu tun hat.*

Mordent: *Nun, ich frage mich, warum Sie mit einem solchen Vermögen noch immer zur Miete in dieser Dreizimmer-Parterrewohnung in der tristen Impasse des Bourgeons wohnen.*

Carvin: *Was hat das schon zu sagen? Ich verbringe meine Tage in der Kanzlei, einschließlich der Wochenenden. Ich komme spät nach Hause, und dann schlafe ich.*

Voisenet: *Essen Sie zu Hause zu Abend?*

Carvin: *Selten. Meine Frau ist zwar eine gute Köchin, aber man muss an seinem Netzwerk arbeiten. Das Netzwerk ist für unsereinen der Garten.*

»Plumpe Anspielung auf Voltaire«, murmelte Danglard, der hinter Adamsberg getreten war. »Als wäre dieser Schnösel auch nur irgendwie berufen, ihn zu zitieren.«

»Ein Ekel«, sagte Adamsberg.

»Aber er schafft es, Voisenet aus dem Konzept zu bringen.«

Voisenet: …

Carvin: *Lassen Sie's sein, Lieutenant. Ich warte immer noch darauf, dass Sie mir den Zusammenhang mit dem Tod meiner Frau erklären.*

Mordent: *Wie ein großer König einst auf seine Kutsche wartete.*

Man sah, wie Carvin mit den Schultern zuckte. Danglard verzog das Gesicht.

»Guter Versuch«, sagte er, »aber an der falschen Stelle. Carvin hat sie alle beide abgehängt.«

»Warum haben nicht Sie die Befragung durchgeführt, Danglard?«

»Ich wollte, dass Carvin vor uns das ganze Spektrum seiner Vernichtungstaktik sichtbar werden lässt. Vernichtung der Bullen, vielleicht auch seiner Frau. Dass er auf diese Weise seine verborgene Gewaltbereitschaft zu erkennen gibt. Aber ich begreife nicht, worauf er hinauswill. Dass er die Bullen demütigt, macht es ihm doch auch nicht leichter, sie in die Tasche zu stecken, im Gegenteil.«

»Er demütigt sie nicht, Danglard, er beherrscht sie. Das ist etwas ganz anderes. Unser Zoologe Voisenet würde Ihnen sagen, dass das Rudel der Polizisten dem Willen des dominanten Männchens, Carvin, mit gesenktem Haupt folgen wird. Weil Carvin das, hierarchisch gesprochen, dominante Männchen der Brigade – Commandant Mordent – besiegt hat. Sie, Danglard, sind nur nicht so empfänglich für Carvins Attacken, weil Sie selbst ein Alphatier sind.«

»Ich?«

»*Já.*«

Danglard schwieg verwirrt, nahm er sein Leben doch eher als Verkettung von Ängsten und Unzulänglichkeiten wahr, ausgenommen seine fünf Kinder.

»Es war zweifellos ein Fehler von Ihnen, Danglard, dass Sie nicht selbst die Federführung bei dieser Befragung übernommen haben. Sie hätten den Herrn Advokaten an die Wand gespielt, und die Brigade hätte sich stärker gefühlt. Mögen unsere Leute ihn auch spöttisch behandeln, sagen, dass er ein ›Ekel‹ ist – was stimmt –, sie sind ihm dennoch partiell ergeben. Und darum nicht sehr geeignet, über den Urheber dieses Verbrechens sachlich zu urteilen.«

»Es ist keiner eine dominante Person, nur weil er hier und da ein bisschen Voltaire oder Nietzsche zu zitieren weiß.«

»Es kommt immer auf den Kontext an. In unserem Fall setzt Carvin auf den Umstand, dass eine Polizeibrigade nicht unbedingt ein Ort ist, wo der Geist Funken schlägt. Also greift er uns mit genau dieser Waffe an, trifft uns an unserem schwächsten Punkt. Verdammt, Danglard, dieses Gefecht hätten Sie führen müssen.«

»Tut mir leid, so habe ich die Dinge nicht gesehen.«

»Noch ist es nicht zu spät.«

Mordent: *Aber Ihre Frau verbrachte jeden Abend und jeden Morgen zu Hause. Seit wie vielen Jahren?*
Carvin: *Seit über fünfzehn Jahren.*
Mordent: *Haben Sie niemals in Erwägung gezogen, ihr ein lichteres Zuhause zu bieten, in einem weniger einsamen Viertel, wenn sie so spät am Abend heimkehrte?*
Carvin: *Commandant, man reißt eine Napfschnecke nicht von ihrem Felsen.*
Mordent: *Das heißt?*
Carvin: *Wenn ich den Fehler begangen hätte, meine Frau aus diesem Viertel herauszuholen, hätte ich ihre Wurzeln wie mit der Axt gekappt. Ihretwegen habe ich diese Wohnung behalten. In den hohen Räumen der Haussmann'schen Boulevards hätte sie jeden psychosozialen Halt verloren.*
Voisenet: *Glauben Sie nicht an die Macht der Anpassung? Durch die sich Intelligenz ja definiert?*

»Voisenet versucht Boden zu gewinnen«, meinte Adamsberg. »Jetzt ist er auf seinem Gebiet: dem der Viecher.«

»Und es wird keinerlei Wirkung haben.«

»Ich weiß. Diese Stelle habe ich mir schon zweimal angesehen.«

Carvin: *Meine Frau war nicht intelligent, Lieutenant.*
Mordent: *Und warum haben Sie sie dann geheiratet?*
Carvin: *Wegen ihres Lachens, Commandant. Ich selbst lache nicht. Und dieses erfrischende Lachen schlug jeden in seinen Bann, sogar den Araber. Es war kein ordinäres Lachen, es brach nicht wie ein Sturzbach, eine Kaskade aus ihr heraus, es perlte in Tropfen, ein Seurat, wenn Sie so wollen.*
Mordent: …
Carvin: *Und dieses Lachen wird mir fehlen.*
Voisenet: *Nicht so wie die zwei Millionen, die sie im Fall einer Scheidung mitgenommen hätte.*
Carvin: *Ein so vitales Lachen lässt sich nicht beziffern. Selbst als geschiedener Mann – und so weit waren wir noch gar nicht – hätte ich weiterhin mein Quäntchen aus diesem Quell schöpfen wollen«.*

»Mir reicht's«, sagte Adamsberg und hielt das Video mit einem energischen Mausklick an.

»Und Nassim Bouzid?«

»Den habe ich.«

»Und was meinen Sie nun zu den beiden Kerlen? Was lesen Sie in ihren ›Visagen‹?«

»Es gibt Zeichen, Falten, Markierungen, Gesten. Aber das reicht nicht aus. Bevor ich heute Morgen in die Brigade kam, bin ich die Strecke zwischen der Spielhalle und dem Tatort hin und zurück abgelaufen. Und da habe ich etwas Interessantes bemerkt.«

»Wir haben die Zeit schon gestoppt.«

»Das meine ich nicht, Danglard. Ich meine die Reste von Splitt, die da noch auf einer Baustelle liegen.«

»Und?«

»Wir sind uns doch darüber einig, dass unter den Milliarden Löwenzahnpflanzen, die auf dieser Erde wachsen, es keine zwei gleichen gibt?«

»Gewiss.«

»Dasselbe gilt für Autofahrer. Keine zwei Fahrer, die einander gleichen. Bestellen Sie Löwenzahn Nummer 1, Carvin, zu 14 Uhr, und Löwenzahn Nummer 2, Bouzid, zu 15 Uhr in die Brigade. Wir werden eine Runde drehen. Und lassen Sie die Leute von der Spurensicherung kommen, sie sollen da sein, wenn ich zurückkomme.«

»Sehr gut, dann bleibt uns ja noch genügend Zeit, um essen zu gehen.«

»*Drekka, borða*«, sagte Adamsberg lächelnd. [Trinken, essen.]

Na gut, sagte sich Danglard. Jetzt sprach Adamsberg schon Isländisch – wie hatte er diese paar Wörter bloß gelernt? Doch seit dem Zwischenfall mit der Muräne sah es ja so aus, als sei er wieder ein wenig bei ihnen angekommen.

»Noch etwas, Danglard«, sagte Adamsberg im Aufstehen. »Gegen 14.30 Uhr, wenn ich mit Carvin von der Spazierfahrt zurück bin, werden Sie ihn befragen. Aber diesmal schlagen Sie ihn mit seinen eigenen Waffen. Ich will, dass er von seinem hohen Ross herunterkommt. Anschließend soll sich die ganze Brigade die Aufzeichnung anhören. Das wird sie wieder zur Vernunft bringen. Ich will, dass jeder unserer Mitarbeiter für Carvin wie für Nassim Bouzid die gleiche Wahrnehmung entwickelt. Also, gehen Sie mit seinen eigenen Waffen gegen ihn vor und zertreten Sie ihn.«

Danglard verließ den Raum mit etwas weniger schlaffem Schritt als sonst, auf etwas festeren Beinen, ein klein wenig aufgehellt durch seinen neuen Rang als »Alphatier«, an den er mitnichten glaubte.

Und diese Sache mit dem Splitt hatte er absolut nicht verstanden.

4

Maître Carvin war ein kaltblütiger Mensch, weder ungeduldig noch cholerisch, und als Lamarre und Kernorkian
zu ihm in die Kanzlei kamen und ihn mitten in der Arbeit
unterbrachen, um ihn in die Brigade mitzunehmen, bat er
sie, fünf Minuten zu warten, damit er eine Seite beenden
konnte, dann folgte er ihnen widerstandslos.

»Worum geht es diesmal?«, fragte er.

»Der Kommissar«, begann Kernokian zu erklären.

»Oh, der! Er ist also zurück? Ich habe so einiges über ihn
gehört.«

»Er will Sie sehen, Sie und Nassim Bouzid.«

»Vollkommen normal. Ich bin bereit, ihm Rede und Antwort zu stehen.«

»Ich glaube gar nicht mal, dass er mit Ihnen reden will, er
will im Auto mit Ihnen eine Runde fahren.«

»Was schon nicht mehr ganz so normal ist. Aber ich
nehme an, er weiß, was er tut.«

Adamsberg hatte in seinem Büro zu Mittag gegessen und
dabei noch einmal den Bericht gelesen, den er auf dem
Flughafen von Reykjavík erhalten hatte. Er las wie üblich
im Stehen, in dem kleinen Raum auf und ab gehend. Der
Kommissar arbeitete selten im Sitzen, wenn es sich denn
vermeiden ließ. Und während er las, wobei er jedes Wort
leise vor sich hin murmelte – was seine Zeit brauchte –,

konnte er nicht verhindern, dass Voisenets kleine Spinne ihm durchs Gemüt lief, immer von links nach rechts. Sie lief sehr bedächtig, wie um nicht bemerkt zu werden, um nicht zu stören. Aber stören tat sie bereits, seit Adamsberg wusste, dass sie durch Froissys Talent nun auch in seinem eigenen Rechner wohnte. Er legte den Bericht auf den Tisch und schaltete den Bildschirm ein. Lieber gleich wissen, was es mit dieser Spinne auf sich hatte, dann sollte sie sich aus dem Staub machen. Lieber gleich wissen, was Voisenet mit diesem Tierchen im Sinn hatte, selbst heute Morgen noch, als er doch voll auf die bevorstehende Versammlung hätte konzentriert sein müssen wie auch auf das Problem mit seiner vor sich hin gammelnden Muräne. Warum also hatte er dennoch ein weiteres Foto der Einsiedlerspinne aufgerufen?

Immer noch im Stehen öffnete er die Datei, die Froissy ihm auf seinen Rechner überspielt hatte, und sah sich die Vorgeschichte an: Schon seit achtzehn Tagen beobachtete der Lieutenant seine Spinne. Heute Morgen hatte er die wichtigsten Lokalzeitungen des Departements Languedoc-Roussillon durchgesehen und erneut verschiedene Diskussionsforen zum Thema überflogen. In denen wurde ziemlich erbittert über die zurückgezogen lebende Spinne debattiert. Da trafen die Ängstlichen, die angeblichen Kenner, die Pragmatiker, die Umweltschützer, die Panikmacher aufeinander. Voisenet hatte sogar noch Nachrichten aus dem vergangenen Sommer hochgeladen, wo in derselben Region sechs nicht tödliche Bisse von Einsiedlerspinnen Panik gesät hatten bis hinauf in einige überregionale Wochenzeitungen. Und das alles, weil ein von irgendwoher aufgetauchtes Gerücht seinen üblen Atem verbreitete: War die Braune Einsiedlerspinne aus Amerika in Frankreich angekommen? Die nämlich galt als gefährlich. Wo hielt sie sich auf, und wie zahlreich war sie? Es gab ein maßloses Geschrei, bis eine seriöse Forscherin auf den Plan trat und dem Ganzen ein Ende setzte: Nein, die amerikanische Spinne hatte sich in Frankreich nicht blicken lassen. Eine ihrer Verwandten hingegen hatte hier schon immer gelebt, im Südosten des Landes, und sie war nicht giftig. Zumal sie, von Natur aus ängstlich und nicht aggressiv, zurückgezogen in ihrem Loch lebte und das Risiko, mit einem menschlichen Wesen zusammenzutreffen, daher eher selten war. Um die aber handelte es sich, um keine andere, *Loxosceles rufescens* – den Namen konnte Adamsberg nicht mal murmelnd aussprechen.

Bis im Frühjahr besagte kleine Spinne zwei alte Männer biss. Aber diesmal starben die Gebissenen daran. Diesmal also hatte die Einsiedlerin sehr wohl getötet. Die Tode, so meinten einige, seien allein dem hohen Alter der Opfer geschuldet. Darüber war eine Polemik entbrannt, die schon wieder über hundert Seiten füllte, nach allem, was Adamsberg in der Eile feststellen konnte. Er warf einen Blick auf die Uhr des PC. 13.53 Uhr, Maître Carvin würde gleich in der Brigade sein. Er durchquerte den Büroraum, der trotz der geöffneten Fenster noch immer stank, und nahm sich aus dem Schrank den Schlüssel des einzigen Spitzenklassewagens, den die Brigade besaß. Was mochte Voisenet nur an dieser verdammten Spinne finden? Zwei Männer waren gestorben, gewiss, ihre geschwächte Immunkraft war dem Gift nicht gewachsen gewesen, klar, aber musste der Lieutenant deswegen die Situation seit nunmehr fast drei Wochen Tag für Tag verfolgen? Es sei denn, eines der Opfer war ein ihm nahestehender Mensch, ein Freund oder Angehöriger. Adamsberg verscheuchte die Einsiedlerin aus seinen Gedanken und beeilte sich, den Anwalt draußen auf dem Bürgersteig abzufangen, bevor seine vergesslichen Beamten ihn in den faulig riechenden Raum führen würden, der das Großraumbüro zurzeit war.

»Sie holen den Galaschlitten für ihn raus, Kommissar?«, warf ihm Retancourt im Vorbeigehen zu. »Sind Sie dem hochmütigen Charme des Herrn Anwalt nun auch schon erlegen?«

Adamsberg neigte den Kopf und sah sie lächelnd an.

»Haben Sie mich schon vergessen, Retancourt? In nur siebzehn Tagen?«

»Nein. Da muss ich wohl was verpasst haben.«

»Ja, Lieutenant. Den Splitt auf dem Weg zurück in die Spielhalle.«

»Den Splitt«, wiederholte sie nachdenklich. »Mehr können Sie mir wohl nicht sagen?«

»Aber sicher. Es gibt keine zwei Löwenzahn auf Erden und auch keine zwei Autofahrer, die sich absolut gleichen, das ist alles.«

»Das ist alles. Und da befürchtete Danglard, Sie hätten sich verändert.«

»Vermutlich ist es schlimmer geworden mit mir, aber kein Grund zur Aufregung. Sagen Sie«, fügte er hinzu und ließ die Autoschlüssel an seinen Fingerspitzen baumeln, »was halten Sie davon, wenn einer seinen zweiten Autoschlüssel verliert? Das ist jetzt eine ernste Frage.«

»Und eine sehr einfache. Ein Zweitschlüssel darf nie verloren gehen, Kommissar.«

»Und wenn er's ist?«

»Dann sucht man ihn bis zur Erschöpfung. Der zweite Autoschlüssel gehört zu den Dingen, die einen um den Verstand bringen können.«

»Ich habe mein Telefon auf Grímsey verloren.«

»Wie das?«

»In die Exkremente eines Schafs gefallen, das Tier hat es mit einem Huftritt auch noch hineingedrückt.«

»Und Sie haben nicht bis zur Erschöpfung versucht, es herauszuziehen?«

»Unterschätzen Sie nicht den Huftritt eines Schafs, Retancourt. Das Gerät wird dabei wohl kaputtgegangen sein.«

»Und seitdem sind Sie ohne Telefon?«

»Ich habe das vom Kater genommen. Ich meine, das auf dem Fotokopiergerät neben dem Kater liegt. Es hat eine Macke, ich glaube, der Kater hat mal draufgepinkelt. Wahrscheinlich sind meine Telefone alle dazu bestimmt, ein exkrementales Schicksal zu erleiden. Ich bin mir nicht im Klaren, wie ich das verstehen soll.«

»Der Kater hat dem Handy überhaupt nichts getan«, warf Retancourt ein, die das Tier – das alle »die Kugel« nannten – wie ihren Augapfel hütete und verteidigte. »Aber es stimmt, das Telefon schreibt ›a‹, wenn man ein ›c‹ eingibt, und ›o‹ anstelle von ›f‹.«

»Genau. Wenn Sie also mal eine Nachricht wie: ›Iah oahre‹ erhalten, dann wissen Sie, sie kommt von mir.«

»Das vereinfacht die Arbeit. Also kein Grund zur Aufregung.«

»Keiner.«

»Wie geht es denen da auf der Insel?«, fragte sie dann sehr viel leiser. »Gunnlaugur, Rögnvar, Brestir …?«

»Die senden Ihnen viele Grüße. Sie mögen es glauben oder nicht, Rögnvar hat Ihr Porträt in ein Ruderblatt geritzt.«

Adamsberg war glücklich, Retancourt wiederzusehen, doch er hätte es ihr nicht anders als durch Gesten zu sagen verstanden. Mitunter beeindruckte die »vielseitige Göttin«, wie er sie nannte, ein Meter fünfundachtzig groß, hundertzehn Kilo schwer, ausgestattet mit der Energie von zehn Männern, ihn so sehr, dass ihm seine natürliche Ungezwungenheit abhandenkam. Retancourt verfügte über unvergleichliche Körperkräfte und eine nicht kleinzukriegende seelische Widerstandskraft, so dass sie Adamsberg wie einer von jenen Bäumen aus alten Legenden vorkam, auf dessen Äste sich sämtliche Mitarbeiter der Brigade, verloren in einem sturmgepeitschten nächtlichen Wald, flüchten könnten und in vollkommener Sicherheit wären. Eine keltische Eiche. Natürlich konnte sie bei so ungewöhnlichen Eigenschaften nicht gleichzeitig die Inkarnation weiblicher Anmut sein, und Lieutenant Noël konnte es sich nicht verkneifen, ihr das gelegentlich in flegelhafter Weise unter die Nase zu reiben. Dabei hatte Retancourt sogar recht feine Züge in einem allerdings nahezu quadratischen Gesicht.

Er parkte den glänzenden schwarzen Wagen gerade in dem Moment vor der Brigade, als Kernorkian und Lamarre mit Carvin eintrafen, der den Kommissar mit einem Blick musterte. Zerknitterte Hose, abgetragenes schwarzes Leinenjackett, verwaschenes T-Shirt, das einmal blau oder auch grau gewesen sein mochte, all das entsprach nicht der Vorstellung, die Maître Carvin sich vom renommierten Leiter der Brigade criminelle machte. Er gab ihm die Hand.

»Man sagte mir, Herr Kommissar, dass Sie mit mir eine Runde fahren wollen?«

Ohne eine Antwort zu erwarten, ging er auf die Beifahrertür zu.

»Maître«, sagte Adamsberg und reichte ihm den Schlüssel, »ich hätte gern, dass Sie sich ans Steuer setzen.«

»Oh, Sie wollen meine Eignung testen?«

»Wahrscheinlich.«

»Wie Sie wollen«, sagte der Anwalt und ging um das Fahrzeug herum.

Carvin konnte seinen leicht provokanten Ton nicht ablegen, doch Adamsberg fand ihn liebenswürdiger, als er gegenüber seinen Stellvertretern gewesen war. Für diesen Mann, der die dominante Haltung gewohnt war, war Adamsberg ein Chef, und instinktiv hielt er es für klüger, auf Distanz zu gehen. Dass einer ein altes Leinenjackett trägt und von kleiner Statur ist, besagt noch längst nicht, dass man ihn unterschätzen darf, wenn er ein Chef ist.

»Ich nehme an«, bemerkte der Anwalt, als er hinters Steuer glitt, »dass dieses Auto nicht Ihrer Brigade gehört. Oder aber man belügt uns über die finanzielle Ausstattung der Polizei.«

»Es gehört dem Divisionnaire«, sagte Adamsberg, während er sich anschnallte. »Ich vermute, Sie fahren gut, aber schnell. Und ich muss ihm den Wagen heute Abend unversehrt zurückgeben. Denken Sie bitte daran.«

Lächelnd startete Carvin.

»Vertrauen Sie mir. Wohin fahren wir?«

»Zum Parkplatz des Spielcasinos.«

»Und anschließend an die Stelle, wo meine Frau ermordet wurde.«

»Zunächst mal ja.«

Der Anwalt fuhr auf die Straße hinaus, betätigte den Blinker, ohne ihn erst suchen zu müssen, und bog nach links ab.

»Ich nehme an, dasselbe Spiel werden Sie auch mit diesem Bouzim spielen?«

»Bouzid. Ja, selbstverständlich.«

»Ehrlich gesagt, ich sehe nicht, worauf Sie hinauswollen, Kommissar.«

»Ich sehe es selbst auch noch nicht, falls Sie das beruhigt.«

»Ich bin nicht in Sorge. Schöner Wagen, sehr schöner Wagen.«

»Sie lieben Autos?«

»Welcher Mann liebt sie nicht?«

»Ich, zum Beispiel. Ich mache mir überhaupt nichts draus.«

Nachdem er den Wagen gegenüber dem Spielcasino geparkt und danach in die Rue du Château-des-Rentiers gefahren hatte, hielt Carvin an der Ampel, an der sein SUV seine Frau überrollt hatte.

»Und jetzt, Kommissar?«

»Fahren Sie nun zum Casino zurück, genau wie der Mörder.«

Adamsberg las auf den Lippen des Anwalts seine Verachtung für diesen simplen Trick des Kommissars.

»Und wo soll ich langfahren?«

»Durch die kleinen Nebenstraßen. Fahren Sie die erste rechts, dann noch dreimal rechts, und wir sind da.«

»Verstanden.«

»Geben Sie acht, in der Rue de l'Ormier ist eine Baustelle, da ist die Fahrbahn leicht abgesenkt.«

»Keine Angst, Kommissar, dass ich Ihnen Ihr Auto beschädige«, sagte Carvin und fuhr los.

Vier Minuten später kamen sie erneut am Spielcasino vorbei. Adamsberg bedeutete dem Anwalt, weiterzufahren und zur Brigade zurückzukehren.

»Kommen Sie bitte mit rein«, sagte er, »der Commandant möchte Sie noch sprechen.«

»Nicht Sie?«

»Nein, nicht ich.«

»Der Commandant? Mit dem habe ich doch schon wer weiß wie lange geredet.«

»Es ist nicht derselbe.«

»Es riecht hier bei Ihnen«, bemerkte Carvin und hob die Nase.

»Wir hatten gerade eine Lieferung«, erwiderte Adamsberg.

Danglard stellte sich vor. Maître Carvins Blick streifte anerkennend den vollendet geschnittenen englischen Anzug dieses großen, keineswegs schönen Mannes mit den wässrigen blauen Augen, den schlaksigen Beinen und der gebeugten Haltung. Doch Adamsberg beobachtete auch eine leichte Beunruhigung bei dem Anwalt, die nichts mit der Garderobe des Commandants zu tun haben konnte. Es schien so, als habe er in Danglard einen ganz anderen Gegner erkannt als jene, mit denen er es bisher zu tun gehabt hatte.

»Nassim Bouzid ist schon da, Kommissar«, verkündete Danglard.

»Ausgezeichnet, dann fahre ich gleich mit ihm los.«

Im Großraumbüro begegneten sich die beiden Verdächtigen, der eine im Gefolge von Danglard, der andere von Adamsberg.

»Bouzim, du Dreckskerl!«, schrie der Anwalt. »Was hatte sie dir getan? Kotzbrocken du, elender Barbar! Zu welchem Clan gehörst du eigentlich? Zur Sekte der Haschischins? Oder zur Killertruppe der Assassinen?«

Adamsberg und Danglard bemühten sich, jeder seinen Mann aus der Gefahrenzone zu ziehen, unterstützt von Retancourt und Lamarre, die herbeigerannt kamen. Bouzid kriegte dabei einen Schlag von Retancourt ab, der ihn sechs

Meter nach hinten warf, ohne dass man recht begriffen hätte, wie.

»Ich kenne Ihre Frau ja nicht mal!«, brüllte Bouzid.

»Elender Lügner! Verbietet der Koran nicht die Lüge?«

»Wer sagt dir denn, dass ich den Koran lese? Ich glaube nicht mal an Gott, du Blödmann!«

»Ich bring dich um, Bouzim!«

Schließlich gelang es, die beiden Männer zu trennen, aber Adamsberg brauchte draußen auf dem Bürgersteig gute fünf Minuten, um Nassim Bouzid zu beruhigen, der wie ein Kind mit zittriger Stimme in einem fort wiederholte, dass ja »der andere damit angefangen« habe. Der Kommissar schob ihn auf den Fahrersitz und wartete, bis der Mann sich so weit abgekühlt hatte, dass er das Steuer übernehmen konnte.

Er ließ ihn dieselbe Strecke fahren wie den Anwalt, nur mit dem Unterschied, dass er ihn die Runde zweimal absolvieren ließ. Bevor er losgefahren war, hatte Bouzid sich die Zeit genommen, alle Funktionen zu checken, und im Unterschied zu Carvin redete er auf der ganzen Strecke – die er ihm, wie auch schon dem Anwalt, genau bezeichnen musste –, er sprach von seiner Familie, seiner Arbeit, diesem Arschloch von Anwalt, von der überfahrenen Frau, die aber nicht seine Geliebte gewesen war, er hatte sie nie gesehen. Ist das nicht grauenvoll, so einfach über eine Frau drüberzufahren? Seine Frau betrog er nicht, ich bitte Sie, niemals, und woher hätte er auch die Zeit nehmen sollen? Außerdem, nicht wahr, und das war ihr einziger Fehler, überwachte sie ihn ständig. Also? Wie hätte er es anstellen sollen? Nein, in diese Boutique, wo die Frau gearbeitet hatte, hatte man ihn nie zu einer Reparatur geschickt. Im Übrigen zeigte er sich sehr entgegenkommend, viel zu sehr, ging sogar so weit, seine Gratis-Dienste anzubieten, falls der Getränkeautomat der Brigade mal kaputt gehen sollte. Der Automat lieferte zwar keine Suppe mehr, aber das war allen ziemlich egal.

Bei seiner Rückkehr übergab Adamsberg den Wagen den Spurentechnikern und erklärte ihnen genau, was er von ihnen haben wollte, sowohl aus dem Fahrzeug des Divisionnaire als aus dem SUV. Eine einzige Sache, und zwar schnell. Danglard kam aus seinem Büro, die Wangen rosig überhaucht, und begleitete den Anwalt zum Ausgang. Carvin lief mit zusammengepressten Zähnen an ihnen vorbei, mied es, jemanden anzusehen, grüßte im Hinausgehen nur den Kommissar. Allem Anschein nach ein Match 10:0 für Danglard und von diesem mit vollendetem Takt gespielt, da war sich Adamsberg sicher. Wer zum Schwert greift, wird durch das Schwert umkommen.

Adamsberg lief eine Weile mit verschränkten Armen im Saal auf und ab. Inzwischen war Voisenet an seinen Arbeitsplatz zurückgekehrt und hatte beim Eintreten bemerkt, dass es im Raum tatsächlich sehr nach altem Hafen roch. Da alle Fenster geöffnet waren, fegte ein heftiger Wind über die Schreibtische, und jeder hatte sich etwas einfallen lassen, um seine Akten zu beschweren, der eine mit Stiftehaltern, der andere mit seinen Schuhen, ein Dritter mit Konservendosen, die er aus dem Schrank mit Froissys Lebensmittelvorräten entwendet hatte, Wildschweinpastete, Entenmousse mit grünem Pfeffer. Diese bunt zusammengewürfelte neue Ausstattung der Schreibtische gab dem Ganzen einen Anflug von Flohmarkt oder Wohltätigkeitsbasar. Adamsberg hoffte nur, dass der Divisionnaire nicht plötzlich auf den Gedanken käme, seine Limousine selber abzuholen und dabei zu entdecken, dass die halbe Brigade auf Strümpfen in einem übel riechenden Raum tätig war.

»Froissy«, sagte er, »geben Sie den Mitschnitt von der Befragung Maître Carvins durch Danglard an das ganze Team weiter. Das wird erbaulich werden, versäumen auch Sie es nicht. Doch vorher bitte ich Sie, machen Sie mir eine Vergrößerung von Carvins Händen während seiner ersten Befragung, eine Großaufnahme, so scharf wie möglich, von seinen Fingerspitzen, genauer gesagt, seinen Nägeln.«

Froissy arbeitete schnell, und schon nach ein paar Minuten zeigte sie Adamsberg eine linke Hand.

»Ich erhalte bessere Resultate, wenn ich jede Hand für sich bearbeite«, erklärte sie.

»Können Sie den Kontrast verstärken?«

Froissy konnte es.

»Vergrößern Sie noch weiter.«

Adamsberg stand lange über den Bildschirm gebeugt, dann richtete er sich befriedigt auf.

»Können Sie nun das Gleiche für die rechte Hand machen?«

»Schon in Arbeit, Kommissar. Was suchen Sie genau?«

»Haben Sie bemerkt, dass er runde Fingernägel hat? Ich meine, dass seine Nägel die Tendenz haben, sich wie eine Nussschale um seine Fingerkuppe zu schließen. Sehen Sie? Für einen Kriminalisten sind das sehr sympathische Nagelformen, sie halten leichter als andere Nägel bestimmte Substanzen fest.«

»Was für Substanzen?«

»Ich suche Humus. Sehr dunkle braune Erde.«

»Ich versuche es.«

»Was, Froissy?«

»Vor allem die Brauntöne stärker herauszuarbeiten. Schauen Sie.«

»Ausgezeichnet, Lieutenant. Wo sehen Sie Dreck?«

»Unter den Ecken der Daumennägel und denen der Ring-finger.«

»Genau, und er hatte auch heute noch welchen unterm Daumennagel. Eine der Stellen, die sich am schwersten säubern lassen, vor allem wenn es sich um weiche, klebrige Erde handelt und vor allem unter einem gewölbten Nagel.«

»Vielleicht ist es aber auch Motorenfett.«

»Nein«, sagte Adamsberg und pochte auf den Bildschirm, »das ist Erde. Doch ob nun Fett oder Erde, finden Sie das normal bei einem Menschen, der so auf sein Äußeres achtet?«

»Vielleicht hat er irgendwas gepflanzt. Wir gehen auf Juni zu.«

»Das hätte er doch seiner Frau überlassen. Drucken Sie mir diese Großaufnahmen aus, ja? Und dann schmeißen Sie das Video von der Befragung an. Das wird alle aufheitern.«

Die Leute von der Spurensicherung räumten im Hinterhof ihre Technik ein.

»Tut mir leid, Kommissar«, der Leiter der Truppe breitete bedauernd die Arme aus. »Zwar haben wir diese eine Fingerspur, ja sogar zwei, Daumen und Zeigefinger, auf der Windschutzscheibe des Wagens vom Divisionnaire gefunden, aber nichts auf der vom SUV. Man kann nicht jedes Mal gewinnen.«

»Es ist perfekt so. Schicken Sie mir Ihren Bericht so bald wie möglich, mit Aufnahmen von den beiden Frontscheiben.«

»Nicht vor morgen, Kommissar. Wir haben bis heute Abend noch zwei Tatorte zu untersuchen.«

Das Büro leerte sich, im Kapitelsaal sollte gleich das Video beginnen. Adamsberg erwischte Voisenet im Vorbeigehen.

»Holen Sie Ihren Fotoapparat, Voisenet, eine Hacke, Handschuhe und einen Spurensicherungsbeutel. Ich nehme den Metalldetektor mit. Wir gehen nicht weit, nur bis zur Impasse des Bourgeons.«

»Kommissar«, protestierte Voisenet, der sich fragte, ob es sich dabei nicht um eine Strafmaßnahme handelte, »ich möchte aber gern Danglard erleben, wie er diesen Typen fertigmacht.«

»Sie werden ihn nachher allein erleben, und mit dem gleichen Gewinn.«

Voisenet beobachtete das Gesicht von Adamsberg, der das Theater mit der Muräne vollkommen vergessen zu haben schien, verbucht unter Gewinn und Verlust. Eher war es die Muräne, die sie nicht vergessen hatte, indem sie ihren scheußlichen Geruch zurückgelassen hatte. Mochte Voisenet auch sehr wohl wissen, dass der Kommissar kein Mensch war, der lange auf seinem Groll und seinem Ärger herumkaute, es fiel ihm immer schwer, das zu begreifen, weil er selbst nun mal sehr gerne grollte.

Als sie vor dem Haus der Carvins angekommen waren, lief Adamsberg einen Moment in der Sackgasse auf und ab, die breit und nicht sehr lang war, so dass sie eher einem kleinen Hof glich.

»Drei Kastanien«, sagte er. »Das ist gut.«

»Eines hätte ich Ihnen schon sagen können, Kommissar. Falls Sie die Absicht haben, eine Hausdurchsuchung zu machen, erinnere ich Sie daran, dass wir dazu noch auf die Ermächtigung durch den Richter warten. Er war zum Zeitpunkt der Tat im Wochenendurlaub, und im Moment ist er dabei, das Dossier durchzusehen.«

»Soll er durchsehen, Voisenet, ich muss da nicht rein.«

»Was wollen wir dann hier?«

»Sagen Sie, Voisenet, kennen Sie sich mit Spinnen aus?«

»Spinnen sind nicht mein Gebiet, Kommissar. Und sie sind ein unendlich weites Feld. Fünfundvierzigtausend Arten gibt es davon auf der Welt, können Sie sich das vorstellen?«

»Schade, Lieutenant. Es ist auch nicht wirklich wichtig, ich dachte nur, Sie könnten mich da aufklären. Als ich aus Island zurückkam, habe ich die jüngsten Nachrichten überflogen. Außer den üblichen Massakern und neuesten Umweltskandalen hat eine kleine Spinnengeschichte meine Aufmerksamkeit erregt.«

Voisenet war auf der Hut, er furchte seine dicken schwarzen Brauen.

»Was für eine kleine Spinnengeschichte?«

»Die von der sogenannten Einsiedlerspinne, die im Languedoc-Roussillon wieder mal gebissen haben soll, mit zwei Toten diesmal«, sagte Adamsberg, während er den Metalldetektor aus dem Kofferraum des Wagens holte. »Bei dem Baum da fangen wir an, Voisenet, in der Mitte der Gasse. Die Gitter nehmen wir hoch.«

Ohne etwas zu erwidern, sah Voisenet Adamsberg zu, wie er das Gerät einschaltete. Er fühlte sich etwas verloren in den Gedankengängen des Kommissars, die zwischen den drei Kastanien und der Einsiedlerspinne hin und her gingen. Aber dann fing er sich und verfolgte Schritt für Schritt die Arbeit des Detektors, der in kreisförmigen Bewegungen den Boden abtastete.

»Hier ist nichts«, sagte Adamsberg und richtete sich auf. »Carvin ist weniger schlau, als ich dachte. Gehen wir zum nächsten Baum, gleich gegenüber seinem Haus.«

»Was suchen wir eigentlich?«, fragte Voisenet. »Eine metallische Spinne?«

»Das werden Sie gleich sehen, Voisenet«, Adamsberg lächelte. »Sie werden es nicht bedauern, das Video versäumt zu haben. Diese Spinnenbisse sagen Ihnen also nichts?«

»In der Tat schon«, wagte Voisenet sich vor, während er um den Baum herumlief. »Ich habe den Fall flüchtig verfolgt.«

»Sehr aufmerksam verfolgt, wollen Sie sagen. Warum, Voisenet?«

»Vor sehr langer Zeit wurde mein Großvater mal von einer Einsiedlerspinne ins Bein gebissen. Er bekam den Wundbrand und man musste ihm das Bein unterhalb des Knies abnehmen. Er hat's überlebt, aber eben amputiert. Er lief so gern in der Abenddämmerung, selbst mit sechsundachtzig Jahren noch. Ich begleitete ihn manchmal, und er sagte zu mir: ›Hör zu, Junge, das ist die Stunde der Wippe. Hör auf die Geräusche der Tiere, die sich zur Ruhe begeben, und derer, die gerade aufstehen. Hör auf das Rascheln der Kronen, die sich schließen.‹«

»Der Blütenkronen?«

»Ja.«

»Das hört man, wenn sie sich schließen?«

»Nein. Und als er nicht mehr laufen konnte, verfiel er rasch, neun Monate später ist er gestorben. Ich hasse die Einsiedlerspinnen.«

Beide Männer erstarrten. Die Sonde hatte gepiept.

»Vielleicht eine Münze«, sagte Voisenet.

»Geben Sie mir Ihre Handschuhe.«

Adamsberg besah sich sehr aufmerksam das Erdreich in dem freigelegten Viertelkreis.

»Dort«, und er wies mit dem Finger darauf, »liegt kein Laub. Dort ist vor Kurzem gegraben worden.«

»Aber was suchen wir denn?«, beharrte Voisenet.

Der Kommissar räumte auf einer Breite von zehn Zentimetern und in einer Tiefe von acht Zentimetern vorsichtig die Erde beiseite, dann hielt er inne und sah Voisenet lächelnd an.

»Das Doppel vom Autoschlüssel gehört zu den Dingen, die einen um den Verstand bringen können. Warum ihn also verlieren?«

Indem er noch ein kleines bisschen tiefer grub, kam der Gegenstand zutage, nach dem er gesucht hatte.

»Und was ist das, mein lieber Voisenet?«

»Ein Autoschlüssel.«

»Fotografieren Sie ihn an Ort und Stelle. Großaufnahme, halbnah und nah.«

Voisenet machte seine Bilder, dann nahm Adamsberg mit zwei Fingern den Schlüssel aus der Erde und ließ ihn an seinem Ring vor den Augen des Lieutenants baumeln.

»Reichen Sie mir den Beutel, Voisenet. Lassen Sie die Erde am Schlüssel, rühren Sie nicht daran. Wir legen die Baumgitter wieder auf und packen ein. Rufen Sie in der Brigade an, sie sollen Maître Carvin noch ein weiteres Mal aus seiner Kanzlei holen. Polizeigewahrsam.«

Adamsberg stand auf, rieb sich durch die Hosenbeine die Knie, dann fuhr er sich mit den Fingern durchs Haar, um es zurückzustreichen, wobei er ein paar Erdkrümel darin hinterließ.

»Manchmal, Voisenet, können die Sanften, die Passiven, die, die niemals Nein sagen können und sich förmlich zerreißen für andere, aus einer plötzlichen Aufwallung von Frustration einen Menschen töten. Das hätte der Fall von Bouzid sein können.«

»Die aggressiv Passiven.«

»Genau. Und manchmal sind die Großmäuler, die Selbst-

sicheren, die Gefährlichen in der Tat ganz einfach gefährlich. Das ist der Fall von Carvin. Der Gier wächst wie beim
Dämon jedes Jahr ein neuer Schlund.«

»Das wusste ich nicht.«

»Aber so ist es, Voisenet«, sagte Adamsberg und streifte
seine Handschuhe ab. »Bis alles auf ihrem Wege zermalmt
ist. Zermalmt hier im wörtlichen Sinn. Ist Ihre Muräne ein
gieriger Fisch?«

Voisenet zuckte die Schultern.

»Sie ist eher ängstlich, sie versteckt sich.«

»Wie die Einsiedlerspinne.«

»Was haben Sie bloß mit dieser Einsiedlerspinne, Kommissar?«

»Und Sie, Voisenet?«

»Habe ich Ihnen erzählt. Aber Sie?«

»Wenn ich das wüsste, Lieutenant.«

5

Die lückenhafte Nachricht von der unmittelbar bevorstehenden Überführung Carvins in Polizeigewahrsam wegen Mordverdachts war ihnen in die Brigade vorausgeeilt. Das Großraumbüro mit seinem Gestank war in heller Aufregung, niemand war an seinem Arbeitsplatz. Alle standen herum, debattierten, hielten dagegen, überlegten. Wie hatte Adamsberg das angestellt, kaum dass er aus seinem Nebelhorst da oben herabgestiegen war? Es waren die Nägel, sagte einer, er hatte die Fingernägel sehen wollen. Nein, es musste ihm etwas aufgefallen sein, als er sich die Aufzeichnung der Vernehmungen angesehen hatte, etwas in den Gesichtern der beiden Typen. Und da war doch auch was mit den Windschutzscheiben, oder? Ja, aber was war denn am Ende auf der Windschutzscheibe des SUV? Nichts. Die Stimmung der Mitarbeiter war geteilt zwischen ihrer Erleichterung über den Erfolg und ihrer Frustration, so als hätte man ihnen den Teppich unter den Füßen viel zu schnell und ohne jede Erklärung weggezogen, ohne dass ihnen Zeit geblieben war, den Ausgang zu ahnen. Adamsberg war erst am Morgen angekommen, er hatte sich nicht mal die Mühe gemacht, den Bericht zu lesen – diese Unterlassung hatte jeder begriffen, ohne es auszusprechen –, und jetzt um 19 Uhr fiel jäh der Vorhang, und zurück blieben große Konfusion und viele offene Fragen.

Diese Konfusion hatten Danglard und Retancourt schon

immer beklagt. Als führende Köpfe der pragmatischen Linie der Brigade, Verfechter der linearen Logik und der Rationalität, missbilligten sie die Art und Weise, in der Adamsberg den Tag verbracht und seine ungereimte, wortkarge Ermittlung durchgeführt hatte. Selbst wenn, wie es aussah, das Ergebnis nicht zu übersehen war, erschien ihnen die Handlungsweise des Kommissars immer konfus und damit ihren cartesianischen Neigungen frontal entgegengesetzt. Doch an diesem Abend sah Danglard großmütig darüber hinweg, er war wie elektrisiert durch seinen Sieg über Maître Carvin, der ihm nach der Vorführung des Videos vor der versammelten Mannschaft einen denkwürdigen Achtungserfolg eingebracht hatte. Retancourt wiederum war durch ihre zweifache Genugtuung, Adamsberg wiederzusehen und zu erfahren, dass Rögnvar dort auf Grímsey ihr Porträt in ein Ruderblatt geschnitzt hatte, so versöhnlich gestimmt, dass sie keine Kritik äußern mochte. Sie hörte noch die Stimme des verkrüppelten Fischers an jenem letzten Tag in dem isländischen Gasthof, sah, wie er ihr die Hand aufs Knie legte und sagte: »Hör mir zu, Vióletta, hör mir gut zu … Nein, du brauchst es dir nicht aufzuschreiben, du wirst dich immer daran erinnern.« Rögnvar, der Antipositivist schlechthin, Rögnvar der Verrückte, der spleenige Rögnvar. Und zumindest in dem Augenblick hatte sie ihn geliebt, diesen Mann mit seinen langen blonden, salzigen Haaren, seinen Falten, die der Seewind ihm ins Gesicht gegraben hatte, und seinem einen Bein weniger.

Adamsberg durchquerte das Großraumbüro, mit seinen erdverschmierten Haaren und der schmutzigen Hose. Und auch etwas müden Augen. Er lehnte sich gegen einen der Schreibtische, und Estalère reagierte instinktiv und rannte los, ihm einen Kaffee zu brühen. Mochte einer langsam sein, mochte einer selbst wortkarg sein und spinnertes Zeug reden, fest stand, so ein Tag hatte es in sich. Nach Meinung des jungen Mannes machte in Mäandern zu laufen und von einer Windung zur anderen zu springen einen Menschen mehr kaputt, als geradeaus zu laufen.

»Ein paar Minuten nur«, begann Adamsberg, »ich möchte Ihnen die Dinge in drei Sätzen zusammenfassen. Maître Carvin hatte, wie Sie wissen, ein wenig Dreck unter den Fingernägeln, in den Ecken der Ringfinger und der Daumen, so was fällt auf bei diesem Mann.«

»Nein, Kommissar, das wussten wir nicht«, warf Retancourt ein.

»Aber ja doch, Lieutenant«, seufzte Adamsberg, »ich habe kein Geheimnis daraus gemacht. Ich habe Lieutenant Froissy, die mir die Aufnahmen von den Händen vergrößert hat, gesagt, lassen Sie die Bilder umlaufen. Ich kann Sie nicht bei jedem Detail alle einzeln zu mir bestellen, nicht wahr? Also, da war dieser Dreck, und meiner Meinung nach musste das Erde sein. Denn da war dieser verloren gegangene zweite Autoschlüssel. Sie, Retancourt, wussten davon, wir haben darüber gesprochen. Sie sagten zu mir: ›Der zweite Autoschlüssel gehört zu den Dingen, die einen um den Verstand bringen können.‹ Sein Verlust beunruhigt uns, wie wenn ein Pfeiler, der uns Sicherheit gibt, einstürzt. So einen Schlüssel in die Seine zu werfen ist für viele Menschen ein schmerzlicher Akt. Und Maître Carvin pflegt zu duschen und nicht zu baden. Er ist ein forscher Typ, es muss schnell gehen.«

»Pardon, Kommissar?«, sagte Mercadet.

»Pardon was?«

»Was bedeutet hier die Dusche?«

56

»Eine Dusche reinigt die Nägel längst nicht so gründlich wie ein Bad, das den Schmutz auflöst. Und Carvin musste diesen Zweitschlüssel verschwinden lassen, um Bouzid anklagen zu können. Aber warum ihn wegschmeißen, wenn es auch anders geht? Wenn er ein … uneinnehmbares Versteck finden kann? Uneinnehmbar, Danglard, ist das das richtige Wort?«

»Ja.«

»Danke. Natürlich versteckt er ihn nicht bei sich zu Hause, auch nicht in seiner Kanzlei. ›Verstecken‹ löst immer auch die Vorstellung ›eingraben‹ aus. Simple, aber ausgezeichnete Idee: Er wird ihn unter der Kastanie gegenüber seinem Fenster vergraben. Unter dem Baumgitter. Exzellenter Gedanke. Ohne diesen Dreck unter seinen Nägeln wäre ich nicht drauf gekommen. Ich selbst hätte den Zweitschlüssel ja weggeschmissen. Lamarre, Kernorkian, sobald Carvin hier eintrifft, nehmen Sie sofort eine Probe von diesem Dreck, und wir vergleichen ihn mit der Erde, die am Schlüssel klebt. Dieser Zweitschlüssel hatte mehr Glück als die Gemahlin: Sein Leben hat Carvin verschont, das seiner Frau dagegen nicht. Solche Männer wissen sich zu entscheiden.«

Voisenet holte den Probenbeutel aus seiner Tasche und ließ ihn bei seinen Kollegen herumgehen.

»Vorsichtig«, warnte er, »dass die Erde nicht vom Schlüssel abfällt.«

»Aber die Windschutzscheibe«, bemerkte Justin, »von der haben wir nichts gewusst.«

»Wie das, Justin? Ich habe von diesem Rollsplitt gesprochen, der noch auf einer Baustelle auf der Fahrstrecke des SUV lag. Zu Ihnen, Danglard, und auch zu Ihnen, Retancourt. Geben Sie solche Informationen doch weiter, verdammt! Und ich habe Ihnen gesagt, dass es keine zwei identischen Löwenzahnblätter gibt und auch keine zwei Autofahrer, die sich vollkommen gleichen. Habe ich das gesagt oder nicht? Da lag es doch auf der Hand, dass ich mit Carvin wie ebenso mit Bouzid dieselbe Strecke noch einmal fahren würde, um zu sehen, wie sie reagieren – auf den Splitt nämlich.«

»Das verstehe ich nicht«, sagte Lamarre freimütig und knetete einen Knopf seines Jacketts, immer denselben.

Von Natur aus schüchtern und seit seinem Dienst in der Gendarmerie von einer nervigen militärischen Steifheit, war Lamarre aufrichtig bis zur Peinlichkeit und gab sogar zu, wenn er etwas nicht verstand, was viele andere lieber vermieden. In dieser Hinsicht war er geradezu kostbar, denn genau wie Estalère nahm er seinen Kollegen sehr viele Fragen ab, die sie selbst nicht zu stellen wagten.

»Wir haben den SUV zwar gründlichst untersucht«, sagte Adamsberg, »aber die Windschutzscheibe haben wir uns nicht angesehen. Weil man seine Windschutzscheibe ja nicht anfasst.«

»Verstehe ich nicht«, wiederholte Lamarre.

»Der Splitt und die Windschutzscheibe, Brigadier, jeder Fahrer hat da so seine eigenen Gesten.«

Lamarre saß einen Moment mit gesenktem Kopf da, die Faust vor dem Mund.

»Sie meinen«, begann er zögernd, »diese Leute, die jedes Mal, wenn sie über Rollsplitt fahren, die Hand auf ihre Frontscheibe legen, um im Fall eines Steinschlags die Wirkung zu mildern? Mein Onkel zum Beispiel macht das.«

»Und Bouzid auch. Er ist ein vorsichtiger, beinahe ängstlicher Fahrer. Er drückt seine Finger auf die Scheibe, obwohl man gar nicht weiß, ob das überhaupt etwas nützt. Jeder hat eben seinen Tick.«

»Ich mach das auch so«, sagte Justin. »Meinen Sie, es bringt nichts?«

»Egal, wie, Justin, Sie werden es auch weiterhin tun.«

»Ach so.«

»Ich habe Bouzid die Strecke zweimal fahren lassen. Und zweimal hat er seine Finger an die Scheibe gelegt, als wir über den Rollsplitt fuhren, dabei redete er die ganze Zeit und dachte an etwas ganz anderes. Reiner Reflex.«

»Und Carvin?«

»Der ist selbstverständlich ein schneller, verwegener, demonstrativer Fahrer. Er legt seine Finger nicht drauf. Er mag es, wenn's knirscht.«

»Nicht wenige Leute mögen das«, sagte Danglard. »Es ist ein amüsantes Geräusch.«

»Und die Innenseite einer Frontscheibe«, fuhr Adamsberg fort, »ist immer fettig und staubig. Ein Finger da drauf, selbst ein behandschuhter Finger, hinterlässt eine Spur. Auf der Scheibe des SUV aber findet sich keine einzige Spur. Was heißt, dass Bouzid ihn nie gefahren hat.«

»Und warum haben Sie die Limousine vom Divisionnaire genommen? Um den Anwalt zu beeindrucken?«, fragte Retancourt, verärgert darüber, dass sie dieses Detail mit dem Dreck unter Carvins Nägeln nicht bemerkt hatte, wo sie den Mann doch unmittelbar vor Augen gehabt hatte. Und dass sie Adamsbergs Äußerungen ihr gegenüber nicht entschlüsselt hatte. Aber der Kommissar irrte sich, wenn er glaubte, er spräche klar verständlich, man konnte seine Zeit schließlich nicht damit verbringen, seine unvollständigen Bilderrätsel aufzulösen.

»Weil die Limousine dieselbe Marke ist wie sein SUV. Folglich: gleiche Windschutzscheibe. Man muss so präzise wie möglich sein, darf sich keine Blöße geben. Denn unsere

Argumente sind schwach. Bei diesem Zweitschlüssel, zum Beispiel, könnte die Verteidigung einwenden, dass Bouzid ihn vergraben hat, damit der Ehemann angeklagt würde. Was allerdings nicht sehr schlau von ihm gewesen wäre, denn das Versteck war beinahe zu gut geschützt. Aber Bouzid hat keinerlei Dreck unter den Nägeln. Wobei auch er nur duscht.«

»Woher wissen wir das?«

»Schließlich habe ich ihn danach gefragt, Retancourt«, erwiderte Adamsberg etwas überrascht.

»Und mit ein wenig Glück«, sagte Justin, »haben wir auf diesem Zweitschlüssel die Fingerabdrücke von Carvin, nicht die von Bouzid.«

»Doch wie auch immer«, sagte Danglard, »wir wissen jetzt mit absoluter Sicherheit, dass Bouzid den Wagen nicht gefahren hat. Keine Haare, keine Fingerspuren auf der Windschutzscheibe, dafür Hundehaare, während sich in seinem eigenen Wagen keine finden. Ich bin sicher, wir kriegen ihn.«

»*Sie* kriegen ihn, Commandant«, präzisierte Adamsberg. »Mit einem Geständnis. Und aus den Gründen, über die wir sprachen, werden Sie es sein, der diesen Frauenzermalmer dahin bringen wird, dass er's ausspuckt. Er wird gleich da sein, Commandant, das ist jetzt Ihre Stunde. Nehmen Sie sich Zeit, ich werde hinter der Scheibe sitzen.«

»Er wird feststellen, dass es hier stinkt«, meinte Noël.

»Das hat er schon bemerkt. Wenn er darauf zu sprechen kommt, sagen Sie ihm, wir seien ein ekelhaftes Tier fischen gewesen, eine Muräne.«

»Nein«, protestierte Voisenet, »keine Muräne.«

»Na gut, den Namen nennen wir nicht. Wie weit ist sie übrigens inzwischen gediehen?«

»In diesem Moment wird meine Mutter gerade mit dem Kochen fertig sein.«

»Dann ist ja alles in Ordnung.«

Adamsberg verschwand in seinem Büro ganz am Ende des Saals. Voisenet folgte ihm und trat gleich nach ihm ein.

»Es gibt ein weiteres Opfer, Kommissar«, flüsterte er, als gäbe es zwischen ihnen ein gefährliches Geheimnis.

»Was?«, fragte Adamsberg zerstreut und warf sein Jackett über einen Stuhl.

»Ein Opfer der Einsiedlerspinne.«

Der Kommissar drehte sich lebhaft um, sein Blick war auf einmal so hellwach wie den ganzen Tag nicht.

»Erzählen Sie.«

»Ein Mann, und in der gleichen Gegend.«

»Wie alt?«

»Dreiundachtzig. Das heißt, er ist nicht tot, aber er hat bereits eine Sepsis. Es sieht sehr böse aus.«

Adamsberg schritt eine Weile im Büro auf und ab, blieb plötzlich stehen und verschränkte die Arme.

»Die Vernehmung durch Danglard nicht zu verfolgen können wir uns nicht leisten«, sagte er.

»Keine Frage.«

»Sie werden mir das also später erzählen, und in aller Ausführlichkeit. Noch heute Abend. Sind Sie müde?«

»Nein, Kommissar. Nicht, wenn es um die Einsiedlerspinne geht.«

»Haben Sie Ihre Fotos von dem Schlüssel an Froissy weitergegeben?«

»Habe ich.«

»Sehr gut. Wir sollten besser woanders über sie reden, nicht hier.«

»Über Froissy?«

»Über die Spinne. Kommen Sie nach der Vorführung zu mir nach Hause. Ich mache etwas zu essen.«

Adamsberg überlegte einen Augenblick, mit schräg geneigtem Kopf.

»Nudeln, wäre das okay?«

Schon vor der Vernehmung durch Danglard hatte die stillschweigende, ohne jede Erklärung vorgenommene Probenentnahme der schwarzen Spuren unter seinen Nägeln den Anwalt verunsichert. Adamsberg war dabei zugegen, er sah, wie die Angst Carvins Züge veränderte. Menschen, die eine so hohe Meinung von sich haben wie er, ziehen nie in Betracht, dass sie einmal fallen könnten. Und passiert es dann, sind sie so fassungslos, so unvorbereitet, dass sie sich gleichsam entleeren, ihre Substanz verdampft in der Verblüffung über ihr Scheitern. Sie sind kopflos, versteinert, haben es nicht voraussehen können. So sind sie.

»Verstehen Sie, Maître«, sagte Adamsberg, während er hinter Carvin auf und ab schritt, »nicht dass ich nach dieser selben Erde – denn es ist doch wohl Erde, oder? – nun im ganzen Land suchen werde. Es handelt sich schlicht um eine Bestätigung. Denn ich habe ja schon Ihren Schlüssel. Diesen verdammten Schlüssel. Was für ein infantiler Gedanke, ihn behalten zu wollen, finden Sie nicht? Das Kind hat den Wunsch, zu besitzen, nichts zu verlieren, nicht das kleinste Endchen Schnur. Aus dieser Begierde heraus kann es sogar gewalttätig werden. Aber im Alter von acht Jahren verblasst sie und vergeht. Sagen wir, es hat jetzt seinen sicheren Raum. Doch nicht bei allen verläuft es so. Ein Kind könnte töten für ein Stück von einer Murmel, aber es tötet nicht. Es heult, es tobt. Der Erwachsene in seiner Gier kriegt es fertig, zu töten, zu zermalmen, zweimal über die eigene zarte Frau drüberzufahren, die mit dem hübschen Lachen. Nur mit dem Unterschied, dass das Murmelfragment sich inzwischen in zwei Millionen einhundertachtunddreißigtausendeinhundertdreiundzwanzig Euro verwandelt hat. Und vierzehn Cent. Vergessen wir nicht die Cent. Sie bedeuten so viel wie das Stückchen Murmel.«

Der Kommissar verließ den Vernehmungsraum und begab sich auf die andere Seite der Spiegelscheibe, wo bereits ein Dutzend Beamte dicht gedrängt standen, was die Temperatur in dem schmalen Raum ansteigen ließ. Warmer Mief und Schweißgeruch, den der anhaltende Muränendunst nicht besser machte. Die empfindliche Froissy hatte sich auf einen Stuhl gesetzt und fächelte sich Luft zu. Retancourt stand ungerührt da und schwitzte nicht: ein weiteres Rätsel unter ihren vielfältigen Begabungen. Adamsberg pflegte zu sagen, Retancourt könne ihre Energie in so viele unterschiedliche Fähigkeiten umwandeln, wie die Umstände erforderten. Er vermutete, dass sie sie im Augenblick in einen Kühleffekt und Verlust des Geruchssinns konvertierte.

Danglard eröffnete seine Attacke mit aller Höflichkeit, ohne jede Ironie, ohne Demonstration von Macht.

»*Ja, das liebe Geld! Ob man's hat oder ob es einem fehlt, immer ist das Geld die Ursache allen Übels.* Überlegen Sie nicht, Maître, der Satz stammt von einem ganz gewöhnlichen Autor, für gewöhnliche Leute. ›Dass man's hat‹ richtet meiner Meinung nach allerdings die größeren Verheerungen an. Wir brauchten einen Wachsamkeitsanzeiger, der umso sensibler reagiert, je größer unser Vermögen und unsere Macht werden, und der die Veränderungen in den verborgenen Winkeln unseres limbischen Gedächtnisses erkennt und uns Warnsignale sendet. Was halten Sie davon, Maître?«

Carvin rührte sich nicht, erbebte nicht. Seine Niederlage zu erleben versetzte ihn in eine Art Schreckstarre. Danglard brauchte über drei Stunden, unter Einsatz von tausend Banderillas, um den Mann zu einem Geständnis zu bewegen. Wohldurchdachte und stets überraschende Spieße, die er so geschickt setzte, dass am Ende die letzten Verteidigungswälle des Mörders einbrachen. Es war 22.35 Uhr, als der Commandant den Raum verließ, mit weichen Knien nach dieser Anstrengung.

»Ich habe Hunger«, sagte er nur. »Und er auch. Haben Sie's gehört? Er will geriebene Möhren. Geriebene Möhren.«

»Schockstarre«, meinte Adamsberg.

Danglard eilte in sein Büro, wo er sich ein Glas Weißwein eingoss, dann noch eins, er setzte sich nicht mal dazu.

»Wer kommt mit essen?«, fragte er in die Runde. »Geht auf meine Rechnung, in der *Brasserie des Philosophes*. Als Entree Champagner.«

Ein Dutzend Mitarbeiter folgte dem Commandant, während die Nachtschicht ihren Dienst antrat und Adamsberg unter dem Vorwand, schlafen zu müssen, verschwand.

6

Als er leise an Adamsbergs Tür klopfte, hatte Voisenet das amüsante und zugleich unangenehme Gefühl, an einer kleinen Verschwörung teilzunehmen. Er kam sich plötzlich auch wie ein Idiot vor. Sich für diese Spinne zu interessieren, sich bei Einbruch der Nacht zu treffen, um hinter vorgehaltener Hand über sie zu sprechen, all das machte keinerlei Sinn. Er war mit seinen Gedanken noch beim Zusammenbruch von Carvin, bei der brillanten Darbietung von Danglard, bei der Entdeckung des Autoschlüssels. Das alles war wirklich geschehen, das alles rechtfertigte ihre Arbeit und gab ihnen die Motivation. Diese Spinne dagegen nicht.

Adamsberg überwachte das Garen der Nudeln und bedeutete seinem Lieutenant, sich zu setzen.

»Da ist einer in Ihrem Garten, Kommissar.«

»Das ist mein Nachbar, der alte Lucio. Abends sitzt er immer da unter der Buche, mit einem Bier. Möge Gott ihn vor Spinnen bewahren. Als Kind hat er im spanischen Bürgerkrieg einen Arm verloren. Aber auf diesem Arm war er gerade von einer Spinne gebissen worden, und er wiederholt unermüdlich, dass der Arm weg war, bevor er sich den Biss zu Ende gekratzt hatte. Und dass er ihn deshalb immer weiter juckt. Er hat daraus eine Maxime gezogen, die seiner Ansicht nach für alle Lebenslagen gilt: einen Biss nie in der Schwebe lassen, ihn immer bis zu Ende kratzen, bis aufs Blut, sonst riskiert man, dass er einen ein Leben lang juckt.«

»Verstehe ich nicht recht.«

»Macht nichts«, sagte Adamsberg und stellte Tomatensauce und Käse auf den Tisch. »Nehmen Sie zwei Teller aus dem Büfett, die Nudeln sind gleich so weit. Besteck ist in der Schublade, die Gläser stehen oben drüber.«

»Haben Sie Wein?«

»Eine Flasche, unter der Spüle. Nehmen Sie sich von der Pasta, die wird schnell kalt.«

»Das sagt meine Mutter auch immer.«

»Ist sie inzwischen fertig mit der Muräne?«

»Ich brauche nur noch das Skelett auszulösen. Es wird klasse aussehen.«

»Das kann ich mir vorstellen.«

Adamsberg entkorkte den Wein, öffnete das Glas mit der Tomatensauce, betrachtete es einen Moment, bevor er es dem Lieutenant reichte.

»Man weiß nicht, was da alles drin ist. Dreiundvierzig Pestizide, Erdöl, Kosmetikprodukte, Pferdefleisch, Nagellack. Man weiß nicht, was man in sich hineinfrisst.«

»Die Einsiedlerspinne weiß es auch nicht.«

»Das heißt?«

Voisenet sah, dass das klare Licht, das vorhin in Adamsbergs Blick aufschien, nicht erloschen war. Einem Blick, der für gewöhnlich so verschwommen war, dass man dieses Aufleuchten nicht übersehen konnte, wenn es sich zeigte.

»Sie ernährt sich von Insekten wie die Vögel. Damit also von Insektiziden. Das unter anderem führt man in den großen Debatten im Internet an, um die Todesfälle zu erklären.«

»Los, erzählen Sie.«

»Ich weiß nicht mehr, Kommissar, ob ich das wirklich sollte. Was haben wir denn mit dieser Einsiedlerspinne zu tun? Inwiefern geht sie uns überhaupt etwas an?«

»Stellen Sie die Frage andersherum: Was tut die Einsiedlerspinne?«

»Sie beißt, und das Pech war, dass es ein paar Alte getroffen hat. Sie sind daran gestorben.«

»Und warum hat es gerade alte Männer getroffen?«

»Ich glaube, es hat alle getroffen, aber man hat nur die
Alten gesehen. Meistens, und das ist bei allen Spinnen so,
beißt sie nur zum Schein. Das heißt, sie injiziert ihr Gift
gar nicht. Sie beißt zu, um das Objekt zu warnen, aber sie
denkt gar nicht daran, ihr Gift an einen Menschen zu ver-
schwenden, der keine Beute für sie darstellt. In diesem Fall
hat man zwei kleine rote Punkte auf der Haut, das ist alles,
und keiner redet darüber. Der Gebissene weiß dann nicht
mal, dass er einer Einsiedlerspinne begegnet ist. Verstehen
Sie? Ein andermal leert sie, immer aus Gründen der Spar-
samkeit, nur die eine ihrer beiden Drüsen. Und es gibt nur
eine schwache Reaktion. Dasselbe Ergebnis, man redet gar
nicht darüber. Na ja, es gibt schon ein paar Leute, bei denen der Spinnenbiss ein kleines rosa Mal hinterlässt, daraus
wird eine Quaddel, ein winziges Ödem, und all das geht von
allein wieder weg.«

»Was heißt das?«

»Das heißt«, meinte Voisenet und füllte die beiden Gläser,
»es sind vielleicht fünfzehn weitere Personen seit Beginn
der warmen Jahreszeit gebissen worden, und man hat nichts
von ihnen gehört. Nur eben von diesen drei Männern.«

Adamsberg schüttelte den Kopf.

»Aber die Einsiedlerspinne ist nicht aggressiv, nicht wahr?«

»Nein, sie verbirgt sich in einem Loch, sie hat Angst. Daher ihr Name. Sie schließt sich ein. Sie webt kein ausge-
dehntes Netz in der Ecke einer Fensterscheibe wie unsere
große Hausspinne.«

»Die dicke schwarze?«

»Ja. Die übrigens harmlos ist. Während die Einsiedlerspinne nur nachts vorsichtig ihr Versteck verlässt, um auf Nahrungssuche zu gehen und sich ein Mal im Jahr zu paaren.«

»Das heißt also, sie beißt sehr selten, ist es so?«

»Nur wenn sie sich bedroht fühlt. Man kann jahrelang Einsiedlerinnen bei sich zu Hause haben, ohne sie jemals zu Gesicht zu bekommen oder von ihnen gebissen zu werden. Es sei denn, man legt plötzlich die Hand auf sie, wenn sie vorsichtig ihren Bau verlässt.«

»Sehr gut. Es kommt also selten vor. Wie viele Spinnenbisse hat man im vergangenen Jahr gezählt?«

»So fünf bis sieben, über den Sommer verteilt.«

»Und jetzt haben wir schon drei in drei Wochen, alles alte Männer. Nicht gerechnet jene fünfzehn anderen, von denen man nichts weiter gehört hat. Und die Saison hat gerade erst begonnen. Gibt es Statistiken dazu?«

»Nein, keine. Die Sache ist nicht interessant genug. Der Spinnenbiss ist ja nicht tödlich.«

»Da haben wir's, Voisenet. Gab es auch im vergangenen Jahr alte Leute unter den Opfern?«

»Ja.«

»Sind sie dran gestorben?«

»Nein.«

»Und die jüngeren Opfer?«

»Auch nicht.«

»Und die gleiche Reaktion bei den einen wie den anderen?«

»Nach dem, was ich gelesen habe, ja.«

»Sie sehen, Voisenet. Das passt irgendwie nicht zusammen. Drei Alte, die gebissen wurden, und inzwischen bald den dritten Todesfall. Das aber ist neu. Tut mir leid, ein Dessert habe ich nicht, auch kein Obst.«

»Das Obst ist genauso voller Pestizide wie die Spinnen. Und auch der Wein«, fügte der Lieutenant hinzu und sah in sein Glas, dann trank er einen Schluck.

Adamsberg räumte den Tisch ab, zog seinen Stuhl an den erloschenen Kamin heran und setzte sich, die Füße auf den Feuerbock gestützt.

»Fast drei Todesfälle«, wiederholte Voisenet. »Zugegeben, das ist nicht normal. Und genau darum geht es in der Debatte.«

»Wie äußert sich eine Reaktion auf einen Biss der Einsiedlerin? Wieso stirbt man?«

»Nun, ihr Gift ist nicht neurotoxisch, wie bei den meisten Spinnenarten, es ist nekrotisch. Das heißt, es zerstört das Gewebe rund um den Biss. Die Nekrose kann sich bis zu einer Länge von zwanzig Zentimetern und einer Breite von zehn Zentimetern ausdehnen.«

»Ich habe ein paar Fotos von solchen Wunden gesehen«, sagte Adamsberg. »Schwarz, tief, gruselig anzuschauen. Wie ein Wundbrand.«

»Es *ist* ein Wundbrand. Mit Antibiotika behandelt, geht er zurück und verschwindet. Mitunter aber ist die Nekrose so weit fortgeschritten, dass nur durch eine ästhetische Chirurgie das vorherige Aussehen des Körpergliedes annähernd wiederhergestellt werden kann. Einmal hat einer ein ganzes Ohr dabei eingebüßt. Hopp, einfach aufgelöst.«

»Grauenhaft.«

»Dagegen erscheint Ihnen meine Muräne geradezu appetitlich.«

»Zweifellos.«

»Obwohl auch deren Biss eine schwere Infektion auslösen kann, wegen der Bakterien, die zwischen ihren Zähnen sitzen. Und genau das, Kommissar, passiert bei der Nekrose, die vom Biss der Einsiedlerspinne herrührt, sie kann eine umfassende Infektion im Körper hervorrufen oder sogar die Eingeweide befallen. Oder auch die roten Blutkörperchen zerstören, die Nieren und die Leber schädigen. Aber, bei Gott, das kommt überaus selten vor. Und es trifft auch nur sehr kleine Kinder oder sehr alte Leute. Weil ihre Immunabwehr noch nicht voll entwickelt oder bereits geschwächt ist.«

Voisenet stand nun ebenfalls auf, lief ein paar Schritte, legte dann die Hände auf seine Stuhllehne.

»Womit haben wir es denn zu tun, Kommissar? Mit drei Männern, die einen Spinnenbiss nicht überlebt haben, weil sie alt waren. Und das ist alles. Reden wir also nicht mehr darüber.«

»›Weil sie alt waren, und das ist alles‹«, wiederholte Adamsberg. »Worüber aber diskutieren sie dann im Netz?«

»Über alles Mögliche! Nur dass es sich dabei nicht um eine polizeiliche Ermittlung handelt, Kommissar!«

»Aber worüber diskutieren sie dann?«, beharrte Adamsberg.

»Über die Ursache der Todesfälle. Es gibt zwei Theorien. Die eine, über die man sich im Netz vor allem ereifert, spricht von Mutation: Da die Einsiedlerspinnen verseucht seien von Insektiziden und anderem Dreck, der ihren Organismus schädigt, habe sich auch ihr Gift verändert und sei tödlich geworden.«

Adamsberg verließ seinen Kamin, um sich ein Päckchen Zigaretten zu holen, das sein Sohn Zerk auf dem Büfett liegengelassen hatte. Er zog eine ziemlich zerknautschte Zigarette heraus.

»Und die andere Theorie?«

»Der Klimawandel. Die Macht des Gifts nimmt mit der Wärme zu. Die gefährlichsten Spinnen leben in den heißen Ländern. Im vergangenen Jahr hat Frankreich einen seiner heißesten Sommer erlebt. Der anschließende Winter verdient nicht einmal den Namen. Und seit drei Wochen ist es schon wieder ungewöhnlich warm. So dass die Toxizität des Giftes zugenommen haben könnte, vielleicht sogar die Größe der Tiere und ihrer Drüsen.«

»Nicht dumm, der Gedanke.«

»Selbst wenn, Kommissar, es ist nicht unsere Angelegenheit.«

»Ich müsste mehr darüber wissen. Über die Opfer und über die Spinne.«

»Über die Opfer? Das meinen Sie nicht im Ernst.«

»Irgendwas stimmt nicht, Voisenet. Das alles ist nicht normal.«

»Und das Klima? Und die Pestizide? Finden Sie es normal, dass man keine Äpfel mehr essen kann?«

»Das auch nicht, nein. Gibt es eine Stelle in Paris, wo Leute sich auf dem Gebiet der Insekten auskennen?«

»Spinnen sind mitnichten Insekten.«

»Ah, stimmt, das hat Veyrenc mir schon gesagt.«

»Aber im Museum für Naturgeschichte gibt es ein Labor, das über Spinnen forscht. Ziehen Sie mich da nicht mit rein, Kommissar.«

Nachdem der Lieutenant gegangen war, setzte Adamsberg sich noch mal hin und rieb sich den Nacken, um eine vage Verspannung zu lösen. Vor Voisenets Monitor mit dem Bild der Einsiedlerspinne hatte er sie zum ersten Mal gespürt, begleitet von einem leichten Unwohlsein. Eine vorübergehende harmlose Störung, die auftrat, wenn er von der

Spinne sprach, und sich dann wieder verflüchtigte. Aber das würde vorübergehen, es ging ja schon vorüber. Etwas, das ihn juckte, hätte Lucio bestimmt gesagt.

7

Zwei Tage nach der Verhaftung Carvins begann für die Brigade die Phase des Papierkrams, dann herrschte immer nervöse Stille im Raum, man hörte nur huschende Schritte, sah gebeugte Rücken, angestrengte, zerknitterte Gesichter, Blicke, die wie festgeschraubt waren an den Bildschirmen. Selbst der Kater lag zu einer Kugel zusammengerollt auf dem lauwarmen Fotokopierer, der Kopf kaum sichtbar, das Fell angelegt, so dass er um ein Drittel seines Umfangs geschrumpft zu sein schien. Retancourt, die sich mit Mercadets Hilfe vor allem um den Kater kümmerte, hatte beobachtet, dass das Tier, so kam es ihr vor, sensibel für diese Papierkram-Phasen war, wie andere für Mondphasen, und diese Haltung einer fest in sich geschlossenen Kugel an solchen Tagen viel öfter einnahm als in Zeiten aktiver Ermittlung vor Ort. Nicht dass Retancourt ihn ständig überwachte. Aber sie war es, die seinen Futternapf dreimal täglich füllte. Und dreimal am Tag musste sie das Tier auch mit in die erste Etage hinaufnehmen, in den Raum, wo der Getränkeautomat stand. Denn der Kater war nur hier bereit zu fressen und wäre eher verhungert, als seine Mahlzeit im Parterre einzunehmen. Allerdings musste man ihn dazu die Treppe hochtragen, obwohl er in seinen seltenen verspielten Augenblicken durchaus fähig war, die Stufen in beachtlichem Tempo rauf- und runterzurennen. Und so wie der Kater es verlangte, so gehorchte Retancourt, der dieses riesige Fellknäuel einmal das Leben gerettet hatte. In den Papierkram-Phasen also verzichtete Retancourt darauf, das Tier auseinanderzufalten, und trug seine weiche Masse in geschlossener Form mit beiden Händen vor sich her wie eine Opfergabe.

Am Tage zuvor waren die letzten mit der Ermittlung in Verbindung stehenden Nachrichten verebbt wie Wellen im Schlick. Die Analysen hatten bestätigt, dass das Schwarze unter den Fingernägeln von Carvin mit der am Schlüssel klebenden Erde identisch war. Gegen 18 Uhr war der Anwalt zur Untersuchungshaft ins Gefängnis La Santé überführt worden. Dessen Mauern auf der Hofseite, so sagten die Häftlinge, dermaßen schmutzig wären, dass man fürchtete, sich anzulehnen und kleben zu bleiben.

Die Papierkram-Phase folgte immer dem gleichen Ritual. Jeder der beteiligten Beamten fasste zunächst die eigenen Aktivitäten zusammen. Die einzelnen Berichte wurden Commandant Mordent hinaufgereicht, der es übernahm, diese disparate Masse Papier in eine einheitliche Form zu bringen, während Froissy und Mercadet die fotografische Dokumentation und die wissenschaftlichen Befunde zusammenstellten. Das Ganze landete auf dem Schreibtisch von Commandant Danglard, der verantwortlich war für die Endfassung des Berichts, seine Vollständigkeit, seine Genauigkeit, seine Kohärenz und Lesbarkeit. In Anbetracht des erdrückenden Charakters dieser Aufgabe war es ein Glück, dass Danglard, der Papier und alles Geschriebene in jedweder Form bis zur Neurose liebte, als einziges Mitglied der Brigade diese Etappe schätzte. Seine Berichte wurden von den Vorgesetzten immer als außergewöhnlich beurteilt und trugen neben den Resultaten der Ermittlungen zum Ruf der Brigade bei.

Als in die Ermittlung »involvierter Beamter« musste auch Adamsberg seine Handlungen und Worte zu Papier bringen. Da er aber alles Schriftliche mied, diktierte er es Justin, der es an seiner statt niederschrieb. Am Ende brauchte er nur noch Danglards Bericht zu unterschreiben, den man aufgrund seiner sprachlichen Vollendung als »Das Buch« bezeichnete.

Zum dritten Mal verordnete der Kommissar Justin jetzt eine dreißigminütige Pause. Er schaltete seinen Rechner ein und vertiefte sich erneut in das Netzwerk der Einsiedlerspinne. Das dritte Opfer war letzte Nacht im Krankenhaus von Nîmes gestorben, an einer der furchtbarsten Auswirkungen der Intoxikation durch den Spinnenbiss, der Nekrose der Eingeweide.

Adamsberg hatte unter dem Stichwort »Violinen-Spinne« bereits ein paar Daten zu den beiden vorausgegangenen Todesfällen notiert:

Albert Barral, geboren in Nîmes, gestorben vor
drei Wochen, am 12. Mai, im Alter von 84 Jahren,
Versicherungsmakler, geschieden, zwei Kinder.
Fernand Claveyrolle, geboren in Nîmes, gestorben
eine Woche später, am 20. Mai, 84 Jahre alt, Zeichen-
lehrer, zweimal verheiratet, geschieden, keine Kinder.

Er fügte hinzu:

Claude Landrieu, ebenfalls in Nîmes geboren, gestor-
ben am 2. Juni, 83 Jahre alt, Geschäftsmann, dreimal
verheiratet, fünf Kinder.

Und heute meldete eine Lokalzeitung, dass eine Frau namens Jeanne Beaujeu, die gerade aus drei Wochen Urlaub zurückgekehrt war und von den vorausgegangenen Todesfällen wusste, das Krankenhaus von Nîmes aufgesucht hatte, um ihre Wunde begutachten zu lassen, die bereits vernarbte. Sie erklärte, am 8. Mai gebissen worden zu sein, aber da ihre Verletzung nicht sehr groß war, hätte sie sich mit einem Rezept ihres Arztes begnügt. Sie war fünfundvierzig Jahre alt.

Adamsberg stand auf und betrachtete das Laubwerk der Linde vor seinem Fenster. Es waren also doch nicht nur alte Leute. Voisenet würde nicht versäumen, ihn darauf hinzuweisen. An seinen Schreibtisch zurückgekehrt, sah er auch schon eine Mail von seinem Lieutenant:

– *Haben Sie gesehen? Eine fünfundvierzigjährige*
Frau mit einem nicht tödlichen Biss. Ich sag's ja:
Es ist, weil sie alt waren!

Worauf Adamsberg antwortete:

– *Ich glaubte, Sie hätten die Sache fallen lassen. Sie*
sollten doch gerade über Ihrem Bericht schwitzen.
– *Sie auch, Kommissar.*

Pünktlich nach seiner halbstündigen Pause stand Justin wieder in der Tür. Fortsetzung des Berichts. Adamsberg schloss seinen Bildschirm, und immer noch stehend diktierte er seinem Stellvertreter den Verlauf der beiden Autofahrten mit Carvin und Bouzid.

»So wie es nicht zwei vollkommen identische Löwenzahnblätter auf dieser Erde gibt«, fügte er hinzu.

»Das kann ich nicht schreiben, Kommissar«, Justin schüttelte den Kopf. »So was bringt uns nur Ärger ein.«

»Wenn Sie meinen.«

Dann entließ Adamsberg Justin und verwies ihn an den wissenschaftlichen Stab, der die Windschutzscheiben untersucht hatte. Er selbst ging augenblicklich an seinen Rechner zurück und vertiefte sich wieder in die Forumsdiskussionen, die durch die Nachricht von einem vierten Spinnenbiss neuen Auftrieb erhalten hatten. Seit diesem jüngsten Fall einer Heilung entflammte die Polemik aufs Neue um die Frage einer Mutation der Einsiedlerin. Um 18.06 Uhr schaltete sich ein Mann unter dem Pseudonym Léo ziemlich harsch in eines der Foren ein:

Léo: *Ihr geht den Leuten allmählich auf den Geist mit euren alten Männern. Ich bin 80, ich wurde am 26. Mai gebissen, ich hab nicht so ein Theater drum gemacht, bin nicht mal beim Arzt gewesen. Und bin am Leben.*
Arach: *Bravo, Léo! Das beruhigt einen sehr!*
Léo: *Ich hatte nichts weiter als 'ne Pustel, das war alles.*
Mig: *Gibt's also keine Mutationen?*
Cerise33: *Es hat ja keiner gesagt, dass sie alle mutiert wären.*
Zorba: *Auf jeden Fall aber gibt es zu viele Spinnenbisse. Also entweder sind sie aggressiver geworden, wegen der Insekten, die sie fressen, oder sie haben sich stark vermehrt durch die Hitze. Oder aber es gibt nicht mehr so viele Vögel wie früher.*
Craig22: *Zorba hat recht. Wir haben erst den 2. Juni, und es sind schon 5 Leute gebissen worden. Das ist enorm. Wo werden wir in 3 Monaten sein? Bei vierzig? Und immerhin gibt's ja auch Tote.*
Frod: *Die waren alt.*
Léo: *Hört doch bloß auf, uns mit euren Alten auf den Sack zu gehen! Ihr werdet auch mal alt.*

Arach: *Schon gut, Léo, war nicht persönlich gemeint. Aber vielleicht biste ja auch resistent?*
Léo: *Ich hab 39 Jahre lang 'nen Kran gesteuert, bei Regen und Wind. Kannste dir vorstellen, was das an Widerstandskraft bedeutet?*

Adamsberg fügte seiner Liste hinzu:

Jeanne Beaujeu, 45 Jahre, erstes Opfer, gebissen am 8. Mai, Wunde inzwischen vernarbt.
Léo, 80 Jahre, Kranführer, gebissen am 26. Mai, Pustel, spontan abgeheilt.

Dann las er die neue Mail von Voisenet:
– *Waren Sie auf der Seite mit diesem Léo? Es sterben doch nicht alle Alten. Aber Craig22 hat recht: Es sind einfach zu viele Bisse, und wir haben noch nicht mal Sommer.*
Adamsberg wiederholte:
– *Ich glaubte, Sie hätten die Sache fallen lassen.*
– *Ich lass sie doch fallen!*
– *Den Eindruck habe ich aber nicht. Abgesehen davon, in manchen Jahren werden wir von Schwärmen von Marienkäfern heimgesucht.*
– *Genau, das wird's sein. Wir haben eben ein Spinnenjahr. Sehr viel mehr Bisse als sonst, und drei alte Leute, die es nicht überstanden haben. Das ist alles. Lassen auch Sie die Sache fallen, Kommissar.*
– *Ich beschäftige mich gar nicht mit ihr, ich sitze an meinem Bericht.*
– *Ich auch.*

Er lehnte sich zurück, legte den Kopf in den Nacken. Möglich, dass die Spinne auch ihn gebissen hatte. Allein schon ihr Name versetzte ihn in Alarmbereitschaft, erinnerte ihn an Voisenets Rechner und den üblen Gestank der Muräne. Jene erste Nackensteife hatte sich in den letzten drei Tagen mehrfach wiederholt, tauchte auf, verschwand wieder, ein ebenso flüchtiger wie eigensinniger Besucher. All das wegen eines Wortes, eines Klangs. *Recluse, die Einsiedlerspinne.* Die nichts mit dem See von Cluses zu tun hatte, wohin der Vater sie einst zum Baden mitnahm, eine nasse, lichtüberstrahlte Erinnerung. Ganz im Gegensatz zu den grauen, beweglichen Netzen, die die Spinne wob und zwischen deren Fäden manche heimliche Angst verborgen sein mochte. Adamsberg richtete sich wieder auf. Es würde vorübergehen.

Nach halb neun hatte er seine Arbeit mit Justin beendet. Die meisten Beamten waren bereits gegangen. Danglard nicht. Der Commandant hatte das Büro des Kommissars betreten, während er, aufs offene Fenster gestützt, Justin seinen Text diktierte. Adamsberg hatte keine Zeit mehr gehabt, seinen Zettel mit den Namen der fünf Spinnenopfer verschwinden zu lassen. Danglard musste ihn gesehen haben. Und der Kommissar wusste, sehen hieß für Danglard lesen, und lesen hieß im Kopf behalten. Und die Überschrift »Violinen-Spinne«, die über der Notiz stand, würde ihm gar nicht gefallen haben. Wenn er den Begriff nicht längst im Internet nachgesehen hatte.

Adamsberg ahnte, dass Danglard ihn heute Abend angriffslustig erwarten würde. Rasch wählte er die Nummer von Lieutenant Veyrenc.

»Noch da, Louis?«

»Gerade wollte ich gehen.«

»Hast du was zu essen zu Hause?«

»Einen Rest Hachis Parmentier.«

»Selbst zubereitet?«

»Nein, Supermarkt.«

»Würdest du mit mir zu Abend essen? In der *Garbure*?«

»Du appellierst an die heimatliche Küche? Brauchst du mich?«

Die Garbure war ein traditionelles Gericht der Pyrenäen, und man musste wohl damit aufgewachsen sein, um die Kohlsuppe mit verschiedenen Gemüseresten und nach Möglichkeit einer Schweinshaxe zu mögen. Im Restaurant *La Garbure* aß man sie mit Confit de canard. Außerdem hatte die Chefin des Etablissements eine Schwäche für das wie gemeißelte Gesicht von Veyrenc, seinen etwas femininen Mund und die vierzehn auffallend rostroten Strähnen in seinem dunklen Haar.

»Ich werde vielleicht einen unvorhergesehenen Gast haben«, erklärte Adamsberg, »der, fürchte ich, ziemlich schlechte Laune haben wird.«

»Danglard?«

»Woher weißt du das?«

»Er hängt seit über einer Stunde grummelnd, unruhig, ja beinahe angstvoll in den Büros herum. Niemand weiß, warum.«

»Ich schon.«

»Sieh an. Und wohin treibt dich der Wind, Jean-Baptiste?«

»In Richtung Einsiedlerspinne.«

»Der, die unten im Südosten gerade von sich reden macht?«

»Genau der.«

»Ich verstehe«, sagte Veyrenc.

Nicht dass Adamsberg dachte, Louis Veyrenc, Veyrenc de

Bilhc mit seinem vollständigen Namen, würde sein Interesse für die Spinne teilen oder seine Neugier bezüglich ihrer unbesonnenen Aktivitäten unterstützen. Doch der Gedanke, sich unter Danglards inquisitorischem Blick rechtfertigen zu müssen, setzte ihm umso mehr zu, als er kaum erklären konnte, was ihn daran so reizte. Und Danglard, so ungehalten er sein mochte, griff Lieutenant Veyrenc niemals frontal an. Niemand tat das. Weder frontal noch auf irgendeine andere Weise. Zwar fürchtete man keine heftige Reaktion von seiner Seite, wie das bei Retancourt und Noël vorkommen konnte. Veyrenc war ein besonnener Typ. Aber von seinem Gesicht und seinem Körper ging eine fast granitene Dichte aus, an der man sich die Zähne ausbeißen und die Klauen schleifen würde. So wie auch sein schneller Verstand auf jede Biegung einer Straße reagierte, ohne je darüber erstaunt zu sein oder von ihr überrascht zu werden.

Beide Kinder des Béarn, hatten Adamsberg und Veyrenc aus ihren Bergen etwas Unzerbrechliches mitgebracht, das sich bei dem einen in Geschmeidigkeit, bei dem anderen in Stabilität äußerte – während bei Danglard schon ein Lufthauch genügte, ihn davonzutragen in die Zonen der Angst.

8

Danglard hatte es vehement abgelehnt, auch nur einen Teller von dieser Garbure zu essen, die für ihn so viel wie eine Suppe aus Abfällen war und allenfalls etwas für hartgesottene Bergmenschen. Er verspeiste stattdessen genüsslich ein gefülltes Spanferkel. Und seit der Entenleber, die er als Entree gewählt hatte, begleitet von einem Weißwein aus dem Jurançon, war auch seine Anspannung merklich abgeflaut. Die beste Art, eine aufkommende Gereiztheit beim Commandant zu ersticken, war es, mit ihm essen, und zwar gut essen, zu gehen. Aber nie verlor er darum seine Flugbahn aus dem Blick, so wenig wie ihn der Wein jemals auch nur das Geringste hatte vergessen lassen. Im Übrigen war der Commandant durch nichts einzuschüchtern. Erschrecken konnte er sich nur selbst.

»Nun schleichen Sie nicht wie die Katze um den heißen Brei, Commandant«, sagte Adamsberg aufgeräumt.

»Ich schleiche nicht. Ich esse, solange es heiß ist.«

»Das empfiehlt auch die Mutter von Voisenet.«

»Das empfehlen alle Mütter«, meinte Veyrenc und nahm sich noch einmal von der Garbure.

»Sie heißt Einsiedlerspinne oder Violinen-Spinne«, sagte Adamsberg mit Nachdruck.

»Sie heißt *Loxosceles rufescens*«, präzisierte Danglard. »*Loxosceles reclusa* in Amerika, aber *rufescens* bei uns. Es gibt Hunderte Arten davon.«

Die Wirtin des Ladens, Estelle, eine Frau um die vierzig, kam und fragte Veyrenc, ob sie ihm nicht seine Garbure noch einmal aufwärmen solle, es sei nicht gut, sie kalt zu essen. Wobei sie ihm sacht die Hand auf die Schulter legte. Veyrenc verneinte mit einem Lächeln, das durch quasi magnetische Wirkung die sachte Hand davon abhielt, sich von der Schulter zu lösen. Adamsberg begegnete Veyrencs braunem Blick. Es war lange her, dass ihr machohafter Kampf um eine Frau, der sie einmal gegeneinandergestellt hatte, beendet war.

»Kennen Sie sie, Commandant?«, fragte Adamsberg.

»Die Wirtin? Flüchtig. Sie haben ja schon mal versucht, mich hier an diesem Ort zu dieser Suppe zu verführen.«

»Ich meinte die Einsiedlerspinne. Kennen Sie die?«

»Nein, ich habe nur über sie gelesen.«

Und Adamsberg wusste, dass Danglard in zwei Stunden dreißigmal mehr hatte lesen können, als er selbst überflogen hatte.

»Und warum haben Sie das?«, fragte er und gab zugleich Estelle ein Zeichen, ihnen den Käse zu bringen, einen reifen Tomme de brebis. »Viecher sind doch nicht Ihr Thema.«

»Eine Sekunde, Kommissar. Zum Käse nehme ich dann doch lieber einen Roten.«

»Hier wäre das ein Madiran.«

»Ich kenne Ihre Anbaugebiete.«

Als sein Glas dann gefüllt war und sein Teller mit dem Schafskäse vor ihm stand, schien Danglard schon nahezu entspannt.

»Weil ich Ihre Notiz auf Ihrem Schreibtisch gesehen habe.«

»Ich weiß. Darum sind Sie ja hier.«

»Namen der ›Opfer‹, Alter, Berufe, Todesdaten, das sieht

sehr nach einer beginnenden Ermittlung aus, stimmt's? Es ist mein Job, mich über die nächsten Vorhaben der Brigade zu informieren.«

»Tun Sie nicht so, Danglard. Das ist keine Ermittlung.«

»Dann habe ich mich wohl geirrt. Wenn es ein Spiel ist, ist das was anderes.«

Adamsbergs Gesicht verschloss sich schlagartig.

»Es ist kein Spiel.«

»Und was ist es dann?«

»Fünf Opfer, drei Tote«, sagte Veyrenc. »In so kurzer Zeit. Vielleicht schwebt ...«

»Vielleicht?«, fiel ihm Danglard ins Wort.

»... ein Schatten über allem?«, vollendete Veyrenc.

»Der seine Flügel ausbreiten könnte?«, ergänzte Adamsberg.

Danglard schüttelte den Kopf und schob seinen leeren Teller von sich.

»Drei Tote, so weit exakt. Aber das betrifft Ärzte, Epidemiologen, Zoologen. Uns in keinem Fall. Es gehört nicht in unsere Kompetenz.«

»Was man vielleicht überprüfen sollte«, sagte Adamsberg. »Deshalb bin ich morgen mit einem Fachmann für Spinnen, einem Araignologen oder Arachonologen, keine Ahnung, ich hab vergessen, wie er sich nennt, ist aber auch nicht so wichtig, im Museum für Naturgeschichte verabredet.«

»Ich kann es nicht glauben«, sagte Danglard, »ich kann es nicht glauben. Kommen Sie zu uns zurück, Kommissar. Verdammt, in welchen Nebeln haben Sie denn Ihren Durchblick verloren?«

»Ich sehe recht gut im Nebel«, sagte Adamsberg trocken und legte beide Hände flach auf den Tisch. »Ich sehe darin sogar besser als anderswo. Ich will also offen sein, Danglard.

Ich glaube nicht an eine ungewöhnliche Vermehrung der Einsiedlerspinne. Ich glaube nicht an eine so auffällige und so plötzliche Mutation ihres Gifts. Ich denke, dass diese drei Männer ermordet wurden.«

Schweigen trat ein, bevor Danglard die Sprache wiederfand. Adamsbergs große Hände hatten sich nicht bewegt, sie lagen noch immer fest auf dem Holz der Tischplatte.

»Ermordet«, wiederholte Danglard. »Von *Spinnen?*«

Adamsberg ließ sich Zeit mit der Antwort. Dann lösten sich seine Hände vom Tisch und tanzten ein bisschen durch die Luft.

»In gewisser Weise ja.«

Veyrenc und Adamsberg kehrten langsamen Schritts zurück, mit offenen Jacketts, denn die frühe Juninacht war lau, doch zuvor hatten sie klugerweise Danglard nach Hause gebracht, der ziemlich benommen war, nicht vom Wein allerdings, wohl aber von der Erklärung des Kommissars.

»Nur so viel zu deiner Verabredung im Museum, Jean-Baptiste, es heißt ›Arachnologe‹«, sagte Veyrenc

»Einen Moment, das notiere ich mir besser.«

Adamsberg öffnete im Dunkeln sein Notizheft, schrieb sich das Wort auf, wie Veyrenc es ihm buchstabierte, dann zeichnete er noch rasch eine Spinne daneben.

»Spinnen haben acht Beine, acht. Das habe ich dir schon mal gesagt.«

»Und Insekten sechs«, sagte Adamsberg und korrigierte seine Skizze, »jetzt fällt's mir wieder ein.«

Er steckte das Heft in seine Jackentasche, wo seine Hand auf eine zerknitterte Zigarette stieß, die er seinem Sohn Zerk gemaust hatte. Er zog sie heraus, sie war nur noch zur Hälfte mit Tabak gefüllt, und zündete sie an.

»Du siehst das also im Nebel«, bemerkte Veyrenc seelenruhig und lief weiter.

»Ja. Was soll ich sonst tun?«

»Das, was du schon tust. Ich persönlich sehe nichts im Nebel. Aber manchmal sehe ich ein bisschen voraus.«

»Und was siehst du da vorn?«

»Ich sagte es, Jean-Baptiste, diesen Schatten.«

9

Es war 13.50 Uhr, Adamsberg war ein bisschen zu früh zu seiner Verabredung mit Professor Pujol, dem Arachnologen, erschienen – ein letzter Blick in sein Notizheft. *Acht Beine. Loxosceles rufescens.* Gestern Abend auf dem Rückweg hatte Danglard laut über die Etymologie des Wortes *Loxosceles* nachgedacht, obwohl niemand das von ihm verlangt hatte. Von *loxo,* »schräg«, im weiteren Sinne »die nicht gerade geht«, und im noch weiteren »lasterhaft«. Vielleicht auch von *celer,* »die sich verbirgt«. Die Lasterhafte, die sich verbirgt? Aber eigentlich mochte Danglard es gar nicht, griechische und lateinische Wurzeln miteinander zu vermengen.

Der Kommissar saß auf einer wackeligen hölzernen Bank und atmete den Geruch von altem Parkett, Staub, Formaldehyd, vielleicht auch Schmutz. Er überlegte, wie er seinen Besuch begründen sollte, und ihm fiel nichts ein.

Eine rundliche kleine Frau um die siebzig, auf einen Stock gestützt, kam auf die Bank zu. Ängstlich, oder auch misstrauisch, setzte sie sich über einen Meter entfernt vom Kommissar hin. Sie klemmte ihren Stock neben sich fest, und der Stock fiel um. Alle Stöcke rutschen weg, alle Stöcke fallen um, sagte sich Adamsberg, hob ihn auf und reichte ihn lächelnd der Frau. Sie trug eine zu lange Jeans, die sie über ihren grauen Turnschuhen hochgekrempelt hatte, eine lebhaft geblümte Bluse und eine ebenso altmodische Strick-

jacke. Obwohl Adamsberg sich sehr nachlässig kleidete, erkannte er doch, wenn jemand »provinziell« aussah, wie man
hier in der großen steinernen Stadt sagte. Die Frau erinnerte
ihn an seine Mutter und an ihre Stricksachen mit den großen Knöpfen, die von Hand und immer mit zu viel Garn
angenäht wurden, damit sie hielten. Die Frau war nicht
sonderlich hübsch, ein gutmütiges, fast rundes Gesicht, das
dauergewellte Haar in einem Blondton gefärbt, dazu eine
wuchtige Brille, die ihr nicht stand. Und genau wie seine
Mutter hatte sie zwei scharfe Falten zwischen den Augenbrauen, die wohl ziemlich oft gerunzelt worden waren, in
puncto Kindererziehung schien sie nicht viel Spaß verstanden zu haben.

Adamsberg fragte sich, was diese Frau auf dieser Bank
wohl vorhaben mochte, warum sie bis hierher gereist war.
Sie hielt ein kleines schwarzes Gepäckstück auf dem Schoß,
machte es auf, um eine Plastikschachtel herauszunehmen,
betrachtete sie und steckte sie gleich wieder weg. Schon
viermal hatte sie sich auf diese Weise überzeugt, dass sie
die Schachtel nicht vergessen hatte. Ihretwegen also war sie
hier.

»Verzeihung«, sagte sie, »könnten Sie mir freundlicherweise sagen, wie spät es ist?«

»Tut mir leid, aber ich weiß die Uhrzeit nicht.«

»Und was bedeuten dann die beiden Uhren, die Sie am
Handgelenk haben?«

»Es sind schon Uhren, aber sie sind stehen geblieben.«

»Und warum tragen Sie sie dann?«

»Ich weiß es nicht.«

»Entschuldigen Sie, es geht mich ja nichts an. Entschuldigen Sie.«

»Aber ich bitte Sie, keine Ursache.«

»Ich komme nämlich nicht gern zu spät, wissen Sie.«

»Zu welcher Zeit sind Sie denn verabredet?«

Man hätte meinen können, sie seien zwei Patienten im Wartezimmer eines Zahnarztes, die sich krampfhaft angeregt unterhalten, um sich von ihrer Angst abzulenken. Aber da man ja nicht beim Zahnarzt saß, war man schon neugierig, den Grund für die Anwesenheit des anderen zu erfahren. Und auch ein bisschen in Sorge, dieser andere könnte einem seinen Platz wegnehmen.

»Um 14 Uhr«, erwiderte sie.

»Ich auch.«

»Und mit wem?«

»Professor Pujol.«

»Ich auch«, sagte sie etwas säuerlich. »Dann nimmt er uns zusammen ran? Das gehört sich eigentlich nicht.«

»Vielleicht ist der Professor sehr beschäftigt.«

»Und Sie, weswegen sind Sie hier? Ich will ja nicht indiskret sein. Um Ihre Uhren reparieren zu lassen?«

Sie lachte auf, ein kleines, spontanes Lachen, fröhlich, ohne jeden Spott, das sie aber sogleich wieder unterdrückte. Sie hatte hübsche Zähne, noch ziemlich weiß für ihr Alter, was sie zehn Jahre jünger erscheinen ließ, wenn sie lachte.

»Entschuldigen Sie«, sagte sie, »entschuldigen Sie. Ich mache manchmal so meine kleinen Scherze.«

»Aber ich bitte Sie, keine Ursache«, wiederholte Adamsberg.

»Aber weswegen sind Sie hier?«

»Nun, sagen wir, ich interessiere mich für Spinnen.«

»Das müssen Sie ja wohl, wenn Sie zu Professor Pujol kommen. Sind Sie demnach so eine Art Amateur-Arachnologe?«

»So könnte man's sagen.«

»Und interessiert Sie eine Spinne im Besonderen, weil sie Ihnen Probleme macht?«

»Ein wenig schon. Und Sie?«

»Ich bring denen eine. Kann ja sein, es nützt ihnen. Denn die ist schwer ausfindig zu machen.«

Dann schien die Frau nachzudenken, sie sah angestrengt vor sich hin, schien sehr ernst ein Für und ein Wider abzuwägen. Sah dann prüfend zu ihrem Nachbarn hin – ohne Indiskretion, wie sie hoffte. Ein kleiner, dunkelhaariger Mann, schlank, mit Muskeln wie Ochsenziemer. Ein Kopf… aber wie sollte man seinen Kopf beschreiben? Ganz und gar unregelmäßig, hervorspringende Backenknochen, hohle Wangen, eine viel zu große, stark gebogene Nase und ein schräges Lächeln, das irgendwie sympathisch war. Dieses Lächeln überzeugte sie, sie holte ihre kostbare Schachtel heraus und reichte sie ihm.

Adamsberg betrachtete aufmerksam das zusammengekrümmte braune Tier unter dem vergilbten Plastik. Eine tote Spinne, die sieht nach nichts mehr aus. Zertretet eine riesige Hausspinne, und zurück bleibt eine Erbse. Heute über die Einsiedlerspinne zu reden oder sie sogar zum ersten Mal zu sehen, löste keinerlei Unbehagen in ihm aus. Wie schon am Abend vorher nicht mehr. Warum, das versuchte er nicht zu ergründen. Er hatte sich wohl an sie gewöhnt, das war's.

»Sie wissen nicht, was das für eine ist?«, fragte die Frau.

»Ich bin mir nicht sicher.«

»Vielleicht, weil Sie noch nie eine tote gesehen haben?«

»Nein.«

»Aber Sie sehen doch ihren Rücken.«

»Ja.«

»Und dieser Cephalothorax, der erstaunt Sie nicht?«

Adamsberg zögerte. Er hatte zwar etwas darüber gelesen, über den anderen Namen der Einsiedlerspinne: Violinen-Spinne, weil sie eine dunkle Zeichnung in Form einer Geige auf dem Rücken hatte. Aber er mochte sich die Fotos noch so genau ansehen, er konnte, ehrlich gesagt, keine Geige erkennen.

»Sie meinen diese Zeichnung hier?«

»Soll ich Ihnen mal was sagen – ohne dass ich indiskret sein will? Sie sind genauso wenig Arachnologe, wie ich der Papst bin.«

»Stimmt«, sagte Adamsberg und gab ihr die Schachtel zurück.«

»Welche Spinne interessiert Sie denn genau?«

»Die Einsiedlerspinne.«

»Also sind Sie wie alle anderen? Sie haben Angst?«

»Nein. Ich bin Polizist.«

»Polizist? Warten Sie, das muss ich erst mal begreifen.«

Wieder sah die kleine Frau vor sich hin, dann wandte sie sich erneut Adamsberg zu.

»Kaum gibt es Tote, rückt die Polizei an. Aber Sie werden ja wohl nicht Einsiedlerspinnen wegen Mordverdachts verhaften, oder?«

»Nein.«

»Nebenbei bemerkt, die würden sich ganz wohlfühlen in einer Zelle, wenn Sie ihnen einen kleinen Holzhaufen mit dazugeben, in dem sie sich verstecken können. Verzeihung, wenn ich lachen muss, das sollte ein Witz sein.«

»Ich bitte Sie, das macht doch nichts.«

»Warten Sie, dass ich es begreife. Ach so! Sobald es irgendwo Panik gibt, rückt die Polizei an. Um die Ordnung wiederherzustellen. Und Sie, Sie sind hergekommen, um sich zu informieren, damit Sie hinterher Ihren Kollegen an der Basis und denen oben sagen können, wie sie die Leute wieder beruhigen.«

Adamsberg begriff, dass die kleine Frau ihm gerade den perfekten Grund dafür lieferte, warum er Professor Pujol um ein Gespräch gebeten hatte.

»So ist es«, sagte er lächelnd. »Es sind die Anweisungen meiner Direktion. Als wenn wir sonst nichts zu tun hätten.«

»Da hätten Sie mich bloß anzurufen brauchen, und Sie hätten viel Zeit gespart.«

»Aber ich kannte Sie doch gar nicht.«

»Stimmt ja. Sie kannten mich nicht. Also, was ich da in meiner Schachtel habe, ist eine Einsiedlerspinne. Für den Fall, dass die hier Gift wollen.«

»Ist es gefährlich?«

»Ach, von wegen… Klar, wenn man alt ist, hat man schon mehr Probleme damit. Aber vor allem, wenn man tagelang wartet. Und die Leute haben keine Ahnung. Sie wissen nicht, dass, wenn sie eine kleine Pustel kriegen, die Einsiedlerspinne sie gebissen hat. Und dass es dann besser ist, sie gehen zum Arzt und nehmen Antibiotika. Aber nein, sie warten ab, vor allem die alten Leute. Weil die Alten aus Prinzip warten. Es wird dick, es schwillt an, ›da hat mich was gestochen‹, sagen sie, ›aber das geht vorüber.‹ Sie haben im Grunde ja nicht ganz unrecht. Wenn man wegen jedem Pickel gleich ins Krankenhaus rennen wollte, na, ich bitte Sie. Nur, der Biss einer Einsiedlerspinne geht nicht immer vorüber. Und wenn er auf einmal groß und schwarz wird, ja, dann gehen sie hin. Aber manchmal ist es dann eben zu spät.«

»Sie scheinen diese Einsiedlerin ja gut zu kennen.«

»Und ob, ich habe schließlich mehrere davon im Haus.«

»Haben Sie keine Angst?«

»Nö. Ich weiß ja, wo sie sind, ich ärgere sie nicht, das ist alles. Ich ärgere nie eine Spinne. Ich mag Tiere, alle. Das heißt nein, außer einem. Den kann ich nicht mal sehen. Den Blaps. Wissen Sie, welchen ich meine? Na, sagen Sie mal, der Professor lässt ja ganz schön auf sich warten, der traut sich was. Und da bin ich nun mit dem Zug von so weit hergekommen. Ich weiß nicht, ob ich ihm unter diesen Umständen meine Einsiedlerin überhaupt noch schenken werde. Also, dieser Dreckskäfer, wissen Sie, welchen ich meine?«

»Nein, ich kenne ihn nicht.«

»Aber sicher kennen Sie den. Ein großer schwarzer Käfer, ein richtig schmutziges Schwarz. Wie Schuhe, die nie einer geputzt hat. Man nennt ihn auch den Totengräber, den Stinkkäfer oder den Totenansager.«

»Womit hat er das verdient?«

»Was er liebt, sind dunkle, schmutzige Orte. Nein, sauber ist er wahrlich nicht. Und wenn man ihn entdeckt, rennt er nicht etwa weg, sondern hebt seinen Arsch – o Pardon, entschuldigen Sie, es tut mir leid, entschuldigen Sie –, hebt er sein Hinterteil, verstehen Sie, und spritzt Ihnen einen stinkenden, ätzenden Strahl entgegen. Bei uns in der Gegend wird er vier Zentimeter lang, immerhin. Sie haben ihn ganz bestimmt schon gesehen. Aber ja. Wo kommen Sie denn her?«

»Aus dem Béarn. Und Sie?«

»Aus Cadeirac, das ist in der Nähe von Nîmes. Aber sicher kennen Sie ihn: Überall, wo Scheiße liegt, gibt es auch den Blaps. Pardon, entschuldigen Sie, ehrlich.«

»Aber bitte.«

»Und den erschlage ich, mit einem Holzscheit oder einem Stein, bevor er mich bespritzt. Was mir zu schaffen macht, ist, dass ich unlängst zwei von ihnen gesehen habe, und zwar nicht im Keller, sondern in der Wohnung. So was mag ich überhaupt nicht.«

»Weil er den Tod ankündigt?«

»Den Tod, weiß ich nicht. Aber er kündigt Unheil an. Niemand sieht gern einen Blaps. Der eine kam hinter der Propangasflasche vor. Und der andere aus meinem Stiefel. Reineweg aus meinem Stiefel. Und wissen Sie, was der frisst? Rattenkot, nicht mehr und nicht weniger.«

In dem Moment kam Professor Pujol auf sie zu, offener weißer Kittel, ein fülliger, bärtiger Mann mit einer feinen Brille und dem strengen Gesichtsausdruck eines Menschen, den man stört. Er reichte zunächst Adamsberg die Hand.

»Kommissar Jean-Baptiste Adamsberg?«

»Der bin ich.«

»Ich gestehe, dass ein Boss von der Polizei wegen ein paar Spinnenbissen zu mir kommt, überrascht mich ein wenig.«

»Mich ebenso, Professor. Aber ich habe meine Anweisungen.«

»Und Sie gehorchen. Was für ein Metier. Gibt es bei Ihnen keinen Raum mehr für das freie Denken? Sie können mir leidtun.«

Ein Ekel, dachte Adamsberg.

Dann musterte Pujol die kleine Frau, die sich, beladen mit ihrer Reisetasche und ihrem Stock, nur mit Mühe erhob. Adamsberg half ihr, indem er sie sanft unterm Arm fasste und ihr die Tasche abnahm.

»Entschuldigen Sie, bitte entschuldigen Sie, es ist meine Arthrose.«

Der Professor hatte keinen Finger gerührt, um ihr zu helfen, und wartete, bis sie endlich stand, um ihr die Hand zu geben.

»Irène Royer-Ramier? Wenn Sie mir bitte beide folgen wollen.«

Pujol lief schnellen Schritts die Korridore hinunter, während Adamsberg, aufgehalten durch die Frau, die er immer noch am Ellbogen hielt, mit seinem Tempo nicht mithalten konnte.

»Lassen Sie sich Zeit«, sagte er zu ihr.

»Ein Flegel, sage ich Ihnen. Aber vielleicht irre ich mich, man soll ja nicht vorschnell urteilen. Ich wusste nicht, dass Sie Kommissar sind, und habe ›Polizist‹ gesagt. Verzeihen Sie mir.«

»Keine Ursache. Ich habe es ja zuerst gesagt.«

»Ja, stimmt.«

Sieben Minuten durch Korridore, im Rhythmus von Irène Royer, knarrendes Parkett, Formalingeruch, Glasbehälter auf Regalen, bis zum winzig kleinen Büro von Professor Pujol.

»Nun denn, stellen Sie Ihre Fragen«, sagte er, noch bevor er sich setzte. »Ich weise Sie beide darauf hin, dass ich Spezialist für die Familie der *Salticidae* bin, die rein gar nichts mit Ihrer *Reclusa* zu tun haben. Aber ich kenne sie natürlich trotzdem. Sie kommen wegen dieser Geschichte mit den Spinnenbissen im Languedoc-Roussillon, nicht wahr? Kommissar?«

»Die Gerüchte, die im Internet bereits umgehen, nach fünf Bissen in drei Wochen, davon drei Todesfälle – alles alte Männer –, haben zu lebhaften Polemiken geführt und beginnen Panik zu verbreiten. Meine Vorgesetzten mögen Panik nicht, die die Mutter aller Gewalt ist.«

»Und dabei«, fügte Irène Royer hinzu, »können Sie sich von Paris aus gar kein Bild davon machen. Aber dort unten ist es die reine Hexenjagd. Der Verkauf von Staubsaugern, um sie aus ihren Verstecken zu holen, ist sprunghaft gestiegen.«

»Gut fürs Geschäft«, meinte Pujol, nahm sich einen Zahnstocher und begann seine Zähne zu reinigen.

»Eine Hexenjagd in jeder Richtung. In meinem Dorf wissen alle, dass ich keine Spinnen töte.«

»Gut so.«

»Sicher ist es gut, aber mir wurde schon ein Stein ins Fenster geschmissen. Ich habe es der Gendarmerie gemeldet, aber die wissen nicht, was sie tun, was sie denken sollen: Sollen sie dabei helfen, die ›mutierten‹ Einsiedlerspinnen zu töten, oder gegen die insgesamt ›zudringliche‹ Spinnenpopulation vorgehen oder sich überhaupt nicht darum kümmern? Sie sind einfach überfragt.«

»Und an diesem Punkt treffen wir uns«, sagte Adamsberg. »Meine Vorgesetzten brauchen eine wissenschaftliche Meinung, um darüber zu entscheiden, welche Weisungen sie den örtlichen Organen geben soll.«

»Eine Meinung worüber, Kommissar?«

»Erleben wir im Augenblick eine plötzliche Zunahme der Anzahl von Einsiedlerspinnen? Die, so heißt es, der Klimaerwärmung zuzuschreiben ist?«

»In keinem Fall«, erwiderte Pujol mit einer Grimasse der Verachtung, Verachtung für die Dummen und Schwachen im Geiste. »Spinnen sind keine Nagetiere. Sie neigen nicht zu schlagartiger Vermehrung ihrer Populationen, wie zum Beispiel die Spermophilen.«

»Manche äußern die These«, beharrte Adamsberg, »dass die konsequente Verminderung der Vogelbestände durch Umweltverschmutzung und Insektizide dazu geführt habe, dass viel mehr Spinnenkinder überlebt hätten.«

»Wie bei allen Tieren, sobald einige Arten zurückgehen, profitieren andere davon und nehmen deren Platz ein. Angenommen, Spatzen, Meisen, Sperlinge würden zahlenmäßig um die Hälfte zurückgehen, dann würden widerstandsfähigere Vögel deren Nistplätze in Besitz nehmen und groß werden. Krähen zum Beispiel. So dass am Ende die gleiche Menge kleiner Spinnen gefressen würde. Noch eine Frage?«

Adamsberg schwieg einen Moment, um etwas zu notieren.

Ein Ekel, dieser Kerl.

»Zur Hypothese der Mutation«, fuhr er dann fort. »Es heißt…«

»Wo heißt es? Im Netz, in den Foren, in den Chats?«

»Genau.«

»Mit anderen Worten, die Ignoranten, die Dummen, die sich in die Brust werfen und obskure Hypothesen verkünden, obwohl sie nicht die geringste Ahnung haben.«

»Aber genau dieses Netz ist es, Professor, das die Gerüchte hervorbringt und sie verbreitet. Und meine Vorgesetzten mögen Gerüchte nicht. Weshalb sie, und das sagte ich bereits, wissen wollen, was es mit ihnen auf sich hat, bevor sie dem ein offizielles Dementi entgegensetzen.«

»Seit drei Wochen streite ich mich schon in diesen Foren herum«, meldete sich nun Irène Royer zu Wort. »Aber verlorene Müh. Da könnte ich auch gleich…«

»… in eine Geige pinkeln«, wird sie jetzt sagen, dachte Adamsberg.

»Da könnte ich auch gleich Wasser in einen Trichter gießen«, fuhr sie fort, »es ist für die Katz. Es gibt ein wissenschaftliches Wort dafür, aber das fällt mir nicht ein.«

»Und was antworten Sie den Leuten, Madame Royer?«

»Royer-Ramier«, präzisierte sie, »aber es ist einfacher,

Royer zu sagen. Alle machen es. Nun, ich sage, dass die Einsiedlerin sich verbirgt und dass man sie selten zu Gesicht bekommt. Dass sie weder aggressiv ist noch einen anspringt noch sonst was. Dass ihr Gift nicht tödlich ist, außer, na gut, hin und wieder bei alten Menschen mit geschwächten Abwehrkräften …«

»Immundefizienten Personen«, fiel ihr Pujol ins Wort.

»Und auch wegen der Zeit, die sie verstreichen lassen, bevor sie zum Arzt gehen. Denn der Biss einer Einsiedlerspinne ist nicht leicht zu erkennen.«

»Im Großen und Ganzen ist es das, nur mit anderen Worten.«

»Aber Sie haben mir noch nicht auf die Hypothese der Mutation geantwortet«, wandte Adamsberg ein. »So was ängstigt die Leute, gleichzeitig fasziniert es sie, sie fürchten es ebenso, wie sie es bestaunen. Sie behaupten, Spinnen könnten Unmengen von Insekten vertilgen.«

»Exakt.«

»Und da diese Insekten heutzutage vollgestopft seien mit Pestiziden, nähmen sie Schadstoffe in sich auf, die ihr eigenes Gift verändert haben könnten.«

»Mutationen, mit anderen Worten eine Veränderung der in der DNA enthaltenen Erbinformation, passieren ständig. Das Grippevirus mutiert alle Jahre. Dennoch bleibt es die Grippe. Es geschieht nie eine Mutation, durch die ein ganzer tierischer Organismus von Grund auf verändert würde.«

»Und doch werden Kinder mit vier Armen geboren«, sagte die Frau.

»Dabei handelt es sich um eine individuelle Chromosomen-Anomalie, das hat nichts damit zu tun. Sie stellen sich doch wohl nicht vor, Madame Royer, dass eine genveränderte Spinne mit achtzehn Beinen und superstarkem Gift sich auf die Jagd nach Menschen macht? Verwechseln Sie nicht genetische Realität und filmische Fiktion. Können Sie mir folgen? Und um das Thema abzuschließen, natürlich sind die Spinnen vollgestopft mit Pestiziden. Wie wir auch. Wie die Insekten, die daran sterben, wie die Vögel, die daran sterben. Und die Spinnen ebenso. Zu befürchten steht also eher eine Verminderung als eine Vermehrung ihrer Population.«

»Also keine Mutation?«, fragte Adamsberg, der immer noch mitschrieb.

»Keine Mutation. Wenn Sie die ganz großen Geschütze auffahren wollen, Kommissar, dann lassen Sie doch über das Innenministerium eine Analyse des Gifts in Auftrag geben, das im Blut der an Loxoscelismus Gestorbenen nachgewiesen wurde.«

»Loxoscelismus?«, fragte Adamsberg, den Stift in der Hand.

»Das ist die Bezeichnung für das durch einen Biss der Einsiedlerspinne ausgelöste Krankheitsbild. Und bitten Sie das CAP ...«

»Das CAP?«

»Die Antigiftzentrale in Marseille.«

»Ah, so.«

»Bitten Sie also das CAP um einen Vergleich mit dem Gift der Einsiedlerspinne aus dem vorigen Jahr und eine Untersuchung über eine möglicherweise erhöhte Gefährlichkeit. Die Patienten werden ihre Analyseergebnisse vermutlich aufbewahrt haben. Können Sie mir folgen? Lassen Sie das alles machen. Und, glauben Sie mir, wir werden uns sehr amüsieren.«

»Na, umso besser«, sagte Adamsberg und klappte sein Notizbuch zu. »Keine Spinnen-Übervölkerung, keine Mutation. Und wie erklären Sie sich die Tatsache, dass wir am 2. Juni schon fünf Bisse von Einsiedlerspinnen und darunter drei Todesfälle haben?«

»Die drei Todesfälle schreibe ich, wie schon Madame sagte, der folgenschweren Verzögerung medizinischer Behandlung zu wie dem Umstand, dass die drei bereits immundefizienten Personen Opfer einer Hämolyse beziehungsweise einer Sekundärinfektion wurden. Was die beiden anderen Fälle angeht, so hat die Flut von Gerüchten, die die Regionalpresse und das Internet verbreitet haben, diese zwei Leute überhaupt erst bewogen, sich zu melden. Wenn diese selben Medien im vergangenen Jahr die Sache nicht so blödsinnig aufgebauscht und die Leute mit der Vorstellung erschreckt hätten, die Braune Einsiedlerspinne aus Amerika sei in Frankreich eingefallen, wären wir jetzt nicht an diesem Punkt. Für gewöhnlich erleiden die meisten von der Einsiedlerspinne gebissenen Menschen ja nur einen Scheinbiss, das heißt gänzlich ohne oder nur mit einer geringen Dosis Gift. In den seltenen Fällen einer Totalinjektion geht die Person zum Arzt und kriegt ein Antibiotikum verschrieben. Und niemand spricht darüber. Sind wir jetzt damit fertig?«

»Nicht ganz, Professor. Wäre es vorstellbar, dass jemand einem anderen, sagen wir in böser Absicht, mehrere Einsiedlerspinnen ins Haus schleppt?«

»Um ihn zu töten?«

»Ja.«

»Sie bringen mich fast zum Lachen, Kommissar.«

»Ich habe meine Anweisungen.«

»Richtig, ich vergaß. Ihre Anweisungen. Doch wer könnte besser wissen als Sie, dass es tausend unendlich einfachere Methoden gibt, jemanden umzubringen. Und wenn – aber wir reden hier im Scherz, nicht wahr? – Ihr Verrückter partout ein tierisches Gift verwenden will, dann soll er doch, verdammt noch mal, Schlangen dafür nehmen! Eine Viper schüttet, so sie denn will, mit einem Biss fünfzehn Milligramm Gift aus. Ich erspare Ihnen ihre LD 50, das heißt die bei fünfzig Prozent einer Gruppe von Mäusen von jeweils zwanzig Gramm Gewicht wirksame letale, also tödliche Dosis, können Sie mir folgen? So sollten Sie wissen, dass, um einen Menschen mittels Schlangenbiss zu töten, man ihn schon von vier bis fünf Schlangen beißen lassen müsste! Und wenn Sie den Trick kennen, wie man Schlangen einen solchen Auftrag erteilt, dann verraten Sie ihn mir, und wir werden uns bon amüsieren. Und stellen Sie sich dagegen nun die Einsiedlerspinne vor! Ihre Giftmenge ist winzig. Angenommen, Sie überreden einige von ihnen, den gesamten Inhalt ihrer beiden Drüsen in einen Menschen zu entleeren, was sehr selten vorkommt, ich sagte es bereits, dann brauchten Sie ungefähr, lassen Sie mich einen Moment überlegen... eine LD 50 gibt es nicht für die Einsiedlerspinne, nur glanduläre Schätzungen...«

Es gab ein kurzes Schweigen, während der Professor seine Berechnungen in Gedanken überschlug.

»Sie brauchten«, fuhr Pujol dann lächelnd fort, »den Inhalt von ungefähr vierundvierzig ihrer Giftdrüsen, um mit Sicherheit zu töten. Das heißt einen Großangriff von zweiundzwanzig Einsiedlerinnen auf einen Menschen, was logistisch eine Meisterleistung von zurückgezogen lebenden, nicht aggressiven Spinnen darstellen würde! Rechnen Sie in Anbetracht der Scheinbisse und der geringfügigen Bisse aber lieber mit sechzig Einsiedlerinnen! Und um drei Menschen zu töten – mit hundertachtzig Spinnen! Ihr Verrückter müsste also zusehen, wie er annähernd zweihundert Exemplare auftreibt, sie auf seine Feinde loslassen und beten, dass sie sie auch beißen – denn warum sollten sie das, frage ich Sie. Zweihundert! Ich erinnere Sie daran, wie schwierig es ist, sie überhaupt ausfindig zu machen! Sie tragen ihren Namen ja nicht umsonst.«

»Genau«, bestätigte Irène Royer. »Oder sie zu überraschen, selbst wenn man weiß, wo sie sind. Wissen Sie, was ich einmal sehen durfte? Einen ganzen Schwarm von Spinnenkindern, wie sie mit ihren Marienfäden vom Wind davongetragen wurden.«

»Wie schön für Sie, Madame, das ist in der Tat hübsch anzuschauen. Aber lassen Sie mich fortfahren, was die Hypothese des Kommissars zu einem konzertierten Angriff angeht. Glauben Sie nicht, dass nach drei Spinnenbissen Ihr Opfer aufstehen wird, um nachzusehen, was da in seinem Bett los ist? Statt zu warten, bis es sechzigmal gebissen wurde? Also ich bitte Sie, Kommissar. Aber sollten Sie Ihren Aggressor eines Tages zu fassen kriegen«, sagte er sich aufrichtend, »dann bringen Sie ihn mir bitte mal her ...«

»Und wir werden uns sehr amüsieren«, schloss Adamsberg an Pujols Stelle. »Was mich betrifft, ich bin fertig, und ich danke Ihnen, dass Sie mir Ihre Zeit geschenkt haben.«

Er erhob sich, nach ihm auch Irène Royer.

»Auch Sie, Madame? Zufrieden?«

»Ebenso. Danke. Und entschuldigen Sie uns.«

»Sie sollten sich«, sagte Adamsberg zu Irène Royer, als sie wieder im Korridor standen, »gegenüber einem Kerl nicht entschuldigen, der so ...« Er suchte nach dem Wort, das Danglard gebraucht hätte. »Eingebildet ist. Gegenüber einem so eingebildeten Fatzke, einem so rüden, flegelhaften Typen. Aber macht nichts, wir haben erfahren, was wir wissen wollten.«

»Sie haben es, und dank Ihnen ich auch. Denn ich bin sicher, mit mir hätte er sich diese Mühe nicht gegeben. Bei einem Pol…, einem Kommissar in besonderem Auftrag allerdings achtet man schon eher darauf. Ist ja auch irgendwie normal, kann man verstehen. Aber ich habe gut daran getan, ihm meine kleine Schachtel nicht zu überreichen. Er hätte nur gelacht.«

»Vorsicht, Madame Royer, Vorsicht. Erzählen Sie bloß nicht in Ihren Foren herum, dass meine vorgesetzte Behörde mir diesen Auftrag erteilt hat, ich bitte Sie dringend darum.«

»Aber im Gegenteil. Wenn die Bull…, die Polizei schon mal was Nützliches tut, dann sollte man es doch verbreiten, oder? Warum soll ich es denn nicht sagen?«

»Weil es nicht stimmt. Niemand hat mir jemals einen Auftrag erteilt.«

Sie traten durch das Portal des Museums, und auf dem Bürgersteig der Rue Buffon blieb die kleine Frau unversehens stehen.

»Dann sind Sie auch nicht mal Polizist? Dann war das alles eine Lüge? Also wissen Sie, nein, das ist nicht korrekt, ganz und gar nicht korrekt.«

»Ich bin sehr wohl Polizist«, sagte Adamsberg und zeigte seinen Ausweis.

Sie sah ihn sich aufmerksam an, dann hob sie das Kinn.

»Sie sind also einfach so gekommen, aus eigenem Antrieb? Es stimmt nicht, dass Sie Order dazu hatten. Sie hatten so eine Idee im Kopf, oder irre ich mich? Deswegen haben Sie alle diese Fragen über das Gift gestellt, auf die Gefahr hin, wie ein Idiot dazustehen?«

»Das stört mich nicht, ich bin's gewöhnt.«

»Also mich stört das unheimlich. Und ich hätte Ihnen

auch sagen können, dass man mit Einsiedlerspinnen keinen umbringen kann. Die wollen gar nicht beißen, sage ich Ihnen. Ich hätte es nicht mit all den Zahlen erzählen können wie der Professor, aber am Ende kommt es auf dasselbe heraus. Es geht nicht, es geht einfach nicht.«

»Aber ich kannte Sie doch gar nicht.«

»Stimmt ja, Sie kannten mich nicht.«

»Madame Royer-Ramier«, schlug Adamsberg vor, dem sehr daran gelegen war, dass weder seine Initiative noch sein Name im Netz auftauchten, »wie wäre es, wenn wir im *Stern von Austerlitz* noch einen Kaffee zusammen trinken? Das ist am Ende der Straße. Dann sehen wir weiter.«

»Madame Royer, bitte, alle nennen mich so. Und Kaffee mag ich nicht.«

»Dann vielleicht einen Tee? Einen Tee mit Milch? Eine heiße Schokolade?«

»Auf jeden Fall muss ich sowieso in die Richtung.«

Während Adamsberg und die kleine Frau langsam die Straße hochgingen, wobei der Kommissar sie immer noch am Ellbogen gestützt hielt und ihre Umhängetasche über der Schulter trug, rief Veyrenc an.

»Nichts Auffälliges«, sagte Adamsberg zu ihm. »Widerlicher Typ, aber beschlagen auf seinem Gebiet.«

»Das fehlte ja gerade noch«, murmelte Irène Royer neben ihm, »ist ja schließlich sein Job, oder? Man macht so eine weite Reise ja nicht, um sich Blödsinn anzuhören, nicht wahr?«

»Nein, Louis«, fuhr Adamsberg fort, »keine Zunahme der Spinnen-Population, keine Mutation des Gifts. Und nicht die geringste Möglichkeit, mit diesen Tierchen jemanden umzubringen. So weit ist das klar.«

»Bist du enttäuscht?«

»Nein.«

»Ich schon. Also, ein ganz klein wenig.«

»Du denkst an deinen ›Schatten‹?«

»Vielleicht. Aber man kann sich auch im Schatten täuschen, weißt du.«

»Wie man sich im Nebel täuschen kann.«

»Gut, lassen wir's auf sich beruhen, das Thema ist abgeschlossen.«

»Es ist nicht abgeschlossen, Louis. Vergiss nicht, was haben wir denn weltweit? Zehn Tote pro Jahr durch Spinnenbisse. Und in Frankreich noch nie einen.«

»Aber eben sagtest du: ›nicht die geringste Möglichkeit‹.«

»So gesehen, zweifellos. Doch angenommen, man versucht es von einer anderen Seite her? Erinnerst du dich an unseren Aufstieg zum Gipfel des Balaïtous? Es gibt Wege, da kannst du leicht abstürzen, und andere, über die du nach oben kommst.«

»Ich kenne sie, Jean-Baptiste.«

»Es ist eine Frage des Weges, Louis. Des Blickwinkels. Des Startpunkts.«

Irène Royer, vor ihrer Schokolade sitzend, wies auf sein Telefon.

»Sie reden ziemlich sonderbar«, sagte sie. »Entschuldigen Sie, es geht mich ja nichts an. ›Schatten‹, ›Weg‹, ›Startpunkt‹.«

»Er ist ein Freund aus der Kindheit. Und ein Kollege.«

»Ein Béarner also, wie Sie.«

»Genau.«

»Es heißt, die seien sehr eigensinnig, wegen der Berge. Genau wie die Bretonen, die wegen dem Meer. Ein einziger kleiner Fehler, und der Berg lässt dich los, und das Meer schluckt dich. Das sind Elemente, die zu groß sind für den

Menschen, also muss er sich den Schädel härten, so was in der Art, vermute ich.«

»Schon möglich.«

»Aber den kleinen Fehler, den sind Sie gerade im Begriff zu tun. Sie klammern sich an Ihren Felsen, und Ihren Sturz ins Geröll, den werden Sie schon noch erleben.«

»Nein, denn ich steige jetzt runter von diesem Felsen und klettere auf einen andern.«

»Ich nehme an, Ihre Vorgesetzten wissen nichts davon? Dass Sie sich verrückt machen wegen dieser Spinne? Ohne Sinn und Verstand?«

»Nein.«

»Und wenn sie es wüssten, könnte es ziemlich übel für Sie ausgehen.«

Adamsberg lächelte zustimmend.

»Und deswegen spendieren Sie mir hier eine Schokolade. Damit ich nicht in den Foren herumerzähle, dass dieser Kommissar spinnt und Dinge tut, so ganz eigenmächtig, ohne dass seine Chefs davon wissen. Darum spielen Sie hier den Netten.«

»Aber ich *bin* nett.«

»Und eigensinnig. Das macht der Hochmut, der macht das. Sie hatten so Ihre kleine Idee, aber Sie wussten nichts, rein gar nichts über die Spinne, nicht mehr als ein Kind, und der Professor hat Ihnen nun bewiesen, dass Ihre Idee Quatsch ist. Hat er das, oder hat er nicht?«

»Hat er.«

»Aber dann sagen Sie Ihrem Freund, die Sache ist abgeschlossen und wieder nicht abgeschlossen. Wo Sie doch alle nötigen Fakten vor Augen haben. So was ist Hochmut, anders kann ich es nicht nennen.«

Wieder lächelte Adamsberg. Die kleine Person gefiel ihm.

Sie erriet gut, sie fasste die Dinge gut zusammen. Er legte ihr einen Finger auf die Schulter.

»Ich will Ihnen was sagen, Madame Royer. Ich bin nicht hochmütig. Ich hatte so meine kleine Idee, wie Sie sagen, das ist alles.«

»Und stellen Sie sich vor, ich auch, ich hatte auch meine kleine Idee. Weil die Einsiedlerspinne nicht tötet. Weil aber da doch drei Tote sind. Und Tote durch Einsiedlerinnen hat es in Frankreich nie gegeben. Und auch noch wegen was anderem. Na und? Wir haben alle unsere kleinen Ideen, vor allem nachts, wenn man sich schlaflos im Bett wälzt, nicht wahr? Aber ich bin nicht verrückt wie Sie, ich nicht. Wenn es nicht möglich ist, dann ist es eben nicht möglich, Punkt.«

»Ach«, sagte Adamsberg, lehnte sich zurück und schlug die Beine übereinander. »Wegen welch ›anderem noch‹?«

»Dumme Gedanken«, sagte sie und zuckte die Schultern. »Sie ist gut, Ihre Schokolade, muss ich zugeben.«

»Wegen welch ›anderem noch‹, Madame Royer?«, beharrte Adamsberg.

»Eigentlich können Sie auch Irène zu mir sagen, geht ja viel schneller.«

»Danke. Also, Irène, was riskieren wir denn? Sie werden mich nie wiedersehen. Darum können Sie mir Ihre kleine Idee schon verraten. Ich liebe solche Ideen, vor allem wenn sie klein sind, und vor allem wenn sie nachts kommen.«

»Nachts schon gar nicht. Da regen sie einen besonders auf, finde ich.«

»Dann sagen Sie sie mir, ich rege mich selten auf. Sonst juckt sie Sie noch die ganze Zeit.« Und Adamsberg musste unweigerlich an den alten Lucio denken, *man muss immer bis zu Ende kratzen.*

»Ach nichts. Da war nur so ein Moment, nach dem zweiten Toten, wo ich mir gesagt habe, da ist ein Aal unterm Stein.«

»Und eine Muräne unterm Fels.«

»Wie bitte?«

»Entschuldigung. Ich dachte gerade an etwas anderes.«

»Also, wollen Sie sie nun hören, meine Idee, oder nicht?«

»Natürlich will ich.«

»Die beiden ersten Alten, die gestorben sind, kannten sich. Von Kindheit an.«

»Sieh an.«

»Bevor ich in Rente ging und nach Cadeirac zog, lebte ich in Nîmes.«

»Die beiden auch?«

»Unterbrechen Sie mich nicht immer, sonst schlüpft mir der Aal noch durch die Finger.«

»Verzeihung.«

»Wir wohnten zwei Straßen voneinander entfernt. Und um sieben Uhr abends, da trinke ich meinen Portwein. Falls Sie das schockiert, es ist alles, was ich am Tag trinke. ›Ein Weinchen außer Haus macht den Würmern den Garaus‹, sagte meine Mutter immer, aber ich glaube, das ist Quatsch. Entschuldigen Sie bitte.«

»Keine Ursache«, sagte Adamsberg nun wohl zum x-ten Mal an diesem Nachmittag.

»Auf jeden Fall vermag er nichts gegen Arthrose«, sagte sie mit einer Grimasse. »Es ist diese Luftfeuchtigkeit, unten im Süden geht's mir besser. Also, die beiden gingen in dasselbe Bistro wie ich, in den *Alten Keller*. Denn ein Glas Portwein zum Abend, das ist was Gutes, allerdings darf man ihn nicht allein zu Hause in sich reinschütten, klar? Dass wir uns da richtig verstehen. ›Können Sie mir folgen?‹, wie dieser Pujol die ganze Zeit sagte. Ich glaube, den Satz werde ich mir merken. Und was trinken Sie so?«

»Ein Bier nach dem Abendessen mit meinem alten Nachbarn, unter einem Baum im Garten.«

Adamsberg sah die kleine Idee sich entfernen, den Aal zwischen den Steinen entschlüpfen, die Muräne in ihrer Felsspalte verschwinden. Aber er spürte, er durfte dieses Geplapper nicht unterbrechen, sie würde schon wieder darauf zurückkommen. Oder die kleine Idee würde sie fortwährend jucken, und irgendwie war sie ja auch nicht unglücklich darüber, sie loszuwerden, indem sie sie dem Kommissar auflud.

»Nein, bei mir war es nicht unter einem Baum, es war im *Alten Keller*. Und diese zwei, die saßen immer da. Und ich garantiere Ihnen, die tranken nicht nur einen kleinen Portwein. Sondern einen Pastis nach dem andern, und sie redeten und redeten. Es ist ja oft so, dass, wenn einer durch eine Hölle gegangen ist, er darüber redet und redet, als wenn er sie jeden Tag aufs Neue in sich töten müsste. *Können Sie mir folgen?* Dass er sogar flachsend darüber redet, als wenn's das Paradies gewesen wäre. Die gute alte Zeit eben. Und ihre Hölle, das war ein Waisenhaus gewesen. Sie nannten es La Miséricorde, die Barmherzigkeit. Nicht weit von Nîmes. Das also hatte sie zusammengeschweißt wie zwei Finger einer Hand, und was sie am meisten mochten, das war, sich an ihre Dummheiten, ihre Streiche zu erinnern, klar. Was ich dabei so gehört habe – ich saß am Nebentisch und löste meine Kreuzworträtsel, einmal habe ich sogar eine Heizdecke dabei gewonnen, ein richtiges Scheißding – o Pardon, entschuldigen Sie.«

»Keine Ursache.«

»Ich wollte sagen, so ein Ding, das einem leicht mal das Bett abfackelt. Wie gesagt, sie erzählten sich die üblen

Streiche, die die sauberen Früchtchen, die sie gewesen waren, vollbracht hatten. In die Garderobe des Direktors pissen – also, das war jetzt deren Wort –, ihr großes Geschäft in seine Aktentasche verrichten, heimlich abhauen, einen Jungen im Bett festbinden, einem anderen die Hose klauen, einem Kleineren beim Sport die Shorts runterziehen, einen verprügeln, einen irgendwo einsperren, solche Sachen eben. Satansbrut, die gern andere quälte. Und sie waren nicht die Einzigen, offenbar waren sie eine ganze kleine Bande. Dabei, verstehen Sie, waren sie selbst ja auch nicht glücklich in dem Laden, die armen Bengel, da bin ich sicher. Von wegen. ›Und weißt du noch? Nee, erzähl mal …‹ Und so saßen die beiden da und lachten sich kaputt bei ihren Pastis. Aber manchmal lachten sie nicht mehr, da kicherten sie nur leise hinter vorgehaltener Hand. Dann schienen sie sich wohl schlimmere Sachen zu erzählen.«

»Und da haben Sie sich, wenn Sie sich schlaflos in Ihrem Bett herumwarfen, gesagt: Vielleicht hat sich hier jemand gerächt.«

»Ja.«

»Und es als Spinnenbiss ausgegeben.«

»Ja. Aber sechzig Jahre danach, was machte das da noch für einen Sinn?«

»Sie haben es selbst gesagt: Eine Hölle, von der spricht man jeden Tag. Was heißt, dass man auch jeden Tag daran denkt. Sogar sechzig Jahre lang.«

»Nur, die Männer sind ja eindeutig an der Nekrose gestorben, an dem Gift. Und da stehen wir immer wieder vor demselben Problem: Man kann eine Einsiedlerspinne nicht zwingen zu beißen.«

»Und wenn man sie nun dem Opfer ins Bett steckt? In den Schuh?«

»Das trifft hier nicht zu. Denn der Erste wurde draußen bei seinem gestapelten Holz gebissen. Und der Zweite ebenfalls draußen, als er gerade seine Haustür öffnete. Da muss die Spinne in den Ritzen des Mauersockels gelauert haben.«

»Geht also nicht.«

»Sagte ich Ihnen doch.«

»Und der Dritte, kennen Sie ihn?«

»Ich habe ihn nie gesehen. Wissen Sie, wie spät es ist?«

Adamsberg zeigte auf die beiden Uhrarmbänder an seinem Handgelenk.

»Ach, hatte ich vergessen«, sagte sie. »Ich muss nämlich zu einer Freundin, bei der ich übernachte.«

»Ich habe den Wagen da, ich bringe Sie hin.«

»Aber es ist auf dem Quai Saint-Bernard.«

»Kein Problem, ich bringe Sie hin.«

Als Irène Royer schließlich vor dem Haus ihrer Freundin stand, reichte Adamsberg ihr ihre Tasche und ihren Stock.

»Machen Sie sich bloß nicht verrückt«, sagte sie, bevor sie ihn verließ.

»Und Sie, erwähnen Sie meinen Namen nicht im Internet.«

»Na, hören Sie, ich werde Ihnen doch nicht die Karriere kaputt machen. Ich bin keine von denen, ich nicht.«

»Wären Sie bereit, mir Ihre Telefonnummer zu geben?«, fragte Adamsberg und öffnete sein Handy.

Irène überlegte, überlegte auf ihre Art, indem sie einen Moment starr geradeaus sah, dann, nach einem Blick in ein kleines Telefonverzeichnis, diktierte sie ihm die Zahlen.

»Sagen wir, für den Fall, dass Sie was Neues erfahren«, meinte sie.

»Oder auch Sie.«

Adamsberg saß schon wieder hinterm Steuer, als die kleine Frau an die Scheibe klopfte.

»Ich schenke sie Ihnen«, sagte sie und reichte ihm die vergilbte Plastikschachtel.

10

Es war schon spät, als Adamsberg in die Brigade zurückkam, wo es nur noch leicht fischig roch. Die Fenster standen nach wie vor weit offen, und die bunt zusammengewürfelten Gegenstände, mit denen überall auf den Schreibtischen die Papiere beschwert waren, erinnerten daran, dass gelegentlich ein heftiger Luftzug durchfuhr. Der fischigen Duftnote war ein Hauch Rose oder Veilchen beigemischt, der Lieutenant Froissy zu verdanken war – wem sonst? – und ihrem zwingenden Bedürfnis, es den Kollegen so angenehm wie möglich zu machen. Das Resultat dieser Mischung war ziemlich ekelerregend, Adamsberg zog ihr den reinen Hafengeruch vor.

»Das war Froissy«, sagte Veyrenc, auf ihn zukommend.

»Ich dachte es mir.«

»Man darf nichts dagegen einwenden, sie tut es ja zu unserem Besten. Sie hat zwei komplette Spraydosen versprüht, niemand hat gewagt, sie davon abzuhalten. Aber wie in allem, es nützt überhaupt nichts, den Gestank überdecken zu wollen.«

»Vielleicht sollte man eine neue Muräne anschaffen, um Rose und Veilchen zu erschlagen. Oder auch das hier, warte mal.«

Adamsberg holte aus seiner Jackentasche die kleine Plastikschachtel.

»Das ist eine Einsiedlerspinne, und sie ist ein Geschenk.

Bewundere sie entsprechend. Ich gebe zu, bisher hat noch nie jemand mir eine tote Spinne geschenkt. Aber sie riecht nach nichts. Im Unterschied zum Blaps.«

»Du meinst den Stinkkäfer?«

»Genau ihn. Den Totenansager.«

»Und wer war so feinfühlig, dir eine tote Spinne zu schenken?«

»Eine kleine Frau, die ich im Museum traf. Sie war eigens aus Nîmes angereist, um sie dem Spinnenspezialisten zu überbringen.«

»Dem Arachnologen.«

»Ja. Und da sie den Kerl nicht gemocht hat, hat sie sich entschieden, ihre Einsiedlerin mir zu geben. Es ist eine Opfergabe, eine Ehre, Louis. Wie Rögnvar, der Retancourts Porträt in ein Ruderblatt schnitzt.«

»Das hat er?«

»Aber genau. Hast du deinen Bericht fertig?«

»Er ist bereits bei Mordent.«

»Ich muss dir erzählen, was diese Frau mir gesagt hat. Aber nicht in der Nähe der anderen. Komm unauffällig zu mir in mein Büro. Wie geht es Danglard?«

»Ich glaube, über seiner Leidenschaft für alles Schriftliche und der Ausarbeitung des ›Buches‹ hat er seinen Ärger vergessen.«

Adamsberg legte die Spinne auf seinen schon übervollen Schreibtisch. Er öffnete die Schachtel, nahm eine Lupe, die er Froissy entwendet hatte, und besah sich den Rücken des Tieres. Wie nannten diese Arachnologen das? Er blätterte in seinem Notizbuch, irgendwo hatte er den Begriff notiert. Den Cephalothorax. Sehr gut. Konnte man doch gleich Rücken sagen. Er konnte diesen Rücken noch so genau untersuchen, die Zeichnung einer Violine erschien ihm nicht schlüssig. Er hörte Schritte und schloss rasch die Schachtel. Nicht dass er die Mitarbeiter seiner Brigade fürchtete, aber er wollte Danglard nicht beunruhigen.

Es war Voisenet, der die Schachtel sofort entdeckte und sich darüberbeugte.

»Eine Einsiedlerspinne«, sagte er. »Wie sind Sie da rangekommen?«, fragte er begierig. »Das ist etwas sehr Seltenes.«

»Man hat sie mir geschenkt.«

»Aber wer? Wie?«

»Im Museum.«

»Sie geben also nicht auf, Kommissar?«

»Doch. Es gibt keine ungewöhnliche Vermehrung der Spinnen, und auch keine Mutation. Von daher ist die Sache klar.«

»Aber drei Tote, immerhin.«

»Ich glaubte, Sie wären über diesen Punkt hinaus, Lieutenant. Sie haben mehrfach betont, dass das alte Leute waren.«

»Ich weiß. Und dennoch, die Einsiedlerspinne hat in Frankreich nie einen Menschen getötet. Keine Mutation, da sind Sie sicher?«

»Ja.«

»Na gut. In jedem Fall ist es ja auch nicht unser Job.«

Adamsberg spürte, wie sein Lieutenant zwischen Logik und Versuchung hin und her schwankte.

»Ich komme noch mal wegen des Berichts.«

Voisenet tätschelte seinen runden Bauch, eine unglückliche Angewohnheit, die Verlegenheit wie auch Genugtuung verriet, so dass man sie ziemlich oft bei ihm sah.

»Was diese Befragung Carvins angeht, wäre es möglich, wie soll ich sagen, die Passagen nicht ins Protokoll aufzunehmen, wo er mich verarscht mit seiner ›Apperzeption‹ und seinen Zitaten?«

»Was fällt Ihnen ein, Voisenet? Wollen Sie folglich auch, dass man die Stellen aus dem Video löscht?«

»Diese Stellen sind für die Ermittlung nicht notwendig.«

»Sie sind notwendig, weil sie Carvins Charakter erkennen lassen. Seit wann kommen Sie auf die Idee, Berichte von Ermittlungen zu fälschen?«

»Seit dieser ›Apperzeption‹. Die liegt mir im Magen.«

»Und ich, was soll ich mit einem Arachnologen und einem Cephalothorax anfangen, können Sie mir das sagen? Schlucken Sie Ihre Apperzeption, nehmen Sie sie an und verdauen Sie sie.«

»Aber der Cephalothorax steht nicht in einem Bericht.«

»Wer weiß das, Voisenet?«

Veyrenc rief an, und Voisenet verließ, seinen Bauch massierend, den Raum.

»Ich hörte Voisenet in deinem Büro«, sagte Veyrenc, »darum bin ich weitergegangen. Besser, wir treffen uns woanders.«

»Und wo?«

»Wir könnten noch mal in die *Garbure* gehen. Danglard hat uns das Vergnügen gestern ja ziemlich verleidet.«

Estelle, dachte Adamsberg sofort. Ihre Hand auf der Schulter seines Kollegen gestern Abend. Veyrenc lebte schon lange allein, der hohe Anspruch, den er an die vielfältigen Eigenschaften einer Frau stellte, schränkte seine Wahlmöglichkeiten von vornherein stark ein. Er, Adamsberg, hatte aufgrund seiner bescheideneren Ansprüche eher das gegenteilige Problem. Estelle, sagte er sich noch einmal, ihretwegen will er dahin, nicht wegen einer Kohlsuppe, und sei sie selbst aus den Pyrenäen.

11

Weil sie es waren, Adamsberg und Veyrenc, und vor allem Veyrenc, stellte Estelle die Schüssel mit der Garbure auf einen kleinen Rechaud, damit sie sich Zeit lassen konnten, ohne dass das Essen kalt wurde. Veyrenc hatte überraschend den Platz gewechselt und sich im Unterschied zum Vorabend mit dem Gesicht zum Tresen gesetzt.

»Du sagtest mir doch, dass durch einen Biss der Einsiedlerspinne in Frankreich nie ein Mensch gestorben ist«, begann Veyrenc.

»So ist es. Während Kreuzottern eine bis fünf Personen im Jahr töten.«

»Das ändert manches.«

»Bist du nicht mehr meiner Meinung?«

»Das habe ich nicht gesagt. Erzähl mir von dieser Frau, die dir eine tote Einsiedlerspinne geschenkt hat.«

»Männer schenken ja auch Pelzmäntel. Was für eine Idee! Stell dir vor, du hältst in deinen Armen eine Frau, die sechzig tote Eichhörnchen auf dem Rücken trägt.«

»Willst du deine Spinne auf dem Rücken tragen?«

»Ich hab sie doch schon an der Backe, Louis.«

»Und ich hab ein Stück Leopardenfell auf dem Kopf«, sagte Veyrenc und fuhr sich mit der Hand durch sein dichtes Haar.

Adamsberg spürte, wie sich sein Magen verkrampfte, wie jedes Mal, wenn Veyrenc diese Geschichte erwähnte. Es war oben in den Bergen gewesen, sie waren Kinder. Der kleine Louis hatte vierzehn Stiche mit dem Taschenmesser in die Kopfhaut abgekriegt. Über den Narben waren die Haare fuchsrot nachgewachsen, in einem geradezu flammenden Rot. Damit fiel Veyrenc überall auf, so dass man ihn nie für eine Beschattung einsetzte. Und auch an diesem Abend, unter dem Licht der tief hängenden Restaurantlampen, leuchteten die roten Strähnen im dunklen Braun seines Haars. Das damit in der Tat an ein Leopardenfell erinnerte, nur umgekehrt.

»Was also hat dir diese Frau gesagt?«

Adamsberg schnitt ein Gesicht und lehnte sich mit seinem Stuhl weit zurück, bis er auf zwei Stuhlbeinen balancierte, die Hände um die Tischkante gekrallt.

»Schwierig, Louis. Ich habe den Eindruck, nein, nicht den Eindruck. Ich glaube, dass ich sie schon mal gesehen habe.«

»Die Frau?«

»Nein. Die Spinne.«

Da war sie plötzlich wieder, die Steifheit im Nacken. Adamsberg schüttelte den Kopf, um sie zu lösen.

»Das heißt nein, ich habe sie noch nie gesehen. Oder doch. Irgend so was. Vor langer Zeit.«

»Natürlich hast du sie gesehen. Aber es ist erst drei Tage her. Man sieht sie überall in den Foren.«

»Und neulich Abend war sie auf dem Bildschirm von Voisenet. Da spürte ich zum ersten Mal dieses Unwohlsein, eine Art Ekel.«

»Vor Spinnen ekeln sich viele Menschen.«

»Ich aber nicht.«

»Vergiss nicht, da war auch der grässliche Geruch von dieser Muräne.«

»Und das hat sich überlagert, sicher. Der Gestank und die Spinne. Der Gestank hat dazu beigetragen, ich weiß.«

»Erinnerst du dich noch genau an Voisenets Bildschirm?«

»Ich erinnere mich nie an Wörter, aber an Bilder, ja. Ich könnte dir alle Gegenstände beschreiben, die unsere Leute auf ihren Schreibtischen verteilt haben, damit ihre Unterlagen nicht wegfliegen. Ich könnte dir den Baum aufzeichnen, dort oben in den Bergen, als du …«

»Vergiss diese Geschichte. Meine Strähnen sind völlig okay.«

»Sind sie.«

»Auf Voisenets Bildschirm, was war da zu sehen?«

»Nichts Besonderes. Das vergrößerte Foto einer Spinne von einem eher hellen Braun, mit dem Kopf nach unten, und über der Abbildung in blauen Buchstaben der Bildtext, *Recluse d'Europe. Europäische Einsiedlerspinne, auch Violinen-Spinne genannt.* Sonst nichts.«

Adamsberg rieb sich energisch den Nacken.

»Tut dir was weh?«

»Ein bisschen. Das habe ich manchmal, wenn ich ihren Namen höre.«

»Und wenn du sie siehst? In der Schachtel?«

»Nein«, sagte Adamsberg und zuckte die Schultern. »Sie zu sehen macht mir überhaupt nichts aus. Ihre Beine, ihr Rücken sind mir vollkommen egal. Vielleicht ist es aber auch eine andere Gestalt, die diese Verspannung auslöst.«

»Eine andere Gestalt?«

»Keine Ahnung.«

»Du siehst eine Gestalt? Im Traum, in einem Albtraum, in der Wirklichkeit, im Dämmern?«

»Ich weiß nicht. Ein Gespenst vielleicht«, sagte Adamsberg lächelnd.

»Ist es ein Toter?«

»Nein … Oder aber ein Toter, der tanzt. Weißt du, wie

man sie manchmal auf alten Stichen sieht, die die Kinder erschrecken, diese hin und her hampelnden Wesen.«

Adamsberg drehte den Kopf. Die Nackensteife war weg.

»Vergiss meine Fragen«, fuhr Veyrenc fort. »Sag mir, was diese Frau dir erzählt hat.«

Adamsberg ließ seinen Stuhl zurückkippen, kostete von der Garbure und fasste sein Gespräch mit Irène Royer im *Stern von Austerlitz* zusammen.

»Aus demselben Waisenhaus?«

»Hat sie gesagt.«

»Die ›üblen Streiche der sauberen Früchtchen, die sie gewesen waren‹.«

»Das waren ihre Worte.«

»Sie könnten seitdem weitergemacht haben. Aber welche ›üblen Streiche‹?«

»Ich würde ja gern dem Leiter dieses Waisenhauses einen Besuch abstatten.«

»Der heute so an die hundertzwanzig Jahre alt sein dürfte.«

»Seinem Nachfolger, meine ich natürlich.«

»Unter welchem Vorwand? Die angeblichen Weisungen deiner Vorgesetzten kannst du dem nicht ein weiteres Mal auftischen. Du hast Glück, dass diese Frau den Mund halten wird. Bist du ihrer auch sicher?«

»Seit der heißen Schokolade im *Stern von Austerlitz*, ja.«

»Alte Frauen hereinlegen ist nicht sehr nett, hätte sie dir sagen können.«

»Keine Sorge, sie hat sehr wohl begriffen, was ich im Sinn habe, und hat mir das auch zu verstehen gegeben. Und mich gebeten, sie auf dem Laufenden zu halten, wenn ich was Neues herausfinden sollte. Aber ich habe natürlich nichts versprochen«, setzte Adamsberg lächelnd hinzu.

»Außer ihre tote Spinne zu tragen. Das ist schon viel. Welches ›Neue‹ im Übrigen, Jean-Baptiste?«

Adamsberg zuckte die Schultern.

»Nichts«, sagte er. »Man kann nicht zweihundert Spinnen zum Angriff zwingen.«

»Noch dazu im Freien. Man kann sich nicht vorstellen, warum Horden von Spinnen aus ihren Holzhaufen hervorkommen sollten, um einen Menschen zu beißen.«

»Undenkbar. Sie leben einsam. Und sie warten ängstlich darauf, dass der Mensch sich entfernt.«

»Wir drehen uns im Kreis, Jean-Baptiste.«

»Deshalb müssen wir den anderen Weg nehmen. Der am Waisenhaus beginnt. Es hieß La Miséricorde. Irgendjemand muss ja wohl die alten Register aufbewahrt haben, nicht? Man wirft nicht so einfach Stapel von Unterlagen weg, die haufenweise Geschichten von Waisenkindern enthalten.«

»Und dann?«

»Die Namen der Internatsschüler aus ebendiesen Jahren herausfinden, in denen unsere beiden ersten Opfer dort eingeschrieben waren, und die ›Bande‹ zu rekonstruieren versuchen, von der die Frau gesprochen hat.«

»Wenn du an dem Punkt bist, Jean-Baptiste, musst du die Brigade informieren.«

Veyrenc schenkte ihnen ein zweites Glas Wein ein, während beide schweigend nachdachten und die magere Datenlage erwogen, Adamsberg mit dem Blick auf seinem leeren Teller, Veyrenc, indem er Estelle beobachtete, die an diesem Abend auffällig oft durch den Saal ging.

»Wieso eigentlich?«, nahm Adamsberg den Faden wieder auf. »Willst du Danglard beunruhigen? Wir kommen ganz gut allein klar, ohne gleich zum Halali zu blasen. Wir können auf Froissy zählen, was die Recherchen über die drei

Toten und das Waisenhaus betrifft. Vielleicht auf Voisenet, was tatkräftige Unterstützung angeht. Du und ich können ein paar der Besuche übernehmen. Mercadet bestimmt auch.«

»Und schon wären wir eine nette kleine Verschwörertruppe mitten in der Brigade. Danglard weiß Bescheid und beobachtet jeden deiner Schritte, als würdest du an einem Abgrund wandeln. Und wir beiden würden uns zu geheimen Absprachen am Getränkeautomaten treffen. Wie lange, glaubst du, lässt sich das durchhalten?«

»Aber was soll ich ihnen denn erklären, Louis?«, konterte Adamsberg. »Dass ich über drei Todesfälle durch Biss einer Einsiedlerspinne ermitteln werde, weil die Einsiedlerspinne grundsätzlich nicht tötet? Weil sie den Menschen nie von sich aus angreift? Sie werden mir wie Voisenet sagen, dass es alte Leute waren. Es gibt kein Dossier, nicht den allerkleinsten Hinweis auf Wahrscheinlichkeit. Was, glaubst du, wird passieren? Erinnerst du dich an die zurückliegende Meuterei? Als drei Viertel der Mannschaft mir die Gefolgschaft verweigerte? Die Brigade wäre daran beinahe kaputtgegangen. Diesmal wird es schlimmer sein. Ich habe keine Lust, das noch einmal zu erleben. Und ich habe keine Lust, die Brigade gegen die Wand zu fahren.«

»Aber du selbst willst es riskieren?«

»Ich habe keine Wahl, Louis.«

»Also gut«, sagte Veyrenc nach kurzem Schweigen. »Tu, was du tun musst, nicht mehr.«

Sie waren fertig mit dem Essen, Adamsberg machte sich zum Gehen bereit. Sie waren die letzten Gäste.

»Schon?«, sagte Veyrenc. »Gefällt dir nicht, was ich dir gesagt habe?«

»Nein, das ist es nicht.«

»Ich würde gern noch einen Kaffee trinken.«

»Du bist mir nicht böse, wenn ich dich allein lasse?«

»Aber nicht doch.«

Adamsberg legte seinen Anteil auf den Tisch, zog sein Jackett über, und im Vorbeigehen fasste er rasch Veyrencs Arm.

»Ich geh nachdenken«, sagte er.

Veyrenc wusste, Adamsberg ging nicht, um nachzudenken. Weil er das einfach nicht konnte: allein nachdenken, vor seinem Kamin sitzen, grübeln, die Gegebenheiten sichten, Für und Wider abwägen. Bei ihm, so hätte man sagen können, formten sich die Gedanken, noch bevor er an sie dachte. Nein, der Kommissar hatte sich zurückgezogen, um ihn mit Estelle allein zu lassen.

Zu Hause angekommen, nahm Adamsberg sich eine Zigarette aus der von Zerk zurückgelassenen Schachtel. Sein Sohn fehlte ihm. Am Abend vor seiner Abreise aus Island hatte Armel – wie er mit seinem richtigen Namen hieß –, den er erst seit seinem achtundzwanzigsten Lebensjahr kannte, ihm eröffnet, dass er auf der Insel bleiben werde, bei dem Mädchen, das dort auf dem Plateau seine Schafzucht betrieb. Dass er ohne ihn zurückkehren musste, hatte seine tiefe Abneigung gegen die Stadt noch verstärkt. Und wie sollte er das mit den Zigaretten machen? Er selbst rauchte ja nicht, außer den wenigen, die er sich bei Zerk klaute. Das aber hieß nicht rauchen, das hieß stehlen. Nun, so würde er eben eine Schachtel für seinen Sohn kaufen und sich hin und wieder eine daraus nehmen. Wenigstens dieses Problem war gelöst.

Auch Lucio fehlte ihm. Er hätte die Geschichte mit den Spinnen sehr gemocht. Aber Lucio war gerade heute Morgen nach Spanien gereist, um seine Familie zu besuchen. Adamsberg öffnete die Tür, die in den kleinen Garten hinausging, betrachtete die alte Holzkiste unter dem Baum, die ihnen als Bank diente. Er setzte sich drauf und zündete Zerks Zigarette an, trotz allem fest entschlossen, nachzudenken. Im Grunde war es gar nicht mal so schlecht, dass sein Sohn nicht da war, so kriegte der auch die Verwirrung in seinem Kopf nicht mit, wo Spinnenbeine herumwuselten im Gestank der Muräne. Solche Bilder würde er den Mitarbeitern seiner Brigade allerdings nicht aufzeichnen, wenn er ihnen erklären würde, warum er hier zu ermitteln gedachte. Er lehnte sich an den Baumstamm, streckte die Beine über die Kiste. Oder sollte er besser lügen, die Ecken abrunden? Doch selbst in abgerundeter Form würden die Ecken nicht durchgehen. Nachdenken, er musste einfach nachdenken.

12

Am Morgen empfing Froissy den Kommissar mit sorgenvollem Blick, sie erriet sofort die Ursache des Übels.

»Sie haben nicht gefrühstückt, Kommissar?«

»Macht nichts, Lieutenant.«

Er ging auf sein Büro zu und gab Veyrenc ein Zeichen, ihm zu folgen.

»Ich bin auf einen Schlag eingeschlafen, Louis. Aber als ich um fünf Uhr morgens unter dem Baum aufwachte, habe ich das hier geschrieben. Knapp zwei Seiten, auf denen ich alle uns bekannten Daten über die Einsiedlerspinne, die Todesfälle, das Waisenhaus, einschließlich der Schlussfolgerungen von Professor Pujol zusammenfasse. Könntest du mir das in gutem Französisch und ein bisschen geordnet in den Rechner tippen?«

»Gib mir zehn Minuten.«

»Wer ist heute anwesend?«, fragte Adamsberg und sah auf die Pinnwand.

»Nicht sehr viele. Vergangenen Samstag und Sonntag waren viele Leute im Einsatz wegen des SUV, heute bummeln sie ihre Überstunden ab.«

»Wer also ist da?«

»Justin, Kernorkian, Retancourt, Froissy. Mordent sitzt an der zweien Fassung des Berichts, er arbeitet zu Hause.«

»Bestell sie alle her, Louis. Besser, es kommt von dir.«

»Du willst also die Brigade informieren?«

»Das hast du mir doch geraten, oder? Und du hast recht. Ruf sie zusammen. Danglard natürlich, Mordent, Voisenet, Lamarre, Noël, Estalère, Mercadet. Druck für jeden eine Kopie von meinem Text aus, nachdem du ihn bearbeitet hast. Sitzungsbeginn 11 Uhr, wir wollen sie nicht zu früh aus dem Bett holen, sonst kommen sie nur schlecht gelaunt hier an. Sie werden während der Sitzung noch genügend Anlass haben, ihre Laune zu wechseln.«

»Das ist gut möglich«, sagte Veyrenc.

In dem Moment kam Froissy herein, beladen mit einem kompletten Frühstückstablett, das leicht zitterte in ihren Händen, so dass die Tassen leise klirrten.

»Ich habe die Kanne in ein Wäschestück eingewickelt«, erläuterte sie, »damit der Kaffee nicht zu schnell kalt wird. Und auch eine Tasse für Sie mit dazugestellt, Lieutenant«, sagte sie, bevor sie ging.

»Was hast du ihr denn gesagt«, fragte Veyrenc angesichts der ungeheuren Menge an Croissants. »Dass du seit fünf Tagen nichts gegessen hast?«

Er machte Platz auf dem Tisch, schob die Schachtel mit der Spinne auf die rechte Seite und goss den Kaffee ein.

»Nicht so gut wie der von Estalère«, kommentierte er. »Aber das bleibt unter uns.«

»Sie ist ziemlich nervös im Augenblick. Und blass.«

»Sehr blass. Und schmal ist sie geworden.«

Retancourt stand im Rahmen der geöffneten Tür. Und wenn Retancourt in einer Tür stand, dann konnte man schwerlich noch etwas anderes sehen, weder im Raum dahinter noch Richtung Decke.

»Setzen Sie sich zu uns, Lieutenant«, sagte Adamsberg. »Es gibt Croissants von Froissy.«

Retancourt bediente sich wortlos und setzte sich an Veyrencs Platz, als der aufstand, um Adamsbergs Notizen in die nötige Form zu bringen. Sie machte sich keinerlei Gedanken um ihr Gewicht – das beträchtlich war –, es schien, als wandelte sie jede Zufuhr von Fett in reine Muskelmasse um.

»Kann ich Sie mal sprechen?«, sagte sie. »Es handelt sich nämlich um einen Fall, der uns normalerweise nichts angeht.«

»Wir haben nicht viel Zeit, Lieutenant, ich habe für 11 Uhr eine Versammlung einberufen.«

»Worüber?«

»Über einen Fall, der uns normalerweise nichts angeht.«

»Ach ja?«, bemerkte sie misstrauisch.

»Also bin ich nicht der Einzige. Ihr Fall gegen meinen, worum geht es?«

»Um einen Fall von sexueller Belästigung. Vielleicht. Aber die Person wohnt im 9. Arrondissement.«

»Hat sie Anzeige erstattet?«

»Das würde sie nie wagen. Und ich muss hinzufügen, es gibt auch kein beweiskräftiges Argument, nichts, was einen Gang zur Polizei rechtfertigen würde. Sie versichert, es sei nichts. Aber in Wirklichkeit denkt sie an das Schlimmste, sie zieht sich völlig in sich zurück und schläft kaum noch.«

»Und Sie denken, dass sie nicht unrecht hat. Warum?«

»Zunächst einmal, weil es richtig fies ist, Kommissar, unsichtbar und unbegreiflich.«

»Das ist mein Fall auch. Unsichtbar und unbegreiflich. So was kommt vor. Warum noch?«

»Es hat im 9. Arrondissement innerhalb eines Monats zwei Vergewaltigungen gegeben. Dreihundert und fünfhundert Meter von ihrer Wohnung entfernt.«

»Kommen Sie zu den Tatsachen, was ist vorgefallen?«

»Es spielt sich im Badezimmer ab. Keine Drohungen, keine Beschattung, keine Telefonanrufe. Nur dieses verflixte Bad. Der Raum hat kein Gegenüber. Er erhält Licht nur über ein Fenster zum Hof, das Milchglasscheiben hat.«

Retancourt unterbrach sich.

»Und?«, fragte Adamsberg.

»Wenn Sie jetzt lächeln, Kommissar, und sei es nur andeutungsweise, dann reiß ich Sie in Stücke.«

»Sexuelle Belästigung ist kein Thema, das mich amüsiert, Lieutenant.«

»Aber es gibt nur ein Element, und ein nicht sehr aussagekräftiges.«

»Das sagten Sie mir. Fahren Sie fort.«

»Sobald sie dieses verdammte Bad betritt, fängt bei ihrem Nachbarn auf der anderen Seite der Wand sofort das Wasser an zu laufen. Jedes Mal. Und das ist alles. Finden Sie das lustig?«

»Sehe ich so aus, als ob ich mich amüsiere?«

»Nein.«

»Welches Wasser, Retancourt?«

»Die Klospülung.«

Adamsberg runzelte die Stirn.

»Lebt sie allein?«

»Ja.«

»Seit wann geht das so?«

»Seit über zwei Monaten. Es sieht nach nichts aus, aber...«

»Es sieht *nicht* nach nichts aus, Lieutenant.«

Der Kommissar stand auf und lief mit verschränkten Armen umher.

»Wie ein Signal gewissermaßen«, meinte er. »Als wollte

man ihr jedes Mal, wenn sie nach Hause kommt, sagen: ›Ich bin da.‹«

»Oder schlimmer noch: ›Ich sehe dich.‹«

»An so was denkt sie? An eine Kamera?«

»Ja.«

»Und Sie auch.«

»Ja.«

»Also an Bilder. Es hat vor sieben Monaten einen ähnlichen Fall gegeben. Es begann in Romorantin, auch mit einer Wasserspülung. Einige Zeit später stand alles im Internet. Ihr Gesicht war deutlich zu erkennen. Der Kerl hat ihr nichts erspart, die Toilette befand sich im Bad.«

»Bei ihr auch.«

»Die Frau hat sich umgebracht.«

Adamsberg wanderte schweigend weiter, die Arme noch immer fest verschränkt.

»Aber es stimmt«, fuhr er schließlich fort, »eine Anzeige wegen Wassergeräuschs bliebe folgenlos. Kennt sie ihren Nachbarn?«

»Sie hat ihn nie gesehen.«

»Woher weiß sie, dass es ein Mann ist?«

»Durch sein Namensschild am Briefkasten: Rémi Marllot. Mit zwei ›l‹.«

»Eine Sekunde, ich schreibe ihn mir auf. Das heißt, er geht ihr aus dem Weg. Er verlässt das Haus, wenn sie bereits weg ist, und kommt vor ihr zurück. Kommt und geht sie zu regelmäßigen Zeiten?«

»Nein.«

»Also folgt er ihr. Und am Wochenende?«

»Ist er ständig da. Mit seiner Scheißtoilettenspülung.«

»Ist sie eine Freundin von Ihnen?«

»Wenn man so will. So ich denn Freundinnen habe.«

»Was mich wundert, ist, dass Sie damit zu mir kommen. So wie ich Sie kenne, hätten Sie das Problem doch längst allein erledigt. An Ort und Stelle gehen, den Apparat auseinandernehmen, die Aufzeichnungen kassieren, sich den Typen greifen und ihn in Stücke reißen.«

Veyrenc kam herein und legte die Kopien auf den Schreibtisch, mit einem überraschten Blick hin zu Retancourts angespanntem Gesicht.

»Hast du sie erreicht?«, fragte Adamsberg.

»Ja.«

»Wer kommt?«

»Alle.«

»Perfekt. Dann bleiben uns noch zwanzig Minuten.«

»Ich war einen Abend bei ihr«, gab Retancourt zu, »ich habe das Bad inspiziert, habe eine Kamera gesucht, ich habe die Wände untersucht, den Heizkörper, den Haarföhn, den Spiegel, den Handtuchhalter, die Abflüsse und sogar die Glühbirnen. Nichts.«

»Gibt es eine Lüftungsklappe?«

»Natürlich, in der Außenwand. Ich habe sie auseinandergenommen. Nichts.«

»Danach sind Sie in seine Wohnung rein.«

»Ja. Sie ist schmutzig, und es stinkt. Sie ist nicht wirklich eingerichtet, eher kampiert da einer. Ich habe mir die Nasszelle angesehen, auch hier nichts. Keine Porno-Zeitschriften oder entsprechende DVDs in der Bude, und nichts auf dem Rechner. Vielleicht ist es am Ende doch nur eine defekte Wasserspülung«, fügte sie mit verdrießlichem Gesicht hinzu.

»Nein, Lieutenant. Er hortet seine Bilder anderswo.«

»Bilder, zu denen er auf welchem Wege gelangen würde? Ich sagte Ihnen ja, ich habe danach gesucht. Nichts.«

»Aber umso besser, Violette.« Es kam mitunter vor, dass Adamsberg in einer plötzlichen Anwandlung von Zuneigung überraschend zum Vornamen des Lieutenants wechselte. Wobei »Violette«, das Veilchen, nun wahrlich der unpassendste Name für eine Frau wie Retancourt war. »Wenn Sie nämlich die Kamera berührt hätten, hätte er es sofort gesehen. Er hätte schnellstens seinen Sensor abgebaut und sich mit seinen Bildern aus dem Staub gemacht. An der Decke haben Sie nichts bemerkt?«

»Nichts Verdächtiges. Zwei klassische Spots mit unverfänglichen Birnen und einen Rauchmelder.«

»Einen Rauchmelder? In einem Bad?«

»Ja«, sagte Retancourt und zog ihre breiten Schultern hoch. »Der Mann hat ihr gesagt, da sie ihre Waschmaschine im Bad stehen habe, was nicht der Vorschrift entspreche, dazu auch noch einen an der Wand installierten Haartrockner, sei der Rauchmelder Pflicht.«

»Der Mann? Welcher Mann?«

»Es gibt doch einen ganzen Markt dafür, da die Leute nicht wissen, wie sie die Dinger selber anbringen sollen«, sagte sie mit der verwunderten Miene von Menschen, die schon mit der Rohrzange in der Hand geboren werden. »Es kam ein Installateur ins Haus, für die Leute, die handwerklich nicht so versiert sind, oder auch für Ältere, die kaum mehr mit der Bohrmaschine auf die Leiter steigen. Bei mir ist auch einer gewesen, da braucht man sich gar nicht in die Brust zu werfen.«

»Wie sieht dieser Rauchmelder aus?«

»Wie Detektoren halt so aussehen. Ich habe meinen noch nicht gekauft. Fächerförmig angeordnete Rillen für das Ansaugen der Luft, ein durchbrochener Ring für das Alarmsignal und eine kleine Kontrollleuchte für die Batterie.«

»Schwarz, die Kontrollleuchte?«

»Schwarz, was sonst. Sie soll ja aufleuchten, wenn die Batterie keinen Saft mehr hat.«

»Ja, in Rot. Ich brauche den Namen der Frau«, sagte Adamsberg in sehr bestimmtem Ton, »und ihre Adresse.«

Retancourt zögerte.

»Das ist etwas heikel«, sagte sie.

»Verdammt, weshalb sind Sie denn zu mir gekommen, Violette, wenn nicht, um es mir zu sagen? Ich habe Sie ja noch nie so zögernd erlebt.«

Diese Bemerkung gab ihr einen Ruck, denn die Sorge um »die Frau« schien ihr tatsächlich etwas von ihrer sonstigen Energie zu nehmen.

»Froissy«, murmelte sie.

»Pardon?«

»Froissy«, wiederholte Retancourt ebenso leise.

»Wollen Sie mir sagen, dass wir Froissys Hilfe brauchen oder dass sie diese Frau ist?«

»Sie.«

»Mein Gott!«

Adamsberg warf seine Haare zurück, dann setzte er sein Hin-und-her-Gelaufe fort. In einem kurzen Wutanfall verkrampften sich seine Arme.

»Wir kümmern uns darum, Violette, das verspreche ich Ihnen.«

»Ohne die Bullen? Niemand darf davon erfahren, niemals.«

»Ohne die Bullen.«

»Aber wir sind Bullen.«

Adamsberg wischte das Paradox mit einer Handbewegung fort.

»Diese Bilder dürfen niemandem in die Hände fallen«,

sagte er. »Man sagt, Voyeure seien passiv, aber auch jede Menge Vergewaltiger geilen sich an Bildern auf. Uns bleiben noch sechs Minuten bis zum Beginn der Sitzung. Gehen Sie schnell mal in den Hof runter und überprüfen Sie, mit Handschuhen, ob man ihr vielleicht ein GPS unters Auto geklebt hat. Wenn ja, lassen Sie's dran.«

»Ich könnte Froissy überreden, für einige Zeit ins Hotel zu gehen.«

»Nur das nicht. Wir tun nichts, was den Kerl warnen könnte. Sie verhält sich weiter wie bisher. Diese Verbindungswand in ihrem Bad, liegt die nach Osten, Westen, Süden, Norden?«

»Norden.«

»Sehr gut. Setzen Sie sich während der Versammlung neben sie. Sehen Sie zu, dass sie ihr die Wohnungsschlüssel aus der Handtasche klauen. Die stecken Sie mir in die Jackentasche. Ich sehe mich dort mal um. Ich weiß, wie ich Froissy für eine geraume Weile hier festhalte. Ohnehin wird sie keine große Lust haben, nach Hause zu gehen.«

»Danke, Kommissar«, sagte Retancourt und stand auf.

»Noch etwas, Lieutenant. Wenn Sie im Verlauf der bevorstehenden Sitzung lächeln, und sei es nur andeutungsweise …«

»Das ist Erpressung, oder?«

»Ein Tausch, Lieutenant.«

Die Sitzung fand im Konzilsaal statt, eine hochtrabende Bezeichnung, die Danglard diesem Versammlungsort einmal gegeben hatte und die in den Sprachgebrauch übergegangen war. Man sagte »sich im Konzil treffen« oder auch im »Kapitel«, womit der Raum für die Sitzungen im kleinen Kreis gemeint war. Adamsberg begrüßte alle Mitarbeiter, ganz besonders Danglard, wie um ihn auf das Kommende vorzubereiten, dann verteilte er lächelnd an jeden die beiden Seiten seines von Veyrenc vollendet überarbeiteten Textes. Der darum freilich immer noch keinen polizeilichen Zungenschlag hatte.

»Lesen Sie das erst mal ohne mich, während Estalère Ihnen den Kaffee serviert.«

Bevor er hinausging, sah er zu Retancourt hinüber, die ihm diskret bedeutete: Ja.

Ein GPS, es war ein Scheiß-GPS unter ihrem Auto. Verdammt, Retancourt hätte schon früher mit ihm reden müssen. Während er im Großraumbüro auf und ab lief, darauf wartend, dass seine Mitarbeiter den Text gelesen hätten, beschäftigte ihn noch gar nicht der Gedanke, wie er diese Sitzung leiten würde. Die alle Aussicht hatte, die Einheit der Brigade zu sprengen. Im Augenblick dachte er an Froissy, daran, wie er sie vollkommen abschirmen und doch gleichzeitig die Jungs vom 9. Arrondissement informieren könnte. Jetzt aber hörte er laute Stimmen aus dem Sitzungssaal und den Beginn heftiger Diskussionen.

Er ging in sein Büro, notierte sich Froissys Adresse und kehrte dann ins Konzil zurück, um sich seinen Kollegen zu stellen. Er setzte sich an seinen Platz, ohne sich um das erregte Hin und Her einiger Beamten zu kümmern noch um das Schweigen, das sehr bald eintrat. Er bemerkte, wie schmal Froissy geworden war, wie verletzlich sie wirkte, während ihre Finger startbereit auf ihrer Tastatur lagen.

13

Adamsberg brauchte seine Leute nicht anzusehen, um zu erkennen, welcher Art dieses Schweigen war. Es war Ratlosigkeit, Ermüdung und Fatalismus. Er spürte nicht mal die Versuchung ihrerseits, ihn anzugreifen, nicht mal Lust, ihm Fragen zu stellen. Diese Versammlung, so ahnte er, würde eine der kürzesten in ihrer Geschichte werden. Jeder schien das Handtuch geworfen zu haben, mit einer Geste traurigen Verzichts, die den Kommissar damit auch seiner Einsamkeit überließ. Mit Ausnahme von Veyrenc, Voisenet, vielleicht Mercadet und Froissy, letztere ganz einfach, weil die Geschichte mit der Einsiedlerspinne meilenweit von ihren gegenwärtigen Sorgen entfernt war. Danglard sah den Kommissar herausfordernd und dabei sehr traurig an.

»Ich höre«, sagte Adamsberg.

»Wozu?«, sagte Danglard und eröffnete das Feuer. »Sie wissen sehr gut, was wir denken. Das ist auf keinen Fall etwas für uns.«

»Das denken *Sie*, Danglard. Und die anderen?«

»Dasselbe«, sagte Mordent in müdem Ton, seinen langen Hals aus dem Kragen schraubend.

Es gab mehrere Zeichen der Zustimmung – das Wort zweier Commandants hatte Gewicht – und einzelne Gesichter, die nicht hochzublicken wagten.

»Eins sollte klar sein zwischen uns«, fuhr Adamsberg fort.

»Ich verstehe Ihre Zweifel, und ich verpflichte niemanden, sich dieser Ermittlung anzuschließen. Ich habe Sie hiermit lediglich informiert. Die beiden ersten Toten kannten sich seit der Kindheit, das haben Sie gelesen.«

»Nîmes ist keine so große Stadt«, sagte Mordent.

»In der Tat. Das Zweite: Laut Professor Pujol hat das Gift der Einsiedlerin keine Mutation erfahren. Und an ihrem Biss stirbt man nicht, von Ausnahmen abgesehen.«

»Aber die Männer waren alt«, sagte Kernorkian.

»Genau«, bekräftigte Mordent.

»›Ermittlung‹?«, stellte Danglard fest. »Habe ich richtig gehört, Sie sagten, es handle sich um eine ›Ermittlung‹? Das heißt, mit Opfern und einem Mörder?«

»Das sagte ich.«

»Dann brauchen wir drei Paar Handschellen, wenn wir den Mörder haben«, Noël lachte höhnisch, »eins für jedes Paar Beine.«

»Vier Paar Handschellen, Noël«, korrigierte ihn Adamsberg. »Spinnen haben acht Beine.«

Der Kommissar stand auf, breitete in einer ohnmächtigen Geste die Arme aus.

»Also dann, lösen wir uns auf«, erklärte er. »Froissy, Mercadet, ich brauche Sie für ein paar Recherchen.«

Der Konzilsaal leerte sich mit dem Geräusch schleppender Schritte, die Sitzung hatte nicht einmal sechs Minuten gedauert. Nacheinander gingen die Beamten, die man aus ihren Betten gerissen hatte, wieder nach Hause. Adamsberg holte Mercadet vor der Tür ein.

»Hätten Sie fünf Minuten Zeit für mich, Lieutenant?«

»Froissy hat Bereitschaft, Kommissar«, sagte Mercadet mit erloschener Stimme. »Ich falle um vor Müdigkeit.«

»Ich kann aber nicht Froissy darum bitten. Ich brauche Sie, Mercadet. Es ist sehr eilig.«

Der Lieutenant rieb sich die Augen, schüttelte den Kopf, streckte die Arme.

»Worum geht es?«

»Hier die Adresse, Rue de Trévise 82, Aufgang A, 3. Stock, Tür Nummer 5, ich habe es Ihnen hier aufgeschrieben. Ich will so viel wie möglich über den Nachbarn auf der Nordseite wissen. Wenigstens seinen Namen, sein Alter, seinen Beruf, seinen Familienstand.«

»Ich versuche es, Kommissar.«

»Danke. Und es muss strikt unter uns bleiben.«

Dieser Appell an absolute Geheimhaltung schien Mercadet ein wenig aufzurütteln, etwas erhobeneren Hauptes ging er zu seinem Rechner. Adamsberg gab Estalère ein Zeichen, den tapferen Lieutenant mit Kaffee zu versorgen, dann ging er zu Veyrenc zurück.

»Bist du immer noch sicher, dass es gut war, mit ihnen zu reden?«

»Ja.«

»Hast du schon jemals solche Niedergeschlagenheit erlebt? Ich glaube, ich habe es geschafft, drei Viertel der Brigade in eine unmittelbare Depression zu stürzen.«

»Sie werden sich auch wieder davon erholen. Setzt du Froissy auf das Waisenhaus an?«

»Und auf die Opfer.«

Adamsberg betrat Froissys Büro, als ginge er in ein Krankenzimmer. Zum ersten Mal in ihrem Leben tat sie nichts, sie kaute einen Kaugummi und drehte in ihren Händen eine kleine weiche Kugel. Vermutlich eines von diesen Knetdingern, von denen es heißt, sie würden die Nerven beruhigen.

Irrtum, es war die Wollkugel des Katers, die Mercadet für ihn angefertigt hatte. In Blau selbstverständlich, obwohl dieser hundertprozentige Kater nicht den geringsten Geschlechtstrieb erkennen ließ. Vielleicht würde eines Tages Froissy sich auf der lauwarmen Abdeckhaube des Fotokopiergeräts zu einer Kugel zusammenrollen.

»Danke für das Frühstück«, sagte Adamsberg. »Das hatte ich gebraucht.«

Diese Anerkennung rang dem Lieutenant ein Lächeln ab. Wenigstens in dieser Hinsicht war alles in Ordnung. Er musste nur daran denken, die überzähligen Croissants verschwinden zu lassen, um Froissy in dem Glauben zu lassen, dass er sie alle vertilgt hätte.

»Lieutenant, ich habe da drei Leute, über die ich nichts weiß.«

»Und über die Sie alles wissen möchten.«

»Ja. Aber es hat mit der Einsiedlerspinne zu tun. Und ich habe jedem die Entscheidung überlassen, aus dieser Ermittlung auszusteigen.«

»Ein Streikrecht sozusagen. Ich nehme an, Sie meinen die drei verstorbenen Männer?«

Froissy hatte die Wollkugel aus der Hand gelegt. Schon mal ein Pluspunkt. Er wettete, dass sie mitmachen würde. Nicht weil sie sich ihre Meinung über die Stichhaltigkeit der Ermittlung gebildet und sich auf seine Seite geschlagen hätte. Solche Dinge bedeuteten ihr nicht viel. Was sie dagegen lebhaft motivierte, war es, unbekannte Daten in den Tiefen ihrer Tastatur aufzustöbern, und je geschickter diese Daten vergraben waren, desto mehr elektrisierte sie die Kunst, sie nach oben zu holen.

»Ich hoffe, es ist schwierig«, sagte sie und legte ihre Hände schon auf die Tasten.

»Sie finden die Namen der drei Männer in dem Text, den ich Ihnen vorhin übergeben habe.«

Helle Haut errötet schnell, und Froissy lief purpurrot an.

»Es tut mir leid, Kommissar, ich finde ihn nicht mehr.«

»Macht nichts, schließlich war die Sitzung auch nicht sehr angenehm, das ist alles. Ich nenne sie Ihnen noch einmal. Sind Sie so weit? Albert Barral, geboren in Nîmes, gestorben am 12. Mai im Alter von 84 Jahren, Versicherungsmakler, geschieden, zwei Kinder. Fernand Claveyrolle, geboren in Nîmes, gestorben wenige Tage später, am 20. Mai, 84 Jahre alt, Zeichenlehrer, zweimal verheiratet, geschieden, kinderlos. Claude Landrieu, geboren in Nîmes, gestorben am 2. Juni, 83 Jahre alt, Geschäftsmann.«

Froissy hatte die Informationen bereits verschlüsselt und wartete mit den Händen über der Tastatur auf die Fortsetzung, den Blick schon viel klarer.

»Die beiden Ersten, Barral und Claveyrolle, sind zusammen im Waisenhaus La Miséricorde, in der Nähe von Nîmes, erzogen worden. Wo sie allerhand angestellt haben sollen. Nicht allein, sie waren eine kleine Bande. Was genau haben sie angestellt? Was war das für eine Bande? Recherchieren Sie da mal. Der dritte Tote, Claude Landrieu, wo ist er zur Schule gegangen? Hat er die beiden anderen gekannt? Wo wäre der gemeinsame Nenner? Und versuchen Sie bei allen dreien herauszufinden, ob sie in der Folge irgendwie straffällig wurden.«

»Mit anderen Worten, ob sie sich Feinde gemacht haben können. Und ob ihre schlimmen Streiche die alleinige Auswirkung ihrer harten Kindheit waren oder ob sie, zeitweilig oder auch nicht, Dreckskerle geworden sind.«

»Genau. Und finden Sie heraus, wer das Waisenhaus

seinerzeit leitete. Wo befindet sich das Archiv aus jenen Jahren? Sind Sie mit Ihren Gedanken noch hier, Froissy?«

»Natürlich. Wo sollte ich sonst sein?«

In Ihrem Bad, dachte Adamsberg.

»Noch etwas, was sicher unmöglich sein wird. Ich werde nicht die Unterstützung des Divisionnaire für eine Ermittlung erhalten.«

»Rechnen wir nicht damit«, sagte Froissy.

»Ich habe folglich keinerlei Recht, die Ärzte zu befragen, die die Erkrankten behandelt haben. Ich gehöre nicht zu ihren Familien.«

»Was interessiert Sie denn?«

»Zunächst mal der allgemeine Gesundheitszustand der drei Männer. Aber da kommen wir wohl nicht ran, was meinen Sie?«

»Zum Teil schon. An die Namen ihrer behandelnden Ärzte komme ich über die Akten der Sozialversicherung. Aber dann müsste ich ja noch ein bisschen weiter vordringen in deren Korridoren, um etwas über ihre Behandlungen zu erfahren. Aus denen man auf eventuelle Krankheiten schließen könnte. Das ist nicht wirklich erlaubt. Besser, Sie wissen es gleich, wir begeben uns da auf Piratengelände.«

»In Piratengewässer, Froissy. Piraten, also Meere.«

»Bitte schön. Piratengewässer. Werden Sie jetzt wie Danglard?«, sie lächelte. »Dass Sie auf den Wörtern herumreiten?«

»Wer könnte werden wie er, Lieutenant? Ich finde es nur viel hübscher: die Meere.«

»Weil Sie gerade aus Island kommen. Und über diesen Meeren wird es diesig sein. Also, was machen wir, gehen wir trotzdem ran?«

»Wir gehen.«

»Sehr gut.«

»Können Sie hinterher alles löschen?«

»Selbstverständlich. Sonst würde ich es Ihnen nicht vorschlagen.«

»Ich wüsste auch gern, wann genau sie ins Krankenhaus eingewiesen wurden, das heißt, wie lange nach dem Biss der Spinne. Und wie sich das Krankheitsbild dann entwickelte. Warten Sie.«

Adamsberg blätterte in seinem Notizheft, wo nichts in logischer Reihenfolge eingetragen war.

»Und wie sich ihr Loxoscelismus entwickelte.«

»Wie schreibt man das?«

»Mit einem ›s‹ zwischen *Loxo* und *celismus*«, erwiderte Adamsberg und zeigte ihr die Seite.

»Und was ist das?«

»Die Bezeichnung für die Erkrankung, die durch das Gift der Spinne ausgelöst wird.«

»Habe ich verstanden. Sie wollen wissen, ob dieser Loxoscelismus in normalem oder ungewöhnlichem Tempo vorangeschritten ist.«

»Genau. Auch ob Blut abgenommen wurde und Ergebnisse von Analysen vorliegen.«

»Damit«, sagte Froissy und schob sich auf ihrem rollenden Arbeitssessel von ihrer Tastatur zurück, »sind wir bereits auf hoher See. Man müsste die Namen der Ärzte herauskriegen, die sich um die Männer gekümmert haben. Das ist leicht. Aber danach auch an ihre vertraulichen Unterlagen herankommen.«

»Und das ist unmöglich?«

»Ich kann nichts versprechen. Sonst noch was, Kommissar?«

»Im Augenblick nicht. Ich schätze, das wird auch nicht in einem Tag zu machen sein. Nehmen Sie sich Zeit dafür.«

»Eventuell komme ich morgen, Sonntag, zum Arbeiten her, es macht mir nichts aus.«

Ja, dachte Adamsberg, das wäre ideal für Froissy, im Schutz der Brigade zu bleiben, wo kein Verrückter eine Toilettenspülung betätigen würde, sobald man einen Wasserhahn aufdreht.

»Einverstanden, ich setze Ihren Namen an die Pinnwand. Danke, Lieutenant.«

»Sollte meine Arbeit sich bis in die Nacht hinziehen«, sagte sie mit etwas unsicherer Stimme, »wäre es dann möglich, dass ich auf den Kissen oben übernachte?«

In dem kleinen Raum mit dem Getränkeautomaten hatte man für die Ruhephasen von Mercadet drei dicke Schaumgummipolster an der Wand ausgebreitet.

»Kein Problem, Lieutenant. Nachtdienst hat Gardon, zusammen mit Estalère. Aber ich möchte nicht, dass Sie den Bogen überspannen.«

»An Schlaf fehlt es mir nicht, das geht schon in Ordnung. Ein paar Sachen zum Wechseln habe ich dabei, ich habe immer ein kleines Notgepäck hier.«

»Das geht schon in Ordnung«, wiederholte Adamsberg.

Mercadet. Der Kommissar machte sich Vorwürfe, dass er ihn mit dieser Recherche beauftragt hatte, obwohl der Mann schon vor Müdigkeit taumelte. Ein Schuldgefühl, das sich noch schlagartig steigerte, als er das graue Gesicht seines Stellvertreters sah, der mit einer Hand sein Kinn stützte und mit nur einem Finger in die Tastatur tippte.

»Hören Sie auf, Lieutenant«, sagte er. »Es tut mir leid. Gehen Sie schlafen.«

»Aber nein«, erwiderte Mercadet mit gedehnter Stimme. »Sagen wir, ich bin nur nicht sehr schnell.«

»Mercadet, das ist ein Befehl.«

Adamsberg fasste den Lieutenant beim Arm und zog ihn zur Treppe. Stufe für Stufe stützte er seinen Stellvertreter in dem langen Aufstieg zur nächsten Etage. Mercadet schlug der Länge nach auf die rettenden Kissen. Bevor ihm die Augen zufielen, hob er den Arm.

»Kommissar, der Nachbar heißt Sylvain Bodafieux. Mit nur einem ›f‹. Er ist sechsunddreißig Jahre alt, Junggeselle, hat dunkles, schon stark gelichtetes Haar. Er hat dieses Ding, dieses Dingsbums …«

»Diese Wohnung.«

»… erst vor drei Monaten gemietet. Türcode 3492B. Zieht von einer Bude zur nächsten. Er ist selbstständiger Umzugsunternehmer, Stepialist …«

»Spezialist.«

»… für antike Möbel und Konzertflügel, Stutzflügel …«

»Bitte schlafen Sie jetzt, Lieutenant.«

»Und Schwanzflügel«, schloss Mercadet murmelnd.

Bodafieux. Und nicht Marllot. Der Mann lebte unter falschem Namen. Retancourt betrat in diesem Moment den kleinen Raum, der Kater hing ihr überm Arm wie ein alter Lappen. In diesem auseinandergefalteten Zustand hatte er fast die Größe eines jungen Luchses. Es war die Stunde der Fütterung. Adamsberg legte einen Finger an die Lippen.

»Die Schlüssel?«, flüsterte er.

»In Ihrer linken Tasche.«

»Dann fahre ich mal. Froissy wird die Nacht über hierbleiben und auch den ganzen Sonntag.«

»Vielleicht sollte ich ihren Wagen besser in der Nähe

ihres Hauses parken. Damit ihr Nachbar keinen Verdacht schöpft.«

»Wenn alles gut läuft, wird das nicht mal nötig sein.«

Retancourt nickte erleichtert. Obwohl entschiedene Gegnerin der Adamsberg'schen Methoden, breitete sich seine beruhigende Gelassenheit mitunter wie ein wohltuender Strom zu ihr hin aus. Aber wie Danglard sagte, man musste sich hüten vor den stillen Wassern des Kommissars, darauf achten, dass sie einen nicht einschlossen und man zusammen mit ihm darin versank.

Adamsberg zog sein Jackett über, tastete nach dem Schlüsselbund in seiner Tasche, zwischen drei zerbröselten Zigaretten von Zerk. Letzter Schritt: Danglard. Der sich in seinem Büro verschanzt hatte und seine Verzweiflung in Weißwein ertränkte, was ihn in keiner Weise von der Abfassung des »Buches« abhielt.

»Ich komme nicht wegen der Spinne«, sagte Adamsberg gleich beim Eintreten.

»Nicht? Können Sie auch noch an was anderes denken?«

»Gelegentlich ja. Danglard. Der Kommissar des 9. Arrondissements?«

»Ja und?«

»Name, Wesensart, und was er so gemacht hat? Es ist dringlich.«

»Es hat nichts mit *Loxosceles rufescens* zu tun?«

»Das sagte ich doch.«

»Hervé Descartier, etwa achtundfünfzig Jahre.«

Das Gedächtnis von Commandant Danglard war nicht auf seine Gelehrsamkeit beschränkt. Er beherrschte im Schlaf die Namen aller Kommissare, Commandants und Gendarmerie-Hauptleute Frankreichs und hielt sich regelmäßig auf dem Laufenden über Umzüge, Versetzungen und Pensionierungen.

»Ich glaube, ich habe ihn mal kennengelernt«, sagte Adamsberg. »Ich muss damals Brigadier gewesen sein und er schon junger Lieutenant.«

»In welch einem Fall?«

»Ein nackter junger Mann, der auf die Schienen des Expresszuges Paris–Quimper geworfen worden war.«

»Paris–Deauville«, korrigierte Danglard. »Ja, das ist verdammt lange her. Der Mann ist in Ordnung, ziemlich trocken, steuert geradewegs auf sein Ziel zu. Nervöser Typ, intelligent, mit Sinn für Humor, großer Freund von Wortspielen und Schüttelreimen. Klein, dürr, notorischer Schürzenjäger, und das wird er wahrscheinlich bis zu seinem letzten Atemzug bleiben. Ein Problem allerdings, das ihn einmal beinahe die Karriere gekostet hätte.«

»Korruption?«

»Das bestimmt nicht. Aber er nimmt sich Freiheiten gegenüber der Dienstvorschrift heraus, wenn er meint, Abkürzungen bringen ihn weiter.«

»Ein Beispiel, Danglard, nennen Sie mir ein einziges Beispiel.«

»Lassen Sie mich nachdenken. Ach ja, während der Ermittlung im Fall des Vergewaltigers von Blois hat er ohne richterliche Ermächtigung bei dem die Tür aufgebrochen, den Kerl zusammengeschlagen, ohne in Notwehr zu handeln noch den endgültigen Beweis seiner Schuld zu haben. Der Mann hat dabei fast ein Auge verloren.«

»Immerhin.«

»Ja. Descartier ist damals noch mal davongekommen, weil der Typ am Ende der Richtige war. Aber er wurde für sechs Monate suspendiert.«

»Wann war das?«

»Vor elf Jahren.«

»Danke, Commandant«, sagte Adamsberg und beeilte sich, wegzukommen, da er keine Lust hatte, von Danglard auf die Einsiedlerspinne hin angesprochen zu werden.

»Warten Sie eine Minute. Falls Sie versuchen sollten, ihn heute anzurufen, so werden Sie ihn an einem Samstag nicht unbedingt im Büro erreichen. Aber vielleicht habe ich eine Handynummer.«

Danglard blätterte in einem dicken Ordner mit handschriftlichen Notizen, der auf einem Wandregal stand.

»Haben Sie was zu schreiben?«

Adamsberg schrieb sich die Nummer auf, bedankte sich erneut und ging. Eile war etwas Seltenes bei ihm. Aber heute durchquerte er raschen Schritts das große Büro, sandte Retancourt ein diskretes Zeichen und startete wenige Minuten später, Schraubenzieher in der Tasche, in Richtung 9. Arrondissement.

14

Der Kommissar setzte sich an einen etwas abgeschiedenen Tisch in der Brasserie, die dem Wohnhaus von Froissy nahezu gegenüberlag. Es war schon fast 16 Uhr, und trotz der Croissants am Morgen hatte er Hunger. Er bestellte Kaffee und ein Sandwich und wählte die Nummer des Kommissariats vom 9. Arrondissement. Wie Danglard vorausgesehen hatte, war Kommissar Hervé Descartier nicht da. Ihn auf seinem Handy zu stören machte die Dinge schwieriger. Aufs Neue erwog er seine möglichen Reaktionen und rief an.

»Kommissar Descartier?«

»Er ist nicht da«, antwortete eine jugendliche Stimme mitten im Stimmbruch.

Der Sohn hatte seine Anweisungen. Aber aus seiner unsicheren Stimme schloss Adamsberg, dass Descartier sehr wohl zu Hause war.

»Eine Sekunde, junger Mann, bevor du auflegst. Ich kenne deinen Vater, wir haben mal zusammen gearbeitet. Er ist doch dein Vater?«

»Ja, aber er ist nicht da.«

»Versuch nur so viel: Sag ihm, ich bin Kommissar Adamsberg. Adamsberg, kannst du dir den Namen merken?«

»Warten Sie, ich schreib ihn mir auf. Aber er ist nicht da.«

»Ich weiß. Sag ihm auch, dass ich ihm dabei helfen kann, den Mann zu finden, den er im Augenblick sucht. Und dass es eilt.«

»Sie meinen den Vergewaltiger?«

»Da du Bescheid weißt, ja, den. Du hast alles aufgeschrieben?«

»Ja.«

»Ich weiß, dass dein Vater nicht da ist, aber geh trotzdem zu ihm und zeig ihm das. Würdest du das tun?«

Adamsberg hörte das Kind wegrennen, dann schlug eine Tür.

»Descartier am Apparat. Bist du das, Adamsberg? Bist du das wirklich?«

»Du erinnerst dich an mich?«

»Sprich noch ein bisschen weiter.«

»Wir waren zusammen bei dem Fall jenes Mannes, der nackt auf den Gleisen des Schnellzuges Paris–Deauville gefunden wurde. Er hatte Blutergüsse an den Schultern und eine Verletzung an der Stirn. Für die einen – dich und mich – war das der Beweis, dass man den Kerl niedergeschlagen und ins Schotterbett gestoßen hatte. Für andere – unseren Chef, ein Name wie Jardion, Jardiot – hatte er sich die blauen Flecke beim Sturz auf die Schienen geholt ...«

»Gut, Adamsberg, ich erkenne deine Stimme wieder. Er hieß Jardiot, wie ›Idiot‹.«

»Wenn du es sagst.«

»Ist ja eigentlich auch egal. Ich höre.«

»Es tut mir leid, dass ich dich stören muss.«

»Wenn du mich wegen diesem Arschloch von Vergewaltiger anrufst, störst du mich nicht. Wir treten auf der Stelle.«

»Hast du eine DNA?«

»Einen Fingerabdruck und seine DNA. Dieser Schwachkopf hat auf dem Parkplatz drei Tropfen Sperma hinterlassen, als er sein Präservativ abgestreift hat. Ein Vollidiot.«

»Aber einen Namen hast du nicht?«

»Er ist nicht registriert.«

»Ich habe eine Vermutung, eine ziemlich schwerwiegende. Ich habe einen Namen, eine Adresse. Sylvain Bodafieux, Rue de Trévise 82. Vorübergehender Wohnsitz, er lebt dort unter falschem Namen, Rémi Marllot. Selbstständig, Möbelspediteur. Interessiert dich das?«

»Stell dich nicht so blöd an. Woher kommt deine Vermutung?«

»Das ist das Problem: Ich kann es dir nicht sagen.«

»Danke, Kollege. Und was soll ich mit deiner Vermutung anfangen, wenn ich nichts weiß? Keine Vermutung, keine richterliche Ermächtigung: Du hast nicht zufällig vergessen, wo wir arbeiten? Warum behältst du deine Infos für dich? Willst du, dass von dem Ruhm etwas für deine Brigade abfällt?«

»Das ist mir scheißegal. Aber wenn ich rede, stirbt eine Frau. Und das will ich nicht.«

Schweigen auf der anderen Seite, und Adamsberg hörte das knisternde Geräusch eines Feuerzeugs. Er stand auf, gab dem Kellner ein Zeichen und ging auf den Bürgersteig hinaus, um sich eine Zigarette anzuzünden.

»Du rauchst?«, fragte Descartier.

»Nein, ich verbrauche nur die Zigaretten von meinem Sohn.«

»Als ich dich kennenlernte, hattest du keinen Sohn.«

»Stimmt, ich habe ihn auch erst getroffen, als er schon achtundzwanzig war.«

»Du scheinst dich nicht sehr verändert zu haben. Was also schlägst du vor?«

»Wie spät ist es?«

»16.15 Uhr.«

»Wie viel Zeit brauchst du, um sechs Mann in die Rue de Trévise zu beordern? Rechne großzügig, vielleicht hat das Haus zwei Ausgänge, was du überprüfen müsstest.«

»Zwanzig Minuten ab dem Ende unseres Gesprächs.«

»Sehr gut, nach dreißig Minuten postierst du deine Männer. Ganz unauffällig, in gewöhnlichen Klamotten. Sobald ich weiß, dass der Typ im Begriff ist, abzuhauen, rufe ich dich an. Falls er unser Mann ist.«

»Und dann?«

»Dann ziehen sie ihre Uniformjacken über, lassen ihre Waffen sehen, benehmen sich so auffällig wie möglich. Wenn du einen Typen von etwa sechsunddreißig, dunkles Haar, Halbglatze, eilig oder verstohlen aus dem Haus kommen siehst, mit einem Rucksack oder sonst was dabei, der sich nach rechts und links umsieht, dann ist er es. Wenn er rennt, dann ist er es erst recht.«

»Und wer wird ihm Beine machen, du?«

»Ja, ich. Aber ich möchte, dass du bereitstehst, ihn dir zu schnappen.«

»Und wie willst du es anstellen, dass er abhaut? Das kannst du mir nicht sagen, okay. Diese Frau, kennst du sie?«

»Nein.«

»Du lügst.«

»Ja. Allerdings weiß ich nicht, ob er im Augenblick da ist. Normalerweise ist er's am Wochenende. Wenn du ihn nicht rauskommen siehst, dann warte. Notfalls bis zum Abend. Sobald er nach Hause kommt, glaub mir, wird es nicht lange dauern, bis er abhaut.«

»Verstanden. Und wie erkläre ich, dass ich sechs Männer brauche, um ein Haus zu umstellen?«

»Denk dir was aus. Du hast den Anruf eines Verzweifelten erhalten, du hast den Verdacht, dass ein Überfall bevorsteht, alles, was du willst, lass dir was einfallen. Als ihr rein zufällig einen Mann gesehen habt, der beim Anblick der Bullen getürmt ist, habt ihr ihn gefasst. Ihr bringt ihn zum Kommissariat, auf frischer Tat ertappt, Abnahme von Fingerabdrücken.«

»Das passt, ist aber ein bisschen außerhalb der Legalität.«

»Seit wann stört dich das? Seit du einmal ohne Ermächtigung bei jemandem die Tür eingetreten und ihm fast ein Auge ausgeschlagen hast?«

»Trotzdem, er war es. Entweder so, oder der Kerl wäre uns durch die Lappen gegangen. Aber der Richter war anderer Meinung.«

»Solche Situationen gibt's.«

»Ja.«

»Also, machst du's?«

»Ja.«

»Etwas ganz Wichtiges noch: In seinem Rucksack findest du sehr wahrscheinlich einen Laptop, eine Kamera und die gespeicherten Aufnahmen.«

»Aufnahmen wovon?«

»Von einem Hintern. Was sonst?«

»Und?«

»Die gibst du mir.«

»Du willst mich wohl verarschen, Ad«, sagte Descartier, ungewollt in die alte Anrede seines Kollegen verfallend. »Und meine Beweise? Was machst du mit meinen Beweisen?«

»Du hast seine Fingerabdrücke und die DNA. Reicht dir das nicht?«

Adamsberg ging in die Brasserie zurück, das Telefon noch immer am Ohr.

»In Ordnung«, sagte Descartier.

»*Wenn* er es ist. Ich habe dir nichts versprochen. Aber ich glaube mich nicht zu irren.«

»Warum willst du diese Aufnahmen haben?«

»Um sie zu zerstören.«

»Sonst bringt sie sich um. In Ordnung, Ad, ich habe verstanden.«

»Wie spät ist es?«, fragte Adamsberg erneut.

»Hast du keine Uhr?«

»Ich habe zwei, aber sie gehen nicht.«

»Jetzt bin ich ganz sicher, du hast dich nicht geändert. Und aus diesem einzigen Grund vertrau ich dir.«

»Danke.«

»Es ist 16.23 Uhr.«

»Schick deine Leute los. Ich rufe dich an. Lass dein Handy keine Sekunde aus den Augen.«

Adamsberg aß sein Sandwich ohne Eile zu Ende, die Wanduhr des Cafés fest im Blick, die er gerade entdeckt hatte. Erst um 16.35 Uhr erhob er sich.

Ruhigen Schritts überquerte er die Rue de Trévise. Niemand sah weniger nach einem Bullen aus als er. Er drückte den Türcode, ging in die dritte Etage hinauf und schloss sehr leise Froissys Wohnung auf. Er durchquerte das Wohnzimmer – das selbstverständlich tadellos aufgeräumt war –, bemerkte den riesigen Kühlschrank in der Küche – ihre Überlebensvorräte – und setzte sich, um sich die Schuhe auszuziehen. Doch er glaubte nicht an einen akustischen Sensor. Alle Kameras mit einem Radius von 360° waren heute mit einem weit effizienteren Bewegungsmelder ausgerüstet. In der Entwicklung von versteckten Kameras hatte es einen großen Sprung nach vorn gegeben. Sie waren in Kugelschreiber, Glühbirnen, Feuerzeuge, Armbanduhren eingebaut. Das Zeug verkaufte sich als harmloser Schnick-schnack im Internet, unter der unzweideutigen Bezeichnung »Mini Spionage Kamera«, wenn auch in »diskretem Versand.« Und das Ganze unter dem Motto: »Schützen Sie Ihr Heim.« Anders ausgedrückt: »Überwachen Sie die anderen.« Doch für den Fall, dass der Typ nicht ganz auf dem neuesten Stand der Technik war, schlich er barfuß zum Bad. Um außerhalb des Einzugsbereichs der Kamera zu bleiben, stieg er im Schutz des Türrahmens auf einen Stuhl, stieß vorsichtig die Badtür auf, überflog mit einem Blick und ordnungshalber Wände, Fliesen, Dusche, Rohrleitungen und blieb schließlich an der Decke hängen. Er konnte den Rauchmelder von der Seite sehen, mit seinen Rillen und der Kontrolllampe – ein kleines schwarzes Rund von etwa fünf Millimetern Durchmesser. Schwarz, aber glänzend wie eine Murmel. Glänzend wie eine optische Linse.

Lächelnd stieg er vom Stuhl herunter, schloss sich in der Küche ein, ohne mehr Geräusche zu machen als der Kater auf dem Fotokopiergerät, sah nach der Uhrzeit auf seinem Handy, die er in der Brasserie endlich richtig eingestellt hatte. 16.52 Uhr. Er wartete noch eine Minute, dann rief er Descartier an.

»Bist du vor Ort?«

»In diesem Moment. Und du?«

»Ebenfalls. Wie viel Zeit brauchen deine Jungs, um sich in Bullen zu verwandeln?«

»Zwei Minuten.«

»Dann starte ich jetzt das Ding. Viel Glück, Descartier.«

»Dir auch, Ad.«

Diesmal betrat Adamsberg das Bad ohne jede Vorsicht, den Stuhl in der Hand, drehte den Wasserhahn am Wasch-becken auf und wusch sich ganz normal die Hände. Augenblicklich setzte sich auf der anderen Seite der Wand die Toilettenspülung in Gang. Obwohl doch der Nachbar mit einem Mann nichts anfangen konnte. Aber er blieb vorsichtig. Wenn er Froissy an einen rätselhaften Rohrleitungsdefekt glauben lassen und dennoch einen gewissen Zweifel in der Schwebe lassen wollte, musste er sein Signal senden, wer auch immer der Empfänger war. Im Spiegel betrachtete Adamsberg den »Rauchmelder«, der nur die Anwesenheit der armen Froissy meldete. Nein, bei Tageslicht wäre Retancourt das Objektiv der Kamera nicht entgangen. Aber sie hatte den Raum am Abend untersucht, mit dem Blick zur Decke und geblendet von den Glühbirnen der Spots, die den Rauchmelder umrahmten. Adamsberg schaltete das Licht an, sah auf die optische Linse. Ihr Glanz war weg. Mit einem Gefühl tiefer Befriedigung stieg er auf den Stuhl und schraubte das Gerät ab. Von diesem Augenblick an wusste der Typ Bescheid. Er legte sein Ohr an die Nordwand, von wo nur schwache Geräusche zu hören waren, aber jemand machte sich in der Wohnung zu schaffen, verrückte Gegenstände, öffnete einen Wandschrank.

Elf Minuten später verließ ein Mann erregt das Haus. Vom Fenster aus beobachtete Adamsberg Descartiers Leute, nicht zu übersehen in ihren Polizeiblousons und mit ihren Knarren. Rémi Marllot, oder wie immer er hieß, ein untersetzter, mittelgroßer Mann mit Rucksack, entschied sich zu rennen. Und lief Kommissar Descartier in die Arme.

»He! Wohin rennst du so?«, schrie der Kommissar in rambomäßigem Ton, um sicher zu sein, dass Zeugen ihn hören würden. »Hast du Angst vor den Bullen? Rennst schon, sobald du auch nur einen siehst?«

»Hast du dir vielleicht was vorzuwerfen?«, fragte ein Lieutenant.

»Aber nein! Was wollt ihr von mir, verdammt?«

»Nur wissen, warum du rennst.«

»Weil ich es eilig habe!«

»Als du aus dem Haus kamst, hattest du es noch nicht eilig. Erst als du uns gesehen hast, bist du losgerannt.«

»Was hast du in deinem Rucksack? Stoff?«

»So was rühr ich nicht an!«

»Rührst du vielleicht was anderes an?«

»Aber was wollt ihr eigentlich von mir?«

»Wissen, warum du so rennst.«

Beruhigt schloss Adamsberg die Jalousie, dann tilgte er alle Spuren seiner Anwesenheit bei Froissy. Sie durfte nie erfahren, um Gottes willen, dass sie dieses Ding bei ihr gefunden hatten. Darum musste auch sofort ein neuer Rauchmelder angebracht werden. Er rief Lamarre an, der Junge hatte das Häuschen seiner Mutter in Granville ganz allein aufgebaut. Der Brigadier versprach ihm, die Sache in den nächsten zwei Stunden zu erledigen. Adamsberg sandte ihm ein Foto des ausgebauten Geräts mit seinen genauen Maßen, damit er ein annähernd gleiches suchen konnte. Obwohl Lamarre nicht wissen konnte, dass man ihn in die Wohnung von Froissy schickte, verlangte der Kommissar absolutes Stillschweigen von ihm. Lamarre war ein wenig schockiert, dass man seine Diskretion überhaupt infrage stellen konnte, schließlich kam er aus der Armee, das prägte für ein Leben. Wenn es Lamarre sicher auch an Fantasie mangelte, so war doch niemand verlässlicher als er in der Ausführung. Während die Fantasievollen – und das war, verdammt noch mal, ihr Job – immerfort nach der Rechtmäßigkeit einer Ausführung fragten.

Descartier brauchte nur noch Wort zu halten. Adamsberg meinte, das würde er tun.

15

Der Kommissar hatte sich mit Retancourt im hinteren Hof der Brigade verabredet. Kaum hatte er die Wagentür zugeworfen, kam sie mit ihren großen Husarenschritten auf ihn zu.

»Es ist erledigt«, sagte Adamsberg ruhig.

Er griff in die Innentasche seines Jacketts und holte den Rauchmelder heraus.

»Hier«, sagte er und zeigte ihr die kleine Kontrolllampe, schwarz und gewölbt, die in der Sonne glänzte.

»Verdammter Mist«, sagte Retancourt mit vor Ärger zusammengekniffenen Augen.

»Es ist vorbei, Violette«, sagte er sanft.

»Aber sie wird bemerken, dass der Rauchmelder weg ist.«

»In diesem Moment, wo wir darüber reden, ist Lamarre dabei, einen neuen anzubringen. Sieht fast genauso aus, nur dass es diesmal ein echter ist.«

Wieder einmal empfand Retancourt einige Bewunderung für Adamsberg, aber wie manche anderen Gefühle vermochte sie es nicht auszudrücken.

»Er war mir ganz normal vorgekommen, dieser Melder«, murmelte sie, immer noch stirnrunzelnd, zwischen den Zähnen. »Wie es mir auch einleuchtend erschienen war, dass Froissy einen bei sich anbringen ließ, sobald die Dinger auf den Markt kamen. Scheiße, ich hätte ihn sehen müssen.«

»Nein.«

»Doch. Aber ich habe nicht geahnt, dass die Hersteller von Spionage-Kameras diesen neuen Artikel so bald für sich entdecken würden. Wie lange ist es her? Keine sechs Monate, dass er Vorschrift ist. Deshalb bin ich vermutlich gar nicht drauf gekommen. Aber Scheiße, verdammte, ich hätte es sehen müssen«, wiederholte sie.

»Nein, denn das konnten Sie nicht. Nicht am Abend im Licht der Spots. Da verschwindet der Glanz. Ich habe es überprüft.«

Adamsberg spürte, wie seine Mitarbeiterin sich allmählich entspannte und ihre Selbstvorwürfe versiegten.

»Und ich sage, es war besser so, Violette. Denn auf diese Weise ist der Typ von Descartiers Leuten gefasst worden, das ist der Kommissar vom 9. Arrondissement.«

»Um Himmels willen, Sie haben dem doch hoffentlich nichts gesteckt?«

»Retancourt«, sagte Adamsberg nur.

»Verzeihung.«

»Ich habe Ihnen gesagt, dass Froissy nie etwas davon erfahren wird. Hier sind ihre Schlüssel. Sehen Sie zu, wie Sie sie wieder in ihre Tasche kriegen. Den Rechner und die gespeicherten Bilder werde ich mir so bald wie möglich holen. Inzwischen vernichten Sie mir dieses Dreckzeug hier«, er legte ihr den Rauchmelder in die Hand, »ebenso die Croissants von Froissy.«

»Die Croissants?«

»Damit sie nicht mitkriegt, dass ich heute Morgen nicht viel davon gegessen habe. Auch das zählt.«

»Ja, natürlich.«

»Wenn sie nach Hause zurückkommt, wird sie feststellen, dass die Wasserspülung beim Nachbarn nicht mehr angeht. Und alles ist in Ordnung.«

»Sie wird dieses verfluchte Bad nie wieder betreten. Wie soll sie es dann erfahren?«

»Hm.«

»Ich sehe nur eine Lösung. Ich lade sie morgen Abend zum Essen ein.«

»Und?«

»Und wenn ich sie abholen komme, gehe ich mir die Hände waschen. Ich sage ihr dann, dass es keinerlei Reaktion beim Nachbarn gegeben hat. Ich mache mehrmals den Test: nichts. Also hat der Mann sein defektes Rohrleitungssystem, das auf Bodenschwingungen reagierte, endlich reparieren lassen.«

»Gibt's so was?«

»Nein. Aber ich überzeuge sie davon, mit all meiner Überredungskunst.«

»Ich verlass mich auf Sie.«

»Das Problem ist nur, dass ich sie noch nie zum Essen eingeladen habe. Es gäbe vielleicht noch eine andere Möglichkeit«, fuhr sie nach einer Weile fort. »Sie steht doch auf Vivaldi, nicht?«

»Keine Ahnung.«

»Doch, es war Vivaldi. Am Sonntag gibt es ein Konzert in der kleinen Kirche zwei Straßen von mir entfernt. Ich sage ihr, dass ich keine Lust habe, allein hinzugehen. Ja, so klappt das.«

»Und, hatten Sie die Absicht, dahin zu gehen?«

»Aber nein.«

»Und wie wollen Sie ihr erklären, dass Sie sie abholen kommen, statt dass Froissy zu Ihnen kommt?«

»Ich erkläre nicht. Ich überzeuge sie.«

»Ja, natürlich.«

»Einen Augenblick noch, Kommissar: Was diese Spinne angeht, ich bin dagegen, absolut dagegen.«

»Das weiß ich, Lieutenant. Müssen wir noch mal darüber diskutieren? Im Übrigen hat es ja noch nicht mal eine Diskussion gegeben.«

»In der Tat, und wozu auch?«

»Damit ist dieses Gespräch also beendet.«

»Nur so viel noch: Falls Sie jemanden brauchen sollten für Ihre bescheuerte Ermittlung, dann können Sie auf mich zählen.«

Adamsberg ging, die Hände in den Taschen und ein leichtes Lächeln auf den Lippen, zum Gebäude hinüber. Er betrat Froissys Büro, die viel zu vertieft in ihre Recherchen war, um irgendeine Bewegung wahrzunehmen. Erst als er ihr die Hand auf die Schulter legte, fuhr sie hoch.

»Machen Sie mal Pause, Lieutenant. Entspannen Sie ein bisschen.«

»Aber ich fange ja gerade erst an, auf etwas Konkretes zu stoßen.«

»Ein Grund mehr, kommen Sie, wir gehen in den Hof runter. Haben Sie schon bemerkt, dass der Flieder in voller Blüte steht?«

»Ich?«, erwiderte Froissy beinahe empört. »Und wer, glauben Sie, hat ihn gegossen, als es so trocken war? Während Sie in Island waren?«

»Sie, Lieutenant. Aber da ist noch was anderes. Erinnern Sie sich an das Amselpärchen, das vor drei Jahren im Efeu sein Nest gebaut hatte? Sie sind zurückgekehrt. Das Weibchen brütet.«

»Glauben Sie, es sind dieselben?«

»Ich habe Voisenet gefragt. Sie sind es. Er ist sich ganz sicher, das Männchen war nicht sehr groß. Sie haben nicht zufällig ein Stückchen Sandkuchen oder Cake? Danach sind sie ganz verrückt. Und eins wünsche ich mir, Froissy, dass wir in den Büros nicht über die Einsiedlerspinne diskutieren.«

»Ich verstehe. Warten Sie auf mich im Flur, ich habe noch etwas zu erledigen.«

Adamsberg ging. Jedermann wusste, dass Froissy ihre Vorratsschränke in niemandes Gegenwart öffnete, in dem Glauben, dass ihr Geheimnis gut gehütet wäre. Aber auch sehr wohl wissend, dass dem nicht so war. Einen Augenblick später war sie zurück, zwei Scheiben Cake in der einen Hand und ihren Laptop unterm Arm.

»Dort sind sie«, sagte er zu ihr, als sie im Hof waren, und wies sie auf einen Wulst aus feinen Zweigen hin, die in zwei Meter Höhe in den Efeu hineingeflochten waren. »Sehen Sie es, das Weibchen? Gehen Sie nicht zu dicht heran. Und hier das Männchen.«

»Stimmt, es ist sehr zart.«

Froissy stellte ihren Rechner vorsichtig auf eine Steinstufe und begann die eine Scheibe Cake zu zerkrümeln.

»Also zum Waisenhaus«, sagte sie. »Es geht um das Kinderheim La Miséricorde. Die Einrichtung wurde vor sechsundzwanzig Jahren in ein Betreuungszentrum für Jugendliche umgewandelt. Folglich kann das Archiv zerstört oder auch ausgelagert worden sein.«

»Pech«, sagte Adamsberg und verstreute die zweite Scheibe des Gebäcks.

»Warten Sie. Der frühere Direktor ist tot – er wäre heute 111 Jahre alt –, aber er hatte einen Sohn, der ebenfalls in La Miséricorde aufwuchs. Nicht ganz und gar mit den anderen, er schlief zum Beispiel nicht in den Schlafsälen, aber er nahm am Unterricht und auch an allen Mahlzeiten teil. Er scheint in die Fußstapfen des Vaters getreten zu sein, denn er wurde Pädopsychiater. Für Kinder also. Eine Sekunde, bitte.«

Froissy wischte sich ihre vom Kuchen fettigen Hände an einem weißen Taschentuch ab, dann nahm sie ihren Laptop.

»Der Titel des Buches ist mir nämlich entfallen«, erklärte sie, während Adamsberg sich seine Hände an der Hose abwischte.

»Jetzt ist Ihre Hose im Eimer.«

»Aber nicht doch. Was für ein Buch meinen Sie?«

»Der Sohn hat – im Selbstverlag – ein kleines Buch mit dem Titel *Vater von 876 Kindern* herausgebracht. Der Text ist frei zugänglich, es war nicht mein Verdienst, wenn ich ihn lesen konnte«, fügte sie ein bisschen enttäuscht hinzu. »Er beschreibt darin seine Kindheit dort im Heim, erzählt von den Jungen, mit denen zusammen er aufwuchs, von dramatischen Ereignissen, Festlichkeiten, Schlägereien, von den Listen, die sie anwandten, um die Aufsicht auszutricksen und durch das hohe Gitter, das die beiden Höfe trennte, zu den Mädchen hinüberzuschauen. Aber vor allem schreibt er über die zahllosen Kniffe, mit denen sein Vater diese Schar verlassener Kinder im Griff behielt. Von da ausgehend analysiert er die verschiedenen Auswirkungen fehlender elterlicher Zuwendung. Das ist scharfsinnig beobachtet, das ist hart, aber für unsere Belange uninteressant. Außer der Bestätigung, dass dieser Sohn ganz offensichtlich viel über La Miséricorde weiß. Er bringt einen Haufen sehr genauer Anmerkungen, mit Datum und den Vornamen der Protagonisten, die nur aus den Registern stammen können. Darum denke ich, Kommissar, dass sie in seinem Besitz sind.«

»Sehr gut, Froissy. Wissen Sie, wo dieser Sohn zu finden ist?«

»Im Mas-de-Pessac, siebzehn Kilometer nördlich von

Nîmes. Roland Cauvert, 79 Jahre alt, Rue de l'Église 5. Sehr einfach. Ich habe sein Telefon, seine E-Mail-Adresse, alles, was Sie brauchen, um ihn zu kontaktieren.«

Adamsberg fasste Froissys Arm.

»Bewegen Sie sich nicht. Sehen Sie das Männchen? Jetzt traut es sich schon in unsere Nähe, um sich die Krümel zu schnappen.«

»Wollen Sie auch was von dem Kuchen? Ich habe gehört, dass Zerk in Island geblieben ist. Und kann mir vorstellen, dass Sie sich seitdem mehr schlecht als recht ernähren. Ich habe übrigens noch was herausgefunden, über den dritten Toten, Claude Landrieu. Eine ganze Kleinigkeit. Übrigens war der nicht in La Miséricorde.«

»Landrieu? Der Geschäftsmann?«

»Ja. Genauer gesagt ein Schokoladenfabrikant. Mit fünfundfünfzig wurde er einmal im Zusammenhang mit einem Vergewaltigungsfall in Nîmes befragt.«

»Das Datum der Vergewaltigung?«

»Der 30. April 1988. Das Opfer: Justine Pauvel.«

»Wurde Landrieu verdächtigt?«

»Nein, er hat sich am Tage danach als einfacher Zeuge gemeldet, ganz spontan. Er sah das junge Mädchen fast jeden Tag. Beide Eltern arbeiteten, und so kam sie nach dem Collège zu ihm in seinen Laden und machte dort ihre Hausaufgaben. Ein alter Freund der Familie, so eine Art Pate. Er kannte die Namen der wichtigsten Klassenkameraden der Kleinen, darum ging er damals zur Polizei. Aber keine der Fährten hat auch nur irgendetwas ergeben.«

»Finden Sie die heutige Adresse des Opfers heraus. Ich misstraue solchen spontanen Zeugen immer. Die sofort angerannt kommen, um den Bullen zu helfen, ohne dass man sie dazu aufgefordert hat. Hat es solche Vergewaltigungsfälle auch im Zusammenhang mit den beiden anderen Männern gegeben?«

»Ich habe in den Gerichtsarchiven des Departements Gard zu suchen begonnen, bisher ohne Ergebnis. Ich werde meine Recherchen auf ganz Frankreich ausdehnen, obwohl Vergewaltiger meist auf dem eigenen Territorium zuschlagen. Und diese beiden Typen sind nie über ihr Departement hinausgekommen. Außer, wer weiß, vielleicht mal für ein Wochenende, für einen Urlaub?«

»Bei den ersten beiden Toten könnte man Rache für ihre üblen Streiche im Waisenhaus vermuten. Aber sechzig Jahre danach? Und im Fall von Landrieu Rache für eine Vergewaltigung? Aber fast dreißig Jahre danach? Jemand, der diese Blapse umbringt?«

»Diese Blapse, Kommissar?«

»Stinkkäfer. Die sich von Rattenmist ernähren. Das sind diese drei Toten wahrscheinlich auch gewesen: Stinkkäfer. Aber wir kommen immer wieder auf den Kern des Problems zurück. Kann man mit Einsiedlerspinnen töten? Nein. Unmöglich.«

»Nützt es also nichts, was ich gefunden habe?«

»Im Gegenteil, Froissy. Suchen Sie weiter und nehmen Sie alles mit, was Sie mitnehmen können auf Ihrem Weg. Unmöglich oder nicht, auf jeden Fall gibt es Blapse in dieser Geschichte.«

Eine Stunde später, er war gerade im Begriff, die Brigade zu verlassen, erhielt Adamsberg die Nachricht von Kommissar Descartier:

– *Fingerabdrücke o. k. Es ist unser Mann.*

Rasch antwortete er:

– *Hast du die Kiste und die Aufzeichnungen?*

– *Ja. Niemand weiß davon. Kannst sie holen kommen, wann du willst.*

Und gleich danach noch eine:

– *Salut, Ad, und danke.*

Adamsberg legte das aufgeklappte Telefon auf Retancourts Schreibtisch. Sie las schweigend.

»Ich werde morgen nicht da sein, Retancourt. Einmal hin und zurück in die Provinz. Aber ich bleibe erreichbar.«

»Eine Vergnügungsreise, nehme ich an?«

An ihrem Seufzer erkannte Adamsberg die Erleichterung, die Retancourt für Froissy empfand.

»So ist es. Ich fahre ein bisschen spazieren.«

»Durchs Languedoc vermutlich? Eine reizvolle Gegend.«

»Sehr reizvoll. Ich fahre in ein kleines Dorf in der Nähe von Nîmes.«

»Passen Sie auf, Kommissar, das ist Spinnengegend. Es heißt, im Moment seien sie gerade sehr bissig.«

»Sie wissen aber eine Menge Dinge, Lieutenant. Wollen Sie nicht mitkommen?«

»Ich kann nicht, ich habe doch morgen Vivaldi, erinnern Sie sich?«

»Ach, richtig. Auch sehr reizvoll.«

Der Kommissar ging an Veyrencs Büro vorbei.

»Abfahrt nach Nîmes morgen 8.43 Uhr. Einverstanden?«

»Ich werde da sein.«

»Und heute Abend um halb neun im *La Garbure*?«

»Ich werde da sein.«

Veyrenc hatte recht gehabt. Die bevorstehende Ermittlung über die Einsiedlerspinne, obwohl offiziell angekündigt, artete in Getuschel aus und zwang Adamsberg, in der Nähe eines Büros leise zu sprechen oder in den Hof hinauszugehen. Was natürlich nicht unbemerkt blieb. Diese Atmosphäre aus Geheimhaltung und Flüstern tat niemandem gut. Man musste die Truppen sammeln, die geistigen Potenzen vereinen.

»Wollen wir Voisenet mitnehmen?«, fragte Veyrenc.

»Du versuchst die Truppen zu vergrößern? Ich habe schon Retancourt.«

»Retancourt? Wie hast du denn das angestellt?«

»Ein Wunder.«

»Also? Laden wir Voisenet für heute Abend ein?«

»Warum nicht?«

»*Unter meiner Führung zog/ die Schar nun aus, und kühnen Mannesmut/ zeigt aller Stirn. Zu zweit nur waren wir,/ doch schnell verstärkt, am Hafen angelangt,/ dreitausend schon, und uns so unverzagt/ erblickend, schöpft' selbst der Ängstlichste noch Mut.*«

»Wieder dein Racine-Verschnitt?«

»Nein, diesmal Corneille, von einem Detail abgesehen.«

»Dachte ich's mir fast: Es ist deutlich besser. Glaubst du, dass Voisenet diese Ermittlung ›ängstigt‹?«

»Nicht einen Augenblick. Wer es mit einer Muräne aufnimmt, schreckt nicht vor einer Einsiedlerspinne zurück.«

»Also, dann sag ihm Bescheid.«

Adamsberg wendete, um vom Hof zu fahren, als Danglard an seiner Wagentür stand. Der Kommissar ließ die Scheibe herunter und zog die Handbremse.

»Haben Sie schon die Amsel gesehen, Danglard? Sie ist zurückgekehrt, um bei uns zu brüten. Ein gutes Zeichen.«

»Sie haben den Vergewaltiger aus dem 9. Arrondissement gefasst«, teilte ihm der Commandant ziemlich aufgeregt mit.

»Ich weiß.«

»Und ein paar Stunden vorher haben Sie mich um die Kontaktdaten von Descartier gebeten.«

»Ja.«

»Also waren Sie das? Die Verhaftung?«

»Ich war's.«

»Ohne jemanden davon zu informieren? Ganz allein?«

»Ich *bin* allein, oder?«

Das war ein Schlag unter die Gürtellinie, dessen war sich Adamsberg bewusst, und in der Tat sah er, wie die Züge seines Stellvertreters sich verzerrten. Gefühlsregungen zeichneten sich auf Danglards Gesicht ab wie Kreide auf einer schwarzen Tafel. Er hatte ihm wehgetan. Doch Danglard begann ein ernstes Problem für die Mannschaft zu werden. Mit dem Gewicht seines Wissens und der Richtigkeit seiner Argumente – wer würde in der Tat annehmen, dass diese Männer mittels Spinnenbiss umgebracht worden waren? – zersetzte er den Zusammenhalt der Truppe. Indem er eine beachtliche Mehrheit gegen den Kommissar aufbaute. Zum zweiten Mal innerhalb eines Jahres. Verflucht, schon zum zweiten Mal. Sicher hatte der Commandant zum Teil recht, aber andererseits büßte Danglard dabei etwas von seiner Fantasie ein, wenigstens von seiner geistigen Offenheit, zumindest aber seiner Toleranz. Und er brachte ihn, Adamsberg, in Gefahr. Die Gefahr, seine Autorität zu verlieren, was ihm egal war. Für einen Verrückten zu gelten, was ihm auch egal war. Von seinen Beamten verspottet zu werden, was ihm schon ein bisschen weniger egal war. Die Gefahr, dass es sich herumsprach – und es sprach sich immer herum –, die Gefahr, als Spinner oder Versager rausgeschmissen zu werden, und das war ihm nun überhaupt nicht egal. Abgesehen davon, dass, wenn Danglard auf dieser Linie weitermachte, die Konfrontation ohnehin unvermeidlich werden würde. Er oder ich. Zwei Damhirsche im Kampf miteinander, mit fest verhakten Geweihen. Und er war sein ältester Freund. So oder so, er würde sich mit ihm schlagen müssen.

»Wir reden noch darüber, Danglard.«

»Über den Vergewaltiger?«

»Über Sie und mich.«

Und Adamsberg fuhr los, den Commandant verstört im Hof zurücklassend.

16

Zum dritten Mal hintereinander sah Estelle die Beamten der Brigade in ihr Restaurant kommen. Heute Abend waren die beiden Béarner in Begleitung eines kleinen Mannes mit dichtem schwarzem Haar und rotem Gesicht, den sie nicht kannte. Der Polizist mit den roten Haarsträhnen schien ihr mit seiner Liebenswürdigkeit und seinem Lächeln vielleicht sagen zu wollen, dass er ein gewisses Interesse an ihr hatte. Gestern Abend nach dem Weggang des Kommissars war er noch ein Weilchen geblieben, und sie hatten über die Berge gesprochen. Doch diese wiederholten Zusammenkünfte um eine Suppenterrine waren bestimmt kein von ihm arrangiertes Manöver, um sie zu sehen. Nein, sie hatten es ganz offensichtlich mit Problemen zu tun, die sie zu diesen abendlichen Unterredungen zwangen. Und bis sie das Essen auf den Tisch stellte, saßen die drei Männer nahezu schweigend da.

»Sie müssen nicht unbedingt von der Garbure essen, Voisenet«, sagte Adamsberg.

»Ach so«, meinte Voisenet lächelnd und tätschelte seinen Bauch. »Indem Sie mich hierherbestellt haben, hätte ich vermuten können, dass diese Suppe so etwas wie ein Ritual darstellt, durch das man hindurchmuss, um in den Stand der Geheimhaltung einzutreten. Die Garbure ist doch dieses Gericht aus Ihren Bergen da unten, in welcher so ziemlich alles drin ist?«

»Nicht alles«, korrigierte ihn Veyrenc. »Nur Kohl, Kartoffeln und Schweinshaxe, so man hat.«

»Sehr einverstanden«, meinte Voisenet, »ich bin nicht wählerisch.«

»Was die Geheimhaltung, oder zumindest die Diskretion, angeht, so irren Sie sich nicht«, sagte Adamsberg. »Und es ist ein scheußlicher Zustand. Die Atmosphäre in der Brigade ist keine gute mehr.«

»Das ist das Mindeste, was man sagen muss. Schon wieder ist die Mannschaft dreigeteilt. Auf der einen Seite die, die *dagegen* sind, aber auf der anderen Seite nicht etwa die, die *dafür* sind, sondern die Weggefährten, die Mitläufer, will ich mal sagen. Denn ist auch nur einer wirklich *dafür*? Und dann der dritte Flügel, die Unentschiedenen, die Neutralen, die sich nicht einmischen wollen. Und unter ihnen wiederum Wohlwollende wie Mercadet oder eher Kritische wie Kernorkian. Ist es das, was Sie wissen wollten? Was in der Brigade vor sich geht? Aber Sie erleben es ja selbst.«

»Eben, Lieutenant, und darum benutze ich Sie auch nicht als Spion. Ich habe Sie hergebeten, um Sie über ein paar kleine Dinge zu informieren.«

»Und warum mich?«

»Weil Sie als Erster auf die Eskapaden der Einsiedlerspinne aufmerksam geworden sind.«

»Ich sagte Ihnen doch, warum sie mich interessierte.«

»Trotzdem. Auch unabhängig von Ihrem Großvater hat die Sache Ihnen keine Ruhe gelassen.«

»Dass die Einsiedlerspinne getötet hat, nein. Diese Gerüchte von Mutationen, Insektiziden, starker Vermehrung, die lassen ja keinen gleichgültig. Nicht schlecht, diese Garbure. Und welche kleinen Dinge wären das, Kommissar?«

»Diese beiden Toten, Claveyrolle und Barral, haben sich

auch nach der Schulzeit ihr ganzes Leben lang gesehen und sich bei einem oder mehreren Pastis immer wieder an die gute alte Zeit erinnert.«

»›Nîmes ist keine so große Stadt‹, sagte Voisenet. Aber ich gebe zu, etwas seltsam ist es schon.«

»Vor allem, wenn man weiß, dass die beiden zu den ›bösen Buben‹ des Waisenhauses gehörten.«

»Zu denen, die die Kleinen, die Schmächtigen und die Dicken tyrannisieren. Ich kenn das, ich kann ein Lied davon singen, glauben Sie mir. Ich hätte manchmal gewünscht, sie wären tot gewesen. Meine einstigen Peiniger aber nach so vielen Jahren umzubringen, nein, Kommissar. Denn an so was denken Sie doch, oder?«

»Es wäre in Betracht zu ziehen«, meinte Veyrenc. »Bei einer Ermittlung lässt man Zufälle nie unbeachtet, das wissen Sie so gut wie wir.«

»›Ermittlung‹, das Wort, bei dem Danglard in die Luft geht.«

»Und nichts besagt außerdem, dass sie ihre Karrieren als Drecksskerle nicht später fortgesetzt haben.«

»Ihre Karrieren als Blapse«, ergänzte Adamsberg.

»Blapse?«, fragte Voisenet. »Sie meinen die Stinkkäfer?«

»Genau die.«

»Aber der dritte Tote, Landrieu, kam nicht aus dem Waisenhaus.«

»Bleibt herauszufinden, ob sie sich kannten.«

»Und dieser Landrieu«, fuhr Veyrenc fort, »hat in einem Fall von Vergewaltigung eines jungen Mädchens als spontaner Zeuge ausgesagt.«

»Spontane Zeugen mag ich nicht besonders«, sagte Voisenet.

»Das wollte ich gerade sagen«, stimmte Adamsberg zu.

»Hat man den Vergewaltiger gefunden?«

»Nein.«

»Und wann war das?«

»Vor achtundzwanzig Jahren.«

»Auch das ist lange her«, meinte Voisenet und reichte seinen Teller über den Tisch für eine zweite Portion. »Und doch bleibt es vorstellbar. Die junge Frau hat es vielleicht nie verwunden und entscheidet sich im reifen Alter, ihren Vergewaltiger umzubringen. Wer würde nach so vielen Jahren noch auf sie kommen? Noch dazu, wenn der Tote nur eines unter anderen Spinnen-Opfern ist.«

»Wir kommen immer wieder an diesen Punkt«, sagte Adamsberg. »Man kann einer Einsiedlerspinne nicht befehlen, zu beißen, und schon gar nicht sechzig Spinnen.«

»Sechzig?«

»Wissen Sie, Voisenet, wie viel Spinnengift es brauchte, um einen Menschen zu töten?«

»Mal überlegen. Bei Schlangen wären es, glaube ich, drei bis fünf, wenn man so an die fünfzehn Milligramm Gift pro Tier rechnet. Und bei der viel kleineren Einsiedlerspinne, na, da brauchte es bestimmt fünfmal mehr Gift, nicht?«

»Sie sind nahe dran. Es brauchte den kompletten Inhalt von vierundvierzig Giftdrüsen, das heißt zweiundzwanzig Spinnen.«

»Nicht gerechnet die unwirksamen ›weißen‹ Bisse.«

»Genau.«

»Aber ich bleibe dabei«, sagte Voisenet. »Die Männer waren alt. Nehmen wir mal an, drei Bisse reichen aus, die Immunabwehr alter Leute zu durchbrechen. Das ist noch immer eine Menge Gift. Danach Nekrose, Blutvergiftung, Hämolyse. Warum also nicht drei Spinnenbisse?«

»Daran hatte ich noch gar nicht gedacht«, sagte Veyrenc.

»Und schon erscheint es möglich«, meinte Voisenet, sich ereifernd, und reichte sein Glas hin. »Was ist das für ein Wein?«

»Ein Madiran.«

»Vorzüglich. Es wird möglich, falls einer eine Technik entwickelt hat, um Einsiedlerspinnen einzufangen. Im Schatten, in der Nacht.«

»Oder«, sagte Veyrenc, »sie aus ihren Verstecken herauszusaugen. Eine Spinne hält einiges aus. Dann braucht man nur noch den Staubsaugerbeutel zu öffnen und sie einzusammeln.«

»Ausgezeichnete Idee«, meinte Adamsberg.

»Das kann ich bestätigen«, sagte Voisenet. »Sie bleiben am Leben in dem Beutel, kein Zweifel. Nehmen wir also an, unser Mörder – wohlgemerkt, ich sage ›unser‹, was nicht bedeutet, dass ich es glaube ...«

»Das haben wir durchaus verstanden, Voisenet«, sagte Veyrenc.

»Nehmen wir an, unser Mörder hat sich eine kleine Sammlung von Einsiedlerspinnen zugelegt. Er packt zwei oder vier davon in einen Schuh, in eine Hose – Hose ist gut, denn da bleiben sie hängen –, in eine Socke oder in das Bett des Alten, und es gibt große Chancen, dass der Mann sie quetscht und sie ihn beißen.«

»Das Problem ist nur«, sagte Adamsberg, »dass man bei zwei von den Todesfällen weiß, dass der Biss der Spinne draußen im Freien erfolgte.«

»Scheiße«, sagte Voisenet.

Adamsberg und Veyrenc tauschten einen Blick. Dass Voisenet sauer war bei dem Gedanken, dass seine Theorie nicht funktionierte, war ein gutes Zeichen. Jeder Mensch, der eine Theorie hat, und sei es auch erst seit Kurzem, mag es nicht, wenn man sie ihm kaputt macht. Der Weg öffnete sich, zwar um ein Winziges nur, aber er öffnete sich.

»Oder aber«, schlug Adamsberg leise vor, »die beiden Alten haben gelogen. Und sie wurden *im* Haus gebissen.«

Die drei Männer schwiegen eine Weile, während sie über diese Möglichkeit nachdachten. Estelle brachte den Käse.

»Warum sollten sie gelogen haben?«, fragte Veyrenc.

»Ich weiß nicht«, sagte Adamsberg ausweichend, obgleich ihm sehr wohl ein plausibler Grund einfiel, aber er wollte Voisenet noch weiter aus seiner Reserve locken.

»Es ist zwar an den Haaren herbeigezogen«, sagte Voisenet schließlich, »aber stellen wir uns mal vor, sie hätten gelogen, weil sie wussten.«

»Weil sie was wussten?«, fragte Adamsberg.

»Dass sie Opfer einer Rache geworden waren. In so einem Fall möchte man die anderen lieber nicht wissen lassen, dass diese Rache die Vergeltung für ein ziemlich mieses Ding ist, das man selbst einst begangen hat.«

»Mit Einsiedlerspinnen?«, beharrte Adamsberg.

»Man müsste weiterhin annehmen«, fuhr Voisenet fort, »dass sie wussten, dass Einsiedlerspinnen ein Symbol der Rache sind. Etwa wenn sie damals im Waisenhaus andere Kinder mit Spinnen gequält haben. Wenn sie zum Beispiel, sobald sie mal eine Spinne erwischten, sie einem ihrer Opfer ins Bett steckten.«

Voisenet richtete sich zufrieden auf, trank lächelnd einen Schluck Wein, er war stolz auf seine gedankliche Leistung. Adamsberg und Veyrenc tauschten einen neuerlichen Blick.

»Natürlich«, fügte der Lieutenant hinzu, »müsste man in Erfahrung zu bringen versuchen, was damals im Waisenhaus wirklich geschehen ist. Aber wie? Es ist über sechzig Jahre her!«

»Froissy hat den Sohn des damaligen Direktors ausfindig gemacht, einen Kinderpsychiater. Ihrer Meinung nach ist es nahezu sicher, dass er die Register des Hauses aufbewahrt hat.«

»Froissy ist auf Ihrer Seite?«, fragte Voisenet in unfreiwillig konspirativer Formulierung. »Sie recherchiert für Sie?«

»Für Froissy zählt nicht so sehr der Gegenstand. Suchen und finden, das ist ihre Passion.«

»Diesen Mann sollte man unbedingt befragen«, sagte Voisenet sehr entschieden.

»Was morgen geschehen wird«, sagte Adamsberg. »Veyrenc und ich fahren in der Frühe nach Nîmes.«

»Und die vergewaltigte Frau?«

»Die vergesse ich schon nicht. Aber wir sind nur zu zweit.«

»Wohnt sie weit weg?«

»Nicht allzu weit, sie arbeitet in Sens.«

Voisenet trank nachdenklich sein Glas aus. Schweigend schob Adamsberg ihm einen Zettel mit der Anschrift von Justine Pauvel zu. Der Lieutenant nickte.

»Ich übernehme«, sagte er.

17

»Ich habe nicht alles, meine Herren, bei Weitem nicht«, sagte
Dr. Cauvert und schüttelte dabei Arme und Hände, als wollte
er einen Schwarm Mücken abwehren. »Bedenken Sie, dieses
Waisenhaus, wie man damals sagte, wurde 1864 gegründet!«

Der Mann bewegte sich sehr seltsam, er lief abwechselnd
in kleinen Sprüngen oder schnellen Schritten, warf seinen
Kopf nach hinten, um seine langen weißen Strähnen aus
dem Gesicht zu schleudern, mit einer Lebendigkeit, die ihn
zehn Jahre jünger erscheinen ließ. Es sei schon sehr lange
her, hatte er erklärt, als er sie mit großer Herzlichkeit empfing, dass sich jemand für seine Register interessiert hätte.
»Eine Goldader«, meinte er, »so weitläufig und ergiebig, dass
mein ganzes Leben nicht ausreichen wird, sie abzubauen.
Überlegen Sie nur mal, achthundertsechsundsiebzig Kin-
derschicksale, von ihrer Geburt oder frühen Kindheit an bis
zum Alter von achtzehn Jahren! Und vom Alltag dieser Waisen hat mein Vater jede Einzelheit festgehalten, Abend für
Abend. Achtunddreißig Jahre lang, achtunddreißig Bände!«

Dann schien der Mediziner zu bemerken, dass er seine
Gäste nicht mal zum Sitzen aufgefordert noch ihnen etwas
zu trinken angeboten hatte, immerhin herrschte in Nîmes
eine Hitze von 33 Grad. Er räumte zwei Stühle von den
Büchern frei, die sich auf ihnen stapelten, dann rannte er
fast in die Küche, um Getränke zu holen.

»Dynamisch«, stellte Veyrenc fest.

»In der Tat«, meinte Adamsberg. »Man stellt sich einen Psychiater eher als einen reglos dasitzenden Menschen vor, sparsam mit Gesten wie mit Worten.«

»Vielleicht war er gegenüber seinen Patienten ganz anders. Er schien sehr glücklich über unseren Besuch zu sein, so als hätte er seit Ewigkeiten keine Menschenseele empfangen.«

»Vielleicht ist es auch so.«

Froissy hatte ihnen während ihrer Fahrt hierher eine Kurznachricht geschickt:

– *Dr. Roland Cauvert, Einzelkind, Junggeselle, kinderlos, 79 Jahre alt. Buch in Vorbereitung: »876 Waisen – 876 Schicksale«.*

Gefolgt um 14.20 Uhr von einer SMS von Voisenet:

– *Angekommen, Kommissar.*

– *Wo?*, hatte Adamsberg zurückgeschrieben.

– *In Sens.*

»Das ging ja ruckzuck«, hatte Veyrenc gemeint.

»Sie werden sehen, meine Herren, Sie werden sehen!«, begeisterte sich Cauvert mit ausgebreiteten Armen. »Möge der Barmherzige mir noch fünf Jahre geben, und aus meinen Händen wird das ultimativste Werk hervorgehen, das je über die Pädopsychiatrie von Waisen geschrieben wurde. Ich habe den Alltag von bereits siebenhundertzweiundfünfzig dieser Kinder analysiert, es fehlen mir noch einhundertvierundzwanzig. Wobei ich natürlich auch auf Gruppenphänomene, Paradoxa und Ähnlichkeiten eingehe sowie auf das spätere Leben der Kinder, sofern ich es verfolgen konnte, auf Heiraten, Berufe, Eignung zur Vaterschaft. O ja, ein Werk, das ihn aus dem Grabe erwecken und ihn sich tief vor mir verneigen lassen wird.«

»Wen?«, fragte Veyrenc, obwohl er die Antwort ja wusste.

»Meinen Vater!«, sagte der Doktor und lachte auf. »Ein Glas frisches Wasser, oder Apfelsaft? Etwas anderes habe ich nicht. Denn Sie werden vielleicht ahnen, dass mein Vater, wenn er sich so ausgiebig um die seelische Not dieser Kinder kümmerte, für mich kaum einen Blick hatte. Ich, sein einziges Kind, wurde von ihm gar nicht bemerkt. Unsichtbar! Er hat an keinen einzigen meiner Geburtstage gedacht. Dem Himmel sei Dank« – wieder lachte er –, »ich hatte ja meine Mutter, meine engelsgleiche Mutter. Eiswürfel? Ich selbst wollte keine Kinder. Ich habe zu viele Waisen gesehen, um noch an die Fortdauer eines Vaters im Leben eines Kindes zu glauben, das können Sie sich denken. Aber«, schloss er und reichte ihnen ihre Gläser, »das ist ja nicht der Grund Ihres Besuchs. Also, meine Herren, stöbern Sie, graben Sie, bedienen Sie sich aus dem großen Kessel, in dem diese armen Kinder treiben. Wie, sagten Sie, waren die Namen, welches die Jahrgänge?«

»Zwei Namen, Doktor. 1943 kam mit elf Jahren der junge Albert Barral in dieses …«

Dr. Cauvert lachte schon wieder, aber diesmal war es ein kurzes, böses Auflachen.

»Der kleine Barral, verdammt noch mal! Barral, Lambertin, Missoli, Claveyrolle, Haubert!«

»Claveyrolle interessiert uns auch.«

»Die ganze Bande also! Die schlimmste, die mein Vater in seiner achtunddreißigjährigen Laufbahn erlebt hat. Die einzige, die er nicht kleingekriegt hat, die einzigen Schüler, die er von der Schule verweisen wollte. Die waren vom Teufel besessen. Ein Ausdruck, der sich für einen Kinderpsychiater verbietet, aber so sagte es mein Vater, und als ich klein war, glaubte ich, dass es tatsächlich so ist. Alles hat er versucht.

Unzählige Diskussionen, geduldiges Zuhören, Verständnis, ärztliche Konsultationen, Medikamente, aber auch Strafen, Entbehrungen, Ausschluss von Spaziergängen. Alles. Waren die Würfel schon gefallen? Wären die Dinge anders gelaufen ohne dieses kleine Miststück von Claveyrolle? Denn er war der Kopf der Bande, der Anstifter, der Rädelsführer, der Diktator seiner Truppe, nennen Sie ihn, wie Sie wollen. Denn es gibt ja immer einen. Mein Gott, was bin ich blöd! Marie-Hélène hat mir doch Apfelkuchen mit Zimt vorbeigebracht! Und es ist vier Uhr Nachmittag! Diese Frau ist ein Geschenk des Himmels.«

Wieder lief der Doktor raschen Schritts zur Küche, beflügelt von der Aussicht auf seine Tarte Tatin.

»Claveyrolle und Barral. Blapse also«, sagte Adamsberg.

»Hüte dich aber, so etwas gegenüber einem Psychiater zu sagen.«

»Er selbst hat Claveyrolle ein kleines Miststück genannt und gesagt, dass sie vom Teufel besessen waren. Ich beneide ihn, diesen Doc. Er scheint das Leben leidenschaftlich zu lieben. Mich würde eine Tarte Tatin nie in solche Verzückung versetzen.«

»Der ist nicht ganz dicht, Jean-Baptiste. Stell dir vor, was es bedeutet, der unsichtbare Sohn seines vollkommenen Vaters zu sein. Und ihm noch heute beweisen zu wollen, dass er jemand geworden ist. Aus diesem einzigen Grund macht er das alles doch.«

»Er hat das Waisenhaus niemals wirklich verlassen.«

Cauvert kam beschwingt zurück, servierte die Tarte und reichte seinen Gästen die Teller. Er selbst aß im Stehen, mit großen, gierigen Bissen.

»Sie haben wirklich Glück, mein Vater hat ein Dossier speziell über die Claveyrolle-Bande angelegt. Was für ein

Dreckstück! Ich erinnere mich an ihn, als wäre es heute. Unmöglich, den Kerl rauszuschmeißen – also ihn in eine andere Einrichtung zu versetzen. Mit dem großen Zustrom von Waisen nach dem Krieg waren die Plätze rar. Und Sie können sich vorstellen, dass die anderen Waisenhäuser sich um solche Jungs nicht gerade gerissen haben. Er hat Angst und Schrecken in La Miséricorde verbreitet. Und Missoli und Torrailles in seiner Gefolgschaft ebenso. Ich war fünf Jahre jünger, aber an mich hat er sich nicht rangetraut. Den Sohn des Direktors, den rührte man nicht an. Wer auch immer das Wort an mich richtete, wurde als Streber beschimpft und von dieser Rowdybande bedroht. Ich habe nicht eine Ohrfeige abgekriegt, das stimmt, aber ich habe auch keinen einzigen Freund gefunden. Trostlos, was? Und, wie ist die Tarte?«

»Köstlich«, sagte Veyrenc.

»Danke, Kommissar.«

»Der Kommissar ist er«, Veyrenc wies mit dem Daumen auf Adamsberg.

»Oh, Verzeihung! Das hatte ich nicht vermutet. Ich habe Sie nicht verletzt?«

»Durchaus nicht«, sagte Adamsberg und stand auf, er hatte schon viel zu lange gesessen. »Ihr Vater hatte also eine Dokumentation über Claveyrolles Bande angelegt?«

»Bitte, Kommissar, sagen Sie mir vorher noch: Was ist aus Barral geworden? Claveyrolle, das weiß ich, wurde Zeichenlehrer. Lehrer, welche Ironie des Schicksals! Aber es stimmt, er hatte Talent, vor allem, um die Lehrer zu karikieren und nackte Frauen auf die Hofwände zu zeichnen. Einmal – Sie finden das alles in der Akte – hat er sich in den Schlafsaal der Mädchen geschlichen und alle Wände vollgepinselt. Und wissen Sie, was er hingekritzelt hat? An die fünfzig Penisse. Aber Barral?«

»Versicherungsmakler.«

»Schau an, eine ganz bürgerliche Existenz also. Es sei denn, natürlich, er wäre Hochstapler gewesen. Verheiratet, Barral?«

»Geschieden, er hat zwei Kinder. Claveyrolle wurde zweimal geschieden, keine Kinder.«

»Zu einer Gefühlsstabilität finden viele dieser Kinder schwer. Wie sollen Sie eine Familie gründen, wenn Sie nicht mal wissen, was das ist?«

Und wie Veyrenc vorausgesagt hatte, sobald Dr. Cauvert auf sein Thema zu sprechen kam, wurde er wieder ganz ruhig, sogar konzentriert und beinahe traurig. Vielleicht hatte er gelernt, so oft zu lachen und sich dermaßen über einen Apfelkuchen zu freuen, um von Zeit zu Zeit diese achthundertsechsundsiebzig zerbrochenen Schicksale zu vergessen, die er Schritt für Schritt verfolgt hatte.

»Die beiden haben sich ihr ganzes Leben lang gesehen.«

»Tatsächlich? Hat sich die Bande im reiferen Alter also nicht aufgelöst?«

»Nein, sie hat sich im Genuss von Pastis neu konstituiert, zumindest für zwei von ihnen.«

»Und dann waren sie plötzlich tot«, sagte Veyrenc.

»Hätte ich mir ja denken können. Sie sind schließlich Polizisten. Folglich gibt's Tote. Was ist passiert?«

»Sie starben beide letzten Monat, im Abstand von acht Tagen«, sagte Adamsberg. »Und beide an den Folgen eines Spinnenbisses. Der Einsiedlerspinne.«

Dr. Cauverts Gesicht war erstarrt. Wortlos stellte er die Teller aufeinander, schob die Gläser zusammen, das Unterhaltungsprogramm war beendet, und er nahm von seinem Wandbord einen blassblauen Pappordner herunter. Er legte ihn mit ernster Miene auf den Tisch, zwischen die beiden

Ermittler, ohne sie aus den Augen zu lassen. Ein großes Etikett klebte auf dem Deckel, mehrfach neu befestigt nach so vielen Jahren der Benutzung. In sorgfältig mit Tinte kalligrafierten Buchstaben stand da: *Die Einsiedlerspinnen-Bande.* Darunter etwas kleiner: *Claveyrolle, Barral, Lambertin, Missoli, Haubert und Co.*

»Was bedeutet das?«, fragte Adamsberg nach einer langen Minute Schweigen.

»Das bedeutet: ›Denn wer zur Einsiedlerspinne greift, soll durch die Einsiedlerspinne umkommen.‹ Nicht wahr?«

»Man kann durch eine Einsiedlerspinne nicht umkommen«, wandte Veyrenc ein.

»Nein, aber man kann mit ihr grausam verletzen. Das war unter allen Brutalitäten der Kerle eine ihrer Lieblingsbeschäftigungen, die sexuellen Belästigungen mal ausgenommen.«

Cauvert zog aus dem Ordner eine Reihe Fotos von sehr kleinen Jungen, die er auf den Tisch schlug wie ein Spieler seine Karten.

»Das ist ihr Werk«, sagte er voller Abscheu. »Elf Kinder, elf Opfer ihrer Grausamkeit und ihrer Spinnen. Diese vier hier«, er wies mit dem Finger auf die Fotos, »hatten Scheinbisse, also ohne Gift. Die beiden da ›halbe‹ Bisse. Aber auf dem Arm des kleinen Henri hier können Sie einen violetten Fleck von ungefähr neun Zentimeter Durchmesser erkennen. Er wurde geheilt, und auch der hier, Jacques. Aber sehen Sie sich die Schäden bei den fünf Übrigen an.«

Adamsberg und Veyrenc sahen sich nacheinander die fünf Fotos an. Ein etwa vierjähriger Junge, dem das Bein amputiert worden war, einem anderen fehlte der Fuß.

»Diese beiden wurden im Jahr 1944 gebissen. Louis und Jeannot, vier und fünf Jahre alt. Zu dem Zeitpunkt stand man mit dem Penizillin noch ganz am Anfang. Und die erste nennenswerte Menge ging an die Soldaten in der Normandie, nach der Landung der Alliierten. Kinder damit zu versorgen, ihre Glieder vor dem Wundbrand zu retten, war nicht möglich. Man musste amputieren. Mein Vater ging vor Gericht. Claveyrolle, Barral und Lambertin haben acht Monate in einer Erziehungsanstalt verbracht. Für eine Weile wurde es still um den ›Albtraum Einsiedlerspinne‹. Und als sie zurückkamen, haben sie weitergemacht.«

Mit ernster Miene stellte der Doktor die drei Gläser wieder hin und goss Apfelsaft ein.

»Tut mir leid«, sagte er, als er sie seinen Gästen reichte, »die Eiswürfel sind geschmolzen.«

Er trank sein Glas in einem Zug leer und widmete sich wieder den Fotos.

»Hier, das ist Ernest, sieben Jahre alt. Eine Wunde, fast zehn Zentimeter lang und fünf Zentimeter breit. Das war schon im Jahr 1946, sein Arm konnte gerettet werden. Noch im selben Jahr der kleine Marcel, elf Jahre, ein Drittel seines Gesichts war weggefressen. Auch er wurde geheilt, aber blieb für immer entstellt. Seine Narbe war grässlich anzuschauen, auch die von Ernest. Und schließlich Maurice, 1947, zwölf Jahre alt, am linken Hoden gebissen. Es ist nur diese kleine Murmel übrig geblieben, sehen Sie. Die Nekrose hatte auch noch den Penis erfasst, der Junge wurde impotent. 1948 dann war Schluss mit den Spinnenattacken. Claveyrolle verlegte sich nun auf sexuelle Belästigung. Zusammen mit den anderen natürlich. Er war der Kopf einer Bande von acht kleinen Schurken, die ihrem Helden wie ein Schatten folgten.«

Adamsberg legte die grauenhaften Fotos der verstümmelten Kinder still auf den Tisch zurück.

»Und wie stellten sie das an, Doktor?«

»Sie schlichen nachts nach draußen und hatten nur die Qual der Wahl, um ihre Viecher aufzutreiben: auf dem Dachboden, in den Wirtschaftsgebäuden, in der Scheune, im Holzstall, im Geräteschuppen. Im Sommer gab es immer ziemlich viele Spinnen. Wie man herausgefunden hat, lockten sie sie mit toten Insekten, die sie gesammelt hatten, vor allem Fliegen und Grillen, die sie an einer geeigneten Stelle auf dem Boden ausbreiteten. Wissen Sie, dass die Einsiedlerspinne verrückt ist nach Insektenkadavern?«

»Nein«, erwiderte Veyrenc.

»Genau so ist es, und das erleichterte ihnen die Aufgabe. Sie schütteten ihre Ernte an Fliegen auf den Boden und warteten, mit ihren Taschenlampen in der Hand.«

»Und wie machten sie es, die Spinnen anzufassen, ohne selbst von ihnen gebissen zu werden?«, fragte Adamsberg so naiv, wie Estalère gefragt hätte.

Dr. Cauvert sah ihn perplex an.

»Haben Sie noch nie Spinnen gefangen?«

»Nur Frösche.«

»Also, Sie nehmen ein Glas und ein Stück Pappe. Sie stülpen das Glas über das Tier, schieben die Pappe darunter, und fertig.«

»Ziemlich einfach«, gestand Adamsberg.

»Nicht ganz. Einsiedlerspinnen sind sehr misstrauisch. Am Ende haben sie gar nicht mal so viele gefangen, elf Stück in vier Jahren. Aber mehr brauchte es auch nicht. Dann wählten sie ihre Opfer aus, und sobald es dunkel wurde, steckten sie dem Kind die Spinne ins Hemd oder in die Hose. Und was geschehen sollte, geschah. Sobald die Spinne sich in die Enge getrieben fühlt, beißt sie zu. Diese infamen kleinen Schurken. Wenn ich daran denke, dass so was später Zeichenunterricht gegeben, in Schlips und Kragen Leute umworben hat.«

»Versuchen Sie nicht mal, sie vom ärztlichen Standpunkt aus zu betrachten?«, fragte Veyrenc.

»Nein«, sagte Cauvert schroff. »Vergessen Sie nicht, ich habe sie gekannt, und ihre Opfer auch. Ich habe diese Spinnenbande aus tiefstem Herzen gehasst. Mein Vater hat alle Maßnahmen ergriffen, die in seiner Macht standen. Die Aufsicht an den Türen zum Schlafsaal verstärken, die Kleidungsstücke jeden Morgen ausschütteln lassen, die Wirtschaftsgebäude abschließen. Aber das reichte nicht aus. Sie waren bösartig, und auch stolz darauf, stolz auf ihre Männlichkeit und berauscht von der Macht, die sie innerhalb des Waisenhauses besaßen. Und sie erreichten immer, was sie wollten, denn der Sadismus bringt eine Menge Energien und Ideen hervor. Um 9 Uhr abends wurden alle Lichter gelöscht: Wie schafften sie es, am Abend rauszukommen? Einige von ihnen wurden sogar nachts in der Stadt gesehen, mit dem Fahrrad, der Fahrradraum war aufgebrochen worden. Ich überlasse Ihnen die komplette Akte, machen Sie sich eine Kopie davon und bewahren Sie sie gut auf. Wenn, meine Herren, eines jener kleinen Opfer sich im hohen Alter schließlich an ihnen gerächt haben sollte, Auge um Auge, Zahn um Zahn, Einsiedlerspinne um Einsiedlerspinne, nun, dann lassen Sie es in Ruhe. Nichts würde mir mehr gefallen.«

Schweigend liefen Adamsberg und Veyrenc die lange Rue de l'Église zurück, sie waren noch zu betroffen, um auf der Stelle über die Spinnen zu reden, die heutigen und die von damals, die nach einer Zeit von siebzig Jahren hier aufeinandertrafen.

»Hübsch, diese kleine Straße«, bemerkte Veyrenc wie abwesend.

»Sehr hübsch.«

»Siehst du die Nische dort über der Tür? Mit einer Heiligenfigur darin? Danglard würde sagen, dass es reines 16. Jahrhundert ist.«

»Bestimmt würde er das sagen.«

»Er würde auch sagen, dass der Stein sehr abgenutzt ist, aber trotzdem erkennst du an seiner Seite einen Hund. Es ist der heilige Rochus, der vor der Pest schützt.«

»Bestimmt würde er das sagen. Und ich würde, um ihm die Freude zu machen, fragen: ›Warum wird der Heilige mit einem Hund dargestellt?‹«

»Und er würde dir erklären, dass Rochus, als auch er an der Pest erkrankte, sich in einen Wald flüchtete, um niemand anzustecken. Aber der Hund des dortigen Lehnsherrn brachte ihm jeden Tag irgendein Stück Nahrung, das er gestohlen hatte. Und Rochus wurde wieder gesund.«

»Beschützte er auch vor den Bissen der Einsiedlerspinne?«

»Bestimmt.«

»Und was würde Danglard zu den Bissen der Einsiedlerin sagen?«

»Wenn er wüsste, was wir jetzt wissen, wäre er verdammt in Verlegenheit.«

»Du meinst eher in der Scheiße. Denn es gibt ja nun sehr wohl einen Rechtsfall Einsiedlerspinne, oder etwa nicht?«

»Doch.«

»Und hier hat er seinen Ursprung, Louis. In diesem Waisenhaus. Glaubst du, dass Danglard seinen Irrtum verwinden wird?«

»Er wird noch ganz anderes verwinden müssen. Ich habe gestern etwas erfahren.«

»Was du mir aber nicht gesagt hast.«

»Danglard hatte die Absicht, mit seinem Problem zum Divisionnaire zu gehen, um die Sache mit der Einsiedlerspinne auf dem Amtswege zu beenden.«

Adamsberg blieb jäh stehen und wandte sich zu Veyrenc um.

»Was sagst du?«

»Du hast richtig gehört.«

»Zu Brézillon? Und warum mich nicht gleich suspendieren lassen, wenn man schon mal dabei ist? Mit einer Rüge wegen Inkompetenz?«, sagte Adamsberg hastig, und seine Oberlippe zitterte vor Fassungslosigkeit und Zorn.

»Das war nicht sein Ziel. Er war der Meinung, dass die Brigade Gefahr läuft, abzudriften. Er hat zunächst mit Mordent darüber geredet. Der zu Noël gegangen ist. Und Mordent und Noël – Noël, genau, unser Flegel vom Dienst – sind in Danglards Büro gestürmt, Noël hat, Danglards peinliche Ordnung brutal zerstörend, mit der Faust ziemlich heftig auf den Tisch gehauen. Man erzählt sich, einzelne Seiten des ›Buches‹ seien durch die Luft geflogen. Und Noël hat angedroht – du kennst sein Taktgefühl –, Danglard in seinem Büro einzusperren, falls er auch nur einen Schritt in Richtung Divisionnaire zu tun gedächte.«

»Von wem weißt du das?«

»Retancourt.«

»Aber warum? Warum haben Noël und Mordent meine Verteidigung ergriffen?«

»Gruppeninstinkt gegenüber ›denen da oben‹. Verteidigung der Brigade, Verteidigung des Territoriums. Man könnte dem sogar noch eine poetische Fußnote anfügen.«

»Glaubst du, das wäre jetzt der richtige Moment, Louis?«

»Wie du weißt, ist Mordent strikt gegen eine Ermittlung zur Einsiedlerspinne. Gleichzeitig ist er passionierter Sammler von Märchen. Und, glaub mir, es gibt so viel Unwahrscheinliches und Unwirkliches in dieser Geschichte mit der Spinne, dass sie schon an ein Märchen grenzt.«

»Ein Märchen?«

»Märchen sind ihrem Wesen nach grausam, daran erkennst du sie. Und irgendetwas reizt Mordent unbewusst an dieser Sache.«

»Danglard dagegen nicht. Zunächst hat er die Brigade gespalten, dann hat er versucht, mir Steine in den Weg zu legen. Louis, ist Danglard dabei, ein Blaps zu werden?«

»Nein, er hat Angst.«

»Wovor?«

»Vielleicht, dich zu verlieren. Und damit auch sich zu verlieren. Er will euch beide retten.«

»Aber diese Angst, wenn es denn eine ist«, sagte Adamsberg, und wieder presste er die Lippen zusammen, »hat ihn zum Verräter werden lassen.«

»So sieht er das nicht.«

»Jetzt sag mir bitte nicht, dass er einfach ein Arschloch geworden ist?«

Veyrenc zögerte.

»Vielleicht irre ich mich«, sagte er dann, »aber ich denke, es muss eine noch tiefere Angst dahinterstecken.«

18

Während der kurzen Fahrt zum Bahnhof in einem glühend heißen Bus blieb Adamsberg stumm, tippte Nachrichten in sein Telefon. Veyrenc unterbrach ihn nicht, er wartete, dass er sich beruhigte. Seine Stimmung war nur zu verständlich. Doch Adamsberg war keiner, der lange wütend bleiben konnte. Sein vagabundierender Geist machte es ihm unmöglich, allzu lange auf dem viel zu genauen Kurs des Zorns zu bleiben.

»Du solltest dir ein neues Telefon zulegen«, meinte Veyrenc schließlich.

»Wieso?«

»Wenn du ständig ›Iah dinki‹ schreibst statt ›Ich denke‹, wird das auf dich abfärben.«

»Das heißt?«

»Du wirst sehr bald auch so reden. Besorg dir ein neues.«

»Ja, irgendwann«, sagte Adamsberg und steckte sein Telefon ein. »Wir sind noch am Bahnhofsbüfett verabredet.«

»Meinetwegen.«

»Willst du gar nicht wissen, mit wem?«

»Doch.«

»Du erinnerst dich an Irène Royer, diese Frau, die ich im Museum getroffen habe.«

»Die dir einen Pelzmantel aus toten Einsiedlerspinnen geschenkt hat.«

»Die während ihres abendlichen Portweins mit angehört

hat, wie Claveyrolle und Barral sich miteinander unterhielten. Sie könnte sich vielleicht noch an andere Details aus deren Gesprächen erinnern. Sie wohnt hier in der Gegend, in Cadeirac.«

»Und da wir gerade in der Gegend sind … Kommt sie deinetwegen her?«

»Sie kommt wegen der Spinne, Louis.«

Irène Royer erwartete sie schon ungeduldig am Busbahnhof und schwenkte zur Begrüßung ihren Stock in der Luft. Adamsberg hatte ihr geschrieben, dass er Neuigkeiten habe. Ihre Jeans hatte sie bei dieser Hitze gegen ein ebenso altmodisches geblümtes Kleid eingetauscht, aber an den Füßen trug sie auch heute Socken und Turnschuhe.

»Das ist sie, nehme ich an«, meinte Veyrenc durch die Fensterscheibe des Busses. »Genau der Typ, der einem in aller Unschuld tote Spinnen schenkt.«

»Du bist bloß eifersüchtig auf meine Einsiedlerin, Louis, gib's zu.«

Während Irène Royer auf den Kommissar zuging, um ihn zu begrüßen, offensichtlich sehr erfreut, ihn wiederzusehen – oder etwas Neues zu erfahren –, wanderte ihr Blick zu Veyrencs Haaren, deren rostrote Strähnen unter der Sonne von Nîmes aufleuchteten, und ihre ausgestreckte Hand verharrte reglos in der Luft. Verlegen griff Adamsberg nach dieser leblosen Hand und drückte sie.

»Danke, dass Sie gekommen sind, Madame Royer.«

»Wir hatten uns schon auf ›Irène‹ geeinigt.«

»Das stimmt. Darf ich Ihnen meinen Kollegen Lieutenant Veyrenc vorstellen. Er unterstützt mich in der Angelegenheit mit den Einsiedlerspinnen.«

»Aber ich, ich habe nie gesagt, dass ich Sie unterstütze.«

»Ich erinnere mich. Aber da wir gerade ganz in Ihrer Nähe waren, wollte ich die Gelegenheit nutzen, mich bei Ihnen zu bedanken.«

»Ist das alles?«, fragte Irène. »Es stimmt gar nicht, dass Sie etwas Neues wissen? Lügen Sie eigentlich immer, Kommissar?«

»Gehen wir erst mal dort rüber ins Bahnhofscafé. In dem Bus war's kochend heiß.«

»Ich mag das, wegen meiner Arthrose.«

Und als wäre es schon eine Gewohnheit geworden, fasste Adamsberg Irène beim Ellbogen und geleitete sie zu einem einzeln stehenden Tisch gleich hinter dem Fenster, das auf die Gleise hinausging.

»Und? Kein weiterer Stein in Ihren Fenstern?«, fragte er, während er sich setzte.

»Nein. Es gab ja keine neuen Fälle von Spinnenbissen, also legt sich ihre Dummheit allmählich. Und sie vergessen. Sie aber nicht, was? Ich will ja nicht indiskret sein, aber was haben Sie in Nîmes gemacht?«

»Wir sind Ihrer Spur gefolgt, Irène. Darf ich Ihnen eine heiße Schokolade anbieten?«

»Ah, Sie, Sie wollen nur wieder versuchen, mir ein Versprechen abzuluchsen, stimmt's?«

»Also, Geheimhaltung muss schon sein. Sonst erzähle ich Ihnen die Neuigkeiten nicht. Von einem Polizisten darf man nicht erwarten, dass er die Einzelheiten seiner Ermittlung offenlegt.«

»Geheimhaltung, ja natürlich, das ist normal. Entschuldigen Sie.«

Irènes Blick richtete sich erneut ohne jede Diskretion auf Veyrencs Haar, und man wusste nicht recht, war es ihr nun wichtiger, die Neuigkeiten zu hören oder zu erfahren, woher dieses buntscheckige Muster rührte. Adamsberg warf einen Blick auf die Wanduhr, der Zug ging um 18.38 Uhr. Er überlegte, wie er das Interesse der kleinen Person, die hier ungeniert in Führung ging, wieder auf sich lenken konnte.

»Färben Sie sich die Haare, Lieutenant? Weil, es ist ja auch modern.«

Noch nie hatte Adamsberg erlebt, dass jemand es gewagt hätte, Veyrenc über die Eigentümlichkeit seines Haarschopfes zu befragen. Man bemerkte sie, und man schwieg.

»Das ist in meiner Kindheit passiert«, antwortete Veyrenc ganz unbefangen. »Eine Bande von Jungs, vierzehn Stiche mit dem Taschenmesser auf den Kopf, die Haare sind rot nachgewachsen.«

»Sagen Sie mal, das muss ja nicht sehr lustig für Sie gewesen sein.«

»Nein.«

»Diese Drecksgören, alles Dummköpfe. Machen so was, um sich zu amüsieren, nicht wahr, und wissen nicht, dass es ein Leben lang bleibt.«

»Genau, Irène«, sagte Adamsberg und bedeutete Veyrenc, das Dossier von Dr. Cauvert herauszuholen. »Ich sagte, ich sei Ihrer Spur gefolgt.«

»Welcher Spur?«

»Ihrem ›Aal unterm Stein‹.«

»Ihrer ›Muräne unterm Fels‹.«

»Ja. Diesen beiden ersten Alten, die gestorben sind. Die sich immer in dem Café trafen, wo auch Sie Ihren Portwein tranken.«

»*Ein* Glas Portwein«, präzisierte Irène an die Adresse von Veyrenc. »Um 19 Uhr, nicht früher und nicht später.«

»Sie unterhielten sich über ihre schlimmen Streiche von einst«, beharrte Adamsberg. »Diesem Aal bin ich gefolgt.«

»Und?«

»Es war doch eine Muräne.«

»Könnten Sie sich etwas deutlicher ausdrücken, Kommissar?«

»Der Sohn des ehemaligen Waisenhausdirektors hat das Archiv seines Vaters aufbewahrt. Dazu eine komplette Akte über die ›Satansbrut‹. Gemeine Sachen, ja, die haben sie wirklich gemacht. Da haben Sie sich nicht getäuscht. Claveyrolle war der Bandenchef und Albert Barral sein Komplize. Eine ganze Bande von Blapsen.«

»Blapsen?«

»Kleinen Dreckskerlen. Sie sind hoffentlich nicht allzu empfindsam?«

»O doch, ich bin sehr empfindsam.«

»Dann trinken Sie einen Schluck Schokolade und bleiben Sie gefasst.«

Adamsberg legte nacheinander die Fotos von den Opfern der Einsiedlerspinne auf den Tisch, angefangen bei den Kindern, die eine Nekrose entwickelt hatten. Irène verzog das Gesicht.

»Wissen Sie, was das ist, Irène? Erkennen Sie es?«

»Ja«, sagte sie sehr leise. »Das ist die Nekrose, die die Spinne verursacht. Mein Gott, ist das hier eine schreckliche Wunde.«

»Und bei dem hier ist ein Drittel des Gesichts verunstaltet. Elf Jahre.«

»Mein Gott.«

Dann legte Adamsberg behutsam die Aufnahmen der beiden amputierten Kinder vor sie hin. Irène stieß einen kleinen Schrei aus.

»Ich versuche nicht, Ihnen wehzutun. Ich gebe Ihnen nur Nachricht von Ihrem Aal unterm Stein. Bei diesen beiden

Kindern hatten sie noch kein Penizillin. Der kleine Louis, vier Jahre alt, hat ein Bein verloren, der kleine Jeannot, fünf Jahre, den Fuß.«

»Heilige Muttergottes. Waren das also ihre schlimmen Streiche?«

»Ja. Man nannte sie die ›Einsiedlerspinnen-Bande‹. Claveyrolle, Barral und die anderen. Sie fingen Spinnen ein und steckten sie den Kindern, die sie quälten, in die Sachen. Elf Opfer, darunter zwei Kinder amputiert, eins für immer entstellt, eins impotent.«

»Heilige Muttergottes. Aber warum zeigen Sie mir das alles?«

»Damit Sie auch wirklich begreifen – Pardon für den Schock, den ich Ihnen damit bereitet habe –, dass Ihre beiden Alten, die dort im *Alten Keller* genüsslich ihren Pastis schlürften, in Wahrheit Dreckskerle waren. Louis und Jeannot, die beiden amputierten Kinder, waren ihre ersten Opfer. Und trotzdem haben sie noch vier Jahre so weitermachen können.«

»Wenn ich daran denke«, sagte Irène, »wenn ich daran denke, dass ich mein Gläschen Portwein da neben ihnen getrunken habe. Dass ich neben diesen Scheißkerlen, Pardon! gesessen habe. Wenn ich nur daran denke.«

»Und genau darum bitte ich Sie, Irène: dass Sie darüber nachdenken, dass Sie gründlich darüber nachdenken.«

»Ich habe mir auch schon gesagt, dass Sie irgendwas von mir wollen. Moment mal«, unterbrach sie sich, »bedeutet das, dass Sie gar nicht mal unrecht hatten? Dass die beiden alten Männer tatsächlich von diesen armen Jungs mit Einsiedlerspinnen umgebracht wurden, aus Rache? Und der dritte Tote? Wie hieß der?«

»Claude Landrieu.«

»War der auch im Waisenhaus?«

»Er nicht. Wir stehen noch ganz am Anfang, Irène.«

»Aber man kann mit einer Einsiedlerspinne nicht töten, wir kommen immer wieder an diesen Punkt.«

»Und mit mehreren? Nehmen Sie mal an, einer steckt drei oder vier davon in eine Hose. Vielleicht könnte eine ältere Person…«

»…daran krepieren, ja«, vollendete Irène.

»Sie können mir folgen, wie Professor Pujol sagen würde.«

»Aber trotzdem, es sind *drei* ältere Personen gestorben. Das ergäbe neun oder zwölf Spinnen, die der Mörder hätte einfangen müssen. Und das ist nicht wenig.«

»Allerdings«, sagte Veyrenc, »haben auch die Jungs von der Bande nur elf Spinnen in vier Jahren gefangen. Und sie waren zu neunt, und sie verstanden was davon.«

»Und eine Aufzucht? Wenn der Mörder eine kleine Spinnenfarm hätte?«, gab Adamsberg zu bedenken.

»Verzeihung, Kommissar, aber da sieht man, dass Sie immer noch nicht viel davon verstehen. Weil Sie vermutlich glauben, dass man nur zu warten braucht, bis sie aus dem Ei schlüpfen, und dann sammelt man sie ein wie junge Vögelchen? Irrtum. Wenn die Jungen geboren werden, ›fliegen‹ sie. Sie lassen sich vom Wind treiben wie Staubkörnchen, und Tschüs und viel Glück, dass euch nicht die Vögel fressen. Von zweihundert bleiben da vielleicht ein oder zwei übrig. Haben Sie schon mal versucht, ein Staubkorn zu fangen?«

»Zugegeben, nein.«

»Sehen Sie, und ähnlich ist es mit den kleinen Spinnen.«

»Und wenn man sie in eine große Kiste tut, damit sie nicht davonfliegen?«

»Dann fressen sie sich gegenseitig auf. Angefangen bei den Müttern, die sich auf ihre Jungen stürzen.«

»Und wie machen sie es dann in den Labors?«, sagte Veyrenc.

»Keine Ahnung. Aber ich nehme an, auf sehr komplizierte Weise. In den Labors sind die Dinge immer kompliziert. Und glauben Sie, Ihr Mörder besitzt einen Haufen solcher Gerätschaften?«

»Wenn er in einem Labor gearbeitet hat, warum nicht?«, Veyrenc gab nicht auf.

»Jedenfalls, so funktioniert die Sache nicht. Wir vergessen, dass diese alten Männer draußen im Freien gebissen wurden, am Abend, und nicht in ihrer Hose morgens beim Aufstehen. Das habe ich Ihnen schon erzählt.«

»Und wenn sie nun gelogen hätten?«, sagte Adamsberg.

»Warum sollten sie?«

»Weil, sie selbst, sie wissen es ja. Von drei Einsiedlerspinnen in seiner Hose gebissen zu werden, was das bedeutet, wissen sie. Und sie wollen nicht, dass man erfährt, dass sich hier ein Mensch an ihnen rächt. Sie wollen nicht, dass es herauskommt, dass sie einst im Waisenhaus andere Kinder massakriert haben.«

»Das wäre schon möglich, das ja. Ich hätte auch gelogen.«

»Darum, Irène, erinnern Sie sich, ich bitte Sie, denken Sie intensiv nach. Können Sie sich an noch genauere Einzelheiten aus den Gesprächen der beiden Männer erinnern?«

»Aber wenn es eins dieser Kinder war, das sich gerächt hat, habe ich keinen Bock darauf, dass es geschnappt wird.«

»Das wollen wir alle nicht. Ich habe auch nicht gesagt, dass ich denjenigen schnappen werde. Wenn es einer von ihnen ist, könnte ich ihn jedoch überzeugen, damit aufzuhören, bevor er sein restliches Leben im Knast verbringen muss.«

»Ah, ich verstehe. Das ist nicht ganz dumm.«

Irène hob den Kopf, um nachzudenken, wie Adamsberg es schon mehrfach an ihr beobachtet hatte, und sah starr geradeaus, durch die Fensterscheibe hindurch.

»Es gäbe da vielleicht etwas«, sagte sie schließlich. »Warten Sie. Es war im Zusammenhang mit einem Flohmarkt im Écusson-Viertel vor, was weiß ich, vor zehn Jahren vielleicht, in der Fußgängerzone vom Écusson. Also, viel findet man auf diesen Flohmärkten ja nicht, allenfalls alte Schuhe zu fünfzig Centimes, es ist eher ein Grund, mal wieder rauszugehen, bisschen zu quatschen. Immerhin, dieses Kleid hier habe ich auf einem Flohmarkt erstanden, und es ist doch sehr in Ordnung.«

»Sehr«, beeilte sich Veyrenc zu bestätigen.

»Einen Euro«, sagte Irène. »Warten Sie, ich versuche mich zu erinnern. Ja, der Große war es, der redete.«

»Claveyrolle.«

»Er sagte so was wie: ›Weißt du, wen ich auf diesem Scheißflohmarkt gesehen habe?‹ Tut mir leid, entschuldigen Sie, ehrlich, aber so sprachen die halt miteinander.«

»Kein Problem.«

»Also, das sagte er. Und dann sagte er: ›Den kleinen Louis. Und dieser Blödmann hat mich wiedererkannt, weiß nicht, woran.‹ Der kleine Louis, war der eins von den verstümmelten Kindern?«

»Der, dem das Bein abgeschnitten wurde, ja.«

»Und der andere, Barral, sagte zu dem Großen – Claveyrolle, richtig? –, vielleicht hätte der Louis ihn an seinen Zähnen erkannt. Weil, schon als Kind hätte Claveyrolle nicht alle seine Zähne gehabt. Darum also ging's, der kleine Louis hatte ihn wiedererkannt, und dem Großen gefiel das überhaupt nicht. Aber ganz und gar nicht. Er hatte eine Stinklaune. Ach ja, dann sagte er noch, das kleine Arschloch wäre noch immer so ein Hänfling wie früher, mit seinen großen Ohren. Und trotzdem hätte er gewagt, ihn zu bedrohen. Er solle ihn doch ›am Arsch lecken‹, hätte er zu ihm gesagt, worauf der andere, der kleine Louis, erwidert hätte: ›Du solltest lieber auf dich aufpassen, Claveyrolle, ich bin nicht ganz allein.‹«

»›Nicht ganz allein‹? Sollten auch die Opfer sich weiterhin getroffen haben?«

»Ob sie sich getroffen haben, weiß ich nicht. Aber mit allen diesen Sachen heute im Internet, ›Schulfreundfinder‹, ›Stayfriends‹ und so weiter, sucht doch jeder jeden und macht sich einen Spaß daraus, ihn zu finden. Warum nicht auch die?«

Auf einmal schrak Irène zusammen.

»Ihr Zug!«, schrie sie und streckte den Arm aus. »Er steht schon am Gleis. Gleich wird er abgepfiffen!«

Adamsberg hatte gerade noch Zeit, die Fotos zusammenzuraffen, Veyrenc griff sich die Akte, und im Laufschritt erreichten sie den schon anfahrenden Zug.

Adamsberg schickte eine SMS.

– *Tut mir leid wegen der Schokolade, die ich nicht mehr bezahlen konnte.*

– *Ich werd's verkraften*, antwortete Irène Royer.

Er hatte zwei neue Nachrichten. Die erste war von Retancourt:

– *Nun, wie war's?*

Adamsberg zeigte sie grinsend Veyrenc.

»Retancourt kommt auf uns zu. Wir werden nicht mehr nur drei, sondern vier sein. Wie war noch mal dein Vers von Racine?«

»Von Corneille.«

»Den werden wir noch mal verändern müssen.«

»*Zu viert nur waren wir,/ doch schnell verstärkt, am Hafen angelangt,/ dreitausend schon ...*«

»Also«, unterbrach ihn Adamsberg, »zu viert werden wir es ja wohl schaffen, diese fünf Opfer zu befragen.«

»Elf Opfer.«

»Aber von diesen elf hatten vier nur einen Scheinbiss, und die beiden anderen wurden nur leicht verletzt, sie hatten nicht groß zu leiden.«

»Das ist überhaupt kein Grund, sie auszuschließen. Sie gehören mit zu den Leidtragenden, sie sind solidarisch mit den Verletzten. Und die, die gerade noch davongekommen sind, fühlen sich schuldig gegenüber den Versehrten in der Gruppe. Es ist das ›Überlebensschuld-Syndrom‹. Und die können mitunter größeren Hass und heftigere Rachegefühle hegen als die anderen.«

»Also gut. Elf. Froissy soll sie für uns orten.«

Und Adamsberg antwortete Retancourt:

– *Sehr angenehm. Ein Tag ungetrübter Entspannung.*

– *Interessant?*

– *Sehr interessant.*

»Ich habe auch von Voisenet eine Nachricht. Er wird vor uns in Paris sein und erwartet uns am Anfang des Bahnsteigs. Wann kommen wir an?«

»21.53 Uhr.«

»Er fragt an, ob wir uns eine Garbure genehmigen wollen.«

Veyrenc nickte. »Sie haben sonntags geöffnet.«

»So was weißt du?«

»Ja. Fragen wir Retancourt, ob sie zu uns stoßen will? Von wegen unserer gewachsenen Truppenstärke?«

»Geht nicht. Sie hört heute Abend Vivaldi.«

»So was weißt du?«

»Ja.«

Adamsberg tippte eine letzte Nachricht, steckte dann sein Telefon in seine Jackentasche und schlief auf der Stelle ein. Veyrenc unterbrach sich mitten im Satz, immer wieder verblüfft, wie plötzlich der Kommissar in Schlaf fiel. Seine Lider waren geschlossen, aber nicht ganz, ein schmaler Spalt blieb immer offen, wie man es bei Katzenaugen beobachten kann. Manch einer in der Brigade sagte, man könne nicht immer wissen, ob der Kommissar wach sei oder schlafe, mitunter sogar im Gehen, und dass er dann vermutlich an den Grenzen seiner beiden Welten unterwegs sei. Vielleicht, sagte sich Veyrenc, während er die Akte von Dr. Cauvert aufschlug, waren genau das die Momente, in denen Adamsberg dachte. Vielleicht waren dort jene Nebel, in denen er so gut sah. Er klappte das Tischchen vor sich herunter und begann eine Liste der neun Bandenmitglieder aufzusetzen. Dann eine ihrer elf Opfer. Louis, Jeannot, Maurice... Wo mochten sie wohl heute sein? Der, dem sie das Bein abgenommen hatten? Der mit nur einem Fuß? Der mit nur einer Wange? Der ohne Hoden? Der mit dem so »grässlich« zugerichteten Arm?

Aufmerksam las er auch den restlichen Bericht und schüttelte den Kopf. Alle Jungen der Spinnenbande waren unter tragischen Umständen ins Waisenhaus gekommen. Eltern gestorben, Eltern deportiert, Vater von der Mutter ermordet oder umgekehrt, Eltern wegen Vergewaltigung oder Totschlag im Gefängnis, und so ging es weiter. Nach der Phase mit den Einsiedlerspinnen kamen die Gewalttaten gegenüber den Mädchen. Es war ihnen allerdings nur ein Mal gelungen, in deren Schlafsaal einzudringen, obwohl der als »einbruchsicher« galt, wie hier notiert stand, und der Aufseher war dazugekommen, als sie gerade Laken und Zudecken von den Betten rissen. Wie Cauvert gesagt hatte, diese Kerle schafften es, sich überall einzuschleichen.

»Der Mann ist Neurotiker«, sagte Adamsberg leise, ohne seine Lider auch nur um einen Deut zu heben.

»Wer?«

»Cauvert. Du selbst hast es gesagt.«

»Jean-Baptiste, lass dir ein für alle Mal gesagt sein, wir sind alle Neurotiker. Es kommt nur darauf an, wie wir damit umgehen.«

»Ich auch? Ich bin Neurotiker?«

»Sicher.«

»Umso besser.«

Und sofort schlief Adamsberg wieder ein, während Veyrenc in seinen Notizen fortfuhr. Je näher sie Paris kamen, desto gegenwärtiger wurde Danglards Gesicht. Mein Gott, was war bloß in ihn gefahren? Adamsberg schien seinen Zorn längst vergessen zu haben, er hatte kein Wort mehr darüber verloren. Aber Veyrenc wusste, *den* Kampf würde er ganz sicher führen, auf seine Weise.

19

Veyrenc blieb auf dem Bahnsteig stehen, nur wenige Meter von Voisenet entfernt, der an einem der zugigsten öffentlichen Orte von Paris verbotenerweise eine Zigarette rauchte.

»Ist Voisenet Raucher?«, fragte er.

»Nein. Vielleicht hat er seinem Sohn eine geklaut.«

»Er hat keinen Sohn.«

»Dann weiß ich auch nicht.«

»Kennst du Balzac?«

»Nein, Louis. Die Gelegenheit hat sich nicht ergeben.«

»Nun, sieh dir Voisenet an, und du siehst Balzac. Er hat zwar nicht seine finsteren Augenbrauen, und er ist noch nicht so dick, aber denk dir einen schwarzen Schnauzer hinzu, und du siehst Balzac.«

»Also ist Balzac letztendlich gar nicht tot.«

»Letztendlich nein.«

»Wie tröstlich.«

Estelle empfing die drei Polizisten ohne alle Überraschung. Solange deren Problem andauern würde, würde sie diesen Mann mit den rostroten Haarsträhnen jeden Abend sehen. Sie begann sich daran zu gewöhnen, und die Gewohnheit begann sich in vages Begehren zu verwandeln. Wenn die aber ihre Angelegenheit gelöst hätten, würden sie verschwinden, und er mit ihnen. Sie beschloss, sich zurückzunehmen, sich heute Abend weniger verfügbar zu zeigen.

»Ich werde heute mal wechseln«, sagte Voisenet. »Ich nehme das gefüllte Spanferkel. Ist es zu empfehlen?«

»Nach Danglards Meinung auf jeden Fall«, sagte Veyrenc.

»Was ist von Danglards Meinung derzeit noch zu halten?«, fragte Adamsberg. »Was das Spanferkel angeht, bin ich einverstanden, aber nur damit. Haben Sie was gehört über Danglard, Voisenet? Es heißt, Noëls Fausthieb auf seinen Schreibtisch habe einiges Aufsehen erregt.«

Voisenet senkte den Kopf und legte die Hand auf seinen Bauch. Veyrenc stand auf, um am Tresen die Bestellung aufzugeben. Es war Adamsberg nicht entgangen, dass Estelle den Béarner bisher wenig beachtet hatte. Sie zog einen Spielstein zurück, worauf Veyrenc einen nach vorn setzte.

»Ich denke mir, er hat geglaubt, richtig zu handeln«, sagte Voisenet.

»Unwichtig, was er geglaubt hat. Ohne das Eingreifen von Mordent und Noël hätte ich einen Verweis riskiert. Wichtig ist mir, was *Sie* glauben, Lieutenant.«

»Er hatte sicher zu viel getrunken.«

»Das erklärt nichts, er trinkt immer zu viel.«

»Er hat geglaubt, richtig zu handeln.«

»Und es war falsch.«

Voisenet blieb mit gesenktem Kopf sitzen, und Adamsberg beließ es dabei. Er hatte nicht das Recht, den Lieutenant zu quälen, der zwischen Baum und Borke saß.

»Haben Sie denn«, fuhr Voisenet auf einmal hoch, »etwas herausgefunden, womit Sie beweisen könnten, dass es falsch war? Haben Sie denn das Archiv gesehen?«

»Und zwar vollständig. Die ›bösen Buben‹ waren damals im Waisenhaus eine ganze Bande. Und die hatte einen Namen.«

Veyrenc zog die Akte aus seiner Tasche und legte sie vor

den Lieutenant hin. *Die Einsiedlerspinnen-Bande. Claveyrolle, Barral, Lambertin, Missoli, Haubert und Co.*

Voisenet sah Estelle nicht, die ihm sein Spanferkel brachte, bedankte sich nicht mal mit einem Kopfnicken. Er sah nur dieses Etikett.

»Du lieber Himmel!«, sagte er schließlich.

Adamsberg schien, als würde jeder den Himmel, den lieben Gott oder die heilige Muttergottes anrufen, der diese siebzigjährigen Einsiedlerspinnen entdeckte.

»Es ist wohl eher der Teufel«, korrigierte er ihn. »Der frühere Direktor sagte von diesem Gelichter, Claveyrolle, Barral und den anderen, dass sie vom Teufel besessen wären.«

»Und um welche Einsiedlerinnen handelt es sich hier? Ich meine, wirklich um Spinnen oder um die Frauen?«

»Welche Frauen?«, fragte Adamsberg.

»Jene Frauen in früheren Zeiten, die sich einmauern ließen, um ihr Leben Gott zu weihen. Man nannte sie auch Reklusen.«

»Nein, wir reden hier sehr wohl von Spinnen. Essen Sie was, bevor Sie sich die Fotos ansehen. Veyrenc wird die Dinge zunächst mal für Sie zusammenfassen, er hat die gesamte Akte im Zug gelesen.«

»Woher weißt du das? Du hast doch geschlafen.«

»Ja, stimmt.«

Veyrenc also legte die Fakten dar, während Voisenet mechanisch aß, ohne auf den Geschmack seines Essens zu achten, allein auf den Bericht des Lieutenants konzentriert. Er hatte nicht mal an seinem Glas Madiran genippt.

»Und nun trinken Sie etwas, Voisenet, ich zeige Ihnen jetzt die Fotos.«

Die auch diesmal wie ein unheilvolles Kartenspiel auf den Tisch schlugen. Voisenet gehorchte und trank ein paar

Schlucke, dann sah er sich die Bilder an, und sein Blick verriet sein Entsetzen angesichts all dieser amputierten Kinder, des Jungen ohne Hoden, des Kleinen mit dem halben Gesicht und des Kindes mit dem so schrecklich verunstalteten Arm. Dann schob er die Fotos von sich, leerte sein Glas in einem Zug und stellte es mit hartem Anschlag auf den Tisch zurück.

»Sie hatten recht, Kommissar. Es hat seinerzeit tatsächlich einen Fall Einsiedlerspinne gegeben. Und heute kehrt er zurück auf seinen acht Beinen: die Nachkommen der Spinnen von damals. Vielmehr ihre Wiederkehr in den Händen eines damaligen Opfers.«

»Genau, Voisenet.«

»Oder mehrerer damaliger Opfer«, sagte Veyrenc. »Oder aller zusammen.«

»Vor etwa zehn Jahren, es war auf einem Flohmarkt in Nîmes, hat Claveyrolle von dem kleinen Louis gesprochen. Dem mit dem amputierten Bein. Louis habe ihn bedroht. Claveyrolle hatte wie in alten Zeiten geantwortet, er solle ihn am Arsch lecken, aber Louis hatte sich nicht einschüchtern lassen und darauf erwidert, er solle mal lieber aufpassen, er, Louis, sei nicht allein.«

»Sollten die Opfer ihrerseits eine Bande gebildet haben?«

»Warum nicht?«

»Na gut, aber Landrieu, der Dritte, hat mit der Spinnenbande nichts zu tun. Da haben wir ein Riff.«

Die unterseeischen Felsenriffe, an denen die Schiffe sich den Rumpf aufreißen: Voisenet war in der Bretagne aufgewachsen.

»Nicht unbedingt«, sagte Adamsberg. »Claveyrolle und seine Bande schlichen sich oft heimlich aus dem Waisenhaus. Es ist durchaus möglich, dass sie auf ihren nächtlichen

Ausflügen nach Nîmes Landrieu kennengelernt haben. Sehr wahrscheinlich sogar. Aber, Voisenet, was war nun mit diesem jungen Mädchen, das seinerzeit vergewaltigt wurde? Mit Justine Pauvel?«

Der Lieutenant seufzte, rieb sich die Stirn, dachte noch einmal an die schwierigen zwei Stunden, die er mit dieser Frau verbracht hatte.

»Also, wir werden ja«, begann er, »bei der Polizei ein bisschen auf so was vorbereitet, nicht wahr? Damit wir wissen, wie man mit vergewaltigten Frauen spricht, und vor allem, wie man sie dazu bringt, zu reden. Aber nicht genügend, Kommissar, bei Weitem nicht. Ich habe über eine Stunde gebraucht, ihre Abwehr zu durchbrechen. Sie war wie versteinert, blockiert, in sich verschlossen. Und dabei habe ich diese Ausbildung mitgemacht, und feinfühlig kann ich auch sein, denke ich. Ich achte die Frauen sehr, wenn es mir auch keine je erwidert hat. Es muss an meinem Äußeren liegen, das wird es sein.«

»Was hat denn Ihr Äußeres so Besonderes?«, fragte Veyrenc.

»Nun, es ist eben nicht fein genug. Das wird es mir bei dieser Frau so schwer gemacht haben.«

»Oder es war einfach, weil Sie ein Mann sind«, sagte Adamsberg, berührt von dem traurigen Urteil, das Voisenet über sich selbst gesprochen hatte.

»Wir hätten eine Frau schicken sollen«, meinte Voisenet. »Auch das bringt man uns ja bei. Ein gebrochener Mensch, diese Justine, richtig gebrochen. Am Ende hat sie dann trotzdem noch geredet. Denn wenn sie eingewilligt hatte, mich zu treffen, dann doch, weil sie es irgendwie wünschte. Ich hatte mich gut angezogen, wie Sie sehen, ich hatte Blumen mitgebracht und eine Süßigkeit, auch da etwas Delikates:

eine Frucht-Mousse. Es klingt blöd, aber vielleicht hat das geholfen. Obwohl sie, da haben Sie recht, keinen Mann in ihrer Nähe erträgt. Und die Angst und die Schmach haben sie nie verlassen, weil sie ja auch kein Recht bekommen hat. Denn auch das hat man uns beigebracht. Aber ich habe gelogen und ihr gesagt, wir würden dafür sorgen. Das hat sie schließlich beruhigt.«

»Und vielleicht werden wir es sogar, Lieutenant.«

»Das würde mich wundern.«

»Hat sie eine Vorstellung von ihrem Vergewaltiger?«

»Sie schwört, sie habe niemand erkennen können und sei darum auch nicht in der Lage, irgendjemand zu beschreiben. Wenn es wenigstens nur einer gewesen wäre. Aber sie haben sich zu dritt über sie hergemacht. Drei. Sie war sechzehn Jahre, und sie war Jungfrau.«

Voisenet unterbrach sich, rieb sich von Neuem die Stirn, nahm eine Tablette aus seiner Jackentasche.

»Kopfschmerzen«, sagte er. »Sie hat, so scheint's, jeden Tag welche.«

»Essen Sie«, sagte Veyrenc und stellte ihm einen schon vorbereiteten Teller mit Käse hin.

»Danke, Veyrenc. Tut mir leid, aber so was ist nicht leicht zu verkraften.«

»Sie waren zu dritt?«, fuhr Adamsberg fort. »Ein Bandenphänomen?«

»Ja. In einem Lieferwagen, der Klassiker. Einer fährt, zwei halten nach einer Beute Ausschau. Der Fahrer hält an, fragt nach dem Weg, die beiden anderen schnappen sich das Mädchen und ziehen es in den Wagen. Sie hat mir einen Artikel über ihren ›Paten‹ mitgegeben, für den Fall, dass ich interessiert wäre, auch ihn zu befragen. Besagter Claude Landrieu, unser spontaner Zeuge. Offensichtlich weiß sie noch nicht, dass er tot ist. Es handelt sich um ein einfaches Interview, in dem der Mann über den ›furchtbaren Schock‹ spricht, den er erlitten hat. Für uns ohne jedes Interesse.«

»Mit einer Ansicht seines Ladens, nehme ich an?«, fragte Adamsberg.

»Ja natürlich, wieso sollte er auf kostenlose Werbung verzichten?«

»Zeigen Sie mir mal den Artikel, Lieutenant. Ich finde es seltsam, dass sie Ihnen den gegeben hat.«

Voisenet verstand nicht, was er damit meinte, zog aber den alten Zeitungsausschnitt aus seiner Brieftasche. Veyrenc schenkte die zweite Runde Madiran ein, und diesmal trank Voisenet mit Genuss. Es ging ihm besser.

»Es ist Ihnen nahegegangen, Voisenet«, sagte Veyrenc.

»Ein bisschen schon.«

Adamsberg vertiefte sich in den alten Presseausschnitt, sah das grobe Gesicht eines älter gewordenen Landrieu, aufgenommen in seiner Luxus-Chocolaterie, wo ein Angestellter in weißem Kittel die Schlange stehenden Kunden bediente. Er runzelte die Stirn, schlug noch einmal den Ordner von Dr. Cauvert auf und nahm die Fotos der neun Jungen der Bande heraus, die seit ihrer Ankunft im Waisenhaus bis zu ihrem achtzehnten Lebensjahr regelmäßig fotografiert worden waren. Veyrenc ließ ihn machen, stellte keine Fragen.

Lange Minuten später hob der Kommissar lächelnd den Kopf, mit fast siegessicherem Ausdruck, als käme er aus einem Kampf. Er schien nicht bemerkt zu haben, was um ihn her geschehen war, denn er sah überrascht auf sein Glas.

»Habe ich mir nachgeschenkt?«

»Nein, ich war es«, sagte Veyrenc.

»Ach so, dann muss ich es wohl nicht bemerkt haben.«

Er legte seine beiden großen, breiten Hände auf den Tisch, die eine auf den Zeitungsausschnitt, die andere auf die Fotos aus dem Cauvert-Ordner.

»Bravo, Voisenet«, sagte er.

Er hob sein Glas zu dem Lieutenant, der darauf einging, aber nichts begriff.

»Hier haben wir Claude Landrieu. Das wissen wir. Hinter ihm sein Laden, sein Angestellter, seine Kunden. Die Zeitung ist zwei Tage nach der Vergewaltigung erschienen. Das Foto datiert vom gleichen Tag.«

»Es trägt kein Datum.«

»Das Mädchen ist am 30. April vergewaltigt worden. Am 1. Mai ist der Laden geschlossen, in der Gendarmerie aber wird gearbeitet. Landrieu läuft umgehend hin mit einer Liste von Personen, mit denen seine ›Patentochter‹ Umgang hatte. Die Zeitung datiert vom 2. Mai. Das Foto auch. Auf dem Tresen, schauen Sie genau hin, steht ein Strauß Maiglöckchen, noch ganz frisch. Ja, das Foto ist eindeutig vom 2. Mai. Und das hatte Landrieu wohl nicht unbedingt gewollt.«

»Wieso?«

»Weil hier«, und Adamsberg wies auf ein Gesicht unter den Kunden, »das ist Barral. Und das hier ist Lambertin.«

Veyrenc schüttelte den Kopf und griff nach dem Foto.

»Sehe ich nicht«, sagte er. »Die letzten Aufnahmen von Barral und Lambertin datieren von ihrem achtzehnten Lebensjahr. Wie willst du sie in den Gesichtern dieser Fünfzigjährigen wiedererkennen? Voisenet?«

Veyrenc gab den Zeitungsausschnitt und die Fotos der beiden jungen Männer an den Lieutenant weiter. Adamsberg trank heiter und gelassen einen Schluck von seinem Madiran.

»Nein«, sagte Voisenet und gab dem Kommissar die Bilder zurück. »Ich sehe es auch nicht.«

»Aber so schaut doch mal genau hin, verflucht. Ich sage euch, die beiden Kerle stehen da nicht, um Schokolade zu kaufen. Das sind Barral und Lambertin.«

Weder Veyrenc noch Voisenet widersprach. Sie wussten, die Fähigkeit des Kommissars zur visuellen Analyse war einzigartig.

»Angenommen, sie sind es«, sagte Voisenet und belebte sich von Neuem. »Was machen sie dann da?«

»Zwei Tage nach der Vergewaltigung?«, sagte Adamsberg. »Sie kommen, um Neues zu hören. Zum Beispiel zu erfahren, wie die ›spontane Zeugenaussage‹ ihres Freundes Landrieu bei den Bullen angekommen ist.«

»Und warum treffen sie sich dazu nicht am Tag davor, am 1. Mai? Das war doch ein freier Tag.«

»Aber nicht unauffällig genug. Viel schlauer war es, sich in seinem Laden unter die Kunden zu mischen und sich über ein Augenzwinkern miteinander zu verständigen. Auf dieselbe Weise haben sie sich auch verabredet. Mit einem Zeichen, einem Wort, dort im Laden.«

»Um was zu tun?«

»Ein Mädchen flachzulegen. Justine Pauvel ist von dem ›alten Freund der Familie‹ vergewaltigt worden, dem sie seit der Kindheit vertraute. Sie ist in seinen Lieferwagen gestiegen, ohne sich auch nur Gedanken zu machen. Vergewaltigt von Claude Landrieu, Barral und Lambertin.«

»Also weiß sie es.«

»Sicher weiß sie es, zumindest was ihren ›Paten‹ betrifft. Und genau deswegen hat sie Ihnen diesen Artikel mitgegeben. Sie hat es nie aussprechen können. Was aber das Verlangen nach Rache nicht ausschließt. Ein weiterer interessanter Punkt: Dieses Foto beweist uns, dass sich die ›Spinnenbande‹ selbst dreißig Jahre später nicht aufgelöst hat. Außer Claveyrolle und Barral gehören also auch Lambertin und Landrieu zu ihr.«

»Stimmt«, bestätigte Veyrenc.

»Sie haben sich weder aufgelöst noch gebessert. Die jungen Blapse aus dem Waisenhaus sind groß geworden. Das Spielchen mit den Einsiedlerspinnen, die sie ihren kleinen Opfern in die Hosen steckten, hat seinen Reiz verloren. Die groß gewordenen Blapse verlegen sich nun auf sexuelle Aggression, und das schon in ihren letzten Schuljahren.«

»Aber sie waren doch vollkommen isoliert von der Abteilung der Mädchen«, meinte Voisenet

»Nicht auf dem Hof«, erklärte Veyrenc, »wo Mädchen und Jungen nur durch ein hohes Gitter getrennt waren, ein klassisches Gitter aus Maschendraht. Entweder sie postierten sich mit erigiertem Penis vor dem Zaun, oder sie steckten ihren Schwanz durch eine Maschenöffnung und ejakulierten auf ein Mädchen, das unklugerweise zu nah herangekommen war. Oder sie schmierten die Wände mit pornografischen Graffiti voll. Ein Aufseher hat sie einmal, allerdings nur ein einziges Mal, im Schlafsaal der Mädchen erwischt, wo sie gerade dabei waren, die Zudecken von den Betten zu reißen.«

»Und wer sagt, dass es nicht noch andere Einbrüche gegeben hat?«, sagte Adamsberg. »Vielleicht auch Vergewaltigungen? Die die jungen Mädchen verschwiegen haben, wie die allermeisten vergewaltigten Frauen es tun? Die Bande der Einsiedlerspinnen ist zur Bande der Mädchenschänder geworden. Und hat sich auch nach La Miséricorde nicht getrennt. Ihre Coups haben sie weiterhin gemeinsam durchgezogen. Wie in ihrer Kindheit.«

»Aber wo suchen wir den Mörder?«, sagte Veyrenc. »Und wer will einen Kaffee?«

Adamsberg wie Voisenet hoben die Hand. Der Tag war für alle lang und schwer gewesen. Und wieder ging Veyrenc zum Tresen, um die Bestellung aufzugeben.

»Ja, wo?«, wiederholte Veyrenc, als er sich wieder setzte. »Unter den von der Spinne gebissenen Jungen? Oder unter den geschändeten Frauen, von denen wir nur eine einzige kennen?«

»Unter den einen wie den anderen, Louis.«

»Und warum sollten die vergewaltigten Frauen Spinnengift für ihre Rache benutzen, wo das Verfahren doch ausgesprochen kompliziert ist? Bei den gebissenen Jungen versteht man den Aufwand. Gift gegen Gift. Aber bei den geschändeten Frauen? Ein Pistolenschuss, und alles ist gesagt.«

»Es gäbe schon einen Grund«, meinte Voisenet. »Aber jetzt werden Sie sagen, ich lasse wieder mal den Zoologen raushängen oder mache auf Danglard.«

»Tun Sie's trotzdem, Lieutenant.«

»Dazu muss man in die frühesten und tiefinnersten Gedankengänge der Menschen hinabsteigen.«

»Steigen Sie«, sagte Adamsberg.

»Ich weiß nicht, wo ich anfangen soll. Sie sind sehr ineinander verwoben, diese frühen Gedankengänge.«

»Dann beginnen Sie mit ›Es war einmal‹. Veyrenc sagt ja ohnehin, diese Spinnengeschichte habe was von einer Sage.«

»Ah, sehr gut, das kommt mir entgegen. Es war einmal das Gift der Tiere. Es hat in der Vorstellungswelt der Menschen immer einen sehr besonderen Platz eingenommen. Man hat ihm jede Menge magische, wohltuende und prophylaktische Eigenschaften zugeschrieben, und es wurde, zum Beispiel in der Pharmakunde, viel verwendet nach dem paradoxen Grundsatz, dass, was tötet, auch heilen kann. Die Gift produzierenden Tiere, seien es nun Schlangen, Skorpione oder Spinnen, hielt man für geschworene Feinde des Menschen. Ihnen zu begegnen war ein Zeichen des Todes. Aber wenn es einem Menschen gelang, sie zu besiegen, ›kehrte er das Schicksal um‹. Er wurde stärker als das Gift, stärker als der Tod, unbesiegbar. Wenn ich Sie damit nerve, sagen Sie es mir.«

»Durchaus nicht, Lieutenant«, sagte Adamsberg.

»Hinzugefügt sei, dass es eine unbewusste Verbindung gab zwischen dem Gift dieser vom Tier verspritzten Flüssigkeit und dem menschlichen Sperma. Besonders bei den Schlangen, die sich aufrichten, bevor sie beißen, und erst recht bei speienden Schlangen. Darum könnte man sich vorstellen, dass eine vergewaltigte Frau, besudelt vom Sperma ihres Angreifers, auf den Gedanken kommt, sich an ihm auf vergleichbare Art zu rächen. Und für sie wäre das Schlangengift die Flüssigkeit, die dem verhassten Sperma am nächsten kommt.«

»Einleuchtend«, sagte Veyrenc.

»Doch ich will auf die Spinne zurückkommen. In der Vorstellung, stärker zu werden, indem man das Gift überwand und es fortan beherrschte, wurde die getötete Spinne zu einem Tier, das Glück brachte und beschützte. Man hat mit Spinnensud viele Krankheiten behandelt – manchmal hat man den Patienten die Spinnen direkt zu schlucken gegeben –, speziell bei Fieberschüben, inneren Blutungen, Blutungen der Gebärmutter, Herzrhythmusstörungen, Altersdemenz, Impotenz.«

»Impotenz?«

»Das ist sehr logisch, Kommissar, ich sprach doch von der

Gedankenverbindung, die zwischen dem Gift und der Spermaflüssigkeit entsteht.«

»Aber warum sollte man Impotenz nicht gleich mit dem Sperma dieser Tiere behandeln?«

»Weil es dem unseren als gleichwertig angesehen wird, nicht mehr und nicht weniger. Es braucht ein höherwertiges Fluid. Vor großen Tieren allerdings verneigt sich der Mensch, wenn sie gefährlich sind. Wobei man Bulleneier durchaus verwendet hat. Kann ich wieder zur Spinne zurückkehren?«

»Kehren Sie, Voisenet.«

»Noch vor nicht allzu langer Zeit pflegte man eine tote Spinne am Körper zu tragen, in ein Medaillon gefasst oder auch in eine Nussschale, wenn man arm war, oder in ein Gewand eingenäht, das galt als Schutz gegen Krankheiten, gegen den bösen Blick oder die Gefahren des Krieges.«

»Tatsächlich?«

»Tatsächlich. Stellen wir uns also eine vergewaltigte Frau vor, die Herr über die Spinne wird: Damit wird sie Herr über den giftigen Liquor, in ihren Händen wird das Sperma zur Waffe. So kann sie siegen, so kann sie töten, durch die Spinne und dank der Spinne.«

»Um aber auf diese Idee zu kommen, Voisenet, muss eine Frau schon eine reichlich gestörte Persönlichkeit haben.«

»Eine Vergewaltigung verstört.«

»Aber heute, Voisenet? In unserer Zeit? Wer würde da noch an solche Sachen glauben?«

»›Unsere Zeit‹, Kommissar? Von welcher Zeit reden Sie? Einer zivilisierten? Einer vernunftbestimmten? Einer friedlichen Zeit? Unsere Zeit ist unsere Urgeschichte, unser Mittelalter. Der Mensch hat sich doch um keinen Deut geändert. Schon gar nicht in seinen tiefinnersten Gedanken.«

»Das stimmt«, sagte Veyrenc.

»Und wenn diese kleinen Blasse mit ihren Einsiedlerspinnen andere Kinder angriffen, war das im Grunde schon eine sexuelle Aggression. Das Gesetz des Stärkeren, die Injektion des Gifts, des tierischen Liquors.«

»Elf Opfer von Spinnenbissen«, fasste Adamsberg zusammen, »dazu eine uns unbekannte Zahl von vergewaltigten Frauen. Und wir sind nur fünf.«

»Fünf?«, sagte Voisenet.

»Sie, Veyrenc, Froissy und ich. Dazu noch Retancourt.«

»Retancourt nicht.«

»Doch, Voisenet. Sie macht mit, ohne daran zu glauben, aber auch ohne sich dagegenzustellen. Macht fünf.«

»Die Partie ist noch nicht gewonnen.«

»Aber sie ist begonnen, Lieutenant.«

20

Dass Adamsberg sich an seinen Traum der letzten Nacht erinnerte, war etwas sehr Seltenes. Während er Brot und Kaffee runterschlang und daran dachte, dass das Brot nicht mehr so gut schmeckte wie zu der Zeit, als Zerk ihm dicke, ungleichmäßige Scheiben davon abschnitt, fiel ihm ein, dass er in diesem Traum impotent geworden war. Ein panisches Gefühl von totalem Zusammenbruch hatte ihn auf die einzig mögliche Rettung gebracht: Einsiedlerspinnen. Er hatte jede Menge Holzstapel abgetragen und Steinhaufen durchwühlt, aber kein einziges Tier gefunden, das er hätte verspeisen können.

Mit diesem nutzlosen Steinhaufen im Kopf und der reichlich unangenehmen Vorstellung, dass er Einsiedlerspinnen hatte schlucken wollen, durchquerte er das Großraumbüro der Brigade, wo »Das Buch« nun endlich seiner Vollendung entgegenging. Man lief hin und her, gab letzte Änderungen weiter, und die Drucker spuckten die ersten Exemplare aus. Er hielt Estalère an, der mit Veyrencs Hilfe Stapel von Papier in Danglards Büro transportierte, mit einer Vorsicht, als handelte es sich um ein sehr altes, kostbares Manuskript. Das Ganze hätte auch online versandt und an den Bildschirmen gelesen werden können, aber Danglard verlangte Papierausdrucke, was die Sache erheblich in die Länge zog.

»Sitzung um 11 Uhr im Konzil, Estalère, geben Sie's weiter. Und rufen Sie alle an, die heute keinen Dienst haben.«

»Sie wollen, dass ich sie wecke?«, fragte der junge Mann, der immer in Sorge war, ob er einen Auftrag auch richtig verstanden hatte. »Wie letztes Mal, wo es doch zu gar nichts genützt hat?«

Es war keinerlei kritischer Unterton in Estalères Bemerkung. In seiner Bewunderung für Adamsberg gab es nicht den kleinsten Riss, durch den sich ein negativer Gedanke hätte einschleichen können.

»Genau. Wie letztes Mal, wo es doch zu gar nichts genützt hat.«

»Auch Commandant Danglard?«

»Ihn vor allem. Louis, du legst der Mannschaft, wenn es denn noch eine ist, die gesammelten Fakten dar. Voisenet übernimmt die Sache mit den Flüssigkeiten. Kannst du die Fotos der Kinder, Täter wie Opfer, auf die große Leinwand werfen?«

Veyrenc nickte.

»Warum willst du nicht selber reden?«

»Ich fürchte, dass Danglard, unterstützt von Mordent, sofort zum Gegenangriff übergehen wird«, erwiderte Adamsberg mit leichtem Achselzucken. »Und ich möchte heute Morgen nicht die Klingen kreuzen. Heute zählen nicht die beiden, sondern der Stab. Ich werde ein paar Worte zur Einführung sagen, dann übernimmst du.«

Bloß was für Worte?, fragte er sich. Daran hatte er noch nicht gedacht. Er machte sich auf den Weg zu Froissys Büro.

»Es ist schönes Wetter, Lieutenant, die Steinstufe im Hof ist sicher schon warm.«

»Nehmen wir ein Stück Cake mit?«, fragte Froissy und schaltete augenblicklich ihren Rechner aus.

Im Hof angekommen, setzte sie sich auf die Stufe, ihren

Laptop auf den Knien, während Adamsberg den Kuchen im Umkreis von vier Metern um das Nest zerkrümelte.

»Diese Hose ist definitiv im Eimer«, sagte Froissy mehr zu sich selbst, während Adamsberg zu ihr zurückkam.

Es ging ihr besser. Retancourt schien mit ihrem Händewaschen in Froissys Bad ihr Ziel erreicht zu haben: kein Rauschen mehr jenseits der Wand. Er hatte allerdings auch nicht angenommen, dass Retancourt scheitern könnte.

»Was haben Ihre Nachforschungen ergeben, Lieutenant? Bei den Ärzten, meine ich?«

»Es ist mir gelungen, ihre Krankenberichte zu knacken. Ich gebe zu, mit einigem Schuldgefühl.«

»Aber doch auch sehr zufrieden, oder?«

»Zunächst mal«, Froissy lächelte still, »die drei Männer waren noch ganz gut beieinander, Herz intakt, allerdings ernsthafte Probleme mit der Leber. Säuferleber eben, alle drei. Einer nahm ein Medikament gegen Bluthochdruck, einer gegen Cholesterol, der Dritte Nigradamyl.«

»Das ist was?«

»Ein Mittel gegen Impotenz.«

»Sieh an. Und wer von den dreien nahm es?«

»Der Vierundachtzigjährige, Claveyrolle.«

»Natürlich.«

»Ein Cousin von mir ist Arzt. Er sagt, man kann sich gar nicht vorstellen, wie viele betagte Männer nicht aufgeben wollen.«

»Und der alte Claveyrolle hatte auch immer noch nicht abgedankt.«

»Folglich«, fasste Froissy zusammen, »gibt es eigentlich keinen Grund, warum sie einem Spinnenbiss erliegen mussten. Noch warum ihr Loxo... warten Sie...«

»Loxoscelismus«, schlug Adamsberg vor. Das Wort hatte

er nun wirklich drauf, ohne dass er zum x-ten Mal in seinem Notizbuch hätte nachschauen müssen.

»Ja, genau. Noch warum sich ihr Loxoscelismus so schnell entwickeln würde. Der Erste, Barral, ist am 10. Mai ins Krankenhaus gegangen. Er war am Abend zuvor gebissen worden, als er nahe bei einem Haufen Holzscheite Brennnesseln ausriss. Ich lese Ihnen vor, was der Arzt schreibt: *Patient spürte einen Stich in der linken unteren Wade, leichter Schmerz, hat ihn zunächst auf eine Brennnessel geschoben.* Dann: *10. Mai, 11.30 Uhr. Bisswunde sieht bedrohlich aus, bläulich roter Fleck, 7 × 6 cm groß, beginnende Nekrose. Verdacht auf Biss der Einsiedlerspinne. Gegengift im CAP Marseille bestellt. Lokalinfusion von Amoxicillin + Lidocain* – das ist ein Betäubungsmittel. Am Abend dann, um 20.15 Uhr: *Wunde zeigt alarmierendes Bild. Ausdehnung der Nekrose auf 14 × 9 cm. Temperatur 39,7°. Behandlung umgestellt auf Rocephin* – ein sehr viel stärkeres Antibiotikum – *und Tedricotec* – das ist ein Antihistaminikum. Am nächsten Morgen um 7.05 Uhr: *Temperatur 40,1°. Nekrose angewachsen auf 17 × 10 cm. Wunde ausgehöhlt in einer Tiefe von 7 mm. Rocephin-Dosis um ¼ erhöht. Blut: Immunresistenz zufriedenstellend. Beginnende Hämolyse* – das bedeutet Auflösung der roten Blutkörperchen –, *Entwicklung viszerale Nekrose an linker Niere. Patient auf Dialyse gesetzt. 12.30 Uhr: Injektion Gegengift. 15.10 Uhr: Temperatur sinkt auf 39,6°. Schnelligkeit der Vergiftung noch nie beobachtet. 21.10 Uhr: Temperatur 40,1°. Schnelle Zunahme Hämolyse, Sepsis festgestellt, viszerale Ausweitung auf rechte Niere, Leber betroffen. 12. Mai: Patient verstorben 6.07 Uhr, Todesursache Hämolyse, Sepsis, Nierenversagen, Herzstillstand. Fall von blitzartigem Loxoscelismus, wie nie zuvor dokumentiert. Bestellung von Gegengift beim CAP.*«

»Wie nie zuvor dokumentiert«, wiederholte Adamsberg. »Tot in zwei Tagen und drei Nächten. In Wirklichkeit sogar noch weniger, Froissy: in zwei Tagen und zwei Nächten.«

»Wieso?«

»Weil Barral gelogen hat. Ich denke, er wurde am Morgen gebissen, während er seine Hose anzog, und nicht am Abend vor seinem Holzhaufen. Und die beiden anderen?«

»Da kann ich Ihnen die gleiche Art Text vorlesen – ich habe Ihnen beide Berichte schon auf Ihren Rechner geschickt. Verlauf und Behandlungen waren ähnlich, allerdings wurde das Gegengift bereits bei Einlieferung des Kranken gespritzt und der Rocephin-Tropf auf der Stelle gelegt. Das hat aber nichts geändert. Und jetzt?«

Adamsberg zog zwei etwas zerknitterte Blätter aus seiner Tasche.

»Das hier ist die Liste der neun Jungen aus der Claveyrolle-Bande im Waisenhaus. Plus Landrieu.«

»Gut.«

»Drei sind tot, bleiben sieben. Und hier die Namen ihrer elf Opfer. Alles Kinder.«

»Auch aus dem Waisenhaus?«

»Ja. Verzeihung, Lieutenant, ich habe nicht die Zeit, auf Einzelheiten einzugehen, ich weiß, dass ich von Ihnen verlange, blindlings vorzugehen. Mehr erfahren Sie gleich in der Sitzung. Diese Namen müssen Sie mir lokalisieren, Froissy, alle. Mercadet wird über die Fälle von Vergewaltigung im Departement recherchieren. Ob er mitmacht, wissen wir allerdings erst nach der Sitzung.«

»*Die* Fälle?«

»Als die Blapse größer wurden, änderten sich ihre bevorzugten Vergnügungen. Es sollte mich wundern, wenn sie nur ein Mädchen vergewaltigt hätten.«

»Und bei diesem jungen Mädchen war es Landrieu?«

»Landrieu, Barral und Lambertin. Alle drei zusammen.«

»Wie viele?«, sagte sie mit von fern kommender Stimme.

»Wie viele von uns folgen Ihnen, glauben Ihnen?«

»Folgen tun mir fünf. Glauben vier.«

Professor Pujol hatte er gleich am Apparat. Mochte er auch ein Ekel sein, auf Anrufe der Polizei antwortete er umgehend.

»Ich werde Sie nicht lange stören, Professor. Meinen Sie, dass der Biss von zwei bis vier Einsiedlerspinnen gleichzeitig einen rasant verlaufenden Loxoscelismus auslösen könnte?«

»Einsiedlerinnen leben allein. Sie werden nie erleben, dass mehrere von ihnen gleichzeitig beißen.«

»Es ist ein Schulbeispiel, Professor.«

»So wiederhole ich, was ich bereits gesagt habe. Tödliche Dosis geschätzt auf vierundvierzig Giftdrüsen, das heißt zweiundzwanzig Einsiedlerspinnen, rechnen Sie es sich aus: Ihre drei oder vier hypothetischen Bisse schaffen das nicht. Um Ihre drei Männer umzubringen, hätte es schon an die zweihundert Spinnen gebraucht. Oder sechzig bis siebzig Spinnen pro Mann. An dem Punkt waren wir schon mal.«

»Gut, das sind Ihre Zahlen. Aber zwei blitzartige Todesfälle innerhalb von zwei Tagen, woran würden Sie da denken, Professor?«

»An Kerle, die sich zum Abendessen eine Pampe aus Einsiedlerspinnen reingeschmissen haben, um sicher zu sein, dass sie einen Steifen kriegen, wobei sie die Einsiedlerspinne mit der Schwarzen Witwe verwechselt haben.« Pujol lachte auf seine unangenehme, hemdsärmelige Art.

Ein Ekel.

»Ich danke Ihnen, Professor.«

Es blieb ihm noch eine gute halbe Stunde bis zur Sitzung. Der obszöne Scherz von Pujol erinnerte ihn an seine Überlegung zu Impotenz und Spinnengift. Obszön, aber wissenschaftlich belegt: »Wobei sie sie mit der Schwarzen Witwe verwechselt haben«, hatte er gesagt. Er gab »Spinnengift« und »Impotenz« ein und nahm sein Notizbuch zur Hand, um sich die ersten Links zu notieren. Zum Thema »Impotenz mit Spinnengift heilen?« erschien ein Dutzend Webseiten. Die nichts zu tun hatten mit dem Köhlerglauben, von dem Voisenet ihnen erzählt hatte. Es handelte sich um absolut seriöse Berichte über jüngste Untersuchungen, nachdem man entdeckt hatte, dass der Biss mancher Spinnen eine lange, schmerzhafte Erektion des Penis auslöst. Von da ausgehend beschäftigten sich die Forscher damit, die im Sekret dieser Spinnen dafür verantwortlichen Toxine herauszufiltern und abzuschwächen, in der Hoffnung, aus ihnen ein neues, risikofreies Medikament gegen Impotenz zu entwickeln. Sorgfältig übertrug er folgenden Satz in sein Heft: *Einige Komponenten des Giftstoffs regen in bemerkenswerter Weise die Produktion von Stickstoffmonoxid an, welches bei der Erektion eine entscheidende Rolle spielt.* In einer Untersuchung von zweihundertfünf Spinnenarten waren bei zweiundachtzig von ihnen diese wackeren Toxine nachgewiesen worden, aber drei Gattungen überboten alle anderen an Wirksamkeit, und er schrieb sich ihre Namen auf den unteren Seitenrand: *Phoneutria, Atrax* und die *Schwarze Witwe.*

Doch keine Einsiedlerspinne.

Adamsberg öffnete das Fenster und sah sich die jüngsten Veränderungen seiner Linde an. Die Schwarze Witwe kannte er, jedermann kannte sie. Außer in anderen Weltengegenden lebte sie auch in den warmen Regionen Südfrankreichs. Ein hübsches Tierchen im Übrigen, mit seinen herzförmigen roten oder gelben Flecken. Viel sichtbarer und leichter einzufangen als die Einsiedlerspinne in der Tiefe ihrer Verstecke. Und in keinem Fall mit ihr zu verwechseln. Es sei denn von einem Trottel, der sich sagt: Spinne bleibt Spinne. Und in der Einsiedlerspinne das Erektionspotenzial der Schwarzen Witwe sucht.

Er ging in Voisenets Büro.

»Lieutenant, kann man die Wirkungen von einem Biss der Einsiedlerspinne mit denen eines Bisses der Schwarzen Witwe verwechseln?«

»Nie im Leben. Die Schwarze Witwe injiziert dabei ein neurotoxisches Gift, die Einsiedlerin ein nekrotisches Gift. Beide haben nicht das Geringste miteinander gemein.«

»Ich glaube Ihnen. Wohin gehen die alle?«, fügte er hinzu, als er sah, wie seine Beamten nacheinander ihre Arbeitsplätze verließen.

»Zu der Sitzung, Kommissar, die Sie einberufen haben.«

»Wie spät ist es denn?«

»Fünf vor. Hatten Sie die Sitzung vergessen?«

»Nein, aber die Uhrzeit.«

Adamsberg ging in sein Büro zurück, suchte in aller Ruhe seine verstreuten Notizen zusammen. Er zog es vor, im Sitzungssaal zu erscheinen, wenn alle schon saßen, wie vor zwei Tagen. Zwei Tage, sieh an, es waren erst zwei Tage vergangen, seit die Brigade sich gespalten hatte. Und er hatte die Zeit nicht mal vergeudet: Er hatte das Wort »Loxoscelismus« gelernt, Lieutenant Froissy von ihrem Albtraum befreit, erfahren, warum der heilige Rochus von einem Hund begleitet wird, er hatte die Amseln gefüttert und sich an einen Traum erinnert.

Wäre es möglich, fragte er sich, dass diese drei alten

Mistkerle, Barral, Claveyrolle und Landrieu, eine Wette eingegangen waren, dass sie ihre verlorene Manneskraft wiederfinden würden, wenn sie sich einen Absud von Einsiedlerspinnen unter die Haut spritzten? In der Annahme, eine Spinne tauge so viel wie eine andere?

21

Adamsberg ließ die Sitzung in Schweigen angehen, es war nur das übliche Geklingel der Kaffeetassen und der Teelöffel auf den Untertassen zu hören. Er schwieg nicht mit Absicht, etwa um die Spannung steigen zu lassen, die war auch so schon reichlich hoch. Doch er wollte noch einen Gedanken in sein Heft notieren: *Wenn man die Virulenz eines Spinnengifts abschwächen kann, um ein Mittel gegen Impotenz zu gewinnen, wäre es dann umgekehrt auch möglich, sie zu verstärken, so wie man aus einem Wein durch Destillation einen Hochprozentigen gewinnt?*

Er schüttelte den Kopf und ließ seinen Stift fallen, warf einen raschen Blick auf die Commandants Danglard und Mordent, die nebeneinander am äußersten Ende des Tisches saßen. Mordent schien entschlossen und sehr konzentriert, wie er ihn oft gesehen hatte. Danglards Ausdruck dagegen war verändert. Das Gesicht starr und bleich, gab er sich den hochmütigen Anschein eines beinahe phlegmatischen Menschen, der über Belanglosigkeiten erhaben sein konnte. Wobei Danglard es noch nie fertiggebracht hatte, über Belangloses erhaben zu sein, nicht mal für Minuten, und schon gar nicht in phlegmatischer Weise. Diese Pose hatte er sich zugelegt, um den Angriffen des Kommissars zu trotzen und als Ausdruck dafür, dass er zu seinem Denunziationsversuch beim Divisionnaire stand. Adamsberg hatte die Befindlichkeiten seines langjährigen Stellvertreters schon immer in ihrer ganzen Komplexität erfasst, aber dieses Mal entging ihm etwas. Da war etwas Neues.

»Ich bleibe dabei«, begann er mit so ruhiger Stimme wie immer, »Sie über die laufende Angelegenheit zu informieren, wie ich dabei bleibe, sie eine ›Ermittlung‹ zu nennen, wie ich auch dabei bleibe, die drei Todesfälle als Morde zu betrachten. Wir arbeiten zu viert daran, und das ist wenig. Ich nenne Ihnen noch einmal die Namen der drei ersten Opfer: Albert Barral, Fernand Claveyrolle und Claude Landrieu.«

»Wenn Sie von den ›drei ersten Opfern‹ sprechen«, fragte Mordent, »soll das heißen, dass Sie noch weitere Opfer befürchten?«

»So ist es, Commandant.«

Retancourt hob ihren wuchtigen Arm, ließ ihn dann auf den Tisch zurückfallen.

»Fünf«, sagte sie, »wir arbeiten zu fünft daran. Ich habe mich schon bereit erklärt, die Sache zu unterstützen, und das nehme ich nicht zurück.«

Eine unverständliche Erklärung seitens der eisernen Positivistin, die alle ziemlich fassungslos machte, die eine Ermittlung zu Todesfällen durch Einsiedlerspinnen für haltlos, ja absurd hielten. Adamsberg sandte der mächtigen Violette ein feines Lächeln. Danglard, obgleich über Belanglosigkeiten erhaben, schnitt eine Grimasse: Die unerklärliche Unterstützung durch Retancourt war ein erheblicher Vorteil für den Kommissar.

»Also das Waisenhaus La Miséricorde im Departement Gard. Da waren wir stehengeblieben. Hier ist ein Dossier, das der ehemalige Leiter des Hauses in den Jahren 1944 bis 1947 angelegt hat. Bitte, Veyrenc.«

»Verzeihung«, sagte Lamarre, »in welchen Jahren, sagten Sie?«

»1944 bis 1947. Das heißt zweiundsiebzig Spinnengenerationen vor den heutigen.«

»Rechnen wir die Zeit jetzt in Spinnengenerationen?«, fragte Danglard.

»Und warum nicht?«

Veyrenc projizierte den Umschlag von Dr. Cauverts Dossier auf die große Leinwand. *Die Einsiedlerspinnen-Bande. Claveyrolle, Barral, Lambertin, Missoli, Haubert und Co.* Dieser Titel in schönen alten Buchstaben löste eine kleine Schockwelle im Saal aus, begleitet von Gemurmel, dem einen oder anderen Knurren und Stühlerücken. Veyrenc ließ den Text stehen, damit die unglaubliche Realität in die Köpfe der Mitarbeiter einsickerte.

»Aber«, meldete sich Estalère, »was ist das, eine ›Einsiedlerspinnen-Bande‹? Eine Horde von Spinnen, die das Waisenhaus überfallen hat?«

Wieder einmal traf Estalères Frage die Gemütslage aller, denn sie verstanden genauso wenig wie er. Veyrenc wandte sich zu dem Brigadier um. Sein Gesicht in seiner Unerschütterlichkeit heute Morgen erinnerte in der Tat an eine antike Büste aus hellem Marmor, mit der geraden Nase, den ausdrucksvollen Linien des Mundes, den auf die Stirn gemeißelten Haarlocken.

»Nein«, erklärte er. »Eine Bande von Jungen, die ihre schwächeren Mitschüler mit Spinnen attackierten. Neun Jungen gehörten zu dieser Bande, darunter die beiden ersten Toten, Barral und Claveyrolle. Elf Kinder sind ihre Opfer. Diese vier ersten«, und Veyrenc ließ die Fotos von Gilbert Preuilly, René Quissol, Richard Jarras und André Rivelin durchlaufen, »hatten nur einen Scheinbiss. Weshalb wir sie dennoch nicht übersehen sollten. Bei diesen beiden hier, Henri Trémont und Jacques Sentier, haben die Spinnen nicht ihr ganzes Gift abgelassen. Doch selbst in der Schwarz-Weiß-Aufnahme erkennt man deutlich das sehr viel dunklere, in Wirklichkeit violette Umfeld der Entzündung. Aber sie heilte von allein ab. Louis Arjalas – genannt ›der kleine Louis‹ – hatte dieses Glück nicht. Er wurde am Bein gebissen, und die Spinne hat beide Giftdrüsen in die Wunde entleert. Er war vier Jahre alt«, fügte er hinzu, während er das zerfressene Bein mit der Fingerspitze umkreiste.

Erneut Gemurmel, entsetztes Zurückweichen. Veyrenc ließ sie nicht erst aufatmen.

»Wir sind im Jahr 44, Penizillin gibt es noch nicht.«

»44 gab es Penizillin schon«, wandte Justin ein.

»Seit Kurzem, Lieutenant. Aber der erste größere Vorrat ging in die Normandie, es war die Zeit nach der Landung der Alliierten.«

»Ach so«, meinte Justin und wurde gleich sehr still.

»Man musste ihm das Bein abnehmen. Das hier ist Jean Escande – genannt ›der kleine Jeannot‹ –, er wurde im selben Jahr gebissen. Und hat seinen Fuß dabei verloren. Er war fünf Jahre alt. Der nächste Junge, Ernest Vidot, sieben Jahre alt, 1946, er hat eine sehr große Wunde auf dem Arm. Dank Penizillin, das inzwischen zur Verfügung steht, kann man seinen Arm retten, aber er behält eine Narbe zurück, die als ›grässlich anzuschauen‹ verzeichnet ist. Zehntes Opfer: der junge Marcel Corbière, elf Jahre, dessen eine Gesichtshälfte bis auf den Kieferknochen weggefressen ist.« Man wandte den Blick ab, als sein Bild erschien. »Sie müssen wissen, dass das Gift der Einsiedlerspinne nekrotisch wirkt, das Fleisch stirbt ab. Und das hier schließlich ist Maurice Berléant, zwölf Jahre, gebissen am linken Hoden, das war 1947. Das ganze Gewebe wurde zerstört, ja selbst den Penis hat der Brand noch erreicht. Der Junge wurde impotent.«

Adamsberg betrachtete das verschlossene, wie versteinerte Gesicht von Veyrenc, dieses Gesicht, das sich schon mit einem angedeuteten Lächeln so schnell verwandeln konnte. Aber der Lieutenant ließ den Mitarbeitern bei dieser traurigen Vorführung keine Atempause. Der Anblick der weggerissenen Wange von Marcel und der Genitalien des jungen Maurice berührte ihr Mitgefühl in einem Maße, dass die theoretische Frage, ob die Einsiedlerspinne eine Ermittlung rechtfertigte oder nicht, derzeit das Letzte war, was sie interessierte. Für Haarspaltereien war dies nicht der Augenblick.

Veyrenc entwickelte dann die Hypothese, dass eins oder mehrere der Opfer den Spieß umgedreht und mit der Einsiedlerspinne nun ihre einstigen Folterer angegriffen haben könnten, wie »Petit Louis« gegenüber Claveyrolle vor zehn Jahren angedroht hatte.

»Noch in diesem Alter?«, sagte Estalère. »Ich meine: Sie sollten siebzig Jahre damit gewartet haben?«

»Noch in diesem Alter, ja«, sagte Adamsberg, während er in sein Heft zeichnete. »Nach dem zu urteilen, was der alte Cauvert aufgeschrieben hat, waren die Opfer scheue, ängstliche Kinder, die sich wohl eher mit Marienkäfern als mit schwarzen Totenkäfern auskannten. Während die Jungs von der Bande rabiate, angriffslustige Burschen waren. Blapse eben.«

»Blapse?«

»Die hier«, sagte Adamsberg und zeigte seine sehr genaue Zeichnung eines großen, bauchigen Coleopteras von stumpfem Schwarz, der in seinen langen Beinen kleine dunkle Körner hielt. »Der Blaps«, erklärte er, »auch Stinkkäfer oder Totengräber genannt.«

»Und die kleinen Körner, was ist das?«

»Rattenkot. Den fressen sie. Und wenn man ihnen zu nahe kommt, verspritzen sie aus ihrem Hinterteil eine ätzende Flüssigkeit. Die neun Jungen der Einsiedlerspinnen-Bande sind allesamt Blapse, Stinkkäfer.«

»Ich verstehe«, sagte Estalère zufrieden.

»Aber die von der Gruppe der Opfer sind es nicht«, fuhr Adamsberg fort. »Dennoch, wenn die Stunde des Abschieds naht, werden viele Dinge möglich, die es vorher nicht waren.«

»Und der dritte Tote?«, fragte Kernorkian.

»Claude Landrieu.«

»Gehörte der also auch zu der Bande? Ihn haben Sie gar nicht erwähnt.«

»Gehörte er nicht. Voisenet, würden Sie das übernehmen.«

Der Lieutenant schilderte den Fall Landrieu und erzählte von seinem Besuch bei der geschändeten Justine Pauvel. Veyrenc warf das Zeitungsfoto von dem Schokoladengeschäft auf die Leinwand.

»Hier«, Adamsberg zeigte mit der Spitze seines Bleistifts auf ihn, »sehen Sie den Besitzer des Ladens, Claude Landrieu. Wir sind im Jahr 1988, zwei Tage nach der Vergewaltigung von Justine Pauvel. Das eigentlich Bemerkenswerte findet sich in der Schlange der Kunden. Der, und der hier – zwei Männer, die darauf zu warten scheinen, dass sie an der Reihe sind. Es handelt sich um niemand Geringeren als Claveyrolle und Lambertin. Die drei zusammen haben Justine vergewaltigt. Die Bande hat sich niemals aufgelöst. Aber sie spielten nun nicht mehr mit den Giftzähnen von Spinnen. Sie vergewaltigten.«

»Kennt man ihre Opfer?«, fragte Mordent, der hin und her gerissen war zwischen seiner anfänglichen Opposition und der Tatsache, dass er Danglard den Weg der Denunziation versperrt hatte.

»Nur dieses eine.«

»Wie können Sie dann sagen, dass sie noch weitere vergewaltigt haben?«

»Weil sie seit ihrer Jugend die Mädchen im Waisenhaus belästigt und versucht haben, ihnen Gewalt anzutun. Sie haben massenhaft Penisse an die Wände ihres Schlafsaals geschmiert. Haben sich im Schulhof mit erigiertem Glied vor den Zaun zum Nachbarhof gestellt oder durch die Öffnungen im Maschendraht auf die Mädchen ejakuliert. Nachts stiegen sie über die Mauer und fuhren mit dem Fahrrad nach Nîmes. Um sich Mädchen zu angeln, was sonst. Die Spinnenbande hat sich zu einer Bande von Mädchenschändern gemausert.«

»Aber Sie haben nur einen einzigen Fall von Vergewaltigung, auf den Sie Ihre Vermutung stützen können«, beharrte Mordent. »Und die Männer in dem Laden könnten sonst welche Fünfzigjährigen sein, das Bild ist unscharf.«

Adamsberg gab Veyrenc ein Zeichen, der nun die Fotos von Lambertin und Claveyrolle im Alter von achtzehn Jahren zeigte, von vorn und im Profil.

»Also ehrlich, ich sehe keinen Zusammenhang«, meinte Noël.

»Sie sind es, daran besteht nicht der geringste Zweifel«, meinte Adamsberg seelenruhig.

Der Saal versank erneut in Schweigen. Wieder einmal stieß man auf die grundlosen Behauptungen des Kommissars.

»Froissy wird es Ihnen beweisen«, sagte er. »Man darf sich nicht von den schwammig gewordenen Konturen des Gesichts, den dick gewordenen Hälsen, den Fältchen um die

Augen täuschen lassen. Aber das Profil, die Linie, die von der Stirn zur Nasenbasis verläuft, die bleibt immer dieselbe. Und ein weiteres, nahezu unveränderliches Teil, als wäre es aus Kautschuk geformt: die Ohrmuschel. Wenn Froissy es geschafft hat, das Zeitungsfoto in seiner Qualität zu bearbeiten, kann sie die Köpfe der beiden Kerle mit denen der beiden Achtzehnjährigen vergleichen. Sie sind es.«

Dem stimmte Mercadet ostentativ zu. Der Lieutenant war ins andere Lager gewechselt. Damit waren sie sechs.

»Ich arbeite daran«, sagte Froissy aus der Tiefe ihres Bildschirms.

»Man könnte verstehen«, räumte Mordent ein, »dass die Opfer der Spinnenbisse sich mit der gleichen Waffe, also ebenfalls Spinnen rächen wollten. Aber unter praktischen wie wissenschaftlichen Gesichtspunkten ist die Sache unausführbar.«

»So ist es«, sagte Adamsberg.

»Genau da ist das Riff«, sagte Voisenet.

»Man darf auch die Rache einer vergewaltigten Frau nicht ausschließen«, ergänzte Veyrenc.

»Das wäre ja noch grotesker«, entgegnete Mordent. »Warum sollte eine Frau sich für die unpraktikable Lösung mit dem Spinnengift entscheiden, wenn es tausend andere Möglichkeiten gibt, einen Mann umzubringen?«

»Bitte, Voisenet«, sagte Adamsberg.

Und wie am Abend in der *Garbure* ließ Voisenet sich alle Zeit, um das jahrhundertealte Thema von den Gift speienden Tieren zu entwickeln, von der unbesiegbaren Kraft, die das Gift umgekehrt jenen verlieh, die es überlebt hatten, vom tiefinneren Zusammenhang zwischen der Kraft des giftigen Sekrets und der Macht, die der Spermaflüssigkeit zugeschrieben wurde. Voisenet wuchs entschieden über sich hinaus, dachte Adamsberg, er sprach sogar eine andere Sprache, sobald er auf das Gebiet der Tiere wechselte. Ungewollt hörte auch Danglard ihm zu. Und wurde sich bewusst, dass er die Leidenschaft des Lieutenants Voisenet für die Fische immer als Obsession eines Sonntagsanglers abgetan hatte. Zu Unrecht.

»Als Letztes schließlich«, fasste Adamsberg zusammen, als Voisenet geendet hatte, »hat Froissys Ermittlung über die drei Verstorbenen ergeben, dass bei ihnen der Loxoscelismus, also die durch das Gift der Einsiedlerspinne hervorgerufene Erkrankung ›blitzartig‹ verlaufen ist. Die behandelnden Ärzte halten fest: ›Noch nie zuvor dokumentiert‹«.

»Ich hab sie, ihre Ohren«, meldete sich Froissy, »und die Profillinie auch. Und wenn es keine zwei gleichen Löwenzahnblätter gibt, so gibt es auch keine zwei identischen Ohrmuscheln, nicht wahr?«

Adamsberg zog ihren Laptop zu sich heran und lächelte.

»Sie sind es. Danke, Froissy.«

»Keine Ursache, Sie wussten's ja schon.«

»Aber sie nicht.«

Der Monitor ging von einem zum anderen, und jeder nickte, bevor er das Gerät seinem Nachbarn hinschob.

»Sie sind es«, wiederholte Adamsberg. »Claveyrolle und Lambertin, die sich nach der Vergewaltigung bei Landrieu treffen.«

»Also einverstanden«, gab Mordent zu.

»Ich fahre fort«, sagte Adamsberg. »Blitzartige Entwicklung des Loxoscelismus. Was diese drei Männer umgebracht hat, war kein natürlicher Spinnenbiss. Ihre ungewöhnlich heftige Reaktion ist auch nicht ihrem Alter geschuldet. Außer ihren pastisgeschädigten Lebern war ihre Immunabwehr in Ordnung. Sie wurden ermordet.«

»Sollte es denn einen Mörder geben«, bemerkte Mordent sehr viel zurückhaltender, »wie hat er es dann angestellt? Mit mehreren Einsiedlerspinnen?«

»Nein, Commandant. Die Einsiedlerspinne ist ein scheues Tier, sie verbirgt sich, sie ist sehr schwer zu fangen. Um einen einzigen Menschen mit Sicherheit zu töten, brauchte es zweiundzwanzig Spinnen. Aber wenn die Hälfte von ihnen dem Mann nur einen Scheinbiss zufügt und ein anderer Teil wieder nur einen partiellen Biss, dann können Sie gut und gern von sechzig Einsiedlerspinnen ausgehen, um ihn zu erledigen. Für drei Männer müssten Sie folglich über annähernd zweihundert Spinnenexemplare verfügen.«

»Und, wäre das möglich?«

»Nein.«

»Und wenn man ihnen nun das Gift entzieht?«

»Bei einer Schlange ist das gut machbar, aber nicht bei einer Einsiedlerspinne, es sei denn, man arbeitet dabei mit den hoch entwickelten Apparaturen eines Labors. Was die Spinne ausspuckt, ist außerdem eine so lächerlich geringe Menge, dass sie an den Wänden des Röhrchens trocknen würde, noch bevor man sie entnehmen kann.«

Mordent reckte seinen Hals und breitete die Arme aus.

»Also?«

»Also, wir stoßen hier auf ein besonders fieses Riff.«

Adamsberg warf Voisenet einen amüsierten Blick zu. Sein Wort »Riff« hatte ihm gefallen.

»Also?«, echote Danglard.

»Also *ermitteln* wir, Commandant«, sagte Adamsberg, das heikle Wort ausdrücklich betonend. »Zunächst lokalisieren wir die noch lebenden Mitglieder der Bande. Sie allein haben begriffen, was ihren drei Kameraden zugestoßen ist.

Und sie haben Angst, zum ersten Mal in ihrem Leben. Es geht für uns darum, ihr Leben zu retten.«

»Und warum?«, sagte Voisenet voller Unmut.

»Weil das unser Job ist, Blapse hin oder her. Und weil sie uns zu den uns unbekannten Opfern der Vergewaltigungen führen können.«

»Und was ist mit den Spinnenopfern?«, fragte Kernorkian.

»Froissy wird uns eine Liste all derer aufstellen, die noch am Leben sind. Weiterhin müssen wir die nicht aufgeklärten Vergewaltigungen in der Zeitspanne, sagen wir, von den fünfziger Jahren bis zum Jahr 2000 recherchieren, wenn wir davon ausgehen, dass die Kerle um ihr fünfundsechzigstes Lebensjahr damit aufgehört haben. Obwohl, so genau wissen wir das nicht: Claveyrolle nahm noch mit vierundachtzig ein Mittel gegen Impotenz.«

»Hartnäckig, der Typ«, sagte Noël.

Die Sitzung gelangte an ihren springenden Punkt: den der Beschlussfassung, und Adamsberg bedeutete Estalère, eine zweite Runde Kaffee zu starten. Wie man noch ein letztes Mal Atem holt vor der Zielgeraden. Jeder verstand den Sinn dieser Pause, und niemand unterbrach die kurze Frist des Nachdenkens. Dieses eine Mal hätte man sogar gewünscht, Estalères Leistungsvermögen in puncto Kaffeekochen habe nachgelassen. Zumal man ahnte, dass für den Kommissar der Augenblick gekommen war, seine Rechnung mit Danglard zu begleichen. Adamsberg besah sich seine Mannschaft mit einer gewissen Lässigkeit, ohne bei den Einzelnen zu verweilen, ohne in ihren Gesichtern nach einem positiven oder negativen Zeichen zu forschen.

Er wartete, bis das Kaffeezeremoniell in vollem Gange war, um das Wort zu ergreifen, während er alle gezeigten

Schriftstücke einsammelte und die Fotos von den elf Opfern sorgfältig in den alten blauen Ordner von Dr. Cauvert zurücklegte.

»Dieses Dossier steht allen zur Verfügung, die sich dafür interessieren sollten«, sagte er und band die Schlaufe zu. Man hatte eine Erklärung erwartet, eine Offensive, einen abschließenden Kommentar. Aber, und das wussten seine Mitarbeiter, das war nicht Adamsbergs Art.

»Wer eine Kopie davon auf seinen Rechner haben will, soll die Hand heben.«

Und das war alles. Kein Resümee, keine Schlussfloskeln. Nach einem Moment unschlüssigen Zauderns hob Noël als Erster die Hand. Wie Adamsberg schon oft festgestellt hatte, fehlte es Noël an vielen wesentlichen Eigenschaften, aber nicht an Mut. Nach ihm gingen alle Arme nach oben, nur der von Danglard nicht. Man wartete noch einen Augenblick auf ein flüchtiges Erbeben, den Ansatz einer Bewegung, doch der Commandant saß da wie eingegipst und rührte sich nicht.

»Danke«, sagte Adamsberg. »Sie können jetzt alle essen gehen.« Der Raum leerte sich, auf allen Gesichtern die gleichen einander widersprechenden Gedanken: Bedauern darüber, dass man das Schauspiel eines Waffengangs zwischen Danglard und dem Kommissar nicht erlebt hatte, aber auch die zwiespältige Befriedigung, vor einem unlösbaren Fall zu stehen. Und im Hinausgehen rasche Blicke hin zu Adamsberg, aus denen diskrete Anerkennung seiner Hartnäckigkeit sprach. Sie hielten ihn oft für einen Träumer und eigensinnigen Fantasten, im Guten wie im Schlechten, und schrieben dieser Anomalie den unwahrscheinlichen Erfolg dieses Tages zu. Ohne zu ahnen, dass er im Nebel einfach gut sah.

Danglard war im Begriff, den Raum ebenfalls zu verlassen, aber er hatte ein wenig von seiner aufrechten Haltung verloren.

»Alle außer Ihnen, Commandant«, sagte Adamsberg zu ihm. Während er rasch noch Veyrenc eine Nachricht schrieb:

– *Bleib an der Tür und hör zu.*

22

»Ist das ein Befehl?«, fragte Danglard und kam zurück.

»Wenn Sie es so nennen wollen, bitte.«

»Und wenn ich ebenfalls vor Hunger umfalle?«

»Machen Sie die Dinge nicht noch komplizierter. Wenn Sie tatsächlich Hunger hätten, würde ich Sie gehen lassen. Ich bin nicht scharf darauf, dass Sie zu Brézillon rennen und mich auch noch als Folterknecht anzeigen.«

»Sehr gut, dann werde ich mal«, sagte Danglard und wandte sich wieder Richtung Ausgang.

»Ich sagte, ich wünsche, dass Sie bleiben, Danglard.«

»Also ist es ein Befehl.«

»Denn ich weiß, dass Sie nie vor Hunger umfallen. Sie gehen nicht, um Mittag zu essen, Sie flüchten. Und ich kenne Sie gut genug, um voraussagen zu können, dass eine solche Flucht Ihnen an der Seele nagen wird. Setzen Sie sich.«

Danglard setzte sich nicht gegenüber Adamsberg, sondern ging mit schnellem, wutbeflügeltem Schritt zu seinem eigenen Platz, das heißt etwa fünf Meter vom Kommissar entfernt.

»Was fürchten Sie, Commandant? Dass ich Ihnen ein Messer zwischen die Rippen jage? Ich habe Sie schon mal gefragt, Danglard: Haben Sie mich vergessen, nach all den Jahren? Doch wenn Sie sich für die Vorsicht entschieden haben, dann tun Sie, was Sie nicht lassen können.«

»*Wahre Vorsicht ist es, von Anbeginn einer Sache zu erkennen, wie sie enden wird.*«

»Schon wieder ein Zitat. Man ist immer fein raus mit einem Zitat. Vor allem, wenn man Tausende davon kennt.«

»Man versteht alles.«

»Sie sagen also dieser Ermittlung ein klägliches Ende voraus.«

»Es täte mir leid, wenn Sie auf die Schnauze fallen würden.«

»Sprechen wir Klartext, Danglard. Erklären Sie mir, warum Sie die Brigade von vornherein in zwei Lager gespalten haben. Erklären Sie, warum Sie den Divisionnaire über meine diversen Unternehmungen informieren wollten. Erklären Sie, warum ich auf die Schnauze fallen könnte.«

»Wenn ich mich an Brézillon wenden wollte, dann aus einem sehr einfachen Grund: *Wir haben unsere Vorgesetzten weder zu loben noch zu ehren, wir haben ihnen zu gehorchen in der Stunde des Gehorsams und sie zu kontrollieren in der Stunde der Kontrolle.*«

»Sie gehen mir allmählich auf den Docht mit Ihren Scheißzitaten. Sie beharren also auf Ihren Positionen, selbst nach Kenntnis der Fakten, von denen Sie soeben gehört haben? Und die die ganze Brigade überzeugt haben? Würden Sie bitte auch das erklären, verflucht noch mal, Danglard.«

»Das ist unmöglich.«

»Und warum?«

»Weil, *was man auf vielerlei Art erklären kann, auch eine einzige nicht verdient.*«

»Wenn Sie wieder zu sich gekommen sind«, sagte Adamsberg und stand auf, »dann lassen Sie es mich wissen.«

Damit verließ der Kommissar den Konzilsaal und knallte die Tür hinter sich zu. Im Flur fasste er Veyrencs Arm.

»Gehen wir in den Hof. Ich habe so meine Gewohnheiten, und derzeit füttere ich Amseln. Im Efeu brütet ein Weibchen.«

»Amseln brauchst du nicht zu füttern, die kommen allein klar.«

»Die Vögel sterben zu Millionen, Louis. Siehst du noch Spatzen in Paris? Es ist geradezu ein Massensterben. Und außerdem ist das Männchen sehr zart.«

Adamsberg machte einen Umweg über Froissys Büro.

»Das Futter hat nämlich sie«, erklärte er.

»Ich bin mit meinen Nachforschungen über die elf Opfer vorangekommen«, sagte Froissy gleich bei ihrem Eintritt, ohne den Kopf zu wenden. »Sechs sind schon verstorben. Gilbert Preuilly, André Rivelin, Henri Trémont, Jacques Sentier, Ernest Vidot, der mit der riesigen Narbe auf dem Arm, und Maurice Berléant, der impotent gewordene Junge. Bleiben fünf: Richard Jarras und René Quissol, die einen Scheinbiss erlitten haben, leben in Alès. Die drei anderen, Louis-ohne-Bein, Marcel-ohne-Wange und Jean-ohne-Fuß, sind alle im Departement Vaucluse ansässig. Louis und Marcel in Fontaine-de-Vaucluse, Jean in Courthézon, fünfzig Kilometer weiter.«

»Die drei am schwersten Verletzten leben also noch. Und gar nicht weit weg von Nîmes. Wie alt sind sie heute?«

»Louis Arjalas ist sechsundsiebzig, Jean Escande siebenundsiebzig und Marcel Corbière einundachtzig.«

»Schicken Sie mir Anschrift, Familienstand, gesundheitliche Verfassung, also alles, was Sie finden.«

»Schon geschehen.«

»Haben Sie auch ihre Berufe?«

»Ganz durcheinander: Kaufmann, Antiquar, Restaurantleiter, Verwaltungsangestellter eines Krankenhauses, Lehrer.«

»Und Blapse? Wie viele bleiben von denen noch umzubringen?«

»So gesehen«, Froissy seufzte, »vier von ihnen sind schon tot: César Missoli, Denis Haubert, Colin Duval und Victor Ménard. Und drei sind gerade soeben durch die Spinne ums Leben gekommen.«

»Bleiben drei.«

»Alain Lambertin, Olivier Vessac und Roger Torrailles.«

»Wo leben sie?«

»Lambertin in Senonches, in der Nähe von Chartres, Vessac in Saint-Porchaire, in der Nähe von Rochefort, Torrailles in Lédignan, das liegt bei Nîmes. Alles ist schon auf Ihrem Mobiltelefon.«

»Danke, Froissy, wir warten auf Sie im Flur. Vielleicht hätten Sie auch für uns ein Stück Cake, wir haben nichts gegessen.«

»Warum warten wir auf dem Flur?«, fragte Veyrenc.

»Du weißt doch, dass Froissy ihren Vorratsschrank vor niemandem öffnet. Sie glaubt, er sei ihr Geheimnis.«

»Darf ich Sie begleiten?«, sagte Froissy, als sie nach langen Minuten mit einem schweren, von einem Tuch bedeckten Korb aus ihrem Büro kam. »Ich füttere gern die Amseln.«

Und während Adamsberg seiner Mitarbeiterin, Inbegriff der Nahrungsmittelsicherheit der Brigade, auf dem Fuße folgte, murmelte er: »Der kleine Louis, der kleine Jeannot, der kleine Marcel.«

»Das tut weh, was?«, sagte Veyrenc.

»Ja, irgendwie schon. Sie leben zwei Schritt voneinander entfernt. Man könnte dabei fast auch an eine ›Bande‹ denken, nicht wahr?«

»Nicht unbedingt. Die gleichen schlimmen Erinnerungen haben sie halt zusammengeschweißt, das versteht man.«

»Aber vor zehn Jahren hat Louis Claveyrolle bedroht. ›Ich bin nicht allein‹, hat er gesagt.«

»Das habe ich nicht vergessen.«

»Es ist nicht einfach, einem Mann Einsiedlerspinnen in die Hose zu stecken. In sein Haus einzudringen, während er schläft. Alte Leute haben einen leichten Schlaf.«

»Man könnte ihnen ja notfalls ein Betäubungsmittel in die Flasche tun.«

»Aber wir geraten immer wieder auf dasselbe Riff«, sagte Adamsberg, während sie auf den Hof hinaustraten. »Man müsste ihnen sechzig verdammte Einsiedlerspinnen in ihre verdammte Hose fädeln. Und die dazu bringen, alle an derselben Stelle zu beißen. Kannst du so was?«

Adamsberg setzte sich auf die Steinstufe, streckte seine Arme, entspannte seinen Nacken und seinen ganzen Körper in der warmen Luft. Froissy zerkrümelte ihren Cake am Fuße des Nests.

»Was schleppt sie da in ihrem Korb?«, sagte Veyrenc.

»Sicher unser Mittagessen, Louis. Auf Porzellantellern und mit Metallbesteck. Ein erlesenes kaltes Menü, Wildlebermousse, Lauchquiche, Guacamole, frisches Brot, was weiß ich noch. Du hast doch nicht ernsthaft geglaubt, sie würde uns 'ne Scheibe Cake rüberreichen?«

Die beiden Männer schlangen ihr – köstliches – Mahl in wenigen Minuten hinunter, zufrieden räumte Froissy ab und ließ ihnen zwei Flaschen Wasser da.

»Danglard dreht durch«, sagte Veyrenc.

»Er ist nicht mehr derselbe. Er hat sich verändert, da ist was Neues. Es scheint, wir haben ihn verloren.«

»Ich glaube eher, es ist persönlich.«

»Gegen mich? Das wäre eine Entdeckung, Louis.«

»Gegen dich als Ermittler, und das ist nicht dasselbe. Er

sträubt sich gegen diese Ermittlung. Heute hätte er einsehen müssen, dass er unrecht hatte, so was kann Danglard. Er hätte nur den Arm zu heben brauchen.«

»Du vermutest den Aal unterm Stein?«

»Eher die Muräne unterm Fels. Es muss schon was Dramatisches sein. Wenn es ihn so weit treibt, dann kann es keine theoretische Überlegung, kein nur besonders hellsichtiges Urteil sein. Es ist persönlich.«

»Das sagtest du schon.«

»Sehr persönlich, ja intim. Ich hatte von einer tiefen Angst gesprochen.«

»Um jemanden?«

»Durchaus möglich.«

Adamsberg lehnte sich zurück, die Ellbogen auf der nächsthöheren Stufe, schloss halb die Augen, suchte ein bisschen Sonne aufs Gesicht zu kriegen. Dann richtete er sich plötzlich auf und rief Froissy an.

»Noch was, Lieutenant. Seien Sie jetzt bitte nicht schockiert, aber recherchieren Sie mal über Danglard. Er hat zwei Schwestern, eine von ihnen ist etwa fünfzehn Jahre älter als er. Genau die interessiert mich.«

»Ich soll in der Familie des Commandants herumspionieren?«

»Ja, Froissy.«

Adamsberg legte auf und nahm seine vorherige Position, Gesicht zum Licht gewandt, wieder ein.

»Woran denkst du?«, sagte Veyrenc.

»Na, an das, was du da gesagt hast, Louis: ›Sehr persönlich.‹ Was gibt es Persönlicheres als die Familie? Eine ›tiefe Angst‹, vermutest du. Um wen? Um die Seinen, natürlich. Mach eine Muräne nicht verrückt mit ihrer Familie.«

»Noch einen Büffel.«

»Noch sonst irgendein Viech. Sieh mal, das Amselmännchen hat keine Angst mehr vor uns. Es hüpft schon auf uns
zu.«

Sechs Minuten später rief Froissy zurück. Adamsberg schaltete sein Gerät auf Lautsprecher.

»Ich verstehe nicht, wie Sie das wissen konnten, Kommissar. Er hat eine Schwester, Ariane, sie ist vierzehn älter als er.
Sie ist mit einem Mann verheiratet.«

»Kann ich mir denken, Lieutenant. Was für einem?«

Schweigen.

»Froissy, sind Sie noch da?«

»Ja. Sie hat Richard Jarras geheiratet.«

»Unseren?«

»Ja, Kommissar«, sagte Froissy bekümmert.

»Wie alt ist er?«

»Fünfundsiebzig.«

»Sein Beruf?«

»Er war pharmazeutischer Assistent der Krankenhaus-
verwaltung.«

»Was heißt das?«

»Einfach ausgedrückt, Einkäufer. So einer ist zuständig
für die Arzneimittelversorgung im Klinikbereich, für den
Bedarf wie die Bestellung.«

»Und wo?«

»Zunächst im Hôpital Cochin in Paris, danach in Marseille.«

»Wo in Marseille?«

»Er war achtundzwanzig Jahre lang in Sainte-Rosalie angestellt.«

»Und wie kommt es, dass Sie mir so schnell antworten
können?«

»Ich habe Ihre Fragen vorausgeahnt. Und ich nehme auch die folgende vorweg: Ja, in Sainte-Rosalie befindet sich die Gegengift-Zentrale. Aber wohlgemerkt, Kommissar, das Krankenhaus stellt keine Gegengifte her, falls Sie daran denken sollten. Es kauft sie in pharmazeutischen Labors.«

»Die die Gifte besitzen.«

»Aber nicht an Privatpersonen verkaufen. Bleiben Sie paar Minuten dran, dann antworte ich Ihnen.«

»Worauf?«

»Auf Ihre nächste Frage, Kommissar.«

»Ich habe eine nächste Frage? Ausgezeichnet, Froissy, ich warte.«

Adamsberg stand auf, ging vor den Stufen auf und ab, aus vorsichtigem Abstand gefolgt von der Amsel.

»Scheiße«, sagte Veyrenc.

»Du hattest recht.«

»Wie bist du auf die Schwester gekommen?«

»Sie hat eine Zeit lang bei ihm gelebt, damals, als seine Frau ihn verlassen hatte. Sie holte ihn aus seinem schwarzen Loch heraus, kümmerte sich um die Kinder. Schon in der Kindheit war sie für ihn da. Beide Eltern mussten so hart arbeiten, dass die Älteste Mutterstelle bei den beiden Kleineren vertrat. Das wusste ich.«

»So was wie eine mütterliche Schwester.«

»Ja. Leg dich mit der mütterlichen Schwester einer Muräne an, und du wirst gebissen.«

»Ein Naturgesetz, würde Voisenet sagen.«

Adamsberg drehte ein paar Runden durch den Hof, dann kam er zu den Stufen zurück.

»Dass Richard Jarras in seiner Kindheit von einer Einsiedlerspinne gebissen wurde, mit zehn anderen Jungen im Waisenhaus, war sicher kein Geheimnis in der Familie.

Danglard kannte die Geschichte der Bande, er kannte sie vielleicht sogar auswendig. Gut möglich, dass Jarras seine Erinnerungen immer wieder aufgewärmt, die Namen der Opfer und ihrer Verfolger ständig wiederholt hat.«

»Namen, die sich keiner gemerkt hätte außer Danglard.«

»Und so muss ihn die Nachricht vom Tod eines Claveyrolle, eines Barral zwangsläufig in Unruhe versetzt haben. Schlimmer noch: Sein Schwager war Einkäufer in Sainte-Rosalie gewesen. Da ist Danglard in Panik geraten, er hat angefangen, Schutzwälle zu errichten.«

»Und die Ermittlung blockiert.«

»Und zugebissen.«

»Bedenk aber, Froissy hat gesagt: In Sainte-Rosalie kauften sie Gegengifte, keine Gifte.«

»Also muss Jarras unter der Hand mit den Herstellern verhandelt haben. War es so, Froissy?«

»Sainte-Rosalie bestellt seine Gegengifte im Fall der Einsiedlerspinne bei dem Giganten Meredial-Lab, in der Zweigstelle von Pennsylvania. Denn die USA sind das Land der Braunen Einsiedlerspinne. Aber nicht nur die USA. Auch Mexiko.«

»Hat Meredial eine Außenstelle?«

»In Mexiko. Und sollte es dort einen Verkäufer geben, könnte es sich ebenso gut um einen Führungskader wie um einen unauffälligen kleinen Angestellten im Unternehmen handeln, einen Spediteur, einen Magazinverwalter, einen Laristen, also einen Mann, eine Frau, die nichts gegen ein paar einträgliche illegale Verkäufe einzuwenden hat. Solche Firmen beschäftigen doch Tausende von Leuten.«

»Und wer würde darauf kommen, dass jemand aus der Belegschaft Spinnengift verkauft?«

»In der Tat. Was sollte einer schon damit anfangen?«

»Und Richard Jarras, der sich mit dem Unternehmensaufbau von Meredial auskannte, könnte einen Kontakt hergestellt haben, über den er sich Jahr für Jahr die nötigen Mengen Gift besorgte.«

»Das hat er aber kaum alles allein bewerkstelligen können, Louis. Die anderen stehen hinter ihm, sie teilen sich den Job.«

»Und wie hat Jarras diesen vertrauenswürdigen Lieferanten gefunden?«

»So was kann man nur an Ort und Stelle.«

»Froissy?«, er hatte noch einmal ihre Nummer gewählt, »versuchen Sie herauszufinden, ob Jarras irgendwann in die Vereinigten Staaten oder nach Mexiko gereist ist. Sagen wir, im Zeitraum der letzten zwanzig Jahre.«

»Ich seh zu, bleiben Sie dran.«

Adamsberg nahm sein Wandern über den Hof wieder auf.

»Nein«, meldete sich Froissy nach einer Weile. »Weder in die USA noch in irgendein Land Lateinamerikas. Ich habe auch die Pässe der vier anderen, Quissol, Arjalas, Corbière und Escande, durchforstet. Das Gleiche.«

»Was also?«, sagte Veyrenc. »Angelt er ihn sich mit der Rute? Ruft irgendeinen Typen in dem Unternehmen da drüben an und schlägt ihm einen Deal mit Spinnengift vor? Unklug.«

»Sehr unklug, aber eine bessere Spur haben wir nicht, Louis. Ein paar Dosen Gift injizieren ist nun mal sehr viel praktikabler als in der Dunkelheit sechzig Spinnen in eine Hose stopfen.«

»Und wie kommt Jarras – oder einer der anderen – an sein Opfer heran? Die wurden ins Bein gebissen, heißt es. Also? Holt er seine Spritze raus und bittet den Mann, mal kurz seine Wade freizumachen?«

»Keine Ahnung«, Adamsberg zuckte mit den Schultern. »Vielleicht als Arzt verkleidet? Eine Pflichtimpfung?«

»Und wogegen?«

Adamsberg hob den Blick, sah ein paar Wolken langsam vorüberziehen, dann wieder die geschäftige kleine Amsel im Hof.

»Die Vogelgrippe? Sie ist unten im Süden gerade wieder auf dem Vormarsch.«

»Und darauf lassen die Männer sich ein?«

»Warum nicht? Wir schicken Retancourt runter. Observierung von Richard Jarras und René Quissol in Alès. Wie spät ist es?«

»Halb drei. Du solltest definitiv mal deine Uhren reparieren lassen.«

23

Lieutenant Retancourt saß im *Würfelbecher* und verdrückte das letzte Stück eines Sandwichs, als Adamsberg sich zu ihr an den Tisch setzte. Das Bistro an der Straßenecke, billig, aber auch nicht sehr einladend durch das schroffe Wesen seines dürren kleinen Wirts, lag in erbittertem Wettstreit mit der gutbürgerlichen *Brasserie des Philosophes* auf der gegenüberliegenden Straßenseite.

»Um 16.07 Uhr geht der Zug nach Alès. Schaffen Sie es, vorher noch zu Hause vorbeizufahren und ein paar Sachen einzupacken?«

»Zur Not. Was eilt denn so sehr in Alès?«

»Zwei Männer sind zu überwachen. Sie würden mit Kernorkian und vier Brigadiers fahren.«

»Also Observierung rund um die Uhr. Zivile Fahrzeuge.«

»So ist es.«

»Um wen geht es?«

Adamsberg wartete, bis sie außerhalb des Cafés waren.

»René Quissol, aber vor allem Richard Jarras. Zwei von den damaligen Opfern.«

»Amputiert?«

»Nein, Scheinbisse.«

»Und warum Jarras?«

»Er hat achtundzwanzig Jahre als Einkäufer im Klinikum Sainte-Rosalie in Marseille gearbeitet, ebenda, wo sich die Gegengift-Zentrale befindet.«

»Und?«

»Und diese Zentrale bezieht ihr Gegengift bei Spinnenbissen von der Firma Meredial-Lab in Pennsylvania oder Mexiko. Jarras hatte Zugang zu deren Vertriebsnetz.«

»Okay. Und weiß man, ob er selbst auch dort gewesen ist?«

»Nie.«

»Wie fand er dann einen Komplizen in Übersee?«

»Einen anderen Anhaltspunkt haben wir nicht.«

»Okay.«

Wenn Retancourt im Einsatz war, und sie war es schon, geizte sie mit Worten und konzentrierte ihre Energie auf das Ziel. Keine Zeit für Geplauder.

»Und absolutes Stillschweigen über die Operation.«

»Warum?«

»Richard Jarras ist verheiratet.«

»Okay.«

»Mit einer Frau, die Ariane Danglard heißt.«

»Wie bitte?«

»Ja. Es ist seine Schwester.«

Retancourt blieb vor dem hohen Torbogen der Brigade stehen, ihre blonden Augenbrauchen furchten sich.

»Dann erklärt sich ja alles«, sagte sie. »Danglard ist kein Arschloch geworden, er hat Angst.«

»Aber das Resultat ist das gleiche, Lieutenant. Er darf nichts davon erfahren.«

»Sonst lässt er unseren Richard verduften. Sagen Sie Kernorkian, er soll keine Zeit verlieren, ich nehme ein paar Klamotten für ihn mit.«

»Die anderen kommen morgen gegen Mittag nach. Passen Sie auf sich auf, Retancourt. Eine einzige Injektion, und Sie gehen hops in zwei Tagen.«

»Okay.«

Adamsberg machte die Runde durch die Brigade und gab seine Anweisungen. Kernorkian und vier Brigadiers nach Alès, zur Beobachtung von Richard Jarras und René Quissol. Voisenet nach Fontaine-de-Vaucluse und Courthézon, zusammen mit Lamarre, Justin und sechs weiteren Beamten, zur Beschattung von Louis Arjalas, genannt Petit Louis ohne Bein, Marcel Corbière ohne Wange und Jean Escande, genannt Jeannot ohne Fuß. Froissy würde GPS-Signale und Handy-Bewegungen von Richard Jarras und René Quissol bis zum 10. Mai zurückverfolgen, dem Datum des ersten tödlichen Spinnenbisses. Dasselbe würde Mercadet bei Arjalas, Corbière und Escande machen, um jede ihrer Reisen in Richtung der drei letzten lebenden Blapse zu verfolgen, also Alain Lambertin in Senonches, Olivier Vessac in Saint-Porchaire und Roger Torrailles in Lédignan.

Adamsberg richtete sich in Froissys Büro ein, um die Ortswechsel von Richard Jarras und René Quissol zu beobachten.

»Nach allem, was ich sehe, haben sich Ihre beiden Herren nicht weit von Alès wegbewegt«, sagte sie. »Ein GPS haben sie nicht. Und nach ihren Mobiltelefonen zu urteilen – einem einzigen pro Haushalt –, kann ich nur kleine Wege innerhalb der Stadt ausmachen. Und das waren vielleicht sogar ihre Frauen. Die Frauen verdächtigen wir nicht, oder?«

»Nein. Diese Art Rache überträgt man kaum an jemand anders.«

»Viel öfter telefonieren sie über ihr Festnetz, wie früher eben. Das heißt, am 27. Mai um 18.05 hat Richard Jarras seine Frau aus Salindres angerufen, das liegt wenige Kilometer hinter Alès, aber nicht in Richtung Nîmes. Um 21 Uhr ist er zurück. Nichts, was auf irgendeine Aktivität im Hinblick auf die alten Männer von der Bande deuten würde.«

»Es sei denn, sie hätten ihr Handy zu Hause gelassen, was klug von ihnen wäre.«

»Unerlässlich sogar.«

Konkretere Ergebnisse hatte auch Mercadet aus Fontaine-de-Vaucluse nicht zu melden, wo Louis Arjalas und Marcel Corbière drei Straßen voneinander entfernt wohnten. Wie schon bei den beiden »Gebissenen« in Alès waren nur Wege innerhalb der Stadt zu verzeichnen, ausgenommen eine Fahrt nach Carpentras und zurück. Jean Escande in Courthézon bewegte sich auch nicht viel weiter weg, außer nach Orange.

»Für Besorgungen vermutlich«, meinte Mercadet, »Arztbesuche, Behördengänge. Keiner von ihnen fährt Richtung Nîmes. Es sei denn, sie lassen ihr Handy zu Hause.«

»Was klug von ihnen wäre«, wiederholte Adamsberg.

»Und was wir alle machen.«

»Sie lassen Ihr Telefon zu Hause?«

»Na, um nicht ständig die Bullen auf den Fersen zu haben, Kommissar.«

»Unsere fünf Opfer demnach wohl auch.«

»Wenn Sie's denn sind.«

»Und haben Sie in puncto Vergewaltigungen etwas herausgefunden?«

»Viel zu viel«, seufzte der Lieutenant, »und dabei spreche ich nur von den polizeilich gemeldeten Fällen. Für die Fünfzigerjahre, als die Frauen schon gar keine Anzeige zu erstatten wagten, habe ich immerhin zwei Fälle.«

»Direkt in Nîmes?«

»Ja.«

»Wann?«

»Einer im Jahr 1952. Zu dem Zeitpunkt sind Claveyrolle und Barral zwanzig, Landrieu neunzehn und Missoli siebzehn. Lambertin und Vessac sind achtzehn und sechzehn Jahre alt. Waren die ersten drei nicht diejenigen, die man im Schlafsaal der Mädchen erwischt hat?«

»Genau.«

»Ich erwähne diese Namen, denn die anderen Jungs aus der Bande kommen mir ein bisschen jung vor, um daran beteiligt gewesen zu sein: Haubert, Duval und Torrailles waren fünfzehn. Ménard vierzehn.«

»Obwohl man auch das schon erlebt hat. Gruppendynamik.«

»Das Mädchen hat seinerzeit junge Männer beschrieben, keine Kinder. Gemeinsam ist beiden Überfällen, dem von 1952 und dem von 1988, die Falle mit dem Lieferwagen. Und der Umstand, dass die Kerle zu dritt waren. Das Mädchen war siebzehn. Sie war das erste Mal allein aus, hatte ein bisschen was getrunken, kehrte zu Fuß nach Hause zurück. Wie weit war es? Fünfzig Meter vielleicht. Sie heißt Jocelyne Briac.«

»Sehr gut möglich, dass Landrieu sich den Kleintransporter von einem Kumpel geliehen hat.«

»Jocelyne hat erst zwei Wochen später darüber zu reden gewagt, da gab es kein verwertbares Beweismaterial mehr. Ein einziges Indiz: Einer von den kleinen Dreckskerlen hat sich verquasselt. Er hat zu seinem Freund gesagt: ›Jetzt du, César, der Weg ist frei!‹ Denn verstehen Sie, Kommissar, auch sie war Jungfrau. Sicher gab's eine Menge Césars in der Gegend. Aber immerhin, es könnte auch auf César Missoli hindeuten.«

»Claveyrolle ist der Boss, er ist als Erster dran, Missoli kommt nach ihm.«

»Und der Dritte?«

»Sie hat ausgesagt, dass er sich auf sie gelegt und dann

ein bisschen rumgezappelt hat. Aber dass er sie in Wirklichkeit gar nicht angerührt hat, so dass die zwei anderen sich über ihn lustig gemacht haben.«

»Vielleicht Haubert oder Duval. Sie waren erst fünfzehn. Die waren es, Mercadet, aber beweisen können wir es nicht. Und die andere Vergewaltigung?«

»Im Jahr darauf, auch in Nîmes, Véronique Martinez, einen Monat, bevor Missoli das Waisenhaus verlässt. Diesmal sind sie nur zu zweit und zu Fuß. Sie schleifen das Mädchen in ein Wohnhaus. Auch da gibt es keine Spuren, die man hätte zurückverfolgen können. Und im Übrigen, Kommissar, im Jahr 53 kümmern sich die Bullen noch einen feuchten Kehricht um Vergewaltigungen. Ein kleines Detail habe ich immerhin notiert. Beide Jungs rochen nach Fahrradschmiere.«

»Vielleicht ist eins ihrer Räder unterwegs kaputtgegangen.«

»Das ist alles, was wir haben. Im Unterschied zu Justine Pauvel kannten diese beiden Mädchen, Jocelyne und Véronique, ihre Angreifer nicht. Also warum sollten sie sie sechzig Jahre später töten wollen?«

»Nehmen Sie mal an, einer der Kerle wird viele Jahre später einer anderen Vergewaltigung verdächtigt. Und eine der beiden Frauen erkennt ihn auf einem Zeitungsfoto.«

»Möglich.«

»Aber wir wissen nichts. Mit all der Arbeit, die ich Froissy übertragen habe, hat sie noch keine Zeit gehabt, die Strafregister der Blapse durchzusehen.«

»Warum haben Sie die Arbeit nicht aufgeteilt?«

»Das war vor der Sitzung heute Morgen, Lieutenant. Ich wusste nicht, ob Sie sich uns anschließen würden.«

»Die Verschwörergruppe der Einsiedlerspinnen«, Mercadet grinste. »Sie und Veyrenc, dann Voisenet. Ich weiß, wo Sie abends tagten. Im Restaurant *La Garbure*.«

»Überwachen Sie mich, Lieutenant?«

»Die Atmosphäre hier behagte mir nicht. Ich habe Sie beneidet.«

»Worum? Um die Garbure oder die Verschwörung?«

»Um beides.«

»Mögen Sie Garbure?«

»Noch nie gegessen.«

»Es ist eine Armeleutesuppe. Auf jeden Fall muss man Kohl mögen.«

Mercadet verzog leicht angewidert das Gesicht.

»Abgesehen davon«, fuhr er fort, »auch wenn ich den Vortrag von Voisenet über die giftigen Fluide brillant fand, kann ich nicht glauben, dass eine vergewaltigte Frau auf den Gedanken kommt, sich mit Spinnengift zu rächen. Mit Schlangengift, ja, warum nicht? Das Bild von der Schlange, die sich aufrichtet, das Eindringen des feindlichen Sekrets, das könnte man noch verstehen. Und bei einer Schlange ist die Gewinnung des Gifts auch machbar. Aber das Gift der Einsiedlerspinne zum Töten zu verwenden, nein, das sehe ich überhaupt nicht.«

»Ich auch nicht«, gab Adamsberg zu. »Aber überprüfen Sie trotzdem, ob unter den Frauen, die Sie ausfindig machen, eine Biologin oder Zoologin ist. Oder eine Frau, die in der Klinik Sainte-Rosalie in Marseille tätig war. Eines der Opfer aus dem Waisenhaus hat achtundzwanzig Jahre lang als Einkäufer dort gearbeitet. Er ist unsere einzige verwertbare Spur. Und die ist nicht berühmt.«

»Und wer ist das?«

»Richard Jarras. Aber kein Wort darüber, Lieutenant. Retancourt ist an ihm dran, Voisenet an den drei anderen, die im Vaucluse leben. Überwachung in drei Schichten, bis einer von ihnen was unternimmt.«

»Und wenn der Mörder erst in einem Monat zuschlägt?«

»Dann bleiben sie eben einen Monat.«

»Solche Observierungen aus einem Versteck heraus sind anstrengend«, meinte Mercadet und stöhnte. »Ausgenommen für Retancourt, natürlich.«

Mercadet war ohnehin von jeder Überwachung freigestellt. Einen Mann in ein Versteck zu setzen, der alle drei Stunden einschlief, ergab keinen Sinn.

»Inwiefern ist die Spur von Jarras verwertbar, aber nicht berühmt?«

»Das CAP in Marseille bestellt seine Gegengifte bei Meredial-Lab, in der Außenstelle von Pennsylvania. Oder auch bei der in Mexiko.«

»Und dort lagern die Gifte.«

»Aber Jarras hat nie einen Fuß nach Amerika gesetzt.«

»Er kann einen gefälschten Pass benutzt haben.«

»Und wie soll man das rauskriegen?«

»Zunächst mal über das Archiv für Falschdokumente.«

»Davon gibt es Tausende, Lieutenant.«

»Und über sein Foto?«, schlug Mercadet vor, den aufwendige Recherchen überhaupt nicht schreckten. Genauso wenig wie Froissy. Millionen Pfade im Netz zu erkunden war ein Spaziergang für ihn, den er in großer Schnelligkeit ausführte, wobei er alle nötigen Umwege nahm, Schleichwege und Abkürzungen wählte, wie ein Fliehender, der gewitzt querfeldein rennt, immer unter den Stacheldrähten durch. So was liebte er. Und je gewaltiger die Aufgabe war, desto mehr reizte sie ihn.

Adamsberg schloss die Tür seines Büros, um seine Anrufe zu erledigen. Seit der Abreise von fünf Lieutenants und zehn Brigadiers waren die Räume still geworden. Auch wenn Danglard in seinen Bau zurückgezogen blieb, wünschte Adamsberg nicht, dass er hörte, wie er an allen Enden von Paris nach Gift fragte.

Nach fast einer Stunde, so lange, wie die Verwaltungs- dienste gebraucht hatten, um ihn von Abteilung zu Abtei- lung schließlich zu einem kompetenten Menschen durchzu- stellen, kam Adamsberg zu Mercadet zurück.

»Nichts«, sagte er und schmiss sein Telefon auf den Tisch, als wenn das Gerät sich der Aufgabe nicht gewachsen ge- zeigt hätte.

»Sie schlagen noch das Glas kaputt, wenn Sie es so be- handeln.«

»Es ist ja bereits gesprungen, es ist das vom Kater. Ich wollte wissen, ob es noch woanders Gift der Einsiedler- spinne gibt – aber weder im Museum für Naturgeschichte noch im Institut Pasteur und auch nicht in Grenoble.«

»Ich meinerseits habe ein wenig in der Region recher- chiert, über den Zeitraum der letzten zwanzig Jahre: Man hat nie etwas von einem geheimen Labor für Spinnengifte gehört, nicht mal für Schlangengift. Und wer würde sich auch schon damit amüsieren, das Gift der Einsiedlerspinne aufzufangen?«, setzte er hinzu und schob seinen Laptop von sich.

Adamsberg ließ sich schwer auf den Stuhl fallen und fuhr sich wieder und wieder mit den Fingern durch die Haare. Eine gewohnheitsmäßige Geste bei ihm, sei es, um sich zu kämmen, was sinnlos war, sei es, um einen Anflug von Müdigkeit zu verscheuchen. Und dazu hatte er allen Grund, dachte Mercadet: drei ermordete alte Männer, fünf Verdächtige unter den Bengeln im Waisenhaus, dazu die vergewaltigten Frauen, von denen die meisten ihnen unbekannt bleiben würden. Und auch über die Methode, wie der Mörder es anstellte, wussten sie noch immer nichts.

»Retancourt und Voisenet sind an ihnen dran«, sagte Adamsberg noch einmal. »Irgendwann wird einer der beiden sich rühren. Heute Abend, morgen.«

»Wie wäre es, Kommissar, wenn Sie sich oben auf den Kissen ein wenig ausstreckten? Verdammt«, und er sprang auf, die Erwähnung der Schlafstatt hatte den Gedanken an den Getränkeraum und von da an den Fressnapf ausgelöst.

»Eine Idee, Lieutenant?«

»Der Kater, es ist Zeit für sein Futter. Wenn Retancourt nun zurückkommt und feststellt, dass die Kugel dünner geworden ist.«

»Der hat was zum Zusetzen.«

»Und selbst wenn«, meinte Mercadet und ging aus einer von Retancourts Schubladen eine Dose Katzenfutter holen. »Seine Abendmahlzeit darf ich nicht versäumen. Ich bin ohnehin schon spät dran.«

Wie hungrig der Kater auch sein mochte und wie ungehalten darüber, dass sein Fressen nicht pünktlich eintraf, um nichts in der Welt hätte er sich bewegt – ganze sieben Meter weit –, um seine Nahrung einzufordern. Ruhig wartete er auf dem Fotokopiergerät, bis man ihn holte.

Froissy kam mit leicht geröteten Wangen auf sie zu, gefolgt von Veyrenc, als Mercadet mit über dem Arm gefalteten, gesättigten und schnurrenden Kater die Treppe wieder herunterkam und ihn sanft auf das Gerät zurücksetzte. Dieser Kopierer war nicht mehr in Betrieb, außer in dringenden Fällen, er diente hauptsächlich als Lagerstatt für das Tier.

Aber man ließ ihn eingeschaltet, damit die Haube warm blieb. Für einen kurzen Augenblick fand Adamsberg das Leben in der Brigade doch reichlich kompliziert. Hatte er die Zügel zu sehr schleifen lassen? Tatenlos zugesehen, wie sich die Ichthyologie-Zeitschriften auf Voisenets Schreibtisch häuften, der Kater sein Territorium organisierte, Mercadet sich ein Bett baute, Froissy einen Schrank mit Lebensmittelvorräten für den Ernstfall füllte, Mordent seiner Leidenschaft für Märchen und Sagen frönte, Danglard seine überbordende Gelehrsamkeit pflegte, Noël seinen Sexismus und seine Homophobie hätschelte? Und er selbst seinen Verstand allen Winden geöffnet hielt?

Wieder strich er sich mit den Fingern durch die Haare, sah Froissy auf sich zukommen, hinter ihr Veyrenc.

»Was gibt's?«, fragte er mit einer Stimme, die er selbst etwas erloschen fand.

»Veyrenc hat sich Fragen gestellt.«

»Umso besser, Louis. Denn was mich angeht, mir pfeift heute Abend nur Wind zwischen den Ohren.«

»So dass ich«, fuhr Froissy fort, »ein bisschen recherchiert habe über die schon verstorbenen Mitglieder der Waisenhausbande. Erinnern Sie sich? Die lange vor dem Angriff der Spinnen gestorben sind?«

»Die vier anderen, ja.«

»César Missoli, Denis Haubert, Colin Duval und Victor Ménard«, zählte Froissy auf. »Veyrenc meinte, dass es unlogisch wäre, wenn die gebissenen Männer beschlossen hätten, sich an der Bande zu rächen, und diese vier da friedlich in ihrem Bett hätten sterben lassen.«

»Man rächt sich doch ganz oder gar nicht«, sagte Veyrenc.

»Und?«, fragte Adamsberg und hob wieder den Kopf.

»César Missoli bekam eine Kugel in den Rücken, vor

seiner Villa in Beaulieu-sur-Mer an der Côte-d'Azur. Die Ermittlung ist im Sande verlaufen. Da er in den mafiösen Kreisen von Antibes verkehrte, hat man auf einen Vergeltungsakt geschlossen.«

»Und wann war das, Lieutenant?«

»1996. Denis Haubert ist zwei Jahre später bei Reparaturarbeiten von seinem Dach gestürzt. Die Sicherung der Teleskopleiter war nicht richtig fixiert. Wurde als häuslicher Unfall abgelegt.«

Adamsberg begann, die Hände auf dem Rücken, im Kreis durch den Raum zu laufen. Er zündete sich eine der letzten von Zerks zerkrümelten Zigaretten an. Er würde seinem Sohn bald eine neue Schachtel kaufen müssen, damit er ihm auch weiterhin hin und wieder eine stehlen konnte. Er mochte die Marke nicht, zu herb, aber schließlich, einer gestohlenen Zigarette sieht man nicht ins Kraut. Veyrenc, mit verschränkten Armen an Kernorkians Schreibtisch gelehnt, sah ihm lächelnd zu.

»Dann vergehen drei Jahre«, fuhr Froissy fort. »2001, nun ist Victor Ménard an der Reihe. Automechaniker, Liebhaber großzylindriger Motorräder. Damals besaß er eine Sechshunderter, die er mit Höchstgeschwindigkeit fuhr. Schwere Maschine auf einer rutschigen Fahrbahn.«

»Rutschig?«

»Bedeckt von einer Ölspur auf einer Länge von vier Metern mitten in einer Kurve. Kommt ins Schleudern bei 137 Stundenkilometern. Halswirbel gebrochen, Bremspedal bohrt sich ihm in die Leber, Exitus. Ein Unfall, natürlich. Wieder ein Jahr später, 2002, schließlich Colin Duval, auch er in den südlichen Alpen ansässig. Ein leidenschaftlicher Pilzsammler, er kennt seine Pilzgründe. Er ist Experte, schneidet die Füße in feine Lamellen und fädelt sie auf eine

Schnur, die er bei trockenem Wetter draußen aufhängt. Er lebt allein und kocht selber. In einer Woche im November, lange nach seiner Ernte, spürt er heftige Leibschmerzen. Er macht sich noch keine Sorgen, er kennt seine Röhrlinge. Zwei Tage später gehen die Symptome zurück, er ist beruhigt. Dann der Rückfall, und nach drei Tagen stirbt er trotz sofortiger Behandlung im Krankenhaus an Leber- und Nierenversagen. Die Analysen weisen Alpha- und Beta-Amanitine im Blut aus, die Killergifte des Knollenblätterpilzes. Er kann einen hellen Fuß und einen ziemlich flachen Hut haben, wie manche Röhrlinge, und sich darum leicht unter die anderen Pilze im Korb schmuggeln lassen. Aber viel sicherer ist es, einzelne Lamellen auf die Trockenschnur zu fädeln. Man muss wissen«, ergänzte Froissy nach einem Blick in ihre Notizen, »dass bereits ein halber Hut von einem Knollenblätterpilz tödlich ist.«

»Drei Todesfälle, die Unfälle sein könnten, und eine Abrechnung«, fasste Veyrenc zusammen, »wenn wir nicht wüssten, dass diese Männer zur Einsiedlerspinnen-Bande gehört hatten. Es sind also keine Zufälle, es sind keine Unfälle. Es sind Morde.«

»Scheibenschießen, und getroffen«, sagte Adamsberg. »Das heißt, die Opfer der Einsiedlerspinnen haben nicht siebzig Jahre gewartet, um zu töten, wie wir glaubten.«

»Aber plötzlich«, sagte Mercadet, »brechen sie ab. Die Morde hören auf. Nachdem sie schon vier Blapse beseitigt haben, alles wunderbar läuft, niemand sie verdächtigt. Wer könnte es auch? Nein, sie unterbrechen vierzehn Jahre lang, um im vergangenen Monat mit einem unendlich komplizierten Verfahren, das wir nicht kennen, wieder anzufangen.«

»Eine sehr lange Latenzphase«, sagte Adamsberg.

»Und warum?«, fragte Froissy.

»Nun, Lieutenant, um dieses neue, unendlich komplizierte Verfahren, das wir nicht kennen, zu entwickeln.«

Sie schüttelte den Kopf.

»Doch, Froissy«, fuhr Adamsberg fort. »Irgendetwas an ihrer Art, ihre Peiniger umzubringen, muss sie letztendlich nicht befriedigt haben. Erinnern Sie sich: Auge um Auge, Zahn um Zahn. Sie ist entscheidend, diese Ähnlichkeit, diese Gleichung, die so alt ist wie die Welt.«

»Und sie hinkte«, sagte Veyrenc. »Sicher, die ersten vier Männer sind tot, aber wenn dir der Feind ein Auge ausreißt, ist die Rache nur mäßig, wenn du ihm die Ohren abschneidest. Spinnengift gegen Spinnengift.«

»Und so suchen sie vierzehn Jahre lang nach einer Möglichkeit, genügend davon zu horten, so dass sie es denen unter die Haut spritzen können?«

»Das muss es wohl sein«, erwiderte Adamsberg. »Oder nichts davon hat Hand noch Fuß.«

»Und um das zu erreichen, setzt Jarras mal einfach so auf eine Verbindung nach Mexiko?«, fragte Froissy.

»Stoßen Sie das Messer nicht noch tiefer in die Wunde, Lieutenant. Wie auch immer, sie haben es geschafft.«

»Und in vierzehn Jahren«, schloss Veyrenc, »haben sie genug Gift zusammen, um schon mal drei Leute zu töten. Wahrscheinlich sogar so viel, dass sie noch drei weitere umbringen könnten.«

»Kann man tierisches Gift konservieren?«

»Ich habe nachgesehen«, sagte Veyrenc. »Bis zu achtzig Jahren bei manchen Arten, aber am sichersten ist Einfrieren. Das gilt für Schlangen. Bei Einsiedlerspinnen weiß ich nicht.«

»Bei Einsiedlerspinnen weiß man überhaupt nie was«,

seufzte Mercadet. »Klar, sie behelligen ja auch keinen Menschen.«

Der Kommissar breitete zufrieden seine Arme aus. Der Wind hatte aufgehört, ihm durchs Gehirn zu blasen.

»Garbure?«, schlug Veyrenc vor.

Veyrencs Interesse für diese Estelle war hartnäckiger, als Adamsberg gedacht hatte. Mit dieser so beiläufig hingeworfenen Einladung war klar, dass der Lieutenant nicht wünschte, allein zu erscheinen, sondern seine Anwesenheit irgendwie zu tarnen gedachte. Am Abend zuvor hatte Estelle sich deutlich reservierter gezeigt.

»Ich bin dabei«, sagte er darum, obwohl er nach diesen anstrengenden Tagen lieber die Beine vorm Kamin ausgestreckt und nachzudenken versucht hätte. Oder jedenfalls seine Notizen überflogen hätte.

»Ich auch«, und Mercadet schaltete seinen Laptop aus.

»Ist sie gut, diese Garbure?«, fragte Froissy, der es beim Essen auch immer auf den Genuss ankam.

»Ausgezeichnet«, sagte Veyrenc.

»Nun ja«, mäßigte ihn Adamsberg, »Kohl muss man schon mögen.«

24

Mercadet und Froissy hatten einen Blick in die Terrine geworfen, die für Adamsberg und Veyrenc aufgetragen wurde, und sich nach dieser Prüfung für das »Huhn im Topf à la Henri Quatre« entschieden. Die dunklen Wolken hatten sich verzogen seit Veyrencs Entdeckung, dass auch die fünf noch lebenden Opfer der Einsiedlerspinne sich verbündet hatten und seit zwanzig Jahren einen Krieg gegen die Spinnenbande führten. Endlich fügten sich die Dinge zu einem Ganzen. Chronologische Elemente, psychologische Faktoren und technische Rätsel rückten an die ihnen gebührende Stelle. Das Unbehagen, das Adamsberg allein beim Klang des Wortes »Einsiedlerspinne« gespürt hatte, war verflogen. Jetzt brauchte er nur noch den Ausgang der Missionen von Retancourt und Voisenet abzuwarten, das Ende war in Sicht. Und mit Vergnügen füllte diesmal er den Madiran in die Gläser.

Veyrenc hatte von Neuem den Platz gewechselt und sich mit dem Rücken zur Theke gesetzt. Heute Abend würde er nicht aufstehen, um Kaffee oder Zucker zu holen. Mercadet kostete von der Garbure und verzichtete ohne Bedauern. Und die Gespräche kreisten lange und wild durcheinander um die Ermittlung, das Gift, die Spinne, Mexiko, um die Gleichgültigkeit des Katers gegenüber den Amseln, die Blapse von La Miséricorde, schon sieben waren tot, und die »Bande« der Gebissenen.

»Gut«, meinte Mercadet, »sie haben viel durchgemacht

im Waisenhaus, aber Chorknaben sind die armen Knirpse nun auch nicht gerade geworden.«

»Wer sehr gelitten hat, der lässt später auch andere leiden«, sagte Veyrenc.

»Ich hatte sie irgendwie lieb gewonnen. Aber letztendlich sind sie Mörder.«

»Und sehr berechnend. Eine Hartnäckigkeit über so lange Zeit habe ich noch nie erlebt. Das Alter hätte sie doch etwas milder stimmen können, aber nichts da.«

Estelle kam an den Tisch, legte zwar nicht ihre Hand, aber einen Finger auf Veyrencs Schulter und erkundigte sich, ob sie den Tomme bringen dürfe. Aber gewiss doch.

»Wie spät ist es?«, wollte Adamsberg wieder einmal wissen.

»23.30 Uhr«, sagte Veyrenc. »Du nervst alle Welt mit deiner Uhrzeit.«

»Retancourt ist also seit über drei Stunden auf ihrem Posten. Voisenet und seine Leute seit über zwei Stunden.«

»Entspann dich mal ein bisschen, Jean-Baptiste«, sagte Veyrenc leise zu ihm.

»Ja.«

Mercadet zerteilte den Käse, als Adamsbergs Telefon klingelte.

»Retancourt«, sagte er und griff sofort nach dem Apparat. Dann aber runzelte er die Stirn, die Nummer sagte ihm nichts.

»Kommissar? Sie schlafen hoffentlich noch nicht, entschuldigen Sie bitte, ich weiß, es ist spät, ich bitte um Verzeihung, ehrlich. Hier ist Madame Royer-Ramier. Irène Royer. Also Irène.«

»Ich schlafe noch nicht, Irène. Ein Problem? Schmeißt man Ihnen wieder mal die Fenster ein?«

»O nein, Kommissar. Es ist viel schlimmer.«

»Ich höre.«

Adamsberg schaltete auf Raumton, und das Klappern des Bestecks hörte auf.

»Es gibt schon wieder einen, Kommissar. Im Netz ist die Hölle los. Pardon, ich will Sie nicht verwirren, ich spreche nicht vom Spinnennetz, sondern vom Internet.«

»Einen was?«

Adamsberg hätte sie gern angeherrscht, diese Frau, aber er hatte begriffen, je mehr man sie unter Druck setzte, desto mehr wich sie aus. Sie war es, die das Tempo und die Abschweifungen bestimmte.

»Na, einer, der gebissen wurde, Kommissar.«

»Wo?«

»Das ist ja das Merkwürdige, nicht hier bei uns, sondern im Departement Charente-Maritime. Und das da oben ist gar keine Spinnengegend. Wobei man allerdings wissen muss, dass die Schwarzen Witwen manchmal von ihrem Mittelmeer hochwandern zur Atlantikküste. Warum sie das machen? Ein Mysterium. Und letztes Jahr hat eine Einsiedlerspinne sogar jemanden im Departement Oise gebissen, da können Sie mal sehen. Es gibt Spinnen, die müssen so was wie Abenteuerlust im Blut haben. Mal schauen, ob das Gras woanders grüner ist. Das ist natürlich nur ein Bild.«

»Aber bitte. Geben Sie mir die Einzelheiten.«

»Die Nachricht ist – wann war es? – gerade vor zehn Minuten in den Foren aufgetaucht. Ich habe Sie sofort angerufen. Sie haben den Mann ins Krankenhaus nach Rochefort gebracht.«

»Handelt es sich denn mit Sicherheit um den Biss einer Einsiedlerspinne?«

»O ja. Denn der Alte – es ist wieder ein älterer Mensch,

Kommissar – hat die Schwellung erkannt, und es hat sich auch sofort eine Blase gebildet. Dann wurde es rot. Und nach allem, was sich da jetzt tut, ist er auf der Stelle zum Krankenhaus.«

»Aber wie kann das so schnell im Internet auftauchen?«

»Jemand aus diesem Krankenhaus muss es da reingestellt haben, ein Krankenträger, ein Pfleger, was weiß ich? Nach allem, was sich da jetzt tut.«

»Den Namen des Kranken haben Sie nicht?«

»Also, Kommissar, es gibt ja so was wie die ärztliche Schweigepflicht, immerhin. Das Einzige, was man erfährt, ist, dass er am Ende seines Abendessens in Saint-Porchaire gebissen wurde. Irgendwo da oben halt. Den Biss hat er gespürt.«

»War er draußen oder drinnen?«

»Das wird nicht gesagt. Was mich interessiert, ist, ob es ein normaler Gebissener ist oder ein spezieller, ich meine, einer von den Ihren.«

»Ich verstehe, Irène. Ich werde es Ihnen sagen.«

»Warten Sie, Kommissar! Rufen Sie mich nicht auf meinem Handy an, das habe ich auf meinem Stuhl liegen gelassen.«

»Aber wo sind Sie denn?«

»Also, ich bin in Bourges.«

»In Bourges?«

»Sobald ich kann, suche ich mir einen Punkt auf der Landkarte, und da fahre ich hin. Es ist wegen der antalgischen Haltung, verstehen Sie.«

»Wegen was, bitte?«

»Der antalgischen Haltung. Mit den Armen fest am Lenkrad, den Füßen auf den Pedalen, spüre ich meine Arthrose fast nicht mehr. Ich würde am liebsten am Steuer leben.«

»Die Nummer von Ihrem Hotel, bitte.«

»Es ist kein Hotel, es ist ein Fremdenzimmer. Sehr sauber, muss ich sagen. Ich rufe vom Mobiltelefon des Wirtes aus an. Er ist überaus hilfsbereit, ich will es aber trotzdem nicht ausnutzen.«

Adamsberg legte auf und sah seine Kollegen gespannt an.

»Der Mann ist aus Saint-Porchaire. Wohnt da nicht einer von unseren Blapsen?«

»Olivier Vessac, zweiundachtzig Jahre«, bestätigte Froissy.

»Ich fahre hin«, sagte der Kommissar und stand auf. »Unser Mann hat nur noch zwei Tage zu leben. Ich muss von ihm den genauen Zeitpunkt seiner Verletzung erfahren und wer sie ihm zugefügt hat.«

»Ich komme mit«, sagte Veyrenc, ohne sich zu rühren. »Wir sind in fünf Stunden in Rochefort. Was fangen wir um halb fünf Uhr morgens vor den Toren des Krankenhauses an, kannst du mir das sagen?«

Adamsberg nickte und rief Retancourt an, der Lautsprecher war immer noch eingeschaltet.

»Habe ich Sie geweckt, Lieutenant?«

»Seit wann schlafe ich während einer Observierung?«

»Wir haben ein weiteres Opfer, Olivier Vessac in Saint-Porchaire, in der Nähe von Rochefort. Er wurde heute Abend, wahrscheinlich zwischen acht und spätestens Viertel vor elf, gebissen. Ist eine von Ihren Zielpersonen abwesend?«

»Negativ. Richard Jarras und seine Frau haben um 19.30 Uhr ein kleines Restaurant im Stadtzentrum betreten, zurück um 21.05 Uhr. Von René Quissol meldet Kerno, dass er und seine Frau vor dem Fernseher sitzen, keinerlei Bewegung.«

»Kerno« war der Name, den die Beamten untereinander ihrem Kollegen Kernorkian gaben. Die eine Silbe weniger machte aus dem geborenen Armenier einen waschechten Bretonen.

»Also brechen Sie Ihre Zelte dort ab, Lieutenant. Ende der Mission. Es muss demnach einer aus dem Vaucluse gewesen sein. Ich rufe Sie wieder an.«

Unmittelbar darauf hatte Adamsberg schon Voisenet in der Leitung.

»Nein, Kommissar«, sagte Voisenet. »Petit Louis sitzt auf einer Steinbank draußen vor seinem Haus – es ist hier nämlich noch recht warm – und, was mir die Arbeit vereinfacht, spielt Karten mit seinem Kumpel Marcel.«

»Sind die es auch wirklich, Voisenet?«, fragte Adamsberg etwas lauter. »Sind Sie sicher?«

»Absolut sicher, Kommissar. Louis Arjalas und Marcel Corbière. Das ist leider nicht sehr schwer festzustellen. Petit Louis hat links eine Beinprothese, und Marcel fehlt die eine Wange. Er bedeckt die Gesichtshälfte mit einem fleischfarbenen groben Stück Stoff.«

»Und was meldet Lamarre über Jeannot aus Courthézon?«

»Nichts. Jean Escande ist nicht da. Die Nachbarn sagen, er sei ans Meer gefahren, nach Palavas.«

»Im Wagen?«

»Ja. Er fährt oft runter, sobald es schön wird.«

»Eine Bewegung auf seinem Smartphone?«

»Nichts. Wir haben keinerlei Signal.«

»Sehr gut. Verlegen Sie die ganze Truppe nach Palavas, klappern Sie sämtliche Hotels ab, die Campingplätze, fragen Sie überall nach ihm. Ein alter Mann ohne Fuß dürfte nicht so schwer zu finden sein, schon gar nicht ein Stammkunde. Finden Sie ihn, Lieutenant, oder besser, finden Sie ihn nicht.«

»Ich habe die Beschreibung seines Wagens«, sagte Froissy und griff nach ihrem Telefon, auf dem sie einen Großteil ihrer laufenden Daten speicherte. »Ein fünftüriger blauer Verseau 630 Automatik, Kennzeichen 234 WJA 84.«

»Haben Sie's, Voisenet?«

Dann rief er noch einmal Retancourt an.

»Nur ein Mann ist nicht anzutreffen, Lieutenant: Jean Escande, angeblich zum Baden nach Palavas gefahren, aber sein Telefon ist ausgeschaltet. Voisenet ist an ihm dran. Fahren Sie mit Ihrer Mannschaft nach Saint-Porchaire, wo Vessac gebissen wurde. Jeannot Escande ist immerhin siebenundsiebzig. Falls er die Strecke aus dem Vaucluse bis nach Saint-Porchaire in einem Ritt gefahren ist, mindestens sieben Stunden Fahrt, dann war er nicht in der Lage, gleich wieder zurückzufahren in den Süden, schon gar nicht nachts. Fragen Sie in allen kleinen Hotels der näheren Umgebung nach und erweitern Sie den Radius. Ein alter Mann mit nur einem Fuß, den merkt man sich.«

»Er hat möglicherweise im Auto geschlafen.«

»Ich gebe Ihnen die Beschreibung. Ein fünftüriger blauer Verseau 630 Automatik, Kennzeichen 234 WJA 84.«

»Okay.«

Adamsberg setzte sich wieder, die Hand um sein Telefon geklammert.

»Wenn Jeannot es nicht ist, sind wir aufgeschmissen. Es würde bedeuten, dass wir uns auf der ganzen Linie geirrt haben. Dass wir auf die Schnauze gefallen sind, wie Danglard es formuliert hat.«

»Unmöglich«, sagte Veyrenc, »es wird sich alles finden. Wir schlafen erst mal zwei Stunden, dann fahren wir nach Rochefort. Punkt acht stehen wir vorm Krankenhaus.«

Adamsberg stimmte schweigend zu.

»Ich sage dir, Louis, die Sache ist gestorben. Irgendwas haben wir übersehen.«

»*Du* bist gestorben. Wir schlafen einen Moment, und nachher um drei treffen wir uns in der Brigade.«

Wieder nickte Adamsberg nur. Das Wort »Einsiedlerin« ging ihm durch den Sinn, und er fröstelte. Veyrenc rüttelte ihn an der Schulter und schob ihn nach draußen.

»Jeannot ist verschwunden«, sagte er zu ihm, »Jeannot hat sich bewegt.«

»Ja.«

»Es ist normal, dass nur einer der ›Gebissenen‹ die Arbeit übernimmt. Sie werden schließlich nicht zu fünft losziehen. Sie wechseln sich ab, das wissen wir doch. Wir erwischen ihn schon.«

»Ich weiß nicht.«

»Was ist los mit dir, Jean-Baptiste?«

»Ich sehe nicht mehr im Nebel, Louis. Da ist nichts mehr.«

25

Adamsberg packte in aller Eile eine Tasche und setzte sich in die Küche, die Füße auf dem Kaminbock. Fast wäre er zu Lucio in den kleinen Garten hinausgegangen, da er für einen flüchtigen Moment vergessen hatte, dass der nach Spanien gereist war. Nichts hätte Lucio mehr begeistert als diese grausigen Spinnengeschichten.

Und was hätte Lucio zwischen zwei Schluck Bier unter der Buche zu ihm gesagt?

»Geh deiner Angst auf den Grund, *hombre,* lass sie nicht los, du musst den Biss bis zu Ende kratzen, bis aufs Blut.«

»Es wird schon vorübergehen, Lucio.«

»Es geht nicht vorüber. Geh ihm auf den Grund, mein Junge, du hast ja gar keine Wahl.«

Genau das hätte er gesagt, ganz sicher. Um drei Uhr früh traf er vor der Brigade mit Veyrenc zusammen.

»Du hast nicht geschlafen«, stellte Veyrenc fest.

»Nein.«

»In dem Fall setze ich mich ans Steuer. In zwei Stunden wecke ich dich. Wenn ich deine Mutter wäre, würde ich dir jetzt befehlen, die Augen zuzumachen.«

»Ich muss sie anrufen, sie hat sich den Arm gebrochen.«

»Gestürzt?«

»Ja. Sie ist gegen den Besenstiel geprallt. Wobei sie nicht weiß, ob der Besen sich ihr in den Weg gestellt hat oder sie sich in den seinen.«

»Eine wichtige Frage, wenn man's recht bedenkt«, sagte Veyrenc im Anfahren, »und die auf eine Menge Dinge zutrifft.«

»Es ist ein sehr langer Besen, sie benutzt ihn, um Spinnen zu verjagen. Keine Einsiedlerspinnen, die gibt es bei uns nicht.«

Und an der Kälte, die ihm plötzlich in den Nacken kroch, erkannte Adamsberg, dass er das Wort nicht hätte aussprechen dürfen. Schon gar nicht im Zusammenhang mit dem Elternhaus und, schlimmer noch, mit seiner Mutter. Vielleicht fraßen Danglards böse Prophezeiungen jetzt auch schon an seinen Gedanken.

Kurz vor acht Uhr hielt Veyrenc vor dem Krankenhaus von Rochefort und rüttelte den Kommissar an der Schulter.

»Verflucht«, sagte Adamsberg, »du hast mich nicht geweckt?«

»Nein.«

Der diensthabende Arzt in Rochefort sperrte sich zunächst gegen jeden Besuch bei seinem Patienten, und seien sie selbst Polizisten. Der Zustand des Kranken hatte sich in der Nacht verschlimmert.

»Wie sehr?«

»Die Wunde hat sich schneller vergrößert als erwartet, es hat bereits die Nekrose eingesetzt. Wir haben es in dem Fall mit einer beschleunigten Reaktion zu tun. Das Fieber ist schon auf 38,8 gestiegen.«

»Wie bei den drei Patienten in Nîmes?«

»Das ist zu befürchten, und ich verstehe nicht, was die Polizei damit zu tun hat. Soll man uns lieber einen Spezialisten schicken, das wäre sinnvoller«, fügte er hinzu, womit er das Gespräch wohl für beendet hielt und ihnen den Rücken kehrte.

»Wo wurde er gebissen?« Adamsberg gab nicht auf.

»Am rechten Arm. Was uns hoffen lässt, dass wir ihn mit einer Amputation retten.«

»Nicht unbedingt, Doktor. Dieser Mann ist nicht von einer simplen Einsiedlerspinne gebissen worden. Er hat die zwanzigfache Dosis ihres Gifts erhalten. Das ist Mord.«

»Ein Mord? Mit zwanzig Spinnen?«

Der Arzt wandte sich wieder zu ihnen um, stand breitbeinig und mit verschränkten Armen da und lächelte, ein Bild entschlossener Weigerung. Ein rechtschaffener, effizienter, autoritärer und müder Mann.

»Seit wann«, sagte er, »kann der Mensch den Spinnen befehlen? Nach ihnen pfeifen, dass sie zu ihm kommen, sie in Kohorten organisieren und auf ein Opfer werfen, wann immer er lustig ist? Seit wann?«

»Seit dem 10. Mai, Doktor. Drei Männer sind schon tot, und zwei weitere werden sterben, wenn Sie uns nicht mit Ihrem Patienten reden lassen. Ich kann eine richterliche Anordnung erwirken, wenn Sie es verlangen, aber ich würde es bei Weitem vorziehen, keine Zeit zu verlieren und mit ihm zu reden, bevor das Fieber über 40 steigt.«

Es war natürlich ausgeschlossen, dass er diese Anordnung je erhalten würde, der Divisionnaire war ja noch nicht mal informiert über die Ermittlung. Aber das Wort weckte das Vertrauen des Mediziners.

»Ich gebe Ihnen zwanzig Minuten, nicht mehr. Regen Sie ihn nicht auf, dass das Fieber nicht steigt. Und den betroffenen Arm darf er auf keinen Fall bewegen.«

»Wo und wann wurde er gebissen? Drinnen? Draußen?«

»Draußen, als er mit seiner Begleitung vom Abendessen

nach Hause kam, bei Einbruch der Nacht. Zimmer 203. Zwanzig Minuten.«

Der alte Mann war nicht allein. In einem Sessel, wo sie offensichtlich die Nacht verbracht hatte, saß eine Frau in den Siebzigern mit tränennassen Augen und knetete ein Taschentuch in ihren Händen.

»Polizei«, kündigte Adamsberg leise an, während er auf das Bett zuging. »Lieutenant Veyrenc de Bilhc und Kommissar Adamsberg.«

Der Mann blinzelte, als wollte er sagen: »Ich verstehe.«

»Wir bedauern sehr, dass wir Sie stören müssen, Monsieur Vessac. Wir bleiben nicht lange. Madame?«

»Meine Gefährtin«, stellte Vessac sie vor. »Élisabeth Bonpain.«

»Es tut uns sehr leid, Madame, aber wir möchten Sie bitten, den Raum zu verlassen. Wir müssen uns allein mit Monsieur unterhalten.«

»Ich rühre mich hier nicht weg«, sagte Élisabeth Bonpain mit leiser Stimme.

»Es ist so Vorschrift«, erklärte Veyrenc, »seien Sie uns nicht böse.«

»Sie haben recht, Élisabeth«, sagte Vessac. »Sei vernünftig. Geh inzwischen einen Kaffee trinken und was essen, das wird dir guttun.«

»Aber warum kommen Polizisten zu dir?«

»Das werde ich gleich erfahren. Geh, ich bitte dich. Einen Kaffee, ein paar Croissants«, wiederholte Vessac, »stärk dich ein wenig. Schau in eine Zeitschrift, das bringt dich auf andere Gedanken. Mach dir keine Sorgen, um mich zur Strecke zu bringen, dazu gehört mehr als eine kleine Spinne.«

»Sie belügen sie, nicht wahr?«, sagte Adamsberg, als Élisabeth Bonpain endlich gegangen war.

»Natürlich. Was soll ich ihr denn sonst sagen?«

»Sie belügen sie, weil Sie wissen, dass es nicht nur eine kleine Spinne war.«

Adamsberg sprach wohlwollend mit ihm. Blaps oder nicht Blaps, man fasst einen Menschen nicht grob an, der nur noch zwei Tage zu leben hat und das weiß. Er vermied es, die Wunde zu betrachten, die bereits abstoßend aussah. Auf einer Fläche von zehn mal vier Zentimetern fraß sich die schwarze Nekrose durch Muskeln und Adern.

»Sieht scheußlich aus, was?«, sagte Vessac, während er Adamsbergs Blick folgte. »Aber ihr Bullen habt ja ganz andere Sachen gesehen.«

»Wir haben nur zwanzig Minuten, Monsieur Vessac. Sie wissen, was Ihnen zugestoßen ist.«

»Ja.«

»Sie wissen von dem Tod von Albert Barral, von Fernand Claveyrolle und Claude Landrieu letzten Monat in Nîmes, die alle drei durch Biss der Einsiedlerspinne schlagartig ums Leben kamen.«

»So weit sind Sie schon?«

Vessac lächelte bitter, und mit dem linken Arm bat er Veyrenc um ein Glas Wasser. Den markanten Zügen dieses Gesichts hatte das Alter nichts anhaben können, selbst nach so langer Zeit erkannte Adamsberg ihn.

»Wir sind bei dem Waisenhaus, wo es eine Bande gab, die elf Kinder mit Einsiedlerspinnen attackiert hat, von denen einige verstümmelt, ein Junge impotent und einer mit völlig zerstörtem Gesicht zurückgeblieben ist. Sie gehörten zu dieser Bande, mit acht anderen.«

Vessac senkte den Kopf nicht.

»Dreckskerle«, sagte er.

»Wer? Sie oder Ihre Opfer?«

»Wir natürlich, wer sonst? Schweinebande, Arschlöcher. Als der kleine Louis sein Bein verlor mit vier Jahren, was haben wir da gemacht? Gefeixt haben wir. Ich nicht, ich war erst zehn, aber ich habe sie bald darauf eingeholt. Und glauben Sie, das hätte uns beeindruckt? Im Gegenteil. Als der Jeannot seinen Fuß verloren hat und der Marcel sein halbes Gesicht – mein Gott, war der hässlich! –, was haben wir gemacht? Wir haben gelacht. Was uns aber am meisten amüsiert hat, war, als der Hoden von Maurice abgefallen ist wie eine Nuss. Maurice-ein-Ei haben wir ihn gerufen, und so hat das ganze Waisenhaus es erfahren.«

»Wissen Sie, wer Ihnen das angetan hat?«, und Adamsberg wies auf die Wunde.

»Aber sicher. Sie rächen sich, und das ist ihr gutes Recht. Und ich werde Ihnen eins sagen: Ich habe keine Lust abzukratzen, aber ich versteh's, ich hab's verdient. Immerhin schnappen sie uns erst jetzt, wo wir alt sind, sie haben uns unser Leben leben lassen, wir haben Frauen kennengelernt, Kinder in die Welt gesetzt.«

»Sie haben schon viel früher begonnen, Vessac. Zwischen 1996 und 2002 haben sie schon vier von Ihnen umgebracht: Missoli, Haubert, Ménard und Duval. Nicht mit Gift, sondern durch provozierte Unfälle.«

»Ah«, sagte Vessac. »Aber ich versteh's trotzdem. Was ich nicht begreife, ist, wie sie das anstellen. Man braucht schon eine Menge von dem Gift, um einen Menschen zu töten.«

»Wenigstens die zwanzigfache Dosis einer Spinne.«

»Ich begreif es nicht, und es ist mir auch egal. Aber Achtung!«, sagte Vessac plötzlich und hob den linken Arm. »Élisabeth weiß von nichts, sie weiß nicht, dass ich ein kleiner Mistkerl war. Und sie darf es nicht erfahren.«

»Es läuft eine Ermittlung«, sagte Adamsberg. »Und wenn sie erfolgreich ist und es zum Prozess kommt ...«

»Steht's in den Zeitungen. Okay. Dann wird sie es erfahren. Aber richten Sie es so ein, dass sie vor meinem Tod nichts erfährt. Dass wir uns ohne einen Schatten zwischen uns voneinander verabschieden. Ist das möglich?«

»Natürlich.«

»Ehrenwort?«

»Ehrenwort. Und die Vergewaltigungen, Vessac?«

»Nein«, sagte er, »da habe ich nicht mitgemacht.«

»Denn das haben die von Ihrer Truppe doch auch, vergewaltigt?«

»In Nîmes, ja.«

»Im Kollektiv?«

»Immer. Und nach dem Waisenhaus ging es weiter.«

»Sie aber nicht?«

»Nein. Nicht weil ich ein guter Mensch gewesen wäre, Kommissar, das glauben Sie mal nicht. Es war etwas anderes.«

»Was?«

»Wenn ich es Ihnen nicht sage, werden Sie mir auch noch ein paar Vergewaltigungen an den Hals hängen. Aber es ist nicht einfach zu erklären.«

Vessac dachte einen Moment nach, verlangte noch einmal Wasser von Veyrenc. Das Fieber stieg.

»Bullen oder nicht, wir sind doch hier unter Männern, stimmt's?«, sagte er schließlich.

»Ja.«

»Wenn ich es Ihnen sage, bleibt es dann in diesem Raum?«

»Bleibt es.«

»Ehrenwort?«

»Ehrenwort.«

»Es geschah im Kollektiv, wie Sie sagen. Wir mussten unsere Heldentaten ja den anderen zeigen, wir mussten uns nackt ausziehen. Und das konnte ich nicht.«

Wieder Schweigen, noch ein Schluck Wasser.

»Ich glaubte … ich war sicher«, brachte er endlich mühsam heraus, »dass mein Penis zu klein war. Dieses Arschloch von Claveyrolle hätte mir ganz sicher einen Spitznamen angehängt. Also habe ich gekniffen. Glauben Sie mir?«

»Ja.«

»Das macht aus mir keinen Engel, täuschen Sie sich da mal nicht. Denn ich war ja dabei. Ich schaute zu, schlimmer noch, ich half, indem ich dem Mädchen die Arme festhielt. Ich war ihr Komplize, wie es so schön heißt. Kein Grund also, mich zu rühmen.«

Der Arzt öffnete die Tür.

»Nur noch drei Minuten«, sagte er.

»Beeilen wir uns, Vessac«, sagte Adamsberg und beugte sich näher zu ihm heran. »Wer hat Ihnen das Gift injiziert? Wer?«

»Wer? Aber niemand, Kommissar.«

»Zwei Ihrer damaligen Kameraden hat der Mörder noch im Visier. Alain Lambertin und Roger Torrailles. Sagen Sie mir, wer es ist, und ich kann sie retten. Im Augenblick sind es sieben Tote.«

»Mit mir bald acht. Aber ich kann Ihnen nicht helfen. Élisabeth und ich, wir kamen von unserem Bistro nach Hause zurück. Ich habe den Wagen abgestellt, bin ausgestiegen, und dort, vor der Tür, als ich gerade den Schlüssel ins Schloss steckte, spürte ich plötzlich einen Stich im Arm. Nichts Aufregendes, wissen Sie. Es war ungefähr zehn nach neun.«

»Sie lügen, Vessac.«

»Nein, Kommissar, Ehrenwort.«

»Aber Sie hätten ihn sehen müssen, den Stecher.«

»Da war niemand. Ich habe an eine Brombeerranke gedacht, da ragen immer welche aus der Hecke heraus. Ich wollte sie schon lange mal abschneiden, na ja, jetzt ist es zu spät. Niemand, sage ich Ihnen. Fragen Sie Élisabeth, sie war dabei, und Élisabeth kann überhaupt nicht lügen. Erst später, als ich das Ödem gesehen habe, habe ich nachgedacht. Einsiedlerspinnen haben wir hier nicht, aber Sie können sich sicher vorstellen, dass ich mich nach dem Tod der drei anderen darüber informiert hatte. So erkannte ich das Ödem und die Blase. Und ich habe mir gesagt, diesmal, Olivier, bist du dran, jetzt haben sie dich erwischt. Aber wie? Ich habe keine blasse Ahnung, Kommissar.«

Als der Arzt von Neuem die Tür öffnete, stand Adamsberg auf und nickte. Dann legte er seine Hand auf den Unterarm des Mannes.

»Salut, Vessac.«

»Salut, Kommissar, und danke. Nicht dass Sie der Pfarrer wären, und ich glaube sowieso nicht daran, aber ich fühle mich besser, seit ich gesprochen habe. He! Und Sie vergessen beide nicht: Ehrenwort, klar?«

Adamsberg sah auf seine Hand, die da auf Vessacs Arm lag. Auf dem Arm eines Blapses, sicher, aber auch dem Arm eines zum Tode Verurteilten.

»Ehrenwort«, sagte er.

Schweigend verließen sie das Gebäude und liefen nachdenklich durch den Vorgarten des Krankenhauses.

»Trotzdem müssen wir seine Aussage überprüfen«, sagte Veyrenc.

»Und wenn er wirklich niemanden gesehen hat? Ja, Élisabeth Bonpain werden wir wohl quälen müssen. Aber fahren wir erst mal schnell nach Saint-Porchaire. Ich will sehen, wo genau sich das zugetragen hat, bevor jede Spur gelöscht ist.«

Noch während der Fahrt rief Adamsberg Irène Royer in ihrer Unterkunft in Bourges an. Er stand noch ganz unter dem Eindruck von Vessacs grässlicher Wunde, seinem Geständnis – Ehrenwort! –, der Würde des sterbenden Blapses.

»Sie, Kommissar? Sie rufen gerade noch rechtzeitig an, ich bin dabei, mein Zimmer zu räumen. Ist es also ein gewöhnlicher Mensch, der gebissen wurde?«

»Nein, Irène. Es ist ein Blaps aus dem Waisenhaus, Vessac. Aber lassen Sie nichts darüber im Internet verlauten, wie vereinbart.«

»Versprochen.«

»Wir beißen immer wieder auf denselben Knochen: Er sagt, er hat niemanden gesehen, als er den Stich spürte.«

»Drinnen? Draußen?«

»Draußen. Direkt vor seiner Haustür. Ich will versuchen, seine Begleiterin darüber zu befragen.«

»Und wo wurde er gebissen?«

»Am Oberarm.«

»Aber das ist unmöglich, Kommissar. Eine Einsiedlerin fliegt nicht.«

»Genauso ist es aber, am Arm.«

»Ist da zufällig ein großer Haufen Scheite neben seiner Tür? Vielleicht hat er den gestreift. Und die Spinne aufgescheucht, als sie gerade ausschwärmte.«

»Keine Ahnung, ich fahre ja erst hin.«

»Warten Sie, Kommissar. Wie, sagten Sie, war gleich der Name?«

»Vessac.«

»Aber nicht zufällig auch noch ein Olivier Vessac?«

»Doch.«

»Heilige Muttergottes. Und seine Begleiterin ist eine Élisabeth Bonpain?«

»Ja.«

»Die in der Tat seine Lebensgefährtin ist. *Können Sie mir folgen?*«

»Ja. Ich habe sie gesehen, und ich hatte mir so was schon gedacht. Sie ist wie zerrissen vor Schmerz.«

»Heilige Mutter, Élisabeth.«

»Kennen Sie sie?«

»Aber sie ist eine Freundin von mir, Kommissar! Die liebenswürdigste Frau der Welt, zum Heulen liebenswürdig. Ich traf sie – wann war das noch? – vor elf Jahren. Ich war in antalgischer Haltung nach Rochefort gefahren. Dort haben wir uns kennengelernt. Ich bin sogar eine ganze Woche geblieben, wir verstanden uns wie zwei Gauner, o Pardon, wie zwei Finger einer Hand.«

»Und wären Sie, Irène, in der Lage, zu erkennen, ob Élisabeth lügt?«

»Sie meinen, wenn sie sagen würde, da war niemand, während in Wirklichkeit jemand da war? Aber warum sollte sie einen Mörder decken?«

»Damit man von seiner Vergangenheit nichts erfährt. Dabei hat er sie mir sogar gebeichtet. Nur war es eben keine offizielle Befragung. Sie war nichts wert, das wusste er.«

»Vielleicht könnte ich es. Was ich aber kann, ist, Élisabeth bewegen, dass sie mir die Wahrheit sagt. Wir verbergen nichts voreinander.«

»Dann kommen Sie her.«

»Aus Bourges?«

»Na und? Fünf antalgische Stunden Fahrt, schreckt Sie das?«

»Das ist es nicht, Kommissar, im Gegenteil. Es ist meine Mitbewohnerin. Hab ich Ihnen erzählt, dass ich eine Mitbewohnerin habe? Louise heißt sie. Unter uns gesagt, sie ist ein bisschen, wie soll ich's Ihnen erklären, ein bisschen bekloppt. Ziemlich bekloppt sogar. Und mit den Einsiedlerspinnen kommt sie überhaupt nicht klar. Sie redet von nichts anderem, nur von den Spinnen, den Spinnen. Und bei allem, was da jetzt los ist, wenn ich nicht da bin, dreht sie mir glatt durch, sie sieht überall welche.«

»Élisabeth ist Ihre Freundin, und abgesehen davon, dass Sie wissen, ob sie die Wahrheit sagt oder nicht, wird ihr Olivier in zwei Tagen sterben. Ich sagte Ihnen ja, sie ist verzweifelt. Sie wird Sie brauchen.«

»Das verstehe ich, Kommissar. Soll die Louise allein fertig werden mit den Spinnen. Ich komme.«

»Danke. Wo treffen wir uns? Gibt es ein Restaurant in Saint-Porchaire?«

»Die *Nachtigall*. Das ist nicht teuer, und sie haben auch ein paar Fremdenzimmer. Ich kann dort schlafen. Ich rufe Élisabeth an.«

Sie näherten sich Saint-Porchaire, als Mercadet anrief.

»Noch einer wurde gebissen«, sagte Adamsberg sofort. »Olivier Vessac.«

»Einer von den Schurken.«

»Ja, Lieutenant. Ein reuiger Schurke, aber kein Vergewaltiger. Ein Komplize.«

»Kein Vergewaltiger? Das glauben Sie, weil er es sagt?«

»Genau.«

»Und warum?«

»Das kann ich nicht erklären, Mercadet. Ich habe mein Ehrenwort gegeben.«

»Das ist was anderes«, sagte der Lieutenant. »Ich habe auch einen weiteren gefunden.«

»Einen weiteren was?«

»Frauenschänder. Aus dem Jahr 1967. Und dieses Mal habe ich die Namen. Claveyrolle, Barral – immer wieder unser Power-Duo – und Roger Torrailles. Das Opfer war eine zweiunddreißigjährige Frau aus Orange.«

»Kompliment, Lieutenant. Wie viel Jahre haben sie bekommen?«

»Kein einziges, es gab einen Verfahrensfehler. Folglich keinen Prozess. Darum ist es mir auch nur schwer gelungen, an die Sache überhaupt heranzukommen.«

»Was war der Fehler?«

»Diese blöden Bullen haben das Geständnis erzwungen, ohne dass ein Anwalt zugegen war. Sie hatten die Zeugenaussage der Frau, Jeannette Brazac, da sind sie etwas zu forsch auf ihn losgegangen. Außerdem unter Anwendung von Gewalt. Da konnten sie den Prozess natürlich vergessen. Jeannette Brazac hat sich acht Monate später das Leben genommen.«

»Hast du gehört, Louis?«, sagte Adamsberg, als er auflegte. »Es war sehr wohl eine verdammte Bande von Vergewaltigern. Das war im Jahr 67, und die Frau ist gestorben.«

»Blapse oder Vergewaltiger, wir müssen die beiden Letzten schützen.«

Veyrenc hielt auf dem Marktplatz von Saint-Porchaire, während Adamsberg versuchte, Mordent zu erreichen.

»Fahr weiter, das Haus liegt in der Rue des Oies-folles, Nummer 3.«

»Gibt's so was, ›verrückte Gänse‹?«

»Bestimmt. Du sagst doch, alle Welt sei neurotisch.«

»Aber bei Gänsen bin ich mir nicht sicher.«

»Mordent? Adamsberg. Olivier Vessac liegt im Krankenhaus von Rochefort im Sterben.«

»Verflucht. Sind Sie dort?«

»Ich komme gerade von ihm. Commandant, ich brauche engmaschigen Personenschutz für die beiden Letzten. Rufen Sie die Gendarmerien von Senonches und Lédignan an, sie sollen ein paar von ihren Leuten dorthin abstellen. Sagen Sie einfach, wir hielten sie für bedroht. Die Männer sollen in Uniform sein, man soll sehen, dass es Polizisten sind.«

»Und wenn Torrailles und Lambertin ablehnen?«

»Glauben Sie mir, Mordent, nachdem sieben von ihnen ermordet sind und Vessac im Sterben liegt, werden sie annehmen.«

Veyrenc hielt in der Rue des Oies-folles, Nummer 3. Die Männer besahen sich die Örtlichkeiten, den Feldweg, das Waldstück, die schwere Holztür des Hauses. Nirgendwo aufgeschichtetes Holz in der Nähe. Veyrenc lief langsam die kurze Strecke zwischen der Tür und dem seitlich der Straße geparkten Auto ab.

»Kein Zweifel«, sagte er, »man sieht deutlich die Fußspuren von Vessac und Élisabeth im feuchten Gras, aber keinen Dritten hinter ihnen. Und keine Spur irgendeines Menschen, der sich ihnen von der anderen Seite genähert hätte.«

»Auch hier nicht«, sagte Adamsberg und kniete sich vor der Tür hin, mit der Hand über die Gräser streichend. »Sie waren nur zu zweit.«

Er liebte Gras. Genau das sollte man in dem kleinen Garten machen, den er sich mit Lucio teilte. Den Boden bis zu einem halben Meter Tiefe abtragen, die Pariser Gesteinsbrocken ausbuddeln, Humus aufschütten und wachsen lassen. Lucio wäre glücklich.

Ach, Lucio. *Du musst diesen Spinnenbiss bis zu Ende kratzen, Junge, bis aufs Blut.*

Ich will nicht mehr, Lucio. Lass mich gehen.

Du hast gar keine Wahl, mein Junge.

Adamsberg spürte, wie sein Nacken sich schon wieder verspannte, seine Kehle sich zusammenzog, während er gleichzeitig plötzlich an seine Mutter denken musste. Ein flüchtiger Schwindel zwang ihn, sich mit der Hand auf den Boden zu stützen.

»Verdammt, Jean-Baptiste, mach nicht die Spuren kaputt.«

»Entschuldige.«

»Geht's dir nicht gut?«, fragte Veyrenc, als er das bleiche Gesicht seines Freundes sah. Für einen Béarner mit gegerbter Haut wie Adamsberg war Blässe etwas Seltenes.

»Doch, doch, alles in Ordnung.«

Ich will nicht mehr, Lucio.

Adamsberg strich mit den Fingern weiter mechanisch durch die Spitzen des Grases.

»Sieh mal, Louis«, und er reichte ihm ein zwischen Daumen und Zeigefinger kaum sichtbares Etwas.

»Ein kleines Stück Nylonschnur«, sagte Veyrenc. »Zwanzig Zentimeter. Hier wird geangelt.«

»Geangelt wird überall. Doch es war in diese Brennnessel geschlungen.«

»Aber nicht das hat Vessac gebissen.«

»Hol trotzdem einen Plastikbeutel aus dem Wagen, ich habe Angst, dass ich's fallen lasse.«

Adamsberg und Veyrenc suchten noch eine Viertelstunde im Gras und auf dem Weg nach allem und jedem, ohne dass sie weder alles noch jedes fanden außer diesem kleinen

Stück Angelsehne. Enttäuscht stiegen sie wieder ins Auto, Adamsberg diesmal am Steuer. Vessac und seine Herzensdame waren allem Anschein nach tatsächlich allein gewesen.

»Worauf hättest du jetzt Lust?«, fragte Veyrenc, der seinen Freund noch immer beobachtete.

»Wir haben seit gestern nichts gegessen. Wir gehen in diese *Nachtigall*, genehmigen uns ein Frühstück à la Froissy und warten auf Irène. In ihrer Gegenwart wird Élisabeth Bonpain die Befragung sehr viel leichter ertragen.«

»Einverstanden.«

»Wo hast du den Plastikbeutel hingetan?«

»In den Koffer. Hast du solche Angst, ihn zu verlieren?«

Adamsberg zuckte die Schultern.

»Es ist alles, was wir haben.«

»Das heißt, nichts.«

»Genau.«

26

»*Zéro*«, sagte Adamsberg und ließ sein Telefon auf den Tisch in der *Nachtigall* fallen. »Retancourt hat noch keinen Jeannot Escande in der ganzen Gegend ausfindig gemacht, aber sie hat mit ihrer Razzia ja auch gerade erst begonnen.«

»Ihrer Razzia?«

»Wenn Violette eine Suchaktion startet, dann ist das keine Erkundung, es ist eine Razzia.«

»Jeannot hat sicher in seinem Auto geschlafen.«

»Das wäre das Schlaueste, was er tun könnte. In Palavas jedenfalls hat die Mannschaft von Lamarre ihn nicht gefunden. Was schon mal eine gute Nachricht ist. Aber auch sie stehen ja erst am Anfang.«

»Der kleine Jeannot ohne Fuß. Wer hätte das gedacht?«

»Das ist noch kein Beweis, Louis.«

»Aber er ist der einzige derzeit Unauffindbare.«

»Gewiss.«

»Du zweifelst?«

Adamsberg schob die Überreste seines Frühstücks von sich, er goss sich nur noch eine weitere Tasse Kaffee ein.

»Nimmst du auch noch welchen?«, fragte er Veyrenc. »Du hast kaum geschlafen.«

»Ich werde mich im Auto etwas ausstrecken. Wir haben noch gut drei Stunden vor uns.«

»Mach das, Louis. Ich werde etwas laufen, vielleicht ein bisschen rennen. Und meine Mutter anrufen.«

»Du hast mir nicht geantwortet«, sagte Veyrenc im Aufstehen. »Du zweifelst?«

»Ich weiß nicht. Ich warte darauf, dass ich wieder sehe, Louis.«

»In deinen Nebeln, meinst du?«

»Ja.«

Adamsberg verließ das Städtchen Saint-Porchaire und fand einen Weg in den Wald. Sein Geruchssinn, oder sein Verlangen, ließ ihn so sicher zu Bäumen finden wie Elefanten zu einem Wasserloch. Er setzte sich auf eine Böschung zwischen zwei junge Ulmen und rief zu Hause im Béarn an. Seine Mutter wich der Sache mit ihrem Arm und dem Besen aus, langes Jammern lag ihr nicht. Nachricht von Jean-Baptiste zu erhalten war wichtiger.

»Womit bist du gerade beschäftigt, Sohn? Du hörst dich müde an, stimmt's?«

»Es gibt immer schwierige Momente in den Ermittlungen, das ist alles.«

»Womit bist du beschäftigt?«, wiederholte sie.

Adamsberg seufzte, er zögerte.

»Mit der Einsiedlerin«, sagte er schließlich.

Sie schwieg einen Moment, dann fuhr sie mit hastigerer Stimme fort:

»Der Einsiedlerin, Sohn? Der Frau oder der Spinne?«

»Warum fragst du mich das? Weißt du davon?«

»Was … Was sollte ich denn wissen?«

»Jetzt stellt man mir diese Frage schon zum zweiten Mal, und ich versteh sie nicht. Was für eine Frau?«

»Ach, nicht so wichtig, ich dachte nur eben an etwas, aber das sind alte Geschichten.«

»Du hast ›Frau‹ gesagt.«

»Weißt du, woran ich dachte? In der Gegend von Com-minges gab es einmal ein Gehöft, das nannte man die ›Ein-siedelei‹. Weil der Mensch, der da lebte, keinen bei sich sehen wollte, und am Ende hat er sich aufgehängt. So endet das oft, wenn man niemanden sehen will, man hängt sich auf. Weißt du, dass Raphaël umgezogen ist?«

»Ja, auf die Île de Ré.«

»Es gibt dort viel für ihn zu tun. Und weißt du, was noch? Er hat ein schönes Haus am Strand.«

Seine Mutter hatte sich unterbrochen und sofort abge-lenkt. Warum hatte sie nicht geantwortet? Was war das für ein Gehöft? Was für eine Einsiedelei? Und er wusste, der Anfall würde wiederkommen.

Er kam nicht, er überfiel ihn. Er warf sich auf die Bö-schung, Fäuste auf den Augen, der Rücken eisig, der Nacken schmerzhaft steif. Seine Mutter. Die Einsiedlerin. Verstört zwang er sich aufzustehen und begann taumelnd ein paar Schritte zu gehen, dann wurde er schneller, schließlich rannte er, floh in schmale Wege hinein, wo die feinen Ran-ken von Haselnusssträuchern sein Gesicht streiften. Eine völlig zugewachsene Lichtung machte seinem Lauf ein Ende. Wie lange war er so gerannt? Er sah auf seinem Telefon nach der Uhrzeit. Es waren nur noch fünfundvierzig Minu-ten bis zur Ankunft von Irène. So blieb ihm nichts anderes übrig, als über denselben Pfad zurückzukehren, diesmal im Galopp.

In Schweiß gebadet, das Jackett um die Hüften gebunden und mit zerzausten Haaren, doch frei von jedem Schwindel fegte er wie ein Windstoß in die Gaststube der *Nachtigall*. Dort saß Veyrenc mit Irène Royer und Élisabeth Bonpain, die einander bei der Hand hielten. Gegessen hatten sie schon, außer der trauernden Élisabeth, die ihren Teller nicht angerührt hatte.

Irène stand augenblicklich auf, um wie eine Privilegierte »ihren« Kommissar zu begrüßen. Sie schätzte auch Veyrenc, aber Adamsberg war derjenige, den sie bei einer heißen Schokolade im *Stern von Austerlitz* erwählt hatte.

»Was ist Ihnen zugestoßen?«, fragte sie leicht beunruhigt.

»Ich bin gerannt.«

»Aber wo sind Sie denn langgerannt, Heilige Mutter? Sie sind ja an beiden Wangen verletzt.«

Adamsberg fuhr sich mit den Fingern übers Gesicht und sah ein wenig Blut an seinen Händen. Die Kratzer der Haselsträucher, er hatte sie nicht mal gespürt. Veyrenc reichte ihm schweigend eine Papierserviette, und Adamsberg ging sich auf der Toilette Gesicht und Hals waschen, wonach er freilich noch feuchter wiederkam.

»Pardon«, sagte er und nahm an ihrem Tisch Platz.

»Bei so vielen Aufregungen«, murmelte Irène, »man kann das schon verstehen.«

»Wie geht es ihm?«, fragte der Kommissar Élisabeth Bonpain.

Neuer Tränenausbruch, und Veyrenc reichte sofort wieder seine Servietten über den Tisch, von denen er einen ganzen Vorrat bestellt hatte.

»Sein Zustand ist nicht sehr gut«, meinte er.

Ohne dass Élisabeth es sehen konnte, die das Gesicht in den Händen barg, schrieb der Lieutenant ein paar Worte auf eine Serviette, die er dem Kommissar hinüberschob: »Hämolyse und beginnende Nekrose der Eingeweide, bereits jetzt. Massive Dosis.« Adamsberg ließ die Nachricht verschwinden und dachte an seine letzten Worte, die er leise zu dem Sterbenden gesagt hatte: *Salut, Vessac.*

»Es gibt wohl keine Hoffnung mehr?«, fragte Élisabeth, als sie wieder aufsah.

»Nein«, erwiderte Adamsberg leise. »Es tut mir sehr leid für Sie.«

»Aber warum, warum?«

»Es scheint, dass die Macht des Spinnengifts dieses Jahr durch die Insektizide verstärkt wurde. Vielleicht auch durch die Hitze.«

Mein Ehrenwort.

»Madame, Sie müssen mir helfen«, sagte er übergangslos. »Wir müssen diese Spinnen ausfindig machen. Es war doch draußen vor der Tür, als Olivier den Biss verspürte?«

»O ja. Er hat ›Scheiße‹ gesagt, ja, das hat er gesagt und sich die Schulter gerieben.«

»Und niemand sonst war zugegen? Mann, Frau oder selbst ein Kind?«

»Wir waren allein, Kommissar. Auf diesem Pfad treffen Sie nach dem Angelusläuten keine Menschenseele mehr.«

»Eine einzige Frage noch. War Olivier Angler?«

»Oh, jeden Sonntag, Kommissar, ging er runter zum See.«

Adamsberg bedeutete Irène, dass sie sie nun verlassen würden. Dann stand er auf, und nach ihm Veyrenc. Die *Nachtigall* verkaufte auch Zigaretten, und so kaufte er eine Schachtel von Zerks Sorte.

»Diesen Mist rauchst du?«, fragte Veyrenc, als sie draußen auf dem Gehsteig waren, nahm aber schließlich doch eine.

»Es ist die Marke von Zerk.«

»Und warum kaufst du die?«

»Um ihm mal welche stehlen zu können, denn ich rauche ja nicht.«

»Das hat was Logisches, ich weiß nur nicht, wo. Diese Frau erscheint mir aufrichtig, was meint du?«

»Irène wird es uns bestätigen. Aber es ist auch mein Eindruck.«

In dem Augenblick kam Irène aus dem Haus.

»Sie sagt die reine Wahrheit«, versicherte sie. »Sie waren allein. Ich möchte nicht an Ihrer Stelle sein, Kommissar. Sehr schwierig.«

»Sehr. Bleiben Sie noch bei ihr?«

»Ein Weilchen. Ich kann meine Bekloppte – Pardon, ich will sagen meine Mitbewohnerin –, ja nicht zu lange allein lassen, ich glaube, die stellt mir sonst die ganze Bude auf den Kopf. Sie weiß, dass schon wieder ein Mensch gebissen wurde. Sie behauptet, sie habe drei Einsiedlerspinnen in der Küche gesehen, und zwei in ihrem Zimmer. Und dass sie sich ›vermehren‹! Was bedeuten würde, dass wir fünf neue Spinnen im Haus haben und die am helllichten Tage draußen rumspazieren!«

»Fünf? Sie hat fünf Stück gesehen?«

»Das bildet sie sich ein, Kommissar. Morgen sind es zehn, übermorgen dreißig. Ich muss zurück, sonst finde ich sie noch auf einem Stuhl kauernd, mit dreihundert Spinnen um sie herum. Sie verliert den Verstand, das ist es. Das ist das Problem mit diesen Foren, da wird geredet und geredet und diskutiert, die Leute zerfleischen sich gegenseitig, und manch einer wird darüber verrückt. Mein Pech ist, dass sie meine Mitbewohnerin ist.«

»Wie alt ist sie?«

»Dreiundsiebzig.«

»Ich würde sie gern kennenlernen«, sagte Adamsberg in unbestimmtem Ton.

»Wozu? Haben Sie es in Ihrem Metier nicht schon mit genug Irren zu tun?«

»Ich würde gern sehen, wie die Einsiedlerspinne in heutigen Zeiten Leute um den Verstand bringt. Ja, das würde mich interessieren.«

»Ah, das ist was anderes. Wenn Sie beobachten wollen, wie sie durchdreht, überlass ich sie Ihnen mit Vergnügen. Wir tun dann so, als ob wir gemeinsam Spinnen erschlagen. Wie lange macht er's noch, der Olivier?«

»Bestenfalls zwei Tage.«

Irène schüttelte den Kopf mit fatalistischem Ausdruck.

»Nach der Beerdigung werde ich Élisabeth vorschlagen, zu mir zu ziehen. Ich habe ein Zimmer, ich werde mich um sie kümmern können.«

»Sagen Sie ihr in unserem Namen Auf Wiedersehen«, Adamsberg legte ihr die Hand auf die Schulter. »Und grüßen Sie sie herzlich.«

»Sagen Sie, Kommissar, und seien Sie jetzt bitte nicht schockiert, würde es Ihnen was ausmachen, mir eine Zigarette zu geben? Ich rauche ja eigentlich nicht. Aber bei allem, was wir in diesen Tagen so erleben.«

»Ich bitte Sie«, sagte Adamsberg und reichte ihr drei. »Die spendiert Ihnen mein Sohn.«

Sie sahen Irène Royer in die *Nachtigall* zurückkehren. Adamsberg blieb stehen und begann Zerks Zigaretten, in zwei Hälften geteilt, in seinen Jackentaschen zu verstauen.

»Ich mag Schachteln nicht«, erklärte er Veyrenc.

»Mach doch, was du willst.«

»Louis, ich komm nicht mit zurück.«

»Wohin willst du? Zurück in die Nebel von Island, um die Sicht wiederzufinden?«

»Mein Bruder Raphaël lebt derzeit auf der Insel Ré, ich habe ihn lange nicht gesehen. Setz mich in Rochefort ab, von dort nehme ich einen Bus nach La Rochelle. Ich komme morgen zurück.«

Veyrenc nickte zustimmend. Sein Bruder und das Meer so nah. Das war verständlich. Aber da war noch etwas anderes. Veyrenc hatte nicht die Gabe, »im Nebel zu sehen« – wer hatte die denn überhaupt? –, aber er las sehr schnell in Adamsbergs Augen.

»Ich fahre dich auf die Île de Ré und kehre auf der Stelle um.«

»Sei vorsichtig auf der Straße. Du hast nicht viel geschlafen, bedenk das. Wir sind nicht Retancourt.«

»Ganz eindeutig nicht.«

»Bitte die Gendarmen von Courthézon, uns zu benachrichtigen, sobald Jean Escande nach Hause zurückkehrt. Sie sollen uns aber nicht in der Brigade anrufen, damit meine ich: Sie sollen nicht Danglard anrufen. Sondern dich oder mich.«

»Klar.«

»Heute Abend solltest du dir eine Garbure gönnen, und dann nichts wie ins Bett.«

Die beiden Béarner wechselten einen flüchtigen Blick, bevor sie ins Auto stiegen.

27

Zwei Stunden später lief Adamsberg ruhigen Schritts über einen langen Sandstrand, mit bloßen Füßen, Schuhe in der Hand, Tasche über der Schulter. Schon von Weitem erkannte er die Silhouette seines Bruders, der auf der Terrasse vor einem schmalen weißen Häuschen saß. Ihre Mutter stellte sich lieber eine Strandvilla vor, und er würde ihr die Illusion auch nicht nehmen.

Kein Mensch wäre in der Lage gewesen, Adamsberg auf so große Entfernung zu erkennen. Doch Raphaël wandte nur den Blick, bemerkte diesen Schreitenden und stand sofort auf. Zielsicher und fast ebenso langsam ging er auf ihn zu.

»Jean-Baptiste«, sagte er nur, nachdem sie einander umarmt hatten.

»Raphaël.«

»Lass uns ein Glas miteinander trinken. Bleibst du zum Abendessen oder verschwindest du gleich wieder?«

»Ich bleibe. Und schlafe hier.«

Nach diesem knappen Wortwechsel gingen die beiden Brüder, die sich auf seltsame Weise ähnelten, ohne ein weiteres Wort zum Haus zurück. Ein Schweigen hatte sie nie in Verlegenheit gebracht, wie alle, die sich so nah wie Zwillinge sind.

Adamsberg beschloss, die Frage, die ihn quälte, auf das Ende des Essens zu verschieben, das sie draußen vorm Haus einnahmen, unter dem Geschrei der Möwen, mit zwei Kerzen auf dem Tisch – obwohl er natürlich wusste, dass Raphaël seine Unruhe gespürt hatte und darauf wartete, dass er darüber sprach. Sie durchschauten einander, ohne groß nachdenken zu müssen, fast hätte man sagen können, dass sie, von Frauen abgesehen, einander selbst genügten. Darum auch sahen sie sich so selten.

Adamsberg zündete sich eine Zigarette an und begann seinem Bruder sämtliche seit Beginn der Ermittlung vorgefallenen Ereignisse zu berichten, was ihm nicht leichtfiel, da er weder für die Chronologie noch für die Synthese irgendwie begabt war. Nach zwanzig Minuten unterbrach er sich.

»Ich erschlage dich sicher mit diesen Dingen. Aber ich muss dir alles sagen, ohne etwas auszulassen. Und nicht etwa, weil ich dir mein Polizistenleben erzählen will.«

»Ist es Verwirrung, was du empfindest, Jean-Baptiste?«

»Schlimmer. Es geht um diese verdammte Spinne. Und noch schlimmer wird es, wenn ich dabei an unsere Mutter denke. Dann packt mich geradezu Entsetzen.«

»Wo ist da der Zusammenhang?«

»Es gibt keinen. Es ist einfach so. Lass mich fortfahren, ich darf dir keine Einzelheit dieser vergangenen Woche ersparen, keine Geste, kein Wort, für den Fall, dass das Entsetzen zum Beispiel in einer Ritze des Parketts hockt oder in Froissys Schrank oder aber im Maul der Muräne oder in einer Lindenblüte oder einem Staubkorn unter meinem Augenlid, das ich nicht gesehen hätte.«

Raphaël hatte nicht die Lässigkeit seines Bruders, er war erdverbundener, gebildeter auch, stärker ausgerichtet auf die wirkliche Welt, so abstoßend die Ordnung dieser Welt und deren Fortschreiten für ihn auch war. Raphaël war nicht Jean-Baptiste. Aber er besaß eine Gabe wie kein anderer: Er war fähig, sich an die Stelle seines Bruders zu versetzen, in seine Haut zu schlüpfen bis in die Fingerspitzen, sich nahezu in ihm zu verkörpern, nur dass er dabei seine volle Beobachtungsgabe behielt.

Adamsberg brauchte noch über eine Stunde, um den Bericht all der großen wie der lächerlichen Ereignisse zu beenden, die seine Jagd nach dem Mörder bestimmt hatten. Dann machte er eine Pause, zündete sich eine weitere Zigarette an.

»Dieses Zeug rauchst du? Ich habe was Besseres, wenn du willst.«

»Nein, die sind von Zerk. Er ist in Island geblieben.«

»Ich verstehe. Willst du ein Glas Madiran? Ich lass ihn mir immer schicken. Oder fürchtest du, er könnte dir den Verstand vernebeln?«

»Ich habe keinen Verstand mehr, Raphaël, und es ist schon alles vernebelt genug. Also gut, ein Glas. Es bleibt uns nach alldem ein einziger Mann, der irgendwo herumkurvt, dieser Jean Escande. Hast du das so weit mitbekommen?«

»Ich habe alles mitbekommen«, versicherte Raphaël in einem Ton, als sage er etwas Überflüssiges.

»Alles weist in seine Richtung. Alle Logik deutet auf ihn als den Mörder von Vessac. Die Männer aus der Gruppe der Opfer haben sich zweifellos abgewechselt in ihrem Werk der Vernichtung ihrer Peiniger. Alles passt, alles ist an seinem Platz, die Bande der Gebissenen hat ihr Gift gegen die Einsiedlerspinnen-Bande gespien. Und dennoch entgeht mir irgendwas, ich muss noch woanders suchen, hier oder dort, ich weiß es nicht. Ich weiß es nicht, weil ich nichts sehe. Und ich sehe nichts, weil ich diese Einsiedlerspinne nicht mehr ertrage, schon allein ihren Namen kann ich nicht mehr hören, ich will ihn einfach nicht mehr hören! Sie verschlingt mich, sie zerfrisst mich wie eine Nekrose!«

»So dass du jetzt bewegungslos in ihrem Netz hängst und

die Ermittlung ohne dich weitergeht«, schloss Raphaël und schenkte seinem Bruder den Madiran ein.

»Und mich alleinlässt mit dem, was ich dir noch nicht mal gesagt habe.«

»Dem Entsetzen. Du sprachst davon.«

Mühsam, über Wörter stolpernd oder sie vermeidend, beschrieb Adamsberg seinem Bruder das wachsende Unbehagen, in das die Einsiedlerspinne ihn stürzte seit jenem Augenblick, wo er auf Voisenets Bildschirm ihren Namen gelesen hatte, bis zum heutigen Nachmittag, wo er nach einem Telefongespräch mit der Mutter auf der Böschung zusammengebrochen war, mit erstarrten Gliedern, und dann nur gerannt war, gerannt, um zu fliehen.

»Du erinnerst dich also an nichts?«, fragte Raphaël, als sein Bruder geendet hatte.

»Nicht das habe ich dir gesagt. Ich sagte: Ich sehe nichts mehr, und meine Hände sind leer.«

»Und ich frage dich: Du erinnerst dich an nichts? Du sprichst von einem ›Gespenst‹, ohne überhaupt zu wissen, was du damit sagen willst: Erinnerst du dich wirklich an nichts? Hast du kein Bild vor Augen? Wann hättest du je ein Gespenst gesehen, Jean-Baptiste?«

»Nie.«

»Auch das Vergessen ist eine Reaktion, warum nicht?«, fuhr Raphaël mit der gleichen Stimme wie sein Bruder fort, ihrer tiefen, weichen Tonart, während seine eigene Stimme viel heller war. »Es sei denn, irgendetwas sperrt sich um jeden Preis gegen das Vergessen. Dann kommt es zum Krieg. Und das tut so weh, dass man schon mal auf einer Böschung im Wald hinschlägt oder über schmale Pfade hetzt, ohne die Zweige zu spüren, die einem ins Gesicht schlagen. Du hast dir die Wangen zerkratzt.«

»Das waren die Haselnusssträucher.«

»Du hast nicht das Sehvermögen verloren, Jean-Baptiste.« Und diesmal war Raphaël nun wahrhaftig in die tiefsten Gründe der Gedankenwelt seines Bruders eingetaucht. Auch er griff sich plötzlich in den Nacken, als wollte er eine schmerzhafte Steife wegstreichen.

»Ich sage dir, Raphaël, ich sehe nicht mehr!«, schrie Adamsberg, schockiert über die Verständnislosigkeit seines Bruders. »Hörst du, oder bist du taub geworden, während ich blind geworden bin?«

Adamsberg schrie selten, und seine Wutausbrüche in jüngster Zeit, einmal gegen Voisenet wegen seiner verdammten Muräne, dann gegen Danglard wegen seiner verdammten Feigheit, waren ungewöhnliche Ereignisse. Seinen Bruder anzuschreien fiel ihm dagegen leicht, und Raphaël machte es ebenso.

»Du siehst sehr gut«, schrie er zurück, stand auf und schlug mit der Faust auf den Tisch. »Du siehst so klar, wie du mich hier siehst, mich oder auch diese Kerzen. Aber da haben sich Türen geschlossen, und es ist Nacht um dich. Kapierst du das? Und welche Wege kannst du gehen, wenn alles verschlossen ist? Wenn es stockfinster ist?«

»Wieso Wege? Und wer hat sie verschlossen?«

»Na, du.«

»Ich? Ich verschließe Wege? Wenn es um acht ermordete Männer geht?«

»Genau du.«

»Ich sollte alle deine blöden Türen zugemacht haben, und warum? Weil ich so gern im Dunkeln bin?«

»Unter dunkel verstehe ich tiefschwarz. Schwarz wie im Erdinnern, wie in der Tiefe eines Lochs. Da wo sich die Einsiedlerinnen verbergen.«

»Ich weiß alles über die Einsiedlerinnen. Und sie haben mir nie Angst gemacht.«

»Ich spreche von den anderen, verflucht noch mal. Ich spreche von den Frauen.«

Adamsberg überlief ein Schauer. Ein Wind hatte sich vom Strand erhoben. Raphaël sagte nicht: »Es wird kühl, wollen wir reingehen?« Sein Bruder fröstelte? Na, sollte er doch. Er würde ihm wehtun, das wusste er. Er wies lediglich mit dem Finger auf Adamsbergs Glas, das er noch nicht angerührt hatte.

»Trink einen Schluck«, sagte er. »Wenn ich dir also von ›Einsiedlerin‹ spreche und von ›Frau‹, fällt dir da nichts ein? Immer noch nicht? Absolut nichts?«

Adamsberg schüttelte den Kopf und trank einen Schluck.

»Woran soll ich mich erinnern? Was muss ich durchbrechen, um aus deinem schwarzen Loch herauszukommen? Wohin soll ich gehen?«

»Wohin du dich entscheidest zu gehen, ich bin kein Bulle, und es ist nicht meine Ermittlung.«

»Warum nervst du mich dann mit deinen verschlossenen Türen?«

Raphaël bat mit ausgestreckter Hand um eine Zigarette, so bitter sie auch sein mochte.

»Warum steckst du dir die lose in die Taschen?«

»Ich mag Schachteln nicht. Vor allem im Augenblick nicht.«

»Ich verstehe.«

Es gab ein kurzes Schweigen, während Adamsberg sein Feuerzeug suchte und dem Bruder Feuer gab.

»Was sind wir doch blöd«, sagte Raphaël, »ich hätte sie an der Kerzenflamme anzünden können.«

»Bis du darauf gekommen bist, weißt du, was es ist. Wo waren wir stehengeblieben?«

»Bei dem, was ich dir nicht zu sagen wage.«

»Warum?«

»Weil ich dir damit wehtun werde.«

»Du mir?«

»Du erinnerst dich an nichts, und dabei warst du zwölf Jahre alt. Und ich zehn. Zwölf Jahre, und du erinnerst dich nicht! Das ist der Beweis, dass es wirklich blankes Entsetzen war. Ich habe sie ja nicht gesehen. Du ja.«

»Wovon redest du?«

»Von der Einsiedlerin, verflucht noch mal, wie sie da, schauerlich anzusehen, im Dunkel hockte. Du hast sie gesehen. Es war etwas abseits von dem Weg nach Lourdes.«

Adamsberg zuckte die Schultern.

»Ich erinnere mich sehr gut an den Weg nach Lourdes, Raphaël. Den Henri-Quatre-Weg.«

»Genau. Den sind wir mit unserer Mutter jedes Jahr gegangen, freiwillig oder auch gezwungenermaßen.«

»Eher gezwungenermaßen. Immerhin aber nicht die gesamten fünfunddreißig Kilometer.«

»Vater brachte uns im Wagen bis zu einem Wäldchen.«

»Dem Wald von Bénéjacq.«

»Richtig, das hatte ich vergessen.«

»Du siehst, ich erinnere mich durchaus. Von dort aus liefen wir ein paar Kilometer, dann holte unser Vater uns wieder ab und fuhr mit uns das letzte Stück bis nach Lourdes. So war es jedes Jahr.«

»Außer einem Mal«, sagte Raphaël. »An jenem Tag fuhr er uns direkt nach Lourdes. Mutter absolvierte ihr ganzes Programm in der Grotte, kaufte ihre Fläschchen mit Weihwasser – weißt du noch, wie wir die eines Abends ausgetrunken haben? Wir bekamen eine gehörige Tracht Prügel.«

»Ja, daran erinnere ich mich.«

»Aber an nichts anderes?«

»Nichts. Wir fuhren nach Lourdes und kamen wieder zurück. Was soll ich dir anderes sagen?«

Adamsberg fühlte sich wohl. Er hörte Raphaël zu, mehr hatte er nicht zu tun. Wahrscheinlich war es diese Heilige von Lourdes gewesen, die ihm seinen Bruder auf den Weg gestellt hatte, hier an einem Strand der Île de Ré, einen Katzensprung weit von Rochefort. Wie hieß sie noch gleich? Thérèse? Roberte?

»Wie heißt die Heilige von Lourdes?«, fragte er.

»Die heilige Odette? Warte mal… Die heilige Bernadette.«

»Wir haben uns nicht gerade viel gemerkt.«

»Stimmt. Trink noch einen Schluck.«

Adamsberg trank, stellte sein Glas wieder hin und sah seinen Bruder an.

»In jenem Sommer hatte unsere Mutter beschlossen, nicht in Bénéjacq zu halten, sondern auf dem Rückweg von Lourdes sechs, sieben Kilometer zu Fuß zu laufen. Sie hatte in der Gegend etwas zu erledigen. Abseits vom Wege – das hat sie uns unterwegs erklärt, erinnerst du dich auch daran nicht?«

»Nein.«

»Etwas abseits vom Wege«, fuhr Raphaël fort, »oberhalb einer Wiese, stand ein alter, gemauerter Taubenschlag, nicht sehr groß, von vielleicht zwei Metern Durchmesser. Die Tür und die Luken waren mit Ziegeln verschlossen, bis auf eine. Das habe ich gesehen.«

»Und? Was hatte Mutter mit diesem Taubenschlag zu tun?«

»Eine Frau lebte dort. Seit fast fünf Jahren, sie war nie herausgekommen.«

»Du willst sagen, sie blieb Tag und Nacht da drin?«

»Ja.«

»Aber wovon lebte sie denn?«

»Von der Barmherzigkeit der Menschen, die es auf sich nahmen, bis da heraufzukommen, um ihr Wasser und Nahrungsmittel durch die Luke zu reichen. Auch Stroh, damit sie ihre Exkremente bedecken konnte. Dazu war unsere Mutter hergekommen: ihr zu essen zu bringen. Die Leute in der Gegend hielten die Frau für eine heilige Schutzpatronin, wie in früheren Zeiten. Und der Präfekt wagte nicht einzuschreiten.«

»Das kann ich dir nicht glauben, Raphaël.«

»Du *willst* es mir nicht glauben, Jean-Baptiste.«

»Aber was machte sie dort? Wer hatte sie eingesperrt?«

»Ich rede von einer Frau, die sich freiwillig hatte einschließen lassen, bis dass der Tod einträte. Wie in früheren Zeiten.«

»Gab es denn früher Frauen, die so was machten?«

»Jede Menge, im Mittelalter und bis zum 16. Jahrhundert. Man nannte sie Inklusen oder auch Reklusen.«

Adamsberg blieb die Hand mit dem Glas in der Luft stehen.

»Die Reklusen«, wiederholte Raphaël. »Manche dieser Einsiedlerinnen haben fünfzig Jahre in diesen finsteren Verliesen überlebt. Die Haare wuchsen ihnen wie ein Fell, durch das die Insekten liefen, die Nägel krümmten sich zu Krallen, die so lang wurden, dass sie sich spiralförmig um sich selber drehten, die Haut überzog sich mit einer Dreckschicht, der Körper verströmte einen widerlichen Geruch, Kot und verfaulte Nahrungsmittel bildeten ihre Lagerstatt. Und eine solche Frau, die letzte Rekluse unserer Zeit, hast du gesehen: dort auf dem Pré d'Albret.«

»Nie im Leben!«, schrie Adamsberg wieder. »Das hätte unsere Mutter nicht erlaubt.«

»Da hast du recht. Als wir zehn Meter vor dem Tauben-schlag waren, befahl sie uns, dort auf sie zu warten. Aber das war doch viel zu geheimnisvoll, nicht wahr? Du bist hinter ihr her geschlichen, und als sie umkehrte, bist du gerannt wie ein Hase, bist auf einen Stein gestiegen und hast dein Gesicht an die Luke gepresst. Ein, zwei Minuten vielleicht. Das war lang. Und dann hast du geschrien. Geschrien vor Entsetzen, geschrien wie ein Wahnsinniger. Und hast das Bewusstsein verloren.«

Adamsberg starrte seinen Bruder an, seine Fäuste hatten sich geballt.

»Während unsere Mutter dich mit Ohrfeigen und Lourdes-wasser wiederzubeleben versuchte, bin ich zur Straße run-tergerannt, unsern Vater holen. Er hat dich auf seinen Ar-men weggetragen. Erst auf der Rückbank des Autos bist du wieder zur Besinnung gekommen. Dein Kopf lag auf mei-nen Knien, und allein von dem kurzen Augenblick, wo du deine Nase an die Luke gedrückt hattest, stank dein Gesicht nach Scheiße und Tod. Unsere Mutter hat dich geschüttelt und immer wieder zu dir gesagt: ›Vergiss es, mein Sohn, vergiss es, ich flehe dich an!‹ Und du hast nie wieder da-rüber gesprochen. Das, Jean-Baptiste, ist das Entsetzen, das dich verfolgt, das ist das schwarze Loch, das ist die schau-rig anzusehende Einsiedlerin, die dich im Nacken packt: die Frau vom Pré d'Albret.«

Adamsberg stand auf, mit verkrampftem Körper und wei-ßen Lippen, fuhr sich mit steifer Hand übers Gesicht, meinte diesen grässlichen Geruch von Tod und Fäulnis an sich zu riechen. Er sah seinen Bruder, die Kerzen, das Glas, sah jetzt auch Krallen, eine Haarmähne von einem so stumpfen Grau

wie dem eines Blapses, eine Mähne, die sich unter dem Ge-
krabbel der Parasiten von allein bewegte, sah einen Mund,
der sich langsam weit öffnete, sah verfaulte Zähne und die
Krallen, die auf ihn zukamen, und plötzlich hörte er auch
dieses schauerliche Geheul. Die Rekluse. Raphaël sprang mit
einem Satz auf, um den Tisch herum, gerade noch rechtzeitig, um seinen bewusstlosen Bruder in den Armen aufzufangen. Er schleifte ihn zu einem Bett, zog ihm die Schuhe
aus und deckte ihn zu.

»Ich wusste, dass ich dir wehtun würde«, sagte er leise.

28

Adamsberg kam in der Regel mit wenig Schlaf aus und stand im Morgengrauen auf. Als Raphaël ihn weckte, war es Mittag. Er schlug die Augen auf, setzte sich. Er wusste, dass es spät war, überflüssig, nach der Uhrzeit zu fragen.

»Ich geh mal in dein Bad«, sagte er. »Ich habe mich seit vierundzwanzig Stunden weder gewaschen noch was Frisches angezogen.«

»Es ist nur eine Dusche.«

»Also gehe ich unter deine Dusche. Hatte ich einen Anruf?«

»Zwei.«

Adamsberg nahm sein Telefon und hörte sich die Nachrichten von Voisenet und Retancourt an. Voisenet teilte förmlich mit, dass Jean Escande zwei Tage vor dem Anschlag auf Vessac in Palavas angekommen sei. Der alte Jeannot ohne Fuß war in einigen kleinen Restaurants des Badeorts wohlbekannt, er hatte ihn schließlich bei einer Freundin angetroffen, von wo er gerade im Begriff war abzureisen.

»Was soll ich jetzt machen, Kommissar?«

»Sie fahren mit Ihrer Mannschaft zurück, Lieutenant. Haben Sie wenigstens mal Ihre Füße ins Meer getaucht?«

»Ganze fünf Minuten.«

»Immerhin etwas.«

Gleich darauf hatte er Retancourt in der Leitung.

»Achtunddreißig Hotels sind bereits abgehakt, Kommissar.«

»Auf die übrigen siebzehntausend in Frankreich werden wir verzichten. Kommen Sie zurück, Retancourt.«

»Er hat also im Auto geschlafen. Wollen Sie das damit sagen?«

»Er hat in Palavas geschlafen.«

»Aber wenn er ...«

»Ich weiß«, unterbrach Adamsberg sie, »ich weiß.«

»Sind Sie immer noch in Rochefort?«

»Auf der Île de Ré, bei meinem Bruder. Sagen Sie Mordent, dass ich morgen früh in der Brigade sein werde. Mordent, nicht Danglard.«

Dann ging er zu Raphaël auf die Terrasse hinaus, wo das Frühstück schon bereitstand. Nudeln, Schinken. Raphaëls kulinarische Ansprüche waren auch nicht viel höher als die seines Bruders.

»Es ist aus«, sagte er zu ihm. »Nicht Jean Escande hat Vessac auf dem Gewissen. Man hat ihn Hunderte Kilometer vom Tatort entfernt, an der Küste des Mittelmeers gefunden.«

»Sie können einen Sohn geschickt haben.«

»Nein, Raphaël, solcherart Art Rache delegiert man nicht. Entweder selbst oder gar nicht. Nicht die von der Spinne gebissenen Jungs haben ihre Peiniger umgebracht. Und doch ist es Spinnengift. Und doch bleibt das Waisenhaus der Kern der Geschichte. Da bin ich absolut sicher, sonst ergäbe überhaupt nichts einen Sinn. Eine andere Spur gibt es nicht, aber diese Spur führt nirgendwohin. Ich bin auf die Schnauze gefallen, wie Danglard vorausgesagt hat.«

Raphaël reichte Adamsberg das Brot, und mit den ausladenden Bewegungen von Kindern vom Land wischten beide ihre Teller sauber.

»Und doch ist etwas jetzt anders«, sagte Raphaël und warf den Schnepfen, die über den Strand hüpften, die letzten Brotkrümel zu.

»Ich habe ein Amselpärchen im Hof der Brigade. Ich füttere es mit Cake. Das Männchen ist sehr zart.«

»Amseln sind auch gut. Das Weibchen brütet?«

»Es brütet. Was ist jetzt anders?«

»Bist du immer noch blind?«

»Nein. Ich erkenne die Frau vom Pré d'Albret jetzt ganz genau. Und ich weiß, warum ich geschrien habe.«

»Sie ist auf dich zugekommen.«

»Woher weißt du das?«

»Ich weiß gar nichts. Ich habe mir nur immer vorgestellt, dass es so gewesen sein muss.«

»Ja. Sie hat die Hände nach mir ausgestreckt und geschrien, nein, geheult. Aber jetzt kann ich sie ansehen. Ich fürchte sie nicht mehr, ich fürchte auch nicht mehr das Wort. Einsiedlerin, Einsiedlerin, ich könnte es bis zum Abend vor mich hinsagen, ohne umzufallen.«

»Also kannst du auch den Kampf mit ihr aufnehmen. Du bist frei. Du kannst sehen.«

»Wenn es denn noch etwas zu sehen gibt. Wer würde mit Spinnengift töten, wenn nicht die Jungs vom Waisenhaus? Und die waren es nicht.«

»Dann werden es eben andere gewesen sein, Bruder. Du bist frei, du wirst sie finden. Heute Abend bist du zurück.«

»Wo?«

»In Paris. Ich weiß doch, dass du in den nächsten Zug springen wirst.«

Adamsberg lächelte. Raphaël brachte seinen Bruder zum Bahnhof und verließ ihn nach einer langen Umarmung.

»Verflucht, Raphaël, jetzt habe ich meine schmutzige Wäsche bei dir vergessen.«

»Das war doch Absicht, oder?«

Wie so manch anderer liebte Adamsberg das Reisen mit der Bahn, es war eine Art Klammer, es erlaubte einem, abzuschweifen, ja für einen flüchtigen Augenblick aus dieser Welt auszusteigen. Die Gedanken bewegten sich geschmeidig, wichen allen Klippen aus. Er hatte die Augen halb geschlossen, sein Verstand mied das schmerzliche Eingeständnis, dass die Ermittlung gescheitert war, und kreiste um diese Louise mit den hundert eingebildeten Spinnen. Erinnerte sich an den Zusammenhang, von dem Voisenet gesprochen hatte, zwischen dem von Tieren ausgespienen giftigen Sekret und dem menschlichen Sperma, dachte an die vergewaltigten Frauen. Und dann wieder an diese »Bekloppte«, die mit Irène in einem Haus wohnte. Er zog sein Telefon heraus, um Voisenet eine Nachricht zu senden.

– *Gedanke im Zug. Noch mal zu Ihrem Vortrag: vergewaltigte Frau, Beherrschung des giftigen Sekrets, Ermordung des Angreifers, indem sie das Gift gegen ihn kehrt. Wäre es vorstellbar, dass eine Frau, die Opfer einer Vergewaltigung wurde, aus den gleichen Gründen eine heftige Phobie gegen Gift speiende Tiere entwickelt?*

– *Gedanke im Auto,* antwortete Voisenet, *auf der Fahrt zurück nach Paris, ich diktiere Lamarre. Ja, natürlich. Angst vor Schlangen, Skorpionen, Spinnen, jedem Tier, das imstande ist, gewaltsam ein zerstörerisches Sekret zu injizieren. Interessanter Gedanke, aber führt uns zu nichts.*

– *Das macht nichts.*

»Hat er das wirklich geantwortet?«, fragte Voisenet Lamarre. »›Das macht nichts‹?«

»Genau so.«

Voisenet in seiner Müdigkeit fragte sich, wie nach dem
verheerenden Resultat der Ermittlung Adamsberg noch
Lust darauf haben konnte, sich auf so abgelegene Pfade zu
verirren. Er konnte nicht wissen, dass Raphaël seinen Bruder aus dem Netz der Spinne vom Pré d'Albret gerissen und
ihm seine luftig-leichte Bewegungs- und Gedankenfreiheit
wiedergegeben hatte.

Danach schrieb Adamsberg an Irène, die er über das Mobiltelefon von Élisabeth kontaktieren durfte, und da ihm kein
geeigneter Vorwand für seine Frage einfiel, beschloss er,
ohne Umschweife auf sein Ziel loszugehen.

– *Irène, wie heißt Ihre Mitbewohnerin?*

– *Louise Chevrier. Warum?*

Ein durchaus berechtigtes Warum.

– *Ich kenne einen Spezialisten für Spinnenphobie.*
Vielleicht könnte er Sie beraten?

Da er nicht sicher war, ob es den Begriff »Arachnophobie«
gab, hatte er das Problem umgangen, aber seine Nachricht
erschien ihm darum auch nicht ganz überzeugend.

– *Sie wird es ablehnen, ihn zu empfangen. Sie kann*
Männer nicht ausstehen, was das Zusammenleben
mit ihr nicht gerade leichter macht.

– *War nur so ein Gedanke.*

Alles gelogen, sagte sich Adamsberg mit einer Grimasse.
Irène war ein spontaner Mensch, und er betrog sie zum
Nutzen anderer Ziele, zum Nutzen von »Gedanken im
Zuge«, die zu nichts führten, wie Voisenet zu Recht gesagt
hatte. Dann schrieb er an Mercadet:

*– Versuchen Sie herauszufinden, ob eine gewisse
Louise Chevrier, 73 Jahre alt, einst vergewaltigt
wurde.*
– Eilt es?
– Ich will etwas verstehen.

Die Antwort erhielt er sehr viel später, während er schon
wieder im Begriff war einzudösen.
*– Vergewaltigt 1981, im Alter von achtunddreißig
Jahren in Nîmes, schau an. Diesmal Vergewaltiger
gefasst: Nicolas Carnot, fünfzehn Jahre Knast. Habe
es überprüft: keinerlei Verbindung zum Waisenhaus,
weder er noch sie. Mist, das habe ich verpasst. Denn
das Urteil wurde vom Gericht in Troyes gesprochen.
Weiß nicht, warum.*

»Diesmal Vergewaltiger gefasst.« Adamsberg verstand
sehr wohl, was sein Mitarbeiter mit dem Satz sagen wollte.
Er kannte die Dunkelziffer, eine Frau alle sieben Minuten
im Land vergewaltigt und nur 1 bis 2 Prozent der Männer
verurteilt. Konnte es sein, dass eine dieser Frauen Gift speiende Tiere bis zur Neurose fürchtete? Bis sie sich am Ende
von allen Seiten von deren behaarten Beinen umzingelt sah?
Oder aber, im Gegenteil, sich dieses Gift zunutze machte,
es sich aneignete und damit das Leben des Angreifers aus-
löschte?

In der hypothetischen Vorstellung einer Rache für erlebte
Vergewaltigung gaben diese behaarten Beine, an die er gerade dachte, der Spinne einen unbestreitbaren Vorteil, sie
erinnerten an die Männerarme, die das Opfer umschlossen
hielten. Zwar war gerade die Einsiedlerspinne nicht behaart,
aber es war ein Pluspunkt für die Arachniden – Arachnoden? Arachnen? – insgesamt gegenüber ihren Konkurren-

ten in der Giftproduktion, Schlangen und Skorpionen, ja auch Hornissen, Wespen und anderen Angreifern. Und noch ein weiterer Trumpf: die häufige Tötung des Männchens nach der Paarung – obwohl diese bei der Einsiedlerspinne nicht Usus war. Für sie aber sprach, dass sie ein ängstliches Tier war, sie verbarg sich vor den Menschen, wagte sich nur in verlassenem Gelände aus ihrem Versteck. Ja, sagte sich Adamsberg, während er sich in die Gedanken einer vergewaltigten Frau zu versetzen suchte, ja, die Einsiedlerspinne war eine gute Gefährtin, mit der man sich verbünden konnte. Und gerade wegen ihrer unbehaarten, gewissermaßen verweiblichten Beine erschien sie auch zugänglicher. Gleichzeitig aber war sie ausgestattet mit einem mörderischen Sekret, das Fleisch und Blut zerstörte.

Er wandte den Blick ab von Hügeln und Kirchtürmen, die vorm Fenster vorbeiflitzten, und schrieb noch einmal an Mercadet:

– *Louise Chevrier, können Sie ihren Beruf herausfinden?*
– *Nach Auskunft von Froissy: häusliche Betreuung von Kindern.*
– *Wo?*
– *In Straßburg.*
– *Wann?*
– *Achtzigerjahre.*

Straßburg. Er erinnerte sich an sein Ehrfurcht gebietendes Münster. Das ihn an einen anderen, ungleich bescheideneren Glockenturm zurückdenken ließ, den vom Waisenhaus La Miséricorde. Und dieser letzte stand noch immer wie ein Fragezeichen über der Ermittlung. Fand er.

Die zunehmende Langsamkeit, mit der Mercadet ihm antwortete, deutete darauf hin, dass der Lieutenant sich auf seine Schlummerphase zubewegte. Adamsberg warf sein Telefon hin, die Frage, ob es Arachnoden, Arachniden oder Arachnen hieß, konnte warten, und schloss die Augen. Zwei Stunden Schlaf hatten nicht genügt.

29

Der Morgen danach, Adamsberg war auf dem Weg zur Brigade und beobachtete ein paar Möwen, die ihm von der Île de Ré gefolgt waren. Weder hatte ihn jener Taumel noch einmal erfasst, noch hatte er sich mit der Hand in den Nacken gegriffen, und er hatte auch nicht den Schatten eines Gespenstes mehr gesehen.

Dennoch lief er ohne Eile, zögerte seine Ankunft in der Brigade hinaus bei dem Gedanken an diese Sitzung, auf der er seinen zumeist erschöpften Mitarbeitern das unbestreitbare Fiasko der Ermittlung würde eingestehen müssen. Er kam von einer Seefahrt zurück, für die er sie alle – außer Danglard – angeheuert hatte, kam zurück als geschlagener Kapitän auf einem Schiff mit gebrochenen Masten, zerschellt an den Klippen der unabweisbaren Fakten. Nach unsicheren Anfängen hatten seine Mitarbeiter schließlich an die Sache geglaubt, sie waren ihm gefolgt, und die Rückkehr in den Hafen des Konzilsaals würde schweigend vor sich gehen, auf einer bleiernen See. Kein Jeannot in Haft, keine Anklageerhebung gegen Petit Louis, Marcel und die anderen alt gewordenen Opfer. Dennoch empfand er eine gewisse Genugtuung bei dem Gedanken, dass die verstümmelten Kinder von La Miséricorde, die er noch immer als Kinder sah, niemanden getötet hatten. Und obwohl der Kriminalist in ihm enttäuscht war und diese Fahndung so abrupt zu Ende ging, erfüllte der Sieg, zu dem sein Bruder ihm verholfen hatte, ihn mit Beschwingtheit und Leichtigkeit. Verstreute Ideen ohne erkennbaren Sinn tummelten sich wieder in seinem Kopf wie winzige frei gewordene Bläschen, sie stiegen auf wie stürmische Gase und perlten in seinem Denken, unbesorgt um ihren Nutzen.

Bevor er durch den Torbogen der Brigade schritt, lehnte er sich lächelnd an einen Laternenpfahl und schrieb Danglard eine Nachricht: *Sie können zu Ihrer Familie essen gehen, Commandant. Der Weg ist frei.*

In der Tat traf er in der Brigade auf niedergeschlagene, müde Gesichter. Veyrenc, dem er am Abend noch ganze Teile der Rede übertragen hatte, war mit letzten Notizen beschäftigt, Retancourt wahrte ihre unbeirrbare Ruhe. Es gehörte schon mehr dazu als eine gescheiterte Ermittlung, um ihren Gleichmut zu erschüttern. Aber wie alle anderen fürchtete sie, dass Adamsberg Mühe haben würde, angesichts von Danglards ätzender Schärfe dieses Scheitern zu vertreten. Der Commandant verfügte über alle Waffen der Sprache, um gegenüber einem an diesem Morgen wehrlosen Kommissar seinen Triumph auszuspielen. Und Danglard hatte sich immer noch nicht blicken lassen. Adamsberg ging von Schreibtisch zu Schreibtisch und verteilte, je nach Persönlichkeit des Einzelnen, flüchtige Zeichen oder Gesten der Aufmunterung. Für Retancourt und Froissy hatte er in seinem kleinen Garten bei Tagesanbruch zwei blaue Wildblumensträußchen gepflückt. Eins davon legte er auf Retancourts Schreibtisch.

»Ist Danglard schon da?«, fragte er.

»In seinem Büro«, sagte Noël. »Zurückgezogen wie eine Einsiedlerspinne. Oder vielleicht auch voller Schadenfreude, dass wir auf die Fresse gefallen sind.«

Adamsberg zuckte die Schultern.

»Und Froissy? Vor Erschöpfung zusammengebrochen?«

»Sie ist im Hof.«

Adamsberg wollte gerade hinausgehen, um ihr die arm-
seligen Blümchen zu bringen, die in seiner Hand bereits
zu welken begannen, als Froissy so strahlend in den Raum
zurückkehrte, dass man schon an ein Wunder in letzter
Minute glauben konnte. Ein falscher Jeannot in Palavas oder
aber der richtige in Saint-Porchaire entdeckt.

»Sie sind ausgeschlüpft«, verkündete sie.

»Die kleinen Amseln?«, fragte Adamsberg.

»Es sind fünf, und die Eltern fliegen aufgeregt hin und
her, auf der Suche nach Futter.«

»Fünf, das ist eine zahlreiche Brut«, sagte Voisenet ernst.
»Der Hof ist gepflastert und das Umfeld der drei Bäume
von Gittern bedeckt. Das haben sich die Eltern nicht gut
überlegt, als sie ihr Nest hier bauten. Wie werden sie ihre
Regenwürmer finden?«

»Froissy«, sagte Adamsberg und zog einen Schein aus
seiner Tasche, »im Lebensmittelgeschäft an der Ecke gibt es
Himbeeren. Und nehmen Sie auch gleich noch etwas Cake
mit. Voisenet, Sie besorgen eine Schale für Wasser. Es hat
seit zehn Tagen nicht mehr geregnet. Retancourt, haben Sie
trotz allem ein Auge auf den Kater. Noël, Mercadet, Sie entfernen die Baumgitter, Justin und Lamarre, gießen Sie das
Erdreich, lockern Sie es auf. Wer kennt einen Anglerladen
in der Gegend?«

»Ich«, sagte Kernorkian, »zehn Minuten mit dem Auto.«

»Dann los, kaufen Sie Regenwürmer.«

»Wie groß?«

»Kleine, sehr kleine.«

»Aber um neun beginnt die Sitzung.«

»Wir warten auf Sie.«

Mordent sah der Szene verblüfft zu. Adamsberg verteilte seine Befehle wie auf dem Höhepunkt einer Ermittlung, und die Beamten gehorchten, als wären sie sich der ganzen Wichtigkeit ihrer Mission bewusst. Irgendwie schienen sie den Misserfolg, den sie gerade erlitten hatten, hinter sich lassen und aus der unerklärlichen Sackgasse, in die sie sich gedrängt sahen, durch Aktivität herausfinden zu wollen.

Adamsberg ging in den Hof hinunter, half Noël und Mercadet beim Abnehmen der Baumgitter, dann beobachtete er das Nest, wo fünf winzige Schnäbel sich in einem fort öffneten, während die Eltern es in schnellen Flügen umkreisen.

»Niemand geht mir zu nah an das Nest heran«, befahl er, als er zufrieden den Schauplatz verließ.

Er begegnete Mordent auf seinem Weg und drückte ihm die Schulter.

»Nicht alles läuft so schlecht, stimmt's?«

Nachdem in einer gewissen Aufgeregtheit sieben Himbeeren verteilt, zwei Stück Cake zerkrümelt und ein Dutzend Regenwürmer in das aufgelockerte Erdreich entlassen worden waren, schickte Adamsberg Estalère zum Kaffeekochen, Aufbruchssignal für den Beginn der Sitzung im Konzilsaal, mit einer Stunde Verspätung. Danglards Stuhl war leer.

Aus seinem geschlossenen Büro hatte Danglard die plötzliche Aufregung in der Brigade durchaus mitgekriegt, ohne ihren Grund zu kennen. Erst als er die Ohren spitzte, erfuhr er, dass der ganze Lärm nur der Geburt fünf kleiner Amseln galt. Voisenet hatte recht, in der Steinwüste dieses Hofs waren die kleinen Piepmätze zweifellos zum Tode verurteilt, und Adamsberg hatte schon das Richtige getan, um sie zu

retten. Aber was, zum Teufel, ging der Tod von fünf Amsel-
babys ihn an? Nichts. Der Commandant las noch einmal die
Nachricht, die Adamsberg ihm soeben geschickt hatte: *Sie
können zu Ihrer Familie essen gehen, Commandant. Der
Weg ist frei.*

Adamsberg hatte also verstanden – was er die ganze Zeit
so sehr gefürchtet hatte. Der Kommissar hatte nach dem
Grund gesucht, warum er die Ermittlung so hartnäckig
blockierte, und er hatte ihn gefunden: Richard Jarras. Und
damit lag er richtig. Sobald Danglard von diesen ungewöhnlichen Todesfällen durch das Gift der Einsiedlerspinne gehört hatte, hatte er geahnt, woher der Angriff kommen
konnte. Und er hatte fortan alles getan, um die Recherchen
zu behindern und Adamsberg von seinen Leuten zu isolieren. Er hatte geglaubt, den Kommissar mühelos besiegen zu
können, doch er hatte sich geirrt. Adamsberg war die Spur
bis zum Waisenhaus zurückgegangen und hatte die Mannschaft schließlich doch noch überzeugt, ihm zu folgen. Jetzt,
da die Ermittlung festgefahren war und Richard Jarras außer
Gefahr, wurde Danglard sich der Katastrophe bewusst, in die
seine Empfindlichkeit, sein Impuls, seine Angst ihn geführt
hatten. Wieder hatte er Zwietracht in der Brigade gesät, danach beschlossen, die Zukunft des Kommissars aufs Spiel
zu setzen, und schließlich in voller Absicht alles getan, um
einen potenziellen Mörder zu schützen. Ein Delikt, für das
man ihn der Mitwisserschaft anklagen konnte. Er war erledigt.

Und wie so manches Mal, wenn man sich verloren glaubt,
und das allein durch eigene Schuld, war Danglards Reaktion
nicht Zerknirschung, sondern Aggressivität. Wenn er schon
alles verlor, dann wollte er auch zerstören, und zwar denjenigen, von dem sein ganzes Unglück herrührte, Adamsberg.

Die Sitzungsrunde im Konzilsaal war vollzählig, der Kommissar wartete darauf, dass auch Commandant Danglard zu erscheinen geruhte. Jedermann beobachtete ihn, gespannt auf seine Entscheidung. Sie alle wussten, dass Danglard den Aufruhr geschürt und beschlossen hatte, die Sache dem Divisionnaire zu unterbreiten. Doch Adamsberg hatte niemandem – außer dreien seiner engsten Mitarbeiter – enthüllt, wessen er sich schuldig gemacht hatte, indem er einen potenziellen Mörder deckte.

Der Kommissar presste die Lippen zusammen, griff nach seinem Telefon, lauschte auf das Piepsen der Amselkinder, um seinen Unmut zu dämpfen. Und statt ihm schweigend eine Nachricht zu schicken, wählte er Danglards Nummer.

»Alles in Ordnung, Commandant? Sie haben zehn Minuten Verspätung«, sagte er betont ruhig.

Danglard wahrte Schweigen, was Adamsberg seiner Mannschaft durch Gesten zu verstehen gab.

»Nach den Gesetzen der Ethik an Bord«, sagte Adamsberg daraufhin, aus welchem Grund auch immer in seine maritime Metapher zurückfallend, »verlässt ein Steuermann ein Schiff in Seenot nicht.«

Commandant Mordent nickte zustimmend nach diesem noblen Satz.

»Sie werden folglich auf der Stelle hier erwartet«, schloss Adamsberg. »Kommen Sie, ja oder nein, ich will es hören.«

Danglard murmelte ein undeutliches »Ja« und legte auf. Adamsberg sah seine Mitarbeiter an, die stumm vor Spannung waren.

»Es gibt Wichtigeres als Danglards Launen«, sagte er lächelnd. »Die Vogeljungen, zum Beispiel, haben nichts damit zu tun.«

Ausgerechnet diesen etwas albernen Satz hörte Danglard,

als er die Tür öffnete. Ohne einen Blick für seine Kollegen ging er zu seinem Platz.

»Gut«, sagte Adamsberg, »so sind wir denn vollzählig versammelt, um festzustellen, was wir alle wissen: Die Ermittlung war ein totales Fiasko. Wir haben uns geirrt. Ich will sagen: Ich habe mich geirrt. Die Spur war verführerisch, aber sie war falsch. Die Gruppe der von der Spinne Gebissenen hat den Blapsen aus dem Waisenhaus kein Haar gekrümmt. Selbst wenn wir uns darauf versteifen wollten, wir würden uns irren. Wenn keiner von ihnen Vessac angerührt hat, hat auch keiner die anderen auf dem Gewissen. Dennoch beharre ich auf einem Punkt: Ich denke nach wie vor, dass es eine Verbindung gibt zwischen La Miséricorde und den drei Morden an Claveyrolle, Barral und Landrieu. Nichts sonst könnte den aberwitzigen Einsatz von Spinnengift erklären.«

Adamsberg unterbrach sich, um auf sein Telefon zu schauen, das klingelte.

»Den *vier* Morden«, korrigierte er. »Olivier Vessac ist vor fünfzehn Minuten im Krankenhaus von Rochefort gestorben. Bleiben zwei, die zu retten wären: Alain Lambertin und Roger Torrailles. Auf meine Veranlassung hin stehen sie bereits unter Polizeischutz.«

»Sehr gut«, sagte Mordent.

»Aber der Mörder bereitet sich seit vierzehn Jahren vor«, beharrte Adamsberg. »Wir sind sehr spät dran, Commandant. Und so leuchtend hell wie die Spur zur Bande der Gebissenen gewesen ist, denke ich, dass die richtige, die wir noch finden müssen, finster sein wird und kalt.«

»Warum?«, fragte Lamarre.

»Ich weiß es nicht. Wir haben uns im Zugang geirrt. Vielleicht war er zu verführerisch. Es passiert nicht das erste

Mal, dass eine Ermittlung in eine Sackgasse gerät, die nirgendwohin führt. Folglich müssen wir eine andere Passage oder, um einen maritimen Vergleich zu wählen, jene Meerenge suchen, durch die wir zum Mörder gelangen.«

»Ach, wie einfach«, sagte Danglard ohne alle Liebenswürdigkeit. »Und auf welcher Grundlage wollen Sie diese ›Passage‹, wie Sie sagen, diese ›finstere und kalte‹ Passage finden? Sie verfügen über kein einziges belastbares Argument mehr. Es sei denn, Sie hoffen, Ihr Glaube, Ihr Enthusiasmus, Ihre Gewissheit werden Sie schon leiten. Wie Magellan, der sich von einer Bucht zur nächsten immer aufs Neue täuschte.«

»Magellan?«, sagte Adamsberg.

Und jeder begriff, dass Danglard jetzt zu seiner Revanche ausholte, auf dem Schlachtfeld der Wörter und des Wissens, das sein bevorzugtes Terrain war. Magellan. Keiner von ihnen – mit Ausnahme von Veyrenc – hätte sagen können, wer dieser Typ war und was er gemacht hatte.

»Und warum nicht wie Magellan, Commandant?«, sagte Adamsberg und wandte sich zu Danglard um. »Ich selbst würde ja nicht wagen, unsere kleine Expedition mit seiner grandiosen Reise zu vergleichen. Aber da Sie davon sprechen, bitte schön. Mir steht der Sinn sehr nach Marine, seit ich den Hafen von Rochefort gesehen habe.«

Adamsberg stand auf und ging ruhigen Schritts zu einer großen Weltkarte hinüber, die Veyrenc einmal an die Wand gepinnt hatte. Um der Brigade etwas mehr Weltläufigkeit zu geben, hatte er gesagt. Der Kommissar hatte, wie auch die anderen, sehr wohl verstanden, was Danglard mit seinem Magellan verfolgte. Ihn vor allen Kollegen zu demütigen, seine geringe Bildung hervorzukehren und die Unhaltbarkeit seiner Vorstellungen zu beweisen. Ihm letzten Endes ein weiteres Mal die Unterstützung seiner Mitarbeiter zu entziehen. Doch wenn Danglard ganz sicher auch eine Menge Dinge über diesen Magellan wusste, so hatte er doch nicht den Kantonswärter aus Adamsbergs Dorf gekannt. Der Mann war nie von seinem Pyrenäenfelsen heruntergekommen. Aber er reiste mit den berühmten alten Schiffen um die Welt, von denen er Modelle baute, die zwanzig Kilometer im Umkreis bewundert wurden für die Genauigkeit, mit der er den prunkvollen Schmuck der Schiffskörper nachbildete. Trauben von Kindern waren immer um ihn versammelt, sahen schweigend den dicken Fingern des Mannes zu, während sie das feine Takelwerk an den Masten befestigten, und lauschten seinen schon hundertmal erzählten Geschichten. So dass Magellans kühnes Abenteuer Adamsberg mehr als vertraut war. Als er vor der Karte stand, legte er seinen Finger auf einen Punkt der spanischen Küste. Er drehte sich um und suchte Veyrencs Blick. Er, Veyrenc, wusste, was jetzt kommen würde, und zwinkerte dem Freund aufmunternd zu.

»Hier«, sagte Adamsberg, »liegt der Hafen von Sevilla. Am 10. August 1519 sticht Magellan – mit richtigem Namen Fernão de Magalhães – mit fünf wiederhergerichteten alten Segelschiffen in See, der *San Antonio*, der *Trinidad*, der *Concepción*, der *Victoria* und der *Santiago*. Er selbst übernimmt das Flaggschiff, die *Trinidad*.«

Adamsbergs Finger fuhr an der Küste Afrikas entlang, überquerte den Atlantik, segelte an den Küsten Brasiliens und Argentiniens gen Süden und hielt an einem Punkt der südamerikanischen Ostküste.

»Hier sind wir am 40. Breitengrad. Eine Seekarte zeigte Magellan an, dass die schon so lange gesuchte Passage zu einem vermuteten Ozean, dem späteren Pazifik, der der

Welt und der Kirche beweisen würde, dass die Erde rund ist, auf diesem 40. Breitengrad lag. Und die Spur war falsch.«

Alle Beamten hatten sich Adamsberg zugewandt und folgten, ebenso erleichtert wie fasziniert, dem Weg seines Fingers. Veyrenc beobachtete die Veränderungen auf dem Gesicht von Danglard, vor allem als Adamsberg die Namen der fünf in See stechenden Schiffe aufgezählt und auch den des Portugiesen Fernão de Magalhães ausgesprochen hatte.

»Und Magellan segelt weiter«, fuhr Adamsberg fort, »immer weiter nach Süden, immer weiter in die Kälte. Er sucht jeden Golf, jede Bucht der Küste ab in der Hoffnung, die Einmündung in jenen anderen Ozean zu entdecken. Aber die Golfe sind verschlossen, die Buchten dicht. Eines seiner Schiffe zerschellt, er segelt weiter im Sturm, er und seine Besatzung krepieren fast vor Kälte und Hunger im Golf von San Julián. Doch er segelt weiter nach Süden, und als er den 52. Breitengrad erreicht, entdeckt er endlich die Meerenge, die einmal seinen Namen tragen wird. Er und seine Mannschaft.«

Er und seine Mannschaft, man verstand sehr wohl. Mit dem Finger folgte Adamsberg weiter der langen Passage im Süden Patagoniens, kam am Pazifischen Ozean heraus und schlug mit der flachen Hand auf die Karte.

»Wir müssen weitermachen«, sagte er und ließ den Arm sinken, »wir müssen weiter nach der Meerenge suchen, genau das sagte ich mit sehr viel einfacheren Worten, bevor Danglard mich mit Magellan unterbrach.«

»Den Sie gut zu kennen scheinen, Kommissar«, bemerkte Danglard, der noch aus seinem inneren Abgrund heraus zu beißen versuchte.

»Stört Sie das?«

»Nein, es erstaunt mich.«

Auf diese beleidigende Antwort hin sprang Noël mit einem Satz auf, stieß seinen Stuhl um und ging in eindeutig aggressiver Absicht auf den Commandant zu.

»Nach der Ethik an Bord«, sagte er voller Wut, Adamsbergs Formulierung zitierend, »beleidigt ein Kommandant nicht den Admiral. Nehmen Sie Ihre Worte zurück.«

»Nach der Ethik an Bord«, erwiderte Danglard und stand seinerseits auf, »hat ein Leutnant einem Kommandanten keine Befehle zu geben.«

Adamsberg schloss für einen Moment die Augen. Danglard hatte sich völlig verändert, Danglard war ein echtes Arschloch geworden. Aber wenn einer einem aufgebrachten Noël nicht gewachsen war – der in solchen Augenblicken wieder zu dem stolzen und gefährlichen Straßenjungen wurde, der er einmal gewesen war –, dann war es Danglard. Adamsberg packte Noëls Arm, bevor der das Kinn des Commandants erreichte.

»Keinen Fehler, Noël«, sagte Adamsberg. »Danke, und setzen Sie sich wieder.«

Was Noël knurrend tat, was auch Danglard tat, bleich, seine spärlichen grauen und braunen Haare schweißnass.

»Der Zwischenfall ist beendet«, sagte Adamsberg ganz ruhig. »Auf der *Trinidad* gab es auch Schlägereien. Wir machen eine Pause«, befahl er. »Aber rennen Sie nicht alle auf einmal in den Hof hinaus, um die Amseln zu sehen. Sie könnten die Eltern in die Flucht schlagen, die dann womöglich nie wiederkämen. Und dagegen wären wir machtlos.«

30

Während die Truppe sich zerstreute, Retancourt, die als Kennerin Noëls rechten Haken sehr bewundert hatte, ihm zu seinem Angriff gratulierte, und Danglard sich in seine Höhle zurückzog, verschwand Adamsberg in seinem Büro, nahm die kleine Plastikschachtel in die Hand, ließ die tote Einsiedlerspinne vor seinen Augen kreisen, dann griff er zum Telefon.

»Irène? Adamsberg. Sie wissen es bereits?«

»Sie meinen den Tod von Vessac, ja natürlich. Ich muss flüstern, ich bin mit Élisabeth gerade im Flur des Krankenhauses. Ich will versuchen, hier rauszukommen.«

»Ich wollte nur wissen: Wie hat Ihre Louise es aufgenommen? Weiß sie es auch?«

»Aber sicher weiß sie es! In der ganzen Gegend wird ja von nichts anderem mehr geredet. Achtung, niemand ahnt, dass es Morde sind, ich habe Wort gehalten, Kommissar. Alles spricht vom ›Fluch‹ der Einsiedlerspinne, das Netz ist voll davon. Alle sind überzeugt, dass das Gift mutiert hat.«

»Und Louise? Sieht sie immer noch Spinnen?«

»Es wird immer schlimmer. Sie hat sich in ihrem Zimmer eingeschlossen, das sie schon wer weiß wie viele Male staubgesaugt hat. Demnächst wird sie noch die Wände absaugen, garantiert. Ich muss wirklich nach Hause zurück. Und ich sage Ihnen, mit Élisabeth auf dem Hals wird das kein Zuckerschlecken werden. Mit dieser Louise habe ich mir echt was eingehandelt. Ich habe es ja gar nicht sofort bemerkt, dass sie einen Dachschaden hat. Mit der Seife hat es angefangen.«

»Der Seife?«

»Mit dieser Flüssigseife, wissen Sie, wo man oben draufdrückt, und es spritzt ein Strahl heraus. Das ist immerhin sehr viel hygienischer, finde ich. Na, und da hat sie aufgeschrien und die Flasche gleich in den Mülleimer geschmissen. Ich hab sie natürlich wieder rausgeholt, schließlich kann ich mein Geld nicht zum Fenster rauswerfen.«

»War es die Seife oder der Strahl, weswegen sie geschrien hat?«

»Der Strahl. Also ehrlich, da muss man schon eine ganz schöne Spinne in der Birne haben, verzeihen Sie den Scherz.«

»Er gefällt mir, Ihr Scherz.«

»Umso besser. Die fallen mir einfach so ein, das sagte ich Ihnen schon mal. Und sie machen das Leben ein bisschen heiterer, nicht wahr?«

»Dazu sind sie ja da, Irène. Bei was schreit sie noch?«

»Bei allen Produkten mit einem Spender, Feuchtigkeitscremes zum Beispiel. Und Öl natürlich auch. Öl in Flaschen mit Drucktaste kann sie nicht ausstehen. Aber wie soll man sonst einen Salat würzen, frage ich Sie?«

»Und bei Essig, ist es da genauso?«

»Nein, nein, Essig ist ihr vollkommen wurst. Bekloppt, ich sag's ja. Wenn mir Lebensmittel nach Hause geliefert werden, und es sind ja immer Männer, die die Kartons bringen, muss ich ihr vorher Bescheid sagen, damit sie sich in ihrem Zimmer einschließt, und ich kann Ihnen sagen, das ist nicht alle Tage einfach.«

»Wissen Sie etwas über ihr früheres Leben?«

»Überhaupt nichts. Sie spricht nie darüber. Ich würde sie am liebsten raussetzen, aber ich trau mich nicht. Denn wer würde sie schon haben wollen, nicht wahr? Ich bin eben nicht das böse Mädchen, also trau ich mich nicht.«

»Geht sie manchmal aus?«

»Allein? Sie machen Witze, Kommissar. Wenn ich allerdings mal ein bisschen rumfahren will, wegen der antalgischen Haltung, Sie wissen schon, steigt sie mit in mein Auto ein. Dabei würde ich manchmal gern meine Ruhe haben. Aber da ich nun mal kein schlechter Mensch bin, wage ich nicht abzulehnen. Ich setze sie dann im Hotel ab, soll sie zusehen, wie sie klarkommt, ich jedenfalls geh spazieren mit meinem Fotoapparat. Und Schneekugeln kaufen.«

»Schneekugeln, Irène?«

»Diese Kugeln, in denen es schneit, wenn man sie schüttelt. Die sind doch hübsch, nicht? Zu Hause habe ich über fünfzig davon. Wenn Sie zum Beispiel die Kathedrale von Bourges möchten, die kann ich Ihnen schenken.«

»Vielen Dank«, sagte Adamsberg, da war ihm seine tote Einsiedlerspinne dann doch tausendmal lieber. »Trotzdem würde ich Ihre Louise gern kennenlernen.«

»Um zu verstehen, was Arachnophobie bedeutet?«

»Das also ist das Wort dafür? ›Arachnophobie‹? Warten Sie, das muss ich mir aufschreiben.«

»Aber Louise sehen, das können Sie vergessen, Kommissar, Sie sind ein Mann.«

»Richtig, ich vergaß.«

»Dass Sie ein Mann sind? Das ist aber nicht normal, Kommissar. Man sieht's immerhin.«

»Nein, ich vergaß, dass sie mich nicht ertragen könnte. Wir werden darüber nachdenken, ich muss jetzt zurück in die Sitzung.«

»Meiner Meinung nach«, sagte Irène mit ihrem sehr realen Feingefühl unter ihrem hemdsärmeligen, geschwätzigen Auftreten, »verfolgen Sie noch eine ganz andere Idee als die Arachnophobie. Sie sind schließlich Polizist.«

»Und welche Idee?«

»Sie wollen sich mit eigenen Augen überzeugen, ob es stimmt oder nicht, dass die Einsiedlerspinnen sich bei mir vermehrt haben.«

Adamsberg musste lächeln.

»Das ist nicht ganz falsch.«

Ratlos legte er das Telefon hin. Diese Louise Chevrier, von der man nichts wusste, war nicht nur »bekloppt«, hatte nicht nur einen »Dachschaden«, sie war vollkommen neurotisch. So sehr, dass sie einen Strahl weißer Flüssigseife fürchtete, eine ausgestoßene, schleimige Substanz als immer wiederkehrendes Bild der Vergewaltigung, deren Opfer sie geworden war. Er hatte viel mit Fällen zu tun gehabt, in denen es um vergewaltigte Frauen ging, er hatte Frauen erlebt, die die Gegenwart eines Mannes nicht mehr ertragen konnten, aber er hatte noch nie von einem so tief empfundenen Entsetzen gehört, das beim Anblick jedweden Strahls von etwas cremiger Substanz in Panik verfiel. Louises Phobien grenzten an Wahnsinn. Wenn er diese Zwangsvorstellung bei Seife vielleicht noch verstehen konnte, sah er zwischen Speiseöl und Sperma nun überhaupt keine Verbindung mehr.

Er schloss einen Moment die Augen, lehnte die Stirn an die Fensterscheibe, vor sich die Linde. Öl. Wann hatte er unlängst das Wort gehört? Als er den Cake zerkrümelt hatte? »Jetzt ist Ihre Hose im Eimer«? Nein. Ein in der Ferne vorbeifahrendes Motorrad übertönte das Piepsen der kleinen Vögel.

Das Öl, mein Gott, die Ölspur in der Straßenkurve, wo

der Blaps Victor Ménard, das dritte Opfer, sich auf seinem Motorrad zu Tode gefahren hatte.

Adamsberg strich sich mit den Händen übers Gesicht. Es war kein Zufall, Mercadet wäre über kurz oder lang auf die Vergewaltigung von Louise gestoßen. Aber was tat diese Frau mit ihrer Spinnen-Obsession ausgerechnet bei Irène Royer? Von der man wusste, dass sie die Tiere nicht tötete – und dies auch offen zugab? Das ergab keinen Sinn. Es sei denn, Louise log auf der ganzen Linie. Und lebte in diesem Haus gerade wegen der Gesellschaft der Einsiedlerspinnen, die sie dort geduldet und beschützt wusste, genau wie sich selbst. Aus Angst aber, es könnte entdeckt werden, verwischte sie die Spuren und spielte die entgegengesetzte Person: eine mit einer Arachnophobie. Während sie in Wahrheit arachnophil war oder sogar reclusophil. Wobei, da war sich Adamsberg sicher, es diesen letzten Begriff gar nicht gab.

Und wie sollte sie von einer polizeilichen Ermittlung erfahren haben? Irène hatte Wort gehalten, im Internet war nichts durchgesickert. Aber sie hatten miteinander gesprochen, und Irène nannte ihn »Kommissar«.

Er streckte die Arme, plötzlich beunruhigt. Beruhigte sich aber gleich wieder: Irène war kein Mann, noch weniger einer von der Spinnen-Bande. Sie riskierte nichts. Es sei denn. Es sei denn, Louise würde sich Gedanken machen über die Ausweitung der Ermittlung, Irène kämen eines Tages Zweifel, und sie würde sich ihrem ewigen »Kommissar« gegenüber dazu äußern.

Noch einmal wählte er die Nummer seiner arachnophilen Freundin.

»Irène, es ist ziemlich dringlich. Sind Sie allein?«

»Élisabeth schläft. Was ist los?«

»Hören Sie mir gut zu. Rufen Sie mich nicht in Gegenwart Ihrer Mitbewohnerin an. Können Sie mir folgen?«

»Überhaupt nicht.«

»Ist auch nicht so wichtig. Ich bitte Sie darum. Versprechen Sie es.«

»Vielleicht, aber was?«

»Hat sie Sie jemals über mich ausgefragt? Über diesen Mann, mit dem Sie da häufig korrespondieren?«

»Noch nie. Warum sollte sie? Mit ihrer Spinne in der Birne, glauben Sie, da hat sie noch Zeit, sich für andere zu interessieren, aber nicht doch.«

»Es könnte aber so kommen. Wenn sie Sie fragt, wer dieser Kommissar ist, mit dem Sie da ständig quatschen, dann antworten Sie strikt dies: Ich sei ein alter Freund aus Nîmes, den Sie per Zufall wiedergetroffen hätten. Ich interessierte mich nebenberuflich für Spinnen, genau wie Sie. Ich sei ein Zoologe, der seine Berufung verfehlt habe. Das würde auch erklären, warum wir uns über die jüngsten Untaten der Einsiedlerspinne unterhalten. Haben Sie mich verstanden?«

»Ja«, sagte Irène, reichlich verwirrt diesmal, so dass ihre sonstige Redseligkeit versiegt war.

»Im Übrigen sei ich auch ein Sammler von Kugeln, Schneekugeln.«

»Sie?«

»Es ist eine Lüge, Irène, *können Sie mir nicht folgen?*«

»Nein. Wenn Sie mir das ein bisschen erklären könnten? Ich bin kein schlechtes Mädchen, das sagte ich Ihnen ja, aber ich bin auch keine Marionette, Kommissar.«

»Ich glaube nicht, dass Ihre Louise ›bekloppt‹ ist. Ich halte sie für dement. Und«, log Adamsberg, »für fähig, jede Information über die Ermittlung, die sie von Ihnen erfahren würde, auszuplappern.«

»Ah, jetzt verstehe ich besser.«

»Sie darf also in keinem Augenblick den Verdacht haben, dass ich Morde hinter den Spinnenbissen vermute. Das geringste Echo davon in den Medien wäre eine Katastrophe.«

»Ich kann Ihnen folgen.«

»Wir haben uns also verstanden, Irène? Ich bin nur ein alter Freund und verhinderter Zoologe, der sich für Spinnen und Schneekugeln begeistert.«

»Was ich tun könnte«, und jetzt fand Irène ihre ganze Lebhaftigkeit wieder, »ich könnte in Rochefort zwei Schneekugeln kaufen. Und ihr bei meiner Rückkehr sagen, dass die eine für mich ist, die andere für Sie. Und in so einem Souvenirladen hätte ich auch Sie wiedergetroffen. In Pau, zum Beispiel, denn eine Kugel aus Pau habe ich. Und so bin ich es, die die Lüge in die Welt setzt.«

»Perfekt. Und wenn Sie mir wirklich mal eine etwas sehr deutliche Nachricht zu übermitteln haben, dann schicken Sie sie mir und löschen sie hinterher sofort wieder.«

»Ich kann Ihnen folgen. Denken Sie, dass sie in mein Telefon reinschaut?«

»Auch in Ihren Rechner.«

»Na, wenn das so ist, muss man es nutzen. Ich könnte Ihnen Falschmeldungen schicken: über Schneekugeln etwa, mit Foto, wo ich Ihnen schreibe: ›Und die hier, haben Sie die schon?‹, so als wenn wir mit unseren Sammlungen konkurrieren würden. Und was Spinnen angeht, da könnte ich Ihnen was über Hausspinnen, Kreuzspinnen, Schwarze Witwen schreiben. Da Sie verhinderter Zoologe sind, gibt es ja keinen Grund, dass Sie sich nur für die Braune Einsiedlerspinne interessieren.«

»Ausgezeichnet, Irène, machen Sie das.«

»Die Sache hat nur einen Haken. Wenn wir alte Freunde

sind, die sich wiedergetroffen haben – und der Gedanke gefällt mir sehr –, warum rede ich Sie dann mit ›Kommissar‹ an?«

Adamsberg musste einen Moment überlegen, er hatte den deutlichen Eindruck, dass Irène schneller dachte als er.

»Sagen Sie, das sei ein Spiel zwischen uns. Dass Sie mich früher Jean-Baptiste nannten, aber als wir uns wiedergesehen haben, haben Sie erfahren, dass ich inzwischen Kommissar geworden bin. Seitdem spielen wir ein bisschen mit der Anrede, es ist uns zur Gewohnheit geworden.«

»Nicht gerade umwerfend, Kommissar.«

»Nein.«

»Darum werde ich mal ›Kommissar‹ und mal ›Jean-Baptiste‹ sagen. Oder besser noch ›Jean-Bapt‹, das klingt vertrauter, es wirkt authentischer.«

»Sie hätten Kriminalist werden sollen, Irène.«

»Und Sie Spinnenforscher, Jean-Bapt. Entschuldigen Sie, ich trainiere schon mal.«

31

»Vor unserer Reise zum Pazifik«, begann Adamsberg, als alle wieder im Konzilsaal und auf ihren Plätzen waren, »sagte ich, dass wir eine andere Passage finden müssen.«

»Auf dem 52. Breitengrad«, präzisierte Mercadet mit großem Ernst für sich selbst.

»Commandant Danglard meint, wir hätten nichts mehr in der Hand, worauf wir unsere Suche stützen könnten. Das stimmt nicht ganz. Es geschehen schon seit Anbeginn noch ganz andere Dinge vor unseren Augen, die wir nicht beachtet haben.«

»Was?«, fragte Estalère.

»Nicht was, Estalère, wer?«

»Was den Mörder angeht?«

»Ich denke, es ist eine Frau.«

»Eine Frau?«, sagte Mordent. »Eine Frau? Die in zwanzig Jahren acht Männer umgebracht hätte? Was bringt Sie auf diese Idee, Kommissar, was zieht Sie zu dieser ... Meerenge?«

»Die Einsiedlerspinnen-Bande hat sich zu einer Bande von Frauenschändern gemausert, das wissen wir inzwischen. Mercadet ist dabei, die Spuren ihrer Vergewaltigungen von der Volljährigkeit der Burschen bis zu, sagen wir, ihrem fünfundsechzigsten Lebensjahr zu verfolgen. Also über eine Spanne von annähernd fünfzig Jahren. Das ist eine ungeheure Aufgabe, und nichts beweist, dass sie nur im

Departement Gard ihr Unwesen getrieben hätten. Froissy wird ihn dabei unterstützen.«

Adamsberg bemühte sich um einen sachlichen, die Mitarbeiter beruhigenden Ton, aber Danglards Attacke hatte alle sehr getroffen. Ihm war absolut klar, dass der Commandant seinen eigenen Abgrund streifte, dass seine selbstmörderische Aggressivität wucherte wie Brombeergestrüpp in einer Abrissruine. Doch es war das erste Mal, dass der Commandant ihn vor der ganzen Brigade beleidigt und bewusst verächtlich behandelt hatte. In seiner natürlichen Geschmeidigkeit neigte er dazu, den Zwischenfall zu vergessen. Aber dieser war doch zu einschneidend gewesen. Instinktiv war ihm danach, die Sitzung zu verlassen und laufen zu gehen. Danglard nicht mehr sehen zu müssen, nicht mehr mühevoll Argumente finden zu müssen, mit denen sich die Suche nach einer neuen und, ach, wie dürftigen Spur rechtfertigen ließe. Es war Zeit, Veyrenc das Wort zu übergeben, dem solche logische Akrobatik eher lag.

»Haben Sie eine Vorstellung von dieser Frau?«, fragte Froissy, die, schockiert von Danglards Ausfall wie auch eingeschüchtert von Noëls Reaktion, sich bemühte, ihre Hände flach auf der Tastatur ruhen zu lassen. Antalgische Haltung, dachte Adamsberg.

»Mehrere, darunter recht banale. Aber man sollte besser von vorn anfangen, wenn man einen Zugang verfehlt hat.«

»Die Meerenge verfehlt hat«, korrigierte Justin mit erhobenem Zeigefinger.

Die Magellan'sche Reise hatte die Gemüter ganz entschieden beeindruckt, ihr heroischer Geist schien irgendwie auf sie abzufärben. Denn trotz der unheilvollen Umstände, unter denen diese verfehlte Ermittlung zu Ende gegangen war, bemerkte Adamsberg, dass die Rücken aufrechter waren als zu Beginn der Sitzung, die Haltungen entschlossener, und der eine und der andere sah auch noch mal zur Weltkarte hinüber. Vielleicht träumten einige sich heraus aus diesem Raum mit den Plastikstühlen, holten Segel ein im Sturm, klammerten sich an Masten, stopften Lecks, aßen verschimmelten Zwieback. Konnte man's wissen? Manche jedenfalls träumten.

»Sie mordet seit zwanzig Jahren«, fuhr Adamsberg fort, »achtmal nun schon. Verbrechen, die über so lange Zeit geplant wurden, ein derartiges, geradezu neurotisch verfolgtes Vernichtungsprogramm, das wie ein Lebensziel erscheint, baut sich in der Kindheit auf. Es ist kein plötzlicher Impuls, kein Zufall. Von dieser unbekannten Mörderin kann man also zumindest sagen, dass sie furchtbar gelitten hat. Das meinte ich zum Beispiel mit ›banal‹. Damals in ihrer frühen Jugend ist ihre Verwandlung in eine unbeirrbare Kriminelle vor sich gegangen.«

»Eine schwere Kindheit«, sagte Justin, »ein Kriterium, das unsere Auswahl nicht gerade eingrenzen wird.«

»Gewiss nicht. Wir wissen außerdem, dass sie vergewaltigt wurde, was uns ebenso wenig weiterhilft. Ob seinerzeit Strafanzeige gestellt wurde und ob diese Erfolg hatte oder nicht, ist unerheblich, diese Frau hat sich auch weiterhin ihr Recht auf eigene Faust verschafft. Ein einziges Element kann uns helfen, sie zu finden, das ist der aberwitzige Einfall mit dem Gift der Einsiedlerspinne. Am Anfang denkt sie gar nicht an die Spinne. Sie hat verschiedene und eher naheliegende Mittel benutzt, die Schusswaffe, die Sabotage, den Motorradunfall und schließlich den Knollenblätterpilz. Vermutlich kommt ihr in dem Augenblick die Idee. Für diesen vierten Mord hat sie eine giftige Substanz gewählt, das Fleisch von dem Pilz, der wegen seiner Ähnlichkeit mit einem Phallus wissenschaftlich Amanita phalloides heißt. ›Phalloid‹, das ist das Wort, durch welches sich die Verbindung von der pflanzlichen zur tierischen Toxizität herstellt.«

»Wäre zu bedenken«, meinte Voisenet.

»Aber Gift aus einer Drüse zu gewinnen ist ungleich schwerer, als einen Pilz aus dem Wald mitzunehmen. So dass sie vierzehn Jahre dafür braucht, besessen von dem Wunsch, dieses neue Gift zu erhalten. Sie erinnern sich an die Ausführungen von Voisenet über die Verbindung zwischen den Körperflüssigkeiten von Gift produzierenden Tieren und der Macht. Dieser Frau gelingt es, die Einsiedlerspinne zu beherrschen und sich ihre Macht anzueignen. Mit brutaler Gewalt hat sie ein verheerendes animalisches Fluid in sich aufnehmen müssen, nun kehrt sie es um und setzt es todbringend gegen ihren Aggressor ein.«

»›Ihren‹ Aggressor«, bemerkte Mordent. »Warum beschränkt sie sich nicht auf diesen einen Mann? Warum vernichtet sie die gesamte Bande?«

»Wir wissen nichts von dem, was sie erlitten hat. Ob eine, ob mehrere Vergewaltigungen.«

»Durch die zehn Blapse?«, fragte Lamarre.

»Die Blapse – einst Herren über die Einsiedlerspinne – sind nach wie vor unser bester Kompass. Wenn diese Frau von einem von ihnen vergewaltigt wurde – vermutlich sogar von zwei oder drei, in Anbetracht von deren kollektiver Strategie –, hat sie ihre Rache auf die gesamte Meute ausgedehnt.«

»*Die Liebe ist eine Brennnessel, die man alle Augenblicke mähen muss, wenn man in ihrem Schatten ruhen will*«, murmelte Danglard. »Pablo Picasso. Die Liebe, oder auch die Leidenschaft.«

Alle Blicke wanderten zum Commandant, von dem man

kein Wort mehr erwartete. Bedeutete es eine Umkehr, einen zarten Ansatz von Einsicht? Mitnichten. Der Harnisch seines bleichen Gesichts war undurchdringlicher denn je. Danglard sprach nur noch mit sich selbst.

»Wozu sie allerdings gewusst haben muss«, sagte Kernorkian, ohne auf die Unterbrechung einzugehen, »dass sie eine Bande bildeten.«

»Zwangsläufig.«

»Wozu sie weiterhin«, Kernorkian ließ nicht locker, »von deren Verbindung zu den Einsiedlerspinnen gewusst haben muss.«

»Auch das«, Veyrenc nickte. »Einer von ihnen hat gesprochen.«

An diesem Punkt stand der Kommissar auf, das lange Sitzen hatte ihn schon wieder ermüdet, und begann wie üblich durch den Raum zu wandern.

»Ein Fall interessiert mich, obwohl er weit entfernt ist vom Glockenturm von La Miséricorde.«

»Ich dachte, den sollten wir nicht aus dem Blick verlieren«, wandte Noël ein.

»Ich verliere ihn auch nicht. Es geht um Louise Chevrier. Sie wurde 1981 im Alter von achtunddreißig Jahren vergewaltigt, in Nîmes, und ihr Aggressor wurde geschnappt. Dieser Nicolas Carnot hat nie einen Fuß in das Waisenhaus gesetzt. Er wurde zu fünfzehn Jahren verurteilt und kam 1996 raus. Gibt es irgendeine Verbindung zwischen ihm und der Bande der Blapse? Mercadet ist schon dran. Und Sie, Froissy, recherchieren Sie über Louise Chevrier. Wir müssen alles über sie wissen. Wir sehen uns um 16 Uhr wieder.«

»Um 16 Uhr, Kommissar«, meinte Justin, »wissen wir auch keinen Deut mehr.«

»Darum geht es nicht. Um 16 Uhr wird uns Commandant

Danglard einen raschen historischen Exkurs über die mittelalterlichen Reklusen geben. Die Frauen, meine ich.«

»Die Frauen?«, wiederholte Lamarre ungläubig.

»Genau die, Brigadier. Wäre das möglich, Commandant?«

Danglard begnügte sich mit einem Kopfnicken. 16 Uhr. Da blieb ihm die Zeit, seine Sachen zu packen.

Auf dem Hof traf Adamsberg Froissy.

»Ich gehe ein paar Schritte, Lieutenant.«

»Kann ich verstehen, Kommissar.«

»Die Erschütterungen beim Laufen, beim Umherschlendern setzen die winzigen Gasbläschen im Gehirn in Bewegung. Sie steigen auf, kreuzen sich, stoßen aneinander. Und wenn man Inspiration sucht, dann ist das eines der Dinge, die man tun sollte.«

Froissy zögerte.

»Im Gehirn gibt es keine Gasbläschen, Kommissar.«

»Aber wenn es keine Gedanken sind, wie nennen Sie es dann?«

Darauf wusste Froissy nichts zu erwidern.

»Da sehen Sie, Lieutenant. Es sind Gasbläschen.«

32

Adamsberg lief wie üblich Richtung Seine. Wenn ihm in dieser Stadt etwas schrecklich fehlte, dann war es das klare Gebirgswasser des Gave de Pau. Er ging bis zum Ufer hinunter und setzte sich unter die Spaziergänger, Studenten, Nomaden des Lebens, wie er selbst einer war. Und wie er sahen sie alle mit Bestürzung an die hundert Fische, die mit dem Bauch nach oben träge auf dem graugrünen Fluss trieben.

Verstimmt stieg er die Treppe wieder hinauf und lief über die Quais bis nach Saint-Germain. Unterwegs rief er den Psychiater Martin-Pécherat an – ein Zufall, dass er sich an einen so ausgefallenen Namen erinnerte –, den er vor Kurzem anlässlich einer Expertise über einen Fall geistiger Zurechnungsfähigkeit kennengelernt hatte. Er war einer von jenen Männern, die man oberflächlich als »stämmigen jovialen Typen« bezeichnet hätte, mit Bart und viel Haar, der aber in Wirklichkeit ein Mann der Tiefe war, ein ruhiger oder redegewandter Wissenschaftler, fröhlich oder bekümmert, je nach den Umständen oder je nachdem, ob die natürliche Rotation seiner Seele deren helle oder schattige Seite zeigte.

»Dr. Martin-Pécherat? Kommissar Adamsberg. Erinnern Sie sich an mich? Die Expertise Franck Malloni?«

»Ja, natürlich. Freue mich, Sie zu hören.«

»Ich würde Sie gern sprechen.«

»Eine weitere Expertise?«

»Nein, ich brauche Ihre Meinung über Reklusen, jene Frauen, die sich von der Welt zurückziehen.«

»Im Mittelalter? Das ist nicht mein Gebiet, Adamsberg.«

»Für das Mittelalter habe ich, was ich brauche. Aber nicht für die heutige Zeit.«

»Heute gibt es keine Reklusen mehr.«

»Ich habe eine erlebt, als ich zwölf Jahre alt war. Und ich kenne vielleicht noch eine weitere.«

»Kommissar, ich schlage mich allein mit einem zu fetten Kalbsfrikassee herum und langweile mich, was ich überhaupt nicht ertrage. Ich bin an der Place Saint-André-des-Arts, gleich links neben dem Tabac.«

»Ich bin in zehn Minuten da.«

»Soll ich schon ein Essen für Sie bestellen? Ich habe gerade erst angefangen.«

»Danke, Doktor, wählen Sie für mich.«

Adamsberg lief im Trab den Quai de la Tournelle und den Quai de Montebello hinauf, bog in die Rue de la Huchette ein, und schon stand er vor dem massigen Doktor, der sich vom Tisch erhob, um ihn mit offenen Armen zu begrüßen. An seinen Empfang erinnerte er sich, der immer sehr einladend war, ob er nun gerade düster oder freundlich gestimmt war.

»Kabeljaufilet mit Sauce normande, ist Ihnen das recht?«

Adamsberg wagte dem Mediziner nicht zu sagen, dass es ihn nach dem Schauspiel auf der Seine nicht sonderlich nach totem Fisch gelüstete. So lächelte er und setzte sich, während der Arzt ihn mit einer Spur Besorgnis im Blick betrachtete.

»Keine gute Zeit, oder?«, sagte er. »Ich meine, für Sie?«

»Eine Ermittlung, die in große Tiefen zurückreicht, der

Vergangenheit wie des Verstandes. Und sehr schwierig. Ich bin gerade mächtig auf die Schnauze gefallen.«

»Ich spreche von Ihnen persönlich, Kommissar. Sie haben eine fiese Sache hinter sich, und zwar erst kürzlich, oder täusche ich mich?«

»Stimmt, gestern, aber das ist nicht so wichtig.«

»Mir ist das durchaus wichtig. Dann verstehe ich nämlich besser, was Sie so dringlich zu mir führt und was Sie mich fragen werden. Was ist Ihnen gestern passiert?«

»Mein Bruder auf der Insel Ré hat mir in meinem Gedächtnis einen Zahn gezogen. Zufällig saß der Zahn sehr tief. Er hat mir nie Schmerzen bereitet, bis zur vergangenen Woche. Aber das ist jetzt vorbei. Alles ist gut.«

»Was war das für eine Erinnerung? Die Rekluse, die Sie mit zwölf Jahren gesehen haben?«

Dr. Martin-Pécherat ging zügig vor, er übersprang die dazwischenliegenden Etappen. Man konnte ihn nicht täuschen.

»So ist es. Ich erinnerte mich nicht, sie gesehen zu haben, ich erinnerte mich an gar nichts. Aber in dem Maße, wie ich das Wort ›Einsiedlerin‹ hörte, fühlte ich mich von Mal zu Mal schlechter.«

»Schwächeanfälle? Schwindel?«

»Ja. Und als mein Bruder mir den Zahn gezogen hat ...«

»War Ihr Bruder denn mit dabei?«

»Auch meine Mutter.«

»Und Ihre Mutter hat erlaubt, dass Sie die Frau sahen?«

»Ganz und gar nicht. Aber sie hat es nicht mitgekriegt, das ist alles. Hinterher war es zu spät.«

»Kleiner Schnüffler gewesen, was? Und sich über Verbote gern hinweggesetzt«, sagte der Arzt lächelnd.

»Als der Zahn gezogen war, als ich endlich ihr schreckliches Gesicht, ihre verfaulten Zähne sah, als ich von Neuem ihren grauenhaften Geruch atmete, ihren Schrei hörte, da habe ich das Bewusstsein verloren. Auch damals als Zwölfjähriger soll ich ohnmächtig geworden sein. Bevor ich dann alles vergaß.«

»Es in sich verschlossen haben.«

»Ich will nicht, dass Sie Ihre Zeit damit vergeuden.«

»Machen Sie sich keine Gedanken um meine Zeit. Mein erster Patient hat abgesagt.«

»Es geht ja auch um meine Zeit«, erwiderte Adamsberg, »und mein Mörder hat nicht abgesagt. Schon vier Tote, und zwei, die es bald sein könnten. In Wirklichkeit zehn.«

Der Arzt schwieg einen Moment, schob sein Fleisch auf den Tellerrand und machte sich über den Reis her, den er mit Sahnesauce bedeckte.

»Es handelt sich vermutlich um die Todesfälle, die durch Spinnenbisse verursacht wurden? Man spricht von einem mutierten Gift, das den Insektiziden zuzuschreiben sei. Ich persönlich glaube das nicht. Wohlgemerkt: nicht in solchem Umfang, und nicht in einem einzigen Jahr. Obwohl, was kann man heute noch mit Sicherheit sagen?«

»Ich sah gerade eben an die hundert tote Fische auf der Seine schwimmen.«

»Wir werden noch ganz andere Dinge erleben. Das Meer wird eines Tages gesättigt sein von Plastikmüll. Das wird praktisch sein, wir werden zu Fuß von Marseille nach Tunis laufen können. Ich nehme also an, dieser Kabeljau ist heute nicht so sehr nach Ihrem Geschmack.«

»Es geht schon vorüber«, Adamsberg lächelte.

»Aber nicht Ihre Zahnextraktion. Ich meine: nicht so schnell, wie Sie sich wünschten. Sie brauchen Schlaf, Adamsberg, nehmen Sie es an. Schlafen Sie. Sie sehen, die Verordnung ist nicht sehr schmerzhaft.«

»Ich habe die Zeit nicht, Doktor.«

»Erzählen Sie mir von dieser Ermittlung, von dieser Einsiedlerin, dann stellen Sie mir Ihre Frage.«

Da er mittlerweile einige Übung darin hatte, konnte Adamsberg den Verlauf seiner Recherchen seit dem Waisenhaus bis zum Fiasko des gestrigen Tages und den neuen Hypothesen, die er gerade heute Morgen geäußert hatte, recht schnell zusammenfassen.

»Ich denke an eine Frau, die vergewaltigt wurde.«

Er unterbrach sich.

»Wenn ich sage, ich ›denke‹, so ist das ein großes Wort«, korrigierte er. »Nein, ich streiche um diese Frau herum, ich vagabundiere, ich ziehe mit leeren Händen umher.«

»Ich kann mir Ihre Art und Weise, vorzugehen, gut vorstellen, Adamsberg. Und jede Art ist Denken.«

»In der Tat?«

»Ja.«

»Ich denke an eine vergewaltigte Frau, die sich die Macht der Einsiedlerspinne angeeignet hat und nun, Gift um Gift, Sekret um Sekret, es ihren einstigen Vergewaltigern injiziert.«

»Ziemlich ausgekocht.«

»Die Idee stammt nicht von mir, sondern von einem meiner Lieutenants, der ein verhinderter Zoologe ist. Was ich wissen möchte, Doktor, ist, welche Gründe könnten heute eine Frau dazu veranlassen, sich zurückzuziehen. Sich einzuschließen und aus der Welt zu verschwinden.«

»Wein, Kommissar? Schließen Sie sich mir an, es ist unhöflich, einen Mann allein trinken zu lassen.«

Der Doktor schenkte ihnen ein, dann hielt er sein Glas gegen das Licht.

»Warum aus der Welt verschwinden wollen? Man kennt

die üblichen Auslöser, Depression oder Trauer. Auch Traumata, und dazu gehört die Vergewaltigung, der häufig eine mehr oder weniger lange Phase der Abschottung folgt. Aber in der Regel haben solche Klaustrationen ein Ende. Darüber hinausgehend, wo es neurotisch wird, haben Sie dann die Agoraphobie.«

»Was ist das?«

»Die panische Angst, sich in der Außenwelt zu bewegen. Diese Panik kann zu totaler Abkapselung führen, ausgenommen geplante Ausgänge in Gesellschaft einer beruhigenden Person.«

»Kann dies aggressive Verhaltensweisen auslösen?«

»Eher das Gegenteil.«

Adamsberg musste an Louise denken, die sich in ihrem Zimmer einschloss, nur unter den Fittichen von Irène zu gelegentlichen Eskapaden aufbrach und besessen war von ihrer Angst vor Männern.

»Dieses Bedürfnis nach Abgeschiedenheit kann man auch überwinden, selbst wenn ein gewisser Hang bleibt, sich zu Hause am sichersten zu fühlen. Sehr viel anders verhält es sich dagegen bei den gewaltsam Eingeschlossenen. Ich habe drei solcher Fälle behandelt. Nehmen Sie ein Dessert?«

»Einen starken Kaffee.«

»Und ich beides«, sagte der Arzt, indem er sich auf den Bauch schlug und laut lachte. »Wenn man bedenkt, dass ich die Leute berate! Dass ich ihnen helfe, zu einem inneren Gleichgewicht zu finden!«

»Einer meiner Lieutenants meint, wir seien alle neurotisch.«

»Wussten Sie das nicht?«

Der Arzt bestellte ein hochkarätiges Stück Torte und zwei Kaffee, gestattete sich eine fundierte Bemerkung über das

Kalbsfrikassee und wandte sich dann wieder seinem Gast zu.

»Diese eingeschlossenen Frauen, die Sie behandelt haben«, nahm Adamsberg den Gedanken wieder auf, »sind die darüber hinweggekommen?«

»Soweit es möglich war. Drei junge Mädchen, die seit ihrer Kindheit vom Vater gefangen gehalten wurden. Eine in einem Keller, die andere auf einem Dachboden, die Dritte in einem Verschlag im Garten. Und jedes Mal mit Unterstützung der Mutter, was den Fall noch dramatischer macht.«

»Was tut die Mutter dabei?«

»Nichts, im Allgemeinen. Diese kleinen Eingeschlossenen, von denen es mehr gibt, als Sie sich vorstellen können, sind das ausschließliche Eigentum des Vaters und werden laufend von ihm vergewaltigt. Ausnahmslos.«

Adamsberg hob die Hand, um einen zweiten Kaffee zu bestellen. Martin-Pécherat hatte nicht ganz unrecht: Er spürte, wie ihn die Müdigkeit in Wellen überkam.

»Plötzliches Verlangen nach Schlaf?«, fragte der Arzt.

»Ja.«

»Sehen Sie, das ist der gezogene Zahn. Und Sie sollten sich lieber hinlegen als Kaffee trinken.«

»Ich werde es beherzigen, nach der Ermittlung.«

»Während der Ermittlung. Was Sie hinter sich haben, ist keine Lappalie.«

»Ich verstehe, Doktor.«

»Das also ist es wenigstens. Nun stellen Sie sich vor, dass nach Jahren des Eingesperrtseins immer irgendwann der Augenblick kommt, wo diese Tragödien ans Licht gelangen. Das Element der Befreiung: ein Bruder, der von zu Hause abhaut, ein Nachbar, der redet, der Tod des Vaters. Und die Kleinen verlassen endlich ihren Käfig, manchmal schon sehr viel älter, die Augen geblendet vom Licht, verwirrt vom Schauspiel der Welt, verstört beim Anblick einer Straße, ja selbst schon einer Katze. Sie sind oft unfähig, ins Leben zurückzufinden, verstehen Sie. Sie verbringen lange Jahre in psychiatrischen Einrichtungen, bevor sie behutsam wieder in den Strom des Lebens zurückkehren können. Doch manchmal, und hier komme ich zu Ihrer Frage, nimmt dieses ›neue Leben‹ die Form einer neuen Sequestrierung an. Das Dasein verengt sich aufs Neue in Angst, in dem Bedürfnis, sich einzuigeln. Das Muster des Eingeschlossenseins hat ihre Psyche geprägt, sie kann nicht mehr anders, als es zu reproduzieren.«

»Ich sagte Ihnen doch, Doktor, ich habe mit eigenen Augen, den Augen eines Kindes, eine echte Rekluse gesehen. Die sich freiwillig in einen alten Taubenschlag hatte einmauern lassen, wie in früheren Zeiten. Die Leute brachten ihr Wasser und Nahrung, ganz nach Gutdünken, sie reichten es ihr durch eine Luke, die nicht zugemauert worden war. Dieselbe Luke, durch die auch ich geschaut und den blanken Horror gesehen habe. Fünf Jahre hat sie da drin gelebt. Welcher Beweggrund hat diese Frau in eine solche Klause getrieben? Und nicht in ein Krankenhaus?«

Der Arzt stieß seinen Löffel mitten in sein üppiges Dessert und stürzte seinen Kaffee in einem Zug runter.

»Darauf gibt es keine tausend Antworten, Adamsberg, ich sage es noch einmal: ein lange währendes Eingesperrtsein durch den Vater in der Kindheit, mit wiederholten Vergewaltigungen. Wenn die Frau – sagen wir besser, das nunmehr erwachsene Kind – da herauskommt, ist das Risiko groß, dass es die Misshandlung, die Dunkelheit, die mangelnde Hygiene, die Nahrung, die es vom Boden essen musste, reproduziert, das Einzige, was es kennengelernt hat, das Einzige, was es zu tun versteht, die Vergangenheit, die nie vorüber ist. Rückkehr in die Strukturen der Kindheit, Exil außerhalb der Welt, Verlangen nach Strafe, Todesverlangen.«

Adamsberg machte sich Notizen und rief nach dem Kellner, um einen dritten Kaffee zu bestellen. Die große Hand des Arztes legte sich schwer auf seinen Arm.

»Nein«, sagte er im Befehlston. »Schlafen. Während des Schlafs wird das Unbewusste seine Arbeit tun.«

»Das Unbewusste arbeitet?«

»Es ist ein Typ, der nie ein Auge zumacht, vor allem nachts nicht«, wieder lachte der Arzt. »Und bei Ihnen wird er im Moment schon gar nicht arbeitslos sein.«

»Und was wird er bei mir so anstellen?«

»Die letzten Schäden beseitigen, die von der Zahnextraktion noch übrig sind, die Erinnerung zügeln, die Eingeschlossene besänftigen und sie vor allem vom Bild Ihrer Mutter trennen. Und wenn Sie ihn nicht machen lassen, kommen diese Schäden in Form von Albträumen wieder, erst nachts, dann auch am Tage.«

»Ich habe eine Ermittlung zu leiten, Doktor.«

»Die nicht gelingen wird, wenn Sie innerlich in eine Grube fallen.«

Adamsberg nickte verwirrt.

»Also gut.«

»Das hört sich schon besser an. Jetzt aber habe *ich* mal eine Frage: Warum denken Sie, dass Ihre Mörderin eine Zeit lang eingeschlossen war? Tatsächlich eingeschlossen?«

»Wegen dem Gift, das sie benutzt, der unglaublichsten Mordwaffe, die man sich vorstellen kann. Ich habe Ihnen von den Verbindungen erzählt zwischen den Gift produzierenden Tieren und der männlichen Samenflüssigkeit, der

Umkehrung der Macht über das Gift gegen die Vergewaltiger, aber etwas daran befriedigt mich nicht.«

»Und Sie denken ...«

»In meiner Art zu denken«, korrigierte Adamsberg ein zweites Mal.

»Gut, ich formuliere es anders. Und Sie versetzen sich in die Vorstellung, dass, wenn die Mörderin mit der Einsiedlerspinne tötet, sie selber eine Einsiedlerin gewesen ist.«

»Nicht wirklich. Ich weiß es einfach nicht.«

»Weil Sie als Kind eine Einsiedlerin gesehen haben? Warum belassen Sie es nicht bei der simplen Rache? Die Kerle aus dem Waisenhaus haben Kinder mit dem Gift der Einsiedlerspinne grausam gequält. Eines dieser Kinder lässt sie ihre Niedertracht büßen.«

»Aber die elf von der Spinne gebissenen Jungs haben nichts damit zu tun.«

»Und ein anderes Kind aus dem Waisenhaus? Ist da nicht sonst noch irgendein Mann in der Gegend?«

Adamsberg zögerte.

»Wer?«, fragte der Arzt.

»Der Sohn des ehemaligen Direktors. Ein Pädopsychiater, verfolgt von der Vorstellung der achthundertsechsundsiebzig Waisen, mit denen sein Vater sich so intensiv beschäftigt hat, dass er ihn, seinen Sohn, darüber gar nicht mehr sah. Ein sprunghafter, aufgedrehter Typ, sehr einsam, leidenschaftlicher Liebhaber von Süßigkeiten, und er hasst die Bande mit den Einsiedlerspinnen.«

»Der Vater hasste sie auch?«

»Ja. Er hat vergeblich versucht, die Kerle loszuwerden.«

»Sie ›loszuwerden‹? Warum sollte der Sohn dann nicht die Arbeit vollenden wollen?«

»Ich weiß nicht«, sagte Adamsberg und zuckte die Schultern. »Ich habe mit niemandem über diese Vermutung gesprochen. Bis gestern verfolgten wir ja noch die Spur der von der Spinne gebissenen Jungs. Und jetzt sehe ich eine Frau.«

»Eine eingemauerte Frau. Haben Sie mit jemandem darüber geredet?«

»Auch nicht. Über eine vergewaltigte Frau, ja, aber nicht eine Rekluse.«

»Und warum?«

»Weil sie mir nur nebelhaft erscheint. Sie ist nicht mehr als eine Gasblase, sie ist kein Gedanke. Und ich habe meine Truppe schon mal gegen die Wand gefahren.«

»So dass Sie nun vorsichtiger geworden sind.«

»Ja. Soll ich aufhören? Oder aber der Windrichtung folgen und die Segel setzen?«

»Wozu tendieren Sie?«

»Die Einsiedlerin zu beseitigen, die mich in den Nebel hineinzieht.«

»Vergebliche Mühe.«

Der Arzt sah auf sein Handy und musste schon wieder lachen. Adamsberg mochte Leute, die so herzhaft in Lachen ausbrechen konnten. Er selbst war unfähig dazu.

»Die Götter sind mit uns. Jetzt sagt auch mein zweiter Patient ab. Lassen Sie mich Ihnen eins sagen. Ich habe eine Schwäche für spinnerte Gemüter, bei denen die Proto-Gedanken sich tummeln.«

»Die Proto-Gedanken?«

»Das sind Gedanken *vor* den Gedanken, oder was Sie Ihre ›Gasblasen‹ nennen. Embryonen, die herumspazieren und sich alle Zeit lassen, die auftauchen und wieder verschwinden und von denen die einen überleben, andere sterben werden. Ich mag Leute sehr, die ihnen ihre Chance lassen. Und was Ihre Einsiedlerin angeht, die wird verlöschen, wenn es denn sein soll.«

»Wirklich?«

»Ja. Wohlgemerkt, ›wenn es denn sein soll‹. Also behalten Sie sie im Blick, recherchieren Sie, da es Sie dazu drängt. Setzen Sie Ihre Segel, so sehr sie auch wackeln mögen.«

»Denn das tun Sie?«

»Finde ich schon«, meinte der Doktor und lachte zum vierten Mal.

Auf dem Rückweg bog Adamsberg erneut zur Seine ab und fand mühelos die steinerne Bank in der Nähe des Reiterstandbilds von Henri Quatre wieder, wo er sich vor einiger Zeit einmal mit Maximilien Robespierre unterhalten hatte. Er streckte sich auf ihr aus, schickte eine Rundmail an die Brigade, in der er die Sitzung auf 18 Uhr vertagte, und schloss die Augen. Gehorchen, schlafen.

»Was Ihre Einsiedlerin angeht, recherchieren Sie, da es Sie dazu drängt.«

33

Adamsberg wagte Estalère seinen Kaffee nicht abzuschlagen, zu Beginn der zweiten Sitzung am heutigen Tage. Er hätte ihn sehr gekränkt.

»Gibt es was Neues, Kommissar?«, fragte Mordent interessiert. »Weil Sie die Sitzung verschoben haben?«

»Ich habe nur ein bisschen geschlafen, Commandant, auf ärztliche Anordnung. Mercadet, haben Sie schon etwas über diesen Nicolas Carnot herausfinden können?«

»Habe ich, Kommissar.« Die Verschiebung der Sitzung hatte es dem Lieutenant erlaubt, seinen Ruhezyklus einzuhalten, und er strahlte, als hätte er ein Ei gelegt.

»Abgesehen von der chaotischen Laufbahn dieses Carnot, Taschendiebstähle, Autodiebstähle – speziell Kleintransporter, möchte ich hervorheben –, kleiner Drogenhandel, habe ich ein bisschen in Richtung Ausbildung, Familie, Freunde recherchiert. Und was finde ich?«

Kein Zweifel, dachte Adamsberg, Mercadet hatte definitiv ein Ei gelegt, und zwar ein großes.

»Er war am Collège Louis-Pasteur in Nîmes, und raten Sie, mit wem? In derselben Klasse wie wer?«

»Claude Landrieu«, schlug Adamsberg vor.

»Und so hat«, fuhr Mercadet fort, »die Bande der Vergewaltiger vom Waisenhaus sich in Nîmes mit einer sich gerade formierenden anderen Bande von Vergewaltigern zusammengetan, vielmehr einem Duo: Landrieu-Carnot.«

»Ausgezeichnete Arbeit, Mercadet.«

»Warten Sie, es wird noch besser. Ich habe mir den Fall Landrieu noch einmal vorgenommen, der ja von außen zur Einsiedlerspinnen-Bande gestoßen ist. Und wie? Das haben wir nie ganz verstanden.«

Zwei Eier. Der Lieutenant hatte zwei Eier gelegt. Und er war nicht wenig stolz auf seine Vaterschaft.

»Nun sagen Sie schon«, Adamsberg lächelte.

»Diesmal erraten Sie's nicht, Kommissar?«

»Nein.«

»Der Vater von Landrieu, was machte der beruflich, Ihrer Meinung nach?«

»Sagen Sie schon«, wiederholte Adamsberg.

»Er war Aufseher in La Miséricorde.«

Das Schweigen, das darauf folgte, erlaubte Mercadet, den Wert seiner Entdeckung voll auszukosten. Commandant Mordent schraubte zufrieden seinen Hals aus dem Kragen, dann aber runzelte er die Stirn. Er war ein Pedant.

»Was ihn nicht zwangsläufig für die Schandtaten seines Sohnes verantwortlich macht«, sagte er.

»Haben Sie eine Ahnung, Commandant. Er war ein erwachsener Blaps von besonderer Niedertracht. Während des Zweiten Weltkriegs hat Landrieu senior vierzehn senegalesische Schützen antreten lassen und erschossen, und beim Vorrücken der Alliierten in Deutschland hat er Frauen vergewaltigt.«

»Dann war er es«, murmelte Adamsberg, »der nachts die Tore aufschloss für die Unternehmungen der Spinnenbande und auch später, wenn sie loszogen, um Mädchen zu überfallen. Sehr gut, Mercadet, jetzt wird uns klar, wie diese Mistkerle sich in alle Gebäude schleichen konnten, ungehindert, als wären sie Luft. Und auch, wie die Spinnenbande sich mit Landrieu und Nicolas Carnot treffen konnte.«

»Genau«, schloss Mercadet in aller Bescheidenheit, während er sich in Wahrheit vor Stolz am liebsten in die Brust geworfen hätte wie das Amselmännchen, das aufgeplustert über den Hof spazierte. »Vertiefen wir die Recherche?«

»In einem einzigen Punkt, Lieutenant. Wir konzentrieren uns auf die vergewaltigten jungen Mädchen, die nach dem Überfall lange Zeit in einer psychiatrischen Klinik zugebracht haben. Ich meine, wirklich lange Zeit.«

»Warum das?«

Adamsberg hatte für den Augenblick nicht die Absicht, die Gasblase freizulassen – den »Proto-Gedanken«, den selbst Dr. Martin-Pécherat als etwas »wacklig« bezeichnet hatte –, wonach er vermutete, dass, um auf die irrwitzige Schwierigkeit mit dem Gift der Einsiedlerspinne zu kommen, man selber Einsiedlerin gewesen sein musste. Und um Einsiedlerin geworden zu sein, man eingesperrt gewesen sein musste. Und danach zweifellos auch in einem Krankenhaus psychiatrisch betreut worden war. Nein, nicht jetzt, nicht nach der Niederlage, die sie gerade eingesteckt hatten, nicht in der gegenwärtigen Atmosphäre, die von Danglard so vergiftet worden und noch immer sehr zerbrechlich war.

»Später, Lieutenant«, sagte Adamsberg. »Wir wollen jetzt den Vortrag von Danglard hören. Froissy, haben Sie etwas über Louise Chevrier herausgefunden?«

»Merkwürdigerweise nein. Man trifft sie, elf Jahre nach ihrer Vergewaltigung, zunächst in Straßburg an, als Betreuerin von Kindern im Haushalt. Doch nach vier Jahren verschwindet sie. Taucht wieder auf in Nîmes, da ist sie dreiundfünfzig und nimmt ihre Arbeit als Betreuerin wieder auf. Aber ich finde keine Geburtsurkunde von ihr im Jahr 1943.«

»Ist Chevrier ihr Mädchenname?«

»Sicher doch. In Straßburg wird sie als ledig geführt.«

»Denken Sie an einen falschen Namen, Lieutenant?«

»Nein. Sie kann ja im Ausland geboren sein.«

»Setzen Sie Ihre Grabungen fort, Froissy, und suchen auch Sie in den psychiatrischen Kliniken.«

Adamsberg machte eine kurze Pause und lächelte.

»Was die Geschichte der eingemauerten Frauen im Mittelalter angeht«, fuhr er dann fort, »verstehe ich schon, dass Sie nicht recht sehen, worin sie für uns interessant sein sollten. Sagen wir mal, es ist eine Frage des Wortes: Rekluse. Es beschäftigt mich. Doch es steht Ihnen frei, zu gehen oder hier zu bleiben, es ist schon spät.«

Aber nur zwei Beamte verließen den Raum, Lamarre und Justin, auf den einen wartete der Sohn, auf den anderen die Mutter.

Danglard hob nicht den Kopf, seine Augen waren auf seine Notizen geheftet. Seit wann brauchte Danglard Notizen? Diese Blätter waren nur dazu da, schloss Adamsberg, dass er seinem Blick nicht begegnen musste.

»Obgleich ich nicht begreife«, begann Danglard, »warum der Kommissar sich über das Thema der Reklusen im Mittelalter zu informieren wünscht, da es in keinerlei Zusammenhang mit dem Fall steht, der ihn im Augenblick beschäftigt, will ich Ihnen ihre Geschichte kurz zusammenfassen, so wie er mich beauftragt hat. Das Phänomen taucht zum ersten Mal im Hochmittelalter auf, sagen wir um das 8., 9. Jahrhundert, erlebt seine volle Entfaltung ab dem 13. Jahrhundert und erlischt im Grand Siècle.«

»Das wäre, Danglard?«

»Das Siebzehnte. Zumeist junge Frauen entschlossen sich, sich für den Rest ihres Daseins lebendig einmauern zu lassen. Das *Inklusorium*, in das sie sich einschließen ließen, auch *logette* oder *Klause* genannt, war ein so winziger Bau, dass die Frau häufig nicht mal so viel Platz hatte, sich auszustrecken. Die größten maßen zwei Meter in der Länge. Kein Tisch, kein Schreibzeug, keine Strohmatte, um sich auszuruhen, keinerlei Grube, um Exkremente und Abfälle aufzunehmen. Nachdem die lebendig Begrabene dieses Inklusorium betreten hatte, mauerte man alle Zugänge zu bis auf ein kleines Fenster, genannt *fenestrelle*, das manchmal so hoch angebracht war, dass die Eingeschlossene weder sehen noch gesehen werden konnte. Durch dieses Fensterchen empfing die Frau die Almosen der Bevölkerung, Hirsebrei, Obst, Saubohnen, Nüsse, Flaschen mit Wasser, die ihr rein physisches Überleben sicherten, oder auch nicht. Da diese Luke häufig noch mit einem Gitter versehen war, konnte man nicht mal Stroh hindurchreichen, damit sie so gut wie möglich ihre Ausscheidungen hätte bedecken können. Man hat Reklusen gesehen, die bis zu den Waden in einem Schlamm aus Exkrementen und verfaulten Nahrungsmitteln steckten. So viel zu ihren ›Lebens‹bedingungen. Ein solches Leben war in der Regel kurz, die meisten der Frauen wurden im Laufe der ersten Jahre krank oder verloren den Verstand, trotz Jesu Hilfe, der sie in ihrem Martyrium begleitete und sicher zum ewigen Leben führte. Aber manche hielten länger durch, mitunter dreißig oder sogar fünfzig Jahre. In Zeiten der größten Ausbreitung des Phänomens hatte jede Stadt bis zu einem Dutzend solcher Inklusorien, die an Brückenpfeiler, Stadtmauern, zwischen die Strebepfeiler der Kirchen gemauert oder auf Friedhöfen errichtet wurden, wie die berühmt gewordenen Inklusorien auf dem Cimetière des Saints-Innocents in Paris. Jenem Friedhof, der, wie jeder weiß, 1780 wegen sich ausbreitendem starkem

Verwesungsgeruchs evakuiert wurde. Die Gebeine, die in die Katakomben von Montrouge gebracht wurden ...«

Danglard drückte sich mit trockener Pedanterie aus, Adamsberg musste sich zwingen, ruhig zu bleiben. Die Revanche des Commandants war noch nicht zu Ende.

»Kommen Sie zum Thema zurück, Commandant«, sagte er.

»Sehr gut. Diese Frauen waren geachtet, ja sie wurden verehrt, was nicht heißt, dass sie auch ausreichend ernährt wurden, und das Martyrium, das sie im Namen des Herrn durchlitten, galt der städtischen Bevölkerung als eine Art Garantie für göttlichen Schutz. Sie waren in gewisser Weise die Stadtheiligen, wie grauenvoll ihr Anblick und ihr Verfall auch gewesen sein müssen.«

»Danke, Danglard«, unterbrach ihn Adamsberg. »Was ich jetzt wissen möchte, sind die Motive, die die Frauen in diese todbringenden Zellen getrieben haben. Sicher, es gab das inbrünstige Verlangen, die Welt hinter sich zu lassen, um sich Gott zu weihen, aber dafür waren die Klöster da. Also? Können Sie uns etwas zu ihren Gründen sagen?«

»Der Wunsch, jedem möglichen Leben auf dieser Erde ein Ende zu setzen«, erwiderte Danglard, ohne aufzusehen und indem er sinnlos ein Blatt wendete. »In Wirklichkeit verschlossen die Klöster solchen Frauen ihre Tore. Sie waren unwürdig, die Gesellschaft hatte sie verbannt. Frauen, denen Heirat, Kinder, Arbeit, Beziehungen, Respekt und selbst Ansprache verwehrt wurden, weil sie unrein waren. Sei es, dass sie vor der Heirat auf ›Abwege‹ geraten waren, sei es, dass ihre Familie sie verstoßen hatte, weil sie unvermählbar, missgestaltet, behindert oder Bastarde waren. Oder, was der häufigste Grund war, weil sie vergewaltigt worden waren. Damit hatten sie sich schuldig gemacht, beschmutzt zu sein und ihre Jungfräulichkeit verloren zu haben, man wies mit dem Finger auf sie, sie waren verlorene Frauen, und es blieb ihnen nichts anderes als ein Bettelleben auf der Straße und die Prostitution, oder aber das Inklusorium. In dem sie, da sie ja selbst von ihrer Schuld überzeugt waren, für ihre Sünde büßen würden durch die Folter des Abgeschiedenseins von der Welt. Mehr möchte ich nicht dazu sagen. Über ihr rein historisches Interesse hinaus haben diese Reklusen, außer ihrem Namen, nicht das Geringste mit dem laufenden Fall zu tun.«

»Außer ihrem Namen, in der Tat«, sagte Adamsberg. »Ich danke Ihnen.«

Danglard schob seine Notizen zu einem geordneten kleinen Stapel zusammen und verließ den Raum. Adamsberg sah seine Mitarbeiter an.

»Außer ihrem Namen«, wiederholte er, dann hob er die Sitzung auf.

34

Adamsberg gab Mercadet ein Zeichen und ging in die obere Etage hinauf, in den Raum mit dem Getränkeautomaten.

»Einen Punkt habe ich in der Sitzung nicht erwähnt, Lieutenant. Bei der Suche nach den vergewaltigten Frauen, die lange Zeit in einer psychiatrischen Klinik zugebracht haben, konzentrieren Sie sich zunächst auf die Fälle von Eingesperrtsein. Durch den Vater. Fangen Sie damit an.«

»Und ich rede mit niemandem darüber?«

»Außer mit Froissy. Auch mit Veyrenc und Voisenet, wenn Sie wollen. Es muss unter uns bleiben.«

Mercadet sah Adamsberg nachdenklich hinterher. Eingesperrtsein? Wieso sollte das eine Frau dazu bringen, mit Spinnen zu töten? Selbst wenn sie auf ihrem Dachboden oder in ihrem Keller viel mit ihnen in Berührung gekommen wäre? Wir leben alle mit Spinnen. Aber der zuverlässige Mercadet war nicht der Mensch, der die Überlegungen des Kommissars infrage gestellt hätte. Er hätte diesen teuflischen Fall mit den Einsiedlerspinnen nicht leiten mögen.

Adamsberg fand Froissy auf der steinernen Stufe im Hof sitzend, wo sie die abendliche Mahlzeit der Amseljungen beobachtete. Mit ihrem Laptop natürlich, von dem sie sich nie weiter als zwei Meter entfernte. Der Kommissar hockte sich neben sie.

»Wie weit sind sie?«, fragte er.

»Bei der letzten Himbeere.«

»Haben wir noch welche?«

»Aber sicher. Was wird mit Danglard passieren?«

»Es wird etwas passieren.«

»Das ist traurig.«

»Nicht unbedingt. Gibt es eine Möglichkeit, den Tag und die Stunde von Olivier Vessacs Beerdigung herauszukriegen?«

»Durch das Bestattungsinstitut des Ortes. Aber es ist nicht gesagt, dass die Zeremonie in Saint-Porchaire stattfinden wird. Es kann in Nîmes oder auch anderswo sein.«

»Wir müssten herausfinden, wo seine Eltern begraben liegen.«

»Er war Waise, Kommissar. Vater und Mutter sind deportiert worden.«

»Dann die Großeltern.«

Froissy öffnete ihr Gerät, während das Amselweibchen die letzte Himbeere davontrug und Adamsberg aus dem Augenwinkel Danglard beobachtete. Der Commandant war am andern Ende des Hofes dabei, einen Karton in den Kofferraum eines Autos zu laden.

»Auf dem Friedhof Pont-de-Justice in Nîmes«, verkündete Froissy.

»Also wird die Beerdigung dort stattfinden.«

»Ich sehe mal nach.«

»Aber was macht er dort, dieser Idiot?«

»Wer?«

»Danglard. Er lädt Kartons in ein Auto.«

»Geht er? Ich hab's, Kommissar: Olivier Vessac, Beisetzung am Freitag, 10. Juni, um 11 Uhr.«

»Morgen schon? So früh? Nur vierundzwanzig Stunden später?«

»Die Samstagstermine sind teurer, wenn man so sagen darf. Was auf den Montag hinauslaufen würde.«

»Ich vermute, Irène hat Élisabeth gedrängt, die Dinge zu beschleunigen. Aber was macht der Kerl da bloß?«, sagte Adamsberg noch einmal. »Geben Sie mir mal die Nummer der Gendarmerie von Lédignan, Lieutenant. Nicht so schnell, ich komme mit dem Tippen nicht hinterher. Und den Namen des Commandants.«

»Fabien Fasselac. Er ist Capitaine.«

»Noch was anderes, und darüber wird Mercadet Sie gleich informieren, aber es bleibt unter uns.«

Adamsberg stand auf in der Erwartung, dass einer von Lédignans Leuten gleich abnehmen würde. Er ging schräg über den Hof, schob Danglard zur Seite, der immer noch über den Kofferraum des Dienstwagens gebeugt stand, und las die Etiketten, die sorgfältig auf die Kartons geklebt waren: »Wörterbücher und Anthologien«, »Persönliche Gegenstände, Nippes 19. Jahrhundert, ägyptischer Skarabäus«, »Eigene Arbeiten / *Essay über die Kriminalwissenschaft des 15. Jahrhunderts im Heiligen Römischen Reich Deutscher Nation.*«

Alles klar. Danglard hatte seine Koffer gepackt.

»Gendarmerie Lédignan? Hier Kommissar Adamsberg. Geben Sie mir bitte Capitaine Fasselac, es eilt.«

Es klickte mehrmals, jemand fluchte, dann hatte er den Capitaine in der Leitung.

»Noch im Dienst, Capitaine?«

»Wir hatten gerade zwei fiese Auffahrunfälle auf der Departement-Straße. Machen Sie schnell, Kommissar, worum geht es?«

»Sie hatten doch zwei von Ihren Leuten zum Personenschutz von Roger Torrailles abgestellt?«

»Das wissen Sie genau, Sie selbst haben darum gebeten. So dass uns jetzt zwei Mann fehlen, ich weiß nicht, wie ich das hier bewältigen soll.«

»Können Sie keine Verstärkung aus Nîmes anfordern?«

»Die lassen sich sehr bitten. Wobei man allerdings erwähnen muss, dass sie eine Gasexplosion in einem heruntergekommenen Haus haben. Ein regelrechtes Blutbad. Vielleicht ein Attentat.«

»Verstehe, Fasselac. Ich schicke Ihnen gleich morgen früh zwei Leute, die die Ihren ablösen werden.«

»Das weiß ich zu schätzen, Adamsberg.«

»Um wie viel Uhr kommt der erste Zug an?«

»9.05 Uhr in Nîmes. Eine fast runde Zeitangabe, was selten ist.«

»Abfahrt um?«

»6.07 Uhr. Kapieren Sie, warum Züge immer zu so krummen Zeiten abfahren und ankommen, null vier, null sieben, achtzehn, zweiunddreißig? Und nicht einfach um 10 Uhr, 10.15 Uhr, 10.30 Uhr. Diese Minutenklauberei entzieht sich meinem Verständnis. Und das Schlimmste, die Züge kommen tatsächlich null sieben, achtzehn, zweiunddreißig an.«

»Habe ich auch nie verstanden.«

»Sie beruhigen mich. Danke für die Schützenhilfe.«

»Ich schicke Ihnen auch eine Frau. Die fällt weniger auf.«

»Was haben Sie vor?«

»Morgen findet die Beisetzung des vierten Mannes statt, der dem Spinnengift zum Opfer fiel. Um 11 Uhr auf dem Friedhof Pont-de-Justice.«

»Glauben Sie an Mord?«

»Lassen Sie ja nichts dergleichen verlauten.«

»Verstehe. Ich möchte nicht an Ihrer Stelle sein, Adamsberg.«

»Es ist also gut möglich, dass seine beiden letzten Freunde, Alain Lambertin und Roger Torrailles, auf seiner Beerdigung sein werden. Meine Männer werden sie aus nächster Nähe überwachen, und die Frau wird, als Journalistin getarnt, Fotos von den Anwesenden machen.«

»Für den Fall, dass auch der Mörder zugegen ist.«

»Was man nicht ausschließen kann, Capitaine.«

»Nein.«

»Sie werden sich gleich nach ihrer Ankunft bei Ihnen melden. Können Sie mir den Namen einer Lokalzeitung in Nîmes nennen?«

»*Les Arènes*, die bringen die meisten Fotos.«

»Ich muss noch mal darauf zurückkommen, Fasselac: Verbreiten Sie das Gerücht, dass es sich um das Gift einer mutierenden Spinne handelt. Niemand darf wissen, dass wir Morde vermuten. Sonst gerät die Mörderin in Panik und bringt die beiden Letzten um, bevor wir sie zu fassen kriegen. Sie *muss* ihren Auftrag zu Ende führen. Und sie hat schon zwanzig Jahre Vorsprung vor uns.«

»*Sie*?«

»Glaube ich, ja.«

»Seltsamer Fall, Kommissar. Befremdlich, irgendwie finster. Viel Glück, und danke für die Ablösung.«

Adamsberg legte Danglard, der wie versteinert neben seinem Wagen stand, die Hand auf die Schulter.

»Sie, Commandant, rühren sich nicht von hier. Man geht nicht einfach so davon, ohne ein Wort des Abschieds nach so vielen Jahren. Ich bin gleich wieder da. Wie spät ist es?«

»Fünf Minuten vor acht.«

Er lief durch den Saal zum Büro von Retancourt, die gerade ihre Sachen zusammenräumte.

»Einen Moment, Lieutenant. Wer ist noch hier?«, fragte er und überflog mit einem Blick den langen Raum.

»Kerno, Voisenet, Mercadet, Noël. Kerno und Voisenet haben Bereitschaft, Mercadet schläft.«

»Ich brauche zwei Männer für morgen früh. Und Sie, Retancourt. Abfahrt nach Nîmes 6.07 Uhr. Nicht 6.05 Uhr, Lieutenant, 6.07 Uhr. Geht das?«

»Mit wem? Lamarre ist bei seinem Sohn.«

»Den stören wir nicht.«

»Justin ist bei Vater und Mutter.«

»Den stören wir. Sie hocken Tag und Nacht zusammen.«

»Was ja nichts Schlechtes ist.«

»Durchaus nicht, aber rufen Sie ihn an, er fährt mit Ihnen. Wenn er Vater und Mutter mitnehmen will, soll er. Auftrag: Beisetzung von Vessac morgen um 11 Uhr auf dem Friedhof Pont-de-Justice.«

»Torrailles und Lambertin werden vermutlich auch dort sein. Personenschutz aus nächster Nähe also.«

Ein weiteres Plus von Retancourt, man musste ihr die Dinge nicht lang und breit erklären.

»Und Sie, Lieutenant, sind Fotoreporterin des Lokalblatts *Les Arènes*.«

»Alle Leute knipsen, verstehe. Vor allem die Frauen?«

»Nein, alle. Sie kann sich durchaus als Mann geschminkt haben. Im Alter ist das sogar leichter.«

»Denken Sie, dass sie alt ist?«

»Ja. In gewisser Weise datiert sie aus dem Mittelalter.«

»Okay.«

Adamsberg ging hinauf zum Getränkeautomaten, um Noël Bescheid zu sagen, der sich gerade ein Bier genehmigte, neben sich den schlafenden Mercadet.

»Wachen Sie bei ihm, Lieutenant?«

»Sitzungen machen mich immer durstig. Warum haben Sie mich heute Morgen daran gehindert, ihm die Fresse einzuschlagen? Er hat sich doch wie ein Schwein benommen. Danglard, meine ich.«

»Stimmt genau, Noël. Wie ein Schwein, aber wie ein Schwein in tiefer Verzweiflung. Und man schlägt kein Schwein in tiefer Verzweiflung.«

»Nicht ganz falsch«, gab Noël nach einiger Überlegung zu. »Daran hätte ich manchmal denken sollen, als ich jünger war. Aber wie wird er zur Besinnung kommen? Ich meine: Wie wird der wahre Danglard wieder zu sich kommen, wenn ein kräftiger Faustschlag ihn nicht weckt? Ich war heute Morgen wirklich der Meinung, dass ein vernünftiger Kinnhaken seine verdammte Arschlochvisage ein für alle Mal zerschlagen würde. Also, hinterher habe ich das gedacht.«

»Ich kümmere mich schon darum, Noël. Sie fahren morgen früh mit dem Zug 6.07 Uhr nach Nîmes, mit Justin und Retancourt. Retancourt wird Ihnen alles erklären. Noch vor dem Friedhof stellen Sie drei sich bei Capitaine Fasselac in Lédignan vor.«

»Alles klar, Kommissar«, sagte Noël und schüttete sein Bier in den Ausguss. »Ich fand es interessant, was Voisenet über den Menschen und die Gift speienden Tiere erzählt hat.«

Der Lieutenant krempelte den Ärmel seines T-Shirts auf und ließ eine hoch aufgerichtete, blau-schwarze Kobra sehen, mit herausgestreckter roter Zunge.

»Das habe ich mir mit neunzehn tätowieren lassen«, sagte er grinsend. »Heute verstehe ich besser, was ich damals im Kopf hatte.«

»Ich habe gestern auch etwas verstanden, was ich im Kopf hatte, aber mit zwölf Jahren.«

»Eine Schlange?«

»Schlimmer, ein mit Spinnweben überzogenes Gespenst.«

»Und?«

»Wir haben am Ende miteinander kommuniziert.«

»Und die hier?« Noël sah auf seine Schlange.

»Die ist etwas anderes, die haben Sie ja gezähmt.«

»Sie Ihr Gespenst nicht?«

»Nein, Noël. Noch nicht.«

35

Danglard hatte den Kofferraum geschlossen und sich daraufgesetzt, er saß gekrümmt, die Arme an die Brust gedrückt. »Man geht nicht einfach so davon, ohne ein Wort des Abschieds.« Genau das hatte er heute Abend vermeiden wollen, gerade so lange, bis er seine nächsten Schritte überdacht hätte. Die Erklärung gegenüber dem Kommissar, die Rede, sein Demissionsschreiben.

Und danach käme das Strafverfahren wegen »Nichtanzeige einer geplanten Straftat«. Danglard kannte das Gesetz, und er kannte die Strafe. Schwer bestraft wurde derjenige, *der es trotz Kenntnis geplanter Verbrechen oder von Straftätern, die möglicherweise erneut vor der Begehung einer Straftat stehen, unterlässt, die Behörden davon zu informieren, damit die Ausführung oder die Auswirkungen des Verbrechens verhindert oder begrenzt werden können.* Ein Zitat, an das er sich gern mal nicht erinnert hätte. Erschwerende Umstände aufgrund seiner Dienststellung: fünf Jahre Knast. Er war entgleist wie ein Zug, der aus den Schienen springt und ungebremst in die Gegend rast. Und war gestürzt. Der Kommissar hatte keine andere Wahl, als ihn von seinem Posten zu entheben. Oder er ging zusammen mit ihm unter. Das Unglück war, dass Adamsberg so genial gewesen war, sich für diese Scheißspinnen zu interessieren. Wer außer ihm wäre jemals darauf gekommen?

Zeit, um seine nächsten Schritte zu überdenken, so hatte

er gehofft. Aber welche? Vor allem die Kinder noch mal sehen. Und dann? Irgendwohin abhauen? Sich in einem Inklusorium einschließen? Die Welt nur noch durch eine Luke sehen? Sich eine Kugel in den Kopf schießen? Wozu hatte ihm nun sein ganzes verdammtes Wissen genutzt, das philosophische eingeschlossen? Wozu? Außer um heute Morgen Adamsberg zu demütigen, in noch arroganterer und verletzender Weise als selbst ein Maître Carvin?

Gerade ging er wieder über den Hof, während der Tag sich schon neigte, als Adamsberg einen Anruf von Irène erhielt, immer noch von Élisabeths Handy.

»Ich wollte Ihnen nur Bescheid sagen, Kommissar, die Trauerfeier ist morgen Vormittag in Nîmes. Stimmt es, wie es in den Filmen im Fernsehen immer heißt, dass der Mörder zur Beerdigung oft noch einmal zurückkehrt?«

»Das ist ziemlich wahr, es ist für ihn ein letzter Genuss, gleichsam der Abschluss seines Werks.«

»Abscheulich, nicht wahr? Deswegen wollte ich Sie auch anrufen. Im Fall, Sie wollen da ein paar Polizisten hinschicken, verstehen Sie?«

»Schon passiert, Irène, ich danke Ihnen.«

»Pardon, entschuldigen Sie, natürlich ist es schon passiert, Sie sind ja schließlich Polizist. Aber wie haben Sie es so schnell erfahren?«

»Wir wissen schon, wie man das anstellt, Irène.«

»O Pardon, stimmt ja. Ich hätte es wissen müssen, aber ich konnte nicht sicher sein, verstehen Sie. Die Beerdigung findet ja so schnell nach dem Tod statt. Aber am Samstag war kein Termin mehr zu haben. Und ich habe mir gesagt, je schneller es vorbei ist, desto früher kann ich Élisabeth weit von hier wegbringen.«

»Apropos, Irène, ist sie gerade bei Ihnen? Während Sie mir von einem Mörder sprechen?«

»Na, so dumm bin ich nicht, Jean-Bapt. Ich hole sie jetzt in Saint-Porchaire ab, sie hat das Totenhemd vorbereitet, wissen Sie. Wir werden die Nacht durchfahren.«

»Kann sie Sie dabei ablösen? Hat sie einen Führerschein?«

»Nein. Nett, dass Sie sich Sorgen machen, aber ich werde Pausen einlegen. Noch etwas, was mir durch den Kopf ging. Da wir gegenüber Louise ja als Freunde erscheinen müssen, wenn ich schon Jean-Bapt zu Ihnen sage, dann sollte ich Sie vielleicht auch duzen, was meinen Sie? Das wäre doch plausibler? Achtung, das muss man üben. *Mach dir also keine Sorgen um mich, Jean-Bapt*, ich werde Pausen einlegen auf der Strecke. Klingt das echt?«

»Perfekt. Aber bei den Mobiltelefonen hört man auch die Stimme des Gesprächspartners recht gut. *Also Salut, Irène, ich wünsch dir 'ne gute Fahrt.* Nicht beleidigt sein, ich trainiere nur mal.«

Adamsberg steckte sein Telefon in die Tasche, während er zu Danglard hinübersah, der auf dem staubigen Kofferraum des Wagens saß, in seinem englischen Anzug. Sehr schlechtes Zeichen. Um nichts in der Welt hätte der Commandant, der immer darauf geachtet hatte, seinen Mangel an Schönheit durch Kleidung von bestem Schnitt zu kompensieren, das erstklassige Tuch seines Anzugs ruiniert, indem er sich auf eine staubige Bank oder eine Steinstufe setzte. Und heute Abend hatte der elegante Danglard nicht einen Gedanken mehr für die Makellosigkeit seiner Ausstattung. Es war zu Ende, dem Mann war alles egal.

Adamsberg fasste ihn beim Arm und schob ihn zu seinem Büro, dessen Tür er diesmal schloss.

»Nun, Commandant, wir wollten uns also klammheimlich verdrücken?« Der Kommissar ging sofort auf Angriff, sobald sein Stellvertreter annähernd gerade vor ihm saß.

Er selbst war stehen geblieben, mit verschränkten Armen an die gegenüberliegende Wand gelehnt. Danglard hob den Blick. Ja, da war es, was er gefürchtet hatte: dieses Feuer, das sich von den Wangen her ausbreitete, zu den Augen hochstieg und einen bedrohlichen Funken reinen Lichts darin entzündete. Wie der Glanz auf der Schale einer Braunalge, hatte ein bretonischer Seemann einmal gesagt. Er spannte sich.

»Sie denken doch wohl nicht, dass Sie so einfach davonkommen, Commandant?«

»Nein«, sagte Danglard und richtete sich auf.

»Punkt eins«, fuhr Adamsberg fort, »vorsätzliche Behinderung einer laufenden Ermittlung. Wahr oder falsch?«

»Wahr.«

»Punkt zwei, Anstiftung zur Rebellion, und zwar in einem Maße, dass ich schließlich vollkommen isoliert bin von der Mannschaft und gezwungen, unter Geheimhaltung weiterzuarbeiten, auf dem Hof, in einem Restaurant, nachts auf der Straße. Wahr oder falsch?«

»Wahr.«

»Punkt drei, Sie haben einen potenziellen Straftäter gedeckt, Ihren Schwager Richard Jarras. Und mit ihm vier seiner Freunde, René Quissol, Louis Arjalas, Marcel Corbière und Jean Escande. Sie wissen, unter welchen Artikel des Gesetzbuches dieses Vergehen fällt.«

Danglard nickte.

»Punkt vier, und dies erst heute Morgen, würdeloses Verhalten gegenüber dem gesamten Team. Sie können von Glück sagen, dass ich Noël daran gehindert habe, Ihnen seine Faust ins Gesicht zu setzen. Erkennen Sie die Beleidigung an? Ja oder Scheiße?«

»Ja. Und da ich nach dieser rechtsverbindlichen und förmlichen Zusammenfassung sämtliche aufgezählten Punkte der Anklage unterschreiben werde – ausgenommen den Begriff ›Scheiße‹ –, brauchen Sie nicht fortzufahren. Wenn Sie mir bitte das Dokument zur Unterschrift geben würden.«

Danglard zog seinen Füllfederhalter aus der Innentasche seines Jacketts. Für diese bedeutungsvolle Unterschrift kam es natürlich nicht infrage, dass er einen gewöhnlichen Filzstift benutzte, den er sich im Vorbeigehen von einem der Schreibtische gegriffen hätte. Der Commandant imponierte sich selbst. So sehr ihm die Schwere seiner Handlungen auch bewusst war, wahrte er immer noch diesen Hochmut, der ihm überhaupt nicht ähnlich sah und wie Schorf auf seiner Haut klebte.

»Erinnern Sie sich, Danglard«, sagte Adamsberg und trat einen Schritt auf ihn zu, »dass ich Sie in zwei verschiedenen Situationen gefragt habe, ob Sie so sehr vergessen haben, wer ich bin?«

»Sehr genau, Kommissar.«

»Ich warte immer noch auf Ihre Antwort.«

Danglard legte seinen schwarzen Füllfederhalter hin und sagte kein Wort. Da fuhr Adamsberg in einer plötzlichen Aufwallung mit dem Arm über den Tisch, fegte Füller und Akten auf den Boden. Mit beiden Händen fasste er seinen Stellvertreter beim Kragen seines englischen Hemds und zog ihn langsam hoch, bis Danglard auf seiner Höhe war. Mit einem Fuß stieß er den Stuhl um, so dass der Commandant keine andere Wahl hatte, als im Schraubstock seiner Hände stehen zu bleiben.

»Haben Sie mich so sehr vergessen, dass Sie Ihren Scheißfüller rausholen und mir mit dieser Scheißrede kommen? Dass Sie Ihre Koffer packen? So sehr, dass Sie, und sei es nur eine Sekunde, gedacht haben, dass ich Sie rausschmeißen und an die Justiz verpfeifen würde? Was ist bloß aus Ihnen geworden? Ein regelrechtes Arschloch?«

Adamsberg ließ den Commandant los, der gegen die Wand stieß.

»Haben Sie das gedacht, ja oder nein?« Adamsberg war lauter geworden. »Ja oder nein? Ja oder Scheiße?«

»Ja«, sagte Danglard.

»Wirklich?«

»Ja.«

Und diesmal hielt Adamsberg sich nicht zurück, seine Faust traf den Commandant unterm Kinn. Mit der anderen Hand hielt er Danglard in seinem Sturz auf und ließ ihn weich auf den Boden sacken, wie man ein Kleidungsstück fallen lässt. Dann ging er zum Fenster zurück, öffnete es weit, lehnte sich auf die Brüstung und sog den Duft der Linde in der Abendluft ein. Der Commandant hinter ihm richtete sich mühsam auf, ein wenig atemlos, aber blieb an die Wand gelehnt sitzen. »Diese Hose ist im Eimer«, dachte Adamsberg. Es war nicht das erste Mal in seinem Leben, dass er zuschlug, aber er hätte sich nie vorstellen können, dass seine Faust eines Tages Adrien Danglard treffen würde.

»Noël hat gemeint«, sagte er leise und mit ruhiger Stimme, ohne sich umzudrehen, »dass ein vernünftiger Kinnhaken Ihre ›verdammte Arschlochvisage‹ ein für alle Mal zerschlagen würde. So hat er wörtlich gesagt. Darum frage ich Sie, Danglard, haben Sie endlich aufgehört, ein Arschloch zu sein?«

»Ich muss dieses Papier unterschreiben«, artikulierte der Commandant mit Mühe und hielt sich mit einer Hand die Backe. »Oder Sie machen sich zum Komplizen meiner Nichtanzeige und fallen zusammen mit mir.«

»Und durch welches Mysterium?«

»Wenn Sie es nicht tun, werden die anderen es schon übernehmen.«

»Diese anderen, die Sie zusammen mit mir gedemütigt haben wie ein elender Schulmeister, als Sie ›erstaunt‹ darüber waren, wie man auch nur das Geringste über Magellan wissen kann. Begreifen Sie wenigstens, was Sie ihnen angetan haben?«

»Ja«, sagte Danglard und versuchte aufzustehen, wenn auch ohne Erfolg.

»Dann hatte Noël recht: Sie sind schon ein bisschen weniger Arschloch, Sie kommen allmählich zu sich. Von weit, sehr weit.«

»Ja«, wiederholte Danglard. »Aber was begangen ist, ist begangen, das Delikt wie die Beleidigung.«

»Und warum glauben Sie, dass die anderen auch nur das Geringste davon wissen, dass Sie Richard Jarras gedeckt haben? Außer Froissy, Retancourt und Veyrenc, auf die ich mich felsenfest verlassen kann?«

Sprachlos – und vor Schmerz wie benommen, der Kommissar hatte sich bei seinem Schlag nicht zurückgehalten – sah Danglard zu Adamsberg hinüber, der, noch immer über die Fensterbrüstung gebeugt, ihm noch immer den Rücken zukehrte. Und er begriff, dass der Kommissar niemandem ein Wort von seinem Verrat gesagt hatte. Völlig verblendet von seiner fixen Idee, hatte er in der Tat vergessen, wer Adamsberg war.

Der Kommissar schloss das Fenster und drehte sich zu seinem Stellvertreter um.

»Also zurück, Danglard?«

»Zurück.«

Adamsberg stellte den Stuhl wieder hin und reichte dem Commandant den Arm, um ihm aufzuhelfen, damit er sich setzen konnte. Mit einem raschen Blick prüfte er den größer werdenden blauen Fleck auf seinem Unterkiefer.

»Einen Augenblick.«

Fünf Minuten später kam er mit einem Eisbeutel und einem Glas zurück.

»Den Beutel legen Sie auf, und das hier schlucken Sie«, sagte er und reichte ihm eine Tablette. »Achtung, es ist Wasser. Gehen wir essen?«

Beim Hinausgehen begegneten sie Noël, der, sein Blouson über der Schulter, davonging.

»Darf ich Ihnen mal was sagen, Kommissar?«

Adamsberg entfernte sich ein wenig von Danglard, der sein Hämatom mit der Hand zu bedecken versuchte.

»Beeilen Sie sich, Noël, Sie müssen früh aufstehen.«

»Sie haben ihn ganz schön demoliert.«

»Ja.«

»Und? Hat er aufgehört, ein Arschloch zu sein?«

»Ja. Eine Methode, die man sehr sparsam einsetzen sollte, Lieutenant. Nur bei seinen besten Freunden.«

»Okay, Kommissar.«

36

11 Uhr Vormittag auf dem Friedhof von Nîmes, die Lieutenants Noël, Justin und Retancourt beobachteten, wie der Trauerzug sich formierte, der dem Sarg von Olivier Vessac folgen würde.

»Eine Menge Leute«, bemerkte Noël.

»Die Vessac keineswegs alle gekannt haben«, sagte Retancourt. »Das Gerücht um die Einsiedlerspinnen zieht sie her, das Ereignis. Es wird in den Zeitungen gestanden haben.«

»Umso besser«, sagte Noël. »So fallen wir in der Menge gar nicht auf.«

»Die Frau dort«, bemerkte Justin, »die in Begleitung von zwei anderen ist. Die kennen wir. Froissy hat uns gestern ihr Foto geschickt.«

»Louise Dingsbums«, sagte Noël. »Die Frau aus Nîmes, die als Achtunddreißigjährige vergewaltigt wurde.«

»Louise Chevrier«, ergänzte Justin.

»Scheiße«, sagte Retancourt. »Was macht die hier? Ich fotografiere sie. Justin, sag dem Kommissar Bescheid, und du, Noël, schau dich um, ob Torailles und Lambertin hier sind.«

Noël zog die Fotos aus seiner Tasche, die ihnen der Capitaine in Lédignan gegeben hatte. Es würde nicht einfach sein. Zur Beerdigung eines alten Mannes kommen viele alte Männer. Und für den Lieutenant sahen sich alle Alten irgendwie ähnlich.

Adamsberg hatte Lamarre gerade an seine Pflichten erinnert – die heutige Ration Regenwürmer unter den Bäumen verteilen –, als er unmittelbar nacheinander zwei Nachrichten aus Nîmes erhielt.

Die erste von Irène:

– *Ganz diskret, weil es wirklich sehr unhöflich ist, während einer Beerdigung eine SMS zu schreiben. Hier sind Leute, die haben nicht mal ihren Klingelton ausgeschaltet, man könnte sich glatt in einem Orchester glauben, oder so was. Bin hier am Ort mit Élisabeth am Arm, dem Seelchen. Aber was ich Ihnen sagen wollte: Louise hat darauf bestanden, mitzukommen, dabei kennt sie ihn nicht mal, er ist ihr wildfremd. Ich meine nur: Es ist schon merkwürdig für eine arachnophobe Person, den Sarg von einem sehen zu wollen, der durch die Einsiedlerspinne ums Leben gekommen ist. Sage ich was Dummes?*

– *Überhaupt nicht*, antwortete Adamsberg. *Lassen Sie sie nicht aus den Augen, achten Sie auf ihre Worte, ihre Reaktionen. Die schildern Sie mir dann. Du schilderst sie mir.*

– *Sie machen mir am Ende noch Angst. Ich breche ab, wir nähern uns der Grube.*

Die zweite von Justin:

– *Ganz diskrete Nachricht, denn es gehört sich nicht, während einer Beerdigung in sein Handy zu tippen. Louise Chevrier vor Ort. Was sucht sie hier?*

– *Sie begleitet ihre Mitbewohnerin Irène, die wiederum ihre Freundin Élisabeth, die Geliebte von Vessac, begleitet.*

– *Kannte Louise Vessac?*

– *Nein. Es sei denn?*

– Sie hätte erfahren, dass er ein Freund von Landrieu
war, der ein Freund von Carnot und der E-Bande war?
– Ich breche ab, wir nähern uns dem Grab.

Adamsberg vertiefte sich erneut in das Studium der topografischen Karten des Henri-Quatre-Weges, wobei er besonders eingehend die Gegend zwischen vier und acht Kilometern Entfernung von Lourdes absuchte, rechtsseitig des Weges, wenn man von der Stadt kam. Im Internet hatte er nicht eine Zeile über die Einsiedlerin vom Pré d'Albret gefunden. Außer dem Hinweis, dass auf Erlass des Präfekten hin eine Frau »ohne Anwendung von Gewalt aus dem Taubenschlag von Albret herausgeführt« worden sei, da es sich im Fall der Eingeschlossenen um »unterlassene Hilfeleistung« gehandelt habe. Nichts weiter als diese dürre administrative Mitteilung im Polizeiarchiv von Lourdes. Das Geheimnis der heiligen Rekluse war von denen, die sie gekannt hatten, gewahrt worden. Er bemerkte ein kleines grünes Trapez, neben dem er in winzigen kursiven Buchstaben *Pré de J…* zu lesen meinte. Er nahm Froissys Lupe und entzifferte den Rest. Er hatte es. *Pré de Jeanne d'Albret.* Er umkringelte das Trapez und betrachtete es gebannt.

Er stand auf, lief von einer Wand zur anderen. In der Tür erschien aufgeregt Mercadet.

»Ich habe eine, Kommissar, eine Eingesperrte! Zwei sogar!«

Adamsberg legte einen Finger an die Lippen, um den Lieutenant an die Schweigeregel zu erinnern, und bedeutete ihm, mit seinem Rechner in sein Büro zu kommen. Auf dem Boden lagen noch verstreut Akten, Zeugen seiner Auseinandersetzung mit Danglard am Abend zuvor. Er hatte den Commandant angewiesen, zwei Tage zu Hause zu bleiben, um sich von seinen Irrtümern und Ängsten zu erholen und sein Hämatom zu pflegen, das sich gegen Ende des Abends violett gefärbt hatte.

Mercadet kam mit seinem Laptop zurück und stellte ihn vor Adamsberg hin, in einem Maße erregt, als hätte er schon wieder ein Ei gelegt, nur diesmal mit tragischem Hintergrund. Wenn er auch nach wie vor nicht begriff, warum der Kommissar nach eingesperrten Mädchen suchte.

»Das ist eins der besten Fotos«, sagte er. »Aufgenommen in dem Augenblick, wo sie das Haus verlassen. Sehen Sie die dicke Frau? Das ist die Mutter. Sehen Sie die beiden Kleinen, die sich mit einem Stofffetzen überm Kopf vor den Fotografen verbergen? Das sind die beiden eingeschlossenen Mädchen. Es ist das erste Mal, dass sie die Außenwelt erblicken. Die Ältere ist zu dem Zeitpunkt einundzwanzig, die Jüngere neunzehn. Die Geschichte ist grauenvoll, Kommissar.«

»Fangen Sie an, Mercadet. Erst einmal, wo war das?«

»Keine sechshundert Meter hinter Nîmes«, sagte der Lieutenant selbstbewusst. »Ein einzeln stehendes Haus an der Ausfallstraße nach Süden, Richtung Spanien.«

»Und wann war diese Befreiung?«

»1967.«

»Danach«, murmelte Adamsberg, »ist die Ältere 1946 geboren und heute siebzig. Ihre jüngere Schwester achtundsechzig.«

»Der Vater hatte sie ihr Leben lang auf dem Dachboden eingeschlossen. Er hat sie sechzehn beziehungsweise vierzehn Jahre lang missbraucht, beide ab ihrem fünften Lebensjahr. Sechs Babys wurden dabei geboren, die alle hinter dieser Bruchbude vergraben sind.«

»Beruhigen Sie sich, Lieutenant«, sagte Adamsberg, der spürte, wie der gleiche Schauder auch ihn überlief.

»Mich beruhigen? Aber ist Ihnen klar, was da passiert ist? Aufgewachsen auf einem Dachboden, mit nur einer kleinen Luke auf den Himmel hinaus? Und dann noch in zwei getrennten Verschlägen! Die Kleinen konnten sich noch nicht einmal sehen, nur durch eine hölzerne Trennwand miteinander reden! Die Mutter brachte ihnen mittags und abends die Suppe rauf, ohne etwas zu unternehmen! Was sind solche Leute nur für Monster, frage ich Sie?«

»Riesen-Blapse, Mercadet«, sagte Adamsberg mit gedämpfter Stimme.

»Da kann ich nur sagen: ›Bravo, mein Junge!‹ Bravo, jawohl! Und dem haben sie zwanzig Jahre Knast aufgebrummt! Was ist das bloß für eine Scheißjustiz?«

»Bravo für wen, Lieutenant?«

»Na, den Sohn!«

»Es gab auch einen Sohn?«

»Enzo. Als er dreiundzwanzig war, hat er den Vater umgebracht. Krack! Drei Hiebe mit der Axt, er hat ihn enthauptet. Und den Schwanz gleich mit. Ich weiß nicht, wie man ›enthaupten‹ beim Penis sagt.«

»Enzo war also der Älteste. War auch er eingesperrt?«

»Der nicht, nein. Er lebte ein ›normales‹ Leben, er durfte zur Schule gehen, mehr aber auch nicht. Er war das Aushängeschild für Normalität gegenüber der Nachbarschaft. Aber er wusste natürlich davon. Er wusste alles. Er hörte die Brunstschreie des Vaters am Abend, seine schweren Schritte auf der Bodentreppe, die Schreie der Mädchen und ihr Weinen. Er schlüpfte in die Mansarde unterm Dach und sprach mit ihnen. Er las ihnen Geschichten vor oder Seiten aus seinen Schulbüchern, er schob ihnen Bilder unter den Türen durch, Zeichnungen, Fotos, die ihnen zeigten, wie die Welt draußen aussah. Er hat alles getan, was er konnte, der arme Junge. Er hatte sogar eine Möglichkeit gefunden, aufs Dach zu klettern und durch die Luken zu ihnen hereinzukommen. Kinder sind schlau, verdammt schlau. Aber wenn er gesprochen hätte, hätte es den Tod bedeutet für ihn selbst, die Mutter und die Mädchen. So hat er all die Jahre den Mund gehalten. Und er wurde größer. Und seine Kräfte wuchsen. Und dann hat er ihm den Kopf abgeschlagen. Er ist raus auf die Straße, die blutige Axt in der Hand, und hat gewartet. Als die Polizei kam, fanden sie die Mutter, wie sie über dem Leichnam zusammengebrochen war, und Enzo wies nur stumm die Treppe hinauf. Oben fanden sie dann die beiden Schwestern in stinkigen Löchern, die nie gereinigt worden waren. Dreckverschmierte Matratzen direkt auf dem Boden, über die die Mäuse und alles mögliche andere Viehzeug liefen, ein Eimer für die Notdurft, den die Mutter ein Mal in der Woche leerte, wenn sie ihnen einen Eimer Wasser zum Waschen raufbrachte. Die blonden Haare der Mädchen waren so gut wie nie geschnitten worden und auch die Nägel nur alle Jubeljahre. Sie waren schmutzig, abgemagert, eklig anzuschauen. Ihre einst rosa und blauen Kleider grau vor Dreck. Aber als sie aus dem Haus traten, dort, mitten auf dem Gehsteig, und so sehr sie auch stanken, hat Enzo sie fest in die Arme genommen und lange an seine blutverschmierte Brust gedrückt. Es gibt Bilder davon, Sie werden sehen. Und die Bullen haben nicht gewagt, einzuschreiten, immerhin. Erst später haben sie Enzo Handschellen angelegt und ihn abgeführt. Es war das letzte Mal vor dem Knast, dass er seine Schwestern gesehen hat.«

Adamsberg stand auf und legte dem Lieutenant seine Hand auf die Schulter. Ihr Gewicht schien Mercadet zu beruhigen. Es hieß, Adamsberg könne ein kleines Kind in den Schlaf bringen, indem er sein Köpfchen mit der Hand umschloss, und das stimmte. Man sagte, er könne Beschuldigte einschläfern, ja sogar sich selbst im Sitzen.

Als Mercadet ein wenig zur Ruhe gekommen war, zog er seine Hand weg.

»Haben Sie alles im Kopf?«, fragte er ihn.

Mercadet nickte.

»Dann, Lieutenant, räumen Sie Ihren Laptop weg. Wir gehen essen. Aber weder in den *Würfelbecher* noch in die *Brasserie*. Wir gehen irgendwo anders hin.«

»Dann will ich zur *Garbure*«, sagte der Lieutenant im Ton einer eigensinnigen Bitte, wie ein Kind.

»Na gut, also zur *Garbure*.«

37

Um die Mittagszeit war das Pyrenäen-Restaurant sehr viel geräuschvoller als am Abend, wenn man hier nur die kleinere Stammkundschaft der Landsleute antraf. Umso besser, sagte sich Adamsberg und steuerte mit seinem noch immer aufgewühlten, aber schon etwas ruhigeren Lieutenant zu einem einzeln stehenden Tisch, wo niemand sie hören konnte. Denn Mercadets Stimme konnte in solchen Augenblicken schrill und laut werden. Der Kommissar bemerkte leise Enttäuschung auf dem Gesicht von Estelle, aber er hatte heute keinen Nerv für das Problem Estelle und Veyrenc.

Er zwang Mercadet, erst einen Teil seiner Mahlzeit zu essen, bevor er fortfuhr.

»Gibt es bei Ihnen da unten immer nur so was?«, fragte Mercadet. »Schweinefleisch und Kohl, Kohl und Schweinefleisch?«

»Da gibt's alles«, Adamsberg lächelte. »Hühner, Lämmer, Ziegen und Forellen. Honig und Kastanien, was wollen Sie noch mehr?«

»Nichts. Trotzdem, sehr gut«, meinte Mercadet.

»Wie hießen die Leute, Lieutenant?«

»Seguin. Der Vater Eugène. Die Mutter Laetitia. Die Ältere der beiden Mädchen Bernadette.«

»Wie die Heilige.«

»Welche Heilige?«

»Die Schutzheilige von Lourdes.«

»Hat das was zu bedeuten?«

»Etwas Mystisches vielleicht. Und ihre Schwester?«

»Annette.«

»Was war der Vater von Beruf?«

»Metallarbeiter. Aber da gibt es einen dunklen Punkt. Der Chef seiner Werkstatt hat es zwar bestätigt, aber es fanden sich nur wenige Lohnzettel. Vermutlich hat er schwarz gearbeitet. Jedenfalls hatte Seguin Geld. Er hat sich während des Krieges bereichert.«

»Und die Mutter?«

»Hausfrau. Wenn man da von einem Zuhause reden kann.«

»Haben Sie die Prozessakten einsehen können?«

»Ich habe noch nicht alles gelesen, es ist sehr umfangreich. Aber genug, um das Schlimmste zu wissen. Enzo war der Hauptzeuge, die Mutter hat sich damit begnügt, bestenfalls zuzustimmen. Die Psychiater beschreiben sie als amorph, ohne jede Persönlichkeit. Enzo dagegen blitzgescheit. Er war es, der erzählt hat, was mit der Kleineren, mit Annette, geschah.«

Adamsberg zerquetschte seine Kartoffeln, mischte sie auf ländliche Art mit dem Kohl und wartete.

»Im Anfang hat der dicke Seguin sie genauso vergewaltigt wie die andere, schon im Alter von fünf Jahren. Später hat er sich von ihr abgewandt. ›Sein‹ Mädchen, sein Eigentum war Bernadette. Und die andere… Die andere, Kommissar, hat er vermietet.«

»Was?«

»Vermietet. An andere Kerle. Von ihrem siebten bis zu ihrem neunzehnten Lebensjahr. An junge Kerle, die er wer weiß wo aufgabelte. Enzo wurde gefragt, ob er sie beschreiben könnte, aber konnte er nicht, er war ihnen nie begegnet. An den Abenden, an denen sie Annette ›besuchten‹, wurde er ausgesperrt, der Vater schloss die Tür zum Vorsaal ab. Er hörte sie reden, dann die Treppe raufgehen.«

»*Sie?*«

»Ja. Sie kamen zu mehreren. Man hat Enzo gefragt, wie viele junge Männer es seiner Meinung nach gewesen wären. Ob es immer dieselben waren oder ob es sich änderte. Dieselben, hat der Junge versichert, die seine kleine Schwester zwölf Jahre lang missbraucht hätten. Zwölf Jahre! Gefragt, wie viele es gewesen wären, sagte Enzo, den Stimmen nach zu urteilen neun oder zehn.«

Adamsberg fasste die Hand seines Mitarbeiters.

»Wie viele? Wie viele, sagten Sie?«

»Laut Enzo neun oder zehn.«

»Neun oder zehn, Mercadet? Und immer dieselben? Ist Ihnen klar, was Sie da gerade sagen?«

»Was?«

»Mensch, die neun Blapse aus La Miséricorde! Dieselbe Zeit, Lieutenant, dasselbe Alter, derselbe Ort. Die Blapse, die der Aufseher Landrieu nachts rausließ.«

»Pardon, Kommissar, aber wie hätte Landrieu wissen können, dass Seguin eine Tochter hatte, die er vermietete?«

»Sie kannten sich, Mercadet, sie kannten sich zwangsläufig. Ich habe immer gesagt, wir können und wir sollten den Glockenturm von La Miséricorde nicht aus den Augen verlieren. Eine dieser beiden Schwestern liquidiert seit zwanzig Jahren einen nach dem anderen.«

»Oder beide zusammen.«

»Ja. Nein. Die Ältere nicht. Die Ältere ist nicht von diesen Kerlen vergewaltigt worden. Und sie wurde durch den Tod des Vaters gerächt. Die Jüngere ist es, genau. Die Jüngere,

Annette ist es, die sie umbringt. Oder doch Bernadette«, fügte er nach einem Moment hinzu.

»Ob nun die eine oder die andere, wie hätte sie denn wissen können, wer die Kerle waren? Da selbst Enzo sie nie gesehen hat?«

Beide Männer dachten schweigend nach, sie waren so sehr in ihre Gedanken versunken, dass Estelle angesichts der nur halb aufgegessenen Teller besorgt nachfragte:

»War etwas nicht in Ordnung?«

»Doch, doch, Estelle, es war alles bestens.«

Aber nach einem Blick in ihre Gesichter und auf ihre umwölkten Stirnen entfernte sie sich still.

»Annette, achtundsechzig Jahre«, fing Adamsberg wieder an, »das passt nicht auf Louise Chevrier. Die ist fünf Jahre älter.«

»Eine Geburtsurkunde, so was kann man nach Belieben fälschen.«

»Enzo, wo ist er?«

»Er hat zwanzig Jahre gekriegt. Die Mutter elf Jahre für passive Beteiligung und Kindesmisshandlung. Sie starb im Gefängnis. Enzo ist 1984, nach siebzehn Jahren, freigekommen.«

»Wo lebt er?«

»Noch keine Zeit gehabt, Kommissar.«

»Und die Töchter?«

»Noch keine Zeit gehabt, Kommissar.«

»Dieser Hund«, murmelte Adamsberg.

»Der Vater?«

»Der Sohn vom Direktor des Waisenhauses. Dr. Cauvert. Er wusste es, er muss es gewusst haben.«

»Dass Landrieu die Blapse nachts rausließ?«

»Dass Eugène Seguin im Waisenhaus arbeitete. Aber mit

dem Prozess war der Skandal absehbar, und so hat der alte Cauvert dessen Existenz vertuscht. Und alles verschwinden lassen. La Miséricorde mit einem Kerl in seinen Mauern, der Mädchen einsperrte, sie vergewaltigte, seine eigene Tochter vermietete? Undenkbar. Darum gibt es diesen dunklen Punkt, was Seguins Beruf angeht. Er war gar nicht Metallarbeiter. Er arbeitete im Waisenhaus. Als Aufseher vermutlich, mit Landrieu. Und er ließ sich von den Blapsen der Spinnenbande bezahlen für das Recht, seine eigene Tochter zu vergewaltigen.«

»Mit welchem Geld? Sie waren Waisen.«

Adamsberg zuckte die Schultern.

»Taschendiebstähle in den Straßen von Nîmes, das war nichts für sie. Der alte Seguin verkaufte seine Tochter nicht, um daran zu verdienen. Sondern um der perversen Lust willen, sie zu prostituieren. Und alles mit anzuhören, oder alles zu sehen. Und nachdem die Bande das Waisenhaus verlassen hatte, ging der Deal weiter. Genau so ist es, Mercadet, anders kann es nicht gewesen sein.«

»Sie schlussfolgern zu schnell, Kommissar. Wir haben nicht einen Beweis.«

»Aber wir haben, was sie verbindet, die Kontakte, die Daten, die Anzahl der Burschen.«

»Sie meinen, wir nähern uns dem 52. Breitengrad?«

»Vielleicht.«

38

»Lieutenant«, sagte Adamsberg und blieb vor dem Torbogen der Brigade stehen, »ich muss noch mehr wissen über diese beiden Frauen, über Bernadette und Annette. Wo sie leben, wer sie sind, alles. Und über Louise Chevrier.«

»Wenn ich denn könnte, Kommissar«, begann Mercadet etwas verlegen. Adamsberg betrachtete das Gesicht seines Mitarbeiters. Die Wangen waren blass geworden, die Augenlider fältelten sich, die Schultern sanken herab. Der übermächtige Schlafzyklus kündigte sich an.

»Legen Sie sich hin, ich werde mit Froissy weitermachen. Sie übernehmen dann später wieder.«

Froissy hörte sich Adamsbergs Bericht über die beiden Mädchen des Ehepaares Seguin mit großer Aufmerksamkeit an.

»Ich denke, Lieutenant, wir können die Brigade jetzt darüber informieren. Schreiben Sie einen minutiösen Bericht über den Fall der Eingeschlossenen von Nîmes und schicken Sie ihn allen unseren Mitarbeitern. Dann versuchen Sie alles, was Sie können, über die Schwestern Seguin und ihren Bruder herauszufinden, ebenso über Louise. Auch Fotos, wenn möglich jüngeren Datums, und zwar Bilder, auf denen sie lächeln.«

»Kommissar, beim Erkennungsdienst sind lächelnde Fotos nicht mehr zugelassen. Worauf kommt es Ihnen denn an?«

»Auf ihre Zähne.«

»Ihre Zähne?«

»Nur so eine Idee. Ein Proto-Gedanke.«

Froissy schwieg. Bei einem Satz dieser Art nachhaken zu wollen war sinnlos.

»Eine Gasblase«, und sie nickte. »Bei Louise könnte ich, da sie mal Kinder betreut hat, vielleicht unter Portalen wie ›Kinder von früher‹ oder ›Unsere Kindergärten der Vergangenheit‹ in Straßburg und Nîmes nachsehen. Aber ehrlich gesagt, ich weiß nicht, ob es so was überhaupt gibt. Was die beiden unglücklichen Mädchen angeht, sagt Mercadet, dass er sie nicht findet?«

»Er hat keine Zeit mehr gehabt. Er hat schon ein enormes Arbeitspensum absolviert.«

»Und jetzt«, sagte Froissy mit einem Blick auf ihre Uhr, »schläft er.«

»So ist es.«

»Früher als gewöhnlich.«

»Das ist die Erschütterung.«

Froissy hatte sich schon wieder ihre Tastatur vorgenommen und hörte ihm gar nicht mehr zu.

»Lieutenant«, Adamsberg tippte ihr auf den Arm. »Der nächste Zug nach Nîmes?«

»15.15 Uhr, Ankunft 18.05 Uhr.«

Er ging in Veyrencs Büro hinüber.

»Louis, wir fahren noch mal runter zum Mas-de-Pessac. Dieser Mistkerl hat längst nicht alles ausgespuckt.«

»Cauvert? Er erschien mir ein bisschen überspannt, aber sonst ganz sympathisch.«

»Aber er hat seinen Vater gedeckt. Durch ihn haben wir mehrere Tage verloren. Der Zug um 15.15 Uhr, geht das? Wir fahren noch heute Abend zurück.«

Während der Fahrt informierte Adamsberg Veyrenc über die neuesten Fakten, die eingesperrten Mädchen von Nîmes und seine feste Vermutung, dass der alte Seguin im Waisenhaus gearbeitet hatte. Und ihm, ihm allein erzählte er auch von der Zahnextraktion auf der Île de Ré. Veyrenc gab ein leises Pfeifen von sich, was seine Art war, seine Empfindungen auszudrücken. An der Melodie erkannte Adamsberg, um welche es sich handelte. Hier war es eine Mischung: Erschütterung, Sprachlosigkeit, Nachdenklichkeit. Drei Melodien.

»Wir gehen also jetzt noch einmal zu dem guten Dr. Cauvert, um ihm auf den Zahn zu fühlen, ohne aber den geringsten Beweis, dass Seguin im Waisenhaus gearbeitet hat. Sehe ich das richtig?«

»Ja.«

»Und wie wollen wir das anstellen?«

»Wir behaupten es. Dein Onkel hat ein Jahr als Lehrer dort gearbeitet.«

»Ach ja? Und wie heißt er?«

»Froissy hat einen Lehrer gefunden, der als Vertretung angestellt war. Dein Onkel hieß Robert Quentin.«

»Also gut. Und welches Fach?«

»Religion. Macht dir das was aus?«

»Wie sollte es, da wir nun schon mal an diesem Punkt sind. Ich behaupte also, von meinem Onkel erfahren zu haben, dass Eugène Seguin in La Miséricorde tätig war. Und warum sollte mein Onkel mir davon erzählt haben?«

»Er hat es eben, Punkt. Reite jetzt nicht auf solchen Details herum, Louis.«

»Und wenn Seguin nun nie dort gearbeitet hat?«

»Er hat dort gearbeitet, Louis.«

»Wie du willst. Schläfst du?«

»Auf ärztliche Anordnung hin. Im Ernst, Louis, es ist wegen der Zahnextraktion, sie muss vernarben. Sonst, sagt er, könnte ich in ein Loch fallen. Und der Mann schien mir das ziemlich ernst zu meinen.«

Bevor er aber der ärztlichen Anweisung folgte, konsultierte Adamsberg seine Mailbox. Der Psychiater schien zu vergessen, dass es seit den Mobiltelefonen nicht mehr möglich war zu schlafen. Auch nicht umherzuschlendern oder Möwen zu beobachten, die über toten Fischen kreisen, oder Proto-Gedanken sich tummeln zu lassen.

Retancourt schrieb:

– *Lambertin und Torrailles waren vor Ort. Sind jetzt in einem Bistro. Werden von uns aus nächster Nähe überwacht. Lasse Justin und Noël hier, bin selbst zu auffällig. Aus Gesprächen mitgehört: Lambertin wird die Nacht bei Torrailles verbringen.*

– *Erhalten. Lassen Sie sie nicht aus den Augen.*

Und Irène:

– *Während der Bestattung hat Louise wieder so süffisant gegrinst vor Genugtuung, vor allem als die Schaufeln Erde auf den Sarg gefallen sind. Ich würde sagen, sie mag Beerdigungen, solche Leute gibt's. Aber dieses kleine Grinsen, muss ich sagen, das hat sie dauernd. Manchmal noch mit einem Glucksen dazu, und man weiß nie, warum. Heilige Mutter, zum Glück hat sie nicht auf dem Friedhof gegluckst. Es gibt Augenblicke, da kann ich sie einfach nicht mehr ausstehen, glaube ich, und das ist nicht sehr nett von mir. Jetzt mache ich vor Louise gerade das Päckchen fertig, in dem ich Ihnen die Schneekugel aus Rochefort schicke. Sie glaubt es. Sie hat sogar gesagt, sie fände es nicht gut, wenn ein Polizist Schneekugeln sammelt, die sollten ihre Zeit nicht mit so was*

vertrödeln, da bräuchte man sich ja nicht zu wundern,
dass man am Ende nicht besser beschützt wird.
Darauf habe ich ihr geantwortet, wenn die Bullen
keine Schneekugeln oder was anderes sammeln,
rasten sie aus. Salut, Jean-Bapt.
  – Salut, Irène, schrieb Adamsberg zurück, *und danke.*
Schließlich Froissy:
  – Noch immer nichts über die beiden Schwestern
Seguin, haben sich in Luft aufgelöst. Nichts in den
psychiatrischen Kliniken. Der Bruder ebenso. Kein
Foto von einer lächelnden Louise Chevrier über
irgendeine Website »Kinder von früher«. Werde mich
über die Zahnarztpraxen in Straßburg und Nîmes
hermachen. Deren Dateien sind nicht geschützt.
Aber Zahnarztpraxen gibt es wie Sand am Meer.
  – Vergessen Sie darüber nicht die heutige Abend-
mahlzeit.
  – Der Amseln?
  – Ja.
  – Wie könnte ich die vergessen?
  – Und noch vor den Zahnärzten, sehen Sie mal
nach, ob ein Mitglied der Familie Cauvert senior der
Kollaboration verdächtigt wurde. Er selbst? Der Vater?
Ein Onkel?
  – Immer noch Familiengeschichte?
  – Selbstverständlich.

Kurz nach halb sieben klingelten die beiden Männer bei
Dr. Cauvert. Adamsberg hatte ihren Besuch bewusst nicht
angekündigt, und so störten sie ihn mitten in der Arbeit.
  »Um diese Zeit?«, sagte Cauvert ziemlich ungehalten.
»Sie haben nicht mal angerufen?«

»Wir waren gerade in der Gegend«, sagte Veyrenc, »und haben es einfach versucht.«

»Es geht um ein Detail, das uns noch fehlt«, bekräftigte Adamsberg.

»Gut, gut«, ließ der Doktor sich schließlich herbei, bat sie herein und sauste in die Küche, aus der er fünf Minuten später sehr viel heiterer und mit einem schwer beladenen Tablett zurückkehrte.

»Ceylon-Tee«, bot er an, »grüner Tee, Kaffee, entkoffeinierter Kaffee, Kräutertee, Erdbeersaft, Gâteau de Savoie. Was darf es sein?«

Abzulehnen hätte den Doktor gekränkt, der schon Kuchenteller, Tassen und Gläser hinstellte. Aber kaum hatte Adamsberg seinen Kaffee bekommen, als er auch schon ohne alle Umschweife auf das Thema zu sprechen kam.

»Sie haben in Ihrer Jugend ganz sicher von den eingeschlossenen Mädchen in Nîmes gehört?«

»Dieser entsetzlichen Geschichte? Aber natürlich, ich und die ganze Stadt, die ganze Gegend hier! Tag für Tag haben wir den Prozess verfolgt!«

»Sie wussten also, dass der Vater, Eugène Seguin, seine jüngere Tochter an ein paar jugendliche Vergewaltiger vermietete?«

Der Doktor schüttelte den Kopf mit der bedauernden Miene eines Pädopsychiaters, der der Zukunft des Mädchens keine großen Chancen einräumt. Adamsberg spürte eine vage Spannung, als er den Namen Seguin aussprach.

»Ja, ich wusste es. Die Aussage des Bruders war ja grauenvoll. Wie hieß er gleich?«

»Enzo.«

»Enzo, richtig. Ein mutiger junger Mann.«

»Im Gegensatz zu Ihrem Vater, der alles tat, um zu verbergen, dass Seguin in La Miséricorde arbeitete. Und die Jungs von der Einsiedlerspinnen-Bande schickte, um seine Tochter zu schänden. Mithilfe des Aufsehers Landrieu.«

»Was?« Cauvert fuhr hoch. »Wovon reden Sie?«

»Das sagte ich gerade. Davon, dass Seguin in La Miséricorde tätig war.«

»Sie beleidigen meinen Vater? Hier an diesem Ort? Verflucht, wenn er gewusst hätte, dass ein Seguin mit der Spinnenbande unter einer Decke steckte, hätte er nichts Eiligeres zu tun gehabt, als auszusagen!«

»Aber er hat es nicht getan.«

»Weil wir hier nie einen Seguin hatten!«

»Doch«, sagte Veyrenc.

»Verflucht noch mal, mein Vater hasste diese Bande von kleinen Dreckskerlen, das wissen Sie. Er war ein ehrenwerter Mann, verstehen Sie? Ein ehrenwerter Mann!«

»Eben deswegen. Die Anwesenheit dieses Seguin in den Mauern des Waisenhauses zuzugeben hätte seinen Sturz bedeutet, den Ehrverlust des ›ehrenwerten Mannes‹, aus Mangel an Wachsamkeit und beruflichem Verschulden. Vermutlich aber gab es noch andere Gründe, jedenfalls hat er sich nicht dazu entschließen können. So hat er geschwiegen und den Namen Seguins im Register gelöscht. Und nach ihm haben Sie die Wahrheit verheimlicht.«

Der Arzt, dem vor Entrüstung der Schweiß auf die Stirn trat, räumte wütend den Tisch ab, noch bevor der Gâteau de Savoie gegessen war, stapelte das Geschirr, wie es gerade kam, auf dem Tablett, zerbrach eine Untertasse. Das war der Rausschmiss.

»Gehen Sie«, sagte er, »gehen Sie!«

»Seguin *war* am Waisenhaus«, versicherte Veyrenc. »Er war Aufseher. Der Religionslehrer Robert Quentin, der vertretungsweise hier gearbeitet hat, war mein Onkel. Er hat es mir erzählt.«

»Warum hat er dann beim Prozess nichts dazu gesagt?«

»Zu dem Zeitpunkt hatte er eine Stelle in Kanada, er hat von den eingeschlossenen Mädchen gar nichts erfahren.«

»Und die anderen Lehrer? Aus welchem Grund hätten die geschwiegen?«

»Die Lehrer kamen nur zu ihren Unterrichtsstunden«, sagte Adamsberg, »am Alltag des Waisenhauses nahmen sie nicht teil. Keiner von ihnen hat hier länger als drei Jahre unterrichtet. Nach dem Krieg, als die Schulen nach und nach wieder aufgebaut wurden, sahen sie zu, dass sie von hier wegkamen und weniger undankbare Anstellungen fanden. Die Aufseher werden sie wohl nur vom Sehen gekannt haben, und viele können sich bestimmt nicht mal an deren Namen erinnern.«

Der Doktor stand auf, lief – bedächtigen Schrittes diesmal – durch den Raum, strich sich mit der Hand über die eine, dann die andere Wange.

»Kann es unter uns bleiben?«, fragte er.

»Ja«, sagte Adamsberg. »Männerehrenwort.«

»Seguin arbeitete hier«, bestätigte er und ließ sich schwer wieder auf seinen Stuhl fallen. »Und, ja, er ließ die Claveyrolle-Bande gewähren. Das wussten selbst wir Kinder. Zwecklos, zu ihm zu rennen, wenn es Streit gab. Aber dass er die Jungs von der Bande zu seiner Tochter geschickt hätte, damit sie sie vergewaltigten? Mein Vater hat mir gegenüber nie so etwas erwähnt.«

»Aber sie waren es. Und Ihr Vater hat das begriffen.«

»Nein. Vielleicht hat er manchmal etwas geahnt, aber mehr nicht. Es wäre für ihn unmoralisch gewesen, junge Menschen ohne irgendeinen Beweis anzuzeigen.«

»Ich bitte Sie, Cauvert. Ihr Vater war ein intelligenter Mann, und er kannte diese Burschen aus dem Effeff. Er wusste, dass Claveyrolle und seine Bande nachts heimlich abhauten. Denn sie sind ja nicht nur ein Mal raus, nicht wahr? Wie er ebenso wusste, dass sie die Mädchen auch innerhalb der Einrichtung belästigten. Und als es zum Prozess kommt, als man erfährt, dass Seguins eigene Tochter von ›neun oder zehn Jungs‹, nicht mehr und nicht weniger, ›und immer denselben‹ jahrelang vergewaltigt wurde, da sollte Ihr Vater nicht an die neun Mitglieder der Einsiedlerspinnen-Bande gedacht haben? Für die der Aufseher immer so viel Nachsicht gezeigt hatte? Er hat es nicht nur ›geahnt‹, Doktor Cauvert, er hat es gewusst.«

»Für meinen Vater galt die Unschuldsvermutung, mein Vater hat die Einrichtung geschützt«, sagte Cauvert und verbog einen feinen Silberlöffel in seinen Fingern.

»Nein«, berichtigte Adamsberg. »Er hat seine eigene Person geschützt. Sein berufliches Versagen, seine zurückliegende Nachlässigkeit. Aber das war es nicht allein.«

»Das sagten Sie schon. Was denn nun noch, verdammt noch mal?«

»Warum hat er Seguin, der sich so wohlwollend gegenüber der von ihm gehassten Bande verhielt, niemals rausgeschmissen?«

»Wie soll ich das wissen?«, schrie Cauvert.

»Weil der Aufseher ihn sehr wahrscheinlich erpresste. Seguin hatte sich in Zeiten von Schwarzmarkt und Kollaboration die Finger schmutzig gemacht, und auch Ihr Großvater war Kollaborateur. Hätte Ihr Vater mit dem Finger auf ihn gezeigt, brauchte Seguin nur drei Worte zu sagen: ›Sohn eines Kollabos.‹ Drei Worte, die er fürchtete wie die Pest, ein Makel, den es um jeden Preis zu verbergen galt. Was

Ihr Vater getan hat, und so blieb die Spinnenbande unbehelligt.«

»Nein«, sagte Cauvert.

Adamsberg zeigte ihm wortlos Froissys letzte Nachricht, die bestätigte, dass Cauverts Großvater mit den deutschen Besatzern kollaboriert hatte. Der Arzt wandte den Blick ab, seine Züge erloschen, dann krümmte er sich langsam wie ein Grashalm unterm Wind. Sein fahriger Blick streifte seine Hand, in der der vollkommen verbogene Teelöffel ihn auf einmal sehr zu überraschen schien.

»Das wusste ich nicht«, sagte er mit tonloser Stimme. »Das mit der Kollaboration. Und darum verstand ich auch nicht.«

»Ich glaube Ihnen. Und es tut mir leid, dass ich Ihnen das antun musste«, sagte Adamsberg und stand lautlos auf, »aber die Schatten haben Sie seit Langem geahnt. Ich danke Ihnen für Ihre Aufrichtigkeit.«

»Mildert sie die Schuld meines Vaters?«

»Zum Teil, Doktor«, log er.

Wie beim letzten Mal liefen Adamsberg und Veyrenc die lange, schmale Straße zurück, die sie zum Busbahnhof führte.

»Das Ding mit dem Posten in Kanada war gut«, bemerkte Adamsberg. »An so eine Frage hatte ich gar nicht gedacht.«

»Ich schon. Immerhin war ich ja der Neffe.«

»Die Statuette, der Hund neben ihr, der heilige Rochus«, murmelte Adamsberg, als sie an dem Haus mit der in den Stein gehauenen Nische vorüberkamen.

»Du hattest das schon richtig gesehen. Seguin hat seinen Sexhandel von La Miséricorde aus organisiert.«

»Was uns die direkte Verbindung zwischen der Mörderin

und dem Tod der Blapse liefert. Aber damit ist Mercadets Frage noch nicht beantwortet. Woher konnte sie wissen, dass ihre Vergewaltiger aus dem Waisenhaus kamen?«

»Sie wusste immerhin, dass ihr Vater dort arbeitete.«

»Stimmt. Aber wie hätte sie unter den annähernd zweihundert Waisen, die dort lebten, ihre Namen erfahren? Wie hätte sie von der Existenz der Einsiedlerspinnen-Bande gewusst? Und von der Verwendung des Spinnengifts? Ein neues Riff, Louis.«

»Durch den Bruder.«

»Der Vater hat ihn an den ›Besuchsabenden‹ ausgesperrt.«

Adamsberg wandte sich um und warf einen letzten flüchtigen Blick auf die verwitterte Statue des heiligen Rochus. Von dem Hund zu seinen Füßen war nur noch eine Kugel übrig, aus der zwei Ohren und ein Stück Schwanz ragten.

»Und doch«, sagte er, »kann nur er es sein. Er wusste ihre Namen, Louis, im Prozess hat er gelogen. Er sammelte Informationen und brachte sie seinen Schwestern, ob es nun die Bilder waren, die er ihnen als Kind unter den Türen durchschob, oder die Identität der Angreifer. Wie der Hund, der dem heiligen Rochus seine Nahrung brachte. Das Wesen, das das notwendige Band zwischen der Abgeschlossenheit des Waldes und der Außenwelt war. Enzo ist der Retter, der Bote. Er kannte ihre Namen.«

»Und hat sie einen nach dem anderen umgebracht.«

»Das eben glaube ich nicht. Enzo ist der Vermittler. Ich sehe keinen Mann, der sich mit so was Kompliziertem wie Spinnengift befasst.«

»Bei Petit Louis und den anderen sahst du ihn schon.«

»Weil sie gebissen worden waren. Auge um Auge, Zahn um Zahn, das alte Racheschema unter Männern. Aber Enzos Fall ist das nicht. Nein, da sehe ich keine Verbindung.«

Veyrenc schwieg einige Schritte lang, man hätte meinen können, er höre nicht mehr zu. Dann blieb er vor einer staubigen Hauswand stehen.

»Hast du den Grundriss des Hauses Seguin vor Augen? Er findet sich in dem Dossier, das Froissy uns geschickt hat, ich habe es während der Fahrt gelesen. Sieh her«, begann Veyrenc und zeichnete mit dem Finger auf die Wand. »Hier ist der Vorsaal. Rechts die kleine Kammer von Enzo und die Toilette.«

»Ja.«

»Links die Tür, die ins eigentliche Haus führt. Die Tür, die auf den Vorsaal hinausgeht, die Etage mit den Schlafkammern, der Waschraum und der Dachboden. An den ›Besuchsabenden‹ wurde Enzo bekanntlich eingeschlossen.«

»In seiner Kammer, ja.«

»Nicht in seiner Kammer. Der Vorsaal wurde abgeschlossen.«

»Das heißt das gesamte Haus.«

»Nein, Enzo hatte noch Zugang zu einem anderen Raum.«

»Nicht dass ich wüsste.«

»Doch. Zu dem Raum, an den man nie denkt, weil man ihn nicht so nennt: den Eingangsbereich. Und warum nennt man ihn nicht ›Raum‹? Weil es keiner ist. Es ist die Verbindung zwischen Außen- und Innenwelt, der Windfang. Das ist Enzos Bereich.«

»Was willst du damit sagen, Louis? Dass Enzo sich in den Eingang setzt, an diesen Ort zwischen draußen und drinnen?«

»Nein, er sammelt dort die Dinge der Außenwelt ein. Das ist seine Arbeit, sein Auftrag. Du sagst es.«

Veyrenc sah auf seinen schmutzstarrenden Finger und wischte ihn in der anderen Hand ab. Adamsberg betrachtete die Zeichnung auf der Hauswand.

»Die Dinge der Außenwelt«, wiederholte er.

»Die, die man im Eingang ablegt.«

»Ein Garderobenständer, Hüte, Stiefel, Regenschirme ...«

»Denk an den Garderobenständer.«

»Ich denke. Mäntel, Mützen, Blousons, Jacken ...«

»Genau.«

»Die ›Besucher‹ hängen dort ihre Mäntel auf. Na schön, Louis. Und du meinst, sie schleppen ihre Ausweispapiere in der Tasche mit sich herum auf ihren Expeditionen? Da müssten sie ja schön blöd sein.«

»Es sind Mäntel vom Waisenhaus, Jean-Baptiste. Nicht nur steht innen der Name der Einrichtung, sondern auch der Name des Schülers. Von Hand auf ein Etikett genäht. Alle Kleidungsstücke der Insassen sind auf diese Weise gekennzeichnet, von der Mütze bis zu den Socken. Wie sonst sollten sie die Klamotten nach der Wäsche wieder verteilen können?«

Adamsberg fuhr mit dem Finger noch einmal die Umrisse des Hauses entlang und nickte beeindruckt.

»Verdammt«, sagte er, den Finger noch immer auf der Wand. »Der Eingang. An den denkt man nie.«

»Nein.«

»Und dabei fand sich dort alles. Enzo hatte die Namen der Burschen und den des Waisenhauses. Er hatte alles. Warum hat er nichts gesagt?«

»Vermutlich hat seine Schwester ihn darum gebeten. Welche von beiden auch immer.«

»Ja. Weil es ihre Angelegenheit, ihr Werk sein würde.«

»Und seit so langer Zeit hält dieses Trio zusammen.

Nichts ist durchgesickert, keiner hat gesprochen. Wo mögen sie heute sein, die Seguin-Kinder?«

Wie mit Bedauern zog Adamsberg seinen Finger weg, und die beiden Männer setzten ihren Weg fort.

»Laut Froissy«, sagte Veyrenc, »lassen sie sich nirgendwo orten.«

»Wenn selbst sie sie nicht findet, dann haben sie einen anderen Namen angenommen, so viel steht fest.«

»Enzo wird im Knast wie jeder andere gelernt haben, wie man sich falsche Papiere besorgt. Und den Mädchen wird das Gericht aller Wahrscheinlichkeit nach das Recht zugesprochen haben, ihren Namen zu ändern.«

»Und wie finden wir zwei junge Mädchen wieder, die vor neunundvierzig Jahren in der Psychiatrie untergebracht wurden, ohne dass wir ihren Namen wissen noch ihr Gesicht kennen?«

»Aussichtslos.«

»Also gehen wir was essen. Unser Zug geht erst um 21 Uhr. Punktgenau.«

»Wenn wir den Bus nach Nîmes nehmen«, sagte Veyrenc ohne Begeisterung, »bleibt uns nur das Bahnhofsbüfett. Das um diese Zeit schon geschlossen sein wird. Wohingegen wir für heute auch Schluss machen und in Nîmes übernachten und mit dem ersten Zug morgen früh zurückfahren könnten. Was ändert das? Nichts, wirst du mir sagen. Und ich antworte dir: alles. Du kommst früher ins Bett. Ärztliche Anordnung, vergiss das nicht.«

»Und die muss man befolgen.«

»Kleines Detail, wir haben keine Sachen dabei.«

»Macht nichts.«

»Die Jungs auf der *Trinidad* waren auch nicht gerade sauber.«

Die beiden Männer landeten kurz vor zehn Uhr abends in einem kleinen Hotel in der Nähe der Arena, dessen Küche noch nicht geschlossen war.

»Ich glaube, ich weiß, was mich an dem Namen ›Seguin‹ so aufregt«, meinte Adamsberg am Ende der Mahlzeit. Er hob die Hand, um zwei Kaffee zu bestellen. Das Restaurant schloss, aber der Wirt ließ sie noch so lange sitzen, wie er zum Aufräumen brauchte. »Erinnerst du dich an die Erzählung von Monsieur Seguin und seiner armen kleinen Ziege?«

»Sie hieß Blanquette«, begann Veyrenc. »Und sie war so hübsch, dass die Kastanienbäume sich bis zur Erde neigten, um sie mit ihren Zweigen zu streicheln.«

»Sie hatte fliehen wollen, nicht wahr, frei sein?«

»Wie die sechs anderen vor ihr.«

»Die hatte ich vergessen.«

»Ja. Monsieur Seguin liebte seine kleinen Ziegen wahnsinnig, aber alle wollten weg von ihm, und allen war es auch gelungen. Blanquette war die siebte.«

»Ich habe mir immer vorgestellt, dass Seguin selbst der Wolf gewesen ist. Und da seine Ziege davon träumte, ihm zu entwischen, hat er sie lieber aufgefressen.«

»Oder sich über sie hergemacht«, präzisierte Veyrenc. »Falls sie gegen ihn aufbegehren sollten, hatte Seguin seinen Ziegen angedroht, dass sie ›den Wolf sehen würden‹. Du weißt, was dieser Ausdruck bedeutet: den Mann nackt sehen und von ihm überwältigt werden. Du hast recht. In Wirklichkeit wurde Blanquette vergewaltigt. Erinnere dich: Sie ›hat die ganze Nacht mit dem Wolf gekämpft‹, und im Morgengrauen sank sie erschöpft zu Boden, mit blutigem weißem Fell – denn die hübsche kleine Ziege war weiß, also jungfräulich –, um von ihm verschlungen zu werden. Du sagst dir also, dass Seguin seinen Namen zu Recht trug?«

»Nein. Ich sage mir, dass Enzo seinen Schwestern Geschichten vorlas, und diese werden sie gekannt haben.«

»Sehr gut möglich, die las man damals in allen Schulen. Woran denkst du?«

»An dies: Wenn man sich für einen anderen Namen entscheiden muss, bewahrt man immer eine Spur, ein Relikt seines alten Namens oder seines früheren Status.«

»Ja.«

»Also überleg mal: Louise Chevrier. Da steckt *la chèvre* drin, die Ziege. Die von Monsieur Seguin gefangen gehaltene Ziege, sein Opfer, das er verschlungen hat.«

»Louise Chevrier«, wiederholte Veyrenc langsam. »Und Froissy findet niemanden mit diesem Namen, der 1943 geboren wäre.«

»Folglich eine neue Identität.«

»Und Veränderung des Geburtsjahres.«

»Wie Mercadet sagt, eine Geburtsurkunde kann man nach Belieben fälschen.«

»Es ist schon zu spät, um Froissy zu wecken, aber der Vorname, den sie gewählt hat, Louise, ist bestimmt ihr zweiter oder dritter ursprünglicher Vorname.«

»Sicher«, sagte Adamsberg, während er eine Nachricht schrieb.

»Wen weckst du jetzt?«

»Froissy.«

»Um Himmels willen, die schläft längst.«

»Aber nein.«

»Etwas haut nicht hin, Jean-Baptiste: Annette wird im Alter von neunzehn Jahren befreit. Und vierzehn Jahre später sollte sie von Carnot vergewaltigt worden sein? Wäre das nicht ein verdammter Zufall?«

»Wer spricht denn von Zufall? Carnot ist befreundet

mit Landrieu und den anderen, oder? Annette war mal ihre
Beute, sie nehmen sie sich einfach wieder.«

»Ich bin sicher, Froissy schläft schon. Du bist brutal.«

»Apropos, Louis, ich habe Danglard eins in die Fresse gehauen.«

»Heftig?«

»Ich denke schon. Aber nur einen einzigen Schlag, gegen
das Kinn. Es war übrigens kein Schlag, es war ein Initiati-
onsritus. Oder vielmehr ein Umkehrritus.«

Das Telefon auf dem Tisch vibrierte.

»Du siehst, sie schläft nicht.«

»Sie wird dich anlügen.«

– *Verzeihung, Kommissar, ich war gerade beim Abendessen. Vornamen der Älteren: Bernadette, Marguerite,
Hélène. Vornamen der Jüngeren: Annette, Rose, Louise.*

– *Danke, Froissy. Wir bleiben über Nacht in Nîmes. Zurück morgen früh um zehn. Gute Nacht.*

»Annette, Rose, Louise«, sprach Adamsberg vor sich hin.
»Louise Chevrier. ›Louise‹ wählt sie bewusst und ›Chevrier‹
unbewusst. Das kleine Zicklein, das der alte Seguin ange-
bunden hält.«

»Und wie sollte Louise Chevrier an die Tatorte gekommen sein? Sie fährt nicht Auto.«

»Nimm nur mal an, sie fährt.«

»Und während ihrer Fahrt nach Saint-Porchaire sollte
Irène ihre Abwesenheit nicht bemerkt haben?«

»Irène war in Bourges.«

Wieder vibrierte das Telefon. Er hatte eine Sprachnach-
richt übersehen und erkannte mit Sorge die Stimme von
Retancourt.

Wir drei hatten uns um das Haus von Torrailles in Lédignan postiert. Es war einfach, wir mussten uns nicht verstecken, Torrailles wusste ja, dass er bewacht wurde. Er saß draußen mit Lambertin, sie aßen zu Abend, kleiner Tisch, beide einander gegenüber, es wurde ordentlich was getrunken, lautes Gelächter, schweinische Witze, sind wirklich Blapse geblieben. Draußen heißt: ein großer Hof, auf allen vier Seiten von einer niedrigen Hecke umgeben. Um 22 Uhr gehen die Straßenlaternen aus, aber ziemlich helle Nacht. Beleuchtung über der Haustür, Windlicht auf dem Gartentisch, gut sichtbar, aus weißem Plastik. Das zog die Mücken an. Sie erschlugen sie mit den Händen. Klack, klack. »Stechen tun nur die Weiber. Man muss es ihnen mit gleicher Münze heimzahlen.« Gegen 22.15 Uhr beginnt Torrailles sich am rechten Arm zu kratzen. Ich gebe Ihnen ihren Dialog wort-wörtlich wieder. Torrailles: »Verdammtes Weibsstück! Jetzt hat sie mich erwischt, die Schlampe!« Lambertin: »Bist ja auch blöd, mach das Windlicht aus.« Tor-railles: »Mach's nicht aus, du Arsch! Dann sehen wir ja nicht mehr, was wir saufen.« Nach drei Minuten beginnt Lambertin sich am Hals zu kratzen, links. Da hatten sie die Faxen dicke, sie nahmen die Flasche und die Gläser und gingen ins Haus. Keine Stunde später kamen sie völlig verstört wieder raus und baten uns, sie zum Krankenhaus zu fahren, die Bisse waren angeschwollen. Ich habe sie unterm Licht der Taschenlampe untersucht. Das Ödem war schon da, zwei Zentimeter Durchmesser, mit dem Bläschen. Sie sind jetzt mit Justin und Noël auf dem Weg ins Krankenhaus von Nîmes, ich fahre mit dem anderen

Wagen hinterher. Arm rechts, Hals links, der Angriff
kam folglich von der hinteren Hecke. Wir sind zu
dritt den ganzen Abend um das Haus rumgelaufen.
Niemand hätte sich ungesehen nähern können,
niemand konnte ins Haus rein. Unmöglich, es muss
wie Spucke vom Himmel auf sie gefallen sein.
Irgendwas haben wir übersehen, es tut mir leid.

Mit erstarrtem Gesicht gab Adamsberg das Telefon Veyrenc, damit er sich die Nachricht anhörte. Die Männer sahen sich stumm an.

»Die beiden Letzten, Louis, jetzt hat sie auch noch die beiden Letzten kaltgemacht«, sagte Adamsberg schließlich und stürzte seinen kalten Kaffee in einem Zug runter. »Auf einen Schlag. Unter den Augen von drei Polizeibeamten. Aber wie, verflucht, wie? Selbst Spucke, die vom Himmel fällt, muss man doch sehen, oder? Wie spät hast du's?«

»Zehn nach zwölf.«

»Sinnlos also, Irène zu wecken, um zu erfahren, ob Louise zu Hause ist. Die Männer wurden Viertel nach zehn ›gebissen‹. Mehr als fünfundvierzig Minuten wird sie für die Strecke von Lédignan nach Cadeirac nicht gebraucht haben.«

Der Wirt bot ihnen zwei weitere Kaffees an. Aus ihrem Gespräch hatte er schon vor geraumer Zeit geschlossen, dass sie Polizisten waren, ziemlich hochrangige, und dass sie unmittelbar an einem Fall dran waren. Und wenn man Polizisten unter seinem Dach hat, die unmittelbar an einem Fall dran sind, dann macht man sich lieber klein. Adamsberg schlug das Privileg zweier Kaffees nicht aus und ging sie selbst von der Theke holen.

»Retancourt? Sind Sie schon am Krankenhaus?«

»Kurz davor.«

»Können Sie Veyrenc und mich morgen früh um 7.30 Uhr abholen kommen?«

»In Paris? In sieben Stunden? Haben Sie kein weiteres Fahrzeug mehr in der Brigade?«

»Wir sind in Nîmes, Lieutenant, und ohne Auto.«

»Adresse?«

»*Hotel zum Stier.*«

»Okay.«

»Lieutenant, haben Sie Ihr Basis-Set für die Spurensicherung dabei?«

»Das habe ich ständig in meiner Tasche, Kommissar. Sie nicht?«

»Wir sind ohne Gepäck los.«

»Wie Sie meinen.«

»Bringen Sie es mit, und auch Ihren Fotoapparat.«

»Ich wiederhole, Kommissar. Kein Mensch ist reingekommen, keiner raus. Absolut niemand. Und man hatte gute Sicht. Wir hatten den gesamten Hof im Blick, von der Straße aus in einem Umkreis bis zu fünf Metern. Kein Schatten wäre uns entgangen.«

»Grämen Sie sich nicht. Selbst Sie können nicht jede Spucke vom Himmel auffangen.«

Adamsberg legte auf, stürzte seinen Kaffee im Stehen hinunter, den Blick auf der Saalwand, auf der der Wirt seine Waffensammlung ausgestellt hatte. Ein gutes Dutzend blank geputzter Gewehre, funkelnde alte Winchesterwaffen.

»Die vom Himmel gefallene Spucke. Wir sind aber auch zu blöd, Louis. Genau so hat sie's gemacht.«

»Sie hat sie angespuckt, na klar«, sagte Veyrenc, der erschlagen war von der Tatsache dieser beiden letzten Morde.

»Aber sicher«, sagte Adamsberg, zog geräuschvoll seinen Stuhl heran und setzte sich wieder.

»Willst du mich verarschen?«

»Trink deinen Kaffee und hör zu. Mit dem Gewehr, sie schießt mit dem Gewehr.«

»Spucke.«

»Ja, eine Flüssigkeit, ein Fluid. Mit dem Betäubungsgewehr. Dem Tele-Injektionskarabiner, wenn dir das lieber ist.«

Diesmal hob Veyrenc den Kopf.

»Du meinst, den Gewehren der Veterinärmediziner«, sagte er, »der Leute, die Injektionsspritzen abfeuern.«

»Genau diesen. Sie sind mit einem Nachtsichtfernrohr ausgerüstet. Schussdistanz vierzig, sechzig Meter. Beim Auftreffen springt die Schutzkappe von der Nadel, und das Mittel wird automatisch injiziert.«

»Woher weißt du so was?«

»Ich war doch mal Scharfschütze, erinnere dich, und ich kriege immer noch einen Haufen Prospekte. Das Gewehr, von dem wir reden, ist eine Waffe der Kategorie D und somit frei verkäuflich, mit den dazugehörigen Spritzen. Dabei kann es zu einer Mordwaffe werden, wenn es dir einfällt, die Kanüle mit einer Arsenlösung oder eben mit Spinnengift zu füllen.«

»Dem Gift von zweiundzwanzig Einsiedlerspinnen, Jean-Baptiste. Multipliziert mit sechs Opfern gleich hundertzweiunddreißig Einsiedlerinnen.«

»Vergiss diese hundertzweiunddreißig Spinnen. Sie hat mit einem Gewehr geschossen, nur das zählt im Augenblick.«

»Und es haut nicht hin. Keines der Opfer hat eine Spritze erwähnt, die in seinem Arm oder seinem Bein gesteckt hätte. Die hätten die Männer gesehen. Man spürt den Schmerz und schaut sofort hin oder fasst mit der Hand danach.«

»Das stimmt.«

»Selbst angenommen, die Spritze löst sich und fällt ab, dann hätten wir sie im Gras gefunden, neulich in Saint-Porchaire, vor der Haustür von Vessac. Es sei denn, der Mörder kommt hinterher vorbei und sammelt sie ein. Was absurd wäre, und riskant.«

Adamsberg stützte sein Kinn in die Hand, furchte die Brauen.

»Wir haben was anderes im Gras in Saint-Porchaire gefunden«, sagte er nach einer Weile.

»Dein Stückchen Angelsehne, das der Wind da hingeweht hatte.«

»Es war nicht hingeweht, Louis, es war festgeklemmt. Folge jetzt mal meiner Überlegung. Nimm an, ich wäre der Mörder. Ich muss die Spritze um jeden Preis verschwinden lassen.«

»Warum eigentlich? Was hat es schon für eine Bedeutung, ob man deine Spritze findet? Die ist weniger belastend als eine Kugel. Keine Schlagbolzenspuren vom Gewehrlauf, keine Möglichkeit, die Waffe zu identifizieren. Warum also willst du deine Spritze wiederfinden?«

»Damit niemand auch nur einen Augenblick auf den Gedanken kommen kann, dass es sich um Morde handelt. Wenn wir nicht die Verbindung zwischen den Opfern und den Blapsen von La Miséricorde entdeckt hätten, würden wir immer noch auf der gleichen Stelle treten: Die Einsiedlerspinnen haben eine Mutation erfahren, und die Alten sind gestorben, weil sie alt waren. Keine Morde, also auch keine Ermittlung, der Mörder hat nichts zu befürchten. Ich habe nichts zu befürchten. Vorausgesetzt natürlich, ich kriege meine Spritze zurück.«

»Und wie stellst du das an?«

»Ich lege sie an die Leine. Ich führe eine Nylonsehne, sehr fein, aber widerstandsfähig, 0,3 Millimeter zum Beispiel, durch die Mündung des Gewehrlaufs bis zum Zylinderkopf. Das Ende befestige ich an der Spritze, dann lade ich. Wenn die Spritze abgeht, nimmt sie sechzig Meter Nylonsehne mit, die von einem externen Aufwickler abrollen. Siehst du das vor dir?«

»Das funktioniert nicht. Die Sehne zieht am Aufwickler, wodurch deine Spritze stark gebremst wird.«

»Hast recht. Bevor ich also den Schuss abgebe, wickle ich sechzig Meter Sehne ab, oder dreißig, je nach der Entfernung zu meinem Ziel.«

»So dass die Sehne losgeht, ohne sich zu spannen. Jetzt bin ich einverstanden.«

»Sobald die Spritze das Ziel erreicht hat, ziehe ich kurz und heftig an der Sehne, um sie aus der Haut zu holen. Bis der Typ auf seinen Biss starrt, ist die Spritze verschwunden. Dann setze ich den Aufwickler in der Gegenrichtung in Gang, und die leere Spritze kommt zu mir zurück, folgsam wie ein Hündchen, nach dem ich gepfiffen habe. Was ist in Saint-Porchaire passiert? Kaum ist Vessac gebissen, ziehe ich an meiner Sehne. Aber die Spritze bleibt in den Brennnesseln hängen. Ich schalte den Aufwickler ein, ich forciere ein bisschen, die Sehne reißt. Sobald Vessac mit Élisabeth ins Haus gegangen ist, gehe ich zur Tür, schneide die blockierte Sehne ab und nehme meine Spritze an mich. Ein kleines Stück Nylon bleibt im Gras hängen. Wer wird das überhaupt bemerken? Wer wird sich Gedanken darüber machen?«

»Einer wie du. Aber eine Spritze, Jean-Baptiste, ist wie eine Kugel, sie ist in den Gewehrlauf fest eingepasst. Der Nylonfaden dazwischen wird ihren Austritt verzögern, er vereitelt die Flugbahn, das Geschoss kommt ins Trudeln.«

»Der Lauf dieser Gewehre hat ein vollkommen glattes Innenblatt, da wird nichts trudeln. Aber, einverstanden, wenn du eine Spritze von 13 Millimetern in einen 13er-Gewehrlauf lädst, wird in Anbetracht der Stärke des Nylonfadens im Lauf eine Bremswirkung entstehen. Also lade ich eine Spritze von 11 Millimetern in meinen 13er Lauf.«

»Mit zwei Millimetern Spielraum? Das schwimmt. Und auch da hast du keine Kontrolle mehr über die Flugbahn.«

»Nicht wenn ich meine Spritze in irgendwas einwickle, bis ihr Durchmesser genau 12,4 Millimeter ausmacht. Wie es die Alten früher taten mit ihren Musketen und ihren schlecht kalibrierten Kugeln, die sie in ein Schusspflaster einwickelten, damit sie an der Innenhaut des Laufs anlagen. Zur Sicherheit ölst du das Ganze noch gut. Und das geht ab, glaub mir. Trick 17 alter Soldaten. Der Vorteil des Betäubungsgewehrs: Antrieb durch Druckluft und nicht durch Pulver. Das macht ›Plopp‹, und auf vierzig oder sechzig Meter Entfernung, oder auch weit weniger, hörst du nichts.«

»Und wie schleppst du, selbst wenn's dunkel ist, dein Gewehr unauffällig mit dir über eine Dorfstraße oder eine Straße in Nîmes?«

»Ich benutze ein zusammenlegbares Gewehr, das gibt es, und das passt in eine gewöhnliche Reisetasche. Einschließlich Aufwickler und Nachtsichtbrille.«

»Das ist machbar.«

»Nein, Louis, das *ist* gemacht. Genau das ist die ›Spucke, die vom Himmel fällt‹.«

39

Retancourt erwartete sie am Morgen, sie stand an einen knallgelben Mietwagen gelehnt, mit der beunruhigenden Miene einer verdrossenen Riesin.

»Alle zehn«, sagte sie ohne irgendeine Begrüßung, »sie hat sie alle zehn umgenietet.«

»Sie, oder er. Veyrenc denkt manchmal, es könnte Enzo gewesen sein, der Bruder der eingesperrten Mädchen in Nîmes. Haben Sie Zeit gehabt, mal einen Blick in den Bericht von Froissy zu werfen?«

»Diagonal. Während einer Observierung liest es sich schlecht. Ob nun Enzo oder wer auch immer, er oder sie hat sie alle zehn gekriegt! Obwohl Sie bereits nach den zwei ersten Toten diesen Verdacht hatten. Und obwohl ab dem dritten die Brigade an der Sache dran war.«

»Ein Teil der Brigade«, erinnerte Adamsberg sie, während Retancourt wütend den Motor anwarf.

»Und wenn schon, Kommissar. Wir haben geackert, Archive durchwühlt, Spuren zurückverfolgt, Leute befragt, observiert, sind kreuz und quer durchs Land gefahren, und der Mörder hat sie sich vor unseren Augen alle geschnappt! Das macht mich rasend, das ist es.«

Diese letzte Niederlage, bei der zwei Männer ums Leben gekommen waren, hatte Retancourt verständlicherweise wütend gemacht, aber auch persönlich gekränkt. Sie war für deren Schutz verantwortlich gewesen, und sie hatte versagt.

»Halten Sie sich rechts, Retancourt, wir fahren nach Lédignan, zu Torrailles. Ja«, fügte er hinzu, »das kann einen rasend machen. Aber selbst wenn Sie zu zehnt gewesen wären, hätten Sie nichts tun können.«

»Und warum? Weil der Mörder aus der Luft kam?«

»In gewisser Weise, ja. Und es ist meine Schuld. Ich hätte schneller denken müssen.«

Adamsberg lehnte sich in den Sitz zurück und verschränkte die Arme. Wenn er schneller gedacht hätte. Es war vier Tage her, dass er dieses Stück Nylonsehne gefunden hatte. Er selbst hatte es aus dem Gras genommen und für aufhebenswert befunden. Also hatte er doch gespürt, dass es von Bedeutung sein könnte. Und was hatte er daraus gemacht? Nichts. Heftige Wogen waren seitdem über ihn hinweggerollt, die dieses zarte Hälmchen in die hintersten Winkel seines Denkens gespült hatten: die Zahnextraktion auf der Insel Ré, das Scheitern einer Spur, Danglards dramatische Verirrung, die eingeschlossenen Mädchen von Nîmes. In diesem ganzen Getöse war das durchsichtige Fädchen in Vergessenheit geraten.

»Dort ist es«, sagte Retancourt, hielt nach vierzig Minuten Fahrt mit einem Ruck und kreischender Handbremse. »Sie sehen, wie niedrig die Hecke ist. Und das ist sie ums ganze Grundstück. Bis zehn Uhr war durch die Straßenlaternen alles hell beleuchtet. Aber auch danach konnte man durch die Lampe am Hauseingang und das Windlicht auf dem Tisch die beiden sehr gut erkennen.«

»Das sagten Sie mir schon, Lieutenant.«

»Also, woher ist sie gekommen? Mit einem Fesselballon?«

»Beinahe. Mit einer geflügelten Injektionsspritze.«

»Sie meinen, einem Schuss?«

»Mit zwei Schüssen aus einem Betäubungsgewehr.«

Retancourt brauchte einen Moment, um die Nachricht zu verarbeiten, dann ging sie zum Kofferraum und riss mit einer schroffen Bewegung ihr Basis-Set heraus.

»Aus welcher Entfernung?«, fragte sie.

»Ohne Straßenbeleuchtung und selbst mit Nachtsichtbrille würde ich, um sicherzugehen, sagen: dreißig Meter.«

»Verdammte Scheiße, Kommissar, genau da waren wir. Warum haben wir sie nicht gesehen?«

»Weil sie nicht von draußen geschossen hat.«

»Vom Himmel her, also.«

»Von drinnen, Lieutenant. Aus dem Haus heraus. In das sie in der Abwesenheit der beiden Männer eingedrungen war. Sie war schon drin, als Sie mit Torrailles und Lambertin zurückkamen.«

»Das gibt's doch nicht!«

»Sie konnten nichts dafür. Sie konnten die Mündung eines dunklen Gewehrlaufs auf dem dunklen Hintergrund eines Fensters nicht sehen.«

Retancourt nickte, verinnerlichte die Fakten, dann schob sie den Riegel weg und betrat den Hof. Adamsberg blieb neben dem Tisch stehen und betrachtete die Hausfront.

»Sie hat sich nicht unten postiert, wo sich vermutlich Wohnzimmer und Küche befinden. Viel zu riskant, einer der Männer konnte hier jeden Moment auftauchen. Nein, sie hat sich im Obergeschoss versteckt, von wo aus sie schräg diese zwei Schüsse abgegeben und die Männer im Profil getroffen hat. Aus diesem Zimmer da oben«, sagte er und zeigte auf ein blindes kleines Fenster. »Retancourt, suchen Sie den gesamten Boden im Schussfeld zwischen dem Haus und dem Tisch ab.«

»Wonach suche ich?«

»Nach einem Stückchen Nylonschnur vielleicht. Der Boden ist mit Zementfliesen gepflastert, aber in den Fugen wächst Gras, auch ein paar Disteln. Suchen Sie vor allem da drin, wir gehen inzwischen nach oben. Haben Sie auch diese blöden Füßlinge eingesteckt?«

Die beiden Männer zogen ihre Schuhe aus und streiften im Eingang die Füßlinge über. Wie Patienten im Krankenhaus schlurften sie durch die erste Etage, inspizierten kurz zwei Schlafzimmer, ein Bad, die Toilette und einen in der Achse des Gartentischs liegenden Abstellraum, wo sich Koffer, Kartons und kaputte Stiefel stapelten. Der Boden war so staubig, wie man es sich nur wünschen konnte, und mit grau gesprenkelten Kacheln gefliest.

Veyrenc schaltete das nackte Deckenlicht ein und ging an der Wand entlang zu dem kleinen Fenster.

»Vor Kurzem erst geöffnet«, sagte er. »Abgeplatzte Farbe hier und da.«

»Und partielle Schrittspuren. Nimm du dir diesen Abschnitt des Bodens vor, ich den anderen.«

»Dieses Graugesprenkelte macht die Sache nicht einfacher.«

»Hier«, sagte Adamsberg, der sich unterm Fenster hingekauert hatte, »ist ein ziemlich deutlicher Abdruck.«

»Turnschuhe«, meinte Veyrenc.

»Wie üblich. Aber immer wieder riskant, wegen der Rillen. Die hier scheinen sehr breit zu sein. Schau nach, ob sie irgendwas reingeschleppt hat, Erde, Kiesel, Pflanzenfasern.«

»Ich kann nichts finden.«

»Ich auch nicht. Außer dem hier.«

An der Spitze seiner Pinzette hielt Adamsberg ein etwa zwanzig Zentimeter langes Haar ins Tageslicht.

»Sie wird wohl ziemlich lange auf die beiden gewartet haben, sie wird sich den Kopf gerieben, sich gekratzt haben, Zeichen von Nervosität. Das Unternehmen war ja nicht einfach, mit drei Bullen, die draußen um einen rumschleichen.«

»Fast rostrot, mit zwei Zentimetern Grau an der Haarwurzel. Und gewellt. Wahrscheinlich eine Dauerwelle.«

»Und hier noch eins. Dass Enzo lange Haare hätte, gefärbt und dauergewellt, würde mich ja nun doch sehr verwundern.«

»Also Frau«, räumte Veyrenc ein. »Und ziemlich alt.«

»Gib mir mal die Lupe. Ja, hier haben wir die Haarzwiebel am äußersten Ende. Vier Haare«, sagte er abschließend, nachdem er sie eingesammelt hatte. »Du kannst den Beutel schließen, wir sind reich. Jetzt zu den Fingerabdrücken.«

»Auf den Fensterscheiben keine, die Staubschicht ist intakt.«

Veyrenc ging mit dem Puderpinsel über den gesamten Fensterrahmen.

»Sie hatte Handschuhe an«, sagte er. »Wer zieht keine Handschuhe an? Da ist nur dieses abgeplatzte Farbplättchen auf dem Rahmen, wo sie den Gewehrlauf draufgelegt hat.«

Adamsberg machte zwei Fotos, dann noch zwei weitere von dem partiellen Fußabdruck.

»Wir werden uns die Treppe genauer ansehen«, sagte er, »vor allem die ersten Stufen. In dem Moment, wo die Schuhsohle sich krümmt, gibt sie ihre Geheimnisse preis. Wie unsereins, wenn wir zusammenklappen, wenn wir aufgeben.«

Die Stufen bescherten ihnen drei Stückchen Splitt. Die von sonst woher kommen konnten, vom Friedhof wie von der Straße, die an der Hecke entlangführte. Und ein zusammengefaltetes Kleeblatt, das bei all seiner Nutzlosigkeit wie ein abschließendes kleines Almosen erschien.

»Wir nehmen es trotzdem mit«, und Adamsberg öffnete einen letzten Probenbeutel.

»Wozu?«

»Ich mag Kleeblätter.«

»Wie du willst«, sagte Veyrenc, und mit diesem Satz beantwortete er oft eine Bemerkung von Adamsberg. Nicht dass er alle seine Vorschläge akzeptiert hätte, aber er wusste, wann weiteres Reden sinnlos war.

»Retancourt?«, fragte Adamsberg, als er an den Schauplatz des Verbrechens zurückkehrte und sie auf einem der Plastikstühle sitzen sah, ihre Hand kratzend. »Sie sitzen auf einem Objekt des Tatorts?«

»Schon untersucht. Nichts. Keine Nylonschnur, nichts. Dafür habe ich mich an so einer blöden Brennnessel verbrannt.«

»Pflanzliches Gift, Lieutenant.«

»Und wie sah's bei Ihnen aus?«

»Vier Haare samt Wurzel. Die DNA. Und ein Kleeblatt.«

»Das uns wozu nutzt? Das Kleeblatt?«

»Zur Erfrischung.«

Veyrenc setzte sich auf den zweiten Stuhl und Adamsberg im Schneidersitz auf den Boden.

»Es ist eine ältere Frau mit grauen, in einem verblassten Fuchsrot gefärbten und dauergewellten Haaren. Die mit einem zusammenlegbaren Betäubungsgewehr in einer Reisetasche herumläuft. Und ein paar Injektionsspritzen, von denen jede mit dem Gift von zweiundzwanzig Einsiedlerspinnen gefüllt ist. Die in ihrer Jugend oder auch in reiferem Alter vergewaltigt wurde. Zumindest aber vor mehr als zwanzig Jahren, als der Erste von unseren Männern durch eine Kugel in den Rücken getötet wurde.«

»Damit fangen wir nicht allzu viel an.«

»Es bringt uns aber schon näher, Retancourt.«

»Dem 52. Breitengrad. Der Name des Seefahrers ist mir entfallen. Ich meine, der ursprüngliche, portugiesische Name von Magellan.«

»Fernão de Magalhães.«

»Danke.«

»Aber gern.«

Adamsberg kreuzte die Beine in der anderen Richtung, dann kramte er in seiner Tasche und holte zwei von Zerks Zigaretten heraus, die sich bereits aufzulösen begannen. Er reichte Veyrenc eine und zündete sich dann seine an.

»Ich nehme auch gern eine«, sagte Retancourt.

»Sie rauchen doch gar nicht, Lieutenant.«

»Aber diese sind geklaut, wenn ich richtig verstanden habe?«

»So ist es.«

»Dann nehme ich eine.«

So saßen sie denn alle drei in der Morgensonne und rauchten schweigend halbleere Zigaretten.

»Das war gut«, sagte Adamsberg, während er eine Nummer in sein Handy tippte. »Irène? Habe ich Sie geweckt?«

»Ich trinke gerade meinen Kaffee.«

»Wissen Sie es schon? Die beiden auf einen Schlag?«

»Ich habe es gerade in den Foren gelesen. Immerhin, das könnte einen schon auf die Palme bringen.«

»Das könnte es«, bestätigte er. Die gleiche Reaktion wütender Frustration wie bei Retancourt. »Umso mehr, als ich drei Beamte zur Bewachung dort hatte, die ständig um ihren Tisch gekreist sind. Nichts bemerkt, keinen gesehen, keinen geschnappt.«

»Ich will ja nichts gegen die Polizei sagen, wohlgemerkt,

ich will nicht sagen, dass es einfach war, ich will nicht sagen, dass Sie sich nicht bemüht hätten, Kommissar. Ich sage nichts dergleichen, aber trotzdem, er hat sie alle gekriegt, und man weiß noch immer nicht, wer wie was noch wo. Da könnte man schon aus der Haut fahren. Ich sage nicht, dass das nette Kerle gewesen wären, nach allem, was Sie mir erzählt haben, aber trotzdem, man könnte schier aus der Haut fahren.«

»Sagen Sie, Irène, sind Sie allein?«

»Aber ja. Louise frühstückt in ihrem Zimmer. Das mit den beiden Letzten weiß sie noch nicht. Gott sei Dank habe ich noch einen Moment meine Ruhe. Und Élisabeth schläft.«

»Ich muss Sie noch mal mit Ihrer Louise nerven. Versuchen Sie auf meine Fragen zu antworten, ohne groß nachzudenken.«

»Das fällt mir schwer, Kommissar.«

»Habe ich schon gemerkt. Um wie viel Uhr ist Louise gestern Abend in ihr Zimmer raufgegangen?«

»Oh, sie hatte keinen großen Hunger, wegen diesem Begräbnis. Das macht die Atmosphäre, die schlägt einem auf den Magen. Ein Schälchen Suppe um fünf, danach habe ich sie nicht mehr gesehen.«

»Und wissen Sie, ob sie später noch mal das Haus verlassen hat?«

»Hm, um was zu tun?«

»Keine Ahnung.«

»Sagen wir, es kommt schon mal vor, dass sie spätabends, wenn sie nicht schlafen kann, durch die Straßen läuft. Da kein Mensch mehr draußen ist, braucht sie keine Angst zu haben, Männern zu begegnen, Sie verstehen.«

»Ja. Und gestern Abend also?«

»Schwer zu sagen, und es ist mir auch ein bisschen pein-

lich. Man muss wissen, dass sie fast alle drei Stunden auf-
steht, um …«

»Ins Bad zu gehen«, sagte Adamsberg.

»Genau, Sie verstehen die Dinge. Und ihre Zimmertür
knarrt. Davon wache ich jedes Mal auf.«

»Und heute Nacht haben Sie die Tür knarren hören.«

»Habe ich Ihnen doch gerade erklärt, Kommissar: wie
jede Nacht. Aber ob sie dann noch eine Runde gedreht hat,
um die nötige Bettschwere zu bekommen, das könnte ich
Ihnen nicht sagen.«

»Vergessen Sie's, Irène. Ich möchte jemand zu Ihnen
schicken. Eine Frau, geht das? Sie möchte die Verstecke der
Einsiedlerspinnen fotografieren, die Sie bei sich zu Hause
haben.«

»Hm, wofür das?«

»Für mein Dossier an die vorgesetzte Behörde. Die wollen
alles wissen, alles kontrollieren, so sind die da oben nun mal.
Es soll der visuelle Beweis sein, dass die Einsiedlerspinnen
sich verbergen.«

»Und weiter?«

»Und, *folgen Sie mir jetzt mal gut*, je dicker das Dossier
ist, desto leichter geht es durch. Und da die Ermittlung im
Wesentlichen gescheitert ist, liegt mir daran, viel Arbeit vor
Ort nachzuweisen.«

»Ah, ich verstehe.«

»Kann ich sie also zu Ihnen schicken?«

»Ach, ich habe Ihnen ja noch gar nicht erzählt!«, sagte
Irène mit plötzlich veränderter, in schrille Höhen gehender
Stimme. »Ich habe wieder eine neue!«

»Mitbewohnerin?«

»Aber nicht doch, sie hockt im Innern der Rolle Küchenpapier! Ich habe sie heute Morgen entdeckt, in der Küche!«

»Eine Einsiedlerspinne, wollen Sie sagen?«

»Kommissar, wer sonst würde sich im Innern einer Rolle Papier verstecken? Natürlich eine Einsiedlerspinne. Und ein besonders schönes Exemplar noch dazu! Ein Weibchen, ein erwachsenes. Aber ich muss sie an einen anderen Ort schaffen, solange sie noch keinen Kokon gebildet hat. Stellen Sie sich mal meine Louise vor, wenn sie sie entdeckt. Das wäre das Ende.«

»Bitte, machen Sie es nicht sofort. Wegen meiner Fotografin.«

»Ach richtig, ich verstehe. Aber sie soll sich beeilen, weil Louise im Moment überall herumschnüffelt. Und Küchenpapier benutzt sie auch ständig.«

»In eineinviertel Stunden, ginge das?«

»Perfekt, dann bin ich fertig. Denn ich muss ja immerhin fertig sein.«

»Natürlich.«

»Ist sie nett, diese Frau?«

»Sehr nett.«

»Und wie stelle ich es an, um Louise fernzuhalten, während sie ihre Fotos macht?«

»Sie halten sie nicht fern. Sie laden sie auf einen Kaffee mit ihr ein, das wird sie ablenken.«

»Sie trinkt nur Tee.«

»Dann eben Tee.«

»Und wie erkläre ich ihr die Fotos?«

»Die Frau wird sagen, sie käme, um den Erfolg der durchgeführten Insektenbekämpfung zu überprüfen. Das wird Louise sehr beruhigen.«

»Ich sollte den Kammerjäger bestellt haben, ich?«

»Ja. Gezwungenermaßen.«

»Und wann soll das gewesen sein?«

»Am frühen Morgen.«

»Also gut, wenn Sie es sagen. Stimmt, das wird sie beruhigen, daran hatte ich nicht gedacht.«

Adamsberg legte auf und erhob sich, klopfte seine Hose ab und lächelte Retancourt zu.

»Ich vermute, damit war ich gemeint«, sagte sie.

»Genau. Ein Besuch bei meiner Arachnologen-Kollegin in Cadeirac. Irène.«

Adamsberg erklärte ihr in wenigen Worten ihre fotografische Post-Insektenbekämpfungsmission.

»Aber was Sie wirklich dabei interessiert, ist Louise Chevrier. Sie werden Tee mit ihr trinken.«

»Muss es Tee sein? Kann ich nicht auch Kaffee haben?«

»Aber ja. Was ich wissen will, Retancourt, sind drei Dinge. Erstens: Sieht man ihr ihr Alter an? Dreiundsiebzig Jahre? Oder doch eher achtundsechzig?«

»Fünf Jahre Unterschied, also wissen Sie, das ist nicht leicht.«

»Kann ich mir denken. Zweitens: Hat sie blassrot gefärbte Haare? Die auf einer Länge von zwei Zentimetern grau nachgewachsen sind? Und Dauerwelle? Wie hier, sehen Sie«, und er nahm den Probenbeutel aus dem Koffer. »Schauen Sie sie sich genau an.«

»Okay.«

»Drittens: Was hat sie für Vorderzähne? Noch ihre eigenen oder falsche? Lassen Sie sich was einfallen, bringen Sie sie zum Lachen, wenigstens zum Lächeln. Das ist sehr wichtig. Ein Scherz über Irènes Sammlung, damit könnte es klappen. Die findet sie nämlich scheußlich.«

»Was sammelt sie denn?«

»Schneekugeln. Diese Dinger, die man schüttelt, und dann fällt Schnee auf ein Baudenkmal.«

»Okay.«

»Schließlich, bitten Sie darum, mal das Bad benutzen zu dürfen. Und entnehmen Sie Haare von der Bürste oder dem Kamm.«

»Was ohne richterliche Ermächtigung ein Vergehen ist.«

»Na sicher. Es müssten zwei Bürsten dort sein, die von Irène, aber sie färbt blond, und die von Louise. Keine Verwechslung möglich.«

»Falls sie rot färbt. Und das wissen wir nicht.«

»Richtig. Und lassen Sie mich das Ergebnis so bald wie möglich wissen. Wundern Sie sich nicht, wenn Irène mich gegenüber Louise manchmal ›Jean-Bapt‹ nennt. Das haben wir so vereinbart. Ach, noch etwas: Ich habe Irène gesagt, dass Sie sehr nett seien.«

»Ach, du Scheiße«, sagte Retancourt und verlor gleich ein Quäntchen ihrer Selbstsicherheit.

Sie dachte einen Moment nach.

»Das kriegen wir schon irgendwie hin«, sagte sie schließlich. »Ich denke, das schaffe ich.«

»Wer würde daran zweifeln, Violette?«

Retancourt setzte Adamsberg und Veyrenc vor ihrem Hotel in Nîmes ab und fuhr sofort weiter nach Cadeirac, den Fotoapparat griffbereit.

Adamsberg nahm sich die Zeit, Froissy eine Nachricht zu senden, in der er ihr schrieb, dass sie nicht weiter nach einer lächelnden Louise suchen solle. Eine andere an Noël und Justin, mit der Weisung, nach Paris zurückzufahren.

»Ich schlage vor«, sagte Veyrenc, »wir frühstücken erst mal ordentlich, dann hauen wir uns hin bis zu Retancourts Anruf.«

»Meinst du, sie packt das mit diesem Besuch? Es wird

nicht einfach für sie sein. Lügen, Feinfühligkeit, psychologischer Takt.«

»Retancourt schafft alles. Sie würde die *San Antonio* ganz allein steuern.«

»Hältst du die Zügel nicht ein bisschen zu straff?«

Adamsberg sah seinen Freund an. »Retancourt kennt keine Zügel«, sagte er. »Und wenn sie welche hätte, würde sie selbst damit um die Welt laufen.«

40

Retancourts Nachricht landete gegen Mittag auf Veyrencs Telefon.

Unmöglich, den Kommissar zu erreichen, geben Sie's weiter. Louise: falsche Zähne, das heißt komplettes Gebiss. Haare dem Anschein nach identisch mit der Probe. Sieht aus wie siebzig. Konnte »früher« mal fahren. Waschgelegenheit in ihrem Zimmer, im Bad keine persönlichen Gegenstände von ihr. In ihre Räume konnte ich nicht gehen, alles hier knarrt. Hat tatsächlich einen Horror vor Einsiedlerspinnen. Louise hat ihr Jurastudium in Nîmes erwähnt, das sie nach einem »Vorfall« aber vollkommen aufgegeben habe. Sie sprach in glaubhaften Begriffen über »Arbeitsrecht«. Habe übrigens, Delikt gegen Delikt, ihren Teelöffel mitgehen lassen. Ich WAR nett, die beiden Damen auch. Irène – lustige Person, aber das quasselt und gurrt in einem fort, nicht so mein Ding – hat mir die blöde Schneekugel aus Rochefort für den Kommissar mitgegeben.

Veyrenc betrat Adamsbergs Zimmer, der völlig angezogen auf dem Bett lag und noch schlief. Er rüttelte ihn am Arm.

»Nachricht von Retancourt, Jean-Baptiste, sie hat mehrmals versucht, dich zu erreichen.«

»Nichts gehört.«

Adamsberg musste lächeln, als er die Nachricht las.

»Hübscher Gag, das mit dem kleinen Löffel.«

»Hast du Louise ernsthaft im Verdacht?«

»Der geänderte Name, das Alter, die Haare, die Zähne, für den Moment passt alles.«

»Was stört dich an ihren Zähnen?«

Adamsberg seufzte und gab Veyrenc sein Handy zurück.

»Meine Rekluse, Louis, hatte nur noch ein paar verfaulte Zähne im Mund. Unterernährung. Und als sie eines Tages raus war aus dem … verdammt, wie heißt das gleich? Dieses Ding, in dem Tauben gezüchtet werden?«

»Ein Taubenschlag, Jean-Baptiste.«

»Ich muss wohl zu lange geschlafen haben«, sagte Adamsberg und kämmte sich mit den Fingern das Haar. »Wenn ich schon nicht mehr auf das Wort ›Taubenschlag‹ komme, wird es ernst.«

Er blieb einige Augenblicke auf dem Bett sitzen, dann schlüpfte er in seine Schuhe und schlug sein Notizbuch auf. *Taubenschlag, das Wort ist mir nicht eingefallen.*

»Das kommt von der Zahnextraktion«, meinte Veyrenc. »Der Doc hat's dir doch gesagt.«

»Trotzdem.«

»Vergiss jetzt mal den Taubenschlag, und kommen wir wieder auf Louise zurück. Okay, da ist dieser Name, Chevrier, die jungfräuliche kleine Ziege von Monsieur Seguin. Da ist die Vergewaltigung durch Carnot, der wiederum mit Landrieu und der Bande vom Waisenhaus zusammenhängt. Da sind ihre Haare, ihre Phobien, die Flüssigseife, der Strahl aus der Ölflasche. Aber da ist auch ihr Horror vor Einsiedlerspinnen. Und wenn sie vor der Vergewaltigung – dem ›Vorfall‹ – tatsächlich ein Jurastudium begonnen hatte, kann sie nicht die Eingeschlossene von Nîmes sein. Froissy hat sicher recht, sie wird im Ausland geboren sein.«

»Sie nebelt uns ein. Alles passt und ist stichhaltig. Anscheinend.«

»Anscheinend? Du bist fest überzeugt, dass du deine Mörderin in Händen hältst, und auf einmal ist es nur ›anscheinend‹?«

»Das sind diese geschlossenen Buchten alle, Louis. Vielleicht ist es die nächste. Nein, das ist es nicht«, korrigierte er sich. »Etwas stört mich noch, eine Winzigkeit, die mich schon wieder juckt, wie Lucio sagen würde.«

»Seit wann?«

»Kann ich nicht sagen.«

»Was für eine Winzigkeit?«

»Weiß ich nicht mal.«

»Komm, wir räumen die Zimmer und gehen essen.«

»*Drekka, borða*«, sagte Adamsberg und stand auf. »Und fahren zurück. Dann die Haare und den Löffel auf schnellstem Wege ins Labor. Sobald wir die DNA haben, werden wir wissen, ob sie es war oder nicht, die sich mit ihrer Knarre und ihrem Gift in der Abstellkammer versteckt hatte. Und können hoffen, auf eine Verbindung zur Familie Seguin zu stoßen.«

»1984, als Enzo aus dem Knast kam, kann er genetisch noch nicht erfasst worden sein, das war zu früh. Man müsste die Körper der Eltern ausgraben.«

»Oder die Axt aus dem Archiv holen, mit der der Vater getötet wurde. Sie wird uns sagen, ob Louise sein angekettetes Zicklein war. Das sich, anders als in der Erzählung, befreit, indem es die Wölfe tötet.«

Aus dem Zug, der sie nach Paris zurückbrachte, schrieb Adamsberg an Retancourt: *Glückwunsch und Ende des Auftrags. Legen Sie den Beutel mit dem Löffel auf meinen Schreibtisch.* Dann ging er in die Schleuse zwischen den Wagons und rief Dr. Martin-Pécherat an.

»Doktor, erinnern Sie sich noch an die eingeschlossene Frau in ihrem Taubenschlag?«

»Aber sicher.«

»Also, heute Mittag habe ich das Wort ›Taubenschlag‹ nicht mehr gewusst.«

»Und, schlafen Sie, wie ich Ihnen geraten habe?«

»Ich habe noch nie im Leben so viel geschlafen.«

»Sehr gut.«

»Ist die Tatsache, dass das Wort ›Taubenschlag‹ mir entfallen ist, ein Kollateralschaden meiner Zahnextraktion?«

»Nein, die Heilung ist längst im Gange. Es ist eine Vermeidung. Die passiert uns allen.«

»Was heißt das, eine ›Vermeidung‹?«

»Etwas, das wir wissen, aber nicht wissen wollen.«

»Warum?«

»Weil es uns stört, weil es uns vor ein Problem stellt, das wir lieber umgehen. Und es darum erst gar nicht nennen.«

»Doktor, es handelt sich um das Wort ›Taubenschlag‹. Es handelt sich also zwangsläufig um meine Rekluse, oder?«

»Nein. Dieses Kapitel ist abgeschlossen, Sie können jederzeit darauf zugreifen. Haben Sie mal eine Taube gekannt?«

»Gekannt? Aber sechs Millionen Pariser kennen Tauben.«

»Das meine ich nicht. Hatten Sie ganz persönlich einmal ein Problem mit einer Taube? Denken Sie in Ruhe nach.«

Adamsberg lehnte sich an die Waggontür, ließ mit dem Schaukeln des Wagens auch seinen Körper hin und her pendeln. »Ja«, sagte er. »Da war eine verletzte Taube, der hatte man die Füße zusammengebunden. Ich habe sie zu mir genommen und gepflegt. Sie kommt mich noch heute fast jeden Monat besuchen.«

»Hängen Sie an ihr?«

»Ich habe mir damals Sorgen um ihr Überleben gemacht, das ist wahr. Und ich freue mich über ihre Besuche. Abgesehen davon, dass sie mir jedes Mal auf den Küchentisch kackt.«

»Was bedeutet, dass sie Ihr Haus als Zufluchtsrevier anerkennt. Und damit markiert sie es. Wischen Sie den Kot nicht in ihrer Gegenwart weg. Das würde sie verletzen, Adamsberg, aus psychologischer Sicht gesprochen.«

»Kann man denn eine Taube in ihrer Psyche verletzen?«

»Selbstverständlich.«

»Aber zurück zu dem Wort ›Taubenschlag‹. Meine Rettungsaktion bei dieser Taube, Doktor, liegt schon eine Weile zurück.«

»Was Sie vermutlich so getroffen hat, ist die Fesselung ihrer Füße. Die Tatsache, dass sie zur Gefangenen gemacht wurde. Das hat mit Ihrer Ermittlung über die eingesperrten Mädchen zu tun. Sind Sie denn auf einen solchen Fall gestoßen?«

»Ja, einen ganz entsetzlichen, vor neunundvierzig Jahren. Ich denke, dass eins der beiden Mädchen die Mörderin ist.«

»Und es bedrückt Sie, dass Sie sie am Ende vielleicht verhaften müssen. Sie wieder in einen Käfig, in einen Taubenschlag sperren müssen, diesmal mit eigenen Händen.«

»Genau.«

»Und das ist normal. Von daher die Vermeidung. Es gibt natürlich noch eine andere, wenn auch weniger naheliegende Möglichkeit.«

»Die wäre?«

»Das Wort *pigeon*, Taube, hat noch eine zweite Bedeutung: Es ist einer, der sich reinlegen lässt. Ein Betrogener. Vielleicht fürchten Sie, dass man Sie an der Nase herumführt. Ihnen einen Bären aufbindet. Doch damit diese – Ihnen allerdings unbewusste – Eventualität Sie so tief verletzt, dass Sie bereits das Wort ›Taubenschlag‹ vermeiden, müsste es sich um eine Person handeln, die Ihnen nahesteht. Um einen Verrat. Aus Ihrem allernächsten Umfeld, der Brigade.«

»Ich bin von meinem ältesten Mitarbeiter verraten worden, aber seinen Fall habe ich geklärt.«

»Und wie?«

»Indem ich die Haltung zerschlagen habe, in der er sich verfangen hatte.«

»Und wie?«

»Ich habe ihm eins in die Fresse gehauen.«

»Das nenne ich eine zügige Methode. Und hat sie gewirkt?«

»Absolut. Er ist wieder zu sich gekommen.«

»Eine Therapie, die ich allerdings nicht anwenden kann«, bemerkte der Psychiater und ließ sein dröhnendes Lachen hören. »Aber bleiben wir ernst. Exit Ihr Mitarbeiter. Denken Sie an andere Mitglieder Ihrer Mannschaft. Vielleicht befürchten Sie, dass einer von denen Ihnen nicht alle Informationen gegeben hat. Im Grunde könnte man doch sogar wünschen, dass der Mörder dieser Dreckskerle davonkommt. Weil man der Meinung ist, dass er verdiente Rache nimmt?«

»Nein«, sagte Adamsberg, »daran will ich nicht denken.«

»Ich sprach ja von zwei möglichen Auslösern. Entweder die Vorstellung, dem verwundeten Tier erneut die Fesseln anlegen zu müssen, oder der Verrat einer Ihrer Leute. Das Nachdenken darüber, Adamsberg, überlasse ich Ihnen.«

»Nachdenken kann ich nicht.«

»Dann schlafen Sie.«

Verwirrt setzte der Kommissar sich wieder an seinen Platz. Er notierte beide Hypothesen des Mediziners in sein Heft. Die kleine Eingeschlossene aufs Neue in Ketten legen, selbst wenn sie schwachsinnig und eine Mörderin geworden wäre? Sie ins Gefängnis werfen, damit sie ihre Tage genauso beendet, wie sie sie begonnen hatte? Ihr letzter Kerkermeister werden? Ihr letzter Monsieur Seguin? Er versuchte, seinen Job zu machen, er versuchte, nicht daran zu denken. Nicht daran denken zu müssen, weil es zu schmerzlich war: die Vermeidung.

Er zwang sich, die zweite Hypothese ins Auge zu fassen. Dass einer aus seiner Mannschaft den Kurs des Schiffes umlenkte, wie schon Danglard es versucht hatte. Wer hatte die Daten recherchiert? Froissy und Mercadet: Weder die eine noch der andere fand auch nur das Geringste über die Schwestern Seguin. Oder behauptete, nichts zu finden. Voisenet, Justin, Noël und Lamarre während der Beschattung: Sie hatten versichert, dass keiner aus der Bande der Opfer am Abend von Vessacs Ermordung nicht zu Hause war. Daraufhin hatten sie die Spur aufgegeben. Und Retancourt natürlich. Die die Mörderin von Torrailles und Lambertin verfehlt hatte. Es kam selten vor, dass Retancourt etwas verfehlte. Warum hatte sie nicht in Erwägung gezogen, dass der Mörder *im* Haus sein könnte, statt von außen zu kommen? Doch er selbst hatte ja einige Zeit gebraucht, bis er auf das Betäubungsgewehr gekommen war. Weshalb er ihr auch keinerlei Hinweis in dieser Richtung gegeben hatte. Ein paar Stunden später hätte er vermutlich angeordnet, dass Torrailles und Lambertin in einem geschlossenen Raum unter Polizeischutz zu isolieren seien. Es war sein eigener Fehler.

Dennoch hatte sie sich verteidigt und entschuldigt, sie hatte geschrieben: »Es tut mir leid«, und auch das sah ihr nicht ähnlich. Nein, bitte nicht Retancourt, gib, dass Retancourt mich nicht verschaukelt.

Am Abend ging Adamsberg in der fast ausgestorbenen Brigade vorbei, um einen Nachforschungsantrag zum Totschlag von Eugène Seguin 1967 in Nîmes an das Archiv zu richten. Er machte sich keine großen Illusionen über die Bereitschaft der entsprechenden Dienste, darauf einzugehen, zumal ohne offizielle Unterstützung von höherer Seite. Eine Axt in einem der Kartons zu finden, die seit neunundvierzig Jahren dort lagerten, würde eine zeitaufwendige Angelegenheit sein. Die Haarproben und der Teelöffel gingen mit Eilboten ins Labor, mit der persönlichen Bitte um dringliche Erledigung, gerichtet an Louvain, einen der Granden der DNA-Abteilung.

Er hinterließ den diensthabenden Beamten vom Sonntag ein paar Hinweise zur Versorgung der Amseln, bat Veyrenc, einen Bericht über die Ereignisse in Lédignan für die Mannschaft zu schreiben. Gardon am Empfang gestand ihm etwas betreten, dass er sich außerstande fühle, zappelnde Würmer in die Erde zu streuen. Estalère sprang mit Freude für ihn ein. Er hatte tags darauf frei, aber er würde am Morgen und am Abend vorbeikommen und die Würmer, den Cake und die Himbeeren verteilen.

Estalère hatte keinerlei Recherchen angestellt. Auf Estalère konnte er sich verlassen wie auf einen eigenen Sohn.

41

Adamsberg wurde sich bewusst, dass es kein einzelner »Proto-Gedanke« war, der in seinem Denken herumgeisterte, sondern ein ganzer Schwarm von Gasbläschen – aber natürlich gab es das –, von denen manche so klein waren, dass man sie kaum erkennen konnte. Er fühlte, wie sie in verschiedene Richtungen davonschossen und ihre Flugbahnen immer wieder zusammenbrachen. Da sie sich mit zwei ungelösten Fragen herumschlagen mussten – bestimmt waren es noch mehr –, hatten die Bläschen keine größere Chance, einen Weg zu finden, als einer, der schielt. Oder als besagter Typ, der zwei Hasen gleichzeitig hinterherjagt – warum, weiß keiner, es sei denn, er ist ein kompletter Idiot – und alle beide verfehlt.

Wie als Entgegnung auf das ausgelassene Toben dieser Bläschen, wie um ihre Geschäftigkeit zu verfolgen, ja sie vielleicht auszuspionieren, spielte er mit seiner Schneekugel. Er schüttelte sie und beobachtete das wilde Gestöber der weißen Partikel, wie sie auf das Stadtwappen von Rochefort herabfielen: einen fünfzackigen Stern, einen alten Wehrturm und einen Dreimaster mit geblähten Segeln.

Immer wieder dieses Schiff. Was hätte der eiserne Magellan mit einer Frau gemacht, die zugleich Märtyrerin und Mörderin gewesen wäre? Hätte er sie enthauptet und zerstückelt, wie es der Brauch damals forderte? An einem einsamen Strand zurückgelassen, wie er es mit einigen seiner Männer gemacht hatte, die ihn verrieten?

Zwei Bilder tauchten konstant auf seinem Weg auf: der Glockenturm von La Miséricorde und das Inklusorium vom Pré d'Albret. Aber nichts, oder fast nichts, deutete darauf hin, dass die Frau, die einst dort lebte, auch nur das Geringste mit der Mörderin zu tun hatte, die es geschafft hatte, in zwanzig Jahren zehn Männer zu beseitigen. Und dieses »fast nichts« kreiste immer wieder durch sein Denken: Die Schutzheilige von Lourdes hieß Bernadette. Die ältere der Seguin-Töchter hieß Bernadette. Hatte die Unmöglichkeit, fortan noch leben zu können, sie in die Gefilde der heiligen Namenspatronin getrieben, um sich unter ihrem Flügel von der Welt zurückzuziehen? Oder aber ihre jüngere Schwester? Die eine? Die andere? Oder Louise?

Die Nachrichten, die am nächsten Morgen aus dem Krankenhaus in Nîmes kamen, waren nicht gut. Die Ärzte gaben den beiden letzten »Gebissenen« nur noch zwei bis drei Tage. Die diesmal sehr detailliert durchgeführten Blutanalysen hatten eine Dosis Gift nachgewiesen, die annähernd das Zwanzigfache der Menge einer einzelnen Spinne betrug. Dr. Pujol hatte recht gehabt. Es brauchte den Inhalt von mindestens vierundvierzig Giftdrüsen, um einen Mann von mittlerer Statur umzubringen, folglich musste jemand die unfassbare Zahl von einhundertzweiunddreißig Einsiedlerspinnen auftreiben und sie dazu bringen, ihr Gift auszuspucken. Und wie?

Auch seine persönliche Einsiedlerin in Lourdes gab nicht mehr her. Die Theorie Gift gegen Gift, Fluid gegen Fluid überzeugte Adamsberg nicht völlig. Mit Schlangen, ja, warum nicht? Aber mit Spinnen? Es brauchte einen noch stärkeren Beweggrund, um sich für eine so komplizierte Tötungsart zu entscheiden. Und seit diese grauenerregende

Frauengestalt aus den Urgründen seines Gedächtnisses wiederaufgetaucht war, schien allein ein tatsächliches Eingemauertsein ihm ein solches Wahnsinnsunternehmen zu rechtfertigen. Allein der Status einer *Rekluse* konnte erklären, dass diese Frau sich in der Spinne gleichen Namens verkörpert sah, die mit ihr in ihrem finsteren Verlies lebte. Während gleichzeitig ihre physische Veränderung – ihre Nägel, die zu Krallen wurden, ihr mähnenartiges Haar, die sie einem wilden Tier immer ähnlicher werden ließen – ihre Metamorphose in ein Tier verdeutlichen konnte, ein Tier mit einem starken, flüssigen Gift, das sich durch Penetration übertrug. Das war ihre Waffe, sie hatte gar keine Wahl.

Eine beklemmende Vorstellung, die aber noch flüchtiger war als eine Gasblase und durch nichts auch nur annähernd Faktisches gestützt wurde. »Wacklig«, hatte Martin-Pécherat erklärt. Martin-Pécherat, mein Gott, was für ein Name!

Es war sinnlos, vor Ort Auskünfte erhalten zu wollen. Diese Frau war seinerzeit mit heiligem Schweigen umgeben worden und war es noch immer. Ihr Geheimnis, ihre Identität, sie wurden mit ihr vergraben.

Vergraben. Wozu war er mit einem Archäologen befreundet, wenn er bisher noch nicht auf den Gedanken gekommen war, die Wahrheit ebenjener Erde zu entreißen, wo sie gelebt hatte? Er packte in Eile ein paar Sachen ein, steckte sich die Schneekugel in die Tasche und erwischte noch den Zug 10.24 Uhr nach Lourdes. Aus der Schleuse zwischen den Wagen rief er Mathias, den Prähistoriker, an und erkundigte sich nach dem Stand der Dinge: Mathias würde den Sommer über auf einer Fundstätte aus dem Solutréen arbeiten; Lucien mehrte seinen Ruf als Spezialist des Ersten Weltkrieges; Marc, der Mann fürs Mittelalter, teilte seine Zeit immer noch zwischen Vorlesungen an der Universität und dem Bügeln von Wäsche; die Scharfzüngigkeit seines Paten, des alten Polizisten Vandoosler, hielt sich noch immer auf hohem Niveau, und Marc klaute noch immer Lebensmittel, speziell Hasen und Langusten.

»Ich glaube, das wird er nie lassen«, meinte Mathias. »Aber Lucien bereitet sie auch vollendet zu. Worum geht es?«

»Um eine Grabung. Wird nicht bezahlt, aber ich kann mir vielleicht was einfallen lassen.«

»Wenn es für dich ist, will ich keine Kohle. Du bist an einem Mord dran?«

»An zehn Morden. Sechs davon im Laufe des letzten Monats.«

»Und? Es geht um Gräber, die zu öffnen sind?«

»Nein, ich suche den Ort, an dem mal ein alter Taubenschlag gestanden hat.«

»Den Baugrund? Was suchst du da, Kot?«

»Nein, dort hat mal eine Einsiedlerin gelebt, fünf Jahre lang. Vor langer Zeit, du warst noch nicht geboren. Und ich selbst noch ein Kind.«

»Du meinst, eine echte Rekluse?«

»Eine echte, wie im Mittelalter.«

»Und was soll dieser Boden dir verraten?«

»Die Identität dieser Frau. Dazu werde ich deine Hilfe brauchen. Ich kann Männer besorgen, die das Gras und den Humus abtragen. Aber danach? Um den Boden ihres ›Habitats‹ zu untersuchen, an wen soll ich mich da wenden? An Polizisten? Ich versichere dir, das Areal kann nicht größer als vier Quadratmeter sein.«

»Klar, sie wird sich nicht in einer Drei-Zimmer-Wohnung eingeschlossen haben, wenn sie, wie du sagst, tatsächlich eine Rekluse war.«

»Aber ich brauche eine sehr feine Grabung, Mathias. Bei der nicht verunreinigte Proben von Haaren und Zähnen für die DNA gewonnen werden können.«

»Kein Problem«, meinte der Hüne Mathias in aller Gelassenheit.

»Haare werden sich jede Menge finden. Aber nach so vielen Jahren in einem feuchten Umfeld werden die Haarwurzeln zerstört sein. Und selbst der Schaft kann beschädigt sein. Ich setze eher auf die Zähne, deren Pulpa geschützt liegt.«

»Wieso hoffst du, Zähne zu finden?«

»Weil ich sie gesehen habe.«

»Du hast sie gesehen?«

»Ihr Mund war weit aufgerissen. Und da drin hatte sie nur noch ein paar verfaulte Stummel.«

»Skorbut? Die alte Seefahrer-Krankheit?«

»Das habe ich mich auch gefragt.«

»Für wann planst du die Grabung?«

»Sobald du kannst. Ich bin schon auf dem Weg dahin, um die genaue Stelle ausfindig zu machen. Ich weiß zwar, wo die Wiese liegt, aber sie ist an die vier Hektar groß.«

»Wurde der Taubenschlag abgerissen?«

»Gleich nachdem sie raus war.«

»Eines solltest du wissen bei deiner Querfeldeinsuche. Wenn der bebaute Grund nicht sehr tief reicht, beeinflusst er das nachfolgende Wachstum und die Art der Vegetation. Selbst noch nach zweitausend Jahren.«

»Das hattest du mir schon mal gesagt.«

»Unter dem Humus wird es Schuttreste von dem alten Taubenschlag geben, in einem Kreis. Und auf diesem Schutt wächst Gras schlecht. Rechne damit, auf Brombeergestrüpp, Brennnesseln, Disteln zu stoßen. Such also nach einem

Kreis, der bewachsen ist mit dem, was man so landläufig
›Unkraut‹ nennt.«

»Alles klar.«

»Und im Innern dieses Kreises hast du jede Menge Exkremente und organische Abfälle und darauf nun eine reiche
Vegetation, richtig sattes Gras, sehr dicht, sehr grün. Kannst
du dir das vorstellen?«

»Eine kreisförmige Rasenfläche mit einem Rand aus
Brennnesseln.«

»Genau. Und damit du sie nicht übersiehst, betrachte die
Wiese nicht von oben. Beug dich etwas herunter und geh
mit dem Blick seitlich über die Oberfläche. Dann wirst du
sie entdecken. Ich komme mit dem Material nach. Wo ist
es?«

»Ungefähr sechs Kilometer vor Lourdes.«

»Mit dem Kleintransporter rechne zehn bis elf Stunden,
bis ich da bin. Abfahrt morgen.«

»Ich danke dir.«

»Täusch dich mal nicht, es interessiert mich auch.«

Es war fast acht Uhr abends, als Adamsberg vor dem Pré
d'Albret hielt. Er hatte zunächst nach einer Unterkunft gesucht, aber ganz Lourdes und Umgebung waren ausgebucht.
Hier reservierte man Monate im Voraus. Er rief Mathias an.

»Ich bin auf dem Manövergelände angekommen. Kannst
du Camping-Ausrüstung mitbringen? Es gibt hier nirgendwo
eine Möglichkeit zu übernachten.«

»Für wie viel Mann?«

»Dich, mich und zwei meiner Leute. Oder vielmehr dich,
mich, zwei meiner Leute, davon eine Frau, die so viel wert
ist wie zehn Männer. *Falls* sie kommen.«

»Wird gemacht. Und du sieh zu, wo du Schutzanzüge,

Handschuhe und den ganzen übrigen Dekontaminations-
kram auftreibst. Siehst du schon was?«

»Ich fange gerade erst an, und ich habe Hunger. Was gibt's
bei euch heute Abend zu essen?«

»Hasenragout mit Hummer, nehme ich an. Und bei dir?«

»Spinat, gekocht in Weihwasser aus Lourdes, nehme ich
an.«

»Warum bist du allein dort, ohne jemanden, der dir
hilft?«

»Weil ich niemandem etwas davon gesagt habe. Noch
nicht.«

»Du hast dich nicht verändert, das kommt mir entgegen.«

Adamsberg entschied sich, das Terrain nach Augenmaß
in acht Bahnen zu unterteilen, und begann das Wiesenstück
abzuschreiten, mit vorgeneigtem Oberkörper, wie Mathias
ihm geraten hatte. Das Gras stand nicht sehr hoch, eine
Schafherde war vor Kurzem hier durchgezogen und hatte
eine Menge Köttel hinterlassen. Was ihn an ein islän-
disches Schaf erinnerte, das mit einem Huftritt sein Handy
in einem solchen Häufchen Köttel versenkt hatte. Um neun
Uhr, als es zu dunkeln begann, beendete er seine Suche und
fuhr auf die Straße nach Lourdes, wo er eine Fernfahrer-
gaststätte fand, die von den Pilgern verschont geblieben war.
Er speiste eine üppige Portion Ragout mit einem kräftigen
Côtes-du-Rhône und fragte sich auf einmal, ob seine spontane Entscheidung vom Morgen, den Abfall der Rekluse
zu durchsuchen, wirklich durchdacht war. Er rief Veyrenc
an, damit wenigstens einer aus der Brigade über seine Abwesenheit informiert war. Als Louis abhob, erkannte er die
Geräuschkulisse des Restaurants.

»Du bist in der *Garbure*?«

»Komm her. Ich fange gerade erst an.«

»Dafür bin ich ein bisschen zu weit weg, Louis. In einer Fernfahrerkneipe in der Nähe von Lourdes.«

Kurzes Schweigen, Estelle servierte dem Lieutenant das Essen.

»Du suchst nach Spuren deiner Rekluse?«

»Ich schreite ihre Wiese ab, ungefähr vier Hektar groß.«

»Und wie hoffst du die Stelle zu finden?«

»Mit dem bloßen Auge. Auf altem Bauschutt wächst Gras schlecht nach, aber es sprießt saftig grün und dicht auf einem Boden, der mit organischer Materie gesättigt ist.«

»Woher weißt du so was?«

»Von einem Archäologen-Freund.«

»Du hast die Absicht zu graben?«

»Ja.«

»Um was zu finden?«

»Ihre Zähne.«

»Und du hast keinem was davon gesagt?«

»Nein.«

»Fürchtest du die Reaktion von Danglard?«

»Ich fürchte, dass sie der Sache überdrüssig sind. Wir sind jetzt schon zum zweiten Mal gescheitert. Das erste Mal, als wir die Spur der von der Spinne gebissenen Jungs aufgeben mussten. Wenn es denn die richtige Entscheidung war. Das zweite Mal mit den sechs Giftmorden, die wir nicht haben verhindern können. Ich werde sie jetzt nicht um ihre Unterstützung bitten, um die Überreste einer Rekluse auszubuddeln, die nichts mit den Morden verbindet, nur weil ich sie als Kind gesehen habe. Nichts außer diesen beiden Wörtern: ›Bernadette‹ und ›Rekluse‹.«

»Na gut. Was meintest du mit: ›Wenn es denn die richtige Entscheidung war‹? Im Zusammenhang mit den gebissenen Kindern.«

»Danglard ist zum Verrat fähig gewesen, um seinen Schwager zu schützen. Wer sagt dir, dass nicht ein anderer es ebenso gemacht hat? Können wir so sicher sein, dass keiner der gebissenen Männer zum Zeitpunkt von Vessacs Ermordung seinen Wohnort verlassen hatte?«

»Du sprichst von Beamten der Brigade?«

»Wem sonst.«

»Danglard hatte einen der Gebissenen in seiner Familie, so einen Fall wird es ja nun nicht gleich ein zweites Mal geben.«

»Ich spreche nicht von familiären, sondern einem ethischen Motiv: der Weigerung, die Mörderin zu verhaften. Ich bin gezwungen, es mich zu fragen, denn ich frage mich ja selbst, was werde ich tun, wenn ich sie kriege. Falls ich sie finde. Sollte sich auch das wieder als geschlossene Bucht erweisen, dann kehren wir um und nehmen uns noch einmal die Spur der Gebissenen vor. Von Anfang an haben Petit Louis und auch die anderen alle kapiert, was vor sich ging. Aber nicht einer von ihnen hat die Polizei verständigt, um die letzten alten Männer zu retten.«

»Weil sie einen der Ihren schützten.«

»Oder aber die Mörderin. Vielleicht wissen sie, wer sie ist.«

»Es wäre müßig, sie zu quälen, sie werden alle schweigen. Es ist ja keiner mehr da, der umzubringen wäre. Die Spur ist kalt.«

Adamsberg hielt einen Moment inne, dann zog er sein Notizbuch aus der Tasche.

»Was sagtest du gerade eben?«

»Dass die Spur kalt ist.«

»Nein, davor. Du hast irgendwas ganz Banales gesagt, wiederhole es mir bitte noch mal.«

»Dass sie in jedem Fall alle schweigen werden. Weil ja keiner mehr da ist, der umzubringen wäre.«

»Danke, Louis. Verständige im Moment noch niemanden. Es wäre sinnlos, bevor ich nicht die Genehmigung der Gemeinde habe, zu graben. Was keineswegs sicher ist, das Fleckchen steht unter Naturschutz und ist vollkommen unberührt. Ich vermute, niemand hat es damals kaufen und seinen Nutzen aus einem heiligen Boden ziehen wollen. Und das ist noch heute so. Nur Schafherden ziehen manchmal drüber, aber wahrscheinlich stellen Schafe keine Beleidigung des Göttlichen dar, als Lämmer des Herrn sozusagen oder so was Ähnlichem.«

Adamsberg hatte nicht die Absicht, bis nach Pau zu fahren, um auch dort nur ausgebuchte Hotels zu finden. Er parkte seinen Wagen erneut am Rande des Pré d'Albret, klappte die Rückenlehne von seinem Sitz herunter, so dass eine Liege entstand. Er nahm die Schneekugel aus seiner Tasche und ließ die Partikel im Licht eines gerade erst abnehmenden Mondes tanzen. Er wiederholte sich jenen letzten Satz, auf den eine seiner herumirrenden Gasblasen gestoßen war: »Es ist ja keiner mehr da, der umzubringen wäre.« Die andere Kleinigkeit, die ihn irritiert hatte, hatte er gelöst, sie war ohne Bedeutung: Es handelte sich um den Namen des Psychiaters, Martin-Pécherat. Er hatte sich gefragt, ob der Mediziner mit seinen direkten Fragen und genauen Vorschriften nicht auf ihn herabstieß wie auf eine Beute. Aber er irrte sich. Es war nur sein Name gewesen, der die Vorstellung vom *martin-pêcheur*, dem schnellen Eisvogel, in ihm erweckt hatte. Völlig uninteressant, dieser Proto-Gedanke konnte verlöschen.

Er richtete sich, so gut es ging, in seinem Auto ein, ein

bisschen verdrießlich gestimmt und umschwirrt von seinen Gasblasen, die unentwegt, allein und ohne Hilfe, auf unbekannten Wegen patrouillierten. Selbstverständlich waren da diese Haare in der Rumpelkammer. Und selbstverständlich verband alles Louise Chevrier mit den Morden. Doch seit zwei Tagen nagte etwas am Kern seiner Überzeugung. Dieses Etwas verbarg sich in den Blasen, da war er sicher. Aber über diesen Punkt kam sein Denken nicht hinaus. Wann hatte die Überzeugung zu verblassen begonnen? Nach Retancourts Besuch bei Louise? Nein, vorher. Und doch war es auch ein Satz von Retancourt, der einige Unruhe in ihm ausgelöst hatte. Er überlas noch einmal ihre letzte Nachricht. *In ihre Räume konnte ich nicht gehen, alles hier knarrt.* Genau, dieser Satz war es, und vor allem die letzten Worte: *alles hier knarrt.* Adamsberg zuckte die Schultern. Natürlich knarrte es überall. Wie auch Magellans Schoner *Santiago* mit allen seinen Masten und Planken geknarrt haben musste, bevor er an einer schwarzen Felswand in einer geschlossenen Bucht zerschellte. Und doch notierte er in sein Heft: *Alles hier knarrt.*

Noch etwas anderes, leicht Beunruhigendes stand in Retancourts Nachricht: *aber das quasselt und gurrt in einem fort, nicht so mein Ding.*

Gurrt. Da war er wieder bei der Taube. Er schrieb den Teil, der ihn interessierte, sorgfältig ab: *das gurrt in einem fort.* Dann schloss er sein Heft fast mit Abscheu.

42

Gleich um sechs Uhr morgens, mit schmerzenden Gliedern nach der im Auto verbrachten Nacht, machte sich Adamsberg auf den Weg zu einem Bach, der nicht weit entfernt auf seiner Karte eingezeichnet war. Er kam an einem Café vorbei, das gerade die Rollläden hochzog, fand es aber angebracht, sich erst zu waschen und frische Sachen anzuziehen, bevor er es betrat.

Das Bächlein war klar und eiskalt, aber Adamsberg liebte klares Wasser, und Kälte machte ihm nichts aus. Als er sauber und korrekt gekleidet war, die Haare noch feucht, bestellte er sich ein Frühstück im Dorfcafé, wo er der erste Gast an diesem Morgen war. Das kühle Bad hatte seine düsteren Gedanken fortgespült, aber an dem Schneegestöber, das seine Jackentasche beschwerte, spürte er, wie die Gasblasen gähnten, sich streckten und ihren ungewissen Tanz allmählich wieder aufnahmen. Er schlug sein Notizheft auf und notierte: *Martin-Pécherat = martin-pêcheur, der Eisvogel. Angelegenheit erledigt.* Und unterstrich Letzteres mit einer entschiedenen Geste. Während er zum Auto zurückging, es war inzwischen halb acht, erhielt er eine Nachricht von Veyrenc.

– *Brauchst du Hilfe? Ich kann um 14.22 Uhr in Lourdes sein.*

– *Ich hol dich ab. Lad die Batterie von deinem Telefon auf. Übernachten kann man hier nirgends. Ich schlafe*

im Auto, wasche mich in einem Bach, esse in einer
Fernfahrerkneipe. Ist dir das recht?
– Absolut. Einiges zur Steigerung unseres Komforts
bringe ich mit.
– Nimm zwei Overalls und das übliche Dekonta-
minationszeug mit.
– Und Klamotten zum Wechseln.
– Ich bitte darum.

Punkt acht Uhr betrat Adamsberg das Rathaus von Lourdes, zu dem der Pré d'Albret gehörte. Zwei Stunden später war er keinen Schritt weiter, zwar verstand man sehr gut sein Problem und seine Bitte, aber es bedurfte der persönlichen Einwilligung des Bürgermeisters. Und der Bürgermeister war nicht erreichbar. Montagmorgen, das Räderwerk der Woche kam schwer in Gang, hier und da hakte es. Ausgesprochen liebenswürdig erklärte der Kommissar, dass man den Bürgermeister durchaus nicht zu stören brauche, sondern sich gleich an den Präfekten des Departements Hautes-Pyrénées wenden könne mit dem Hinweis, dass der Bürgermeister von Lourdes zurzeit nicht erreichbar sei, es sich aber um ein höchst dringliches Ersuchen im Rahmen einer polizeilichen Angelegenheit handle, die bereits zehn Menschenleben gekostet habe. An dem Punkt beschleunigten sich die Dinge, und zehn Minuten später verließ Adamsberg das Rathaus mit dem Papier in der Hand.

Auf der Rückfahrt stürzte er einen weiteren starken Kaffee herunter, kaufte Wasser und ein Sandwich und setzte seine Erkundung des Wiesengeländes im ersten Viertel der zweiten Bahn fort. Um ein Uhr mittags war er mit der dritten Bahn fertig, ohne die geringste Anomalie in der Vegetation festgestellt zu haben. Möglich, dass, so wie er das Wort

»Taubenschlag« hatte vergessen können, sein Verstand sich nun weigerte, dessen Standort zu finden, und dass er sah, ohne zu sehen. Er setzte sich in den Schatten, um einen Imbiss zu verzehren, den Froissy mit Verachtung gestraft hätte, vor allem den pestizidverseuchten Apfel. Wieder musste er an Louise Chevrier denken. Er rief das Labor an und verlangte Louvain zu sprechen.

»Ich weiß, Louvain, du bist überlastet. Hier Adamsberg.«

»Freut mich, dich zu hören. An welcher Sache bist du dran?«

»An zehn Mordfällen?«

»Zehn?«

»Davon die letzten sechs innerhalb eines Monats.«

»Davon habe ich nichts gehört. Und immerhin wüsste ich davon.«

»Du weißt auch davon. Es handelt sich um jene Todesfälle durch das Gift der Einsiedlerspinne.«

»Die alten Männer da unten im Süden? Das sind Morde?«

»Aber behalt es für dich.«

»Warum?«

»Weil niemand mir abnehmen wird, dass man mit dem Gift dieser Spinne einen Menschen umbringen kann. Ich kann die Morde nur mit einer DNA beweisen.«

»Du willst sagen, dass deine Leitung nichts von deiner Ermittlung weiß?«

»Nein, weiß sie nicht.«

»Und diese Proben, die Haare, den Löffel, hast du dir auf unlautere Weise besorgt.«

»So ist es.«

»So dass du jetzt auch von mir eine ungesetzliche Analyse verlangst? Die ich nicht in meine Berichte aufnehmen kann?«

»Du hast, es ist schon ein paar Jahre her, in deinem Labor in deinem eigenen Fall eine geheime Nachforschung zu einer Vaterschaftsklage anstellen lassen, um der Unterhaltsforderung der Mutter ein Ende zu setzen, die dir mit den schlimmsten Unannehmlichkeiten drohte. Und tatsächlich warst du auch nicht der Vater. Ungesetzlich, würdest du sagen?«

»Aber natürlich.«

»Nun, dann stell dir vor, meine Leitung wäre eine nervige, widerspenstige Mutter – was sie in der Tat ist. Dem muss ich ein Ende setzen.«

»Wir machen es, weil du es bist. Und weil die Mutter eine widerspenstige Person ist. Wir hatten deine Proben heute Morgen eingetragen, ich streiche sie aus den Registern. Ich kann dir gegen Abend ein partielles Ergebnis mitteilen. Damit du dir eine erste Vorstellung machen kannst.«

Während er nach Lourdes zum Bahnhof fuhr, hoffte Adamsberg, dass Louvains Ankündigung das beunruhigende Ballett seiner Gasblasen beenden würde. Aber dem war nicht so, und bei der Einfahrt des Zuges musste er sie mit Gewalt verscheuchen. Veyrencs Ankunft war ihm sehr willkommen: Das Gelände abzuschreiten hatte sich als schwieriger erwiesen, als vorauszusehen war, und das Gespräch mit ihm half ihm dabei. Veyrenc machte mitunter scheinbar banale, achtlos hingeworfene, wenn nicht gar dämliche Bemerkungen, die aber bewirkten, dass sie ihn unmerklich aus seiner Versunkenheit rissen. Sei es, dass Veyrenc ihm zustimmte, vor allem wenn er ahnte, dass ein Weg sinnlos sein würde, sei es, dass er widersprach, debattierte, Adamsberg zwang, die Dinge auf das Einfachste zu reduzieren, sich anzustrengen in dem Bemühen, seine in der Erinnerung versunkenen

Überlegungen nach oben zu holen. Es gab ein griechisches Wort dafür.

Der Lieutenant stieg aus dem Zug mit zwei großen Koffern und einem hohen Trekkingrucksack.

»Luxusunterkunft, Luxusbad«, erklärte er mit Blick auf sein Gepäck. »Luxusbar, Luxusgrill. Nachttische habe ich keine mitgenommen. Was gibt's Neues?«

»Heute Abend werden wir mehr über unsere DNA-Analysen wissen. Unsere unlauteren Analysen.«

»Und wie hast du das angestellt?«

»Louvain ist im Augenblick da der Chef. Ich habe ihn ein bisschen bearbeitet, das ist alles.«

»*Auch der knorrige Baum*
trägt mitunter eine ebenmäßige Frucht.«

»Louis, jetzt, wo Danglard im Ruhemodus ist, übernimm bitte nicht du seine Zitatmanie. Sie hängt mir zum Halse raus.«

»Es ist einer von meinen eigenen Versen. Mit fehlerhaftem stummem ›e‹, wie Danglard hinzufügen würde.«

»Er sagt, dass deine Verse schlecht sind.«

»Sind sie auch.«

Sie luden die bleischweren Gepäckstücke ins Auto.

»Bist du sicher, dass du nicht doch Nachttische mitgenommen hast?«, fragte Adamsberg. »Oder Schränke?«

»Sicher.«

»Hast du schon gegessen?«

»Ein Sandwich im Zug.«

»Ich auch, aber unter einem Baum. Sag mal, wie nennt man gleich diese Art zu reden, die darin besteht, dass man den anderen unaufhörlich mit Fragen nervt, damit er ausspuckt, was er nicht zu wissen meint, aber doch weiß?«

»Mäeutik.«

»Und wer hat das erfunden?«

»Sokrates.«

»Wenn du mir also eine Frage nach der anderen stellst, praktizierst du dann diese Methode?«

»Wer kann das schon wissen«, Veyrenc grinste.

Dann machten sich beide Männer, der eine an die vierte, der andere an die fünfte Bahn, nachdem Adamsberg Veyrenc die Methode des Blickes dicht überm Boden erklärt hatte. Um neunzehn Uhr begann Adamsberg die sechste Bahn und Veyrenc die siebte. Eine Stunde später hob Veyrenc die Hand. Er hatte ihn, den Kreis. Mathias hatte recht gehabt. Dichter Graswuchs von fast übertrieben sattem Grün, drum herum ein Ring von hohen Gräsern, Disteln und Brennnesseln. Beide Männer rissen die Arme hoch wie zwei blödsinnig stolze Sieger, denn Veyrenc hatte die Klause nie ausgraben wollen, und Adamsberg fürchtete sie. Er stellte sich vor den Kreis und betrachtete die Umgebung.

»Ja, hier war es, Louis. Und hier«, er deutete mit dem Arm hin, »stand meine Mutter, als ich meine Nase an die Luke drückte. Die *fenestrelle*. Ich sage Mathias und Retancourt Bescheid.«

»Wie wirst du die Rollen verteilen?«

»Ganz einfach. Du, Retancourt und ich nehmen die Hacke und tragen den Humus ab, und Mathias wird den Baugrund durchsuchen.«

»Ich hätte es nicht besser sagen können. Heißt das, Retancourt kommt?«

»Keine Ahnung.«

»Na, dann sieh mal zu. Ich werde inzwischen was zum Abendessen besorgen.«

»Gehen wir nicht zu den Fernfahrern?«

»Nein.«

Ohne allzu anspruchsvoll in puncto Essen zu sein, schlang Veyrenc doch nicht alles mit der Achtlosigkeit von Adamsberg hinunter. Er fand, der Alltag war ohnehin schon schwierig und das Leben hart genug, um sich das flüchtige Glück einer guten Mahlzeit zu versagen.

Adamsberg schickte eine erste Nachricht an Mathias.

– *Standort gefunden. Fünf Kilometer, zweihundert Meter vor Lourdes, nimm die C14 Richtung Pau, sie macht einen Bogen um den Henri-Quatre-Weg. Den »Pré Jeanne d'Albret«, vier Hektar groß, findest du auf deiner topografischen Karte. Dort wirst du mein Auto stehen sehen, knallblau.*

– *Material schon an Bord. Ich fahre auf der Stelle los, Pause von fünf Stunden im Laufe der Nacht, erwarte mich gegen 11 Uhr morgens.*

– *Der eine meiner Männer bereits vor Ort. Die Frau morgen mit dem Zug 12.15 Uhr.*

– *Wer ist diese Frau, die so viel wert ist wie zehn Männer?*

– *Die Mehrzweck-Göttin der Brigade. Der Baum, der den Wald verdeckt. Shiva mit den achtzehn Armen.*

– *Acht Armen. Schön?*

– *Kommt auf den Standpunkt an. Wie bei jedem Zauberbaum ist die Rinde etwas rau.*

Danach kontaktierte er Retancourt, auch sie per SMS, um Akkukapazität zu sparen.

– *Archäologische Grabung. Ich bin vor Ort mit Veyrenc. Kommen Sie uns unterstützen?*

»Unterstützen«, dachte Adamsberg, wäre ein geeignetes Wort, um Retancourts immer auf der Lauer liegende Energie zu stimulieren. Aber so einfach war seine Mitarbeite-

rin nun auch wieder nicht gestrickt, und die Schale war
rau.

– *Grabung wofür?*

– *Die DNA unserer potenziellen Mörderin.*

– *Louise? Ich habe schon den Teelöffel gestohlen.*

– *Ich weiß.*

Lakonische Antwort, die für die Insider der Brigade
gleichbedeutend war mit Adamsbergs üblichem »Ich weiß
nicht«.

– *Was soll ausgegraben werden?*

Eine Frage, der er nun nicht mehr ausweichen konnte.

– *Ein ehemaliges Inklusorium. Eine Frau hat fünf
Jahre dort gelebt, nachdem sie eingesperrt und jahrelang vergewaltigt worden war.*

– *Wann?*

– *Als ich Kind war.*

– *Haben Sie deshalb Danglard gebeten, einen Vortrag
über die eingemauerten Frauen zu halten?*

– *Zum Teil.*

– *Und warum sollte diese Rekluse aus Ihrer Kindheit
ausgerechnet unsere sein?*

– *Kennen Sie viele Inklusorien aus dieser Zeit?*

– *Ich verstehe überhaupt nichts von Inklusorien.*

– *Bernadette Seguin oder ihre Schwester Annette, die
auch den Vornamen Louise trägt, könnte dort gelebt
haben. Wir sind nur drei Mann, und es wird eine
Menge Erde abzuräumen sein.*

– *Wann geht der Zug?*

Nicht das lächerliche Argument der beiden Seguin-
Mädchen hatte Retancourt schließlich überzeugt, das war
Adamsberg klar. Sondern diese Masse Erde, die bewegt wer-
den musste, mit nur drei Mann.

– 6.26 Uhr, Ankunft in Lourdes 12.15 Uhr. Sie werden
meinen Freund Mathias, einen Prähistoriker, kennen-
lernen.
– Sieht er gut aus, wenn ich schon komme?
– Ziemlich. Nicht sehr gesprächig. Bisschen raue
Schale, täuscht aber.

Die Befriedigung darüber, dass sie den Taubenschlag gefunden hatten – er wiederholte mehrmals das Wort –, hatte
das lästige Pulsieren der Gasblasen zur Ruhe gebracht.
Adamsberg machte sich auf, um Brennholz zu suchen. Dann
baute er seine Feuerstelle in ausreichender Entfernung
vom Taubenschlag und umgab sie mit Steinen. Es brauchte
seine Zeit, bis sich ein Glutbett bildete. Denn er war sicher,
Veyrenc würde keine Sandwichs, sondern Grillfleisch mitbringen.

Während er das Feuer überwachte, schlug er sein Notizbuch auf. Die Pause würde nicht von langer Dauer sein. Er
las die Sätze, die er in der Hoffnung auf ein Zerspringen
der Gasblasen dort niedergeschrieben hatte, in derselben
Reihenfolge noch einmal durch. So wie man seine Lektion
wiederholt, ohne auch nur ein Sterbenswörtchen davon zu
begreifen.

Taubenschlag, das Wort ist mir nicht eingefallen.
Vermeidung: Angst vor der Fessel (die gefesselte
Taube) oder aber die Angst, hintergangen zu werden.
(Psychiater)
Es ist ja keiner mehr da, der umzubringen wäre.
(Veyrenc)
Alles hier knarrt. (Retancourt)
Das gurrt in einem fort. (Retancourt)

Martin-Pécherat = martin-pêcheur, der Eisvogel.
Angelegenheit erledigt.

Eigentlich erinnerte diese Liste eher an eine esoterische Beschwörungsformel, ein Mantra, als an irgendeine Sinnsuche. Vielleicht waren die Gasblasen ja nur aufgeregte Teilchen auf der Suche nach Mystik und nicht nach einer pragmatischen Lösung im Rahmen einer polizeilichen Ermittlung. Vielleicht waren sie jenes Körnchen Wahnsinn, von dem jeder spricht, ohne genau zu wissen, was das ist. Aber vielleicht kümmerten sie sich auch einen Scheißdreck um seine Arbeit. Oder um Arbeit im Allgemeinen. Vielleicht spielten sie, tanzten wie jener träumende Schüler, gaben sich den Anschein fleißiger Blasen, um ihren Spion zu täuschen. In dem Fall ihn, der annahm, sie seien eifrig bei der Arbeit, während sie sich in Wirklichkeit einen Lenz machten.

Das Glutbett war so weit, als Veyrenc mit seinen Einkäufen zurückkam und sich sogleich an die Arbeit machte.

»Schönes Feuerchen«, meinte er anerkennend. »Wichtig bei einem Feuer ist seine Harmonie. Davon hängt seine Effizienz ab.«

Er legte einen großen Grill auf das glimmende Holz, verteilte Kotelettrippchen und Würste darauf, zündete einen Camping-Kocher an, um die Dosenbohnen zu erhitzen.

»Tut mir leid wegen dem Gemüse«, sagte er, »aber ich werde hier nicht noch Erbsen auspulen oder Speck schneiden.«

»Es ist alles bestens, Louis.«

»Auch Stielgläser habe ich nicht mitgebracht. Wozu den Wein ins Gras schütten.«

Bis auf den Ärger mit seiner Liste esoterischer Mantras und seinen schuleschwänzenden Blasen empfand Adamsberg tiefe Zufriedenheit, als er den Duft des Gegrillten einzog und die Organisation ihres Camps betrachtete. Er sah zu, wie Veyrenc Teller und Besteck verteilte, Froissy hätte es nicht besser machen können, zwei Gläser aus seinem Rucksack nahm und ins Gras drückte und eine Flasche Madiran entkorkte.

»Trinken wir auf das beinahe schon ausgegrabene Inklusorium«, sagte er und füllte die Gläser.

Er salzte, pfefferte und servierte Fleisch und Gemüse. Beide aßen sie eine gute Weile schweigend.

»Auf das fast schon ausgegrabene Inklusorium«, wiederholte Adamsberg. »Also, du glaubst daran?«

»Vielleicht.«

»Jetzt gibst du den Mäeutiker.«

»Die Kunst besteht darin, dass du nie wissen kannst, wann ich ihn gebe und wann nicht.«

Adamsbergs Telefon zirpte im Gras. Eine neue Nachricht. Es war halb zehn. Adamsberg beugte sich in die Dunkelheit, um das Gerät zu greifen.

»Du sagst, wir seien alle neurotisch, aber Handys sind es auch, das steht fest.«

Er fand das Telefon und hob die Hand.

»Es ist Louvain«, sagte er mit plötzlicher Nervosität. »Die Ergebnisse der DNA.«

Er wartete zwei Sekunden, bevor er die Taste drückte. Las schweigend. Gab das Telefon dann an Veyrenc weiter.

– *Partielle Analyse fragmentarischer, aber dennoch repräsentativer Abschnitte von Haaren und Löffel. Keinerlei Übereinstimmung. Morgen, nach vollständiger Analyse, kann ich vielleicht einen Cousin dritten, vierten, fünften Grades finden. Hilft dir das oder enttäuscht es dich?*

– *Ich habe es erwartet*, antwortete Adamsberg, die Tasten in der Dunkelheit eher erahnend. *Danke*.

Er reichte Veyrenc den Apparat. Das helle Display tauchte das Gesicht des Béarners in ein bläuliches Licht, das es wieder hart und wie gemeißelt erscheinen ließ.

Adamsberg nahm sein Notizbuch, und beim Licht des neu geschürten Feuers schrieb er auf die Seite mit dem Vermerk über die Blasen: *Auf die negative DNA hin habe ich Louvain geantwortet: »Ich habe es erwartet.« Keine Ahnung, warum ich das geschrieben habe.*

Veyrenc stand wortlos auf, stellte Teller, Besteck und Kochtopf ineinander und räumte sie auffallend zögernd weg.

»Wir waschen das alles morgen im Bach ab«, sagte er mit unbeteiligter Stimme.

»Ja. Jetzt in der Nacht gehen wir nicht mehr dahin«, erwiderte Adamsberg im gleichen wie weit entfernten Ton.

»Spülmittel habe ich mitgebracht. Umweltfreundliches.«

»Das ist gut für den Bach.«

»Ja. Das ist sehr gut für den Bach.«

»Nach dem Kaffee gehen wir dahin. So nehmen wir alles auf einmal mit.«

»Das ist in der Tat das Beste. So sparen wir uns einen Weg.«

Dann hockte Veyrenc sich wieder in den Schneidersitz, und beide Männer schwiegen erneut.

»Wer fängt an?«, fragte Veyrenc nach einer Weile.

»Ich«, sagte Adamsberg. »Es war meine Idee, und ich bin es, der sich geirrt hat. Na dann, auf die zweite geschlossene Bucht«, setzte er hinzu und hob sein Glas.

»Moment, Jean-Baptiste. Wer sagt dir, dass nicht doch Louise geschossen, aber die Haare einer anderen hingelegt hat?«

»Niemand. Die Analyse liefert ihr noch kein Alibi.«

Adamsberg streckte sich, auf einen Ellbogen gestützt, ins Gras und tastete in die Dunkelheit. Heute Nacht leuchtete ihnen kein Mond. Er zog sein Jackett zu sich heran und entnahm ihm zwei geknickte Zigaretten, die er mit den Fingern glättete. Eine davon reichte er Veyrenc und griff sich einen glimmenden Zweig, um sie anzuzünden.

»Aber warum sollte sie sich Haare gesucht haben, die ihren eigenen so ähnlich sind?«

»Schlechte Frage. Viele Frauen in diesem Alter färben sie so.«

»Und warum habe ich Louvain geantwortet, dass ich damit gerechnet habe?«

»Weil du damit rechnetest.«

»Der Gedanke begann irgendwie zu verblassen.«

»Ich stelle dir dieselbe Frage wie schon einmal im *Hotel zum Stier*. Seit wann?«

»Seit ungefähr zwei Tagen.«

»Und warum?«

»Ich weiß es nicht. Es sind diese Gasblasen, die da in meinem Kopf tanzen. Die erzählen sich solche Dinge, flüstern sie sich untereinander zu. Ohne dass ich irgendetwas mit ihrem Flüstern anfangen könnte.«

»Welche Gasblasen?«

»Die Proto-Gedanken, falls du es korrekter haben willst. Alles Quark. Für mich sind es Gasblasen. Sie sind entweder schwer beschäftigt, oder sie spielen, ich weiß ja auch nicht. Soll ich dir mal die Wörter vorlesen, bei denen sie in Erregung geraten? Ohne dass ich auch nur das Geringste damit anfangen könnte?«

Adamsberg wartete gar nicht erst auf Veyrencs Zustimmung und schlug sein Notizbuch auf.

»Taubenschlag, das Wort ist mir nicht eingefallen.
Vermeidung: Angst vor der Fessel (die gefesselte
Taube) oder aber die Angst, hintergangen zu werden.
(Psychiater)
Es ist ja keiner mehr da, der umzubringen wäre.
(Veyrenc)
Alles hier knarrt. (Retancourt)
Das gurrt in einem fort. (Retancourt)
Martin-Pécherat = martin-pêcheur, der Eisvogel.
Angelegenheit erledigt.«

Veyrenc nickte und hob die Hand. Was Adamsberg an dem aufglühenden Pünktchen seiner Zigarette erkannte, das sich in der Nacht bewegte.

»Wann hast du das eingetragen: ›Martin-Pécherat = martin-pêcheur, der Eisvogel. Angelegenheit erledigt‹?«

»Heute Morgen.«

»Und wozu – wenn die Angelegenheit erledigt war?«

Adamsberg zuckte die Schultern.

»Weil eine der Blasen sich darüber aufgeregt hat, aus keinem anderen Grund.«

»Ich würde sagen, du hast es hingeschrieben, weil die Sache eben nicht erledigt ist.«

»Doch.«

»Das glaube ich nicht. Der Mediziner sollte deine Blasen in Aufregung versetzt haben?«

»Nur sein Name, mehr nicht.«

»Es sind ziemlich viele Vögel in diesen Sätzen.«

»Ja, es gurrt nur so. Glaubst du an die zweite Hypothese des Psychiaters?«

»Die eines Verrats?«

»Nimm mal an«, begann Adamsberg, und er zögerte wie

vor einem Satz, den man nicht aussprechen sollte. »Nimm mal an, jemand hat uns an der Nase herumgeführt. Mit diesen Haaren. Und wenn ich sage ›Nimm an‹, dann ist schon das falsch. Ich bin sicher: Es ist ein Täuschungsmanöver. Ich sagte, wir hätten Glück, vier Haare gefunden zu haben. Ich sagte, wir wären reich. Viel zu reich natürlich.«

»Vier, das sind nicht nur zu viele, es ist unwahrscheinlich. Unser Mörder ist kein Anfänger. Er – sie – hat die elementare Vorsichtsmaßnahme ergriffen und eine Mütze getragen, vielleicht sogar eine Kapuzenmaske. Ich sage ›er – sie‹, denn nichts erlaubt uns im Augenblick, einen Mann auszuschließen.«

»Und wer, Louis, hätte diese Haare in der Abstellkammer von Torrailles deponieren können?«

»Eine einzige Person: der Mörder.«

»Irrtum, zwei Personen: der Mörder oder Retancourt. Ich habe mich gefragt, wie sie, verantwortlich für den Schutz von Torrailles und Lambertin, nicht auf den Gedanken gekommen ist, dass der Anschlag aus dem Innern des Hauses kommen könnte. Von dem Augenblick an, wo der Zugang von außen durch drei Bullen versperrt war. Und sie hat bestimmt daran gedacht.«

»Oder auch nicht. Du selbst hast nicht daran gedacht. Auch ich nicht, keiner.«

Veyrenc warf seine Kippe ins Feuer.

»Retancourt ist viel zu klug dafür«, sagte er lächelnd. »Sie hätte niemals *vier* Haare dort gelassen.«

»Sondern ein einziges«, sagte Adamsberg und sah wieder auf.

Der Lieutenant nahm die Flasche und schenkte die beiden letzten Gläser ein.

»Auf den Punkt, an dem wir sind«, sagte er.

»An dem Punkt, an dem wir sind, liegt die Antwort da hinten«, entgegnete Adamsberg und wies mit dem Arm in die Nacht, an die Stelle, wo einst der Taubenschlag gestanden hatte. »In der Erde der Rekluse. Wo wir ihre Zähne finden werden.«

»Zähne einer Frau«, fügte Louis mit leichtem Vorbehalt hinzu.

»Ich weiß.«

»Enzo. Er hatte die Namen.«

»Cauvert auch. Das vergesse ich nicht, Louis.«

Veyrenc stand auf, um Kissen und Decken ins Auto zu packen. Es würde ein bisschen eng werden. Aber wenn man sich schon als Kinder gekannt hat, geht alles.

Adamsberg deckte die Glut mit der Asche zu. Er schlug ein letztes Mal sein Notizbuch auf, das er mit dem Licht seines Handys beleuchtete. Nach der Zeile *Martin-Pécherat = martin-pêcheur, der Eisvogel. Angelegenheit erledigt* trug er ein: *Oder auch nicht.*

43

Adamsberg und Veyrenc halfen Mathias, der schon ein wenig vor elf Uhr auf dem Pré d'Albret eingetroffen war, das Material auszuladen. Veyrenc entdeckte in dem Archäologen einen handfesten, aber ziemlich wortkargen Kerl mit dicken langen blonden Haaren, die bloßen Füße in Ledersandalen, die Leinenhose in der Taille von einem Strick zusammengehalten.

Mit der Schnelligkeit des Profis stellte Mathias vier Zelte im Kreis um das erloschene Feuer auf, stattete sie mit Matratzen und Laternen aus, baute hinter einem großen Baum eine provisorische Latrine, und nachdem diese wesentlichen Dinge getan waren, ging er sofort hinüber, um sich den Kreis anzusehen, und kam befriedigt zurück.

»Was meinst du?«, fragte Adamsberg.

»Genau das ist es. Ich denke nicht, dass der Baugrund sehr tief reicht. Fünfzehn bis zwanzig Zentimeter. Wir gehen also mit der Hacke ran, aber nicht mit der Spitze. Mit der Schneide.«

»Jetzt gleich?«

»Jetzt gleich.«

»Wir haben heißen Kaffee für dich aufgehoben.«

»Später.«

Der Kreis war zu klein, um zu zweit zu hacken, so wechselten sich die drei Männer in der ersten Stunde ab, einer hackte den Boden auf, die beiden anderen schaufelten die

Erde weg und trugen sie in Eimern fort. Mathias' Schläge waren allerdings weit effektiver als die von Adamsberg und Veyrenc, weshalb sie die Rollen noch einmal anders verteilten.

»Hier«, sagte Mathias plötzlich, kniete sich hin und legte mit der Kelle eine Fläche von zwanzig Quadratzentimetern gestampfter Erde frei, deren dunkles Braun sich vom umgebenden schwarzen Humus leicht abhob. »Hier sind wir auf der Ebene des Baugrunds. Wie tief? Siebzehn Zentimeter unterhalb der Erdoberfläche.«

»Woran erkennst du das?«, fragte Adamsberg.

Mathias sah ihn erstaunt an.

»Siehst du nicht die veränderte Färbung? Siehst du nicht, dass wir in einer anderen Schicht angekommen sind?«

»Nein.«

»Auch nicht so wichtig. Hier ist sie langgelaufen.«

Die Männer speisten in Eile, Mathias, weil er seinen Boden freilegen wollte, Adamsberg, um Retancourt vom Bahnhof abzuholen.

Als er zurückkam, grub der Prähistoriker noch immer, aber nun sehr viel behutsamer, während Veyrenc immer noch Erde wegschleppte, beide mit nacktem Oberkörper und schweißnass unter der heißen Junisonne. Beim Anblick von Retancourt ließ Mathias die gerade zum Schlag erhobene Hacke auf den Boden sinken. Adamsbergs Baum, der den Wald verdeckte, schien ihm seine Statur zu haben. Dabei hatte diese Frau, die selbst nackt noch wie bewaffnet erscheinen musste, ein sehr interessantes, mit feinem Pinsel gezeichnetes Gesicht. Aber trotz eines makellos schönen Mundes, einer schmalen, geraden Nase, Augen von einem eher sanften Blau hätte er nicht sagen können, ob sie hübsch war oder anziehend. Er schwankte, hatte das undeutliche Gefühl, sie könne ihr Erscheinungsbild nach Belieben ändern zwischen Harmonie und Unschönheit, ganz wie sie wollte. Ebenso unsicher war er, was ihre Stärke anging: War die rein physisch oder auch psychisch? Einfache Muskelkraft oder auch Nervenstärke? Retancourt entzog sich jeder Beschreibung oder Analyse.

Er stieg aus seinem Grabungsloch, um ihr die Hand zu geben, klopfte die Erde von seiner Hose und hielt dem Blick des Lieutenants stand.

»Mathias Delamarre«, stellte er sich vor.

»Violette Retancourt. Unterbrechen Sie Ihre Arbeit nicht meinetwegen, ich sehe Ihnen zu und lerne dabei. Der Kommissar sagte mir, dass Sie den Baugrund erreicht hätten?«

»Hier«, meinte Mathias und wies auf eine Fläche von inzwischen fast einem Quadratmeter Größe.

Adamsberg bot Retancourt erfolglos Brot, Obst und Kaffee an, sie setzte ihren Rucksack ab, zog ihre Jacke aus und reihte sich sofort in die Stafette der Aushubwegräumer ein. Die Kette gewann dadurch so sehr an Tempo, dass Mathias um sieben Uhr abends den gesamten Boden innerhalb des Steinkreises, den die alten Fundamente des Taubenschlags bildeten, freigelegt hatte.

»Hier hat sie gelebt«, sagte er und richtete sich – nach Stunden, in denen er nicht ein Wort gesprochen hatte – auf, den Arm auf den Schaft seines Werkzeugs gestützt, wie um Besucher zur Besichtigung einer Domäne einzuladen. »Dort«, und er wies auf ein paar Holzreste, »das Brett, auf das sie sich setzte, um sich ein bisschen vor der Kälte und der Feuchtigkeit zu schützen. Hier hat sie gegessen. Man sieht noch ein paar Scherben von ihrem Teller. In diesem weniger dunklen Bereich, weil ohne organische Abfälle, schlief sie.

Es finden sich Spuren von zwei Löchern, in denen Pfosten gestanden haben. Sie genoss also einen Vorteil, einen einzigen, gegenüber den Reklusen des Mittelalters, sie besaß eine Hängematte und konnte sich im Trockenen ausruhen. Dieses Häufchen hier sind Reste ihrer Nahrung. Man erkennt Teile von Schweinerippchen, Hühnerflügeln, Stücke von minderer Qualität. Und sogar – das muss an einem Weihnachtsabend gewesen sein – eine Austernschale. Sie war, im Rahmen ihrer Möglichkeiten, eine sehr organisierte und sorgsame Person, sie ließ sich nicht gehen. Zwischen der Hängematte und der Luke, wo die Leute ihre Almosen ablegten, hatte sie einen Gang von dreißig Zentimetern Breite geschaffen – sehen Sie ihn? Dort hat sie in fünf Jahren kein einziges Stück Abfall herumliegen lassen.«

»Was berechtigt Sie zu der Annahme, dass die Luke sich auf dieser Seite befand?«, fragte Retancourt.

»Ebendieser Durchgang und dieser Stein. Auf den stieg sie, um an die Nahrung heranzukommen. Nach alten Fotos von dem Taubenschlag könnte man also auf ihre Größe schließen, Adamsberg. Und dort«, sagte er abschließend, »dieser Bereich von etwas hellerem Erdreich, der stellenweise schon pulverig wird, das war ihr Abort.«

»Würde man nicht denken«, sagte Retancourt.

»Nicht wahr? Man stellt sich eine schwere Materie vor, und es ist genau das Gegenteil. Es wird leicht und krümelig, eine geradezu angenehme Substanz, um darin zu graben. Sehen Sie mal.«

Mathias nahm ein Quäntchen von der feinen Erde und legte es in Retancourts Hand. Adamsberg erschauerte ein wenig angesichts dieses Archäologen, der so konzentriert war, dass ihm nicht bewusst war, dass er einer Frau ein Häufchen Scheiße anbot. Retancourt zerbröselte das Sediment mit den Fingern, beeindruckt von der Art, wie Mathias die Rekluse zum Leben erweckt hatte, ihre Bewegungen verfolgt, ihre wenn auch noch so eingeschränkten Aktivitäten wiedergegeben, ja selbst ihr Wesen beschrieben hatte als das einer sauberen, organisierten, hartnäckigen Frau, die sich bemühte, nicht unter den eigenen Ausscheidungen begraben zu werden. Die sich ihre Behausung »einrichtete«.

»Und Zähne«, fuhr er, zu Adamsberg gewandt, fort, »sind auch da. Ich glaube, ich habe schon ein paar Molaren durchschimmern sehen. Ein paar Backenzähne«, setzte er erklärend hinzu.

Die nächsten zwei Stunden verbrachte Mathias mit dem Aufbau der »Ziege« – so nannte er das dreibeinige Gestell –, um daran die Siebvorrichtung anzubringen.

»Wir haben hier kein Wasser«, sagte er, »wir müssen es also in Eimern und Kanistern vom Bach holen.«

Noch in der Nacht hörte Adamsberg von seinem Zelt aus Mathias und Retancourt am Feuer sitzen und miteinander reden. *Reden.* Retancourt.

Eine Nachricht von Froissy weckte ihn gegen zwei Uhr morgens. Torrailles und Lambertin waren tags zuvor im Abstand weniger Stunden gestorben. Die Liste war abgeschlossen.

44

Unter Retancourts Blick, die stets bewunderte – und sofort verarbeitete –, was sie selbst nicht konnte, verbrachte Mathias in seinem Kontaminationsschutzanzug den zweiten Tag der Grabung damit, schweigend den gesamten Grund freizulegen und sieben zu lassen. Er verteilte die einzelnen Gegenstände seiner Sammlung in Kästen: ein paar Steingutscherben, die von einem einzigen Teller und einem Wasserkrug stammten, Metallgegenstände – Gabel, Messer, Löffel, eine kleine Hacke und ein Kruzifix, alle dick mit Rost überzogen –, Fetzen von einem Kleidungsstück, einer Decke, einer Hängematte, Lederreste (einer Bibel) und schließlich ein paar Knochen, die von seltenen Fleischgaben zeugten, Fischgräten, Eierschalen, Austernschalen (vier insgesamt, das heißt eine Auster zu jedem Weihnachten, das sie hier verbracht hatte). Von allen übrigen Almosen, Brei, Suppen, Brot, waren keine Spuren mehr zu sehen. Keine Obstkerne außer sieben Kirschkernen. Kein Eimer für die Notdurft. Kein Kamm, kein Spiegel. Keine Schere. Mochte man noch so gottesfürchtig sein, mochte man die Frau auch als heilig verehren – man blieb knauserig. Mathias schüttelte oft ernüchtert den Kopf. Als er die einen Meter tiefe Grube aushob – sie musste lange gebraucht haben, sie zu graben, allein mit dieser Hacke, die die amtliche Barmherzigkeit ihr spendiert hatte –, fand er immerhin fünf Schichten Stroh, mit denen die Rekluse ihre Ausscheidungen ein Mal im Jahr bedecken konnte. Aber kein Stroh auf dem Boden, mit dem sie ihre Behausung hätte trockenlegen können.

»Na, immerhin«, sagte er, als er achtundfünfzig Plastikrosen ausgegraben hatte. Jemand schenkte ihr jeden Monat eine Rose, die sie an der Wand aufreihte. »Immerhin«, wiederholte er, »unter hundert Menschen findet sich einer, der anders denkt. Hier, für dich«, fügte er hinzu und reichte Adamsberg einen Probenbeutel. »Sechs Schneidezähne, drei Eckzähne, zwölf Backenzähne. Von ihrem gesamten Gebiss hat sie einundzwanzig Zähne verloren.«

Adamsberg trat näher, zögerte auf einmal. Die Identität der Rekluse, da lag sie vor ihm. Vorsichtig, fast schüchtern griff er nach dem Beutel, brachte ihn in Sicherheit und nahm wortlos seinen Platz neben Retancourt beim Wasserschleppen wieder ein, während Veyrenc die Sedimente siebte. Mathias deutete auf die Teile, die aufgehoben werden sollten, Skelette von Mäusen, Ratten, einem Marder und unzählige Chitinpanzer von Käfern und Spinnen. Aber auch krumme, abgebrochene Nägel und zahlreiche Haare, blonde wie graue, etwa vier Hände voll.

Mathias betrachtete viele von ihnen unter der Lupe.

»Die Haarzwiebeln sind zerstört, Adamsberg, da findest du keine DNA mehr. Sie ist mit blonden Haaren hier rein und mit grauen wieder rausgekommen. Mein Gott, was muss mit dieser Frau geschehen sein?«

»Wenn es Bernadette ist, die ältere Schwester …«

»Bernadette?«, unterbrach ihn Mathias. »Sollte sie deshalb bis in die Nähe von Lourdes gekommen sein?«

»Vielleicht. Sie war einundzwanzig Jahre von ihrem Vater eingesperrt worden und wurde seit dem fünften Lebensjahr von ihm vergewaltigt, misshandelt, konnte sich kaum waschen, bekam wenig zu essen.«

»Ein Zahn pro Leidensjahr. Und haufenweise Haare.«

»Wenn es die jüngere Schwester ist, Annette, die neunzehn Jahre eingesperrt war, sie wurde an eine Bande von zehn jungen Schurken zwischen sieben und neunzehn Jahren vermietet, die sie ebenfalls vergewaltigten. Ob nun die eine oder die andere, keine von ihnen konnte danach ins Leben zurückkehren. Sie hat das Einzige getan, was sie gelernt hatte: eingeschlossen zu leben.«

Mathias ließ die Kelle in seinen Fingern kreisen.

»Und wer hat sie da rausgeholt?«

»Eine Anordnung des Präfekten.«

»Nein, ich meine aus dem Haus.«

»Ihr älterer Bruder. Als er dreiundzwanzig war, hat er dem Vater den Kopf abgeschlagen.«

»Und wessen verdächtigst du diese Frau?«

»Dass sie die zehn Vergewaltiger umgebracht hat.«

»Und was wirst du dann tun?«

Abends um neun war es geschafft, nach dreizehn Stunden Arbeit ohne Pause. Nur Retancourt reinigte noch das Werkzeug, baute die Siebvorrichtung ab, lud die Kästen in den Kleintransporter. Mathias fragte sich, ob Adamsbergs Baum sich wohl jemals eine Atempause gönnen mochte.

»Räumen Sie nicht die Schaufeln weg, Violette«, sagte er. »Wir machen die Grube morgen wieder zu.«

»Ich denk schon dran.«

»Den Teller möchte ich aufheben«, sagte Adamsberg. »Legen Sie mir die Scherben beiseite, Lieutenant.«

»Wollen Sie ihn wieder kleben?«

»Ich denke, schon.«

»Wenn wir zuschütten«, fragte sie, »legen wir auch die Rosen wieder rein, nicht wahr?«

Adamsberg nickte, dann ging er Veyrenc bei der Zubereitung des Abendessens helfen, für das dieser etwas Stärkendes vorgesehen hatte.

»Was hältst du von Mathias?«, fragte er ihn.

»Begabt, scharfsinnig, vermutlich scheu. Und ich denke, dass dein prähistorischer Mensch Retancourt schätzt.«

»Was ich noch beunruhigender finde: Ich glaube, es beruht auf Gegenseitigkeit.«

»Wieso beunruhigend? Für sie?«

»Weil einer oder eine, die menschlich wird, ihre göttlichen Fähigkeiten verliert.«

Es gab Rinderbraten, in der heißen Asche gebackene Kartoffeln, Käse und Madiran, Mathias dankte es Veyrenc mit mehreren Verneigungen des Kopfes. Adamsberg lehnte sich, auf den Ellbogen gestützt, ins Gras zurück. Warum hatte Veyrenc gemeint, dass die Blase »Martin-Pécherat« noch nicht erledigt wäre? Er war so zufrieden gewesen, dass er sie aus der Liste hatte streichen können. Er dachte über den Eisvogel nach. Das Einzige, was er über ihn wusste, war, dass er orangefarbenes und blaues Gefieder hatte und die Fische in der Richtung ihrer Schuppen verschlang, um sich nicht zu verletzen. Das gab nichts für die Ermittlung her. Die Blasen verhielten sich auch ruhig, wenn er an ihn dachte. Nur bei dem Wort »Vogel«, da vibrierte ständig etwas. Sicher, es gab viele Tauben auf der Liste. Er richtete sich auf und schrieb in sein Heft: *Vogel.*

»Was schreibst du?«, fragte Veyrenc.

»Das Wort ›Vogel‹.«

»Wie du willst.«

Als er nachts in seinem Zelt lag, mit schmerzendem Rücken nach der Wasserschlepperei, dachte Adamsberg, dass er gern ein ähnliches Zelt in seinem kleinen Garten aufstellen würde, wenn Lucio einverstanden wäre. Er fühlte sich wohl darin, es war jenes Gefühl, sich wie bei einer Zugfahrt in einer Klammer außerhalb von Raum und Zeit zu befinden, er nahm alle Geräusche der Natur deutlich wahr, das Quaken der Frösche irgendwo in der Ferne, das Flügelschlagen der Fledermäuse, das Schnaufen eines Igels ganz in der Nähe seines Zelts, den unerwarteten Ruf eines Täuberichs, der, statt zu schlafen wie alle Tagvögel dieser Erde, darauf beharrte, seinen Hochzeitsruf in die Nacht zu entsenden. Es war Juni, er war noch allein. Adamsberg wünschte ihm ehrlich viel Glück. Auch menschliche Laute waren zu hören. Das unangenehme Knirschen eines Reißverschlusses, der aufgezogen wird, an einem Zelt fünf Meter zu seiner Linken, Schritte im Gras, dann das ebenso unangenehme Reißverschlussgeräusch eines anderen Zelts rechts von ihm. Die Zelte von Retancourt und Mathias. Das gab's doch nicht. Würden beide, im Schneidersitz um die Laterne gekauert, ihr Geplauder von gestern Abend fortsetzen? Oder etwas anderes? Adamsberg hatte das verwirrende Gefühl, dass man ihm sein Eigentum stahl. Er öffnete sein Zelt, sah in die Nacht hinaus. Ja, rechts von ihm brannte Licht. Er legte sich wieder hin und versuchte mit Macht, an etwas anderes zu denken. Der Auftrag war erfüllt, er hielt die Backenzähne der Rekluse in Händen.

Und was wirst du dann tun?

45

Der Vormittag hatte genügt, um die Grube wieder zu schließen – mit den achtundfünfzig Rosen darin – und die Zelte
abzubrechen. Adamsberg hatte die Zähne und die Scherben
des Tellers in seinem Gepäck, Mathias lud alles Übrige in
seinen Transporter.

Er fuhr um vierzehn Uhr los, nachdem er beiden Männern die Hand gedrückt und Retancourt unter Adamsbergs aufmerksamem Blick umarmt hatte. Der Kommissar
täuschte sich, wenn er erklärte, dass sein Lieutenant so viel
wert sei wie zehn Männer. Sie war eine Frau wert, und sie
war eine Frau. Und er konnte nicht umhin, ihr ein wenig
die kalte Schulter zu zeigen, mit einem unterschwelligen
Gefühl von Verrat.

Retancourt entschied sich, mit dem Auto zurückzufahren,
das heißt eine doppelt so lange Reise als mit dem Zug in
Kauf zu nehmen, und setzte den Kommissar und Veyrenc
am Bahnhof ab.

»Sie haut ab«, sagte Adamsberg.

»Du bist sauer auf sie, darum haut sie ab«, präzisierte
Veyrenc.

»Ich bin überhaupt nicht sauer.«

»Aber natürlich.«

»Hast du heute Nacht gehört? Die Reißverschlüsse?«

»Ja.«

»Und?«

»Was heißt und?«

»Also gut«, erwiderte Adamsberg, und ihm war klar, dass in dieser Angelegenheit Veyrenc recht hatte und er unrecht.

Abends um neun wieder in Paris, ließ er dem Labor die neuen Proben zukommen, mit einer Notiz für Louvain. Die DNA dieser Zähne würde nun tatsächlich mit der von Louise übereinstimmen, im Unterschied zu den vier Haaren von Lédignan, die ein Täuschungsmanöver gewesen waren. Veyrenc dachte einfach und praktisch, Louise hatte durchaus diese Haare da hinlegen können. Dass seine Überzeugung über der unsinnigen Hektik seiner Gedanken etwas verblasst war, hatte nichts zu bedeuten.

Er brauchte den Kühlschrank gar nicht aufzumachen, um zu wissen, dass er nichts zu essen im Hause hatte. Niedergeschlagen und träge machte er sich darum ohne bestimmtes Ziel auf den Weg. Nach einer Viertelstunde ziellosen Herumwanderns bog er zu seinem ehemaligen Wohnviertel ab und zu einem irischen Lokal, in dem er früher oft gewesen war, wo der Lärm der Gäste ihn überhaupt nicht störte, da sie alle Englisch sprachen. In dieser unverständlichen Geräuschkulisse fiel ihm der Versuch, sich zu konzentrieren, leichter als in der Einsamkeit. Ja, manchmal gelang es ihm dort sogar, amateurhaft sozusagen.

Im Dunkeln öffnete er sein Notizbuch, warf einen resignierten Blick auf die blöden Wörter, die er da notiert hatte, und schlug es heftig wieder zu. Wie hatte er es wagen können, sie Veyrenc vorzulesen? Louis in seiner sokratischen Manier hatte ihn mit der belanglosen Tatsache genervt, dass er die Zeile »Martin-Pécherat« nicht gestrichen hätte. Und hinzugefügt, dass es ziemlich viele Tauben auf der Liste gäbe. Ja klar, überhaupt gehörte dieses ganze Geflügel auf den Mist, und alles Übrige dazu. Diese Gasblasen, Eisvögel, Tauben und anderes Gekreische waren unerwünscht, sollten sie sich doch zum Teufel scheren. Sein rätselhafter leiser Groll auf Retancourt versperrte ihm den Zugang zu ihnen. Die Erinnerung an die letzte Nacht blockierte sein Denken, jener Augenblick, wo das Geräusch des Reißverschlusses ihn angesprungen hatte. Die Situation kehrte in einer Schleife immer wieder, der Igel, die Fledermäuse, der verzweifelte Vogel, der nach einer Gefährtin rief und dem er viel Glück gewünscht hatte. Mitten auf dem Bürgersteig blieb Adamsberg plötzlich wie angewurzelt stehen, das Notizbuch immer noch in der Hand. Jetzt nur nicht bewegen. Ein Schneepartikel, eine Blase, ein »Proto-Gedanke« kam auf ihn zu. Er erkannte ihn an der leichten Berührung bei seinem langsamen Aufstieg, er wusste, er durfte keine einzige Bewegung machen, die ihn erschrecken konnte, wenn er das Glück haben wollte, sein Gesicht auftauchen zu sehen.

Mitunter dauerte es nicht lange. Diesmal erschien ihm das Warten sehr lang. Und war es auch. Vielleicht war es eine schwere, ungelenke Blase, die sich nur unsicher bewegte und nicht recht die Kraft fand, sich aus dem Wasser zu erheben. Die Passanten gingen um den unbeweglich verharrenden Mann herum oder stießen ihn versehentlich an, was machte das schon. Er durfte sie nur um keinen Preis ansehen oder eine Bewegung hin zu ihnen machen noch irgendein Wort murmeln. Wie versteinert wartete er.

Dann, als die Blase an der Oberfläche angekommen war, zersprang sie so brutal, dass er sein Heft fallen ließ. Er hob es auf, suchte nach einem Stift und schrieb mit taumelnden Schriftzügen: *Der männliche Vogel in der Nacht.*

Dann überlas er noch einmal seine Liste.

Atemlos, wie er es selbst nach dem Schleppen von zweihundert Kanistern Wasser nicht gewesen war, lehnte er sich an einen Baum und rief Veyrenc an.

»Wo bist du?«, fragte er.

»Bist du gerannt?«

»Nein. Wo bist du, verdammt? In der *Garbure*?«

»Zu Hause.«

»Komm her, Louis, ich stehe an der Ecke der Rue Saint-Antoine und der Rue du Petit-Musc. Da ist ein Café. Komm her.«

»Komm du zu mir. Das Schaufeln der Erde, die Wasserschlepperei, ich schlafe im Stehen ein.«

»Ich kann mich nicht rühren, Louis.«

»Bist du verletzt?«

»So was Ähnliches. Warte, ich lese mal den Namen des Cafés. *Café du Petit Musc*. Nimm dir ein Taxi und komm her, Louis.«

»Soll ich meine Knarre mitnehmen?«

»Nein, deinen Kopf. Beeil dich.«

Solche Appelle von Adamsberg überhörte Veyrenc nicht. Die Stimme, der Rhythmus, der Ton, alles war anders. Hellwach jetzt, rannte er tatsächlich los und sprang in das erste Taxi, das vorüberfuhr.

Selbst von fern, von der Tür des Cafés aus, sah er die Klarheit in Adamsbergs Augen, in denen sich alles Licht um ihn konzentrierte, statt dass sie es wie sonst verwässerten. Er saß vor einem Sandwich und einem Kaffee, aber aß nicht, rührte sich nicht. Sein Notizheft lag auf dem Tisch, seine Hände zu beiden Seiten flach daneben.

»Hör mir genau zu«, sagte er, noch bevor Veyrenc sich gesetzt hatte. »Hör mir genau zu, ich erzähle dir alles wild durcheinander. An dir ist es dann, es zu ordnen. Letzte

Nacht, bevor dieser Reißverschluss aufging, lag ich in meinem Zelt und lauschte auf die nächtlichen Geräusche. So weit klar?«

»Im Moment, ja. Erlaubst du, dass ich mir einen Kaffee bestelle?«

»Ja. Da waren die Frösche, der Wind, der durchs Gras strich, der Flügelschlag der Fledermäuse, der Igel, das Gurren eines Täuberichs, der beharrlich nach einer Gefährtin rief.«

»Gut.«

»Fällt dir daran irgendwas auf?«

»Höchstens eins: der Täuberich, *le ramier*. Der ja dasselbe ist wie *le pigeon*, die Ringeltaube.«

»Und der die ganze fiebrige Aktivität der Blasen bei dem Wort *pigeon* erklärt. Du hast gesagt, es gäbe ziemlich viele Tauben auf dieser Liste.«

Adamsberg zog sein Notizheft zu sich heran und las:

»*Taubenschlag, das Wort ist mir nicht eingefallen. / Die gefesselte Taube, oder aber die Angst, hintergangen zu werden. / Das gurrt in einem fort*. Aber nicht ›pigeon‹ hätte man hier lesen müssen, Louis, sondern ›ramier‹, verdammt.«

»Was ein und dasselbe ist, ich sagte es schon.«

»Und weiter, Louis, weiter?«, sagte Adamsberg und schüttelte sein Heft. »Womit korrespondiert diese Taube, dieser *pigeon ramier*? Mensch, Louis, du selbst hast es gesagt!«

»Ich?«

»Aber ja, verdammt noch mal! Hier steht's doch! Daraufhin musste ich ja meine Notiz ergänzen: *Martin-Pécherat = martin pêcheur. Angelegenheit erledigt. Oder auch nicht.*«

»Ich habe gesagt, wenn dieser Gedanke tatsächlich erledigt wäre, dann hättest du ihn mir nicht vorgelesen.«

»Und warum war er nicht erledigt?«

Adamsberg unterbrach sich und trank seinen Kaffee, bevor er schlicht sagte:

»Ach, ich bin müde.«

»Du auch? Die Wasserkanister, was?«

»Nicht die Kanister. Rede nicht dazwischen, ich schmeiße sonst alles durcheinander. Er war nicht erledigt, weil: *martin-pêcheur* und *pigeon ramier*. Siehst du, was beide miteinander verbindet?«

»Es sind zwei Vogelnamen.«

»Nicht nur: Es sind beides *Doppelnamen*, Louis. Erkennst du jetzt, was ich meine?«

»Nein.«

»Da sind diese beiden Sätze von Retancourt: *Das gurrt in einem fort*, der eine.«

»Du hast ihn mir vorgelesen.«

»Und der andere, der mit ihm verbunden ist. Alles ist miteinander verbunden, Louis. Die Gasblasen tanzen miteinander, sie halten sich bei den Händen, darüber kann man nicht hinwegsehen. Und der andere Satz von Retancourt ist: *Alles hier knarrt.* Was verbindet diese beiden Sätze miteinander?«

»Entschuldige«, unterbrach ihn Veyrenc, verwirrt von Adamsbergs unverständlicher Rede, »ich werde mir ein Glas Armagnac bestellen.«

»Für mich auch, bestell gleich zwei.«

»Für dich auch?« Veyrenc machte sich Sorgen um die Geistesverfassung des Kommissars.

»Ja.«

»Ein Glas wovon, sagtest du?«

»Na, Dings. Siehst du, was sie miteinander verbindet? Der *Ort*, Louis. Der Ort, an dem es passierte, der Ort, wo es *gurrte*, der Ort, wo es *knarrte*. Knarren: der Ort, wo es klemmt, der Ort, wo es ausrastet.«

»Retancourt sprach von dem Haus von Louise.«

»Ja, genau dem, Sokrates. Begreifst du, wohin uns das führt, wenn du es ganz einfach mit *pigeon ramier* und den Doppelnamen in Verbindung bringst?«

Der Kellner brachte den Armagnac, und Veyrenc stürzte fast das halbe Glas auf ein Mal hinunter.

»Ganz einfach – nein«, erklärte er.

»Doch. Es verbindet sich mit den Namen, die es in diesem Haus gibt. Mit der Bedeutung dieser Namen. Erinnerst du dich an meinen Irrtum mit dem Namen von Louise? Chevrier? Seguin?«

»Wer sagt dir, dass es ein Irrtum war? Noch haben wir nicht die DNA von den Backenzähnen. Verdammt, du warst es doch, der danach graben wollte.«

»Es gibt noch einen anderen Namen, der in diesem Haus knarrt und der fliegt, der von Irène. Ein *Doppel*name, Veyrenc, wie der von Martin-Pécherat. Irène heißt Royer-Ramier!«

Adamsberg machte eine Pause, nahm sein Glas, aber trank nicht, und stellte es wieder hin.

»So, nun weißt du alles.«

»Weiß ich nicht. Okay, es gibt eine Taube in Irènes Namen. Und weiter?«

»Mensch, hast du vergessen, dass die beiden Seguin-Töchter ganz sicher das Recht erhielten, sich einen neuen Namen zu geben? Und dass man in einem solchen Fall nicht anders kann, als darin ein Element aufzunehmen, das an das frühere Leben erinnert?«

»Und warum sollte die Tochter eines Seguin sich für Royer-Ramier entscheiden?«

»Royer, Louis, kann uns egal sein. Aber nicht Ramier: denn da kam sie her. Aus einem ›Taubenschlag‹. Such mal im Internet nach der Definition von *pigeonnier*, nicht dem, wo Tauben gezüchtet werden, dem anderen.«

Veyrenc griff zu seinem Telefon.

»Das hier könnte es sein: ›Kleine Wohnung direkt unterm Dach.‹ Okay, die Dachkammer, in der sie eingesperrt war.«

»Und dann der eigentliche Taubenschlag, in den sie sich später zurückgezogen hat.«

»Verstehe.«

»Und jetzt denk an den Vornamen, den sie gewählt hat: Irène. Erinnert dich der nicht an einen anderen Namen?«

»Nun, da gibt es den heiligen Irenäus im 2. Jahrhundert, den ersten wirklichen Theologen.«

»So weit brauchst du gar nicht zu gehen. Viel einfacher.«

»Da fällt mir nichts ein.«

»Wart mal eine Sekunde.«

Adamsberg wählte eine Nummer, schneller, als er es sonst tat, stellte auf Raumton und wartete. Er ließ es mehrmals klingeln, keine Antwort.

»Noch mal. Er hat einen festen Schlaf.«

»Wen rufst du denn an? Hast du gesehen, wie spät es ist? Fast Mitternacht.«

»Ist mir egal. Wen ich anrufe? Danglard.«

Diesmal nahm der Commandant ab, seine Stimme klang blass.

»Habe ich Sie geweckt, Danglard?«

»Ja.«

»Sagen Sie, Commandant, welches waren die alten Bezeichnungen für ›Spinne‹? Früher?«

»Pardon?«

»Wie sagten die Leute früher zu ›Spinne‹?«

»Einen Moment, Kommissar, ich setze mich mal. Warten Sie. Alles beginnt mit der jungen griechischen Weberin Arachne, die von der Göttin Athene in eine Spinne verwandelt wurde. Das war die Rache der Zeustochter für …«

»Nein«, fiel Adamsberg ihm ins Wort, »bleiben Sie bei den Bezeichnungen.«

»Gut. Von dieser Arachne leiten sich natürlich die Wörter ›aragne‹, ›araigne‹ und ›yraigne‹ ab. Seit dem 12. Jahrhundert. Das ist, glaube ich, schon alles.«

»Wie schreiben Sie dieses ›yraigne‹? Buchstabieren Sie mal, ich schreibe mit.«

»Y-r-a-i-g-n-e.«

»Blieb es weiter in Gebrauch?«

»Ja, ja. Ableitungen davon finden sich noch bis ins 17. Jahrhundert, bei La Fontaine zum Beispiel.«

»In den Fabeln für Kinder?«

»Gerade diese eine ist weniger bekannt. Aber unlängst las ich den Vornamen Yraigne in einem Internet-Forum. Und hier die Verse von La Fontaine:

Hört, was Arachne widerfuhr:
Nichts hat die arme Kreatur
Als Füß und ihren Kopf – nutzloses Rüstzeug nur …!«

»Danke, Danglard, und schlafen Sie schnell wieder ein. ›Yraigne‹, Veyrenc, ›Yraigne‹«, wiederholte Adamsberg und tippte auf das Wort. »*L'araignée*, die Spinne. Die Spinnen, mit denen sie auf dem Dachboden lebte – dem ›Taubenschlag‹ –, die Spinnen, die die Blapse den Kindern in die Sachen steckten, die Spinnen, die sie in die Finsternis des Inklusoriums begleiteten und mit denen sie sich schließlich über ihren Namen identifizierte: *la recluse*. Irène Ramier, die Eingeschlossene von Nîmes, die Rekluse vom Pré d'Albret, die ältere der beiden Schwestern, Bernadette Seguin.«

»Die Ältere? Aber nicht sie wurde von den zehn Blapsen vergewaltigt.«

»Sie hat auch nicht für sich getötet. Sie hat getötet, um ihre Schwester zu erlösen.«

Erleichtert und von Neuem außer Atem, warf sich Adamsberg an die Stuhllehne zurück. Veyrenc nickte.

»Und am Ende«, fuhr der Kommissar fort, »steht auf meiner Liste allein noch diese Bemerkung von dir: *Es ist ja keiner mehr da, der umzubringen wäre.* Ich sagte dir ja, dass die Blasen gegeneinanderstoßen. Dieser Satz von dir ist auf einen anderen, ganz ähnlichen gestoßen, den als Erste Retancourt sagte: Dass die zehn Männer umgebracht worden wären, ohne dass wir auch nur irgendwas dagegen tun konnten, das mache sie rasend.«

»Ich erinnere mich.«

»Ebendieser Satz stieß auf eine Bemerkung von Irène, die sie kurz darauf machte, am selben Morgen nämlich, als wir das Haus von Torrailles nach dem Doppelmord durchsuchten. Ich rief sie doch an, um zu erfahren, ob Louise in der Nacht noch mal draußen gewesen wäre. Du erinnerst dich, ich sagte zu dir, dass meine Überzeugung nachgelassen habe, dass irgendwas nicht stimmte. Und genau das war es, Louis: Irène wusste das mit den beiden letzten Spinnenbissen schon. Logisch, sie hatte sie ja selbst ausgeführt. Sie sagte mir, die Nachricht stünde bereits in den Foren, was ja stimmte. Und genau wie Retancourt sagte sie gleich darauf: Dass der Mörder ›sie alle gekriegt‹ hätte und ›man noch immer nicht wüsste, wer wie was noch wo‹, könnte einen ›aus der Haut fahren lassen‹. Und ich habe darauf nicht reagiert. Zu sehr an ihr Geschwätz gewöhnt, zu vertrauensselig ihr gegenüber. Wenn mich also jemand an der Nase herumgeführt hat, dann war es Irène, und zwar meisterhaft. Ich bewundere sie.«

»Du hast nicht reagiert – worauf?«

»Du bist müde, aber vor allem, du vertraust ihr immer noch, auch du. Auch du magst sie ja. Aber sag mir, Louis, wie hätte Irène wissen können, dass er sie ›alle gekriegt‹ hat? Ich habe ihr nie gesagt, dass zur Einsiedlerspinnen-Bande neun Jungs gehörten, dazu Claude Landrieu. Das machte zehn Leute, die umzubringen waren. Wie konnte sie wissen, dass, nachdem Torrailles und Lambertin getroffen waren, keiner mehr übrig war, der getötet werden musste? Sie hätte sagen müssen: ›Nun hat es noch zwei getroffen.‹ Und nicht: ›Er hat sie alle gekriegt.‹ Aber ich habe nicht reagiert.«

»Doch, auf eine Weise schon. Du hast den Glauben an Louises Schuld verloren.«

»In dem Augenblick, ja, und ohne dass es mir klar war. Erst heute Abend, als diese Blase – eine sehr schwere Blase, Louis – mich geradezu explosiv auf Irène hinlenkte, habe ich mich an ihre Worte erinnert, die sie mir damals am Telefon sagte, als ich mit euch in diesem Hof in Lédignan saß. ›Alle gekriegt‹. Sie war am Ende angekommen. Das für sich allein ist der Beweis ihrer Schuld. Und ihr einziger Irrtum.«

»Ein Irrtum, das sieht ihr nicht ähnlich.«

»Aber sie war in dem Moment völlig absorbiert von ihrer Rolle, die sie von Anfang an meisterlich gespielt hat. Der Rolle einer meiner ›Assistentinnen‹, spontan, effektiv, eine begabte Späherin, dabei darauf bedacht, auch hin und wieder ein bisschen begriffsstutzig oder naiv zu erscheinen. Das war bemerkenswert, Louis, ein Kunstwerk. Und an jenem Morgen war sie so vollkommen in die Haut ihrer Figur geschlüpft, dass sie die ganze Wut rausgelassen hat, die meine ›Assistentin‹ empfunden hätte – dieselbe Wut, die auch Retancourt empfand. Aber darüber hat sie für einen Augenblick vergessen, dass sie Irène war. Und schon hat sie eine Masche fallen lassen.«

»Nein. Ich kann mir nicht vorstellen, dass eine solche Frau sich irrt. Und warum hat sie dann diese Haare am Tatort zurückgelassen? Warum nicht echte Haare von Louise? Das wäre doch ein Leichtes für sie gewesen.«

»Weil sie eine eiserne Moral hat. Sie hat nie beabsichtigt, dass ihre Morde auf einen oder eine andere zurückfallen.«

»Warum lässt sie dann Haare zurück, die Louises Haaren so ähnlich sind? Um sich zu amüsieren?«

»Um mich zu entmutigen. Sie hatte sehr wohl begriffen, dass ich Louise verdächtigte. Mit diesen Haaren würde ich mich noch weiter in diese Spur verrennen. Um am Ende erneut grandios zu scheitern.«

»Nein. Denn warum hat sie sich dir gegenüber so in den Vordergrund gespielt? Warum ist sie nicht die Unbekannte irgendwo im Schatten geblieben? Sie hätte doch nichts riskiert.«

»Warum? Warum? Deine Mäeutik, Louis?«

»Ich will sie einfach verstehen. Antworte auf meine Frage: Warum hat sie sich zu erkennen gegeben?«

»Sie hatte gar keine andere Wahl. Wir sind uns, wie du dich erinnern wirst, im Museum begegnet. Sie stellt fest, da ermittelt einer über diese Todesfälle durch Gift. Dass jemand, und schlimmer noch ein Bulle, Zweifel an der Todesursache äußert, ist ein harter Schlag für sie. Sie passt sich dem auf der Stelle an und nimmt Kontakt zu mir auf, um die Ermittlung verfolgen zu können. Sie beeinflussen oder umlenken zu können, wie etwa mit den Haaren in der Rumpelkammer.«

»Und warum ist sie überhaupt in das Museum gegangen?«

»Neben ihrem Ausrutscher in dem erwähnten Telefongespräch ist das ihr einziger wirklicher Fehler. Aus Übereifer. Sie wollte im Gespräch mit einem Fachmann testen, ob es auch nur den geringsten Verdacht auf Mord bei diesen Todesfällen geben könnte. Normalerweise wäre sie beruhigt nach Hause gefahren. Aber nun war sie dort auf einen Polizisten getroffen.«

»Dennoch, wir sind durch sie und ihre Erzählung über ein Kneipengespräch zwischen Claveyrolle und Barral auf die Spur von La Miséricorde gestoßen.«

»Irène ist ungewöhnlich klug. Sie hat bald begriffen, dass ich die Ermittlung nicht aufgeben würde. So hat sie mich seit dem *Stern von Austerlitz* auf das Waisenhaus hingelenkt. Weil sie sicher sein konnte, dass wir die Spur der verstümmelten Kinder zurückverfolgen würden. Was ihr die nötige Zeit lassen würde, ihr Werk zu vollenden. Drei Männer blieben noch zu töten, damit musste sie um jeden Preis zu Ende kommen.«

Veyrenc runzelte die Brauen.

»Das sind dennoch alles nur indirekte Beweise. Ihr Vorname ›Yraigne‹ und ihr Zuname ›Ramier‹, kein Gericht würde sie ernst nehmen. Bleibt ihr Ausrutscher am Telefon, und nichts beweist außerdem, dass du ihre Äußerung nicht verändert hast.«

»Wenn ich das getan hätte, Louis, dann wäre dieser Satz nie mit den anderen Blasen zusammengestoßen.«

»Ich spreche von der Warte eines Richters, eines Anwalts und von Geschworenen, die mit deinen Blasen überhaupt nichts anfangen können. Wenn du nichts von der Rekluse von Lourdes gewusst hättest, hätte man Irène in nichts belangen können.«

»Stimmt nicht, Louis. Es hätte nur viel länger gedauert. Der Psychiater hatte uns in die Spur gesetzt: Suchen Sie nach einem eingesperrten Mädchen, und suchen Sie nach einer Rekluse in der heutigen Zeit. Nach einem Aufruf in den Medien wäre schließlich irgendjemand auf die Rekluse vom Pré d'Albret zu sprechen gekommen. Und wir hätten gegraben.«

»Und dann? Ihre DNA ist nicht erfasst.«

»Selbst ohne diese Grabung, aber mit zehn Morden im Hintergrund hätten wir, wenn auch sicher mit großer Mühe, einen Richter am Ende überzeugt, hätten wir die Mühlen der Bürokratie so lange unter Beschuss genommen, bis sie den neuen Namen der Seguin-Tochter herausgerückt hätten. Bis das Archiv die Axt ausgegraben hätte, mit der der Vater getötet wurde. Am Ende hätten wir's gewusst. Wir haben nur eine Abkürzung genommen, das ist alles.«

»Wir hätten gewusst, dass sie eine Tochter von Seguin ist. Aber welche? Wer sagt dir, dass nicht Annette in dem Inklusorium gelebt hat?«

»Die Tauben, Louis, wir kommen immer wieder darauf zurück. Der ›Taubenschlag‹ der Kindheit, die Dachkammer, hatte sich so sehr in ihrem Denken festgesetzt, dass sie ihn sich zum Namen, zur Identität erwählte. In ihren Jahren der Freiheit ist sie so manches Mal den Weg nach Lourdes gegangen, um den Beistand ihrer Namensheiligen zu suchen.«

»Sie kannte den Taubenschlag vom Pré d'Albret.«

»Das Refugium der Tauben. Ihr Refugium. Ihre letzte Zuflucht.«

»Und hat sich darin eingeschlossen.«

Sie schwiegen, dann erhob Adamsberg sein noch unberührtes Glas.

»Sie ist eine Persönlichkeit, Louis. Ich schäme mich nicht, dass ich von einer solchen Frau hereingelegt worden bin. Aber ich war langsam, dermaßen langsam.«

»Und warum?«

»Weil ich nun mal so bin, Sokrates.«

»Das ist nicht der Grund.«

Es war bereits nach ein Uhr morgens, das Café schloss, der Wirt stellte die Stühle auf den Tisch. Veyrenc hob ebenfalls sein Glas.

Du sahst sie einst als Kind, die Frau in tiefer Not,
Unsagbar leidend in einem düsteren Verlies.
Und als sie wiederkehrt' aus Leid und sich'rem Tod?
Und du ein Mann, hast du sie da erkannt?
Hast du, als nun sie ihrer Rache Pfeile sandt',
Den Schritt gezügelt, damit sie sie vollende?«

46

Adamsberg überließ Veyrenc die Aufgabe, der Brigade den Grund für die Ausgrabung auf dem Pré d'Albret zu erklären und anzukündigen, dass die Mörderin mit großer Sicherheit bald identifiziert sein würde, noch bevor das Ergebnis des DNA-Vergleichs zwischen den ausgegrabenen Backenzähnen und der vor neunundvierzig Jahren von Enzo Seguin benutzten Axt vorliegen würde. Selbstverständlich konnte Veyrenc weder von Eisvögeln noch Tauben noch miteinander kollidierenden Blasen noch von sonst etwas in der Art reden, aber er kriegte es blendend hin, das Bündel von Vermutungen auf andere Weise darzustellen, das den Kommissar auf die Spur von Irène Royer-Ramier geführt hatte. Yraigne, sagte er und sah Danglard dabei an. Der diesmal weise nickte.

Jeder begriff und hielt den Atem an: Nach all den Niederlagen, all den geschlossenen Buchten, dem Aufstand von Commandant Danglard, dem Tod der zehn Männer hatte das Flaggschiff, die *Trinidad*, den 52. Breitengrad passiert und segelte in die gesuchte Meerenge ein.

Wie auch jeder erfuhr, dass die Fahrt durch diese Meerenge zwar siegreich, aber eisig sein würde. Denn die Verhaftung der Schuldigen würde eine der schwersten Aufgaben sein, die Adamsberg je zu bewältigen hatte. Diese Frau noch einmal einzumauern, zum dritten Mal in ihrem Leben, das konnte niemand anders als der Kommissar selber tun.

Eine Expressanfrage zur Herausgabe der von Enzo Seguin benutzten Axt war an das Archiv gegangen, diesmal auf offiziellem Wege.

Und während die Brigade sowohl helle Aufregung als auch Trauer bewegten, hatte Adamsberg elf Stunden geschlafen und saß nun an seinem Küchentisch, seinen Platz je nach dem Einfall der Sonne immer wieder wechselnd, und klebte den zerbrochenen Teller zusammen, ein bäuerliches Geschirr aus weißer Fayence mit drei blauen Blumen in der Mitte.

Er unterbrach seine Arbeit nur für einen Kaffee und um Froissy eine Nachricht zu schicken:

– Neuere Fotos von den zehn Opfern, könnten Sie mir mit Mercadets Hilfe so was schnellstmöglich von ihren Angehörigen besorgen? Ich meine Papierabzüge.

– Soll ich sie Ihnen morgen in der Brigade geben oder sie Ihnen schicken lassen?

– Schicken Sie sie mir nach Hause, Froissy. Ich bastele gerade an einem Puzzle in Keramik.

– Ist es hübsch?

– Sehr.

In Wirklichkeit war dieses Puzzle natürlich ausgesprochen trostlos. Aber Froissy liebte das Wort »hübsch«, und Adamsberg wollte sie nicht enttäuschen.

Gegen neun Uhr abends machte der Hunger sich bemerkbar, und er rief Retancourt an.

»Lieutenant«, sagte er, »darf ich den Bogen ein wenig überspannen?«

»Um die Flagge zu hissen?«

»Um Sie ein letztes Mal nach Cadeirac zu schicken.«

»Nein, Kommissar«, erwiderte Retancourt hart. »Diese Frau verhafte ich nicht. Das kommt nicht infrage.«

»Diese Last, Violette, bürde ich Ihnen nicht auf. Nein, ich möchte, dass Sie noch einen Teelöffel stehlen. Von Irène.«

»Das lässt der Bogen gerade noch zu. Und unter welchem Vorwand soll ich diesmal bei ihr klingeln? Dass ich die Zimmerdecken fotografieren will?«

»Daran habe ich noch gar nicht gedacht. Haben Sie zufällig ein paar Schneekugeln?«

»Ich habe nicht *ein paar* Schneekugeln, Kommissar«, erwiderte Retancourt gereizt. »Ich habe *eine* Schneekugel. Nachdem ich Sie in Lourdes abgesetzt hatte, kam ich an einem Schaufenster mit Heiligenkram und Schneekugeln vorbei. Und so habe ich eine gekauft. Keine heilige Bernadette natürlich. Ein etwas pausbäckiges Engelchen, das zwischen den Schneeflocken hin und her fliegt.«

»Würden Sie sich davon trennen können?«

»Selbstverständlich. Das Ding ist mir vollkommen wurst.«

»Dann bringen Sie die Kugel Irène, als Dank für ihren freundlichen Empfang.«

»Und ebenfalls zum Dank klaue ich ihr ihren Löffel.«

»Genau.«

»Ich mag so was nicht besonders, Kommissar. Aber ich mach's. Hin und zurück am selben Tag, um neunzehn Uhr morgen Abend haben Sie den Löffel.«

Adamsberg holte seine Kugel heraus, mit dem Schneegestöber über dem Segelschiff von Rochefort, und schüttelte sie. Er mochte diese blödsinnige Kugel, so wie er die kluge Irène mochte. Er steckte sie sich in die Tasche und ging hinaus auf die Straßen von Paris, auf der Suche nach Speis und Trank.

Der letzte DNA-Vergleich neuer Löffel–Backenzahn traf drei Tage später um fünfzehn Uhr ein. Irène Royer-Ramier war in der Tat die Rekluse vom Pré d'Albret gewesen. Ohne Adamsberg zu überraschen, berührte die Nachricht ihn doch schmerzlich. Alles, was ihn der Verhaftung von Irène näher brachte, verdüsterte seine Stimmung. Eine Stunde danach erhielt die Brigade auch den urkundlichen Bescheid: Bernadette Marguerite Hélène Seguin hatte ihren Namen geändert in Irène Annette Royer-Ramier und ihre Schwester Annette Rose Louise Seguin den ihren in Claire Bernadette Michel. Jede der Schwestern hatte sich einen Vornamen von der anderen entliehen, und Annette hatte einen der Vornamen des Bruders zu ihrem Familiennamen gewählt.

Diesmal war es Adamsberg, der seinen Mitarbeitern die Ergebnisse mitteilte. Die Würfel waren gefallen, das Spiel war aus. Er brauchte nun nur noch nach Cadeirac zu fahren.

Er ging in den Hof hinunter, wo die Fütterung der Amseln gebührend fortgesetzt worden war, lief an die zwei Stunden dort herum, setzte sich hin und wieder auf die Stufe, dann nahm er seine Runden wieder auf. Niemand wagte ihn zu stören, wusste doch jeder, dass an diesem schmerzlichen Punkt der Passage der Meerenge niemand etwas für ihn tun konnte. Er war hoffnungslos allein an Bord. Gegen neunzehn Uhr rief er Veyrenc an, der zu ihm herunterkam.

»Morgen fahre ich. Begleitest du mich? Nicht, um zu intervenieren, das verlange ich nicht von dir. Aber als Zeuge. Wenn ich rede, greif nicht ein. Und sag niemandem Bescheid.«

»Wann geht der Zug?«, fragte Veyrenc nur.

47

Am Morgen hatte Adamsberg Irène eine freundliche Nachricht geschickt:

– Ich bin in Ihrer Gegend mit meinem Kollegen mit den roten Haarsträhnen, um ein paar Dinge vor Ort zu überprüfen. Können wir auf einen Kaffee vorbeikommen?

– Aber mit Vergnügen, Jean-Bapt! Nur, zwei Männer auf einmal in meinem Haus, da muss ich schnellstens dafür sorgen, dass Louise verschwindet. Wann werden Sie denn hier sein?

– Nach dem Mittagessen. Gegen 14.30 Uhr.

– Das passt ja gut. Sobald Louise den letzten Bissen geschluckt hat, haut sie sich nämlich aufs Ohr, und ich muss immer alles allein abräumen. Wenn Sie kommen, ist der Kaffee gerade fertig.

Adamsberg klappte sein Telefon zu und biss sich auf die Lippen, seine Niedertracht widerte ihn an.

Sechs Stunden später lief er vor der schmucken Eingangstür des kleinen Hauses in Cadeirac auf und ab, bevor er sich entschloss, zu klingeln.

»Die letzten Schritte, bevor der Zug abgeht«, sagte er zu Veyrenc.

Irène hatte sich mächtig in Schale geworfen, mit einem großgeblümten Kleid, das einer Tapete glich. Im Kontrast

dazu trug sie auch heute wieder ihre unsäglichen Turnschuhe, zu denen ihre Arthrose sie zwang.

»Louise schnarcht schon seit einer guten Viertelstunde,
wir werden unsere Ruhe haben«, sagte sie aufgeräumt und
bat sie, sich zu setzen.

Adamsberg nahm am Kopfende des Tisches Platz, Irène
zu seiner Linken, Veyrenc auf der Wandbank zu seiner
Rechten.

»Verzeihung, Irène, aber ich habe kein Geschenk dabei.
Wirklich nichts, was ich Ihnen schenken könnte.«

»Nun sagen Sie mal, Kommissar, wir werden uns doch
nicht jedes Mal, wenn wir uns sehen, ein Geschenk machen.
Auf die Dauer wird das ja langweilig. Im Übrigen hat mir
Ihre Kollegin, die Fotografin, gerade letzten Samstag wieder ein Geschenk gebracht. Eine Schneekugel aus Lourdes.
Eigentlich hab ich ja die Nase voll von diesem Heiligen-
kitsch, muss ich Ihnen mal sagen. Aber sie ist feinfühlig,
diese Frau. Was man gar nicht denken würde bei ihrer Statur, nicht wahr? Sie hat ein Engelchen ausgewählt, man
könnte meinen, ein Kind, das im Schnee spielt. Warten Sie
und sehen Sie selbst, wie hübsch die Kugel ist.«

Irène ging die Neuerwerbung aus ihrer Sammlung holen,
die auf dem Büfett ausgestellt war. Adamsberg sah Irènes
Interieur: ein Raum mit einer Unmenge von Ziergegenstän-
den, aber alles peinlichst aufgeräumt. Jedes Ding an seinem
Platz, dann hat die liebe Seele Ruh. »Eine sehr organisierte
und sorgsame Person«, hatte Mathias gesagt, und das war
sie geblieben. Hartnäckig auch, und mutig, entschlossen.

Irène stellte die Kugel vor Adamsberg hin, woraufhin er
die seine aus seiner Jackentasche nahm.

»Sie sind doch nicht etwa gekommen, um sie mir zurück-
zugeben? Das war ein Geschenk.«

»Sie bedeutet mir inzwischen auch viel, mit diesem Gestöber ihrer Schneeblasen.«

»Schneeflocken, Kommissar. Nicht Blasen.«

»Ja. Ich wollte Ihnen auch nur zeigen, dass ich sie immer in der Tasche habe.«

»Aber wozu nutzt sie einem denn in der Tasche?«

»Sie hilft mir beim Nachdenken. Ich schüttle sie und sehe in das Gestöber.«

»Wie Sie wollen. Jeder nach seiner Fasson, stimmt's?«, sagte Irène und goss den heißen Kaffee ein. »Mir fehlen übrigens zwei kleine Löffel«, setzte sie etwas ungehalten hinzu. »Jedes Mal, wenn Ihre Kollegin da war. Es ist nicht schlimm, ich habe ja noch mehr davon. Sie ist eine sehr nette Person, aber immerhin, jetzt fehlen mir zwei kleine Löffel.«

»Sie ist ein bisschen kleptomanisch, Irène, *können Sie mir folgen?* Ein kleines Souvenir von überall, wo sie war. Sie wird sie mir aber wieder herausrücken. Das bin ich schon gewohnt.«

»Ich sage nicht Nein. Weil, es ist nämlich ein zwölfteiliger Satz, jedes Löffelchen mit einem Kunststoffgriff in einer anderen Farbe. Und der Satz ist natürlich jetzt verschandelt.«

»Versprochen, ich schicke sie Ihnen mit der Post.«

»Das ist nett von Ihnen.«

»Heute, Irène, werde ich aber gar nicht nett sein.«

»Ach so? Wie schade. Na, dann fangen Sie mal an. Wie ist der Kaffee?«

»Vorzüglich.«

Adamsberg schüttelte die Kugel und sah den Schnee auf das Segelschiff von Rochefort niederfallen. Eisige Kälte auf die *Trinidad*. Veyrenc saß immer noch schweigend da.

»Sie«, sagte Irène und machte eine Kinnbewegung in

Richtung Veyrenc, »Sie sehen mir aber auch nicht so aus, als seien Sie so richtig auf dem Damm.«

»Er hat Kopfschmerzen«, erklärte Adamsberg.

»Wollen Sie eine Tablette?«

»Er hat schon zwei genommen. Wenn er seine Migräne hat, kriegt er kaum ein Wort mehr heraus.«

»Sie werden sehen«, meinte Irène, »das legt sich mit dem Alter. Womit also wollen Sie mir auf den Wecker fallen, *Jean-Bapt*?«

»Hiermit, Irène«, sagte Adamsberg und öffnete seine Tasche. »Lassen Sie mich erst ausreden, bevor Sie etwas sagen, bitte. Es ist so schon schwer genug.«

Adamsberg begann die Fotos der neun Blapse von La Miséricorde, dazu eins von Claude Landrieu, in einer Linie auf den Tisch zu legen, alle im Alter von achtzehn Jahren. In der chronologischen Reihenfolge ihres Todes. Darunter, in einer zweiten Reihe, die Fotos derselben Männer vierzig oder sechzig Jahre später.

»Man könnte meinen, Sie blättern hier einen vollen Erfolg auf«, kommentierte Irène. »Mit Spielkarten.«

»Alle tot«, sagte er.

»Das meinte ich ja. Für den Mörder ein voller Erfolg.«

»Absolut. Angefangen bei dem hier, César Missoli, gestorben 1996, bis zu den beiden hier, Torrailles und Lambertin, gestorben vergangenen Dienstag. Die ersten vier durch eine Kugel und durch getürkte Unfälle in den Jahren zwischen 1996 und 2002. Die sechs anderen durch eine extrem hohe Dosis Gift der Einsiedlerspinne im Verlauf des letzten Monats.«

In aller Ruhe bot Irène eine weitere Runde Kaffee an.

»Das Beste, was man bei Kopfschmerz tun kann«, sagte sie, »das ist bewiesen.«

»Danke«, sagte Veyrenc und reichte ihr seine Tasse.

Danach schenkte sie Adamsberg noch mal nach, schließlich sich selbst, wie es die Höflichkeit gebot.

»Nach 2002«, fuhr der Kommissar fort, »gibt es eine Lücke von vierzehn Jahren. Man kann vermuten, dass der Mörder diese lange Zeit darauf verwendet, eine neue Mordtechnik zu entwickeln, die sehr kompliziert ist, ihm aber unendlich mehr Befriedigung verschafft: mit dem Gift der Einsiedlerspinne.«

»Schon möglich«, meinte Irène interessiert.

»Und das ist nicht jedem gegeben. Es verlangt Geduld und Erfindungsgabe. Aber der Mörder schafft es und bringt nacheinander sechs Männer um. *Können Sie mir folgen?*«

»Aber ja.«

»Und warum wählt er dafür ausgerechnet die Einsiedlerspinne, Irène? Warum entscheidet er sich für die komplizierteste Methode, die man sich nur vorstellen kann?«

Irène wartete darauf, dass er weiterredete, und sah dem Kommissar fest in die Augen.

»Das herauszufinden ist Ihre Sache.«

»Weil allein eine Rekluse, eine echte Einsiedlerin, ihrerseits zur Einsiedlerspinne werden und mit deren Gift töten kann. Also deswegen, Irène«, sagte Adamsberg und zog ein in Blasenfolie eingewickeltes Päckchen heraus, das er vorsichtig und mit großem Respekt öffnete. »Deswegen«, wiederholte er und stellte den von ihm zusammengeklebten weißen Teller mit den blauen Blumen auf den Tisch.

Irène lächelte dünn.

»Es ist ihr Teller«, fuhr er gleich darauf fort, um Irène zu ersparen, etwas sagen zu müssen. »Von dem sie fünf Jahre lang gegessen hat, das, was sie essen konnte, was man ihr durch die Luke hereinreichte, durch die *fenestrelle* des zugemauerten alten Taubenschlags auf dem Pré d'Albret. Ich

habe ihn ausgraben lassen, und wir haben ihn wieder zuge-
schaufelt. Auch die achtundfünfzig Rosen habe ich wieder
hineingetan, genau dahin, wo sie sie Monat für Monat hinstellte, entlang der Wände.«

Veyrenc hatte den Kopf gesenkt, nicht aber Irène, deren
Blick immer wieder vom Teller zum Gesicht des Kommissars ging.

Adamsberg suchte von Neuem in seiner Tasche und legte
zwei Zeitungsfotos aus dem Jahr 1967 auf den Tisch, eins,
das die Mutter und die beiden Mädchen zeigte, wie sie
aus dem Haus traten, und das andere, auf dem Enzo seine
Schwestern in seinen blutverschmierten Armen hielt.

»Das sind sie«, sagte er. »Hier die Ältere, Bernadette
Seguin, und daneben ihre jüngere Schwester Annette, die
zwölf Jahre lang von den Blapsen aus La Miséricorde vergewaltigt worden war. Wo der Vater als Aufseher arbeitete.
Danach«, sagte Adamsberg in das Schweigen hinein, »wechseln sie den Namen, und ihre Spur verliert sich. Lebensun-
fähig geworden nach so langem Leiden, bringt man sie in
einer psychiatrischen Klinik unter. Wo sie einige Jahre bleiben. Von 1967 bis zu einem mir unbekannten Datum.«

»1980 für die Jüngere«, sagte Irène ganz ruhig.

»Bernadette aber lässt sich in den alten Taubenschlag einmauern, den sie in ein Inklusorium verwandelt. Sie hat ihr
Kruzifix dabei, sie liest in ihrer Bibel. Fünf Jahre später wird
sie aus diesem Verlies vertrieben. Landet wieder in der Psychiatrie, und diesmal schlägt die Behandlung an, sie lernt,
sie liest. Sieht ihre Schwester wieder, die schwermütig geworden ist und ohne Enzos Hilfe gar nicht leben kann. Und
dennoch geht sie allmählich zugrunde. Da wirft Bernadette
alle Religion über Bord, die ihnen nur beigebracht hat, sich
zu ducken und zu gehorchen. Und ihr Auftrag reift in ihr,

unwiderruflich: Sie allein wird ihre Schwester von denen erlösen, die sie zerstört haben. Nicht ganz allein, allerdings. Enzo hat ihr die Namen der Blapse verraten.«

»Enzo ist ein ganz Schlauer.«

»Sie beide sind es. So hat er ja rausgekriegt, dass neun von den zehn Kerlen aus La Miséricorde kamen.«

»Wo mein Vater...«

Irène unterbrach sich und spuckte auf den Boden, auf ihre makellos sauberen Fliesen.

»Tut mir leid, entschuldigen Sie, das ist ein Schwur. Jedes Mal, wenn ich ›mein Vater‹ sagen muss, muss ich auf den Boden spucken, damit das Wort nicht in meinem Munde bleibt. Entschuldigen Sie.«

»Tun Sie es, Irène.«

»...sie rekrutierte.«

»In der Einsiedlerspinnen-Bande. Enzo hatte sich auf die Jagd gemacht, und am Ende wusste er alles über diese widerlichen Blapse, einschließlich der Sache mit den Spinnen.«

»›Blapse‹ ist genau das richtige Wort für die. Können Sie sich so was vorstellen? Einem vierjährigen Jungen eine Einsiedlerspinne in die Hose zu stecken? Das sagt viel über die Wege der Hölle, nicht wahr, Kommissar? Und kaum waren die Kerle drin in der Dachkammer von Annette, hat mein Vater...«

Neuerliches Spucken.

»...sich vor die Tür gehockt. Und zugesehen.«

»Aber Enzo hatte die Liste. Sie konnten Annette wieder ins Leben zurückholen.«

»Achtung, Kommissar, lassen Sie bloß Annette in Ruhe. Sie kann überhaupt nichts dafür. Aber schon, als die ersten vier durch Unfall krepiert waren, hat sie es als Wohltat empfunden. Und fallen Sie bitte auch Enzo nicht auf den

Wecker. Er hat mir lediglich die Namen gegeben«, fügte sie mit einem Lächeln hinzu.

»Er wusste, was Sie damit vorhatten.«

»Nein.«

»Aber dann hat er gesehen, was Sie damit machten.«

»Nach den vier Unfällen«, fuhr Irène unbeirrt fort, »habe ich mir Zeit gelassen. Ich hätte Annette schon viel früher retten können. Aber der Gedanke, denen das Spinnengift ins Blut zu jagen, dass es ihren Körper von innen zersetzte, war so verführerisch, dass ich so handeln musste. Ich musste es, Kommissar. Ich habe Annette versprochen, in zehn Jahren würden sie alle tot sein. Das würde sie am Leben erhalten, sagte ich mir. Sie vermögen nichts gegen sie, und auch nicht gegen Enzo. Ich habe mich erkundigt, Kommissar.«

»Wer ein geplantes Verbrechen nicht anzeigt, geht in den Knast. Außer wenn diese Person in direkter Linie mit dem Mörder verwandt ist. Wenn es sich um eine Schwester oder einen Bruder handelt, vermag man nichts gegen sie.«

»Sehen Sie«, Irène lächelte. »Heute ist Annette seit acht Tagen frei. Und sie wird es erst recht sein, wenn ich mein Buch geschrieben habe, in dem auch ihre Namen stehen werden. Enzo hat mir gesagt, dass sie gestern Abend ihre Mahlzeit fast aufgegessen hat. Er wollte, dass sie einen Champagner trinkt, das hat sie abgelehnt. Aber am Ende hat sie doch zwei Drittel des Glases ausgetrunken. Und beinahe gelacht. Gelacht, Kommissar! Eines Tages wird sie das Haus verlassen können, wird sie reden können. Vielleicht sogar Auto fahren.«

»In antalgischer Haltung.«

»Ach, von wegen, Kommissar, ich habe nicht mehr Arthrose als Sie oder ich. Aber ich musste die vielen Reisen ja irgendwie rechtfertigen. Angefangen habe ich mit ihnen, lange bevor ich mich an die Beseitigung dieses Gesindels gemacht habe, denn sie mussten ja irgendwie ganz normal erscheinen, als eine feste Gewohnheit, nicht wahr? So habe ich viele überflüssige Reisen gemacht, bei denen ich lediglich Schneekugeln gesammelt habe, immerhin. Und darunter mischte ich echte Reisen wie die nach Bourges, von wo ich Sie angerufen habe. Natürlich war ich gar nicht in Bourges, ich kam aus Saint-Porchaire zurück.«

»Mit Ihrem Betäubungsgewehr.«

»Ein sehr gutes Modell. Man bestellt es mit einem Mausklick im Internet. Einfach praktisch.«

»Das hat Enzo für Sie gemacht.«

»Enzo hat überhaupt nichts dabei getan.«

Man hörte ein Geräusch von oben. Louise wachte auf.

»Einen Moment, Kommissar, ich werde mal dafür sorgen, dass sie sich wieder in ihren Bau zurückzieht. Kann man denn nie seine Ruhe vor ihr haben.«

Irène stieg leichtfüßig und ohne Stock die halbe Treppe hinauf und rief:

»Komm noch nicht runter, Loulou! Ich habe zwei Männer hier!«

»Schon geklärt«, sagte sie und setzte sich, während man hörte, wie sich die Tür von Louises Zimmer wieder schloss. »So einfach ist das. Die Arme, aber sagen Sie es nicht weiter, sie wurde mit achtunddreißig Jahren vergewaltigt.«

»Nicolas Carnot, ich weiß. Der Claude Landrieu kannte. Der auch die Spinnenbande kannte.«

»Weswegen Sie Louise verdächtigt haben.«

»Und Sie, Irène, haben es erkannt.«

»Das war nicht schwer.«

»Auch wegen ihres Namens: Chevrier. Ich glaube, den wird sie gewählt haben im Gedanken an die kleine Ziege von Vater Seguin.«

»Jetzt dürfen *Sie* auf den Boden spucken, weil Sie das Wort ausgesprochen haben.«

Was Adamsberg auch tat.

»Haben Sie darum in der Abstellkammer von Torrailles diese Haare zurückgelassen – um uns von ihr abzulenken?«

»Und damit Sie im Graben landen. Tut mir leid, Kommissar, ich mag Sie ja wirklich gern, aber Krieg ist Krieg.«

»Was ich nie gelöst habe, ist die Frage des Gifts. Wie schafft man es, so viel davon zusammenzukriegen? Gut, Sie haben vierzehn Jahre Zeit dafür gehabt. Aber wie? Wie alle diese Spinnen finden? Wie sie dahin bringen, dass sie ihr Gift ausspucken?«

»Da muss man echt was loshaben, nicht wahr?«

»Echt«, sagte Adamsberg lächelnd. »Und um sich den Trick mit dem Nylonfaden auszudenken, auch. Sagen Sie, Sie haben doch in einen 13er-Lauf Spritzen von 11 Millimetern geladen? Indem Sie sie umwickelt haben?«

»Muss ich wohl, sonst hätten sie ja geklemmt. Umwickelt mit Filmklebeband und mit Öl eingerieben. Man sieht zu, wie man klarkommt. Genauso mit den Spinnen. Sie müssen sich vorstellen, dass ich insgesamt, die toten eingeschlossen, bis zu fünfhundertfünfundsechzig Einsiedlerspinnen besessen habe.«

»Aber wie?«, wiederholte Adamsberg.

»Anfangs habe ich sie mit dem Staubsauger aus ihren Löchern gesaugt. Zwischen Holzschuppen, Keller, Dachboden, Garage, ich hatte zu tun, das können Sie mir glauben. Danach habe ich den Beutel vom Staubsauger aufgemacht und sie mit der Pinzette rausgeholt und in Terrarien gesetzt. Ich sage Terra*rien*, denn wenn Sie sie alle zusammen unterbringen, dann tun sie was? Sie fressen sich gegenseitig auf. Denn was sehen sie in der anderen Spinne? Ein Ding zum

Fressen. So einfach ist das. Ich habe zeitweise bis zu dreiundsechzig Terrarien besessen. Zeigen kann ich sie Ihnen nicht mehr, ich habe sie alle in den Müll gefeuert, Verzeihung, auf die Deponie geschickt. Terrarium ist ein großes Wort. Es waren ganz einfach Glasdosen mit einem Deckel und Löchern drin, ein bisschen Erde auf dem Boden, ein paar Holzstückchen, damit sie sich verstecken und ihren Kokon hineinstopfen konnten, dazu ein paar tote Insekten, Grillen, Fliegen zu ihrer Ernährung. Zur Paarungszeit pappte ich ein Männchen auf jedes Weibchen, und los ging's. Danach sammelte ich die Kokons ein und wartete auf die Geburten. Auch die Neugeborenen setzte ich in isolierte Terrarien, damit sie sich nicht gegenseitig auffraßen. Und ich sage Ihnen eins, Kommissar: So ein Spinnenjunges zu greifen, ohne es zu verletzen, das will gelernt sein. Was ich da betrieben habe, war regelrecht eine Aufzucht.«

»Aber das Gift, Irène?«

»Also, in den Laboren, da arbeiten sie mit einem elektrischen Impuls, der bringt die Tiere dazu, ihr Gift zu speien. Aber die Geräte von denen sind auch verdammt ausgeklügelt. Ich musste mir anders behelfen. Sie nehmen eine Taschenlampe, so eine, wissen Sie, wo man nur eine Viertelsekunde draufdrückt, um Lichtsignale zu senden.«

»Ich weiß.«

»Gut. An die Pole der Batterie legen Sie einen Kupferdraht, nicht weiter schwer. Das Ende von dem Draht halten Sie auf die Spinne, auf ihren Cephalothorax. *Können Sie mir folgen, Jean-Bapt?*«

»Ich höre Ihnen vor allem zu.«

»Sie drücken auf die Taste der Lampe, ganz kurz, damit ballern Sie ihr einen Stromstoß in den Leib, und die Spinne spuckt ihr Gift. Achtung, man darf nur eine 3-Volt-Batterie nehmen, nicht mehr, sonst geht sie hops. Und auch nicht zu lange drücken. Ich habe massenweise Spinnen umgebracht, ehe ich so weit war. Ich setzte die Tierchen in einen kleinen Becher, fertigte, sagen wir, so an die hundert hintereinander ab, dann saugte ich das Gift mit einer Spritze auf und gab es in kleine Reagenzröhrchen, die ich fest verschloss. Dann ab in die Kühltruhe, bei minus 20 Grad, Vier-Sterne-Haushaltsgefrierschrank. Da drin hält sich das Gift so viele Jahre, wie man will.«

»Moment, Irène, wie haben Sie es angestellt, dass die Spinne nicht vor dem Stromimpuls aus dem Becher krabbelte?«

»Mal kurz den Gashahn aufgedreht. Aber nicht zu lange. Man muss halt geübt sein. Ich hatte es zunächst an kleinen Hausspinnen ausprobiert, so einen Zentimeter groß, und auch von denen nicht wenige umgebracht. Dann hatte ich's raus. Gerade so einen Hauch von Gas, das kann nicht jeder, man braucht schon Übung. Dann kippt meine Einsiedlerspinne um, sie rührt sich nicht mehr, und ich hol mir mein Gift. Das alles verlangt natürlich Überlegung, es verlangt Arbeit. Ich sage das nicht, um mich zu rühmen. Ich habe vier Jahre gebraucht, bis meine Terrarien funktionierten. Und ich habe viele Spinnen dabei verloren, Pardon, das sagte ich schon, entschuldigen Sie. Man muss wissen, dass eine Spinne ein, zwei Tage braucht, um ihr Giftdepot wieder aufzufüllen. Ich habe lieber drei Tage gewartet, um sicher zu sein, dass ich die volle Dosis kriegen würde. Pro Spritze rechnete ich fünfundzwanzig Dosen Gift, um sie auch garantiert umzubringen. Weshalb ich hundertfünfzig Dosen vorbereiten musste für die sechs Scheißkerle, die noch übrig waren. Plus hundert, falls mal ein Schuss danebenginge. Macht zweihundertfünfzig Dosen. Plus zweihundertfünfzig weitere, falls der Kühlschrank kaputtginge oder der Strom abgesperrt würde. Ja, ja, an all so was muss man denken. Machte insgesamt immerhin fünfhundert Dosen Gift, die ich auf sechshundert aufgerundet habe, weil immer noch getrocknetes Gift übrig bleibt, das man nicht aus dem Becher pumpen kann. Ja doch, das alles muss man bedenken, *Jean-Bapt.* Ich habe noch einen zweiten Gefrierschrank im Schuppen, da, wo ich hinterm Holz meine Terrarien versteckt hatte – wer würde sich schon die Mühe machen, Holzscheite wegzuräumen? –, und dieser zweite war zugeschlossen und wurde von einem autonomen Generator für jeweils vier Tage mit Strom versorgt. Es ist wie mit allen Dingen, wenn man sich eine Weile mit so was beschäftigen muss, kennt man sich zwangsläufig damit aus.«

»Ich hatte es ja gesagt: vierzehn Jahre Vorlauf.«

»Darum konnten Sie auch keinen der Morde verhindern, Kommissar, ärgern Sie sich bloß nicht darüber. Immerhin aber haben Sie mich gefunden. Davor verneige ich mich. Und es ist mir auch vollkommen egal, will ich Ihnen mal sagen, jetzt, wo meine Arbeit getan ist. Ihre ja auch. Ich mag es, wenn die Dinge erledigt sind.«

Adamsberg räumte die Fotos zusammen und legte sie in seine Tasche zurück. Mit fragendem Blick zu Irène deutete er auf den Teller: »Wollen Sie ihn?«

»Was soll ich schon damit anfangen?«, sagte sie. »Er ist doch kaputt. Und im Gefängnis werden sie mich schon gar nicht davon essen lassen, nicht wahr?«

Adamsberg schlug die Blasenfolie um den Teller und schob ihn vorsichtig wieder in seine Tasche.

»Und was werden *Sie* damit machen?«, fragte sie.

»Ich werde ihn wohl wieder zurücklegen, denke ich. In den Boden des Inklusoriums.«

»Damit bin ich einverstanden.«

»Und jetzt, Irène …«, begann Adamsberg, indem er aufstand und Veyrenc einen Blick zuwarf.

»Also, einen Moment können Sie mir ja wohl lassen«, unterbrach sie ihn. »Ich muss noch das Geschirr wegräumen und mir ein paar Sachen einstecken.«

»So viel Zeit, wie Sie wollen. Machen Sie, dass Sie wegkommen, Irène.«

Adamsberg zog sein Jackett über, steckte seine Schneekugel ein, nahm seine Tasche und ging Richtung Tür. Irène und Veyrenc sahen ihm wie erstarrt hinterher.

»Was haben Sie gesagt?«, fragte Irène.

»Ich habe gesagt: Machen Sie, dass Sie wegkommen. Ein paar Sachen, Geld – was Sie an Bargeld besitzen –, und verschwinden Sie. Von heute auf morgen. Ich bin sicher, Enzo wird Ihnen eine neue Identität besorgen können, wie er es für sich selbst ja auch getan hat. Und ein abhörsicheres Telefon.«

»Nein, Kommissar«, sagte Irène, während sie das Geschirr zusammenstellte. »Sie verstehen nicht. Ich will ins Gefängnis gehen. Ich habe es immer so eingeplant.«

»Nein«, erwiderte Adamsberg, »nicht noch mal in eine Zelle, nicht zum dritten Mal.«

»Aber ich werde mich dort absolut wohlfühlen. Aus den Gründen, die Sie gut zu kennen scheinen. Ich habe meine Arbeit getan, ich kehre in meine Mauern zurück. Ich respektiere, was Sie tun, *Jean-Bapt*, das muss ich sagen. Ich respektiere es und danke Ihnen. Doch lassen Sie mich gehen. Und da Sie mir einen Spielraum anbieten, nehme ich mir zwei Tage, um meine Habseligkeiten zu ordnen und Annette und Enzo noch einmal zu sehen. Danke auch für diese Frist, Kommissar, denn ich mag Unordnung nicht. Und ob Sie es nun wollen oder nicht, am dritten Tag werde ich mich der Gendarmerie von Nîmes stellen. Besser, die führen mich ab. Denn dass Sie es sein müssten, so vermute ich, würde Ihnen wohl nicht sehr gefallen.«

Adamsberg hatte seine Tasche auf den Boden gesetzt und sah sie an, den Kopf leicht zur Seite geneigt, wie um ihren Entschluss genauer zu prüfen.

»Ich sehe, Sie kapieren allmählich, Kommissar.«

»Ich bin mir nicht sicher, ob ich kapieren will.«

»Nun machen Sie sich mal keinen Kopf, ich bitte Sie. Was werden sie mir geben? In meinem Alter? Unter den bewussten ›Umständen‹, wie sie immer sagen? Zehn Jahre? In vier Jahren bin ich raus. Gerade die Zeit, die ich brauche, um mein Buch über die Blapse von La Miséricorde zu schreiben. Und das kann ich nur im Kerker. Können Sie mir folgen? Es gäbe etwas viel Schwierigeres, um das ich Sie bitten würde. Es ist mir ja fast peinlich, entschuldigen Sie.«

»Und das wäre?«

»Dass Sie mal zusehen, ob es nicht möglich ist, dass ich meine Schneekugelsammlung mit ins Gefängnis nehme. Sie ist leicht, sie ist aus Plastik, sie ist nicht gefährlich, und ich brauche ja auch niemanden mehr zu töten.«

»Ich werde mein Möglichstes tun, Irène.«

»Werden Sie das schaffen?«

»Ich bringe sie Ihnen, und zwar alle.«

Irène lächelte, strahlender, als er sie jemals hatte lächeln sehen.

48

Adamsberg schlief ohne Unterbrechung die ganzen dreieinhalb Stunden der Zugfahrt, zur Seite gerollt und mit dieser Schneekugel in den Rippen, die ihn nicht mal zu stören schien. Veyrenc schüttelte ihn, als der Zug mit kreischenden Bremsen in die Gare de Lyon einfuhr, denn auch das hatte ihn nicht wach gemacht.

Mit zerknitterten Sachen und zerknautschtem Gemüt stellte er seine Reisetasche vorsichtig auf den Boden seiner Küche – bloß nicht den Teller zerbrechen –, dann ging er in den kleinen Garten hinaus, setzte sich unter die Buche, rauchte eine von Zerks Zigaretten und streckte sich ins trockene Gras, den Blick in die Wolken gerichtet, die sich vor die Sterne schoben und alles Mondlicht auslöschten. Das war gut so, das passte. Er hatte keinen Hunger, er hatte keinen Durst.

Halb aufgerichtet, tippte er in der Dunkelheit eine Nachricht an die Mitglieder der Brigade:

– An die Mannschaft: 52. Breitengrad passiert. Zweitägige Schweigepause für alle, Bereitschaftsdienst auf das Minimum herunterfahren, Amseln nicht vergessen. Einzelheiten Freitag 14 Uhr.

Dann legte er sich wieder hin. Als Magellan die Passage endlich entdeckt hatte, dachte er, schossen die Schiffskanonen zur Feier des Sieges Salut. Er wünschte sich nichts in der Art. Schon das Gebimmel seines Telefons schreckte ihn auf. Es war Veyrenc.

– Bin zwanzig Schritte vor der Garbure, *die noch geöffnet ist. Ich warte auf dich. Ich habe eine Frage.*

– Nein, Louis, tut mir leid.

– Ich habe eine Frage.

Adamsberg begriff, dass Veyrenc, der wusste, wie eisig es in der Meerenge gewesen war, ihn anrief, um ihn aus den gefrorenen Schatten des Inklusoriums herauszuholen. Er sah die verwitterte Statuette des heiligen Rochus vor sich. Der Mann hatte sich in den Wald zurückgezogen, wo der Hund, der Bote der Außenwelt, ihn gefunden hatte.

– Ich komme, antwortete er.

»Hast du etwa Hunger?«, fragte er, als er vor seinem Teller Garbure saß.

Veyrenc zuckte die Schultern. »Nicht mehr als du.«

»Also?«

»Du nimmst was zu dir, ich nehme was zu mir. So sehe ich die Dinge.«

So aßen die Männer schweigend vor sich hin, als wären sie ganz und gar auf ihre Aufgabe konzentriert.

»Hattest du es so geplant?«, fragte Veyrenc, als die Arbeit getan war und er den Madiran einschenkte.

»War das deine Frage?«

»Ja.«

»Wir haben eine Menge Madiran getrunken in den letzten zwei Wochen.«

»Wahrscheinlich war es nötig, damit wir es in der Kälte und dem Wind aushalten konnten, der uns von einer Felswand auf die nächste warf.«

»Nein, warm hatten wir's nicht.«

»Antworte mir. Hattest du es so geplant? Sie laufen zu lassen?«

»Ja. Seit Kurzem erst, aber ja.«

Veyrenc erhob sein Glas, und sie stießen kurz überm Tisch miteinander an, sehr behutsam, ohne irgendwelchen Lärm zu machen.

»Trotzdem geht sie in den Kerker zurück«, sagte Adamsberg.

»Wenn du nicht auf sie gekommen wärst, hätte sie dich auf ihre Spur gebracht.«

»Du meinst, sie hat ihn absichtlich begangen, ihren Fauxpas am Telefon? Dass es einen auf die Palme bringen könne, dass der Mörder ›sie alle gekriegt‹ hat?«

»Diese Frau begeht keinen Irrtum. Es war vorbei, und sie wartete auf dich.«

»Und warum habe ich nicht reagiert?«

»Ich glaube, das habe ich dir schon gesagt.«

»Ach ja? Wann?«

»Mit meinen miserablen Versen.«

»Stimmt«, sagte Adamsberg nach einem kleinen Schweigen.

Hast du, als nun sie ihrer Rache Pfeile sandt',
Den Schritt gezügelt, damit sie sie vollende?«

»Du erinnerst dich ja tatsächlich daran. Aber wenn du dir schon etwas einprägen willst, dann doch lieber wahre Dichtung.«

»Danke, du Sokratist«, erwiderte Adamsberg und lehnte sich seitlich zurück, zwischen Stuhllehne und Wand.

»Auf die Gefahr hin, jetzt auf Danglard zu machen, es heißt nicht ›Sokratist‹.«

»Sondern?«

»Sokratischer Philosoph. Aber ich bin kein Philosoph. Du willst wirklich versuchen, ihr ihre Schneekugeln ins Gefängnis zu bringen?«

»Und das werde ich auch schaffen, Louis.«

Adamsberg hob eine Hand und las die Nachricht, die soeben auf seinem Handy eingegangen war.

*– Ich begrüße die Passage der Meerenge und begleite
sie mit meinen ergebensten Glückwünschen.*

»Von wem kommt das, was meinst du?«, fragte er und zeigte Veyrenc das Display.

»Von Danglard.«

»Du siehst, er hat aufgehört, ein Arschloch zu sein.«

Adamsberg warf einen Blick zu Estelle hinüber, die, mit dem Stift in der Hand an einem entfernten Tisch sitzend, ihre Abrechnung hätte machen müssen und sie nicht machte.

»Das ist heute deine letzte Chance, Louis.«

»Ich bin mit meinen Gedanken in Cadeirac, Jean-Baptiste.«

»Wo sollten sie sonst sein? Aber du vergisst zwei Dinge: Je länger man nichts tut, tut man am Ende gar nichts.«

»Muss ich mir das aufschreiben?«

Adamsberg schüttelte den Kopf. Veyrenc war es gelungen, ihn abzulenken.

»Bloß nicht. Man schreibt sich nur auf, was man nicht versteht.«

»Und was wäre das Zweite?«

»Dies ist unser letztes Abendessen in der *Garbure*. Du kommst nicht noch einmal her, Louis. Und ich auch nicht.«

»Und warum?«

»Es gibt Orte wie diesen, die sind mit einer Reise verbunden. Die Reise ist zu Ende, und der Ort geht mit ihr.«

»Das Schiff holt seinen Anker ein.«

»Genau. Und dann siehst du, dass du keine Zeit mehr hast. Hattest du daran gedacht?«

»Nein.«

Diesmal füllte Adamsberg die Gläser.

»Nun, dann denk jetzt daran. So lange, wie du dieses Glas austrinkst.«

Dann schwiegen beide. Ja, es war der letzte Abend, ganz zweifellos. Nach einer ganzen Weile stellte Veyrenc sein leeres Glas hin und zwinkerte Adamsberg kurz zu.

»Und red nicht so viel«, sagte Adamsberg, stand auf und warf sich die Jacke über die Schulter. »Das hast du schon lange genug getan.«

»So es denn wahr ist, dass, je mehr man redet, man am Ende auch nur wieder redet.«

»Genau so ist es.«

Adamsberg lief die Straßen zu seinem Viertel zurück, nahm sinnlose Umwege, die Hände in den Taschen, die Finger um die Schneekugel geschlossen. Das Schiff trug seinen Anker davon, das Schiff nahm Yraigne mit. Morgen kam Lucio aus Spanien zurück. Wenn sie dann bei Einbruch der Dunkelheit draußen auf der Holzkiste säßen, würde er ihm die Spinnengeschichte erzählen. Und Lucio würde ihm diesmal nichts vorwerfen können: Alle Stiche, Bisse, Verletzungen hatte er bis zu Ende, bis aufs Blut gekratzt.

Er erinnerte sich an Lucios Stimme, als sie vor Vessacs Haus in Saint-Porchaire gestanden hatten. Lucio, der ihn drängte, zu graben und immer weiterzugraben, während er am liebsten alles hingeschmissen hätte und geflohen wäre. Da hatte Lucio nur gesagt:

Du hast gar keine Wahl, mein Junge.

Dank

Mein herzlicher Dank gilt der Arachnologin Dr. Christine Rollard vom Département Systématique et Évolution des Pariser Muséum national d'Histoire naturelle für die Auskünfte, die sie mir freundlicherweise über *Loxosceles rufescens*, die Braune Einsiedlerspinne, gegeben hat.

»Vargas schreibt die schönsten und spannendsten Krimis in Europa.«

Die Zeit

512 Seiten. ISBN 978-3-7341-0416-9

Innerhalb weniger Tage werden zwei Leichen in Paris entdeckt. Die beiden Fälle scheinen nichts miteinander zu tun zu haben. Bis Adamsberg auf unauffällige Zeichnungen an den Tatorten aufmerksam wird und ein Brief auftaucht, der auf die Verbindung zwischen den beiden Opfern hinweist. Der Brief führt Adamsberg auf die Spuren einer verhängnisvollen Reise nach Island – sowie in die Untiefen einer Geheimgesellschaft, die sich Robespierre und der Französischen Revolution verschrieben hat. Weitere Menschen sterben, und für Adamsberg beginnt ein Wettrennen gegen einen ebenso wandelbaren wie unbarmherzigen Mörder …

Lesen Sie mehr unter: **www.blanvalet.de**